HEYNE

Das Buch

Sechs Jahre sind vergangen, seit die Staatsanwältin Lily Forrester Rache an dem vermeintlichen Vergewaltiger ihrer Tochter nahm und nur knapp einer Verurteilung entging. Jetzt, da sie ihre neue Stelle als Staatsanwältin in Santa Barbara antritt, glaubt sie, jene Ereignisse endgültig aus ihrem Leben verbannen zu können. Zwar war das Verfahren gegen die Staatsanwältin, nachdem sie den Täter – den falschen wie sich hinterher herausstellte – in blinder Wut erschossen hatte, mangels Beweise wieder eingestellt worden, doch ihr persönliches Glück scheint seither für immer zerstört. Gerade, als sie glaubt, ihrem Leben eine neue Richtung geben zu können, holt die Vergangenheit sie wieder ein. Ausgerechnet ihr Ex-Mann versucht, sie mit seinem Wissen um ihre Tat zu erpressen. Und das Verfahren wird wieder aufgenommen. Schon glauben ihre Rivalen im Gerichtsmilieu, der erfolgreichen Staatsanwältin Steine in den Weg legen zu können. Doch Lily Forrester ist bereit, erneut den Kampf um ihre Karriere, ihre Existenz und vor allem die Liebe ihrer Tochter aufzunehmen.

»Wie John Grishams Schwester konstruiert die Autorin eine brilliant ausgedachte Story ... Die Qualität ist hervorragend« *Abendzeitung*

»Keine Frau hatte je ein stärkeres Motiv für Rache.« *The New York Times*

Die Autorin

Nancy Taylor Rosenberg wurde in Dallas, Texas geboren. Ehe sie mit dem Schreiben begann, hat die Autorin Kriminologie studiert und als Kommissarin gearbeitet. Bereits mit ihrem Erstling *Mildernde Umstände* (01/9519) gelang ihr der Sprung auf die Bestsellerlisten.

Im Wilhelm Heyne Verlag sind außerdem erschienen: *Im Namen der Gerechtigkeit* (01/10038), *Unter Vedacht* (01/10264), *Die Feuerprobe* (01/10523), *California Angel* (01/10678) und *Das Gesetz der Macht* (01/10854).

NANCY TAYLOR ROSENBERG

Rache verjährt nicht

Roman

Aus dem Amerikanischen
von Marie Rahn

WILHELM HEYNE VERLAG
MÜNCHEN

HEYNE ALLGEMEINE REIHE
Band-Nr. 01/13609

Die Originalausgabe
BURIED EVIDENCE
erschien 2000 bei Hyperion, New York

Umwelthinweis:
Dieses Buch wurde auf
chlor- und säurefreiem Papier gedruckt.

Taschenbucherstausgabe 09/2002

Printed in Denmark 2002
Umschlagillustration: ZEFA Visual Media/C. Lyttie
Umschlaggestaltung: Eisele Grafik-Design, München
Satz: Leingärtner, Nabburg
Druck und Bindung: Nørhaven Paperback A/S, Viborg

ISBN 3-453-21133-2

http://www.heyne.de

Dieses Buch ist meinem Engel gewidmet:
meiner neugeborenen Enkelin Remy.

KAPITEL 1

»Diesen Irren krieg ich dran!«, sagte Lily Forrester, und ihre Stimme hallte von den farbigen Bodenfliesen und den maroden stuckverzierten Wänden wider. Das Bezirksgericht von Santa Barbara war zwar wunderschön, aber so alt, dass es eher als Museum geeignet gewesen wäre denn als Gerichtsgebäude.

»Warum haben Sie Richter Orso gebeten, sich so früh mit uns zu treffen?«, fragte Matt Kingsley seine Vorgesetzte, eine große, schlaksige Frau mit Sommersprossen und lockigem rotem Haar. Lily wirkte zu jung für eine Mutter mit einer Tochter im zweiten College-Jahr. Sie war gertenschlank, beschämte mit ihrer unerschöpflichen Energie, mit der sie im Büro herumwirbelte, alle jüngeren Kollegen und gehörte zu den engagiertesten Bezirksstaatsanwälten. In mehr als einer Hinsicht war ihr Einsatz furchteinflößend. Natürlich hätte niemanden das Verbrechen, mit dem sie gerade zu tun hatten, kalt gelassen. Schließlich war das Opfer ein achtjähriges Mädchen. Der Vater, Henry Middleton, war am Tag zuvor wegen versuchten Mordes festgenommen worden.

Das Verbrechen hatte sich an Halloween ereignet. Betsy Louise Middleton, in einem Tutu aus rosa Satin, hatte eine fast tödliche Dosis Strychnin geschluckt, die in einen Brausestrohhalm gefüllt worden war. Die Eltern des Kindes waren allem Anschein nach anständige Bürger, der Vater Inhaber einer Kette von Möbelgeschäften und Diakon in einer Baptistengemeinde. Das war einer der Gründe, warum die Polizei das Ehepaar nicht von Anfang an verdächtigt hatte. Stattdessen waren alle, bei denen Betsy an jenem verhängnisvollen Abend ihr Sprüchlein aufgesagt hatte, durch die Mangel gedreht worden.

Die Untersuchung war zeitaufwändig und umfassend gewesen. Erst vor vier Tagen kam der Durchbruch, auf den die Behörden gehofft hatten. Ein Polizeibeamter, der an einem Raubüberfall auf ein Lebensmittelgeschäft arbeitete, war in Ventura, einer etwa zwanzig Meilen südlich von Santa Barbara gelegenen Stadt, auf eine Spanisch sprechende Zeugin gestoßen. Die Frau hatte Henry Middleton aus einer Reihe Fotos zweifelsfrei identifiziert und angegeben, dass sie gesehen habe, wie er einen Tag vor Halloween genau diese Sorte Süßigkeiten gekauft habe, während seine Frau und seine Kinder draußen in einem roten Ford Explorer warteten. Die Zeugin erkannte den Angeklagten, weil sie in seinem Möbelgeschäft eine Matratze gekauft hatte.

»Haben Sie nicht gestern schon mit Richter Orso gesprochen?« Matt Kingsleys Stimme durchbrach die morgendliche Stille. Seine Augen waren von einem gedämpften Haselnussbraun, seine blonden Haare gepflegt und lang. Er sah aus wie ein ehemaliger Surfer, nur dass seine Haut nicht verbrannt war. Um seine Attraktivität zu erhöhen, fuhr er einen leuchtend gelben Ferrari und kaufte seine Garderobe bei Saks Fifth Avenue.

»Ja«, sagte Lily knapp. »Aber ich erwischte ihn auf dem Golfplatz. Wahrscheinlich erinnert er sich noch nicht mal an die Hälfte von unserem Gespräch.«

Santa Barbara war ein kleiner Gerichtsbezirk, und wegen der frühen Stunde war im Justizgebäude noch kaum Betrieb. Ein derangierter Anwalt stand an eine Wand gelehnt und schlürfte aus einem Styroporbecher Kaffee. Kingsley in seinem Anzug von Brooks Brothers und seinen nagelneuen

Schuhen grinste, als er die Stoppeln, das zerknitterte Hemd und die schmutzig weißen Turnschuhe des Mannes sah. »Sieht so aus, als hätte er die Fahrtzeit überschätzt«, sagte er mit Blick auf eine Art Reisetasche, die neben der Aktenmappe des Mannes auf dem Boden stand.

Lily klappte die Kinnlade herunter. Einen Augenblick starrte sie den Mann an und traute ihren Augen nicht. Sie wollte sich schon umdrehen, aber sie mussten an ihm vorbei.

»Stimmt was nicht?«, fragte Kingsley, als er sah, dass ihr Gesicht aschfahl wurde.

Sie machte eine Bewegung mit dem Kopf und gab Kingsley so zu verstehen, dass er ihr folgen sollte. Als sie außer Hörweite waren, blieb sie stehen. »Sie haben nicht genug Format, um diesem Mann das Wasser zu reichen, geschweige denn vor Gericht gegen ihn anzutreten. Sie sind gerade an einem der hellsten Köpfe des Staates vorbeigegangen.«

»Gut und schön«, erwiderte Kingsley und rückte den Knoten seiner Krawatte zurecht. »Können Sie mir dann sagen, warum jemand mit einem der hellsten Köpfe im Staat im Gerichtsgebäude herumhängt, als würde er hier campieren?«

Lily ging einfach weiter. »Er will nicht riskieren, zu spät zu kommen.«

Der junge Anwalt lachte. »Kaum zu glauben, dass Sie diesen Typen verehren, weil er immer pünktlich ist.«

»Dies ist nur eine seiner besseren Eigenschaften«, gab Lily zurück und schnippte eine Fluse von ihrem grünen Leinenblazer. Junge Hunde wie Kingsley jagten ständig dem ganz großen Fall hinterher. Wenn sie nachts ihr Haupt aufs Kissen betteten, dann träumten sie von zündenden Argumenten, von überraschenden Zeugen, tödlichen Beweisstücken und komplexen Gesetzesauslegungen. Erst wenn sie reifer wurden, erkannten sie die Wahrheit – dass nämlich oft die scheinbar unbedeutenden Eigenschaften einen

Menschen in eine Reihe mit den legendären Vorbildern katapultierten.

Matt Kingsley fuhr sich mit dem Finger in den Kragen, Schweiß glänzte auf seiner Stirn. Es war erst acht Uhr morgens, doch im ganzen Gebäude war es bereits unangenehm warm. Gegen Mittag würde es hier so heiß sein wie in einer Sauna. Das Gebäude hatte keine Klimaanlage. Schon sein Alter schloss jeden Modernisierungsversuch aus, und der Denkmalschutz untersagte selbst Geräte, die man am Fenster anbringen konnte. Erträglich wurde die Hitze nur dadurch, dass alle darunter litten: die Richter, die Anwälte, die Gefangenen und auch die Geschworenen.

Als sie zu Richter William Orsos Amtsräumen kamen, wollte Lily die Tür öffnen, doch die war abgeschlossen. »Verdammt«, sagte sie und rüttelte aufgebracht an der Klinke. »Er wird doch wohl nicht unsere Besprechung heute Morgen vergessen haben. Jemand sollte diesen Mann dazu bringen, in den Ruhestand zu gehen! Ich schwöre, er ist so senil, dass er Schwierigkeiten hat, sich seinen eigenen Namen zu merken.«

»Wie hat Officer Stevens es eigentlich herausgefunden?«, fragte Kingsley, während sie warteten und er ein Päckchen Kaugummi aus seiner Tasche zog. Er bot Lily einen Kaugummi an, doch sie winkte ab. »Er hat doch sicher nicht die Fotos vom Vater mit sich herumgetragen. Er gehört ja noch nicht mal zur Mordkommission von Ventura. Soweit ich hörte, war Stevens in dem Laden, um einen Raubüberfall zu untersuchen, der mit unserem Fall in keinerlei Zusammenhang steht.«

»Ich habe eine Menge kaltblütiger Killer kennen gelernt«, sagte Lily und überging seine Frage. »Aber ich glaube ehrlich, dass Middleton das mieseste Stück Dreck ist, das ich je gesehen habe. Da gibt er einfach seinem eigenen Kind Strychnin, und zwar aus keinem anderen Grund als Habgier.«

»Vielleicht war es Mitleid«, wandte Kingsley ein. »Das Kind hat eine schwere Krankheit. Hat er so nicht die Lebensversicherung von einer Million erklärt? Ich meine, niemand versichert sein Kind für eine solche Summe, wenn er nicht die Möglichkeit in Betracht zieht, dass es sterben könnte.«

»Wissen Sie eigentlich überhaupt etwas über diesen Fall?«, fragte Lily, empört, dass er nicht besser informiert war. »Betsy leidet an einer seltenen genetischen Störung namens Aicardi-Syndrom. Sie hat einen Defekt im Corpus callosum, der Querverbindung zwischen der rechten und der linken Hirnhälfte. Als Middleton sie versicherte, war die Krankheit noch nicht offiziell diagnostiziert worden. Aber ihre Eltern könnten geahnt haben, dass sie an dieser Störung leidet, weil möglicherweise schon früher jemand aus ihrer Familie daran gestorben ist.«

»Können wir das nicht herausfinden?«

»Unwahrscheinlich«, sagte Lily. »Solche Dinge halten Familien geheim, auch wenn sie mündlich von einer Generation zur nächsten weitergegeben werden. Das Aicardi-Syndrom ist erst 1965 entdeckt worden. Wenn einer aus der Familie Middleton daran gestorben ist, dann ist die korrekte Todesursache wohl kaum angegeben worden.«

»Tja, ich bin kein Arzt«, sagte Kingsley. »Als ich im College war, habe ich etwas von rechter und linker Hirnhälfte gelesen. Das ist alles.«

»Dann hören Sie zu«, fuhr Lily fort. »Kinder mit dem Aicardi-Syndrom haben Anfälle, manche mehr, manche weniger. Betsy hat zusätzlich ein Loch in der Netzhaut ihres linken Auges und eine kleine Läsion in der Netzhaut ihres rechten.«

»Dann ist sie blind?«

»Nicht blind«, korrigierte Lily ihn. »Sehbehindert.«

Kingsley kaute geräuschvoll auf seinem Kaugummi. »Ich dachte, sie sei zurückgeblieben.«

»*Entwicklungsbedingt eingeschränkt.*«

»Wir sind doch unter uns«, sagte der junge Anwalt. »Im Gerichtssaal würde ich das Wort *zurückgeblieben* nicht verwenden.«

Lily warf ihm einen Blick zu, der einen Elefanten umgeworfen hätte. »Dann verwenden Sie es auch jetzt nicht!«

Also beschloss Kingsley, den Mund zu halten.

»Okay«, sagte sie ein paar Augenblicke später. »Ich sehe die Sache so: Middleton brauchte Geld. Weil er zwei gesunde Kinder hat, findet er, dass Betsy entbehrlich ist. Wie ein kaputtes Sofa, wissen Sie? Nur dass er sie nicht einfach entsorgt, sondern wie einen Lottoschein einsetzt. Können Sie sich vorstellen, Ihr Kind im Arm zu halten und zu hören, wie es unter Todesqualen schreit?«

Kingsley legte unwillkürlich die Hand auf seinen Magen. »Waren die anderen Kinder nicht auch versichert?«

»Nicht bevor Betsy geboren wurde«, sagte Lily und knabberte an einem eingerissenen Fingernagel. »Um zu zeigen, wie teuflisch Middleton vorging, müssen wir den Geschworenen beweisen, dass viele Jahre Vorbereitung für dieses Verbrechen nötig waren.«

Das Bild, das sie von Middleton entworfen hatte, war so abgrundtief böse, dass sich bei Kingsley die Nackenhaare sträubten. »Wie kann ein Mensch den Tod seiner Tochter planen, kaum dass sie geboren ist?«, fragte er. »Bei Ihnen hört sich das so an, als hätte er einen langfristigen Finanzplan für sein Geschäft entworfen.«

»Genau«, sagte Lily.

Der junge Anwalt konnte sehen, wie sich der Fall auf dem Gesicht seiner Vorgesetzten widerspiegelte, fast so, als sähe er einen Film vom Verbrechen. Und Lilys Vorstellung traf im Allgemeinen ins Schwarze. Sie hatte die Gabe, all die winzigen und unzusammenhängenden Details eines Falls wie ein Puzzle zusammenzusetzen. Bis vor ein paar Tagen, als die Polizei von Ventura ihnen die Beweise übermittelt hatte, hatten die meisten Anwälte und Ermittler von Santa Barbara gedacht, das Verbrechen sei das Ergebnis einer Zufallstat und würde niemals gelöst werden. Aber Lily hatte nie daran gezweifelt, dass Henry Middleton seine Tochter vergiftet hatte.

Lily starrte gedankenverloren auf den Boden. Plötzlich fiel ihr etwas ein. »Sie haben mir noch nicht erzählt, was das Krankenhaus heute Morgen gesagt hat.«

»Ich habe Mike Armstrong gebeten, dort anzurufen.«

Lilys Stimme kletterte eine Oktave in die Höhe. »Sagte ich, Sie sollten Armstrong Betsys Zustand überprüfen lassen?«

»Nein, aber …«

»Herrgott noch mal!«, rief sie. »Wie soll unsere Anklage gegen Middleton lauten?«

»Versuchter Mord natürlich.« Die Papiere in Kingsleys Hand bebten leicht. »Die Klage habe ich hier. Sie müssen nicht gleich auf mich schießen.«

Lily schnappte sich den Packen und verschwand damit um die Ecke. Sie versuchte, Armstrong per Handy zu erreichen, aber nur der Anrufbeantworter des Ermittlers sprang an. Sie ließ sich auf eine Bank fallen, vergrub den Kopf in ihren Händen und fragte sich, warum sie wieder eine Stelle als Bezirksstaatsanwältin angenommen hatte. Es war vielleicht nicht besonders aufregend gewesen, Fälle für das Berufungsgericht in Los Angeles durchzusehen, aber der Stress hatte sich in Grenzen gehalten. Seit den Ereignissen vor sechs Jahren in Ventura hatte sie einmal pro Woche einen Seelenklempner aufgesucht. Aber die Therapie war nur ein Notverband. Ihre Sünden waren zu schwerwiegend, um sie einem Priester, geschweige denn einem Psychologen zu beichten.

Als Lily ihre Fassung wiedergewonnen hatte, kehrte sie zum wartenden Kingsley zurück.

»Sie hatten Recht mit dem Anwalt«, sagte er und starrte

den Flur hinab. »Er verschwand und kam dann so gut aussehend zurück, dass es für einen Auftritt im Fernsehen gereicht hätte. Ich schwöre, er war nicht länger als zehn Minuten weg. Er hat sich rasiert, umgezogen und gekämmt. Der Kerl muss sein gesamtes Hab und Gut in dieser Reisetasche haben.«

»Sicher nicht«, sagte Lily und beschloss, selbst im Krankenhaus anzurufen. Aber jedes Mal, wenn sie versuchte, die Nummer einzugeben, begannen ihre Hände zu zittern, und sie musste wieder von vorne anfangen. Wie konnte sie funktionieren, wenn der einzige Mann, den sie je wirklich geliebt hatte, so nah bei ihr war?

»Wahrscheinlich haben Sie Recht«, entschied Kingsley. »Er hat einen Anzug von Valentino an. Ich weiß es, weil ich mir fast denselben gekauft hätte. Übrigens, wie heißt er noch? Ich meine, ich hätte ihn neulich in *Rivera Live* gesehen.«

»Richard Fowler«, sagte Lily, während sie sich in die Toilette rettete.

Kapitel 2

Lily spritzte sich kaltes Wasser ins Gesicht und schaffte es danach endlich, Dr. Logan im Krankenhaus zu erreichen. Nach ihrer Eröffnung, dass Betsy Middletons Vater wegen versuchten Mordes angeklagt werden sollte, wollte der Arzt Lily persönlich sprechen. »Ich habe heute ziemlich wenig Zeit«, erklärte sie ihm. »Können Sie mir nicht eine Kurzfassung ihres Zustands am Telefon geben?«

»Bitte, Mrs. Forrester«, sagte Logan. »Betsys Zustand hat sich verschlechtert. Wie haben schon mit den Eltern darüber gesprochen, die Apparate abzuschalten.«

»Ich komme, so schnell ich kann«, sagte Lily und wusste, dass sie die Verlesung der Anklage wohl verschieben mussten. Kaum hatte sie aufgelegt, rief ihre Tochter an.

»Du hast eine Nachricht für mich hinterlassen.«

»Shana«, sagte Lily. »Ich kann jetzt nicht reden, Schatz. Bist du heute Nachmittag zu Hause?«

»Ja«, sagte das Mädchen gedehnt. »Aber Dad hat alle Anrufe auf sein Handy umgeleitet, also wirst du mich wahrscheinlich nicht erwischen. Was ist los?«

Shana war normalerweise ein fröhliches junges Mädchen mit großer Ausstrahlung. Sie lachte und quatschte gern. Jetzt hörte sie sich nicht nur gedämpft an, es war da auch noch etwas, was Lily nicht genau ausmachen konnte. »Ist alles in Ordnung?«

»Ich war gestern Nacht bis drei Uhr auf.«

»Hast du gelernt?«

»Natürlich«, seufzte Shana, »was sollte ich wohl sonst an einem Montag Abend tun? Jedenfalls war ich nicht aus. Letzte Woche war ich krank. Und bin drei Tage nicht zur Uni gegangen.«

»Warst du beim Arzt?«

»Mir geht's gut, Mom«, sagte Shana. »Es muss wohl ein Anflug von Grippe gewesen sein. Worüber willst du mit mir sprechen? Die Nachricht auf dem Anrufbeantworter hörte sich an, als ginge es um etwas Wichtiges.«

Ihr gesunder Menschenverstand mahnte Lily, die Sache zu verschieben. Sie starrte hinauf zur Neonleuchte, einem wahren Fliegengrab. Eine öffentliche Toilette war nicht der richtige Ort für ein wichtiges Gespräch, und die Begegnung mit Richard Fowler hatte ihr den letzten Nerv geraubt. Hatte er sie überhaupt erkannt? »Ich versuche dich heute Abend anzurufen.«

»Nein, sag es mir jetzt«, beharrte das Mädchen. »Sonst kann ich mich nicht auf meine Aufgaben konzentrieren. Du kannst nicht erst irgendwelche Andeutungen machen und mich dann hinhalten. Du weißt, ich bin von Natur aus neugierig. Genau wie du, Mom.«

Lily steckte den Kopf aus der Toilette und sah, dass Kingsley immer noch vor verschlossenen Türen stand. Verdammter Orso, dachte sie. Sie konnten von Glück sagen, wenn er zur Anhörung auftauchte. »Ist dein Vater zu Hause?«

»Ich glaube, er ist frühstücken gegangen«, erwiderte Shana. »Das Auto war weg, als ich heute Morgen aufwachte.«

»Ich weiß, du kannst jetzt nicht wechseln«, sagte Lily – sie entschied sich, die Sache anzusprechen, während ihr Ex-Mann nicht da war – »aber ich möchte, dass du noch mal darüber nachdenkst, ob du nicht hier in Santa Barbara zur Uni gehen willst.«

»Fang nicht schon wieder damit an«, stöhnte ihre Tochter. »Das Wintersemester hat gerade erst begonnen. Wie kommst du überhaupt darauf, dass ich wechseln soll? Ich dachte, du würdest dich für mich freuen, dass du mir nicht mehr auf die Nerven gehen kannst.«

»Ich freue mich für dich«, antwortete Lily und lehnte sich gegen das Waschbecken. »Aber es hat sich etwas geändert, das ist alles. Wenn du im Wohnheim wohntest, wäre das alles kein Problem. Du könntest auch mit ein paar Freundinnen eine Wohnung teilen. Die Miete für das Haus beträgt fast zweitausend im Monat.«

»Was geht dich das an?« fragte Shana. »Dad bezahlt sie doch.«

»Nicht mehr.«

»Was soll das heißen?«

»Er hat mich gestern angerufen«, erklärte Lily. »Ich habe zwar versprochen, dass ich es dir nicht erzählen würde ...«

»Was erzählen?«

»Dein Vater ist mit der Miete im Rückstand. Er behauptet, dass er die letzten vier Monate kein Haus verkauft hat. Ich bezahle schon die Studiengebühren, das Essen, die Klamotten und sogar die Versicherung für dein Auto.«

»Du lügst«, rief Shana. »Dad hat letzte Woche ein Haus verkauft. Und er hat jede Menge Eisen im Feuer.«

»Tut mir leid, Schatz«, sagte Lily und hatte das Gefühl, dass sich ihr Büstenhalter in eine Boa constrictor verwandelt hatte. John schaffte es immer wieder, sie als Überbringer schlechter Nachrichten zu benutzen. Er wusste, dass sie sich weigern würde, die Miete für das Haus zu bezahlen. Aber er *musste* es einfach probieren, so wie ein Spieler seinen letzten Chip auf den Tisch werfen *muss*. »Du weißt doch, dass dein Vater es mit der Wahrheit nicht immer so genau nimmt«, fuhr sie fort. »Selbst wenn er morgen ein Geschäft abschließen würde, Shana, könnte es noch drei Monate dauern, bis er die Provision bekommt.«

»Du sagst das nur, weil du eifersüchtig bist«, widersprach das Mädchen. »Du warst immer eifersüchtig auf meine Beziehung zu Dad. Deshalb machst du ihn ständig nieder.«

Lily hatte das dumpfe Gefühl, dass ein Fünkchen Wahrheit in den Worten ihrer Tochter steckte. Aber als Eifersucht würde sie es doch nicht bezeichnen. Alle Schecks, die sie Shana schickte, wurden von ihrem Ex-Mann eingelöst. Mit Ausnahme der Miete hatte sie für beide über ein Jahr lang alles gezahlt. »Dein Vater hörte sich so an, als könne er noch nicht absehen, wie er die Miete für die nächste Zeit aufbringt«, fuhr sie fort. »Ich schlug ihm vor, sich einen regelmäßigen Job zu suchen, etwas, wo er nach Stunden bezahlt wird. Da hat er einfach aufgelegt.«

»Aber all meine Freunde sind hier«, rief Shana. »Ich muss ganz von vorn anfangen, wenn du mich zwingst zu wechseln. Und du weißt, dass Santa Barbara nicht so angesehen ist wie die UCLA. Und ich will schließlich an einer erstklassigen Uni studieren.«

Mit ihrer freien Hand schob Lily die Tür des Waschraums auf. Sie ahnte schon ihre Niederlage. Ihre Tochter hielt sie im Würgegriff. Wenn sie die Diskussion fortsetzten, wäre sie ausgelaugt, ihre Energie sänke auf das Niveau eines Oldtimers wie Orso, einem Mann, der auf dem Richterstuhl mehr schlief als in seinem Bett. »Ich bin einverstanden, dass du weiter an der UCLA bleibst«, sagte sie, »aber du musst ab dem nächsten Semester in ein Wohnheim ziehen. Sonst kann ich es mir nicht mehr leisten, dich Jura studieren zu lassen.«

»Jetzt drohst du mir auch noch!«

»Ich versuche, dir die Tatsachen zu erklären«, sagte Lily. »Ich bekomme ein bescheidenes Gehalt, Shana. Die Kosten für deine Ausbildung sind astronomisch. Ich habe seit deiner Geburt für deine Zukunft gespart. Ich würde auch einen zweiten Job annehmen, wenn es notwendig wäre. Aber ich kann deinen Vater einfach nicht auch noch unterstützen.«

In der Leitung war es still.

»Ich liebe dich«, sagte Lily und wünschte sich, das Gespräch wäre nicht notwendig gewesen. »Es wird sich alles finden. Es ist bestimmt gar nicht so übel im Wohnheim. Es wird dir Spaß machen, mehr Zeit mit deinen Freunden zu verbringen. Wer weiß? Vielleicht kannst du ja sogar die Kosten für den Wagen sparen?«

»Großartig«, schnaubte Shana. »Vielen Dank, Mom. Genau das brauche ich am Morgen. Erst soll ich umziehen. Dann muss ich auch noch mein Auto aufgeben. Jeder in Los Angeles hat ein Auto. Wie soll ich denn sonst herumkommen?«

»Du wirst doch auf dem Campus wohnen.« Lily schwieg kurz. Sie hätte das Auto nicht erwähnen sollen. Das war ein wunder Punkt. »Dein Vater hat auch kein Auto und scheint ganz gut klarzukommen.«

Da wusste Shana, dass sie aufgeflogen war. Als ihre Mutter die Ersparnisse angezapft hatte, um ihr für ihren High-School-Abschluss einen nagelneuen Ford Mustang zu kaufen, hatte sie sich von ihr versprechen lassen, niemanden damit fahren zu lassen. »Was sollte ich denn tun? Dad braucht einen Wagen, um Immobilien zu verkaufen. Entweder fährt er mich überallhin oder ich kann mit einem meiner Freunde fahren. Was ist da schon dabei?«

Verhandeln, sagte Lily zu sich und holte tief Luft. Ihre Tochter war eine beeindruckende junge Frau. Sie argumentierte jetzt schon wie eine Anwältin. Aber sie konnte auch so manipulativ sein wie ihr Vater. »Ich könnte dann auch deinen Zuschuss erhöhen, dann hättest du mehr Geld für Freizeit und Kleidung.«

Eine dünne Stimme antwortete: »Ich muss jetzt los.«

»Ärger mit der Familie?«, fragte Kingsley, der das Ende von Lilys Gespräch mitbekommen hatte.

Lily ließ das Handy zurück in ihre Handtasche gleiten und bedachte Kingsley mit einem Blick, der ihm bedeutete, dass er sich um seinen eigenen Kram kümmern sollte. So attraktiv dieser Anwalt auch war, er ging ihr auf die Nerven. Vielleicht ging er ihr auf die Nerven, weil er so attraktiv war. Wie um ihre Ansicht zu bestätigen, ging in dem Moment ein Pärchen an ihnen vorbei: Der Mann warf einen Blick auf Lily und sah sofort wieder weg. Die Frau aber lächelte Kingsley kokett an. Er war daran gewöhnt, dass Frauen bei seinem Anblick in Verzückung gerieten. Er genoss es, forderte es sogar heraus.

»Noch keine Spur von Orso?«

»Nein.«

»Sobald er auftaucht, bitten Sie ihn, die Verlesung der Anklage auf drei Uhr heute Nachmittag zu verschieben«, erklärte Lily ihm mit verbissenem Gesichtsausdruck. »Ich muss ins Krankenhaus.«

Der junge Anwalt war verwirrt. »Warum können wir die Klage nicht wie geplant um zehn Uhr einreichen? Ich bin schon seit sechs Uhr heute Morgen hier, um daran zu arbeiten. Und ich habe gestern Abend sogar Brennan dazu gebracht, mit mir alles durchzusehen, damit es vollkommen hieb- und stichfest ist.«

Lily schlug sich an die Stirn. »Denken Sie nach!«, rief sie. »Versuchter Mord ist nicht Mord. Wenn Betsy stirbt, können wir auf besondere Umstände plädieren und die Todesstrafe fordern. Dann hat Middleton weit mehr zu fürchten als das Gefängnis.«

KAPITEL 3

Lily lenkte ihren schwarzen Audi auf den Parkplatz des Saint-Francis-Krankenhauses. Sie war froh, dass man mit dem Wagen vom Gericht dorthin nur fünf Minuten brauchte. Ein Teil der Lebensqualität einer kleinen Stadt wie Santa Barbara war dem Umstand zu verdanken, dass alles nah beieinander lag und man so gut wie nie befürchten musste, im Stau stecken zu bleiben. Manchmal gab es am Wochenende ein paar Probleme, aber meistens stockte der Verkehr auf dem Freeway 101 oder der State Street, der Hauptstraße des Ortes. Die Einwohner von Los Angeles und den umliegenden Gemeinden flüchteten in den Sommermonaten in den Norden, um der Hitze zu entgehen und die herrlichen Strände zu genießen. Wenn das Thermometer in Santa Barbara langsam über dreißig Grad kletterte und alle anfingen, zu schwitzen und zu jammern, dann herrschten in Los Angeles und im San Fernando Valley in aller Regel schon über fünfunddreißig Grad. Am Morgen hatte Lily auf der Fahrt zum Büro gehört, dass die Temperatur in der Innenstadt von Los Angeles wahrscheinlich vierzig Grad erreichen würde.

»Ich möchte Dr. Logan sprechen«, erklärte sie einer älteren Frau am Empfang.

»Erwartet er Sie?«

»Ja«, sagte Lily und nannte der Frau ihren Namen.

Als sie im zweiten Stock den Aufzug verließ, eilte ein gut

aussehender Mann im weißen Kittel herbei, um sie zu begrüßen. »Christopher Logan«, sagte er und schüttelte ihr die Hand. »Sie hätten auch unten in der Halle auf mich warten können. Hat Mrs. McKinley Ihnen das nicht gesagt?«

»Nein«, erwiderte Lily und wurde rot. Sie hatte mit ihm schon mindestens ein Dutzend Mal telefoniert. Seine Stimme war ihr vertraut, doch hatte sie nicht gedacht, dass er so klein sein würde. Dr. Logan trug unter dem gestärkten weißen Kittel ein blaues Hemd, sein dunkles Haar war ordentlich geschnitten, sein Gesicht gut rasiert, und er wirkte so blitzsauber, wie man es von einem Menschen in seiner Position erwarten konnte. Lily ertappte sich dabei, wie sie ihre Fingernägel auf etwaige Schmutzränder hin untersuchte. Als der Arzt zu ihr aufblickte, blinzelte er mehrere Male. Sie war nicht die Einzige, die zweimal hinschauen musste. Wahrscheinlich hatte der winzige Dr. Logan sich kaum vorgestellt, bei ihren zahlreichen Telefongesprächen mit einer sommersprossigen Giraffe zu tun zu haben.

»Betsy ist nicht mehr hier«, teilte er ihr mit. »Sie wurde in eine Spezialabteilung verlegt.«

Der Prozess war zwar auf drei Uhr nachmittags verlegt worden, doch hatte Lily noch zwei zusätzliche Gerichtstermine, einen um halb elf und den anderen um eins. Ihre Uhr zeigte Viertel vor zehn. Logan wies auf einen leeren Warteraum, der nur ein paar Schritte entfernt lag, und wartete dann, bis Lily sich dort auf der Vorderkante eines Stuhls niedergelassen hatte.

»Bevor wir hinübergehen«, sagte Logan und setzte sich ihr gegenüber, »muss ich Ihnen von einer neuen Entwicklung berichten. Mr. Middletons Anwalt hat mich vor zehn Minuten angerufen. Er ordnete an, bei Betsy unter keinen Umständen die lebenserhaltenden Apparate abzuschalten. Ich fand das merkwürdig, da wir mit den Eltern sehr eng zusammenarbeiten, seit Betsy letzten Oktober eingeliefert wurde. Noch vor ein paar Tagen waren Henry und Carolyn

Middleton damit einverstanden, die künstliche Beatmung einzustellen. Ich dachte, Sie sollten besser herkommen, da wir auf den Wunsch der Eltern hin jetzt wie gehabt weitermachen.«

Lily vermutete im ersten Moment, dass Logan und das Krankenhaus auf die Organe des Mädchens scharf waren. Aber dann änderte sie ihre Meinung, weil sie bezweifelte, dass ein Körper, der mit Strychnin durchsetzt war, in irgendeiner Weise wieder verwendbar sein konnte. »Bekommt sie ohne künstliche Beatmung Luft?«

»Nein«, antwortete er und schüttelte den Kopf.

»Wie steht's mit der Gehirnaktivität?«

»Geringfügig«, sagte Logan und räusperte sich.

Sie sahen einander in die Augen. Lily spürte ein dringendes Bedürfnis, den Blick abzuwenden, aber die Art ihres Gesprächs forderte ein gewisses Maß an Vertraulichkeit. »Wie geringfügig?«

»Praktisch nicht vorhanden.«

Logan war liebenswürdig, intelligent und, wie Lily von ihren früheren Gesprächen her wusste, höchst kooperativ. Aber dennoch war es immer recht schwierig, von Ärzten klare Aussagen zu bekommen. Sie empfand die Prozedur so ähnlich wie Zähneziehen. »Hat das Kind Schmerzen?«

»Ich glaube nicht«, antwortete er.

Wenn ein Patient im Endstadium war, versuchten die Ärzte im Allgemeinen, die Familie damit zu trösten, dass die von ihnen geliebte Person keine Schmerzen mehr hatte. »Warum so vage?«, stieß Lily hervor. »Ich bin kein Familienmitglied, das Sie beschwichtigen müssen. Hat sie nun Schmerzen oder nicht?«

Logan war ein besonnener Mann und daran gewöhnt, mit schwierigen Situationen umzugehen. Seine Haltung blieb unverändert: Seine Hände ruhten locker auf den Knien, seine Stirn war glatt und seine Stimme leise und fest. »Ich würde Ihnen eine eindeutige Antwort geben, wenn ich es könnte«, sagte er. »Betsy befindet sich in einem so genannten Level-sechs-Koma. Sie reagiert nicht auf äußere Reize, daher besteht kein Anlass anzunehmen, dass sie Schmerzen hat.«

Lily stand auf. »Kann ich sie jetzt sehen?«

»Natürlich«, sagte Logan und folgte ihr hinaus.

Sie gingen durch einen Flur zum hinteren Teil des Krankenhauses. Auf dem Weg fielen Lily verschiedene Tierfiguren aus Keramik auf, die links und rechts aufgestellt waren. Dann stiegen sie eine lange Reihe steiler Betonstufen hinauf. Mehrere Male musste Lily stehen bleiben und Luft holen. Als sie oben ankamen, entdeckte sie ein weiteres Gebäude direkt zwischen dem Krankenhaus und der ausgelagerten Pflegestation. »Was ist in diesem Gebäude?«

»Dort sind die Nonnen untergebracht.«

»Ein Kloster?«

»Nein«, antwortete Logan. »Nur ein Haus, in dem sie sich ausruhen können.« Er sah sie fragend an. »Ich schätze, ein paar von ihnen wohnen auch da.«

Lily bemerkte, dass sie unaufmerksam wurde, vielleicht wegen der Hektik am Morgen. »Besteht eine Chance, dass Betsy sich wieder erholt?«

»Noch nicht mal durch ein Wunder«, antwortete Logan. »Ich denke, es ist unmöglich.«

Als sie durch die Tür zur Pflegestation gingen, lief eine weiß gekleidete Nonne mittleren Alters vorbei. Lily warf einen Blick in eines der Zimmer und sah eine andere Nonne, die sich um einen älteren Patienten kümmerte. Die Station musste ihr Personal von einem speziellen Orden beziehen, dachte sie, wahrscheinlich von einem, der sich um die Pflege von Todkranken kümmerte. Hier klingelte kein Telefon, dröhnte kein Fernseher, und kein Diensthabender schob einen Metallwagen über den gefliesten Gang. Schon allein die Stille war beunruhigend. Die Schwestern schienen von einem Zimmer zum nächsten zu schweben, ihre

Bewegungen waren absolut lautlos. In diese Station wurden kaum Patienten verlegt, aus dem einfachen Grund, weil ihre Versicherung das nicht zahlte.

Betsy Middleton aber war mit ihrem Zug an der Endstation angekommen.

Das Gebäude war schmal und lang gestreckt, und die meisten Zimmer lagen zum Meer hin. Sogar vom Flur aus konnte Lily durch ein Fenster im Krankenzimmer die gesamte Küste sehen. Sie erinnerte sich an Bilder von tibetischen Klöstern auf windumtosten Klippen. Diese besondere Einrichtung hier lag vielleicht nicht so weit von der Zivilisation entfernt, doch sie machte einen ähnlich stillen und abgeschiedenen Eindruck. Lily hatte das Gefühl, direkt unter den Wolken dahinzutreiben.

Dr. Logan langte über die Empfangstheke und holte Betsys Krankenblatt hervor, dann bedeutete er Lily, ihm zu folgen. »Wir nehmen normalerweise keine Kinder hier auf«, sagte er zu ihr und blieb vor einem Zimmer stehen. »Aber in diesem Fall hat die Verwaltung eine Ausnahme gemacht.«

Lily starrte durch die Trennscheibe auf Betsy Middleton. Das Mädchen lag in einem Gitterbett, umgeben von Schläuchen und Kabeln, die sich durch die Gitterstäbe schlängelten. Lilys Magen verkrampfte sich vor Wut. Wegen des schwebenden Verfahrens würde Henry Middleton nie die Erlaubnis dazu geben, bei seiner Tochter die Apparate abzuschalten. Er war ja nicht dumm. Er wusste, dass er wegen Mordes angeklagt werden konnte. Aber es stand weit mehr auf dem Spiel, als einen Verbrecher zu verurteilen. Während die Mühlen der Justiz langsam mahlten, blieb eine kostbare Seele in der Vorhölle gefangen.

Das Häufchen Elend unter der Decke erinnerte in nichts mehr an ein achtjähriges Mädchen. Auch wenn Betsy noch durch eine Magensonde ernährt wurde, so waren ihre Gliedmaßen doch verkümmert. Sie lag zusammengekauert da wie ein Embryo und wog sicher nicht mehr als ein etwas groß geratenes Kleinkind. Ihre Haare waren rötlich blond, fast so wie Shanas in diesem Alter.

»Einer der traurigsten Umstände in diesem Fall ist«, sagte Logan, und ihre Schultern berührten sich, »dass Betsy nur leicht behindert war. Ich bin zwar ebenfalls der Meinung, dass Betsy am Aicardi-Syndrom litt, doch allem Anschein nach war ihr Corpus callosum nahezu intakt. Beim letzten Test ihrer Sonderschule war ihr Intelligenzquotient bei etwa fünfundsechzig.«

»Sie wollen damit sagen«, fragte Lily und spürte, wie ihr eine bittere Flüssigkeit in die Kehle stieg, »dass sie eine Chance hatte, ein fast normales Leben zu führen?«

»Mehr oder weniger«, antwortete er. »Verstehen Sie mich nicht falsch – ich will nicht damit sagen, dass sie aufs College hätte gehen können. Aber bevor sie die Läsion in ihrem rechten Auge bekam, waren ihre Sehschwierigkeiten minimal.«

»Ich dachte, sie hätte ein Loch in der Netzhaut.«

»Im linken Auge«, sagte er und zeigte auf sein eigenes. »Man kann ganz gut mit nur einem Auge zurechtkommen.«

Als Lily wieder durch die Glaswand blickte, sah sie, wie sich eine gepflegte Frau Ende dreißig über das Bett neigte und dem Mädchen zärtlich über die Stirn strich. Sie musste vorher im Badezimmer gewesen sein. »Sie haben mir nicht gesagt, dass Mrs. Middleton hier ist.«

»Ich wusste es nicht«, sagte Logan achselzuckend.

Lily konnte sich vorstellen, wie hilflos sich Betsys Mutter fühlen musste. Sechs Jahre zuvor hatte sie sich über Shana gebeugt, ihre Hand gehalten und ihr über die Stirn gestrichen. Die Sorge einer Mutter um ihr Kind war eine der mächtigsten Kräfte der Welt. »Sie sagten, ihre Gehirnfunktionen seien nur geringfügig beeinträchtigt gewesen …«

»Viele Menschen haben einen IQ von fünfundsechzig«,

erklärte er. »Etliche heiraten und bekommen Kinder. Da Betsy allerdings an einer Erbkrankheit leidet, hätte ich ihr wohl kaum zu einem Kind geraten.«

Genau in diesem Augenblick wurde Betsy von heftigen Krämpfen geschüttelt. Ihre Mutter schrie auf und drückte dann hektisch auf den Rufknopf. Lily hörte etwas zu Boden fallen – es war das metallene Klemmbrett mit dem Krankenblatt. Logan war schon im Zimmer, zusammen mit zwei Nonnen, die anscheinend aus dem Nichts aufgetaucht waren. Noch nie in ihrem Leben hatte Lily Menschen so schnell handeln sehen. Eine der Nonnen reichte dem Arzt eine Spritze und er injizierte auf der Stelle das Medikament in eine Kanüle, die sich bereits in einer der Armvenen befand. Während Carolyn Middleton sich in die Ecke drückte, befestigten die Schwestern lederne Riemen um den Rumpf, die Arme und die Beine des Mädchens. Nach fünf qualvollen Minuten kam der gepeinigte Körper des Mädchens endlich zur Ruhe.

Als Dr. Logan wieder zu Lily kam, hatte sie die Hände gegen die Glaswand gepresst, während ihr die Tränen über die Wangen strömten. »Es ist vorbei«, sagte er, zog sich die Gummihandschuhe von den Händen und warf sie in einen Abfallbehälter.

»Sie meinen, sie ist tot?«

Er griff in seine Tasche und gab ihr ein Taschentuch. »Ich meinte den Anfall.«

»Schlechte Wortwahl«, fand sie und tupfte sich die Augen trocken.

»Tut mir Leid«, sagte Logan und bückte sich, um das Krankenblatt des Mädchens aufzuheben.

Mrs. Middleton bettete liebevoll den Kopf ihrer Tochter auf das Kissen und verließ dann das Zimmer. Sie trug eine schwarze Hose und einen weißen Rollkragenpullover. Ihre braunen Haare fielen in weichen Locken um ihr Gesicht. Vor der Tragödie hätte Lily sie sicher als eine der oberflächlichen Frauen eingestuft, die ihre Tage mit Einkaufen oder Tennisspielen im Country Club verbringen. Ein Blick in ihre Augen aber zeigte, dass diese Tage der Vergangenheit angehörten.

Lily berührte Logan am Arm, um ihm zu bedeuten, dass sie gehen wollte. Er aber musste sie missverstanden und gedacht haben, sie wolle mit der Mutter sprechen. »Carolyn, das ist Lily Forrester«, sagte er. »Sie ist die zuständige Bezirksstaatsanwältin in Henrys Fall.«

Mrs. Middleton wirkte wie vor den Kopf geschlagen. »Ich habe Ihnen nichts zu sagen«, presste sie zwischen den Zähnen hervor. Sie machte einen Schritt in Betsys Zimmer, dann drehte sie sich wieder zu Lily und Logan um. »Wie können Sie es überhaupt wagen, meinen Mann zu verhaften? Henry ist ein rechtschaffener, gottesfürchtiger Mensch. Er betet Betsy an, so wie all unsere Kinder.«

»Es tut mir schrecklich Leid, Mrs. Middleton«, erwiderte Lily. »Ich verstehe, wie schwierig das für Sie sein muss. Meine Tochter war vor sechs Jahren ebenfalls Opfer eines Gewaltverbrechens.«

Carolyn Middleton aber wollte nicht getröstet werden. »Sie verstehen gar nichts«, sagte sie, während ihr eigentlich hübsches Gesicht sich zu einer Grimasse verzerrte. »Was Sie da eben gesehen haben, ist für mich nichts Neues.« Sie hielt inne und holte tief Luft. »Diese Hölle habe ich acht Jahre lang durchmachen müssen. Betsy war schon seit ihrer Geburt krank.«

Dr. Logan öffnete Betsys Krankenakte, um die notwendigen Anmerkungen einzutragen. Lily verlagerte ihr Gewicht auf den anderen Fuß, wandte jedoch ihren Blick nicht von Carolyn ab. »Warum haben Sie Ihre Meinung geändert?«

»Ich weiß nicht, wovon Sie sprechen«, sagte Mrs. Middleton und spielte nervös mit ihrer Perlenkette.

»Dr. Logan sagte mir, dass Sie und Ihr Mann damit einverstanden waren, die künstliche Beatmung von Betsy einzustellen«, erklärte Lily ihr. »Aber vor ein paar Stunden hat Ihr Anwalt angerufen und die Anordnung für ungültig erklärt. War dies eine gemeinsame Entscheidung?«

»Ich muss nicht auf Ihre Fragen antworten«, sagte Mrs. Middleton und ließ die Kette los. »Henry hat mir verboten, mit jemandem zu sprechen, wenn Mr. Fowler nicht dabei ist.«

Lily glaubte sich verhört zu haben. »Sagten Sie Fowler? Richard Fowler?«

»Ja«, sagte Mrs. Middleton, wühlte in ihrer Handtasche und gab ihr eine Visitenkarte.

Wie konnte Richard jemanden vertreten, der so verachtenswert war wie Henry Middleton? Jetzt wusste sie, warum sie ihn am Morgen im Gericht gesehen hatte.

Carolyn sagte: »Henry hat es nicht getan.«

»Ich weiß, wie Sie sich fühlen müssen«, sagte Lily. »Ich bin nur die Bezirksstaatsanwältin, Mrs. Middleton. Die Geschworenen entscheiden, ob Ihr Mann schuldig oder unschuldig ist.« Es war offensichtlich, dass Carolyn Middleton von Henry abhängig war und ihn deshalb verteidigte. Ohne ihren Mann würde diese Frau sich in Luft auflösen. Die schönen Kleider, das sorgfältig aufgetragene Make-up, die majestätische Haltung. Sie war ebenso ein Produkt von Henry Middleton wie seine Möbel.

Lily wartete, bis Carolyn Middleton den Gang hinuntergegangen war, dann drehte sie sich zu Logan um. »Wie lange kann Betsy in diesem Zustand bleiben?«

»Sie ist schon seit fast einem Jahr im Koma. Ich habe von Patienten gehört, die zehn Jahre und länger im Koma lagen.« Er verschwand noch einmal in Betsys Zimmer, überprüfte die Infusion und kam dann zurück. »Wenn ich irgendetwas für Sie tun kann, zögern Sie nicht, mich anzurufen.«

»Egal was?«, fragte sie und ihr Tonfall drückte mehr aus als ihre Worte. Sie sah, wie Logan bleich wurde. »Haben Sie Kinder, Dr. Logan?«

»Nennen Sie mich Chris«, erwiderte er. »Und um Ihre Frage zu beantworten – ich bin nicht verheiratet.«

»Nehmen wir mal an, Sie hätten ein Kind«, fuhr Lily fort. »Wollten Sie es in diesem Zustand lassen? Mein Büro kann die nötigen Papiere bis morgen bereit haben, aber so viel ich weiß, könnte das Gericht bis zu einem Jahr brauchen, um eine Entscheidung zu treffen. Ohne das Einverständnis der Eltern bekommen wir die Behörden möglicherweise nie dazu, die Einwilligung zum Abschalten der Apparate zu geben.«

Der Arzt riss ein Blatt Papier aus Betsys Krankenakte, kritzelte etwas darauf und drückte es Lily in die Hand. »Das ist meine Privatnummer«, sagte er zu ihr. »Ich denke, von nun an ist es besser, wenn wir Betsys Zustand außerhalb des Krankenhauses besprechen. Wenn Sie mich zu Hause nicht erreichen können, lassen Sie mich im Krankenhaus ausrufen.«

Kapitel 4

Um drei Uhr stand Lily vor den dunklen Holztüren des Gerichtssaals und zögerte einzutreten. Zu ihrer Anhörung um halb elf war sie zu spät gekommen. Da sie wusste, dass sie nicht die Kraft aufbringen würde, Richard Fowler mit leerem Magen gegenüberzutreten, hatte sie ein halbes Thunfisch-Sandwich hinuntergewürgt. Ihre Augen waren rot und geschwollen, ihr Lippenstift verblasst, und ihr vorher frisch gebügelter Blazer hing nun schlaff herab. Sie blickte besorgt auf die Uhr und wünschte, sie hätte genug Zeit, sich zurechtzumachen. Die Gänge waren leer, daher nahm sie an, Richard und sein Mandant seien schon hineingegangen. Schließlich straffte sie die Schultern, riss die Tür auf und marschierte direkt zum Tisch der Anklage.

Sie setzte sich hin und zog die Middleton-Akte aus ihrer Tasche, während sie die Augen starr auf den vorderen Teil des Saals gerichtet hielt. Ein unverwechselbarer Duft zog an ihrer Nase vorbei, ein Hauch von Limone. Sogar Richards Aftershave war dasselbe geblieben. Aus dem Augenwinkel heraus konnte sie sein Profil sehen.

Allein schon die Tatsache, mit ihm im selben Raum zu sein, verursachte ihr Schwierigkeiten, sich zu konzentrieren, mal abgesehen davon, dass er Middletons Anwalt war.

Henry Middleton, ein Mann von achtundvierzig Jahren, erinnerte Lily an eine Kröte. Sie schätzte ihn auf einen Meter siebzig, vielleicht auch einen Meter fünfundsiebzig, aber im Gegensatz zum wohl proportionierten Dr. Logan war Middleton fast so breit wie hoch. Sein Haar war mit viel Gel aus der Stirn gekämmt, sein Hals war praktisch nicht vorhanden, sein Gesicht wirkte im Vergleich zu dem massigen Körper schmal, und seine fettige Haut war fleckig. Lily gab dem Gerichtsdiener ein Zeichen, dass er Richter Orso mitteilen konnte, sie sei jetzt bereit.

Plötzlich tauchte Richard neben ihr auf. »Bis du hereinkamst, wusste ich nicht, dass du diesen Fall übernommen hast.«

»Unsinn«, sagte sie und vermied es, ihn anzusehen. »Ich war von Anfang an dabei.«

Richard schüttelte den Kopf. »Aber ich nicht«, sagte er zu ihr. »Middleton hat mich erst gestern verpflichtet. Deshalb hast du mich auch heute Morgen zu dieser unchristlichen Zeit gesehen. Ich habe zwar in der Zeitung über das Verbrechen gelesen, aber da niemand verhaftet wurde, hatte ich die meisten Einzelheiten vergessen. Heute Morgen bin ich um fünf hierher gefahren, um die Polizeiberichte durchzusehen und mit meinem Mandanten zu sprechen. Ich war ganz schön gekränkt, als du einfach ohne ein Wort an mir vorbeigerauscht bist.«

Lily wollte schon von dem Anruf im Krankenhaus erzählen, da hörte sie, wie der Gerichtsdiener das Gericht zur Ordnung rief. »Bitte erheben Sie sich«, sagte er. »Die Sitzung der Vierzehnten Kammer des Bezirksgerichts hat nun begonnen. Den Vorsitz hat der ehrenwerte Richter William Orso.«

Richter Orso fegte in einer Wolke aus schwarzem Stoff in den Saal. Der Dreiundsiebzigjährige hatte schwarze Knopfaugen, eine raubvogelartige Nase und schütteres Haar. Als Richard merkte, wie er sie über seine Brille hinweg ansah, kehrte er zu seinem Platz auf der gegenüberliegenden Seite des Saals zurück.

Die Verlesung der Anklage ging schnell über die Bühne.

Als sich beide Parteien auf einen Termin für die erste Anhörung geeinigt hatten, bat Richard den Richter, über die Kaution zu entscheiden.

»Was sagt die Staatsanwaltschaft dazu, Mrs. Forrester?«, fragte Orso und unterdrückte ein Gähnen.

»Euer Ehren«, sagte sie, »der Angeklagte wird beschuldigt, seine Tochter aus finanziellen Beweggründen vergiftet zu haben. Wegen eines solch schändlichen Verbrechens ist eine Freilassung auf Kaution sicher nicht angemessen. Obwohl das Kind zur Zeit im Saint-Francis-Krankenhaus liegt, ist das Gericht dazu verpflichtet, es vor einem weiteren Anschlag auf sein Leben zu schützen.«

»Es gibt nichts, was Mrs. Forresters Position rechtfertigen könnte«, erwiderte Richard mit deutlich akzentuierten Worten. »Mein Mandant ist ein hoch geachtetes Mitglied der Gemeinde. Er hat keine Vorstrafen. Zudem wurde das Verbrechen vor fast einem Jahr verübt. Wenn Mr. Middleton hätte fliehen wollen, hätte er bis jetzt genug Gelegenheit dazu gehabt.« Er schwieg einen Moment, dann fügte er hinzu: »Aus diesen Gründen bitten wir das Gericht mit allem Respekt, den Angeklagten ohne Kaution freizulassen.«

Lily sprang auf und ließ ihre Stimme durch den Saal tönen. »Der Angeklagte ist unmittelbar nach der Tat nicht geflohen, weil er keinen Grund dazu hatte«, sagte sie und deutete auf Middleton. »Zwar legt Mr. Fowler Wert darauf zu betonen, dass sein Klient keine Vorstrafen hat, aber dies ist kein normales Verbrechen, und Mr. Middleton ist alles andere als ein Durchschnittstäter.«

Richter Orso wandte sich nun direkt an Lily: »Können Sie beweisen, dass der Angeklagte eine Bedrohung für das Kind darstellt, Frau Staatsanwältin?«

Lily war wegen Richard so verwirrt, dass sie bereits über ihre eigenen Füße gestolpert war. Jedes Argument, um den Richter zu überzeugen, dass Middleton Betsy schaden konnte, würde von dem morgendlichen Anruf widerlegt werden, mit dem angeordnet worden war, dass sie weiterhin künstlich am Leben erhalten werden sollte. Wenn Middleton den Tod seiner Tochter wollte, musste er nur das Krankenhaus anweisen, den Stecker zu ziehen. »Können Sie meine Frage beantworten, Mrs. Forrester?«

»Nein, Euer Ehren«, sagte sie und ließ sich auf ihren Stuhl fallen.

»Die Kaution wird auf fünfhunderttausend Dollar festgesetzt«, sagte der Richter, ließ seinen Hammer niedersausen und erhob sich vom Richterstuhl.

Als der Gerichtssaal sich geleert hatte, setzte sich eine kräftige Frau mit mahagonifarbener Haut und schulterlangem schwarzem Haar neben Lily auf einen Stuhl. »Wie war's?«

»Frag nicht«, sagte Lily mürrisch. »Wahrscheinlich stellt Middleton gerade einen Scheck aus.«

»Hast du etwa wirklich geglaubt, Orso würde ihm die Freilassung gegen Kaution verwehren?«

Lily ließ ihren Kopf kreisen, um die Nackenmuskulatur zu lockern. »Wir müssen einen Weg finden, dass die Finanzbehörde sein Vermögen einfriert.«

»Daran hättest du vielleicht gestern schon denken sollen«, meinte Lenora Wells und zog eine Augenbraue in die Höhe. Sie hatte früher bei der Mordkommission in Los Angeles gearbeitet und leitete nun die Ermittlungsabteilung für das Büro des Bezirksstaatsanwalts in Santa Barbara. Da beide Frauen geschieden und etwa im gleichen Alter waren, hatten sich sich miteinander angefreundet.

»Wolltest du heute Nachmittag nicht Zeugen in diesem Fall von Kindesmissbrauch befragen?«

»Schon erledigt«, sagte Wells. »Ich bin nur vorbeigekommen, um zu sehen, wie die Dinge laufen.« Sie nahm eine Aktenmappe und fing an, sich Luft zuzufächeln. »Alle sagen, in dieser Stadt seien Klimaanlagen unnötig. Was ist los mit den Leuten hier? Sind sie verrückt?«

»Das ist nur eine vorübergehende Hitzewelle«, erklärte Lily. »Der Wetterbericht sagt, dass es morgen kühler wird. Jemand meinte sogar, es könnte regnen. Vielleicht ist es deshalb so schwül.«

»Wo ist Matt?«

Lily tat so, als hätte sie die Frage nicht gehört. Als sie erfahren hatte, dass Richard Fowler Middletons Anwalt geworden war, hatte sie dem Leitenden Bezirksstaatsanwalt Allan Brennan eröffnet, sie könne in einem solch komplizierten Fall nicht mit einem unzuverlässigen und unfähigen Anwalt arbeiten. Zwar war Brennan froh, sie in seiner Mannschaft zu haben, aber er weigerte sich, sie bevorzugt zu behandeln oder zuzulassen, dass sie das Ruder an sich riss. Er beschied sie, dass sie entweder mit Kingsley zusammenarbeiten oder den Middleton-Fall allein übernehmen würde. Außerdem wies Brennan sie darauf hin, dass Kingsley zwar unerfahren, aber keineswegs unwissend war, da er ja wohl einen Harvard-Abschluss habe.

»Hey«, sagte Wells, »was ist los mit dir? Führe ich hier Selbstgespräche? Ich habe dich etwas gefragt! Du benimmst dich, als wärst du ganz woanders.«

Lily rieb sich über die Stirn. »Matt sieht ein paar Laborberichte durch.«

»Aha«, antwortete Wells und neigte ihren Kopf zur Seite. »Ihr zwei seid offenbar wieder aneinander geraten. Normalerweise kümmert sich einer meiner Ermittler um so was, nicht der Staatsanwalt.«

»Sieh mal«, erwiderte Lily, hob ihre Aktentasche vom Boden auf und knallte sie auf den Tisch, »wenn ich jemanden bitte, etwas zu tun, dann erwarte ich, dass er es auch tut. Aber dieser Kerl dreht sich einfach um und lässt alles jemand anders machen.«

Wells rieb sich die Wange. »Gibt es nicht eine schöne Bezeichnung dafür?«, fragte sie. »Du weißt schon: Verantwortung abgeben.«

»Du bist unmöglich«, sagte Lily zu ihr. »Und Kingsley ist ein verwöhntes Jüngelchen.«

»O ja«, sagte Wells und schwang ein Bein unter dem Tisch vor und zurück. »Aber Matt ist kein Jüngelchen mehr, weißt du? Er ist fast dreißig. Bist du sicher, dass du nicht in ihn verknallt bist?«

»Sei nicht albern«, entgegnete Lily, verärgert, dass ihre Freundin etwas so Lächerliches überhaupt in Betracht zog. »Ich bin zweiundvierzig, Lenora. Wenn ich anfange, jungen Typen wie Kingsley nachzulaufen, dann tu mir einen Gefallen und erschieß mich. Er lebt noch bei seinen Eltern. Er schreibt noch nicht mal selbst seine Schecks aus. Er hat einen Buchhalter, der seine Rechnungen bezahlt.«

»Mein Julian kann zu Hause wohnen, bis er vierzig ist«, sagte Wells zu ihr und trommelte mit den Fingernägeln auf den Tisch. »Dadurch würde er nicht notwendigerweise zu einem verwöhnten Jüngelchen. Meine Schwester wohnt immer noch bei meiner Mutter, und sie hat drei Kinder.«

»Das ist nicht das Gleiche«, entgegnete Lily. »Matts Eltern haben ein Privatvermögen von sieben Millionen Dollar. Er hat sich nur dazu durchgerungen, Jura zu studieren, weil ihn sein Pferd abgeworfen hat und er nicht mehr Polo spielt. Demnächst werde ich mal in Harvard anrufen und überprüfen, ob er sich sein Diplom nicht auf dem Computer ausgedruckt hat. Oder ob sein Daddy es ihm zu Weihnachten geschenkt hat. Qualität setzt sich durch, wie man so schön sagt.«

»Geld regiert die Welt.«

»Er delegiert Aufgaben, als gäbe er schmutzige Unterwäsche an sein Dienstmädchen«, fuhr Lily fort. »Tut er dir jetzt immer noch Leid?«

»Hm«, sagte die Untersuchungsbeamtin. »Ich schätze, du hast diese Debatte bravourös gewonnen.« Sie lächelte und zwei tiefe Grübchen erschienen auf ihren Wangen. »Aber nennen wir ihn doch nicht verwöhntes Jüngelchen.

Ich ziehe die Bezeichnung ›reicher Saftsack‹ vor. Das ist viel gemeiner, findest du nicht?«

In diesem Moment spürte Lily, wie sich eine warme Hand auf ihre Schulter legte. Sie wusste sofort, dass es Richard war. Sie stand auf und stützte sich auf den Tisch. Ihre Freundin wartete darauf, vorgestellt zu werden, beschloss dann aber, die Sache selbst in die Hand zu nehmen.

»Lenora Wells«, sagte sie, sicher, ihn schon einmal gesehen zu haben. »Ich leite die Ermittlungsabteilung.«

»Richard Fowler«, antwortete er und gab ihr die Hand.

Mit hohen Schuhen war Lily über einen Meter achtzig groß. Fowler aber musste mindestens einen Meter fünfundneunzig sein, dachte Wells, als sie zu ihm aufblickte. Seine Größe war allerdings im Vergleich zu seiner restlichen Erscheinung nebensächlich. Seine Augen, in denen der Schalk blitzte, waren dunkel und bildeten einen scharfen Kontrast zu seiner hellen Haut. Schöner Mund, fand sie, nicht zu schmal. Obwohl sein Haar schon von grauen Strähnen durchzogen war, wirkte er jugendlich und bewegte sich wie ein durchtrainierter Sportler. Als Afroamerikanerin fand Lenora Santa Barbara ein bisschen zu unspektakulär. Die Mehrheit der Männer stolzierte in abgetragenen Kaschmirpullovern oder zehn Jahre alten Anzügen von Brooks Brothers umher. Sie schätzte Männer, die Wert auf Kleidung legten. Fowlers Nadelstreifenanzug war ausgezeichnet geschnitten, die Manschetten seines Hemdes waren mit seinen Initialen bestickt, und sein Gürtel hatte genau dieselbe Farbe wie seine Schuhe. Kingsley sah vielleicht gut genug aus, um ihr Blut in Wallung zu bringen, aber das hier war ein *Mann*. »Waren Sie nicht vor ein paar Jahren Bezirksstaatsanwalt in Ventura?«

»Ja«, sagte er. »Lily und ich haben zusammengearbeitet.«

Wells verstummte.

»Bist du hier fertig?«, fragte Richard Lily. »Ich würde dich gern zu einem Drink einladen.«

Lily sah auf die Uhr. Sie hatte Kingsley angewiesen, sie um fünf in ihrem Büro zu treffen, weil sie ihn kurz über die Geschehnisse des Tages informieren wollte. »Ich kann nicht«, antwortete sie. »Ich hab noch einen Termin.«

»Ach so«, sagte er, und auf seinem Gesicht machte sich Enttäuschung breit. »Ich könnte ein bisschen spazieren gehen und dann zurückkommen. Das heißt, wenn es nicht zu lange dauert.«

Lily warf einen Blick auf ihren Tisch und fegte dann Papiere und Akten in ihre Tasche. Anstatt sich zu freuen, mit ihm zusammen sein zu können, wünschte ein Teil von ihr, er würde einfach verschwinden.

»Sag mir, um wen es geht«, sprang Wells ein. »Dann kümmere ich mich darum.«

»Nein, nein«, widersprach Lily und spürte, wie ihr ein paar Haarsträhnen in die Stirn fielen. »Ich bin mit Matt verabredet.«

»Entschuldigen Sie uns kurz«, sagte Wells zu Richard, nahm Lily beiseite und flüsterte ihr zu: »Matt kann bis morgen warten, Schatz. Du kannst diesen Mann nicht einfach hier stehen lassen. Ich wette, du warst seit Wochen nicht aus.«

Lily quetschte Lenoras Unterarm. Ihre Freundin hatte immer noch nicht begriffen. Sie sah nur, dass ein gut aussehender Mann Lily zu einem Drink einlud. Sie hatte keine Ahnung, dass sie mit dem Anwalt von Henry Middleton und außerdem mit Lilys ehemaligem Geliebten sprach.

»Alles geregelt«, sagte Wells, und ihre kehlige Stimme hallte durch den leeren Gerichtssaal. Als Lily sie anstarrte, legte sie ihr eine Hand auf den Rücken und stieß sie vorwärts, sodass sie fast in Richards Arme gefallen wäre. »Ihr könnt jetzt gehen.«

»Schön«, sagte Lily mit zusammengebissenen Zähnen. »Wir treffen uns vor dem Gebäude.«

Kaum hatte Richard den Gerichtssaal verlassen, öffnete

Lily ihre Handtasche und holte eine Haarbürste hervor, mit der sie sich rasch durch die Haare fuhr. Dann riss sie ihren Lippenstift, ihre Autoschlüssel und eine kleine Atemspraydose heraus.

»Wenn du dich zurechtmachen willst«, sagte ihre Freundin, als sie sah, wie Lily versuchte, sich ohne Spiegel die Lippen nachzuziehen, »so gibt es eine Toilette direkt am Ende des Gangs. Und wieso zitterst du?«

»Sag Kingsley, dass Middleton auf Kaution freigekommen ist, okay?«, erwiderte Lily. »Ich geh mit ihm morgen früh die Laborberichte durch. Ich hab sie sowieso schon gelesen. Ich wollte ihn nur für ein paar Stunden vom Hals haben.« Sie wandte ruckartig ihren Kopf herum. »Ich sehe schrecklich aus, nicht wahr?«

»Warte«, antwortete Lenora und wischte mit einem Finger den verschmierten Lippenstift aus Lilys Mundwinkel. »Was hat es mit diesem Typen auf sich? Ich habe dich noch nie so…«

Bevor Wells ihren Satz beenden konnte, hatte Lily schon all ihre persönlichen Dinge in die Handtasche geworfen und war aus dem Gerichtssaal gerannt.

Richard Fowler stand auf dem Bürgersteig, sog den Geruch von frisch gemähtem Gras und die salzige Meeresluft ein und bewunderte die großartige spanische Architektur des alten Gerichtsgebäudes. Als Lily die Treppe hinuntergehüpft kam, verschwand für ihn die Menge um sie herum. Die Zeit stand für sie still, dachte er. Vielleicht teilte nicht jeder seine Meinung, aber in seinen Augen war sie so hübsch und bezaubernd wie eh und je. Sie erinnerte ihn an eine Art weiblichen Einstein, nicht nur wegen ihres Intellekts, sondern auch wegen ihres Charakters und ihrer Eigenarten. Sie lebte so vollständig in ihrer eigenen Vorstellungswelt, dass er eigentlich nicht hätte überrascht sein dürfen, dass sie ihn am Morgen nicht bemerkt hatte. Aber ihre Fähigkeit, sich in ihre Arbeit zu vergraben, war so atemberaubend, dass er sich sehr bei der Nachricht gefreut hatte, dass sie wieder eine Stelle als Staatsanwältin angenommen hatte.

»Wo hast du geparkt?«, fragte sie und schirmte ihre Augen gegen die Sonne ab.

»Die Straße hinunter«, sagte er. »Wir können zusammen dorthin laufen. Drei Blocks weiter ist eine kleine Bar. Ich war schon ein paar Jahre nicht mehr da, bin aber sicher, dass es sie noch gibt.«

»Ich will nicht in eine Bar«, sagte Lily kurz angebunden. »Hol deinen Wagen und fahr mir nach.«

Er schien verwirrt. »Ich habe eigentlich nicht so viel Zeit. Ich wollte mich heute Abend mit Greg treffen. Und der Verkehr …«

Lily spürte, wie sich ihr der Magen umdrehte. War sie nicht mehr als eine alte Bekannte, mit der man einen Drink nahm, bevor man zu einer längeren Fahrt aufbrach? »Dann vergessen wir es vielleicht besser«, sagte sie und stürmte den Bürgersteig hinunter.

Richard war verblüfft. Wie konnte sie ihn gleich zweimal hintereinander stehen lassen? Er drehte sich einmal um sich selbst und versuchte, eine Entscheidung zu treffen, dann musste er rennen, um sie noch einzuholen. »Du lebst jetzt schon seit Monaten in Santa Barbara«, sagte er. »Wenn jemand verletzt sein sollte, dann bin ich es. Warum hast du nicht angerufen? Ventura liegt doch nicht in einem anderen Staat!«

Lily starrte auf die Risse im Asphalt.

»Als wir uns das letzte Mal gesehen haben«, fuhr er fort, »sagtest du, es gäbe noch eine Chance für uns. Und dann hast du nie zurückgerufen.«

Lily hob langsam den Kopf. »Warum hast du dich bereit erklärt, Middleton zu vertreten?«

Seine Stimme war leise und verführerisch. »Vielleicht weil ich wusste, dass ich dich dadurch sehen würde.«

»Dann wusstest du also doch, dass ich in diesem Fall die Vertretung der Anklage hatte«, sagte sie, voller Zorn, dass er sie angelogen hatte. »Du hast mich reingelegt. Du solltest dich schämen.«

»Lass mich erklären«, bat er. »Nur weil ich wusste, dass du eine Stelle hier angenommen hast, heißt das noch lange nicht, dass ich auch wusste, du würdest die Anklage bei Middleton übernehmen. Es war ein Zufall, Lily. Ich habe noch einen Fall in diesem Bezirk. Als Middleton mit seinem Geldbündel wedelte, war es nur sinnvoll, ihn als Mandanten anzunehmen.«

»Was ist das für ein Fall?«

»Handel mit Drogen.«

»Jetzt verteidigst du nicht nur jemanden wie Middleton«, sagte Lily ungläubig, »du vertrittst auch noch Drogendealer. Wolltest du nicht mal Richter werden?«

»Das war vor Jahren«, erwiderte er stirnrunzelnd. »Die Dinge laufen im Leben nicht immer so, wie man sich das vorstellt.«

Er hatte ihr den Ball zurückgespielt und ihre Schuldgefühle geweckt. Sie hatte genügend Schuld für einen ganzen Staat auf sich geladen. Aber er war derjenige, der ihre Beziehung beendet und sie dann im Stich gelassen hatte, als sie ihn am meisten brauchte. »Du hättest mich nicht bitten sollen, einen Drink mit dir zu nehmen, wenn du es so eilig hast, nach Hause zu kommen. Mein Gott, Richard, wir haben uns seit Jahren nicht gesehen. Wenn du jemanden suchst, der einen mit dir trinkt, hättest du dir Clinton Silverstein schnappen sollen. Hast du nicht davon gehört? Er ist vor sieben Monaten bei uns gelandet.«

»Ich habe nicht jemanden gesucht, der einen mit mir trinkt«, sagte er und zog sie auf den Rasen, damit niemand ihr Gespräch mithören konnte. »Mein Partner hätte auch beide Fälle übernehmen können, Lily. Ich bin wegen dir hier. Das ist das Verrückte. Vor ein paar Wochen fing ich an, von dir zu träumen. Seitdem habe ich Schwierigkeiten, mich auf meine Arbeit zu konzentrieren.«

»Wirklich?«, fragte sie mit gespielter Schüchternheit. »Gute oder schlechte Träume?«

Er lachte. »Wäre ich hier und würde mich von dir herunterputzen lassen, wenn es schlechte Träume wären?«

Ein verträumter Ausdruck erschien auf ihrem Gesicht. »Wir könnten einen Spaziergang am Strand machen. Da du in Eile bist, fahren wir besser getrennt.«

»Hört sich gut an.«

»Wir treffen uns auf dem Parkplatz vom Miramar«, rief Lily ihm über die Schulter zu. »Du weißt schon, das Hotel mit dem blauen Dach direkt am Freeway 101.«

Die Sonne ging unter, und der Himmel war mit Regenbogenfarben überzogen – Blau, Rot, Rosa, Aquamarin. Richard und Lily ließen ihre Wagen auf dem Hotelparkplatz stehen und gingen dann über die Bahngleise zum Strand. Im Sand zog Lily ihre Schuhe aus und trug sie, während sie weitergingen. »Die Hitzewelle muss vorbei sein«, sagte sie und strich sich über die Arme. Sie sah einige Surfer, die ein paar hundert Meter vor der Küste auf ihren Brettern auf die nächste große Welle warteten.

»Du frierst«, sagte Richard, als er bemerkte, dass sie zitterte. Er zog sein Jackett aus und hielt es ihr hin. »Zieh das an, bevor du krank wirst.«

»Mir geht's gut«, sagte sie und zog sich den grünen Leinenblazer eng um den Körper. »Aber danke für das Angebot.«

»Ich bestehe darauf.«

Lily lächelte und ließ ihre Arme in die Ärmel des Jacketts gleiten. Jetzt, da er seine Jacke ausgezogen hatte, entdeckte sie einen schmalen Wulst um seinen Bauch. Aber sie fand das nicht unattraktiv, im Gegenteil, es erhöhte seinen Reiz. Männer mit schwellenden Muskeln und Waschbrettbäuchen waren vielleicht etwas für Hochglanzzeitschriften, sie aber hatte sich nie von ihnen angezogen gefühlt. Sie steckte ihre Hände in seine Jackentaschen und fühlte den Autoschlüssel, die Brieftasche und das Etui von der Sonnenbrille. Erneut roch sie den Duft von Limonen. Einen Augenblick fühlte sie sich vollkommen sicher, so als wäre sein Jackett ein Schutzmantel. Trotzdem blinkten in ihrem Kopf die Warnsignale auf.

Sie stapften schweigend durch den Sand, dann blieb Lily plötzlich stehen und starrte in die schäumende Brandung. Ihr Herz schlug so dröhnend wie die Wellen. Sie wollte spüren, wie er seine Arme um sie legte, wie er ihr mit den Händen durchs Haar fuhr. Aber sie teilten zu viele schmerzliche Erinnerungen, und sie konnte es sich nicht erlauben, dass sich alles wieder in einen Alptraum verwandelte. Als der Richter Middleton gegen Kaution freiließ, hätte sie fast die Fassung verloren und musste den Impuls unterdrücken, zu dem Mann hinüberzugehen und ihm die Augen auszukratzen. Nach all den Jahren hatte sie immer noch nicht aufgegeben. Sie wollte einfach glauben, dass das System die Gerechtigkeit wiederherstellen, das Gute über das Böse triumphieren würde und Unschuldige nicht länger leiden mussten. Solange Kinder wie Betsy Middleton mit ihrem von Anfällen verwüsteten Körper ihr Leben in einem Niemandsland mit Beatmungsgeräten fristen mussten und sich weder verständigen noch einen Moment der Freude erleben konnten – und sei er noch so kurz –, so lange, das wusste Lily, konnte sie nicht ruhen. Richard mochte vielleicht von ihr geträumt haben, aber anstatt auf einem weißen Pferd angaloppiert zu kommen, um sie zu retten, war er als ihr Gegner aufgetaucht.

»Erinnerst du dich an unsere erste Nacht?«, fragte er, als eine Schar Seemöwen an ihnen vorbeirauschte.

»Wie könnte ich die vergessen?« Lilys Kollegen hatten sich alle in der Elephant Bar in Ventura getroffen, um ihre Beförderung zur Leiterin der Abteilung für Sexualdelikte zu feiern, eine Stelle, die Richard vor ihr innehatte. »Ich weiß nicht, was mich dazu getrieben hat, einen Tequila nach dem nächsten zu kippen. Ich mag Tequila noch nicht mal.«

»Wenn du nicht so betrunken gewesen wärest«, sagte er und warf ihr einen wissenden Blick zu, »dann wärest du wahrscheinlich nie mit mir nach Hause gegangen.«

»Stimmt«, sagte Lily, beeindruckt von der schlichten Schönheit seiner Analyse. Ihrer Meinung nach besaß Richard Fowler zwei sagenhafte Eigenschaften. Er war ein brillanter Anwalt, und er verstand das andere Geschlecht. Natürlich klang das seltsam bei einem Mann, der von seiner Frau wegen einer anderen Frau verlassen worden war.

»Hast du außer deiner Beförderung nicht noch etwas gefeiert?«, fragte er in dem Versuch, die Einzelheiten der Nacht zu rekonstruieren. »Deinen Geburtstag, richtig?«

»Ja«, antwortete sie. »Nur meine Mutter hatte daran gedacht. Vielleicht habe ich mich deshalb so betrunken.«

»Ich wusste nicht, dass du Geburtstag hattest«, sagte Richard. »Sonst hätte ich dir die Sterne vom Himmel geholt.«

Lily bückte sich und hob ein Stück Treibholz auf. »Du hast mir die Sterne vom Himmel geholt«, sagte sie in Erinnerung an ihre leidenschaftliche Liebesnacht. Zwar hatte der Alkohol ihr die Hemmungen genommen, aber Richard hatte sie aus der Reserve gelockt und ihr gezeigt, dass Sex wunderschön sein konnte. »Das einzige Problem war nur, dass John es herausfand und mich aufforderte auszuziehen. Ich wäre niemals mit Shana allein in diesem Haus gewesen, wenn ...«

Richard versteifte sich. »Was hat er schon groß gesehen? Wir haben uns auf dem Parkplatz nur voneinander verabschiedet. Heißt das, dass ich für die Geschehnisse verantwortlich bin?«

»Natürlich nicht«, antwortete sie und warf das Treibholz ins Wasser, »aber ich hatte vorher noch nie eine Affäre. Jede Handlung hat Konsequenzen. Vielleicht waren die schrecklichen Ereignisse eine Art Strafe.«

»Deine Ehe war am Ende, Lily«, sagte er. »Dein Mann spionierte dir schon bis zur Arbeit nach.«

»Ich schätze, die Affäre könnte als eine meiner kleineren Sünden bezeichnet werden«, sagte sie leise und schwermütig. »Einige der Dinge, die ich getan habe, sind so verabscheuungswürdig, dass ich das Gefühl habe, ich werde unter ihrem Gewicht zusammenbrechen, es ist, als schleppte ich einen dreihundert Pfund schweren Sack mit Ziegelsteinen herum.«

»Das Leben hat uns ziemlich übel mitgespielt«, meinte Richard. »Weil ich zufällig Richter Fisher ertappte, wie er in seinen Amtsräumen Kokain schnupfte, hat Butler mich zurückgestuft. In derselben Woche kam ich nach Hause und fand nur noch die Hälfte meiner Möbel und eine Notiz von Claire vor, dass sie sich von mir scheiden lassen würde.«

»Butler ist ein Bastard«, sagte Lily. Butler war Bezirksstaatsanwalt von Ventura County. »Du hättest mit der Kokain-Sache an die Öffentlichkeit gehen sollen. Dann hätten Fisher und Butler ihre Karriere vergessen können. Wer Kokain schnupft, hat auf dem Richterstuhl nichts zu suchen. Bis heute verstehe ich nicht, warum du so mit dir hast umspringen lassen.«

»Ich hatte keine Chance«, sagte Richard. »Es stand Butlers Aussage gegen meine.«

Sie zog sein Jackett aus und gab es ihm zurück. »Wenn du jetzt fährst, kommst du bestimmt gut durch.«

Als sie zu ihrem Audi kamen, entdeckte Lily, dass sie einen Platten hatte. Richard bot ihr an, den Reifen zu wechseln, aber sie wollte ihm keine Mühe machen. »Ich ruf Triple A oder einen anderen Reparaturservice an«, sagte sie.

»Oder ich laufe nach Hause und hol den Wagen morgen ab. Mein Haus ist nur ein paar Blocks weiter.«

»Sei nicht albern«, sagte er und öffnete ihr die Tür seines Wagens. »Ich fahr dich nach Hause. Dann kann ich auch dein neues Heim sehen.«

Es war ein großzügiges Haus im Tudorstil, errichtet auf einem herrlichen Grundstück in einer exklusiven Wohngegend. Alle nur vorstellbaren Arten von Bäumen, Sträuchern und Blumen waren kunstvoll um eine gepflegte Rasenfläche herum arrangiert worden. Dicht belaubte Orangen-, Limonen- und Zitronenbäume voller reifer Früchte erfüllten die Luft mit ihren Wohlgerüchen. Im hinteren Teil des Gartens gab es einen kleinen Wasserfall, und die Vögel versammelten sich dort zu ihrem täglichen Bad im schimmernden Teich.

Als sie die Zufahrt hinaufgefahren waren, stieg Lily aus und ging um den Wagen herum, um durchs Fahrerfenster mit Richard zu sprechen. »Danke fürs Bringen«, sagte sie. »Ich bin froh, dass wir miteinander geredet haben. Aber da du Middleton vertrittst, müssen wir von nun an Distanz halten.«

»Was glaubst du eigentlich, mit wem du sprichst?«, sagte Richard, öffnete die Tür und zwang sie dadurch, einen Schritt beiseite zu treten. »Ich habe dir doch gesagt, dass ich diesen Fall nur angenommen habe, um Zeit mit dir zu verbringen. Wir müssen nur vorsichtig sein und Diskretion wahren.«

Bevor sie wusste, wie ihr geschah, stand er schon an der Haustür. Sie hatte vergessen, dass er ausgesprochen willensstark war und kein Nein akzeptieren konnte.

»Das Haus ist fabelhaft«, sagte er. »Bittest du mich auf einen Drink herein?«

»Bitte, Richard«, sagte sie und wurde rot, »wenn der Prozess beginnt, werden wir uns jeden Tag sehen.«

Er streckte seine Hand aus. »Gib mir den Schlüssel.«

»Verdammt«, rief sie, »weißt du nicht, was ein solches Haus kostet? Ich habe nur das Gästehaus gemietet. Selbst das kann ich mir kaum leisten.«

»Oh«, sagte er und erkannte, dass er sie in Verlegenheit gebracht hatte. »Dann lass uns zum Gästehaus gehen.«

Lily war zu müde, um zu widersprechen. Sie führte ihn einen gewundenen Pfad entlang bis zu einem kleinen Steincottage im hinteren Teil des Grundstücks, das von Rosenbüschen umgeben war. Um das Außenlicht herum schwärmten Insekten. Richard fegte sie beiseite, während Lily in ihrer Handtasche nach dem Schlüssel kramte. Schließlich öffnete sie die Tür und winkte ihn herein. »Ich glaube, du brauchst dir keine Sorgen zu machen, dass dich hier jemand belästigt«, sagte er. »Es sieht so aus, als hättest du ein hübsches kleines Versteck für dich gefunden.«

Als sie nach dem Lichtschalter tastete, zog er sie in seine Arme. Sie entwand sich ihm. »Es war schön, dich wiederzusehen, aber ich denke, weiter sollten wir nicht gehen.«

Enttäuscht schlug sich Richard mit beiden Händen auf die Oberschenkel. Am Morgen hatte er sich auf seiner Fahrt nach Santa Barbara ausgemalt, dass sie dort weitermachen würden, wo sie aufgehört hatten. In der ersten Zeit ihrer Affäre war Lily wie ein junges Mädchen gewesen, das seine ersten Erfahrungen mit Sex machte. Er konnte noch ihr hinreißendes Kichern hören, ihre erstaunlich weiche Haut spüren und fühlen, wie sich ihre Brüste an seinen nackten Oberkörper pressten. Sie hatten sich auf dem Sofa in seinem Wohnzimmer geliebt, und ihre langen Beine hatten über das Sofa hinausgeragt. Ihre Leidenschaft füreinander war unstillbar gewesen; sie hatten sich sogar in einem Verhörraum im Bezirksgericht geliebt, unbeeindruckt von der Tatsache, dass sie beide ihren Ruf aufs Spiel setzten.

Das Gästehaus war bezaubernd, und fast eine Miniaturausgabe des Haupthauses. Das erstaunlich weitläufige und geschmackvoll ausgestattete Wohnzimmer enthielt ein Sofa mit Blumenmuster und zwei Polsterstühle in Limonengrün, einer davon hatte einen dazu passenden Fußschemel. Hier und dort lagen Satinkissen auf den Polstermöbeln, und eine Kristallvase mit frischen Blumen stand auf einem der Couchtische. Ein riesiger geschnitzter Bücherschrank mit geschliffenen Glastüren nahm eine ganze Wand ein, und außerdem gab es eine kleine Küche, in der ein Tisch und zwei Stühle Platz hatten.

»Ich ... ich brauche wirklich nicht sehr viel«, stammelte Lily und presste ihre Hände an die Tür hinter ihr.

Obwohl das Cottage so liebevoll eingerichtet war, spürte Richard doch die überwältigende Traurigkeit, die hier zu Hause war. Er entdeckte Dutzende von Fotos an den Wänden, die allesamt Shana zeigten, vom zartesten Kindesalter an bis heute. Das Bild, das Lily in der Öffentlichkeit abgab, unterschied sich sehr von der Person, die hier wohnte. Sie bestrafte sich immer noch selbst, kam jeden Abend allein nach Haus und beraubte sich jeder Möglichkeit, glücklich zu werden.

»Kann ich mal dein Bad benutzen?«

Lily wies auf eine Tür.

Während Richard im Badezimmer war, machte er sich Vorwürfe, dass er sich so lange nicht gemeldet und ihr geholfen hatte. Jetzt, da er sie wieder gesehen hatte, wusste er, dass er die Sache in die Hand nehmen musste. Er wusste aber auch, dass er sie nicht erschrecken durfte. Als er zurückkam, stand sie vor einem Spiegel im Wohnzimmer und starrte auf ihr Spiegelbild.

»Du bist wunderschön.«

»Wohl kaum«, sagte Lily und strich sich das windzerzauste Haar glatt. Sie hängte ihren Blazer in den Schrank. Darunter trug sie eine beige Bluse und einen dazu passenden Rock. Der Stoff ihrer Bluse war ein dünnes Seiden-Baumwoll-Gemisch. Ohne den Blazer konnte man ihre Brüste durch den leichten Nylon-BH sehen. Wegen ihrer Größe hatte sie Schwierigkeiten, passende Kleider zu finden. Wenn der Rock in der Taille nicht etliche Zentimeter Spiel hatte, zog er sich an den Hüften hoch. Sie löste das Problem, indem sie lange Blazer darüber trug, und merkte nicht, wie aufreizend sie ohne sie wirkte.

»Ich wollte eigentlich ein Haus kaufen«, erzählte sie ihm, »aber die Immobilien hier sind zu teuer.«

»Ich bin hier aufgewachsen – erinnerst du dich?«, sagte Richard. »Die Preise sind seit damals natürlich in die Höhe geschossen. An dem Strand, zu dem du mich gebracht hast, habe ich Greg das Surfen beigebracht. Mein Elternhaus stand auf der anderen Seite der Bahngleise.« Er schwieg einen Moment und hing angenehmen Erinnerungen nach. »Jeden Morgen wurde ich vom Zug geweckt. Der Preis ist nicht zu hoch, wenn man dafür am Strand wohnen kann, findest du nicht? Und ich kam nie zu spät zur Schule.«

»Wie geht es deiner Mutter?«

»Sie ist tot, Lily. Sie starb letztes Jahr, ungefähr um diese Zeit. In gewisser Weise sind meine Eltern immer noch Einwohner von Santa Barbara.«

»Ich verstehe nicht.«

»Sie sind auf dem wunderschönen Friedhof hinter der Musikakademie begraben«, erklärte Richard. »Vor der Verlesung der Anklage bin ich rübergefahren und habe ihre Gräber besucht. Mein Vater hat das Familiengrab vor zwanzig Jahren gekauft, sonst hätte ich es mir nicht leisten können, meine Mutter neben ihm zu begraben. Glaub mir, selbst die unterirdischen Heimstätten sind hier teuer. Natürlich hat sonst kaum ein Friedhof Aussicht auf das Meer.«

»War dein Vater nicht Arzt?«

»Chirurg«, sagte er und rieb sich die Stirn.

»Das mit deiner Mutter tut mir Leid.«

»Sie hatte ein schönes Leben, Lily.«

»Hast du je mit dem Gedanken gespielt, wieder hierher zu ziehen?«

»Nicht ernsthaft«, entgegnete Richard. »Ich wohne immer noch in demselben Haus in Ventura. Aber ich habe es um eine Etage aufgestockt. Es ist wirklich sehr hübsch geworden.«

Lily fühlte, wie ihr Unbehagen langsam wich. »Ich würde dir einen Drink anbieten«, sagte sie, »aber ich habe nur Cola Light.«

»Ich muss ohnehin fahren«, sagte er und fuhr mit den Fingern über das Sofa. »Wo ist Shana?«

»Sie ist wieder mit John zusammengezogen.«

»Sagtest du nicht, sie ginge aufs College?«

»Tut sie auch«, antwortete Lily und ging in die Küche, um die Cola zu holen. »Die meisten Jugendlichen würden ihren rechten Arm dafür geben, hier zur Universität zu gehen.«

»Und Shana?«

»Wollte unbedingt auf die UCLA.« Sie schwieg. Es war offensichtlich, dass das Thema ihr unangenehm war. »Ich kann mir vielleicht kein Haus in Santa Barbara leisten, aber ich hätte etwas in Goleta, in Summerland oder sogar in Carpenteria kaufen können.«

»Und was ist passiert?«

»Als Shana erst mal von der UCLA angenommen war«, fuhr Lily fort, »überredete John sie, mit ihm in ein Haus nach North Hollywood zu ziehen. Versteh mich nicht falsch, ich begreife, dass sie nicht hier aufs College will. Sie will Jura studieren, und wir wissen beide, dass die UCLA dafür die bessere Wahl ist.«

»Die Uni von Santa Barbara ist nicht ernst zu nehmen, Lily«, entgegnete Richard. »Außerdem sollten Kinder ausziehen, wenn sie aufs College gehen. So werden sie erwachsen.«

»Hast du nicht zugehört?«, sagte sie und ihre Stimme hob sich. »Sie lebt mit John zusammen!«

»Tja«, sagte er und lachte leise, »was ich so über den Mann weiß, lässt darauf schließen, dass es das Gleiche ist, als lebte sie mit einer Gruppe von Collegekindern zusammen.«

Lily holte tief Luft. Für Richard war Johns Verantwortungslosigkeit vielleicht amüsant, aber sie fand sie mit Sicherheit nicht komisch. »Ich habe erwartet, dass sie wenigstens ab und zu das Wochenende mit mir verbringt. Aber seit ich hier eingezogen bin, hat sie mich erst einmal besucht.«

Richard entdeckte ein weiteres Foto von Shana auf dem Couchtisch. Er hob es hoch. Er hatte ganz vergessen, wie sehr das Mädchen seiner Mutter ähnelte. Jetzt, da Shana älter war, hätte man die beiden auch für Zwillinge halten können. »Wow«, sagte er, »du hast so viele Bilder von Shana in deinem Haus, dass ich wette, ich könnte eins für Greg mitgehen lassen, ohne dass du es merkst.«

»Ich schätze, ich bin da nicht ganz normal«, erwiderte Lily, da sie seine Bemerkung für Spott hielt. »Ich meine das ganz ernst, Richard. Es tut mir gut, ihre Fotos zu sehen.«

»Ich habe nur Spaß gemacht«, sagte er. »Abgesehen von ihrer Vorliebe für bestimmte Universitäten – warum hat sie sich entschlossen, bei ihrem Vater zu leben? Ich dachte, ihr beide seid unzertrennlich.«

Lily ließ den Kopf hängen. »Die alte Geschichte – du weißt schon. John benimmt sich, als wäre er ihr Laufbursche. Weil ich bis spät abends arbeite, beschloss sie, ins vertraute Umfeld zurückzuziehen.« Sie schwieg einen Moment und wechselte dann das Thema. »Wie geht es Greg? Wird er nicht sauer sein, wenn du zu spät kommst? Willst du ihn nicht von hier aus anrufen?«

»Lass uns heute Abend nicht über die Kinder sprechen«, sagte Richard und konzentrierte sich auf einen Punkt über ihrem Kopf. »Neuigkeiten können wir ein andermal austauschen.«

Als sie sich auf das Sofa setzten, ließen sie sich fast auf dieselbe Stelle sinken. Lily fühlte, wie sein Oberschenkel ihren streifte. Die Anziehung zwischen ihnen war so stark, dass sie ihn in Gedanken bereits auszog. Sie hüstelte ein paarmal, um ihre Verlegenheit zu überspielen, so wie ein Mann beiläufig sein Jackett über den Schoß wirft, um eine unerwartete Erektion zu verbergen. Richard war in ihren Augen alles, was eine Frau sich nur wünschen konnte. Seine Schultern waren breit, seine Beine lang und muskulös. Und sein Hintern war nicht so flach wie bei manchen anderen Männern.

Doch gleichgültig, wie sehr sie ihn auch begehrte, sie konnte nicht all die Jahre vergessen, in denen sie mit ihrem Kummer allein gewesen war. Sie stand auf, gähnte und hoffte, er würde den Wink verstehen und aufbrechen.

»Hm«, sagte er, immer noch in der Lage, ihre Gedanken zu lesen, »ich schätze, ich fahr jetzt mal.«

Als sie zu seinem Wagen gingen, fragte Lily nach seiner Ex-Frau. Er hatte ihren Ergüssen über die Probleme mit Shana und John zugehört, da musste sie sich wohl revanchieren. »Wie geht es Claire?«

»Gut.«

»Lebt sie immer noch mit dieser Frau zusammen?«

»Ja«, sagte Richard und kratzte sich am Kopf. »Sie haben sich ein schönes gemeinsames Leben aufgebaut. Nach allem, was ich so höre, ist Claire wirklich glücklich.«

Lily war beeindruckt, wie gut Richard mit der Neigung seiner Ex-Frau zurechtkam. »Wir sehen uns bei Middletons erster Anhörung.«

»Ich will dich«, sagte er und zog sie in seine Arme.

Lily fühlte sich schwindelig, schutzlos. »Ich dich auch«, erwiderte sie, »aber ich werde nicht aus einem Impuls heraus handeln. Die Zeiten sind vorbei, Richard.«

»Ich weiß, dass wir vorsichtig sein müssen«, gab er zurück und umschloss mit seiner Hand eine Seite ihres Gesichts, »aber der Middleton-Prozess wird ja nicht ewig dauern. Jetzt sag nicht, dass du nie wieder mit mir schlafen wirst.«

Sie lächelte. »Das habe ich auch nicht gesagt.«

»Oh«, entgegnete er, »und ich dachte, du stellst mir eine Art Ultimatum.«

Lily legte ihren Kopf an seine Brust, aber ihr Behagen verschwand so schnell, wie es gekommen war. Das verschreckte kleine Mädchen war aufgetaucht, inmitten einer Flut bedrohlicher Bilder. »Warum ist es passiert?«, fragte sie mit Tränen in den Augen. »Vielleicht hätte ich nicht so reagiert, wenn er nur mich vergewaltigt hätte. Aber meine Tochter ...«

»Denk nicht mehr daran«, flüsterte er. »Gehst du noch zur Therapie?«

Aufgebracht stieß Lily ihn weg. »Bloß weil ich nicht mit dir schlafen will, musst du nicht gleich so unverschämt sein und meine Therapeutin ins Spiel bringen. Willst du mir etwa unterstellen, dass ich sexuell gestört bin? Ich hatte vielleicht gleich nach der Vergewaltigung ein Problem. Das ist aber nicht unnormal, weißt du?« Sie stieß ihre Worte hervor. »Jetzt geht es mir gut. Einfach nur gut. Ich hatte einige Liebhaber. Und keiner hat sich beklagt.«

»Hör auf«, sagte er und fasste sie bei den Schultern. »Du musst mir nichts beweisen. Ich mache mir Sorgen um dich, mehr nicht. Du regst dich ganz unnötig auf.«

»Es ist sechs Jahre her, Richard«, schrie Lily. »Wo zum Teufel warst du die ganze Zeit?«

»Ich habe versucht, Kontakt zu dir aufzunehmen«, protestierte er. »Aber du hast auf meine Anrufe nie reagiert.«

»Und wie oft hast du mich angerufen?«, sagte sie und schlang die Arme um ihren Körper. »Einmal? Zweimal? Mein Ex-Mann ruft mich an. Mein Finanzberater ruft mich an. Nach all dem, was wir durchgemacht haben, hast du nicht mehr als ein paar lausige Anrufe zustande gebracht?«

»Herrgott noch mal!« rief Richard zornig. »Hast du es denn immer noch nicht begriffen? Du hast einem Polizeibeamten gegenübergestanden. Man hätte mich als Belastungszeugen vorladen können. Ich hatte Angst, dafür verantwortlich zu sein, dass du ins Gefängnis kommst.«

»Bruce Cunningham ist zurück nach Omaha gezogen«, sagte Lily und spürte, wie ihre Wut beim Gedanken an den großen Detective mit den verschrammten Schuhen und den abgetragenen Anzügen nachließ. »Niemand weiß die Wahrheit.«

»Hast du mit ihm gesprochen?«

»Ich habe im Police Department von Omaha angerufen«, antwortete sie und riss ein Blatt von einem Baum. »Cunningham arbeitet seit drei Jahren nicht mehr als Detective. Jetzt ist er bei einer Firma namens Jineco Equipment Corporation. Ich habe vor kurzem mal ihre Webseite aufgerufen, weil ich ihm eine E-Mail schicken wollte, aber dann dachte ich, dass ich wahrscheinlich die Letzte bin, die er wieder auftauchen sehen will.«

Richard blickte zum Himmel und dachte, dass sie wahrscheinlich Recht hatte.

»Aber da du mich schon unbedingt daran erinnern musstest, dass ich eine Mörderin bin«, sprach Lily weiter, »scheinen mir unsere moralischen Bedenken im Fall Middleton fast scheinheilig. Was denkst du?«

»Ich denke, dass ich dich liebe«, sagte Richard mit einem wilden Ausdruck in den Augen. »Egal was kommt, ich werde dich wahrscheinlich immer lieben. Aber das weißt du ja, oder?«

Lily hob abwehrend die Hand. Wenn sie ihren Gefühlen jetzt freien Lauf ließen, wäre das verfrüht, vor allem unter diesen Umständen. »War es Middletons Idee, Betsys Apparate nicht abzuschalten, oder hast du ihm erklärt, was er alles zu erwarten hat, wenn sie stirbt?«

Richard wollte schon antworten, doch dann bremste er

sich. Erst wollte sie ihn nicht sehen, weil er Middletons Anwalt war. Und jetzt schien sie genau in die entgegengesetzte Richtung zu steuern und sich mit ihm gegen seinen Mandanten verbünden zu wollen.

»Sie hat schreckliche Anfälle«, erklärte ihm Lily. »Ihre Gliedmaßen sind verkümmert. Wie können wir wissen, ob sie während der Krämpfe Schmerzen hat oder nicht? Es ist ja fast so, als würde man eine Leiche am Leben erhalten.«

»Jetzt hör mir mal gut zu!«, sagte er. »Betsy Middleton ist nicht deine Tochter.«

»Ich werde wegen ihr eine Eingabe vor Gericht machen.«

Richard starrte sie aufs Neue beeindruckt an. Wenn sie sich aufregte oder wütend wurde, dann wechselte ihre Augenfarbe von Blau zu Grün. Das war die Frau, die ihn in seinen Träumen heimsuchte, ihn erschreckte, seine Leidenschaft in einem Maße entzündete, dass er sich vollkommen lebendig fühlte. Nicht das Vergewaltigungsopfer, sondern die tapfere Kriegerin, die Rächerin, ein Mensch mit genügend Mut, um für andere in die Bresche zu springen. »Tu, was du nicht lassen kannst.«

Lily blieb in der Auffahrt stehen und sah ihm zu, wie er in seinen Wagen stieg und davonbrauste.

Kapitel 5

»Dad«, rief Shana aus ihrem Zimmer, »wo ist mein Eis?«

John Forrester lag in einem braunen Ledersessel und schlief. Er und seine achtzehnjährige Tochter teilten sich ein kleines Häuschen mit zwei Schlafzimmern. Es hatte einen verblichenen rosa Verputz voller Risse und stand in einer baumgesäumten Straße von North Hollywood. Der Garten bestand aus einer kleinen Rasenfläche. Obwohl das Wohnzimmer nur spärlich möbliert war, wirkte es vollgestopft und winzig. Ein grünes Samtsofa stand vor einem großen Panoramafenster, das zur Straße hinausging. Shana hatte darauf bestanden, dass ihr Vater ein Haus mit Kamin mietete, daher war ihre Wandfläche begrenzt. Wäre das Sofa nicht vor das Fenster gestellt worden, hätten sie vom Boden aus fernsehen müssen. Ein einziges weiteres Möbelstück befand sich noch in dem Zimmer, ein Couchtisch aus Eichenholz, der mit Gläsern, Zeitungen und Stapeln von ungeöffneter Post übersät war.

Shana, in Jeans und einem schwarzen Pullunder, stand von ihrem Schreibtisch auf, um nachzusehen, warum ihr Vater nicht antwortete. »Wach auf«, sagte sie und rüttelte ihn. »Du hast versprochen, Eis zu holen. Das Huhn, das du heute Abend gekocht hast, war furchtbar. Es schmeckte wie Gürteltier.«

»Wie viel Uhr ist es?«, fragte John und sah auf seine Uhr. »Warum hast du mich nicht früher geweckt?«

»Weil ich fleißig an meiner Arbeit geschrieben habe«, sagte sie und schob die Brille auf ihrer Nase zurecht. »Kannst du nicht mal den Müll wegräumen? Du weißt doch, dass ich mich nicht konzentrieren kann, wenn das Haus so unordentlich ist. Ein chaotischer Haushalt ist ein Zeichen für einen chaotischen Geist.«

John starrte sie an, seine Augen waren noch schwer vom Schlaf. Bis zu ihrem ersten Tag im College war Shanas Zimmer immer ein Schweinestall gewesen. Jetzt war das Pendel in die entgegengesetzte Richtung ausgeschlagen. Das Haus musste stets in perfekter Ordnung sein. Er stand auf, stopfte sich das Hemd in die Hose und schlüpfte in seine Schuhe. Mit seinen ein Meter siebenundsiebzig war er nicht besonders groß. Seine Tochter war einen Meter achtundsiebzig und damit nur einen Zentimeter kleiner als ihre Mutter. Wenn sie nicht Lilys Intelligenz und Ehrgeiz gehabt hätte, hätte sie ihren Lebensunterhalt ohne Probleme als Model verdienen können. Ihre Augen waren saphirblau, ihre Haut makellos und ihre Wangenknochen wunderschön modelliert. Ihr rötlich braunes Haar fiel ihr bis auf den Rücken, aber an diesem Abend hatte sie es zu einem Pferdeschwanz über dem Kopf zusammengebunden.

»Baskin-Robbins hat vielleicht schon zu«, sagte er und strich sich mit der Hand über den Kopf. Von seinen Haaren war ihm nur noch ein Kranz um seinen Schädel herum geblieben. Was das Ganze noch schlimmer machte, war die Tatsache, dass sein Haar im letzten Jahr grau geworden war und er es jetzt zweimal im Monat färben lassen musste. »Aber keine Sorge«, sagte er und nahm die Autoschlüssel vom Couchtisch. »Ralph's hat die ganze Nacht geöffnet. Erdnussbutter und Schokolade, richtig?«

»Ich will kein Eis aus dem Supermarkt«, protestierte Shana. »Ich habe letzte Woche so viel verpasst, dass ich gestern Nacht bis drei Uhr arbeiten musste. Bitte, Dad, du hast es versprochen!« Sie nahm eins der Gläser vom Couchtisch und roch daran. »Hast du heute Nachmittag was getrunken? Ist das Abendessen deshalb angebrannt?«

»Natürlich nicht«, schnauzte er sie an und riss ihr das leere Glas aus der Hand. »Eins meiner Geschäfte ist geplatzt. Ich habe versucht, es zu retten. Deshalb musste ich herumtelefonieren und habe vergessen, nach dem Ofen zu sehen.«

»Vielleicht solltest du eine regelmäßige Arbeit annehmen«, sagte Shana und griff nach der Fernbedienung, um die Lautstärke zu drosseln. Ihr Vater sah ständig fern. Sie hatte langsam den Verdacht, dass er schwerhörig wurde. Die Lautstärke war immer so ohrenbetäubend, dass sie dabei kaum lernen konnte. »Mom sagt, du hättest kein Talent zum Verkaufen. Sie meint, du solltest dir lieber einen Job suchen, bei dem du einen Stundenlohn bekommst. Du weißt schon, etwas, womit man jeden Monat fest rechnen kann.«

John fuhr auf. »Wann hast du mit deiner Mutter gesprochen?«

»Gestern.« Sie schaufelte die alten Zeitungen zusammen und warf sie in den Mülleimer in der Küche, dann ging sie die kurze Strecke zum Wohnzimmer zurück. »Mom bezahlt schon die Studiengebühren. Es ist nicht fair von dir, wenn du erwartest, dass sie für alles aufkommt. Sie ist schließlich nicht reich. Sie ist nur eine Bezirksstaatsanwältin, eine Verwaltungsangestellte.«

»Sie hat mehr Geld als ich«, sagte er bitter. »Warum ist sie nicht in die Wirtschaft gegangen? Als sie noch studierte, wollte sie das. Ich werde nie verstehen, warum sie dann unbedingt Staatsanwältin werden musste.«

Shana hasste es, zwischen zwei Menschen zu stehen, die ständig miteinander stritten. Die Leute meinten, unter einer Scheidung litten nur kleine Kinder, aber da lagen sie falsch. So sehr sie ihre Eltern liebte, so unerträglich war manchmal ihre Situation. Sie fühlte sich wie eine Anwältin, die sowohl den Täter als auch das Opfer verteidigen soll. »Mom hat ihr ganzes Leben hart gearbeitet. Ich bin stolz, dass sie wieder Staatsanwältin ist. Sie ist nicht der Typ für einen langweiligen Schreibtischjob. Dazu ist sie im Gerichtssaal zu gut.«

»Sie hätte denselben Job auch in Los Angeles machen können«, meinte John und schob seine Unterlippe vor wie ein bockiges Kind. »Dann hättest du sie öfter sehen können. Und ich würde mir nicht ihre ständigen Klagen anhören müssen, dass ich dich mit Beschlag belege.«

»Kannst du bitte damit aufhören?«, schrie Shana. »Nach all den Jahren, die Mom in Los Angeles verbracht hat, wollte sie endlich mal wieder an die Küste. Außerdem musste sie nehmen, was sie kriegen konnte. Du redest dummes Zeug, Dad. Und ich bin heute Abend zu müde, um mich mit diesem Blödsinn abzugeben.« Sie steuerte auf ihr Zimmer zu und wandte sich dann um. »Beeil dich, dann schaffst du es noch zu Baskin-Robbins, bevor sie schließen. Ich bin gestern schon in den Supermarkt gegangen.«

»Warum hast du dann kein Eis gekauft?«

Shana ließ ihr unwiderstehliches Lächeln aufblitzen, das eine Reihe makellos weißer Zähne zum Vorschein brachte. »Jetzt komm schon, Dad! Du magst das Eis vom Supermarkt genauso wenig wie ich. Meistens hat es Gefrierbrand.« Sie fuhr sich mit der Zunge über die Lippen. »Ich weiß doch, was du willst ... einen großen, prächtigen Eisbecher mit Nüssen und Sahne. Hört sich das nicht lecker an?«

John schlurfte schwerfällig die Haustür hinaus, stieg in den Mustang seiner Tochter und fuhr rückwärts die Einfahrt hinunter. Shanas Glück stand im Mittelpunkt seiner Bestrebungen, selbst wenn sie dazu neigte, ihn wie einen Laufburschen zu behandeln. Er interessierte sich schon seit Jahren nicht mehr für Frauen. Jetzt, da er in den Fünfzigern war, waren gewisse Dinge nicht mehr so wichtig. Nach dem College würde Shana Jura studieren. Er zweifelte nicht daran, dass sie eine erfolgreiche Anwältin werden würde. Und solange er ein Wörtchen mitzureden hatte, würde sie keinesfalls in die Fußstapfen ihrer Mutter treten und für ein Butterbrot als Staatsanwältin arbeiten. Er sah sie in einem der Wolkenkratzer drüben in Wilshire, wo all die hoch dotierten Anwälte ihre Kanzleien hatten. Die scheffelten das Geld nur so, machten sich wirklich einen Namen. Alle Welt war fasziniert vom Rechtssystem. Shana musste ihre Trümpfe nur richtig ausspielen, dann konnte sie eines Tages sogar ihre eigene Fernsehshow haben.

Als John an einem Stoppschild Halt machte, blickte er hinüber zu einem seiner Objekte, einem Haus mit drei Schlafzimmern und einem Swimmingpool. Als er beschlossen hatte, seine Lizenz als Immobilienmakler zu beantragen, hatte er gedacht, er würde mit minimalem Aufwand ein Maximum an Geld herausholen. Stattdessen verbrachte er seine Tage damit, am Telefon herumzuhängen oder irgendwelche Leute herumzukutschieren. Es war wahrscheinlich ein Fehler gewesen, seinen Job bei der Regierung aufzugeben, aber ihm war nichts anderes übriggeblieben. Vor ein paar Jahren hatte er ein paar finanzielle Probleme gehabt, und ihm war nur noch die Möglichkeit geblieben, sich seine Pension auszahlen zu lassen.

Abgesehen von der Beziehung zu seiner Tochter war seine Zukunft nicht sonderlich viel versprechend. Er musste als Immobilienmakler Erfolg haben und irgendwie etwas Geld beiseite legen, sonst konnte er den Rest seines Lebens von der Wohlfahrt leben. Seine Pension war aufgebraucht. Am Tag zuvor hatte er in den sauren Apfel beißen und Lily anrufen müssen, um ihr die Wahrheit zu sagen – dass er die Miete für das Haus nicht länger aufbringen konnte. Dass sie ihn ohne zu zögern bei Shana angeschwärzt hatte, versetzte ihn in Rage. Niemand stand in den Augen seiner Tochter gern als Versager da.

Ein schwarzer Mercedes tauchte plötzlich aus dem Nichts

auf und zwang John auszuscheren, sonst wäre es zu einem Zusammenstoß gekommen. »Idiot«, schrie er aus dem Fenster. Hinter dem Steuer des Mercedes saß eine hübsche Blondine mit einem Handy am Ohr. »Achte beim nächsten Mal darauf, wo du fährst!«

Vor ihrer Scheidung hatten John und Lily ein eigenes Haus besessen. Es war vielleicht kein Palast gewesen, aber sicher besser als das, in dem er jetzt wohnte. Er vermisste seinen alten Garten und die Grillpartys mit den Nachbarn. Während Lily sich um die strafrechtliche Verfolgung von Verbrechern kümmerte, hatte er Shanas Softball-Team trainiert, ihre Mahlzeiten zubereitet und alles sofort stehen und liegen lassen, um zur Schule zu rasen, wenn sie mal krank war. Lily war für das verantwortlich, was seiner Tochter zugestoßen war. Sie hatte ja nicht auf ihn hören wollen. Wenn sie aus dem Staatsdienst ausgeschieden wäre und ihre eigene Anwaltskanzlei eröffnet hätte, hätte sie nie diesen Irren ins Haus gelockt und ihr Leben ins Chaos gestürzt.

Vor ihm erschien plötzlich Shanas Gesicht, mit dem empörten Blick, den sie ihm zugeworfen hatte. Wenn er einen finanziellen Rückschlag erlitten hatte, was war denn dann dabei, dass er etwas Hilfe brauchte, um wieder zurechtzukommen? Warum hatte Lily nicht den Mund gehalten? Er hatte sie angefleht, es Shana nicht zu erzählen. Aber nein, diese Frau hatte die Gelegenheit genutzt, um ihn niederzumachen. Dabei war seine Ex-Frau alles andere als vollkommen. Er wusste Dinge über sie, die anderen die Haare zu Berge stehen lassen würden. Aber im Gegensatz zu Lily lief er nicht herum und plauderte alles aus. »Miststück«, zischte er, und in einem kleinen Rinnsal lief ihm die Spucke aus dem Mundwinkel.

An der Ecke Melrose und Santa Monica Boulevard sah John das rosa Neonschild von Baskin-Robbins. Die Uhr auf seinem Armaturenbrett zeigte fünf vor neun. Er drückte aufs Gas und raste auf den Parkplatz, dabei verfehlte er die Zufahrt und fuhr über den Randstein. Vorwärts ging es nicht weiter, weil dort ein großer Metallbehälter stand, in den die Leute ihre Kleiderspenden für das Rote Kreuz werfen konnten. Er legte den Rückwärtsgang ein, ließ den Motor aufheulen und wollte zurückstoßen.

»Mist«, sagte er dann, als er einen dumpfen Schlag hörte.

Er trat auf die Bremse und blickte in den Rückspiegel, überzeugt, einen Baum gestreift zu haben. Aber das Gelände war so dunkel, dass er nur die Lichter in einem Bürogebäude auf der anderen Straßenseite sehen konnte. Er rieb sich über den Nacken und fragte sich, ob er Schmerzensgeld wegen eines Schleudertraumas verlangen konnte – dann erinnerte er sich daran, dass er nicht mehr versichert war. Nach seiner Verhaftung wegen Trunkenheit am Steuer waren seine Beiträge in derart astronomische Höhen gestiegen, dass er sein Auto verkaufen musste.

Als er ausstieg, um den Schaden zu begutachten, sah er den leblosen Körper auf dem Boden. Seine Beine lagen in einem unnatürlichen Winkel.

Eine schwache Stimme flehte: »Helfen … Sie mir.«

John blieb wie angewurzelt stehen. Er konnte nicht atmen, nicht denken, sich nicht bewegen. Voller Entsetzen sah er, wie sich die Augen des Mannes schlossen und sein Kopf zur Seite fiel. »Nein«, rief er und ließ sich auf die Knie sinken. »Bitte, Gott, lass ihn nicht tot sein.«

Zumindest konnte er kein Blut entdecken. Als er sein Gesicht ganz nah an das des Mannes brachte, spürte er dessen Atem auf seiner Wange. Er wollte schon nach den Beinen tasten, weil er sicher war, dass sie gebrochen waren, da riss er plötzlich seine Hand zurück, als hätte er sich verbrannt. Und wenn er das Bewusstsein wiedererlangte? Der Mann durfte sein Gesicht nicht sehen. »Bist du jetzt zufrieden?« murmelte er und dachte an Lily. »Wenn du mich nicht so wütend gemacht hättest, wäre das nicht passiert.«

Er musste ruhig bleiben und nachdenken.

John entschied, dass der Mann zu Fuß unterwegs gewesen sein musste, da keine anderen Wagen auf dem Parkplatz standen. Das Opfer trug khakifarbene Hosen und ein weißes T-Shirt und schien Anfang zwanzig zu sein. Sein dunkles Haar war lang und ungekämmt, aber seine Gesichtszüge waren erstaunlich weich, sodass John sich fragte, ob es sich nicht um eine Frau handelte. Nein, sagte er zu sich, die Stimme hatte für eine Frau zu maskulin geklungen. Zur Bestätigung beugte er sich noch einmal darüber. Als er keine Brust unter dem T-Shirt entdeckte, entschied er sich, seine erste Annahme für wahr und die Person für einen Mann zu halten. Trotzdem war der junge Mann erstaunlich hübsch. Sein Gesicht hatte eine besondere Ausstrahlung.

Überwältigt vom Ansturm der Gefühle wiegte sich John auf den Knien vor und zurück. Er war zu schnell gefahren. Er hatte nicht aufgepasst. Seine Tochter hatte sich nicht geirrt, als sie ihn beschuldigte, getrunken zu haben. Nachdem sein einziger Vertrag in drei Monaten geplatzt war, hatte er sich mit Alkohol getröstet. »Was habe ich nur getan?«

Er spürte das dringende Bedürfnis, den jungen Mann aufzuheben, in seinen Wagen zu legen und zum nächsten Krankenhaus zu fahren. Seine Hose wirkte einige Nummern zu groß, und seine Arme sahen aus wie dünne Stöcke. War er eins von den Straßenkindern, fragte sich John. Hollywood war voll davon. Viele von ihnen waren Ausreißer, die sich prostituierten, um zu überleben. Sah er deshalb so zart und feminin aus? Ging er auf den Strich?

John blickte nervös hinüber zum Eisladen, dann überprüfte er rasch den Parkplatz. Er entdeckte keine Kunden im Laden, und der Angestellte verbuchte offenbar die Tageseinnahmen. John trug seine Armbanduhr nicht und wusste, dass die Uhr in seinem Wagen wahrscheinlich nachging und der Laden schon geschlossen war, als er auf den Parkplatz fuhr. Er ließ seinen Blick über die anderen Geschäfte der kleinen Einkaufspassage gleiten. Die Hauptattraktion, wie man unter Immobilienmaklern so sagte, war offensichtlich Baskin-Robbins, aber es gab auch eine chemische Reinigung, einen Sandwichimbiss und eine kleine Boutique. Im Gegensatz zum Eisladen hatten die anderen Geschäfte wahrscheinlich schon seit Stunden geschlossen. Er war sicher, dass niemand den Unfall beobachtet hatte. Vor einem Monat erst war er wegen Trunkenheit am Steuer verurteilt worden. Wenn er jetzt die Polizei riefe, hätte das katastrophale Folgen für ihn.

Er sprang in den Mustang und raste aus der gegenüberliegenden Zufahrt vom Parkplatz. An der ersten Kreuzung bog er rechts in eine Wohnstraße ab. Seine Chancen stünden besser, wenn er sich von den Durchgangsstraßen fern hielt. Er nahm sein Handy und wollte schon 911 wählen, da unterbrach er die Verbindung. Die Polizei konnte innerhalb von Minuten reagieren. Manchmal waren sie nur einen oder zwei Blocks entfernt, wenn ein Notruf über Funk kam. Er musste erst aus der Gegend sein, bevor er irgendetwas unternahm. Das Letzte, was er brauchte, war, einem Streifenwagen zu begegnen. Hatte der Junge sein Gesicht gesehen, bevor er das Bewusstsein verlor? Konnte er sich sein Nummernschild eingeprägt haben? Selbst wenn kein Blut zu sehen gewesen war, konnte er doch innere Verletzungen haben.

Jugendliche, die auf den Strich gingen, forderten Ärger heraus, dachte John, sie spielten praktisch mit ihrem Leben. Einer seiner Freier hätte ihn töten können, oder der Junge konnte sich eine Geschlechtskrankheit zugezogen haben. Wenn er, John, jetzt ein Geständnis machte, dachte die Polizei möglicherweise, dass er den Jungen gekauft und ihn vielleicht sogar absichtlich verletzt hatte. Bei all seinen anderen Problemen durfte er einfach nicht auch noch in einen schmutzigen Skandal verwickelt werden.

Die Tatsache, dass der Junge wahrscheinlich ein Herumtreiber war, konnte günstig für ihn sein. Dann würden keine Verwandten nach ihm suchen, zumindest nicht sofort. Soviel er wusste, würde ihn die Polizei möglicherweise noch nicht einmal identifizieren können. Er war zu Fuß unterwegs gewesen, da hatte er vielleicht keinen Führerschein.

John beschloss, anonym bei der Polizei anzurufen, sobald er zu Hause angekommen war. Nein, korrigierte er sich, während seine Gedanken in ein Dutzend verschiedene Richtungen rasten. Shana würde den Anruf hören und Fragen stellen. Abgesehen davon konnte die Polizei jeden Anruf zurückverfolgen. Fast hätte er den Fehler gemacht und sein Handy benutzt.

Die einzige Lösung war, eine Telefonzelle zu finden.

Seine Fingerknöchel wurden weiß, so fest umklammerte er das Lenkrad. Der Schweiß lief ihm über die Stirn. Sein Hemd war so nass, als hätte er es gerade aus der Waschmaschine geholt. Er versuchte, sich auf die Straße zu konzentrieren, aber er konnte nur verschwommen sehen. Ein-, zweimal geriet er auf die gegenüberliegende Straßenseite und wäre fast mit einem entgegenkommenden Fahrzeug zusammengestoßen.

Ich bin nicht betrunken, sagte er zu sich. Seine Sicht war getrübt, weil Lily ihn so aufgeregt hatte. Er war nüchtern gewesen, als er das Haus verlassen hatte. »Du lügst«, sagte er und wischte sich mit dem Handrücken über den Mund. Alkohol war eine teuflische Droge, unterschied sich in nichts von Kokain, Speed oder Heroin. Wieder einmal war er ihr auf den Leim gegangen und in ein falsches Gefühl von Sicherheit gelockt worden. Wie viele Gläser hatte er von dem Jack Daniel's getrunken? Er konnte sich nur noch daran erinnern, dass er eine leere Flasche in den Mülleimer geworfen hatte, als er die Küche aufräumte.

Die Lichter des Einkaufszentrums, in dem Ralph's untergebracht war, tauchten auf. Vor dem Supermarkt stand eine Telefonzelle. Er bremste mit quietschenden Reifen am Straßenrand und ließ den Motor laufen, während er zum Telefon rannte. Er suchte in seiner Hose nach der Brieftasche, fand aber nur ein paar Zehncentstücke und eine Fünfdollarnote. In seiner Eile, Baskin-Robbins noch rechtzeitig zu erreichen, musste er seine Brieftasche auf dem Couchtisch im Haus liegen gelassen haben.

Eine Frau mittleren Alters kam vollbepackt aus dem Supermarkt. Er öffnete schon den Mund, um sie nach Kleingeld zu fragen, da bremste er sich. Die Polizei konnte leicht eine Einheit zu der Telefonzelle senden, sobald sie den Unfall aufgenommen hatte. Und die Frau musste in der Gegend wohnen, denn sie ging auf den Bürgersteig und nicht auf den Parkplatz zu. Ihre Blicke trafen sich, dann sah er schnell woanders hin. Wie konnte er von hier aus anrufen? Die Frau würde ihn wieder erkennen.

John starrte in den Supermarkt. Wenn er hineinging, um sich von einem der Kassierer Geld wechseln zu lassen, hätte er dasselbe Problem. Er musste sicherstellen, dass man ihn nicht mit dem Verbrechen in Verbindung bringen konnte. Er wünschte sich verzweifelt, das Richtige zu tun, seine Tat zu gestehen, Hilfe für den Jungen zu holen. Aber er wusste, das war unmöglich. Es war eine Sache des Überlebens. Ohne einen Führerschein konnte man keine Immobilien verkaufen. Aber das war die geringste seiner Sorgen. Dieses Mal würden sie ihn wegen Trunkenheit am Steuer einsperren. Da der Junge verletzt war und er Fahrerflucht begangen hatte, konnte er ohne weiteres mit einer Gefängnisstrafe rechnen. Wie sollte er diese Demütigung ertragen? Lily würde ewig darauf herumhacken. Shana würde niedergeschmettert sein. Außerdem war er nicht mehr jung. Wenn sie ihn ins Gefängnis steckten, käme er nicht mehr lebend heraus. Die anderen Insassen würden sich mit ihm einen großen Tag machen. Er war nie sehr stark gewesen, und Typen, die im Gefängnis landeten, rochen Schwäche, so wie ein Wolf die Fährte eines verletzten Rehs roch. John wischte mit einem Zipfel von seinem T-Shirt die Fingerspuren vom Glasfenster.

Schließlich hatte er eine Idee. Er würde sich Kleingeld besorgen und dann zu einer anderen Zelle fahren, um die Polizei zu verständigen. Er trat auf die Fläche für die automatischen Türen und versuchte, so ruhig wie möglich zu wirken, als er in den Laden ging und sich der korpulenten Blondine näherte, die an der Kasse arbeitete. »Geschlossen«, sagte sie und wies auf eine andere Kasse ein paar Reihen weiter.

Als er sich hinter einem jungen Pärchen anstellte, spürte er plötzlich einen scharfen Schmerz in der Brust. Würde er jetzt an einem Herzanfall sterben und seine Tochter nie wieder sehen? Der Mann und die Frau vor ihm hatten einen vollen Wagen; der Mann lud die Ware auf das Kassenband. Als John an Shana dachte, fiel ihm ein, dass er nicht mit leeren Händen nach Hause kommen durfte. »Wo ist hier das Eis?«

Der Kassierer mit dem schläfrigen Blick antwortete nicht.

»Haben Sie nicht gehört?«, rief John und stieß gegen die Frau. »Wo ist hier das verdammte Eis?«

»Gang sieben«, antwortete der Kassierer.

Ein paar Augenblicke später war John mit einer Familienpackung Ben & Jerrys-Chocolate-Chip-Eis zurück. Er hatte nach dem Erstbesten in der Tiefkühlbox gegriffen.

»Sie müssen ja wirklich wild auf Eis sein«, sagte der Mann und musterte ihn finster. Er war groß und muskulös und hatte kurz geschnittenes Haar, das er oben mit viel Gel hochgekämmt hatte. Auf seinem rechten Unterarm prangte eine Adlertätowierung. »Sie haben ja fast meine Frau umgerannt. Sie hätten sich wenigstens entschuldigen können. Sehen Sie nicht, dass sie schwanger ist?«

»Tut mir Leid«, sagte John und starrte die Frau an. Ihr Gesicht nahm plötzlich die Züge des anziehenden jungen Mannes an. Er wünschte, er hätte ihm sagen können, wie Leid es ihm tat, und dass er ihm geholfen hätte und nicht wie ein Feigling weggerannt wäre, wenn die Situation eine andere gewesen wäre. Als das Pärchen verschwunden war, knallte er die Fünfdollarnote auf das Band, ließ sich herausgeben und eilte aus dem Geschäft.

Auf der Suche nach einer anderen Telefonzelle fand er sich plötzlich auf der Melrose Avenue wieder. Nur die Außenbeleuchtung von Baskin-Robbins war noch angeschaltet, der Angestellte, den er gesehen hatte, war wohl nach Hause gegangen. Wo hatte der seinen Wagen geparkt? Vorhin war der Parkplatz leer gewesen. Also musste der Angestellte ein Teenager sein. Er war also entweder mit dem Fahrrad zur Arbeit gefahren, oder einer seiner Freunde hatte ihn abgeholt. Sicher hatte schon jemand den verletzten Jungen entdeckt und die Polizei alarmiert.

John fuhr langsam am Parkplatz vorbei und starrte auf die Stelle, wo der Unfall stattgefunden hatte. Als er nichts sah, entfuhr ihm ein Seufzer der Erleichterung. Der Mann war wahrscheinlich ohnmächtig geworden, dann war er wieder zu sich gekommen und seines Weges gegangen. Er trat auf die Bremse und legte seinen Kopf auf die Rückenlehne seines Sitzes. Seine Gebete waren erhört worden. Er würde nie wieder trinken, das schwor er. Jetzt musste er nur noch einen klaren Kopf bekommen. Er schloss die Augen und versuchte sich zu zwingen, mit dem Zittern aufzuhören.

In diesem Moment klingelte sein Handy.

»Wo bist du?«, fragte Shana mit schriller Stimme.

»Ich bin auf dem Weg nach Hause, Schatz.«

»Ich kippe vor Müdigkeit fast aus den Latschen. Was ich jetzt brauche, ist etwas Süßes ...«

John unterbrach sie. »Ich war nicht bei Baskin-Robbins.«

»Warum nicht?«

»Es war schon zu spät, als ich losfuhr«, log er. »Ich wollte dich nicht enttäuschen, also bin ich zu Lucky's gefahren. Aber die hatten Erdnussbutter mit Schokolade nicht.«

»Großartig«, sagte Shana ironisch. »Aber Eis hast du schon gekauft, oder?«

»Ich habe …« John sah in den Rückspiegel, um den Wagen zu wenden, da entdeckte er den Jungen. Als er ihn mit dem Heck erwischt hatte, musste er hinter einen großen Busch gefallen sein. Und er selbst hatte sich eben in solcher Panik befunden, dass er ihn nicht bemerkt hatte. »Wir reden weiter, wenn ich zu Hause bin«, sagte er und warf das Handy auf den Beifahrersitz.

Er fuhr um den Block herum und bremste dann langsam auf der gegenüberliegenden Straßenseite. Jämmerliche Schreie drangen durch das geöffnete Fahrerfenster. Jetzt war klar, dass der Vorfall keine vom Alkohol hervorgerufene Täuschung gewesen war: Das Opfer hatte das Bewusstsein wieder erlangt und schien schreckliche Schmerzen zu haben. John griff nach dem Handy, er musste die Polizei anrufen. Die qualvollen Schreie des Jungen würden ihn sonst für den Rest seines Lebens begleiten.

John fuhr sich mit der Zunge über die Lippen. Sein Mund war ausgedörrt, und sein Schädel dröhnte. Wieder fuhr ihm ein Stich durchs Herz. Seine Beine begannen zu schmerzen. Er fühlte sich wie gelähmt, fast als wäre er und nicht der Junge angefahren worden. Szenen aus seinem Leben kamen ihm in den Sinn. Er sah sich selbst bei der Abschlussfeier der High School, dann an dem Tag, als er Lily geheiratet hatte. Er sah sich, wie er seine kleine Tochter wenige Augenblicke nach ihrer Geburt im Arm hielt. Aber plötzlich verschwanden die schönen Bilder und wurden von dunkel drohenden Wolken verdrängt.

Johns Schultern fingen wieder an zu zittern. Er war alles andere als ein kaltblütiges Individuum. Er wusste, was gut und was böse war. Alles was er wollte, war eine faire Chance nach diesem einen Fehler. Er würde nicht nur dem Alkohol abschwören, er würde auch härter arbeiten, mehr Häuser verkaufen und sich nie wieder in Shanas Beziehung zu ihrer Mutter einmischen. Abgesehen von seiner Bestrafung wegen Trunkenheit am Steuer war er nie mit dem Gesetz in Konflikt geraten und hatte nie absichtlich jemand anders geschadet.

Seine Nase fing an zu laufen. Da er kein Taschentuch fand, fischte er ein Tuch vom Rücksitz und schnaubte hinein. In drei Monaten wurde seine Tochter neunzehn. Für ihr Alter hatte sie mehr als den üblichen Anteil an Schmerz ertragen müssen. Er starrte auf die Uhr am Armaturenbrett. Über eine Stunde hatte er mit seinem Gewissen gerungen. Er warf das Tuch aus dem Fenster. Der Kampf war zu Ende. Wenn er den Unfall nicht meldete, bewahrte er sich selbst vielleicht vor dem Gefängnis, vor allem aber schützte er seine Tochter. Als er sah, dass hinter ihm die Scheinwerfer eines anderen Wagens näher kamen, stieg er aufs Gas und fuhr nach Hause.

Kapitel 6

Richard Fowler stellte seinen Lexus auf dem Parkplatz der Ventura High School ab, öffnete den Kofferraum und holte ein frisches Hemd heraus, das noch in der Plastikhülle der Reinigung steckte. Nachdem er sich umgezogen hatte, wühlte er in seiner Sporttasche und fand schließlich sein Aftershave: Bay Lime – Lorbeer und Limone. Er goss sich etwas davon in die Hand und verrieb es dann auf seinen Wangen. Wieder im Wagen kontrollierte er sein Aussehen im Rückspiegel und stellte sicher, dass Lily keine verräterischen Lippenstiftspuren hinterlassen hatte.

Sein Haus lag hoch oben in den Hügeln und bot somit einen herrlichen Blick auf den Pazifischen Ozean. Nachts ersetzten die glitzernden Lichter der Stadt die Schönheit der Küste. Als er die engen, gewundenen Straßen hinauffuhr, kam ihm wieder einer der größten Nachteile dieser Lage in den Sinn: die Erdrutschgefahr. Aber nachdem er über zwanzig Jahre in Kalifornien gelebt hatte, schien ihm die Bedrohung durch einen Erdrutsch gegenüber der durch ein weiteres starkes Erdbeben eher vernachlässigenswert. Er hatte sich schon vor langer Zeit für ein Haus am Fuß der Gebirgsausläufer entschieden, statt Gefahr zu laufen, eines Tages von den strudelnden Wassermassen einer riesigen Flutwelle begraben zu werden.

Er betrat die Küche durch die Garage, öffnete den Kühlschrank aus Edelstahl und starrte hinein. Joghurt, Tofu, Sojasprossen. Konnte diese Frau nicht mal was Richtiges zu essen kaufen? Er nahm sich einen Apfel und eine Dose Cola und knallte dann angewidert die Kühlschranktür zu. Er konnte nicht mal mehr ein Bier bekommen, höchstens eine Tüte ungesalzener Brezeln. Selbst um eine Cola ab und an musste er kämpfen. *Nichts als aromatisierte Chemie,* würde sie sagen und ihn anblicken, als wäre er ein unartiges Kind.

Als Richard ein paar Jahre zuvor das Haus um eine Etage aufgestockt hatte, war auch die dreißig Jahre alte Küche modernisiert worden. Die Küchentheke war jetzt aus rostfarbenem Granit, und die Schränke waren aus feinstem Kirschbaumholz. Auch wenn er den Tudorbau bewundert hatte, wo Lily das Gästehaus bewohnte, zog er doch die klare Übersichtlichkeit zeitgenössischen Designs vor.

Er wollte gerade in seinen Apfel beißen, da kam eine attraktive Blondine in die Küche geschlendert. Sie trug Sportkleidung, eine schwarze Trikothose und ein Top mit Nackenträger; also nahm er an, dass sie im Fitnessraum im Keller gewesen war. Ihr Körper war einer ihrer größten Vorzüge, und sie nutzte jede Gelegenheit, ihn zur Schau zu stellen. Sie hatte einen großen Busen, eine Wespentaille, lange Beine und einen Hintern, der sich anfühlte wie zwei Stahlkugeln. Zwar ging sie einmal im Jahr zum Schönheitschirurgen, zur, wie er es nannte, Runderneuerung, aber zweifellos zog sie die Blicke auf sich. Sie lebten jetzt drei Jahre zusammen, und bis heute konnte er noch nicht mit Sicherheit sagen, wie alt sie eigentlich war. Sie erzählte jedem, sie sei fünfunddreißig. Irgendwie hatte sie es geschafft, einen entsprechend ausgestellten Führerschein zu bekommen, wahrscheinlich mit einer gefälschten Geburtsurkunde. Aber er hatte nie versucht, die Wahrheit aus ihr herauszubekommen. Was kümmerte es ihn, wenn sie ein paar Jahre wegschummelte? Je mehr sich allein stehende Frauen den vierzig näherten, desto größer wurde ihre Unsicherheit.

»Wo warst du?«, fragte Joyce Lansing und riss ihm den Apfel aus der Hand. »Ich war kurz davor, die Polizei anzurufen.«

Richard öffnete seine Coladose, wartete, bis etwas Kohlensäure entwichen war, und nahm dann einen Schluck. »Ich habe einen schweren Fall, Joyce. Mein Mandant wird beschuldigt, seine Tochter vergiftet zu haben. Okay, ich bin spät dran. Aber heißt das, ich kriege nichts mehr zu essen? Herrgott, das ist doch nur ein Apfel. Von dem Zeug, das du im Supermarkt einkaufst, kann man nur verhungern! Was ist mit normalem Essen? Du weißt schon: Steaks, Hühnchen, Apfelkuchen, Eiscreme.«

»Lüg mich nicht an«, sagte sie und starrte ihn wütend an. »Es gibt keine Geschäftstermine um diese Zeit.«

»Mein Gott«, sagte er, »es ist noch nicht mal zehn.«

»Du hättest anrufen können«, sagte Joyce und warf mit dem Apfel nach ihm.

Nach all den Jahren, in denen sie Gewichte stemmte, konnte sie werfen wie ein Mann. Hätte Richard sich nicht im richtigen Moment geduckt, hätte der Apfel ihn bewusstlos geschlagen. »Hast du einen Anfall von PMS?«, fragte er, hob den Apfel auf und wusch ihn ab. »Oder willst du dir nur meine ungeteilte Aufmerksamkeit sichern?«

»Das ist nicht komisch«, erwiderte sie und kaute geräuschvoll auf ihrem Kaugummi. »Wirst du jetzt meine Frage beantworten?«

»Die Batterie von meinem Handy war leer.« Während Richard über dem Spülbecken seinen Apfel aufaß, dachte er, dass das Handy die schlechteste Erfindung auf der ganzen Welt war. Früher, als man die Leute nur über einen Piepser erreichen konnte, war es noch möglich gewesen, sich aus dem Staub zu machen. Jetzt aber konnte eine Frau einen bis auf die Toilette verfolgen, und zwar gerade dann, wenn man pinkelte. Und der Teufel war los, wenn man nicht reagierte. Außerdem verlangten sie einen stündlichen

Bericht über Aufenthaltsort und Aktivitäten. Joyce und ihre Freundinnen hingen ständig am Telefon. Die meisten Anrufe, die er mitbekommen hatte, waren einfach nur unsinnig. Jetzt waren Designerhandys der letzte Schrei, bei denen man die Hülle passend zum Outfit ändern konnte. Wenn das verdammte Handy ertönte, hörte es sich an wie die Spieluhr von einem kleinen Mädchen. Er hatte schon gesehen, wie Frauen von verschiedenen Gängen eines Kaufhauses aus miteinander telefonierten. Und wenn sie sich nicht gegenseitig anriefen, dann gingen sie ins Internet, um zu shoppen oder Aktien zu ordern.

»Marty bat mich, ein paar Fälle in Santa Barbara zu übernehmen«, sagte Richard und trocknete sich die Hände mit einem Papiertuch ab. »Deshalb musste ich heute Morgen so früh los. Die Anklageerhebung hat länger gedauert als angenommen, und dann bin ich im Verkehr stecken geblieben. Reicht das? Darf ich jetzt wieder aus meiner Ecke raus? Oder hättest du lieber, dass ich bei neun Uhr anfange und dir eine detaillierte Schilderung meines Tages liefere?«

»Hör auf, dich über mich lustig zu machen«, sagte Joyce und setzte sich an den Küchentisch.

Todmüde rieb Richard sich die Augen. Es machte ihm nichts aus, vor Gericht über einen Fall zu streiten. Meistens konnte er sich wenigstens darauf freuen, dafür entschädigt zu werden. Aber jeder private Streit war Zeitverschwendung. Es war schon ärgerlich genug, dass er sich verteidigen musste, wenn er nichts Falsches getan hatte. Aber heute hatte er allen Grund, ein schlechtes Gewissen zu haben. Vielleicht spürte Joyce das. Er konnte sich mit dem aufdringlichsten Aftershave der Welt übergießen, helfen würde es doch nichts. Zwar hatte er nicht mit Lily geschlafen, aber daran gedacht hatte er schon. »Es tut mir Leid«, sagte er. »Hast du ein irgendein spezielles makrobiotisches Essen zubereitet? Bist du deshalb so schlecht gelaunt?«

»Du hättest mich von einem normalen Telefon aus anrufen können.«

»Wie haben den Fall bei ein paar Drinks besprochen.« Richard hatte schon befürchtet, dass die Ausrede mit der leeren Batterie nicht durchgehen würde. Im Moment drehte er ihr den Rücken zu, damit sie das Lächeln auf seinem Gesicht nicht sah. Die meisten seiner Ausreden waren von gestern. Alter Knacker, dachte er. »Ich habe versucht, dich von der Bar aus anzurufen, aber das Telefon ging nicht.«

Joyce seufzte tief. »Ich habe Verständnis für deine Arbeit, Rich«, sagte sie. »Das Einzige, um was ich dich bitte, ist ein Anruf. Ich glaube nicht, dass das zu viel verlangt ist, oder?«

»Nein«, sagte er und ließ den Kopf hängen. Der schnellste Weg, die Dinge in Ordnung zu bringen, war, Reue zu zeigen. Frauen liebten es, wenn Männer zu Kreuze krochen. Sobald sie sicher waren, dass man in der Hölle schmorte, waren sie bereit, ins Bett zu hüpfen und einen zu trösten.

»Du könntest dich wenigstens anständig entschuldigen«, sagte sie, und ein Lächeln umspielte ihre Mundwinkel. »Erzähl mir nicht, dass es zwischen Santa Barbara und Ventura kein einziges funktionierendes Telefon gibt.«

»Ich war mit den Gedanken woanders«, sagte er. »Du weißt doch, wie ich bin, wenn ich viel zu tun habe. Im Moment jongliere ich mit acht Fällen.« Er schwieg und zerquetschte die Coladose in seiner Hand. »Ich hatte gedacht, diesen Drogenfall mit einem Vergleich raushauen zu können. Wie konnte ich ahnen, dass dieser Idiot zwei Vorstrafen hat?« Jetzt flirtete sie mit ihm, lehnte sich so weit vor, dass er ihren Busen sehen konnte, den sie so zurechtrückte, dass er noch größer aussah. Er war kurz vor der Ziellinie.

»Hast du das nicht vorher überprüft?«

»Warum sollte jemand so blöd sein, seinen eigenen Anwalt anzulügen?« fragte Richard, ging zu ihr und gab ihr einen Kuss auf den Kopf. Er starrte auf ihren Busen. Selbst wenn er nicht echt war, sah er doch echt aus und fühlte sich auch so an. Heutzutage war ohnehin alles nur noch Illusion. Vielleicht machte das einen Teil von Lilys Attraktivität aus. Sie hatte zwar nicht Joyces Körper, aber nicht immer war die physische Erscheinung eines Menschen ausschlaggebend. Wenn man wirklich etwas für jemanden empfand, so wie er für Lily, dann fühlte man sich auf einer höheren Ebene miteinander verbunden.

Joyce blickte in seine Augen, nahm seine Hand und legte sie auf ihren Busen. Er war wie eine Schlange durch die Tür gekrochen, und schon hatte er seine Hände in der Keksdose. Jetzt verstand er, warum verheiratete Männer Affären hatten. Es war nicht nur körperlich erregend, sondern die Planung allein war schon eine Herausforderung. Am schönsten an dieser Situation war die Tatsache, dass Joyce nicht seine Ehefrau war. Sie verhielt sich vielleicht so, aber ohne offizielle Verpflichtung, daher hatte seine Schuld gewisse Grenzen. Als er den Middleton-Fall übernahm, hatte er für eine Möglichkeit gesorgt, Zeit mit Lily zu verbringen. Jetzt dachte er darüber nach, ob er nicht noch einen Schritt weiter gehen und Joyce überzeugen konnte, dass er während des Prozesses besser in einem Hotel schlief, als mit langen Fahrten nach Hause seinen letzten Rest von Energie zu verbrauchen.

Was zum Teufel dachte er da?

Wenn es mit einer Beziehung zu Ende ging, drehten die Männer durch. Die schlimmste Erfahrung seines Lebens war die Entdeckung gewesen, dass Claire eine Affäre hatte. Dass es sich dabei um eine Frau gehandelt hatte, war ein Schlag für seine männliche Ehre gewesen, aber mit der Zeit hatte sich herausgestellt, dass dieser Schlag eigentlich nur ein Mückenstich war. Was machte es schon, mit wem sie eine Affäre hatte? Sie hatte ihr heiliges Ehegelübde gebrochen. Er konnte zwar mit der Vorstellung spielen, ein neuer Don Juan zu werden und in alle Betten zwischen Ventura und Santa Barbara zu steigen, aber tief in seinem Innern war er ein eingefleischter Traditionalist. Wenn man jemanden liebte, dann heiratete man ihn, blieb ihm treu und widmete ihm sein ganzes Leben. Aber wenn man jemanden nicht liebte … tja … dann geriet man in ein Kuddelmuddel, wie er es mit Joyce hatte. Der Sex zwischen ihnen war großartig. Alles andere mittelmäßig.

Richard ging hinüber zu dem kleinen Einbauschreibtisch am Ende der Küche und blätterte einen Stapel mit Post durch. Der Umschlag mit der Rechnung seiner American-Express-Karte war zentimeterdick, und die Telefonrechnung war astronomisch. Vielleicht hatte Joyce es noch nicht bemerkt, aber schon bevor er Lily heute traf, hatte er sich das Hirn zermartert, wie er sich aus ihrer Beziehung stehlen konnte. Sie waren mittlerweile drei Jahre zusammen. Für ihn hatten sie die Schmerzgrenze erreicht. Er war ein Dreijahresmann, vor allem, wenn die Frauen anfingen, ihn mit Gegenständen zu bewerfen. Wenn Joyce das nächste Mal sauer war, schleuderte sie möglicherweise eine ihrer bunten Hanteln nach ihm und zerschmetterte ihm den Schädel.

Joyce hatte eine eigene Firma, ein kleines Marktforschungsunternehmen. Die letzten ein, zwei Jahre waren schwierig gewesen, wegen der massiven Konkurrenz im Internet. Einige Firmen hatten ihren Sitz sogar in Alaska. Früher hatte sie sich auf ihre kommunikativen Fähigkeiten verlassen, da sie die meisten ihrer Kunden aus der Gemeinde hatte. Aber zahlreiche dieser Kontakte waren auf der Strecke geblieben, da ein großer Teil ihrer Aktivitäten auch über größere Entfernungen abgehandelt werden konnte.

Seine Freunde hielten ihn für einen Narren, als er erst einen Hausstand mit ihr gründete und dann auch noch darauf bestand, den größten Teil ihrer Ausgaben zu übernehmen. Aber die meisten seiner Kumpel waren auch schon seit Jahren verheiratet und ließen sich von ihren Frauen herumkommandieren. Mit Sicherheit würde er nicht auf ihren Rat hören. Abgesehen davon hatten seine verheirateten Freunde keine Ahnung, wie viel Zeit, Energie und Geld man für gelegentliche Verabredungen investieren musste. Seine Anwaltskanzlei florierte. Was war also dabei, wenn er ein paar tausend Dollar pro Monat zusätzlich ausgab? Er machte ja nichts weiter, als sich eine Gefährtin zu kaufen. Insgesamt war seine Lage nicht so übel, vor allem, da er zum Einzelgängertum neigte. Vielleicht war das ein bisschen oberflächlich, aber seit seine Beziehung mit Lily zu Ende gegangen war, stand Liebe nicht mehr ganz oben auf der Liste seiner Prioritäten.

»Ich würde nicht meckern, wenn du mir gleichgültig wärest«, sagte Joyce. »Linda und Bill waren so nett, mich zum Chinesen mitzunehmen. Ich habe noch etwas vegetarisches Chow Mein für dich im Kühlschrank. Wenn du noch nicht zu Abend gegessen hast, reicht ein Apfel nicht.«

»Ach, eigentlich hab ich keinen Hunger«, sagte er und wünschte, er könnte in den Wagen steigen und nach Santa Barbara zurückfahren. Er sehnte sich schon wieder danach, Lilys Stimme zu hören, ihr entzückendes Gesicht zu sehen, den Sturm der Gefühle zu spüren, den nur sie erzeugen konnte. Er konnte mit Joyce nicht über seine Arbeit diskutieren, ihr seine geheimsten Gedanken enthüllen und Plänkeleien austauschen, ohne dass es zu einem Streit mit allem Drum und Dran wurde. Selbst wenn er mit Lily nicht in jeder Hinsicht einer Meinung war, wurden ihre Unstimmigkeiten eher zu Debatten als zu veritablen Streitgesprächen. Auch wenn Joyce nicht dumm war, verblasste ihr Intellekt doch im Vergleich mit dem seiner früheren Geliebten. Trotz ihrer mädchenhaften Sommersprossen war Lily wie ein Blitzstrahl, eine Fahrt auf der Achterbahn, eine seltene Kombination von männlich und weiblich. Sie war nicht nur seine Geliebte gewesen, sondern auch seine Freundin.

»Linda versucht, schwanger zu werden.«

»Ach wirklich?« Jetzt, da Joyce nicht mehr wütend war, durfte Richard in eine ihrer hirnlosen Plaudereien einsteigen. Mit Lily war das anders. Diese Frau öffnete ihren Mund nur, wenn sie etwas zu sagen hatte. »Und wie denkt Bill über ein Kind?«

»Er ist hin und weg.«

»Bist du sicher?« Richard war schon seit Jahren mit Bill Gordon befreundet. Und der hatte schon mindestens ein Dutzend Mal geschworen, keine Kinder zu bekommen. Da er bereits ein Vermögen im Gastgewerbe gemacht hatte, wollte er lieber herumreisen und seinen Erfolg genießen, als die Unbilden der Elternschaft auf sich zu nehmen.

»Jeder wünscht sich eine Familie, Rich«, sagte sie und streckte die Arme über ihren Kopf. »Deshalb heiraten die Menschen.«

»Na ja«, antwortete er, »vergiss aber nicht, dass Bill ein Spätzünder war. Er hat erst mit fünfundvierzig geheiratet. Und nicht jeder ist dazu geschaffen, Kinder zu bekommen, weißt du. Ist Linda nicht zu alt für ein Kind?« Sobald er das gesagt hatte, bereute er es schon. Soviel er wusste, waren Joyce und Linda gleich alt. Und Bill war auch nicht mehr ganz jung. Sein Freund hatte bereits ein halbes Jahrhundert auf dem Buckel.

»Willst du mir damit etwas sagen?«

»Natürlich nicht«, sagte er, weil er einen neuen Streit fürchtete. »Ich versuche nur, mich mit dir zu unterhalten.« Nie hatte Joyce auch nur das geringste Interesse daran gezeigt, schwanger zu werden. Aber seit einigen Monaten machte sie ständig Anspielungen, nicht gerade, dass sie Kinder wollte, aber sie versuchte unterschwellig, ihn zu einer Heirat zu bewegen. Greg war jetzt zweiundzwanzig und hatte im Vorjahr am Institut für Meeresforschung in San Diego seinen Abschluss gemacht. Richard hatte nicht die Absicht, jetzt noch einmal eine Familie zu gründen.

Er ging ins Schlafzimmer und betrat den begehbaren Kleiderschrank, um sein Jackett aufzuhängen. Joyce entledigte sich ihrer Sportkleidung und warf sich einen Morgenrock über. Dann folgte sie ihm in den Schrank und schlang ihm von hinten ihre Arme um die Taille. »In letzter Zeit vernachlässigst du mich ein wenig«, sagte sie. »Ich dachte, wir verbringen heute einen romantischen Abend miteinander. Erinnerst du dich nicht? Du hast es mir letzte Woche versprochen. Deshalb war ich so verletzt, als du so spät nach Hause kamst.«

»Morgen«, sagte er. »Warum reservierst du uns nicht einen Tisch in dem indischen Restaurant, das du so magst? Ich bin wahrscheinlich spätestens um sieben zu Hause.« Sein schlechtes Gewissen erwachte, und er verbesserte sich rasch. »Ich bin um sechs hier, okay?«

Sie stellte sich vor ihn, öffnete ihr dünnes Negligée und presste ihren Busen gegen seine Brust. »Wir müssen nicht bis morgen warten«, sagte sie und lächelte verführerisch. »*So* spät ist es auch noch nicht. Jetzt erzähl mir nicht, dass du zu alt dafür bist.«

Richard hatte das Gefühl, seinen Atem nicht unter Kontrolle zu haben. Wie sollte er mit Joyce Sex haben? Und wenn er nicht konnte? Aber was noch wichtiger war, er wollte keinen Sex mit Joyce. Gleichgültig, wie ernst die Probleme mit Lily waren, die alten Gefühle waren neu erwacht. Selbst nach ein paar Stunden mit ihr fühlte er sich schon wie ein Heroinabhängiger, der nach einem weiteren Schuss lechzt. Jetzt, da er sie wieder getroffen hatte, musste er herausfinden, ob die Möglichkeit bestand, ein gemeinsames Leben mit ihr aufzubauen. Ihre einnehmende Erscheinung, ihr knochiger und dennoch weiblicher Körper, selbst ihre unvorhersehbaren Ausbrüche waren faszinierend, aber doch nicht das, was ihn so anmachte. Sogar ihr brillanter Geist und die unerschütterliche Hingabe an ihren Beruf waren zwar löblich, aber nichts Besonderes. Die Welt war voll von intelligenten Frauen, und viele waren weit erfahrener als Lily. So erbittert sie auch das Gesetz verteidigte – eine Tatsache war nicht wegzuleugnen. Lily hatte einen Mann getötet und war ungestraft davongekommen. Ganz allein hatte sie einen hartgesottenen Verbrecher aufgespürt und umgebracht, einen Mann, der keinerlei Achtung vor einem Menschenleben empfand. Und sie hatte ihre Tat nicht im Schutz der Dunkelheit vollbracht. Am helllichten Tag hatte sie ihn mit der Waffe ihres Vaters auf dem Bürgersteig vor seinem Haus erschossen. Hätte er, Richard, unter den gegebenen Umständen dasselbe getan wie Lily? Er hoffte, niemals eine Antwort auf diese Frage finden zu müssen, aber wie sollte man eine Frau nicht lieben, die so viel Mut besaß?

Er beschloss, Joyce im Restaurant zu eröffnen, dass ihre Beziehung zu Ende war. »Mir geht es nicht gut«, sagte er und das entsprach fast der Wahrheit.

»Vielleicht nimmst du nicht genug Proteine zu dir«, erwiderte Joyce. »Soll ich nicht das Essen für dich aufwärmen? Und nach dem Essen könntest du unter die Dusche gehen.«

»Ich kann nicht«, sagte er und fasste sich an den Bauch. »Ich hab mir den Magen verdorben.«

»Wir haben Tabletten. Soll ich dir eine holen?«, bot sie ihm an.

Seine Haut war nasskalt. Er legte die Hand an seine Stirn und spürte den Schweiß. Stand er kurz vor einer Panikattacke? Er hatte in seinem ganzen Leben noch keine Panikattacke gehabt. Zwar freute er sich nicht besonders darauf, Joyce zu sagen, dass er Schluss machen wollte, aber die Vorstellung, sich mit Lily wieder im Auge des Orkans zu befinden, war geradezu Furcht erregend.

»Bitte«, sagte er und schob Joyce von sich. »Es ist nichts. Ich bin müde … Lass mich ganz einfach ein bisschen schlafen.«

»Wie du willst«, sagte sie und trottete aus dem Schlafzimmer.

Kapitel 7

Shana lag zusammengekauert auf dem Sofa und sah fern. Gerade als sie eindösen wollte, hörte sie ein Geräusch, als ob ein Steinchen ans Fenster geworfen würde. Sie spähte durch einen Spalt zwischen den Gardinen und sah einen Mann auf dem Bürgersteig, dessen Gesicht im Schatten verborgen lag. Sie hockte sich auf das Sofa, drückte die Wiederholungstaste des Telefons und hörte das mechanische Klicken der Nummernfolge. Dann ertönte eine Stimme, die ihr beschied, dass der gewünschte Teilnehmer zur Zeit nicht erreichbar war.

»Verdammt!«, rief sie und trat eines der Kissen vom Sofa. Ihr Vater musste sein Handy versehentlich ausgeschaltet haben, nachdem sie mit ihm gesprochen hatte. Wieso brauchte er über eine Stunde, um ein paar Blocks die Straße hinunterzufahren? Sie hatte mit ihrem Verdacht, dass er am frühen Abend getrunken hatte, wohl richtig gelegen. Wahrscheinlich hatte er sich jetzt verfahren. Und sie war dafür verantwortlich, dass sie ihn mit dem Wagen losgeschickt hatte.

Sie ließ sich auf den Boden gleiten und kroch um das Sofa herum zum Fenster, damit der Mann sie nicht durch die Vorhänge hindurch sehen konnte. Es waren noch nicht mal richtige Vorhänge, nur billige Gardinen, die die Vormieter dagelassen hatten. Sie versuchte angestrengt, sein Gesicht zu erkennen. Er hatte die gleiche Größe und die gleiche Figur wie Marco Curazon. Eine Woche zuvor war sie nach einem späten Seminar, das sie gemeinsam mit einigen Freundinnen besucht hatte, noch ein bisschen auf dem Campus der UCLA geblieben. Als sie auf dem Parkplatz zu ihrem Wagen ging, war ihr ein dunkelhäutiger Mann mit einem roten Parka gefolgt. Er sah fast genauso aus wie der Mann, der sie vergewaltigt hatte. Sie hatte Glück gehabt: Statt direkt zu ihrem Wagen gehen und riskieren zu müssen, dass er ihr bis nach Hause folgte, hatte sie einen Wachmann der Universität herbeiwinken können. Aber als sie in seinen Wagen stieg, war der Mann blitzschnell zwischen den Gebäuden verschwunden.

Shana hielt ihre Augen auf den Bürgersteig geheftet, während sie hektisch die Nummer ihrer Mutter wählte. »Hast du geschlafen?«

»Ja«, sagte Lily und saß aufrecht im Bett. »Was ist los? Du klingst ...«

»Da ist ein Mann draußen!«, flüsterte Shana. »Ich glaube, er ist es, Mom! Er hat schon letzte Woche versucht, mir zu folgen.«

»Wen meinst du mit *er*?«

»Du weißt schon«, antwortete das Mädchen. »Marco Curazon. Er ist seit sechs Monaten aus dem Gefängnis. Hab ich dir nicht gesagt, dass er nach mir suchen würde? Ich hätte Dad bitten sollen, mir eine Waffe zu kaufen. Wie soll ich mich jetzt schützen?«

»Du kennst meine Meinung dazu, Shana«, sagte Lily. »In den meisten Fällen erschießen die Leute, die sich eine Waffe besorgt haben, sich selbst oder eines ihrer Familienmitglieder. Und wenn jemand in ihr Haus einbricht, nutzt in neun von zehn Fällen der Einbrecher die Waffe gegen sie.«

»Bitte, Mom«, sagte das Mädchen, »halte mir jetzt keine Vorträge. Ich habe wirklich Angst. Ich wünschte, Princess wäre noch hier. Die bellte wenigstens, wenn Leute in der Nähe waren.«

»Ich weiß, Schatz«, antwortete ihre Mutter. Shana sprach über ihren Hund, ein italienisches Windspiel, den Lily ihr kurz nach der Vergewaltigung geschenkt hatte. Traurigerweise war der zarte, empfindliche Hund in dem Jahr gestorben, als Shana ihren Abschluss in der High School gemacht hatte. Ihre Tochter war so niedergeschmettert gewesen, dass sie ihr verboten hatte, ein neues Haustier zu kaufen.

»Ich rufe von der anderen Leitung die Polizei an«, sagte Lily. »Häng nicht auf.«

»Beeil dich«, flehte ihre Tochter.

Lily rannte in die Küche, wo sie eine zweite Leitung hatte legen lassen. Sobald sie die Zentrale erreicht hatte, berichtete sie, dass ein verdächtiges Individuum um das Haus ihrer Tochter herumschlich. »Hast du das gehört, Shana?«, sprach sie in ihr schnurloses Telefon. »Die Polizei ist unterwegs.«

»Und wenn sie nicht rechtzeitig da ist?«

»Wir sind das doch alles schon einmal durchgegangen«, sagte ihre Mutter. »Jetzt werde nicht hysterisch.«

»Wie konnten sie ihn entlassen, nach all dem, was er uns angetan hat?«, fragte Shana aufgebracht. »Kannst du mir das erklären? Was muss er denn noch tun, damit er für immer hinter Gittern landet? Mich umbringen oder was?«

»Hol ein paar Mal tief Luft«, antwortete ihre Mutter. »Ist der Mann noch da?«

Shana drehte vorsichtig ihren Kopf herum. »Kann ich nicht sagen«, erwiderte sie. »Jemand hat direkt vor dem Haus gegenüber geparkt. Er muss sich jetzt hinter dem Wagen versteckt haben.«

»Ein Bürgersteig ist ein öffentlicher Ort«, erklärte Lily ihr. »Es ist nur natürlich, dass auch nachts Leute draußen herumlaufen, vor allem in einer so dicht bevölkerten Gegend wie North Hollywood. Du musst deine Fantasie zügeln. Wo ist dein Vater?«

»Ich weiß es nicht.«

Lily ging in ihrem Wohnzimmer auf und ab. »Was heißt das, du weißt es nicht?«

»Er ist losgefahren, um Eiscreme zu kaufen«, sagte das Mädchen und riss sich das Gummiband aus dem Haar. »Er ist bis jetzt nicht zurück. Wahrscheinlich hockt er in irgendeiner Bar.«

Der Gedanke, dass ihr Ex-Mann wieder trank, beunruhigte Lily mehr als die Tatsache, dass ihre Tochter glaubte, jemand wolle ihr etwas antun. Schließlich war es nicht das erste Mal, dass Shana in Panik geriet, seit sie erfahren hatte, dass Curazon auf Bewährung freigekommen war. Laut seinem Bewährungshelfer besaß er noch nicht mal einen Wagen. Der alles entscheidende Faktor war Zeit. Irgendwann würde Shana sich wieder sicher fühlen, aber das geschah zweifellos nicht über Nacht. Lily wünschte sich nur, sie hätte sie überzeugen können, in Santa Barbara zur Uni zu gehen. Wie konnte sie ihr Kind aus einer so großen Entfernung schützen? »Hatte dein Vater nach seiner Verurteilung wegen Trunkenheit am Steuer nicht die Auflage, regelmäßig zu Treffen der Anonymen Alkoholiker zu gehen?«

»Ich glaube schon.« Shana richtete ihre Aufmerksamkeit wieder auf das Fenster. »Ich kann ihn sehen... Ich bin sicher, es ist Curazon! Er ist gerade an einer Laterne vorbeigegangen. Er hat dieselbe Kopfform, dieselbe Nase. Aber er trägt eine andere Jacke als vor einer Woche. Ich bin trotzdem sicher, dass er es ist!«

»Die Polizei muss jeden Moment da sein.« Lily war klar, dass sie ihre Tochter dazu bringen musste, weiterzusprechen. »Woher sollte er wissen, wo du wohnst? Versuch doch, vernünftig zu sein, Shana.«

»Vielleicht hat er es übers Internet oder so herausgefunden«, sagte Shana. »Da soll man ja heutzutage jeden finden können.«

»Das ist doch lächerlich«, antwortete ihre Mutter. »Merkst du nicht, wie kindisch du dich benimmst?«

»Jetzt nennst du mich auch noch kindisch?«, schrie Shana und wollte auflegen.

»Curazon könnte sich nie im Leben einen Computer leisten«, fuhr Lily fort, »und dürfte noch weniger wissen, wie man ins Internet kommt. Außerdem ist deine Adresse dort nicht verzeichnet.«

»Ach – nicht?«, konterte Shana. »Ich habe all meine Lehrbücher übers Internet besorgt. Und ich kaufe mir dort ständig CDs. Wenn du nur einmal was bestellt hast, ist deine Adresse in einer riesigen Datei gespeichert, auf die jeder Zugriff hat. Dad sagt, Häftlinge kommen an alles Mögliche ran, auch an Computer.«

Lily fragte sich, ob es wahr sein konnte, was ihre Tochter erzählte. Die Behörden begannen erst langsam zu ermessen, welche Möglichkeiten für kriminelle Aktivitäten im Cyberspace lagen. Sie hatte nie in Betracht gezogen, dass man die Adresse eines Opfers dort finden konnte. Wenn es möglich war, was ihre Tochter sagte, waren vielleicht die Opfer im ganzen Land in Gefahr. »Wenn du etwas mit deiner Kreditkarte bestellst«, fragte sie, »benutzt du dann keine sichere Site?«

»Doch«, sagte ihre Tochter, »aber einer meiner Freunde hat mir erzählt, dass dein Name und deine Adresse an andere Unternehmen verkauft werden. Und wie soll man wissen, ob diese anderen Geschäfte sichere Sites haben? Ich meine, vielleicht geben sie keine Informationen über deine Kreditkarte weiter, aber ich denke doch, dass man dann herausfinden kann, wo du wohnst. Und es ist auch nicht unbedingt nötig zu wissen, wie man das Internet nutzt«, fügte sie hinzu, »du kannst auch jemanden dafür bezahlen, dir bestimmte Informationen zu besorgen. Die Studenten machen das ständig.«

»Du bist ein cleveres Mädchen«, sagte Lily. »Wenn du die Uni erst mal hinter dir hast, kann man sich vielleicht auf diesen speziellen juristischen Zweig spezialisieren.«

Shana sah nun, wie der Mann auf der gegenüberliegenden Seite die Straße hinunterging. »Jetzt bricht er in ein Haus ein«, sagte sie zu ihrer Mutter. »Er geht direkt auf eine Haustür zu.«

»Kannst du die Hausnummer erkennen?«

»Nein«, stieß Shana keuchend hervor. »Es ist zu dunkel.«

»Beschreib das Haus.«

»Weiß mit blauen Blendläden«, anwortete sie. »Und in der Einfahrt steht ein weißer Jeep.«

Lily rief über die zweite Leitung noch einmal die Polizei an und teilte ihr mit, dass sie möglicherweise einen Einbruch verhindern konnten. Die Zentrale beschied sie, dass die Beamten bereits in der Gegend waren. »Kannst du einen Streifenwagen sehen?«

»Ja«, antwortete Shana. »Er ist gerade aufgetaucht.«

Ein Polizeiwagen bremste quietschend vor dem Haus, das sie beschrieben hatte. Ein Scheinwerfer tauchte die Umgebung in helles Licht. Shana sah, wie zwei Beamte in Uniform mit gezogener Waffe aus dem Wagen sprangen. Sie suchte nach dem Mann, sah aber nur einen großen, braunen Hund. Kurz darauf steckten die Polizisten ihre Waffen weg und gingen auf Shanas Haus zu.

»Was ist los?«

»Es ist alles in Ordnung«, sagte Shana und trat auf die Veranda hinaus. »Dad ist gekommen. Der Mann muss einen unserer Nachbarn besucht haben.«

John war gerade in die Einfahrt gebogen. Hier und da standen Leute auf dem Rasen vor ihrem Haus. Shana fühlte sich wie eine Idiotin. Ohne sich zu verabschieden, drückte sie auf den Ausknopf ihres Handys und rannte den Bürgersteig hinunter, um mit den Polizeibeamten zu sprechen.

John legte seine Stirn auf das Lenkrad des Mustang. Als er in die Straße eingebogen war und die Streifenwagen gesehen hatte, war sein erster Impuls gewesen, einfach weiterzufahren. Aber er war müde, und wo konnte er ohne seine Brieftasche schon hin? Wahrscheinlich war es besser so, dachte er, denn er wusste, dass er nach dem, was er getan hatte, niemandem mehr in die Augen sehen konnte. Er wünschte nur, er hätte den Unfall gemeldet. Es war schlimm genug, dass er den Jungen angefahren hatte, doch als er den Unfallort verlassen hatte, war er zum Verbrecher geworden. Shana sprach mit den Polizisten. Jeden Moment konnte sie einen Blick über die Schulter werfen und den Wagen entdecken. Die Polizei würde ihn verhaften und mit Handschellen abführen, während seine Tochter dabeistand und zusah.

»Dad«, schrie Shana und schlug mit der Faust gegen das geschlossene Fenster. »Hörst du mich? Mach die Tür auf!«

Ihr Vater hob langsam den Kopf. Die beiden Beamten, die in seinem Vorgarten gestanden hatten, gingen nun auf den Streifenwagen zu. Er drückte auf den automatischen Fensteröffner und hatte nicht die geringste Ahnung, was nun passieren würde.

»Ich fühl mich wie der Trottel des Monats«, sagte Shana.

»Ww ... wie meinst du das?«, stotterte John. »Warum war die Polizei hier?«

Sie warf einen Blick über ihre Schulter. »Ich habe diesen Mann gesehen, der vor meinem Fenster herumlungerte. Da habe ich die Nerven verloren und die Polizei gerufen. Nein, eigentlich hat Mom die Polizei für mich gerufen. Sie haben sogar einen Hubschrauber geschickt. Hast du ihn nicht gesehen?«

John schüttelte den Kopf. Er legte sich eine Hand über den Mund, damit sie seinen alkoholgeschwängerten Atem nicht riechen konnte. Aus dem Augenwinkel heraus sah er, wie der Streifenwagen in eine Einfahrt fuhr, dann zurücksetzte und in die entgegengesetzte Richtung steuerte. »Hat die Polizei den Mann verhaftet?«

»Nein.« Shana suchte erneut die Dunkelheit ab. »Ich

schätze, es war doch ein Nachbar. Die Polizei versuchte mir einzureden, dass es nur ein Hund war.« Sie lachte in einer unwillkürlichen Entladung ihrer Anspannung. »Manchmal sind Cops echte Knallköpfe. So dumm bin ich nicht, dass ich nicht zwischen einem Hund und einem Menschen unterscheiden kann!«

Shana griff nach der Fahrertür und ließ John keine andere Wahl, als auszusteigen. »Warum hast du deine Mutter angerufen und nicht mich?«

»Habe ich doch«, sagte sie. »Aber du hast wohl das Handy ausgeschaltet.«

»Bist du sicher, dass alles in Ordnung ist?«, fragte John und drückte sie an seine Brust. »Konntest du das Gesicht des Mannes sehen? Hat er versucht, ins Haus einzudringen? Hat die Polizei nach mir gefragt?«

»Du tust mir weh«, sagte Shana und entwand sich seinem Griff. »Warum sollte die Polizei nach dir fragen?«

»Du weißt schon«, sagte er, »vielleicht wollte sie wissen, mit wem du zusammenlebst.«

»Ich bin erwachsen, Dad«, sagte sie und bemerkte die Schweißflecken unter seinen Armen. »Wahrscheinlich hat Mom Recht. Ich kriege einfach nicht genug Schlaf. Wenn man nicht genügend schläft, spielt einem die Fantasie einen Streich. Lass uns reingehen und Eis essen.«

John stierte sie mit leerem Blick an.

»Hallo«, sagte sie. »Eiscreme – erinnerst du dich?«

Mehr aus einem Reflex als aus einer vernünftigen Überlegung heraus langte ihr Vater auf den Rücksitz und holte eine durchweichte braune Papiertüte heraus. Bevor er sie ihr geben konnte, riss die Tüte, die Eispackung fiel heraus und der Inhalt spritzte auf den Bürgersteig. Er starrte hinunter auf den dunklen Fleck und dachte, dass er aussah wie eine sich ausbreitende Blutlache. Lag der Junge immer noch allein da in der Dunkelheit, litt Schmerzen und wartete darauf, dass jemand kam und ihm half?

»Du hast doch getrunken!«, sagte Shana und zeigte anklagend mit dem Finger auf ihn. »Wie kann ich dir überhaupt noch vertrauen?«

John stolperte rückwärts, als hätte sie ihn geschlagen, dann sah er zu, wie sie ins Haus stapfte und die Tür hinter sich zuknallte. Es war ihm egal, wenn sie jetzt zu Lily zurückging. All die Liebe und Fürsorge, mit der er sie seit ihrer frühesten Kindheit überschüttet hatte, zählte nicht mehr, wenn er jetzt festgenommen wurde. Die Lichter im Haus gegenüber gingen aus; irgendwo in der Ferne spielte jemand klassische Musik. Er musste sich jetzt schützen, alles aufs Überleben ausrichten.

Er öffnete den Kofferraum und holte eine Taschenlampe heraus. Ein Gutes hatte die Tatsache, dass er einen Fußgänger gestreift hatte: Es konnte keine Lackspuren von einem anderen Wagen geben. Trotzdem musste er sicherstellen, dass er keine verräterischen Spuren oder Beweise übersehen hatte. Nachdem er die Karosserie überprüft hatte, entdeckte er eine kleine Delle über dem linken Hinterreifen. Er war sicher, dass er sie mit einem Gummihammer herausklopfen konnte. Das Letzte, was er jetzt wollte, war, seinen Wagen in eine Werkstatt zu bringen. Er warf die Taschenlampe auf den Vordersitz und ging schwerfällig den Weg zum Haus hinauf.

Drinnen setzte sich John in eine Ecke des Sofas, schaltete den Fernseher ein und zappte durch die Kanäle, bis er die Lokalnachrichten fand. Aus Angst einzuschlafen machte er sich einen Instantkaffee in der Mikrowelle, dann rannte er zurück ins Wohnzimmer, weil er sehen wollte, ob es irgendeine Nachricht über den Unfall gab. Nach den Berichten über ein Feuer in der Innenstadt in der Nähe der Grand Avenue, über den Absturz einer Privatmaschine beim Burbank-Flughafen und über ein Baby, das aus einem Mülleimer gerettet worden war, erschien eine hübsche Blondine und lächelte in die Kamera, während die Worte *Neueste*

Nachrichten am unteren Rand des Bildschirms auftauchten.

»Die Polizei hat einen Unfall mit Todesfolge und Fahrerflucht entdeckt, der sich kurz zuvor auf der Kreuzung Lankershim und Victory Boulevard zugetragen hat«, sagte die Frau. »Das Opfer wurde ...«

Der Junge war tot!

John verschüttete den heißen Kaffee über seiner Hose, verbrühte sich den Innenschenkel und verfehlte nur knapp seine Leistengegend. Als er seine Aufmerksamkeit wieder dem Fernseher zuwenden konnte, lief schon der Wetterbericht, und die Untertitelung der Nachricht war verschwunden. Er war ein verachtenswertes, nichtswürdiges Exemplar Mensch. Hätte er nicht an sich selbst, sondern an seinen Nächsten gedacht und die Polizei angerufen, hätten sie den Jungen ins Krankenhaus fahren und vielleicht retten können. »Zu spät«, murmelte er und bedeckte sein Gesicht mit den Händen.

Ein grauenhafter Gedanke schoss ihm durch den Kopf. Wie ein Besessener fing er an, in dem Durcheinander auf dem Couchtisch herumzuwühlen. Als er seine Brieftasche nicht fand, sah er in seinem Schlafzimmer, im Bad und in der Küche nach und suchte sogar im Mülleimer. Dann ging er ins Wohnzimmer zurück und schleuderte alle Kissen vom Sofa, grub seine Hand in die Polsterspalten für den Fall, dass seine Brieftasche dort hineingerutscht war. Er war eigentlich sicher, dass er seine Brieftasche dabei hatte, als er am Abend das Haus verlassen hatte. Er schnappte sich den Schlüssel vom Couchtisch, riss die Haustür auf und steuerte auf den Wagen zu.

»Was ist los?« Shana erschien im Schlafanzug in der Tür. »Endlich war ich eingeschlafen, da höre ich dich herumlärmen. Das Wohnzimmer sieht katastrophal aus.«

»Bitte, bitte«, sagte John. »Geh zurück ins Bett.«

»Warum hast du die Kissen vom Sofa gerissen?«

»Ich wollte heute Nacht auf dem Wohnzimmerboden schlafen«, log er. »Wache halten, für den Fall, dass der Mann, den du gesehen hast, zurückkommt.«

»Du brauchst Hilfe, Dad«, sagte sie. »Du willst doch jetzt in eine Bar, oder nicht? Hast du nach Geld gesucht, um dir was zu trinken zu kaufen?«

»Nein!«, schrie er und versprühte Speichel. »Lass mich in Ruhe! Dir ist es doch egal, was mit mir passiert! Allen ist egal, was mit mir passiert.«

»Mir liegt an dir«, sagte sie und ging hinunter zu ihm. »Ich kann dich nur nicht mit meinem Wagen fahren lassen, das ist alles. Du willst doch jetzt nicht weg.«

»Hier«, sagte er und drückte ihr die Wagenschlüssel in die Hand. Ihm wurde das Herz schwer, so sehnte er sich nach der Zeit, als sie mit kindlichem Entzücken zu ihm aufgeblickt hatte, als er noch ihr Held gewesen war. Ihr stiegen Tränen in die Augen. »Weine nicht«, sagte er und fuhr ihr sacht mit dem Finger über die Wange. »Ich hätte alles getan, dass der Mann aufhört, dir wehzutun. Aber du bist jetzt erwachsen. Ich muss meine Probleme lösen, und du musst dein eigenes Leben leben.«

Shana zog geräuschvoll die Nase hoch. »Was sagst du da, Dad?«

»Ruf morgen früh deine Mutter an«, befahl er ihr. »Sag ihr, sie soll alles Nötige arrangieren, damit du ins Studentenwohnheim ziehen kannst.«

»Warum? Was ist los?«

»Nichts ist los, mein Schatz«, antwortete John. »Nichts, worüber du dir Sorgen machen müsstest ...«

»Wo willst du hin?«

»Wahrscheinlich an einen Ort, wo nicht alles so teuer ist«, erwiderte John. »Du weißt schon, in irgendeine Kleinstadt.«

Shana wollte schon protestieren, aber er schnitt ihr das

Wort ab. »Alles wird gut, mein Engel. Jetzt gehst du hinein und versuchst, ein bisschen zu schlafen. Ich brauche einfach nur etwas Zeit für mich.«

Eine halbe Stunde war vergangen.

John hatte den Mustang durchsucht, aber seine Brieftasche blieb unauffindbar. Wie lange würde es dauern, bis die Polizei auftauchte, um ihn zu verhaften? Würden sie noch in der Nacht kommen, oder würde der Hinweis auf ihn bis zum Tagesanbruch unentdeckt bleiben? Seine Tochter wusste, dass er getrunken hatte. Die Polizei würde den Vorfall ohne Schwierigkeiten rekonstruieren können. Es gab nichts mehr zu verbergen.

Er stemmte eine Bohle aus der vorderen Veranda und zog Zigaretten und eine in Packpapier eingewickelte Flasche Jack Daniel's aus dem Versteck. Shana dachte, er hätte schon vor Jahren mit dem Rauchen aufgehört, aber immer wenn er Stress hatte, gönnte er sich eine Zigarette. Eine ganze Weile hielt er einfach die Flasche an seine Brust gedrückt und streichelte sie wie eine unbezahlbare Trophäe. Nach seiner Verurteilung wegen Trunkenheit am Steuer hatte er die obligatorische Anzahl von A.-A.-Treffen abgesessen. Er wusste, dass er suchtkrank war, dass er eine so genannte suchtgefährdete Persönlichkeit hatte. Wenn es nicht die Zigaretten waren, war es der Alkohol. Wenn es nicht der Alkohol wäre, würde es wahrscheinlich etwas Schlimmeres sein. Zum Teufel, dachte er, öffnete die Flasche und nahm einen kräftigen Schluck, er war ja sogar fernsehsüchtig. In den sechs Stunden, die er täglich vor dem Fernseher verbrachte, könnte er wahrscheinlich genug Häuser verkaufen, um seine Ausgaben zu decken.

Als das Brennen nachließ, fing der Alkohol an, seinen Körper zu wärmen. Er nahm sich eine Camel und zündete sie an. Das Streichholz ließ bernsteinfarbenes Licht durch die Dunkelheit blitzen. Der Rauch füllte seine Lungen, und das Nikotin befähigte ihn, das Ausmaß seiner Handlungen zu überblicken. Er hob seinen Arm und griff nach einem Ast der großen Platane, unter der er stand, dann stieß er den Rauch der Zigarette aus. Es gab für jedes Problem eine Lösung. In der Garage lag ein dickes Seil, mit dem er im letzten Jahr den Weihnachtsbaum auf dem Dach des Wagens festgebunden hatte. Natürlich würde er es nicht hier machen. Er würde sich nicht dort umbringen, wo Shana ihn finden musste. Aber etwa zwei Blocks weiter gab es einen Park mit Bäumen, die stark genug waren, das Gewicht eines Mannes in seiner Größe zu tragen. Wenn ein Kind keine Achtung mehr vor seinem Vater hatte, war seine Rolle ausgespielt. Es würde sie befreien, ihn zu begraben. Aber erst würde er sich einen letzten Luxus erlauben und die Flasche austrinken.

Kapitel 8

Nach Shanas Notruf hatte Lily sich die ganze Nacht schlaflos im Bett hin und her gewälzt. Am Mittwochmorgen stand sie um fünf Uhr auf, zog sich an und fuhr mit der Hoffnung auf einen tüchtigen Arbeitsvorsprung in die Stadt.

Das Büro des Bezirksstaatsanwalts lag in einem neueren Haus direkt gegenüber vom alten Gerichtsgebäude. Neben den Staatsanwälten und Ermittlern beherbergte das Gebäude auch das frühere Gericht der Gemeinde. Da Santa Barbara mittlerweile ein eigenes Bezirksgericht besaß, hatten die Anwälte einige Schwierigkeiten, einen Fall als zivilrechtlich oder strafrechtlich einzustufen. Das hing nämlich maßgeblich davon ab, bei welchem Gericht die Anhörung anberaumt war.

Lily fand das Gebäude, in dem sie arbeitete, schäbig – typisch für die Bauweise der fünfziger Jahre. Mit seinen blauen Aluminiumleisten an den Fenstern, dem großen Vorhof und den billigen Baumaterialien erinnerte es sie stets an ihre Grundschule. Es bildete einen starken Kontrast zur ehrwürdigen Schönheit des alten Gerichtsgebäudes. Es gab Gerüchte, wonach Mitglieder des Stadtrates Führungen durch das historische Gebäude erwogen, und am kommenden Wochenende sollte es auf der Grünfläche davor eine Ausstellung geben.

Lilys Büro lag am Ende eines langen Ganges und war alles

andere als feudal. Die meisten Hausmeisterkabuffs boten mehr Platz. Obwohl die Temperatur erst knapp zwanzig Grad erreicht hatte, öffnete sie in Erwartung der Mittagshitze vorsorglich die Flügel ihres Fensters. Wenn sie erst mal mit der Arbeit begonnen hatte, nahm sie nichts mehr um sich herum wahr.

Sie ließ sich in einen abgenutzten schwarzen Kunststoffstuhl fallen und legte beide Hände auf den Mahagonischreibtisch. Früher konnte Lily im größten Chaos arbeiten. Neuerdings aber baute sie auf Rituale und Organisation. Sie trank stets aus dem Kaffeebecher mit den FBI-Insignien, den sie jeden Abend auf einen Untersetzer neben ihren Computer stellte. Einmal im Monat nahm sie ihn mit nach Hause und reinigte ihn gründlich in ihrer Spülmaschine. Sonst wischte sie ihn einfach mit einem feuchten Papiertaschentuch aus. Da sie an diesem Tag keine Lust dazu gehabt hatte, eine Kanne Kaffee in der Küche der Belegschaft im ersten Stock aufzusetzen, wie gewöhnlich, wenn sie so früh kam, war sie bei Starbucks vorbeigegangen und hatte sich selbst zu einer Tasse überteuertem Mokka *latte* eingeladen. Jetzt kippte sie ihn in ihren FBI-Becher, nahm einen Schluck und fand, dass das Gebräu besser roch, als es schmeckte.

Die Wände in ihrem Büro waren im behördenüblichen Weiß gestrichen. Da der Putz aber nicht mehr neuesten Datums war und das Gebäude nah am Meer stand, war die Farbe bereits hier und da abgeblättert, so dass das Büro erst kürzlich neu gestrichen worden war. Neben den Zeugnissen und Diplomen hatten nur noch zwei Bilder an den Wänden Platz. Das eine war ein Druck von Monet, den sie im Museumsshop an der State Street gekauft hatte. Das andere zeigte einen dichten Wald und ein anmutiges Reh neben einem Bach mit schimmerndem Wasser. Auf dieses Bild blickte sie, wenn sie über schwierige Fälle nachdachte. Die Tatsache, dass sie es selbst gemalt hatte, machte es für sie nur noch bedeutsamer. In dem Jahr nach der Vergewaltigung hatte ihre Therapeutin ihr vorgeschlagen, Entspannung im Malen zu suchen.

Vor dem Bild standen zwei der hässlichsten Stühle, die Lily je zu Gesicht bekommen hatte, auch wenn ihre Kollegen schworen, dass es sich um echte Antiquitäten handelte. Das Holz war so hart, als wäre es versteinert. Selbstverständlich wurde in Santa Barbara alles als Antiquität deklariert, eingeschlossen mindestens fünfzig Prozent der Bevölkerung. Steinalte Surfer mit lederner Haut und weißen Haarflusen trotteten über die Straße. Dutzende von Hippies und Obdachlosen waren wie Zugvögel von San Francisco hergekommen. Ebenso bot die Gegend Hunderten von Künstlern und Kunstgewerblern ein Zuhause, von denen etliche mit offizieller Genehmigung jeden Sonntag ihre Waren auf der Strandpromenade verkauften. Dann gab es noch die Rentner, die mit weißen Leinenanzügen, Fliegen und Strohhüten ihre Gehstöcke spazieren führten. Nahm man schließlich noch die Studenten mit ihren Tätowierungen, gepiercten Körperteilen und schrill gefärbten Haaren hinzu, dann konnte man schon den Eindruck gewinnen, man befände sich auf dem Gelände eines Filmstudios in Hollywood.

Lily warf einen Blick auf ihre Uhr, weil sie Shana erwischen wollte, bevor sie das Haus verließ. Aber es war noch nicht mal sieben Uhr, also beschloss sie, sich stattdessen in ihre Arbeit zu vertiefen. Nachdem ihre Tochter gestern einfach aufgelegt hatte, hatte Lily noch einmal versucht, sie zu erreichen, weil sie wissen wollte, ob alles in Ordnung war. Aber es war nur der Anrufbeantworter angesprungen, und Lily hatte angenommen, dass Shana bereits ins Bett gegangen war. Von der Polizei hatte Lily dann erfahren, dass sie nichts gefunden hatte, was auch nur im Geringsten verdächtig gewesen wäre.

Sie dachte an ihren Ex-Mann. Vielleicht war es falsch gewesen, Shana zu erzählen, dass ihr Vater nicht länger die

Miete des Häuschens bezahlen konnte. Aber damit hatte sie sich in gewisser Weise revanchiert. Als Marco Curazon auf Bewährung freigekommen war, hatte sie John als reine Vorsichtsmaßnahme darüber informiert. Sie hatte nie die Absicht gehabt, Shana wissen zu lassen, dass ihr Vergewaltiger aus dem Gefängnis entlassen worden war. John hatte seine Tochter aus rein egoistischen Gründen in Angst und Schrecken versetzt. Er konnte nur weiterhin Einfluss auf Shana haben, wenn er dafür sorgte, dass sie von ihm abhängig war. Und je mehr Angst sie hatte, desto leichter erreichte er dieses Ziel.

Lily öffnete ihre Handtasche und zog ihre Kontoauszüge heraus. Sie starrte auf den dürftigen Kontostand und ihr war klar, dass sie sofort etwas von ihrem Sparkonto überweisen musste. Wie sie Shana tags zuvor gesagt hatte, würde sie alles Nötige tun, um für sie zu sorgen, aber es war Wahnsinn von ihrem Ex-Mann, zu verlangen, dass sie auch ihn unterstützte. Sie hatte ihn das ganze letzte Jahr von dem Zuschuss ernährt, den sie Shana schickte. Das Mädchen leugnete es zwar, aber sie wusste, dass es stimmte. In gewisser Weise konnte sie Shana keinen Vorwurf machen. Ganz gleich, was für ein Mann John war, er blieb schließlich immer noch ihr Vater.

Doch jetzt, da er offensichtlich wieder trank, war Lily fest entschlossen, ihn aus ihrer beider Leben verschwinden zu lassen. Er klammerte sich an Shana und missbrauchte sie als Ersatzfrau, hinderte sie daran, Beziehungen mit Leuten in ihrem Alter zu aufzubauen. Kein anständiger Mann würde mit voller Absicht bei seiner Tochter schmarotzen. Ihr eigener Vater wäre lieber von der Brücke gesprungen, als auf ein derartiges Niveau hinabzusinken.

Lily schüttelte den Kopf, dann trank sie den Rest Kaffee aus. Er war zwar kalt, aber wenn sie mehr als drei Dollar für einen Becher aromatisierten Kaffee lockermachte, dann würde sie mit Sicherheit jeden Tropfen davon trinken.

Sie stellte den Becher neben ihren Computerbildschirm und sah nach einem weißen Wäschekorb aus Plastik, der links von ihrem Schreibtisch stand. Wenn die Gerichtsdienerin ihre tägliche Runde mit den neuen Fällen machte, überflog Lily die Einzelheiten, gab entsprechende Anmerkungen in ihren Computer ein und warf die Akte dann in den Korb auf dem Boden. Das Büro des Bezirksstaatsanwalts in Santa Barbara funktionierte vollkommen anders als das in Ventura. Da das Personal begrenzt war, wurden die Staatsanwälte nicht Abteilungen wie Mord, Sexualdelikte, Eigentumsdelikte zugeteilt oder damit beauftragt, ausschließlich Berufsverbrecher zu verfolgen. In Santa Barbara kümmerten sich alle um alle Arten von Straftaten. In der Medizin hätte man Lily eher als praktische Ärztin und nicht als Spezialistin angesehen. Und Leute wie Matt Kingsley und Clinton Silverstein mochten sie vielleicht als Supervisorin betrachten, aber in Wahrheit war sie nichts anderes als eine ranghöhere Staatsanwältin.

Ihre neuen Fälle umfassten einen Betrug, eine Schießerei und einen Autodiebstahl. Im Büro in Ventura hätte kein Staatsanwalt, der erfahren genug war, so etwas Ernstes wie eine Schießerei zu bearbeiten, etwas so Unbedeutendes wie einen Autodiebstahl zugeteilt bekommen. Einige der Staatsanwälte in Santa Barbara hielten Lily für eine Art Primadonna, da sie früher in Ventura eine ganze Abteilung geleitet hatte, und waren sicher, dass sie sich dagegen sträuben würde, solche unwichtigen Fälle zu übernehmen. Aber sie irrten sich, denn sie freute sich über die Abwechslung. Anklagevertreter, die ausschließlich mit Gewaltverbrechen zu tun hatten, waren schneller ausgebrannt. Und kleinere Delikte konnten manchmal richtig Spaß machen. Aufgrund ihrer Erfahrung zappelte zuweilen ein echter großer Fisch am Haken einer sehr kleinen Angel. Außenstehende ahnten nicht, dass die raffiniertesten Verbrecher so gut wie nie gefasst wurden. Für jede Festnahme auf ihrer Anklageliste gab es wahrscheinlich hunderte von Verbrechen, die unentdeckt blieben.

Der Letzte, den Lily wegen Autodiebstahls angeklagt hatte, stellte sich als Fahndungsflüchtling heraus, der vom Staat Washington in sieben Fällen von bewaffnetem Raubüberfall gesucht wurde. Der FBI-Agent, der aus Los Angeles gekommen war, um den Gefangenen zu überführen, hatte Lily den Kaffeebecher mit den Insignien seiner Behörde geschenkt. Sie hatte ihn damit aufgezogen und gesagt, dass das FBI sich langsam zu einem richtigen Handelsunternehmen entwickle. Schließlich vertrieben sie T-Shirts, Kappen, Kaffeebecher, Jacken und alles mögliche andere. Der Agent hatte zurückgeschossen und gesagt, dass die Angestellten des FBI zumindest nicht ihre Wäsche mit ins Büro brächten. Lily hatte gelacht. Zwar war der Gegenstand, auf den er sich bezog, vielleicht für den angesprochenen Zweck gedacht, jetzt jedenfalls war er voll mit Akten. Nicht, dass sie nicht genug Ablageraum bekäme.

Der Wäschekorb war vielmehr ein Symbol. Jeder hatte seine Wäsche zu erledigen, auch wenn es Routinearbeit war, die warten konnte. Lily konnte sich nicht erlauben, sich längere Zeit mit ihren Dutzenden von Fällen zu beschäftigen, denn sie wusste, dass sie dann ein nervliches Wrack wäre. Jeden Morgen überprüfte sie im Computer, ob sie zu einer Anklageerhebung gehen, einen Antrag einreichen, eine Zeugenbefragung anberaumen oder für ihre neuen Fälle etwas aus dem Labor anfordern musste. Sobald sie die Grundlagenarbeit erledigt hatte, gerieten die Fälle im Wäschekorb vorübergehend in Vergessenheit. Würde jemand ihr außerhalb des Gerichtssaals dazu eine Frage stellen, wäre ihre einzige Antwort ein leerer Blick.

Die fünf Akten, auf die Lily nun all ihre Energie richten musste, waren ordentlich auf der rechten Seite ihres Schreibtischs aufgestapelt. Dies waren die Verbrechen, über die sie im Augenblick Tag und Nacht nachdachte. Ging sie auf die

Toilette, begleiteten sie die Bilder und Einzelheiten der Fälle. Selbst als sie Richard das erste Mal seit sechs Jahren wieder gesehen hatte, war ihr Kopf nicht völlig frei gewesen. Sie nahm die dicke Middleton-Akte und legte sie in die Mitte ihres Schreibtisches, dann sah sie auf die Namen der verbleibenden vier Ordner. Der Kindesmissbrauch würde höchstwahrscheinlich vor Gericht kommen, entschied sie und ermahnte sich selbst, wegen des am selben Tag anberaumten Verhörs des Hauptverdächtigen mit Lenora zu sprechen.

Lilys Methode, ein Verbrechen zu analysieren, bestand darin, sich in den Täter hineinzuversetzen. Soweit sie es überblicken konnte, hatte Arnold Bentley keine andere Wahl, als es drauf ankommen zu lassen. Er hatte eine schöne Frau, zwei entzückende Kinder, ein Haus und ein recht erfolgreiches Geschäft. Er besaß einen kleinen Laden, in dem man Kinderkleidung und exklusives Spielzeug kaufen konnte. Vieles davon wurde von hiesigen Kunstgewerblern angefertigt. Obwohl das Opfer, ein zwölfjähriges Mädchen, eine redegewandte und überzeugende Zeugin war, beruhte der Fall lediglich auf Indizien. Ohne Penetration und Ejakulation lief es darauf hinaus, wem die Geschworenen glaubten – dem Opfer oder dem Angeklagten.

Deborah Saginaw, das Opfer, hatte schon ein paar Mal auf die Kinder der Bentleys aufgepasst und nie Probleme gehabt. In der fraglichen Nacht hatte Bentley, nachdem er mit seiner Frau von einer Party zurückgekommen war, die Babysitterin nach Hause gefahren, war plötzlich in eine dunkle Seitenstraße eingebogen und hatte ihre Brüste und Genitalien berührt. Da das Mädchen weder blaue Flecke noch Verletzungen von dem Übergriff davontrug, gab es keinerlei Beweis für eine Straftat. Das Opfer aber war sicher, dass Bentley sie hatte vergewaltigen wollen und nur davon abgehalten worden war, weil ein Wagen, der so aussah wie der ihres Vaters, vorbeigefahren war und Bentley erschreckt hatte. Wenn man den Fahrer des Wagens ausfindig machen könnte, hatten sie eine größere Chance, eine Verurteilung zu erreichen. Da der Prozesstermin aber rasch näher rückte, war das zweifelhaft.

Richtig Sorge machte Lily jedoch der Gedanke, dass der Angeklagte möglicherweise ein Pädophiler war, der sein Geschäft dazu nutzte, sich an Kinder heranzumachen. Deborah passte ins Bild, da sie ziemlich frühreif war. Das Mädchen war im Grunde zu jung, um auf fremde Kinder aufzupassen, aber unter diesen Umständen schien das nebensächlich. Außerdem hatte Lily Angst, dass Bentley seine eigenen Töchter missbrauchte. Aber Gespräche mit den beiden Mädchen hatten nichts ergeben, was eine solche Annahme rechtfertigte. Lily schob die Bentley-Akte unter den Stapel. Sie befürchtete, der Fall würde mit Freispruch enden.

Ihr dritter Fall war ein tätlicher Angriff mit einer tödlichen Waffe. Auf der State Street, der Hauptstraße von Santa Barbara, hatte in der letzten Zeit eine Serie von Gewaltverbrechen stattgefunden. Die meisten standen im Zusammenhang mit verschiedenen Nachtclubs, die in den vergangenen Jahren für die vielen Studenten eröffnet worden waren. Das Problem war, dass die meisten Straftaten nicht von Studenten begangen wurden, diese jedoch von zentraler Bedeutung waren, weil sie die Zielgruppe der Täter darstellten. Die Delinquenten waren entweder Gangmitglieder oder Drogenhändler aus angrenzenden Städten. Sie schossen und stachen einander nieder, um ihr Territorium für den höchst lukrativen Drogenhandel abzustecken. Freitag und Samstag nachts herrschte eine Atmosphäre wie auf einem Volksfest, die jungen Leute hingen bis in die frühen Morgenstunden entweder auf der State Street herum oder versammelten sich in den noch gefährlicheren angrenzenden kleinen Straßen und Gassen.

Lilys Meinung nach war der fragliche Fall ein Volltreffer. Der Täter war gefasst worden, weil einer von Santa Barbaras besten Ermittlern ihn zu Fuß verfolgt hatte. Das blutige Messer hielt der Täter noch in der Hand. Junge, Junge, dachte Lily, als sie das Foto von der Waffe betrachtete. Der Trottel hatte Glück, dass er nicht gestolpert und in sein eigenes Messer gefallen war. Dumme Straftäter waren des Staatsanwalts größte Freude. Außerdem hatte dieser eine Vorstrafe wegen schweren Raubs ins Los Angeles. Nächste Woche würde sie sich mit seinem Pflichtverteidiger treffen und ihm zwei Jahre Haft anbieten, wenn er auf schuldig plädierte. Mervin Hatteras, oder »die Wanze«, wie er genannt wurde, würde sofort auf ihr Angebot eingehen. Wenn nicht, hätte er sechs Jahre wegen der Vorstrafe und der Messerstecherei sowie weitere zwei Jahre wegen schwerer Körperverletzung zu erwarten. Wenn dieser Typ es drauf ankommen lassen wollte, dann musste er vier Jahre seines Lebens als Einsatz bieten. Solange das Messer nicht auf irgendwelchen Wegen aus der Asservatenkammer verschwand, würde Lily wegen Hatteras keine schlaflosen Nächte haben. Nächste Woche um diese Zeit würde im überfüllten Untersuchungsgefängnis von Santa Barbara eine Zelle frei werden, da ihr früherer Insasse auf dem Weg zu seinem neuen Zuhause im Staatsgefängnis von Kalifornien wäre.

Außerdem war Lily im Augenblick noch mit einem Mord in einem exklusiven Pflegeheim betraut. Das Opfer war eine bis dahin gesunde dreiundsiebzigjährige Frau, bei der man Lungenkrebs diagnostiziert hatte. Nach einer Behandlung mit Chemotherapie und Bestrahlung war sie vom Kreiskrankenhaus nach Viewpoint, in eine spezielle Pflegeeinrichtung, überwiesen worden. Nachdem ihrem Sohn mitgeteilt worden war, dass seine Mutter vollkommen geheilt war, fing er an, die nötigen Vorbereitungen für ihre Entlassung zu treffen. Doch einen Tag später starb die Frau. Wäre der Sohn nicht so hartnäckig gewesen, wäre die Todesursache als eine natürliche eingestuft worden. Aber da er auf einer Autopsie bestand, entdeckte der Gerichtsmediziner, dass die Frau erstens niemals Krebs gehabt hatte und zweitens an einer Dosis Morphium gestorben war, die sieben Menschen hätte töten können. Niemand war empfindlicher, was die Behandlung kranker oder alter Menschen betraf, als Lily, aber Brennans Entscheidung, den Tod der Frau als Mord zu deklarieren, teilte sie nicht.

Als Erstes konnte das Labor, das die falsche Diagnose gestellt hatte, nicht strafrechtlich belangt werden. Der Sohn der Frau hatte zwar die Möglichkeit, einen Zivilprozess anzustrengen, und würde höchstwahrscheinlich eine beträchtliche Entschädigungssumme erstreiten. Aber die notwendigen Bedingungen zu schaffen, um aus dem Tod seiner Mutter ein Verbrechen oder gar einen Mord zu machen, war nahezu unmöglich. Fälle wie dieser landeten auf dem Schreibtisch der Anklagevertreter, weil der Leitende Bezirksstaatsanwalt ein Taktiker war und der Sohn jemand, den Lily als Hausierer bezeichnete, jemand also, der so lange anklopfte, bis er erreichte, was er wollte. Es gab keinerlei Hinweis in der Krankenakte der Frau, dass sie in den Tagen vor ihrem Tod Morphium bekommen hatte, und die vier Krankenschwestern, die an diesem Tag Dienst hatten, behaupteten, nichts darüber zu wissen. Der Beweislage nach bestand kein Zweifel daran, dass der Tod der Frau durch eine Serie tragischer Irrtümer verursacht worden war. Damit es für Lily zu einem Mord wurde, galt es zunächst, einen oder mehrere Verdächtige zu identifizieren. Sollte sie das Gericht um Haftbefehl für die vier Krankenschwestern, den behandelnden Arzt und all die anderen Angestellten ersuchen, die am Tag ihres Todes Kontakt mit der Frau gehabt hatten? Welches Motiv sollten die Krankenschwestern haben, die Frau umzubringen? Selbst das Labor hatte nichts von seinem Fehler gewusst, bis die Autopsie durchgeführt wurde.

Sie legte die Akte beiseite, um später mit Allan Brennan darüber zu diskutieren.

Lily hatte gerade die Damentoilette verlassen, als Matt Kingsley auf sie zukam. »Warum haben Sie Brennan gebeten, mich vom Middleton-Fall abzuziehen? Ich habe doch nur einen lausigen Anruf vergessen!«

»Das war nicht das Einzige«, sagte sie. »Sie waren nicht vorbereitet. Sie dachten, Sie könnten sich durchlavieren. Jedes Mal, wenn ich Ihnen einen Aufgabe zuwies, haben Sie sie an einen anderen delegiert.«

»Sie sind doch verrückt!«, explodierte er, und sein blondes Haar fiel ihm in die Stirn. »Man hat mich schon vor Ihnen gewarnt. Ich weiß nicht, warum ich darauf nicht gehört habe.«

»Und was genau hat man Ihnen erzählt?«, fragte Lily und ballte die Fäuste.

»Es hieß, Sie hätten Ventura wegen eines Nervenzusammenbruchs verlassen. Sie hatten einen großen Fall.« Er schwieg einen Moment und versuchte, sich zu erinnern. »McDonald-Lopez ... genau, so hieß der Fall. Derjenige, mit dem ich sprach, meinte, Sie wären zu engagiert gewesen und hätten die Nerven verloren. Ich hörte, dass Sie sogar für das Richteramt vorgeschlagen gewesen wären, aber Sie seien so fertig gewesen, dass Sie hätten ablehnen müssen.«

»Ach ja«, erwiderte sie, und ein, zwei Muskeln in ihrem Gesicht zuckten. »Und hat dieser Jemand auch ein paar Einzelheiten des Falles erwähnt?«

»Ein junges Pärchen wurde ermordet«, erklärte er. »Es war eine kollektive Vergewaltigung, richtig? Das Mädchen wurde verstümmelt. Eines der Gangmitlieder brachte noch jemanden um. Ich glaube, eine Prostituierte.«

Lily maß ihn mit einem stählernen Blick. Er war einfach zu sicher, zu selbstgefällig. Sie hingegen schäumte innerlich. Sie warf einen Blick den Gang hinunter, ob jemand in der Nähe war. Als klar war, dass niemand sie hören konnte, fuhr sie fort: »Und was hat der McDonald-Lopez-Mord und mein angeblicher Nervenzusammenbruch mit Ihnen und Ihren mangelnden Leistungen zu tun?«

»Ich versuche nur, objektiv zu bleiben«, erklärte Kingsley und rückte sein Jackett zurecht. »Als Brennan mir mitteilte, dass ich am Middleton-Fall mitarbeiten würde, rief er mich in sein Büro und unterhielt sich ausführlich mit mir. Er sagte zu mir, das Ganze sei ein Job und kein Kreuzzug. Er sagte, ich würde es nicht durchstehen, wenn ich zu viel Mitleid mit den Opfern hätte. Brennan meint, dass das eine Ihrer wenigen Schwächen ist.«

»Ich möchte Sie etwas fragen«, fauchte Lily. »Hat dieser Jemand, der so viel über mich weiß, auch zufällig erwähnt, was während des McDonald-Lopez-Falles noch passiert ist?« Bevor er auch nur zu einer Antwort ansetzen konnte, trat sie ihm aus einem Impuls heraus auf den Fuß.

»Was zum Teufel ...«, sagte er und zuckte vor Schmerz zusammen. »Sie haben mir fast den Zeh gebrochen.«

»Da Sie ja wild entschlossen sind, sich in meine Angelegenheiten zu mischen«, sagte sie und senkte ihre Stimme, »sollten Sie außerdem wissen, dass meine Tochter und ich vergewaltigt wurden. Ein Mann brach in mein Haus ein, hielt mir ein Messer an die Kehle und zwang mich, dabei zuzusehen, wie er sich an meinem Kind verging. Sie war damals erst dreizehn, Kingsley. Jetzt geht meine Tochter aufs College und letzte Nacht habe ich fast eine Stunde am Telefon zugebracht, weil ich versuchte ihr klarzumachen, dass der Mann, der sie vergewaltigt hatte, sich nicht vor ihrem Haus im Gebüsch versteckt hält.«

Kingsley war erschüttert. »Es tut mir Leid«, sagte er. »Hat man den Vergewaltiger nicht gefasst?«

»Doch«, sagte Lily und räusperte sich. »Aber er kam vor sechs Monaten auf Bewährung raus.«

Der Anwalt lehnte sich an die Wand, zog seinen Schuh aus und massierte sich die Zehen.

»Wenn Brennan möchte, dass Sie dies als ganz normalen Job ansehen«, fuhr sie fort, »dann können Sie ihm mitteilen, ich hätte gesagt, er könne mich mal kreuzweise. Und wenn er mich los werden will, dann kann ich mein Büro bis morgen geräumt haben.«

Mit diesen Worten marschierte Lily an Kingsley vorbei. »Bitte«, rief Kingsley und hinkte hinter ihr her. »Ich hätte das alles nicht sagen sollen. Bevor Brennan Sie gehen lässt, wird er eher mich feuern.«

Als Lily ihr Büro erreicht hatte, wollte sie die Tür zuknallen, aber der junge Anwalt schoss an ihr vorbei. Er zog die Tür zu und lehnte sich dann dagegen. »Mein Ego war angekratzt, als ich hörte, Sie wollten mich aus dem Fall raushaben«, erklärte er schwer atmend. »Brennan hat nie etwas in dieser Art zu mir gesagt. Ich habe das Ganze erfunden.«

»Raus aus meinem Büro«, sagte sie und starrte ihn finster an. »Sie sind nicht nur inkompetent, Sie haben auch gerade bewiesen, dass Sie ein Lügner sind.« Sie hielt inne und klopfte mit einem Stift auf ihren Schreibtisch. »Ich schätze, nur weil Sie aussehen wie ein Filmstar, weil Sie einen Harvard-Abschluss haben und die meisten Ihrer Mitarbeiter selbst bezahlen könnten, ist es schwer für Sie zu akzeptieren, dass die Dinge nicht nach Ihrer Vorstellung laufen.«

»Hören Sie«, sagte er, öffnete seine Aktentasche und zog ein Foto heraus. »Ich glaube, ich bin über etwas Wichtiges gestolpert. Ob Sie es nun wahrhaben wollen oder nicht, ich investiere pro Tag mindestens zehn Stunden in den Middleton-Fall. Und zwar zusätzlich zu meinen anderen Fällen.«

Lily stand hinter ihrem Schreibtisch und ärgerte sich, dass sie sich von ihm aus der Reserve hatte locken lassen. Selbst nach sechs Jahren Therapie war es schwer für sie, ihre Wut zu kontrollieren. Sie ließ ihre Augen durch den Raum wandern. Was die Vergewaltigung betraf, so hätte er ohnehin vielleicht irgendwann einmal davon gehört. Die meisten Mitarbeiter wussten es, sprachen aber ganz einfach nicht darüber. Es war dumm, einen Kleinkrieg mit Kingsley zu beginnen. Sie ließ sich auf ihren Stuhl fallen und setzte ihre Lesebrille auf.

»Okay«, sagte Kingsley und schob einen der Stühle näher an den Schreibtisch heran. »Middleton besitzt eine Ladenkette mit Billigmöbeln. Die meisten seiner Kunden sind Immigranten aus Lateinamerika, die in Camarillo, Oxnard und ländlichen Gemeinden in der Nähe auf dem Feld arbeiten. Solche Leute bekommen keine Kredite. Middleton verkauft ihnen billige Möbel zu überhöhten Preisen und zwingt sie, wöchentliche Raten in bar zu bezahlen. Ihre Möbel können sie erst dann mitnehmen, wenn die Rechnung vollständig bezahlt ist.«

»Ich bin über seine Methoden bereits im Bilde«, sagte Lily und studierte das Foto, das er ihr gegeben hatte. »Was hat das mit unserem Fall zu tun?«

»Sie sehen hier ein Foto von einem der Middleton-Lagerhäuser in Van Nuys. Ich habe es aufgenommen. Sehen Sie das Geschäft nebenan?«

»Ich kann den Namen nicht erkennen«, sagte sie. »Es sind nur Nummern auf den Türen.«

»Ich habe die Verbindung zuerst auch nicht gesehen.« Kingsley sprach hastig. »Sehen Sie sich die Lieferwagen davor an.«

Lily sah eine ganze Reihe weißer Lieferwagen. Auf den Seitenflächen waren große Abbildungen von Insekten und der Schriftzug »SOS Schädlingsbekämpfung« zu erkennen. »Verwenden die auch …«

Kingsley lächelte. »Strychnin? Darauf können Sie wetten. Sie verwenden es, um Ratten, Mäuse und alles mögliche andere zu vergiften.«

»Eine behinderte Tochter beispielsweise?«

Das Lächeln verschwand von seinem Gesicht. »Ich habe einen Freund gebeten, der im San Fernando Valley wohnt, bei SOS wegen eines Jobs vorzusprechen. Er sagt, die hätten tonnenweise von dem Stoff in ihrem Lagerhaus.«

Jetzt blühte Lily auf. »Also ist Middleton so an das Gift gekommen?«

»Es muss so sein«, sagte Kingsley und lehnte sich vor. »Wir wissen, dass er zu klug war, um einfach in einen Laden zu spazieren und sich Strychnin zu kaufen, vor allem, seit er plante, seine Tochter damit umzubringen.«

In Lilys Wertschätzung war Kingsley um einiges gestiegen. »Wie sind Sie darauf gekommen?«

»Ich habe mir alle Lagerhäuser von Middleton vorgenommen, um eventuell etwas zu finden, das wir übersehen hatten«, erklärte er. »Als ich den Betrieb mit der Schädlingsbekämpfung entdeckt habe, nahm ich an, Middleton stünde auf freundschaftlichem Fuß mit diesen Leuten, da sie mindestens schon so lange da waren wie er. Weil seine Freunde meinten, er sei ein Geschäftsmann, der selber mit anpacke, war es nur logisch, dass er ab und an in seinen Lagerhäusern aufkreuzte, und sei es nur, um seine Mitarbeiter auf Trab zu halten. Dann überlegte ich, dass es für ihn machbar war, einfach in den benachbarten Betrieb zu gehen. Als niemand darauf achtete, hat er einfach eine Flasche mit Strychnin geklaut.«

»Sie könnten Recht haben«, sagte sie und legte das Foto beiseite. »Aber wir sind immer noch keinen Schritt weiter. Es macht keinen großen Unterschied, dass Middleton nachweislich die Möglichkeit hatte, an Strychnin zu kommen. Wir brauchen einen konkreten Beweis, dass er zur Tatzeit das Gift in seinem Besitz hatte.«

Noch einmal griff Kingsley in seine Aktentasche. »Am 29. Oktober, zwei Tage vor Halloween, machte Henry Middleton einen Abstecher zu seinem Lagerhaus in Van Nuys. Da ihm eine Rechnungsprüfung ins Haus stand, beschloss er, ein bisschen bei sich aufzuräumen.«

Lily lehnte sich in ihrem Stuhl zurück und verschränkte ihre Hände im Nacken. »Erklären Sie das bitte näher.«

»Er hat drei seiner besten Leute entlassen.«

»Wie haben Sie das herausgefunden?«

»Tja«, sagte Kingsley und spielte mit seinen Unterlagen,

»da Sie ja der Meinung sind, dass ich ein so schlechter Anwalt bin, sollte ich Ihnen das vielleicht nicht erzählen. Nebenbei tut mein Fuß höllisch weh. Der Supervisoren-Ausschuss wird wohl eine ziemlich schlechte Meinung von Ihnen kriegen, wenn herauskommt, dass Sie Ihre Mitarbeiter körperlich züchtigen.«

Lily blinzelte ein-, zweimal. Henry Middleton war die Inkarnation des Bösen. Sie war fest entschlossen, ihn hinter Gitter zu bringen. Aber bei Kingsley zu Kreuze zu kriechen war ein hoher Preis für ein paar Informationsfetzen. Sie schätzte, dass der junge Anwalt keine weiteren Informationen in petto hatte. Aber dann tauchte Betsys Gesicht vor ihrem inneren Auge auf, und sie wusste, dass sie nichts riskieren konnte. »Meinen Sie wirklich, ich könnte Schwierigkeiten bekommen, nur weil ich Ihnen versehentlich auf den Fuß getreten habe?«, entgegnete sie. »Wenn Sie möchten, dass man Sie wie einen erfahrenen Anwalt behandelt, dann werden Sie sich als Heulsuse kaum Respekt verschaffen. Wenn Sie wegen einer solchen Kleinigkeit zum Ausschuss rennen, garantiere ich Ihnen, dass Sie zum Gespött der ganzen Abteilung werden.«

»Touché«, sagte er in dem Bewusstsein, dass sie mit ihrem Kleinkrieg kostbare Zeit verschwendeten. Abgesehen davon, dass er keinen Moment daran zweifelte, wer von ihnen als Sieger daraus hervorgehen würde. »Okay, ich erzähle Ihnen, wie ich das Ganze rekonstruiert habe. Mein Vater ist ziemlich erfolgreich.« Er hielt inne, während seine Wangen ein leuchtendes Rot annahmen. »Natürlich erzähle ich Ihnen damit nichts Neues; schließlich haben Sie mich noch vor fünf Minuten aus genau diesem Grund mit Ihrem Spott überzogen.«

»Weiter«, sagte Lily gespannt.

»Ich habe nicht die Absicht, Ihnen irgendwelche Familiengeheimnisse zu verraten, aber als mein Vater vor ein paar Jahren die Rechnungsprüfer im Haus hatte, legte sein

Steuerberater ihm nahe, ein paar seiner Mitarbeiter zu entlassen. Verstehen Sie?«

»Ich kann Ihnen folgen«, sagte sie und ließ ihren Stuhl in seine aufrechte Position zurückschnellen. »Sie dachten also, Middleton hätten denselben Rat bekommen. Richtig?«

»Genau«, antwortete er. »Ich setzte mich mit der staatlichen Arbeitsvermittlung in Verbindung und fand heraus, dass drei von Middletons Angestellten zwei Tage vor der Tat entlassen wurden. Einer dieser Angestellten arbeitete im Lagerhaus von Van Nuys. Wir konnten das überprüfen, weil er einen Antrag auf Arbeitslosenunterstützung eingereicht hat.« Kingsley stand auf. »Kann ich Ihr Telefon benutzen?«

Lily nahm es und drehte es zu ihm, damit er besser drankam. »Tun Sie sich keinen Zwang an.«

Kingsley warf einen Blick auf das Blatt Papier in seiner Hand, dann wählte er eine Nummer. Über den Lautsprecher ertönte eine barsche Männerstimme.

»Sind Sie Mr. Nash?«

»Kann sein«, antwortete der Mann. »Wer will das wissen?«

»Hier ist Matthew Kingsley vom Büro des Bezirksstaatsanwalts in Santa Barbara«, entgegnete Kingsley kühl. »Ich habe vor ein paar Tagen mit Ihnen über Ihre Entlassung bei Middleton Furnishings gesprochen. Erinnern Sie sich?«

»Ja, ich erinnere mich.«

»Sie wurden am 29. Oktober letzten Jahres entlassen, ist das richtig?«

»So ist es«, antwortete Jake Nash. »Seitdem bin ich arbeitslos.«

»War Mr. Middleton an dem Tag, an dem Sie entlassen wurden, persönlich da?«

»Er war da«, sagte der Mann. »Er gab mir zusätzlich zu meiner regulären Abfindung einen Umschlag mit fünf Hundertdollarnoten. Er sagte, es täte ihm Leid, aber das Geschäft ginge schlecht, und ihm bliebe keine andere Wahl, als beim Personal einzusparen.«

»Was hat er noch zu Ihnen gesagt?«

»Ich sollte mit niemandem sprechen«, antwortete Nash. »Er sagte, es würde vielleicht jemand herumschnüffeln und eine Menge Fragen stellen. Anscheinend hat ihm einer seiner Konkurrenten das Finanzamt auf den Hals gehetzt. Wahrscheinlich wollten sie ihn aus dem Geschäft drängen, verstehen Sie, was ich meine?«

»Sicher, Mr. Nash.«

»Mr. Middleton versprach mir, mich wieder einzustellen, wenn der Staub sich gelegt hätte und ich loyal wäre und mit niemandem vom Finanzamt reden würde. Dann las ich in der Zeitung über die Sache mit seinem Kind.«

»Hat Middleton versucht, Sie wieder einzustellen?«

»Ach was«, sagte Nash. »Ich hatte sogar Schwierigkeiten, an mein Arbeitslosengeld zu kommen.«

»Wie das?«

»Tja«, fuhr er fort, »wie ich Ihnen schon vor ein paar Tagen sagte, musste ich meinen Antrag dreimal stellen. Die Leute von der Arbeitsvermittlung sagten, es gäbe keinen Beleg, dass ich jemals bei Middleton Furnishings angestellt gewesen wäre. Aber da ich meine Lohnstreifen aufbewahrt hatte, konnte ich die Sache schließlich aufklären. Trotzdem war es komisch. Ich habe über fünf Jahre dort gearbeitet. Man sollte doch denken, dass sich irgendjemand an mich erinnern würde.«

»An dem Tag, als Sie entlassen wurden«, fragte Kingsley, »ging Middleton da nach nebenan zu den Schädlingsbekämpfern?«

»Ja.«

»Sind Sie sicher?«, fragte der Anwalt nach. »Wenn ich Sie bitte, das vor Gericht zu bezeugen, werden Sie schwören müssen, die Wahrheit zu sagen.«

»Das weiß ich«, sagte Nash. »Ich lüge nicht, Mister. Wenn jemand zu mir gekommen wäre und mir Fragen über Mr. Middletons Geschäft gestellt hätte, hätte ich ihm auch die Wahrheit gesagt. Wenn der Boss mir fünfhundert Dollar gibt, heißt das noch lange nichts. Jake Nash lässt sich nicht kaufen.«

»Wann ging Mr. Middleton nach nebenan?«

»Gleich nachdem er angekommen war«, sagte er. »Das muss wohl so gegen Mittag gewesen sein, denn ich sah ihn mit einem der Typen von SOS reden, als ich mich verdrückte, um für meine Leute ein paar Sandwiches zu holen.«

»Mit wem hat er gesprochen?«

»Das kann ich nicht genau sagen«, erwiderte Nash. »Wenn ich mich richtig erinnere, sprach er entweder mit Danny Metz oder mit Bob Sanders. Eigentlich ging er nur ein bisschen herum. Sie wissen schon, einen Blick auf die Ware werfen und ein Schwätzchen halten.«

Lily machte das Zeichen für Auszeit. Nachdem Kingsley den Warteknopf gedrückt hatte, sagte sie: »Ich bin beeindruckt. Sie haben schlüssig nachgewiesen, dass Middleton Zugang zu Strychnin hatte. Das wird für unseren Fall sehr hilfreich sein. Aber sicherlich haben Sie mittlerweile herausgefunden, dass jedermann Strychnin kaufen kann. Das reicht noch nicht, ist Ihnen das nicht klar? Wir brauchen einen Zeugen, der gesehen hat, dass Middleton das Gift von den Schädlingsbekämpfern genommen hat. Was ist mit den beiden Männern, die er gerade erwähnt hat?«

»Kann ich weitermachen?«, fragte Kingsley und ließ seine Fingerknöchel knacken.

Lily wies mit der Hand zum Telefon.

»Mr. Nash«, sagte er, nachdem er sich wieder in die Leitung geschaltet hatte, »als Henry Middleton Ihnen den Umschlag mit den fünfhundert Dollar gab, war da noch etwas Besonderes?«

»Er hatte eine Flasche in seinem Jackett«, antwortete Nash. »Sie fiel heraus, und ich bückte mich, um sie aufzuheben. Aber bevor ich danach greifen konnte, räumte Mr. Middleton sie mit einem Tritt aus dem Weg. Dann schnappte er sie sich und lief zu seinem Wagen. Er war ganz aufgeregt, als hätte er einen Anfall oder so.«

Vor lauter Aufregung hielt es Lily nicht mehr auf ihrem Stuhl.

Kingsley strahlte zufrieden. »Können Sie die Flasche beschreiben?«

»Es war nur eine Colaflasche aus Plastik«, erklärte Nash. »Deshalb fand ich das Ganze ja so verrückt. Warum regte sich Mr. Middleton deswegen so auf? Ich wollte nur sein Getränk aufheben, als es ihm aus dem Jackett fiel. Aber ich fand, dass die Flüssigkeit in der Flasche nicht so aussah wie Cola. Sie war nicht so dunkel. Außerdem trug der Boss ziemlich teure Klamotten. Zu teuer, um sie mit einer Colaflasche auszubeulen, wenn Sie verstehen, was ich meine.«

»Hatte die Flasche einen Schraubverschluss?«

»Ja«, sagte Nash. »Wissen Sie nicht, was für eine Flasche ich meine? Es war eine Colaflasche, Mann. Die gibt es millionenfach. Sie haben bestimmt schon eine gesehen. Oder leben Sie auf dem Mars?«

»Ich habe schon mal eine Colaflasche gesehen, Mr. Nash«, erwiderte Kingsley und bedeutete Lily mit einem Blick, dass sie einen starken Zeugen hätten, einen Mann, der im Kreuzverhör nicht umkippen würde. »Ich würde Ihnen gern noch ein paar Fragen stellen. Sind Sie einverstanden?«

»Schießen Sie los.«

»Können Sie mir sagen, wie ich Danny Metz oder Bob Sanders erreichen kann? Ich habe erfahren, dass keiner der beiden mehr für SOS arbeitet.«

»Da kann ich Ihnen nicht helfen, Kumpel«, antwortete Nash. »Metz und Sanders waren Ex-Knackis. Wir haben solche Typen auch ab und an im Lagerhaus angestellt. Aber wenn sie ein paar Dollar verdient haben, hauen sie schon wieder ab. Und Ungeziefer killen ist nicht besonders komisch, aber ich respektiere jeden, der sein Geld mit anständiger Arbeit verdient. Ich bin dieses Jahr sechzig geworden, wissen Sie, deshalb weiß ich, wie schwierig es sein kann, einen annehmbaren Job zu finden. Manche Firmen würden eher einen Knastbruder einstellen als einen alten Knochen wie mich.«

»Waren Sie je im Gefängnis?«

»Nie«, bellte Nash zurück, dass seine dunkle Stimme aus dem Lautsprecher donnerte. »Und ich stand nie mit dem Gesetz in Konflikt, außer wegen ein paar Strafzetteln. Sie sprechen mit einem aufrechten Mann. Habe ich Ihnen das noch nicht gesagt?«

»Doch, bestimmt«, antwortete Kingsley und warf ein weiteres Blatt Papier auf Lilys Schreibtisch.

»Perfekt«, flüsterte sie und schob mit einem Finger ihre Lesebrille hoch. Kingsley hatte Jack Winston Nash, auch bekannt als Jake Nash, in jeder existierenden Delinquentendatei, inklusive Interpol, überprüft. Noch nicht einmal die Strafzettel waren aufgetaucht. Der Mann war so sauber, dass er für das Amt des Präsidenten hätte kandidieren können.

»Noch eine letzte Frage«, sagte Kingsley und ging vor Lilys Schreibtisch auf und ab. »Als Sie gehört hatten, dass Mr. Middletons Tochter vergiftet wurde, warum haben Sie da nicht die Polizei angerufen und ihr erzählt, was Sie gerade mir erzählt haben?«

»Aus mehreren Gründen«, erklärte Nash. »Ich hätte im Traum nicht daran gedacht, dass jemand, der so reich ist wie Middleton, seinem Kind etwas so Schreckliches antun kann. Außerdem war mir nicht klar, dass er mich nur drei Tage vor der Vergiftung seiner kleinen Tochter gefeuert hatte. Als Sie anriefen und mir Ihre Fragen stellten, habe ich meinen Papierkram durchgesehen und gemeint, dass ich das vielleicht erwähnen sollte. Und dann begann es in meinem Kopf zu arbeiten. Normalerweise habe ich mir zur Regel gemacht, mich nur um meinen Kram zu kümmern, aber wenn jemand einem unschuldigen Kind wehtut, schätze ich, dass es jeden etwas angeht.«

»Sie sind ein guter Mann«, sagte Kingsley zu ihm. »Wir bleiben in Kontakt. Wenn Sie sich noch an etwas erinnern, das an diesem Tag passiert ist, notieren Sie es bitte und rufen uns sofort an.«

Lily ging um ihren Schreibtisch herum. »Das sind großartige Neuigkeiten, Matt«, sagte sie und fasste ihn an den Schultern. »Unser ganzer Fall kann sich mit der Aussage dieses Zeugen wenden. Und Sie haben diesen Mann ganz allein aufgespürt.«

»Danke«, sagte Kingsley mit stolzgeschwellter Brust. »Heißt das, Sie wollen mich doch nicht von dem Fall abziehen?«

»Genau das heißt es«, sagte sie und sah zu seinem Fuß. »Wie geht es Ihren Zehen?«

»Ich werd's überleben«, sagte er achselzuckend. »Mein Vater hat mich früher windelweich geprügelt. Ich bin noch da, also schätze ich, ich hab's überlebt.« Er ging ein paar Schritte auf die Tür zu, dann hielt er inne und wandte sich ihr zu. »Es tut mir Leid, dass ich mich so ekelhaft benommen habe. Die meisten Leute haben Vorurteile gegen mich. Nur weil meine Familie Geld hat, heißt das noch lange nicht, dass ich ein Idiot bin. Ich will meinen eigenen Weg gehen.«

»Tja«, sagte Lily und gab bereits die Einzelheiten des Telefongesprächs mit Jake Nash in ihren Computer ein, »es sieht so aus, als hätten Sie eine reelle Chance dazu.«

Kapitel 9

»Ich bin im Gefängnis.«

In der Erwartung, die Stimme ihrer Tochter zu hören, hatte Lily den Hörer ihres Büroanschlusses abgenommen. Sie hatte am Morgen mehrere Nachrichten auf Shanas Anrufbeantworter hinterlassen, bis jetzt aber noch keinen Rückruf bekommen. »John?«, fragte sie, da die Stimme ihres Ex-Mannes so verzerrt war, dass sie ihn erst nach ein paar Sekunden erkannte.

»Du musst mir helfen«, flehte er. »Sie haben gerade Anklage erhoben.«

Lilys Herz fing laut an zu pochen. »Wo ist Shana?«

»Ich schätze, in der Uni.«

»Mein Gott«, sagte sie in der Sorge, für das Ganze verantwortlich zu sein, »warum hast du nicht mit ihr gesprochen? Sie hat mich letzte Nacht voller Panik angerufen, weil sie glaubte, dass Marco Curazon ihr auflauerte. Deshalb habe ich die Polizei gerufen.«

»Das verstehst du falsch«, sagte er. Offenbar glaubte Lily, die Polizei hätte ihn mit Shanas Verfolger verwechselt. »Ich war Eis holen. Als ich gegen zehn Uhr zurückkam, fuhr die Polizei schon wieder weg. Der Mann, den Shana gesehen hat, muss jemand aus der Nachbarschaft gewesen sein. Bitte, Lily, mit ihr ist alles in Ordnung. Ich wurde erst später verhaftet … Ich weiß nicht … kurz vor Mitternacht.«

»Und Shana weiß nicht, dass du im Gefängnis bist?«

»Sie schlief«, fuhr John fort. »Also beschloss ich, sie lieber nicht aufzuregen. Sie hatte in der letzten Zeit genug Stress. Ich dachte, die Polizei würde mich freilassen, nachdem sie die Personalien festgestellt hatte. Ich hatte ja keine Ahnung, dass sie mich gleich einsperren und heute Morgen vor Gericht zerren würden.«

Lily war entsetzt, dass der Mann, mit dem sie einmal verheiratet gewesen war, nun in einer Vollzugsanstalt saß wie ein ganz normaler Verbrecher. Als sie erfahren hatte, dass er wieder trank, hatte sie allerdings eine erneute Festnahme wegen Trunkenheit am Steuer befürchtet. Eine Verurteilung deswegen war neuerdings nicht mehr auf die leichte Schulter zu nehmen, und John war einschlägig vorbestraft. »Wie hoch war dein Blutalkohol?«

»Sie haben mich nicht verhaftet, weil ich getrunken habe.«

»Oh«, sagte sie bestürzt. »Was dann …«

»Unfall mit Todesfolge.«

Lily verschluckte sich fast an ihrer eigenen Spucke. »Du hast jemanden überfahren?«

»Vielleicht habe ich ja gar nichts getan«, rief er. »Vielleicht bin ich nur auf einen Schlummertrunk ausgegangen. Du hast gut reden. Was war denn mit diesem Typen? Du weißt schon … wie war sein Name? Hernandez, nicht wahr?«

Lily fiel der Hörer aus der Hand. Die letzten sechs Jahre verflüchtigten sich, und sie war wieder in Ventura. Bobby Hernandez war zunächst in ihr Leben getreten, weil er verdächtigt wurde, an einer Vergewaltigung teilgenommen und ein Prostituierte gekidnappt zu haben. Lily war zu jener Zeit die Leiterin der Abteilung für Sexualdelikte gewesen und hatte Clinton Silverstein mit dem Fall beauftragt. Als Patricia Barnes, das Opfer, nach dreimaliger Aufforderung nicht erschienen war, hatte Silverstein von Lily die Genehmigung erbeten, die Anklage zurückzuziehen. Silverstein hielt diesen Fall für einen so genannten Beischlafsbetrug, was sich auf den Beruf des Opfers bezog und meinte, dass sie einverstanden war, mit Hernandez zu schlafen, und das Ganze erst als Vergewaltigung angezeigt hatte, als er sich ohne Bezahlung davonmachte. Fälle wie dieser waren nicht ungewöhnlich. Normalerweise steckte der Zuhälter hinter der falschen Beschuldigung; so konnte er die anderen Freier wissen lassen, dass sie ohne Bezahlung nicht davonkamen. Also wurde Lilys Unterschrift auf dem Entlassungsformular für Bobby Hernandez das Ticket in die Freiheit.

Sie erinnerte sich daran, dass sie Hernandez' Akte in ihre Tasche gesteckt und Silverstein gesagt hatte, sie würde die entsprechenden Anmerkungen über seine Entlassung später zu Hause eintragen. John und Lily hatten sich in dem Monat zuvor getrennt, und die dreizehnjährige Shana hatte sich entschieden, bei ihrem Vater zu wohnen. Eine Entscheidung, die ihre Mutter sehr verletzt hatte.

Lily erinnerte sich auch daran, wie sie voller Vorfreude das Büro verlassen hatte, weil sie Shana sehen und ihr das neu gemietete Haus zeigen würde, nicht zu vergessen all die liebevoll ausgesuchten Dinge für ihr neues Zimmer. Der Abend hatte wunderschön begonnen. Shana hatte das Zimmer gefallen. Lily hatte ihr Lieblingsessen für sie gekocht – Brathähnchen und Kartoffelbrei. Nach dem Essen hatten sie sich wie Schwestern auf dem Sofa gelümmelt, Fotoalben durchgesehen und in Erinnerungen geschwelgt. Da Lily nicht gewohnt war, allein zu leben, hatte sie vergessen, die gläserne Schiebetür in der Küche zu schließen. Obwohl sie genügend Erfahrung mit Kriminellen hatte, um zu wissen, dass der Vergewaltiger auch einen anderen Weg hätte finden können, ins Haus einzubrechen, bestand John auf seiner Auffassung, dass das Ganze nur wegen ihres Leichtsinns passiert war.

Lily hörte wieder, wie die Turnschuhe des Vergewaltigers

auf dem Linoleum quietschten, spürte, wie sich seine Finger in ihr Fleisch gruben, als er sie den Flur hinunterzerrte. Den Bademantel hatte er ihr wie ein Leichentuch über den Kopf geworfen. Sie war überzeugt gewesen, ersticken zu müssen. Nicht nur, weil sie wild um sich geschlagen hatte, sondern weil der Bademantel aus dichtem Frottee war und ihr Angreifer ihn ihr fest über Mund und Nase gezogen hatte. Als Shana die Kampfgeräusche hörte und nach ihrer Mutter rief, war Lilys Angst um ihre eigene Sicherheit verschwunden.

»Ist alles in Ordnung?« Susan Montgomery, Lilys Assistentin, stand regungslos in der Tür. Sie war eine flippige Brünette, hatte kurzes Haar und war angezogen wie eine Studentin, obwohl sie Mutter von drei kleinen Kindern war. Heute trug sie einen karierten Minirock, einen roten Pullover und eine dazu passende rote Strumpfhose. Als sie leise ins Zimmer trat, machte sie sich wirklich Sorgen um ihre Chefin. Lilys Stirn war schweißnass und ihre Haut aschfahl. »Sind Sie krank?«

»Ich ... ich bin«, Lily wandte ihren Kopf in die Richtung, aus der Susans Stimme kam, aber sie konnte kein Wort herausbringen.

»Ihr Ex-Mann ist am Telefon. Er sagt, es sei dringend ... und dass Sie während eines wichtigen Gesprächs getrennt worden seien. Was soll ich ihm sagen? Wenn Sie nicht mit ihm sprechen wollen, kann ich ...«

»Nein«, sagte Lily und riss hektisch den Hörer an sich. Aber sie hörte nur das Freizeichen und starrte ihre Assistentin wieder ausdruckslos an.

»Mr. Forrester ist auf der anderen Leitung.«

»Danke, Susan«, sagte sie und winkte sie aus dem Büro.

Hernandez hatte dem Vergewaltiger aufs Haar geglichen. Nach dem Vorfall hatte Lily Shana mit John nach Hause geschickt und dann die Hernandez-Akte aus ihrer Tasche geholt. Sie erinnerte sich, dass sie auf allen Vieren über den Boden gekrochen war und ihr Bademantel nach dem Erbrochenen ihrer Tochter stank. Sie hatte nicht nur das Foto ihres Angreifers, sie hatte auch seine Adresse. Sie war überzeugt, dass er ihr vom Justizgebäude in Ventura bis nach Hause gefolgt war. Von dem Tag an, da die Gemeinde den neuen Gebäudekomplex errichtete, in dem sowohl das Gericht als auch das Untersuchungsgefängnis untergebracht werden sollten, hatte Lily befürchtet, dass irgendetwas Schreckliches passieren würde. Die Fenster des Gefängnisses gingen auf den Parkplatz hinaus. Die Häftlinge konnten jeden Tag beobachten, wie Opfer, Zeugen und auch Justizbeamte an- und abfuhren.

In ihrer Raserei konnte sich Lily damals nur noch daran erinnern, dass der Vergewaltiger dunkle Haut hatte, ein rotes Sweatshirt trug und ein goldenes Kruzifix um den Hals hatte. Bobby Hernandez sah nicht nur genauso aus wie der Vergewaltiger, er trug auf den Verbrecherfotos auch ein rotes Sweatshirt und ein Kruzifix. All die Jahre, in denen Lily mit Opfern zusammenarbeitete, hatte sie sie immer ermahnt, niemanden aufgrund oberflächlicher Details zu identifizieren.

Susan Montgomery stand plötzlich wieder neben Lilys Schreibtisch und zeigte auf das blinkende Licht an ihrem Telefon. In der Annahme, dass ihre Chefin mit ihrem ehemaligen Mann gestritten hatte, reichte sie ihr ein Glas mit Eiswasser. »Trinken Sie das«, sagte sie. »Dann werden Sie sich besser fühlen.«

Lily dankte ihrer Assistentin mit einem Blick. »Können Sie die Tür schließen, Susan?«

»Sicher«, antwortete diese. »Und damit es Ihnen etwas besser geht, verrate ich Ihnen, dass ich jedes Mal hyperventiliere, wenn mein Ex-Mann anruft.«

John klang verzweifelt und anklagend. »Du hast einfach aufgelegt! Hier erlaubt man mir nicht fünfzehn Anrufe, hörst du? Das ist ein Gefängnis, Lily! Ich habe dich um Hilfe gebeten!«

»Ich habe nicht einfach aufgelegt«, sagte sie in dem Bewusstsein, dass sie die Situation entschärfen musste. »Ein Richter hat mich wegen eines Falls angerufen. Ich habe dich nur in die Warteschleife gelegt, bis die Frage geklärt war.«

»Erzähl mir nicht so eine Scheiße!«, sagte er. »Das ist doch nur eine Ausrede, weil du mir zeigen willst, was für eine große Nummer du bist, dass selbst Richter bei dir angerannt kommen. Mir ist es scheißegal, wer bei dir anruft. Wenn du wissen willst, was gut für dich ist, dann bewegst du deinen Arsch hierher.«

Lilys rechtes Bein begann krampfhaft zu zucken. Sie musste ihre Hand darauf legen, um es ruhig zu stellen. War Bobby Hernandez von den Toten auferstanden und suchte sie heim? Bis ein Mensch einem anderen nicht das Leben genommen hatte, konnte er nicht nachvollziehen, welch schwerwiegende Folgen das für ihn haben würde. Lily war für immer an einen Toten gebunden. Wenn sie nachts nicht schlafen konnte, lief sie ruhelos wie ein eingesperrtes Tier in ihrer Wohnung umher und hatte das Gefühl, mit Handschellen an die verwesende Leiche von Bobby Hernandez gekettet zu sein. Vielleicht wurde sie von denen beneidet, die im Gefängnis saßen. Schließlich konnte sie kommen und gehen, wie es ihr beliebte, sie konnte an den Strand, sie konnte in ihr Auto steigen und jeden Tag zur Arbeit fahren. Aber frei war sie deshalb trotzdem nicht. Sie war gefesselt durch ihre eigene Tat, sie lebte in ständiger Furcht vor der Entlarvung, war gefangen in einer makabren Verbindung mit dem Mann, den sie getötet hatte. Nachdem sie das ganze Glas Wasser auf einmal hinuntergestürzt hatte, fragte sie: »Von wo rufst du an?«

»Hörst du nicht zu?«, schrie John. »Wie oft soll ich es dir noch sagen? Ich bin im Bezirksgefängnis von Los Angeles.«

»Ich weiß, dass du im Gefängnis bist«, zischte sie. »Aber wo genau im Gefängnis? Bist du in der Aufnahme? Oder in

einem Vernehmungsraum? Ich versuche herauszufinden, ob jemand mithören kann.«

In der Leitung war es still. Kurz darauf hörte man undeutlich eine Männerstimme im Hintergrund. »Der Einzige, der mich hören kann«, sagte John, »ist dieser Schwachkopf hinter mir. Ich habe versucht, ihm klarzumachen, dass er verduften soll. Ich glaube, er kommt aus dem Iran oder so.«

»Dann sprichst du von einem öffentlichen Apparat?« Sie fragte sich, ob Susan ein R-Gespräch angenommen hatte. Wie konnte er sonst ein Ferngespräch aus dem Gefängnis führen?

»Erst haben mich die Cops verhört«, sagte er, »und jetzt verhörst du mich. Vertrau mir, der Kerl kann kein Englisch. Und selbst wenn er es könnte, würde er doch nicht wissen, worüber wir sprechen.«

Lily senkte ihre Stimme. »Warum hast du Bobby Hernandez erwähnt?«

»Weil ich die Wahrheit weiß«, sagte er. »Shana und ich wissen, dass du den Mann umgebracht hast. Du hast ihn getötet, weil du ihn mit dem Vergewaltiger verwechselt hast. Du hast ihn aufgespürt und umgebracht. Das ist vorsätzlicher Mord.«

Lilys Blick wurde glasig. Anstelle des nervösen Zitterns von vorhin war eine komplette Lähmung getreten. »Bobby Hernandez war ein Mörder«, sagte sie – Worte, die tief aus ihrem Unterbewusstsein hervorbrachen. »Er war dabei, zum Serienmörder zu werden. Erinnerst du dich an Peter McDonald und Carmen Lopez? Hernandez und vier Mitglieder seiner Gang töteten die beiden. Sie schlugen dem Jungen den Schädel ein, vergewaltigten das Mädchen mehrfach und rammten ihr dann einen Ast in die Vagina, wobei die Bauchdecke durchstoßen wurde.«

»Darum geht es nicht.«

»Genau darum geht es«, sagte Lily und schlug mit der

Faust auf den Tisch. »Hernandez bekam Lust am Töten. Er fand, dass es aufregender war, als Drogen zu nehmen oder Leute auszurauben. Ganz allein kidnappte, vergewaltigte und tötete er eine andere Frau.«

John erinnerte sich vage an die grausamen Einzelheiten des Falles, den sie erwähnt hatte, aber damals hatte er sich mehr um das gekümmert, was seiner Tochter zugestoßen war, als um das Schicksal von Wildfremden. »Ich sage ja nicht, dass der Mann verdiente, am Leben zu bleiben«, erwiderte er. »Habe ich dich jemals beschuldigt oder dir angedroht, zur Polizei zu gehen?«

Lily hatte keine andere Wahl, sie musste lügen. »Ich habe ihn nicht umgebracht.«

»Hey«, sagte er, »eine Hand wäscht die andere. Funktioniert die Welt heutzutage nicht so?«

Sie biss sich auf die Innenseite ihrer Wange. Warum hatte er sechs Jahre damit hinterm Berg gehalten? Weil sie ihren Mann so gut kannte, musste sie in Betracht ziehen, dass er bluffte. Aber John und Shana wussten Dinge, die nur noch Detective Cunningham während seiner Untersuchung entdeckt hatte. Er wusste, dass sie bis zum Morgen nach der Vergewaltigung unauffindbar gewesen war. Und Shana war in die Garage gekommen, als ihre Mutter gerade hinter ihrem Honda hockte und die schwarze Farbe wegwischte, mit der sie das Nummernschild geändert hatte. Ein einziges Mal war Lily mit der Wahrheit herausgeplatzt. John hatte getobt und gesagt, dass er den Mann umbringen würde, der seine Tochter so brutal vergewaltigt hatte. Da hatte sie entgegnet, es sei nicht mehr nötig, sie habe ihn schon selbst umgebracht. Als John ihr nicht glaubte, hatte sie alles zurückgenommen und das Ganze auf ihr Wunschdenken geschoben.

»Was willst du von mir, John?«

»Du bist Anwältin«, sagte er. »Soll Shana erfahren, dass ihr Vater im Gefängnis ist? Sie hat sich noch immer nicht von dem erholt, was dieses Monster Curazon ihr angetan hat. Er hat mein Baby vergewaltigt. Sie war noch ein ganz kleines, unschuldiges Mädchen.«

»Beruhige dich«, sagte Lily, als sie seinen weinerlichen Ton hörte. »Hat der Richter eine Kaution festgesetzt?«

»Ja«, sagte er. »Hunderttausend.«

»Hunderttausend!« rief Lily, weil sie eine niedrigere Summe erwartet hatte. Eine Anklage wegen Herbeiführung eines Unfalls mit Todesfolge war so schwerwiegend wie Totschlag. Unter diesen Umständen war eine Kaution in dieser Höhe zu rechtfertigen. Allerdings hatte sie ursprünglich angenommen, dass der Bezirksstaatsanwalt in Los Angeles mehrere Anklagepunkte gegen John vorgebracht hatte. Die meisten Angeklagten waren entweder zu eingeschüchtert, um auch nur die Hälfte dessen mitzubekommen, was während der Anklageerhebung gesagt wurde, oder sie hatten Schwierigkeiten, den juristischen Jargon zu entschlüsseln. Und häufig fügten die Staatsanwälte noch einige schwerwiegende Anklagepunkte hinzu, um den Angeklagten damit zu einem Vergleich zu zwingen und nicht vor Gericht zu müssen. Aber wenn John wegen Herbeiführung eines Unfalls mit Todesfolge angeklagt wurde, musste er notwendigerweise jemanden während eines Kapitalverbrechens überfahren haben. »Was genau hast du getan?«

»Du meinst, was ich ihrer Meinung nach getan habe?«

Jetzt spielen wir also *dieses* Spiel, dachte Lily, die während ihrer Laufbahn dasselbe Ausweichmanöver schon von Hunderten von Kriminellen gehört hatte. Sie hatte große Lust, ihn auf Kaution aus dem Gefängnis zu holen, nur um ihn dann in eine dunkle Seitenstraße zu fahren und ihm mit einem Baseballschläger beide Kniescheiben zu zertrümmern. Er hatte keine Probleme damit, sie an einem Gefängnisapparat als Mörderin zu bezeichnen, aber seine eigene Schuld wollte er nicht zugeben. »Schön«, fauchte sie. »Sag mir, welche Straftaten die Polizei dir unterstellt.«

»Da war ein Unfall«, sagte er. »Die Cops behaupten, ich hätte den Unfallort verlassen. Du weißt schon, Fahrerflucht. Als sie mich festnahmen, saß ich mit einer Flasche Jack Daniel's auf der Veranda.«

»Du bist auf Bewährung, John«, sagte sie. »Du hast geschworen, nicht mehr zu trinken.«

»Ich weiß«, sagte er. »Aber es hat mir das Herz gebrochen, Shana so verschreckt zu sehen. Sie dachte, sie hätte letzte Nacht Curazon gesehen.«

»Ich weiß«, sagte Lily. »Ich war es, die die Polizei gerufen hat, erinnerst du dich? Du hast Shana sicher keinen Gefallen getan, als du dich einsperren ließest.«

John fuhr fort: »Ich saß nicht hinterm Steuer, als ich verhaftet wurde. Und trinken ist kein Verbrechen.«

Himmel hilf, dachte Lily, während die Gedanken in ihrem Kopf umherwirbelten. Sofort nach Johns Anruf würde sie herausfinden müssen, ob das Gericht damit einverstanden war, die Kaution gegen eine Anzahlung von zehn Prozent auszusetzen. Das war die Regel, außer der Richter verfügte ausdrücklich, dass der Angeklagte die ganze Kaution zahlen musste. Selbst dann hatte sie noch nicht die zehntausend Dollar in bar. Sie würde einen Kredit aufnehmen müssen. Und das brauchte Zeit. Aber sie musste John auch zum Schweigen bringen, und der einzige Weg war, seinen Forderungen nachzukommen. »Gab es Zeugen bei diesem *angeblichen* Unfall mit Fahrerflucht?«

»Nicht dass ich wüsste«, antwortete er. »Ich meine, du bist doch das große Ass. Du musst doch wissen, dass die Cops einem so etwas nicht erzählen.«

Lily massierte sich die Stirn und versuchte, die Situation objektiv zu beurteilen. Wenn die Beweislage schlecht war, erlaubten die meisten Staatsanwälte den Verdächtigen, sich innerhalb der Gemeindegrenzen frei zu bewegen, so lange, bis sie einen wasserdichten Fall hatten. Denn wenn sie erst eine Verhaftung vorgenommen hatten, lief die Zeit, und sollte der Fall mit einem Freispruch enden, konnte der Verdächtige kein zweites Mal für dasselbe Verbrechen angeklagt werden. Da Henry Middleton seit fast einem Jahr frei herumlief, war es Lily ein Rätsel, warum ihr Ex-Mann verhaftet wurde. »Warum haben sie dich festgenommen, wenn es keine Zeugen oder konkreten Beweise gibt? Mir ist schleierhaft, wie sie dich identifiziert haben, wenn es Unfall mit Fahrerflucht war. War der Wagen beschädigt?«

»Sie haben meine Brieftasche gefunden«, sagte John widerwillig. »Ich hatte noch nicht mal bemerkt, dass sie nicht mehr da war. Die Polizei sagt, sie lag im Gras, ein paar Meter von der Leiche des Jungen entfernt. Der Pflichtverteidiger und ich haben uns darauf geeinigt, dass der, der den Jungen angefahren hat, vorher meine Brieftasche stahl und sie dann am Unfallort wegwarf.«

Lily hatte einen scheußlichen Geschmack im Mund, so, als hätte sie ein Dutzend fauler Eier gegessen. Sie wusste, dass John schuldig war. Er hätte sie niemals angerufen und bedroht, wenn er unschuldig gewesen wäre. Jetzt waren sie beide Mörder. »Lass uns aufhören«, sagte sie. »Ich muss versuchen, das Geld aufzutreiben.«

»Ich brauche auch Geld für einen Anwalt.«

»Sagtest du nicht gerade, du hättest einen Pflichtverteidiger?«

»Bei der Anklageerhebung hatte ich keine andere Wahl«, antwortete John. »Aber sogar er hat gesagt, ich sollte mir einen anderen suchen. Er sagt, er hätte mehr Fälle, als er bewältigen könnte. Du weißt schon, ich brauche einen von diesen Staranwälten, die auf so was spezialisiert sind.«

Lily wollte ihn schon nach dem Opfer fragen, doch dann bremste sie sich. Sie wollte keine Einzelheiten hören, nicht, wenn sie gezwungen war, den Täter mit einer Kaution herauszuholen. »Wie kannst du mir das antun?«

»Was?«, fragte er. »Dich um Hilfe zu bitten? Ich bin der Vater deiner Tochter.«

»Du hast mich nicht gebeten«, sagte sie und kritzelte etwas auf einen gelben Block. »Du hast mich bedroht. Da haben wir uns doch richtig verstanden, oder?«

»Wenn du den Richtigen umgebracht hättest«, sagte er, »hätte ich dir einen Orden verliehen und es nie wieder erwähnt. Aber der Bastard, der meine Tochter vergewaltigt hat, ist wieder auf freiem Fuß, Lily. Warum hast du nicht ihn erschossen?«

»Du hast ja den Verstand verloren«, sagte sie. »Wenn du weiter so redest, rühre ich keinen Finger für dich. Und lass uns gleich etwas klarstellen. Egal, welche lächerlichen Anschuldigungen du gegen mich erhebst, ich habe nicht die Absicht, dir einen Anwalt zu bezahlen. Der Bezirksstaatsanwalt in Los Angeles kann dir vielleicht nicht Trunkenheit am Steuer anlasten, aber wir beide wissen, dass dieser Mensch noch leben würde, wenn du nüchtern geblieben wärest.«

Johns Stimme nahm einen schärferen Tonfall an. »Oh, du wirst mich schon heraushauen. Du kannst es dir nicht leisten, mir nicht zu helfen. Ich weiß, wie viel dir dein Job bedeutet und wie groß deine Angst ist, so wie ich zu enden. Du weißt genau, wie dreckig und eng es im Gefängnis ist. Bloß weil du eine Frau bist, heißt das noch lange nicht, dass für dich alles glatt läuft. Du hast schon einige Frauen hinter Gitter gebracht.« Er schwieg einen Moment, dann fügte er hinzu: »Vielleicht würden einige von ihnen gern mal mit dir plaudern. Weißt du, was ich meine?«

Lily wusste, dass sie keine Chance hatte. Sie nahm eine Akte, schleuderte sie quer durch den Raum, beobachtete, wie sie an die Wand knallte und die Papiere sich in alle Richtungen auf ihrem Fußboden verteilten. Sie hatte gute Lust, ihn zu erwürgen. Erst im letzten Jahr war es ihr gelungen, wieder ein ganz normales Leben zu führen. Und dann musste sie auch noch an Shana denken.

»Ich gehe davon aus, heute Abend frei zu sein«, sagte er zu ihr. »Verstehen wir uns?«

Lily schluckte ihren Stolz herunter. »Ich tue, was ich kann.«

»Tu nur deinen Job«, sagte John. »Als ich dich angefleht habe, ein Geheimnis für dich zu behalten, hast du Shana angerufen und ihr gesagt, dass ich pleite bin. Du wolltest sie glauben machen, dass ihr alter Herr nur ein abgebrannter Versager ist. Deshalb habe ich wieder angefangen zu trinken.«

»Ein unschuldiger Mensch ist gestorben«, sagte Lily. »Ich muss meinen Job vernachlässigen, jeden Penny zusammenkratzen, den ich habe, und dann wie eine Wahnsinnige nach Los Angeles fahren, um meinen Ex-Mann aus dem Gefängnis zu holen. All die Jahre hast du mich dafür verantwortlich gemacht, dass Shana vergewaltigt wurde; und jetzt willst du mich wieder verantwortlich machen?«

»Weißt du, wie es sich anfühlt, gedemütigt zu werden?«, sagte John voller Gehässigkeit. »Du bist die Frau, die geschworen hat, sie würde bis zum Ende ihres Lebens bei mir bleiben. Bist du stolz auf dich, Lily? Wieder einmal hast du es geschafft, dass unsere Familie auseinander gerissen wird.«

Kapitel 10

»Wie war ich?«, fragte John und klammerte sich krampfhaft an die Armlehnen seines Stuhls. »An mir ist doch ein guter Schauspieler verloren gegangen, meinen Sie nicht?« Er trug noch dieselben Sachen wie in der Nacht zuvor, sein Gesicht war mit Stoppeln bedeckt und sein Hemd zerknittert und schmutzig. Er saß in einem Vernehmungsraum des Los Angeles Police Departments und hatte gerade das Telefongespräch mit Lily beendet.

Detective Mark Osborne kippte seinen Stuhl nach hinten und warf seiner Partnerin einen Blick zu. Hope Carruthers war eine bemerkenswerte Brünette mit riesigen braunen Augen und olivfarbener Haut. Hispano-Amerikanerin, einunddreißig, geschieden. Ihr Mädchenname war Esperanza Maria Cortez, aber als sie bei der Polizei anfing, beschloss sie, ihren Vornamen in Hope umzuändern. Nicht nur wegen der Assoziation – Hope heißt Hoffnung –, sondern auch, weil dadurch einiges einfacher wurde. Als sie sich noch Esperanza nannte, musste sie jedes Mal, wenn sie telefonierte, Zeit damit verschwenden, ihren Namen zu buchstabieren.

Für Mark Osborne und etliche andere Beamte des Police Departments war Hope Carruthers ein wahr gewordener Traum. Sie konnte einen Vergaser reparieren, besser kochen als die eigene Mutter, hatte einen wunderschönen Körper mit herrlichen Rundungen, und ganz gleich, wie feindlich das Leben ihr gegenübertrat, schaffte sie es dennoch, jeden

Tag mit einem Lächeln auf dem Gesicht aufzutauchen. Hope hatte sich die Dienstmarke eines Detectives auf die harte Tour verdient. Als sie und ein paar Kollegen eine Auseinandersetzung in der Gegend von South Central in L. A. hatten beenden wollen, hatte ein unbekannter Angreifer das Feuer eröffnet. Eine Kugel war in ihren Rücken eingedrungen, hatte um Millimeter die Wirbelsäule verfehlt und war dann kreuz und quer durch ihre linke Körperhälfte geschlagen. Nach fünf Operationen hinkte sie immer noch, aber Osborne hätte mehr als ein Jahresgehalt für eine Nacht mit ihr bezahlt. Jetzt drehte er an seinem Ehering, räusperte sich und versuchte, sich auf das Nächstliegende zu konzentrieren. »Um ehrlich zu sein«, setzte er an, »weiß ich nicht, was hier eigentlich gespielt wird.«

Carruthers übernahm. »Ihre Frau und Ihre Tochter sind beide vergewaltigt worden, Mr. Forrester, ist das richtig?«

»Ja«, sagte John, dessen Blick sich erneut verschleierte. »Deshalb darf diese Sache mit dem Unfall auch keine weiteren Folgen haben, sehen Sie das nicht? Meine Tochter braucht mich. Sie hat kaum etwas mit ihrer Mutter zu tun. Die lebt zu weit weg und hat zu sehr ihre Karriere im Kopf.«

»Vielleicht liegt das an dem Berufszweig, in dem sie arbeitet«, sagte Osborne, knüllte ein Blatt Papier zusammen und warf es in den Mülleimer.

»Ach, ich verstehe«, sagte John und wischte sich mit der Hand über den Mund. »Sie glauben mir nicht, weil Lily Bezirksstaatsanwältin ist.«

Osborne legte beide Arme auf den Tisch. »Ich kenne Ihre Ex-Frau nicht, Kumpel. Dass Sie sie zwingen konnten, Sie auf Kaution rauszuholen, heißt noch lange nicht, dass sie eine Mörderin ist.«

»Lily kümmert sich einen Scheißdreck um das, was mit mir passiert«, sagte John in Panik, dass sein Plan fehlschlagen könnte. »Meinen Sie etwa, Sie würde hierher kommen, wenn es nicht wahr wäre, was ich Ihnen erzählt habe?

Wenn sie auftaucht, wissen Sie Bescheid. Der Typ im Gefängnis erzählte mir, Sie würden mich laufen lassen, wenn ich Ihnen dabei helfe, einen Mord aufzuklären. Und ich würde sogar in eines dieser Zeugenschutzprogramme kommen, eine neue Identität, ein Haus und genug Geld kriegen, um über die Runden zu kommen. Alles, was Sie gegen mich haben, ist meine Brieftasche. Ich bin nicht so dumm, wie Sie glauben. Die Brieftasche beweist noch lange nicht, dass ich den Jungen überfahren habe.«

Osborne presste Daumen und Zeigefinger zusammen und zog sie über seinen Mund, als wollte er einen Reißverschluß schließen, um seine Partnerin wissen zu lassen, dass sie nicht auf diese Aussagen reagieren sollte. Bei einem derart verzweifelten und geschwätzigen Verdächtigen wie Forrester war es die beste Vorgehensweise, ihn einfach reden zu lassen. Je mehr er redete, desto tiefer wäre die Grube, die er sich grub. Und Schweigen würde einen Typen wie ihn dazu bringen, noch mehr Informationen auszuspucken.

»Ich möchte auf keinen Fall dabei sein, wenn Sie Lily festnehmen«, sagte John. »Ich sagte Ihnen doch, dass sie einen Mann umgebracht hat! Was glauben Sie denn, warum unsere Tochter lieber bei mir wohnt als bei ihrer Mutter?«

Mark Osborne hatte in seinen dreiundzwanzig Jahren bei der Polizei schon fast alles gesehen. Es war gut möglich, dass ihnen dieser Mann, der da vor ihm saß, Hinweise auf ein Kapitalverbrechen lieferte, doch trotzdem drehte sich ihm der Magen dabei um. Er verachtete Feiglinge. Er hatte lieber mit einem Auftragskiller zu tun als mit einem Mann, der die Mutter seines Kindes verpfiff. In der Sache Unfall mit Fahrerflucht hatten sie vielleicht nicht den richtigen Mann, aber über den Wagen bestand nicht der geringste Zweifel. Eine Stunde nach der Anklageerhebung gegen John Forrester hatte das Labor gemeldet, dass man Spuren vom Opfer am Fahrwerk des Mustang gefunden hatte. Antonio Vasquez war ein neunzehnjähriger Student aus Argentinien gewesen. Nach Aussage der Eltern, die von Hope über den Tod ihres Sohnes informiert worden waren, hatte der junge Mann jahrelang dafür gespart, in die USA zu kommen.

Als Osborne nickte, versuchte Hope, Licht in die Angelegenheit zu bringen. »Aber der Vergewaltiger ist nicht der Mann, den Ihre Ex-Frau getötet hat, denn Sie erwähnten doch eben, dass er auf Bewährung freigekommen ist.«

»Sie hat den Falschen erschossen«, sagte John und wischte sich mit einem Zipfel seines Hemdes den Schweiß von der Stirn. »Bobby Hernandez, der Typ, den sie umbrachte, sah genauso aus wie der Vergewaltiger.«

Detective Carruthers hörte es an der Tür klopfen. Ein Officer flüsterte ihr etwas zu, und sie winkte Osborne, mit ihr den Raum zu verlassen. »Wir haben eine Zeitungsmeldung im Archiv der Lokalzeitung von Ventura gefunden, die bestätigt, dass jemand namens Bobby Hernandez vor sechs Jahren in Oxnard ermordet wurde, und zwar genau an dem Tag, den Forrester angegeben hat.« Sie unterbrach sich, um hinter vorgehaltener Hand zu husten. »Wir müssen uns mit dem zuständigen Police Department in Verbindung setzen, um die Einzelheiten zu überprüfen. Aber soweit wir feststellen konnten, wurde nie jemand wegen dieser Tat angeklagt oder verurteilt. Und wenn doch, dann war das Opfer nicht wichtig genug für einen weiteren Artikel.«

Mark Osborne hatte den gleichen stoischen Ausdruck auf seinem Gesicht wie vorher. Beide kehrten in den Vernehmungsraum zurück.

John wand sich auf seinem Stuhl. »Sie lassen mich doch gehen, oder? Ich habe nichts Unrechtes getan. Selbst wenn ich mich wegen dieser … dieser Tat … schuldig gemacht habe, war es doch kein Vorsatz. Ich habe Ihnen eine Mörderin geliefert. Es gibt Leute, die sind durch einen solchen Deal berühmt geworden, vor allem, wenn der Betreffende eine Persönlichkeit des öffentlichen Lebens ist wie meine Ex-Frau.«

Detective Osborne warf einen Blick auf den Rekorder, um sicherzustellen, dass er einwandfrei aufzeichnete. Jetzt, da sie die Bestätigung dafür hatten, dass Forrester nicht das Blaue vom Himmel herunterlog und tatsächlich ein Mord stattgefunden hatte, mussten sie umsichtiger vorgehen. »Wir wollen eines jetzt einmal vollkommen klarstellen«, sagte er. »Wir haben Ihnen nichts versprochen. Sie haben verlangt, dass wir ein Telefongespräch mit Ihrer Ex-Frau aufzeichnen. Wir haben nur Ihre Forderung erfüllt.«

John starrte auf die Wanduhr. »Sie müssen mir den Wagen zurückgeben«, sagte er, als hätte er die Worte des Detectives nicht gehört. »Meine Tochter denkt sonst, er sei gestohlen worden.«

Osborne stand auf und schob seinen Stuhl an den Tisch. Er war ein riesiger Mann Mitte fünfzig, und obwohl seine Muskeln schon ziemlich schlaff waren, hatte er noch immer eine bedrohliche Ausstrahlung. Im Department hatte man ihm den Spitznamen »Bulldogge« verliehen, weil sein Gesicht fast ständig zu einer Grimasse verzogen war, seine Augen aus ihren Höhlen hervortraten und sein Kopf im Gegensatz zu seiner Größe von einem Meter siebenundachtzig und seinem Gewicht von über hundert Kilo so wirkte, als wäre es in eine Schrottpresse geraten. »Laut Fahrzeugschein«, sagte er, »ist der Mustang, den wir beschlagnahmt haben, auf Shana Forrester eingetragen. Shana Forrester ist Ihre Tochter, richtig? Wohnt sie immer noch im Maplewood Drive 1145 B, wo die Streife Sie gestern festgenommen hat?«

John hielt kurz den Atem an. »O Gott, nein«, rief er keuchend aus. »Jetzt sagen Sie nicht, Sie denken, Shana hätte irgendetwas mit dem Tod des Jungen zu tun. Ich sagte doch bereits, dass ein Dieb meine Brieftasche gestohlen haben muss. Ich hatte ja noch nicht mal bemerkt, dass sie fort war, sonst hätte ich das doch gemeldet und meine Kreditkarten sperren lassen. Sie hätten den Dieb festnehmen sollen, nicht mich.«

Mark Osborne ging zu einem Fenster und blickte hinaus, dann drehte er sich wieder um. »Wie alt ist Ihre Tochter?«

»Knapp neunzehn.«

»Geht sie aufs College?«

»Ja«, antwortete John und versteckte seine Hände zwischen den Oberschenkeln. »Sie geht auf die UCLA.«

»Kannte sie das Opfer?«

»Das Opfer?«, wiederholte John. »Bobby Hernandez? Ich habe doch versucht, Ihnen zu erklären, dass Hernandez nicht der Vergewaltiger war.«

»Wir sprechen von Antonio Vasquez«, sagte Osborne, »das Opfer des Unfalls mit Fahrerflucht.«

»Wie sollte Shana diesen Jungen kennen? War er nicht ein Rumtreiber oder so?« Kaum waren diese Worte heraus, wollte John sie auch schon zurücknehmen.

Der Detective öffnete sein Taschenmesser und begann sich damit die Fingernägel zu reinigen. Bis jetzt waren keine Informationen über das Opfer preisgegeben worden. »Vasquez war ein Erstsemester an der UCLA, Forrester. So hat die Streife ihn identifizieren können. Man hat einen Studentenausweis in seiner Tasche gefunden. Warum halten Sie ihn für einen Rumtreiber?«

Einen Augenblick war John sprachlos. Sie blufften, sie logen ihm etwas vor, sie versuchten, ihn zu verwirren, damit er gestand. Er war so sicher gewesen, dass der Junge, den er angefahren hatte, ein Rumtreiber oder sogar ein Strichjunge gewesen war. In seinem Gesicht fing ein Muskel an zu zucken. Plötzlich hatte er das dringende Bedürfnis, Wasser zu lassen, so als hätte eine unsichtbare Macht ihm in den Unterleib geboxt. »Ich weiß nicht ... die Cops sagten ...« Ein Student! Er hatte einen Collegestudenten getötet! Er hatte sich irgendwie weniger schuldig gefühlt bei der Annahme, dass der junge Mann, den er einfach liegen gelassen hatte, entweder ein im Elend lebender Obdachloser oder ein Strichjunge gewesen war, der sein Leben für käuflichen Sex aufs Spiel setzte.

Osborne setzte nach: »Wo war Ihre Tochter letzte Nacht?«

»Zu Hause?«

»Mit Ihnen, richtig?«

Alle Farbe wich aus Johns Gesicht. Als die Polizei ihn vor seinem Haus aufgriff, hatte er bereits die ganze Flasche Jack Daniel's intus. Er konnte sich nicht mehr daran erinnern, was er den Beamten über sein Alibi während der Tatzeit gesagt hatte. Ihm fiel nicht einmal mehr ein, was er seinem Pflichtverteidiger am Morgen vor der Anklageerhebung erzählt hatte. Der Anwalt war dermaßen in Eile gewesen, dass sie nur ein paar Worte gewechselt hatten. »Ich … ich will meinen Anwalt sprechen«, stammelte er. »Ich verweigere jede weitere Aussage.«

Hope drückte auf die Stopptaste des Rekorders und verließ dann kurz den Raum, um dafür zu sorgen, dass der Häftling ins Untersuchungsgefängnis zurückgebracht wurde. Detective Osborne wandte sich wieder zum Fenster. Er hatte schon vierzehnjährige Gangmitglieder vernommen, die weitaus raffinierter waren. Hatte John Forrester am Steuer des Mustang gesessen? Zum gegenwärtigen Zeitpunkt konnte man das nicht mit Sicherheit sagen. Es war gut möglich, dass eine neunzehnjährige Studentin die Brieftasche ihres Vaters borgte und ausging, um zu feiern. Und ein Mädchen, das brutal vergewaltigt worden war, konnte so hart geworden sein, dass sie fähig war, jemanden mit dem Auto zu überfahren und dann einfach den Unfallort zu verlassen. Die Gefängnisse waren voll von Menschen, die im Laufe ihrer Kindheit misshandelt worden waren. Das hieß nicht, dass sie nicht für ihre Taten verantwortlich gemacht werden konnten, sondern war nur ein Beweis für die weit reichenden Folgen von Gewaltverbrechen.

Als der Gefangene in Handschellen aus dem Vernehmungszimmer geführt worden war, sagte Osborne zu Carruthers: »Wir müssen das Mädchen sofort verhören. Ruf in der UCLA an, finde heraus, welches Seminar sie jetzt hat, und sag der Zentrale, sie sollen eine Streife schicken, die sie abholt.«

»Mein Gott, Mark«, entgegnete Carruthers, »nach all dem, was diese junge Frau durchgemacht hat, könnten wir doch noch ein paar Tage warten, oder nicht? Das Labor hat erst heute Morgen mit der Untersuchung des Wagens angefangen. Wenn sie erst einmal alle Spuren unter die Lupe genommen haben, können wir sie vielleicht als Verdächtige ausschließen.«

Osborne schüttelte den Kopf. An Tagen wie diesen fragte er sich, warum er zur Polizei gegangen war. »Wir wissen, dass wir die Fingerabdrücke des Mädchens finden werden, weil es ihr Wagen ist. Und wir wissen, dass ihr Vater auch damit gefahren ist. Relevante Beweise werden wir nur außen am Wagen finden.«

»Vielleicht irrst du dich«, hielt Hope dagegen und versuchte, ein alternatives Szenario zu entwerfen. »Wer auch immer Vasquez überfahren hat, könnte ihn in den Wagen gelegt haben, um ihn ins Krankenhaus zu fahren. Er war nicht so schwer, Mark, ich glaube, der Gerichtsmediziner sagte, er hätte nur etwas über sechzig Kilo gewogen. Außerdem ist er der Meinung, dass er noch mindestens eine Stunde lebte, nachdem ihm die Verletzungen beigebracht worden waren. Vielleicht wurde dem Fahrer irgendwann bewusst, dass das Opfer gestorben war und was er zu erwarten hatte, und lud die Leiche in der Nähe des Einkaufszentrums ab. In diesem Fall würden wir noch mehr Beweise im Innern des Wagens finden.«

»Wir müssen das Mädchen sprechen«, sagte Mark Osborne. »Die einzige Möglichkeit, andere Beweise im Wagen zu finden, wäre, wenn wir etwas weitaus Komplexeres untersuchten als einen tödlichen Unfall mit Fahrerflucht.«

»Nur weil das Opfer und Forresters Tochter beide die UCLA besuchten, heißt das noch lange nichts«, entgegnete sie. »Die Universität ist groß, Mark. Genauso gut könntest du behaupten, es gäbe eine Verbindung zwischen ihnen, weil sie beide in derselben Stadt lebten.«

»Die Sache ist heikel, Hope«, sagte er. »Es sieht so aus, als wäre Shana Forrester zu einer Verabredung mit Vasquez gegangen. Da seine Familie sagt, er habe kein eigenes Auto gehabt, könnte sie ihn im Mustang mitgenommen haben. Was ist, wenn er sie zwingen wollte, mir ihm zu schlafen? Bei ihrer Vergangenheit hätte sie ohne weiteres durchdrehen, ihn aus dem Wagen stoßen und dann überfahren können.«

»Aber ihr Vater hat ein schweres Alkoholproblem«, wandte Hope ein, weil sie nicht seiner Meinung war. »Ich muss mir noch nicht mal seinen Alkoholspiegel ansehen, um zu sagen, dass Forrester letzte Nacht bis obenhin voll war. Das verdammte Zeug dringt ihm aus allen Poren. Deswegen und weil er so schwitzte, hätte ich würgen können, als er hier drin war.«

»Ich habe zwei Kinder zu Hause«, sagte Osborne, als beide den Raum verließen. »Glaub mir, wenn meine Tochter jemanden umgebracht hätte, würde ich Blut und Wasser schwitzen. Nichts stinkt so wie Angst.«

»Und was ist mit dem alten Mordfall?«, fragte Hope, während sie hinter ihm den Gang entlangging. »Wie tief sollen wir da graben?«

»Mach ein paar Anrufe«, sagte Osborne und schritt geräuschvoll über das Linoleum. »Ein Mord, der vor sechs Jahren passiert ist, kann heute nicht oberste Priorität einnehmen. Abgesehen davon, dass die Tat nicht in unserem Gerichtsbezirk stattfand. Aber bevor du irgendetwas anderes unternimmst, rufst du in der Gerichtsmedizin und im Labor an und machst denen Dampf. Ich will morgen den Obduktionsbefund von Vasquez auf dem Tisch haben und den Laborbericht bis Ende nächster Woche, also lass dir keinen Scheiß von wegen Überlastung oder was erzählen. Heute steigen die Eltern des Jungen in Argentinien in ein Flugzeug. Ich hasse Langstreckenflüge – du nicht auch?«

Die beiden trennten sich. In ihrer Anfangszeit hatte Hope große Schwierigkeiten gehabt, die beiläufigen Kommentare des Detectives zu entschlüsseln. Aber jetzt wusste sie genau, was er meinte. Es war nie angenehm, stundenlang in einem überfüllten Flugzeug zu sitzen, selbst wenn man in die Ferien flog. Aber Mr. und Mrs. Vasquez flogen nur aus einem Grund in die Vereinigten Staaten – um ihren toten Sohn abzuholen.

Richard Fowlers Büro lag in einem zweistöckigen Gebäude auf dem Victoria Boulevard, direkt gegenüber dem Justizgebäude von Ventura. Ihm gehörten Haus und Grundstück, und er hatte das obere Stockwerk vermietet, um sich eine zusätzliche Einnahmequelle zu verschaffen. Sein Partner Martin Schwartz kam über den Parkplatz auf ihn zu.

»Ich komme vom Gericht«, sagte Schwartz und schirmte seine Augen gegen die Mittagssonne ab. Er war fünfundvierzig und ein abgeklärter Mann mit buschigem braunem Haar und einem untersetzten Körper. »Gehst du Mittag essen?«, fragte er. »Ich wollte zu Marie Callender's auf einen Teller Suppe.«

»Ich werde später einen Happen essen«, entgegnete Richard. »Ich muss ins Police Department, um wegen der Pierson-Sache mit Fred Jameson zu sprechen.«

»Ist das der Wachmann, der versehentlich auf seine Frau geschossen hat?«

»Du sagst es«, antwortete Richard und schloss die Tür zu seinem Wagen auf. »Aber danke für die Einladung, Marty.« Er drehte den Schlüssel im Zündschloss, um das Gespräch zu beenden.

Eine Viertelstunde später saß Richard in der Ermittlungsabteilung im Police Department von Ventura. Zwanzig Detectives arbeiteten im selben Raum, ihre Büros waren nichts anderes als abgetrennte Quadrate. Er hatte keine Ahnung, wie sie sich konzentrieren konnten. Stimmengewirr erfüllte den Raum, Telefone klingelten, Officers und Hilfskräfte rannten die Gänge rauf und runter. Das Ganze erinnerte ihn an seine Zeit im Bezirksgericht, aber im Gegensatz zu den Detectives hatte jeder Anwalt sein eigenes Büro gehabt.

Detective Jameson hatte dichtes silbergraues Haar, blassgrüne Augen und war knapp eins achtzig. Er war ein gut aussehender Mann mit markanten Gesichtszügen und trug ein weißes Hemd, eine gestreifte Krawatte und eine dunkle Hose. Der Griff seines Dienstrevolvers ragte aus seinem Schulterhalfter hervor. Das silbergraue Haar, das Jameson von seiner Mutter geerbt hatte, täuschte. Er war erst achtunddreißig und hatte fünf Jahre zuvor vom Büro des Sheriffs in San Francisco zum Police Department in Ventura gewechselt. Er sprühte vor Energie und war sympathisch, allerdings manchmal auch unberechenbar, wenn er einen seiner Temperamentsausbrüche hatte. Über die Jahre hatte es mehrere Zusammenstöße mit dem Büro des Bezirksstaatsanwalts gegeben, und er hatte keinerlei Bedenken, zu sagen, was er dachte. Da Richard auf der anderen Seite stand, betrachtete ihn ein Sturkopf wie Jameson als Persona non grata.

»Ich habe vor einem Monat einen Antrag zur vollständigen Akteneinsicht eingereicht«, sagte Richard und betrachtete die Fotos von der Pierson-Schießerei. »Ich hätte schon vor Wochen Abzüge der Fotos bekommen müssen.«

Jameson legte die Füße auf den Tisch. »Ihr Mandant könnte davonkommen«, erwiderte er, völlig ungerührt von Richards Anspielung, dass er gegen eine gerichtliche Anordnung verstoßen hatte. Er liebte seine Arbeit, hatte sich aber immer gegen Regeln aufgelehnt. Als er frisch vom College zum Police Department gekommen war, hatte ihn die Macht gelockt, die mit der Dienstmarke verbunden war. Aber seine Karriere entsprach nicht seinen Erwartungen. Er war gebildet und motiviert genug, bis nach ganz oben zu kommen, aber ein paar Jahre zuvor hatte ihm jemand etwas angehängt, und nun trug er ein Stigma mit sich herum. »Zu schade, dass Piersons Frau die Geschichte nicht bestätigen kann. Dann hätten wir nicht unsere Zeit verschwenden müssen.«

Laut Aussage der Ärzte würde Mrs. Pierson sich wahrscheinlich wieder erholen. Allerdings war es zweifelhaft, ob sie sich jemals an die Ereignisse des betreffenden Abends erinnern würde. »Sehen wir den Tatsachen ins Gesicht«, sagte Richard zu ihm. »Kenny Pierson ist ein Cop, sonst würden Sie nicht so mit mir reden.«

Der Detective steckte sich mit säuerlicher Miene einen Zahnstocher in den Mund. »Pierson ist ein Mietbulle, Fowler. Das ist nicht dasselbe wie jemand von der Truppe. Außerdem, was haben Sie sich zu beklagen? Sie sollten begeistert sein, dass wir sogar nachzuweisen versuchen, dass das Ganze ein Unfall war. Die meisten Männer, die ihre Frauen in den Kopf schießen, wandern ins Gefängnis, egal wie die Umstände waren.«

Nachdem Jameson die Fotos in die Akte zurückgelegt hatte, stand er auf, um Richard hinauszubegleiten. »Wir warten noch auf den ballistischen Bericht, um offiziell bestätigen zu können, dass der Abzug defekt war«, fügte er hinzu, als sie durch die Sicherheitstüren in die Halle traten. »Sobald wir es schriftlich haben, rufe ich Paul Sullivan vom Büro des Bezirksstaatsanwalts an und verlange, dass sie die Anklage fallen lassen.«

»Danke«, erwiderte Richard und schüttelte ihm die Hand. »Oh, da gibt es noch etwas, worüber ich mit Ihnen sprechen wollte, wenn Sie Zeit haben.«

»Ich höre«, sagte Jameson widerstrebend. Er war nervös

und voll gepackt mit Arbeit, so dass er das Gespräch eigentlich lieber beendet hätte. Am Nachmittag hatte sein Sohn ein Baseballspiel, und er hatte geplant, sich ein paar Stunden früher abzuseilen.

»Klingelt bei Ihnen etwas beim Namen Marco Curazon?«

Jameson lehnte sich mit dem Rücken gegen die Wand. Über seinem Kopf prangten eine Reihe gerahmter Porträts früherer Polizeichefs sowie etliche Gedenktafeln zu Ehren von Polizeibeamten, die im Dienst verletzt oder getötet worden waren. »War das nicht der Kerl, der wegen der Vergewaltigung von Lily Forrester und ihrer Tochter verurteilt worden ist?«

»Ja«, sagte Richard. »Er ist auf Bewährung raus.«

»Hey«, sagte Jameson. »Wir haben ihn nur verhaftet. Wenn Sie irgendwelche Beschwerden haben, gehen Sie damit zur Bewährungskommission.«

»Ich habe schon mit seinem Bewährungshelfer gesprochen«, sagte Richard zu ihm. »Der Mann ist gefährlich, Fred. Es sieht so aus, als hätte er Bilder von Shana Forrester in seiner Brieftasche. Und nicht nur das, ich habe gehört, es sind neue Fotos.«

In Jamesons Augen blitzte Interesse auf. »Wer sagt das denn?«

»Einer meiner Mandanten hing mit Curazon herum, bevor er wieder entlassen wurde«, erklärte der Anwalt. »Curazon hat die Fotos von einer attraktiven Rothaarigen herumgezeigt und behauptet, sie sei seine Freundin. Ich weiß, dass Sie die Vergewaltigung selbst nicht untersucht haben, daher werden Sie Lilys Tochter wahrscheinlich nie gesehen haben. Aber Sie kennen Lily, und ihre Tochter sieht genauso aus wie sie.«

»Es gibt eine Menge Rothaarige, Kumpel«, entgegnete Jameson scharf, ging zu einem Mülleimer und spuckte seinen Zahnstocher hinein. Das für ihn aufwühlendste Verbrechen, das er je untersucht hatte, war in der Berufung abgeschmettert worden. Lily Forrester war teilweise dafür verantwortlich; deshalb war sie bei ihm nicht gerade beliebt. Ein paar Jahre zuvor wurde Walter Evans, ein Stadtrat im Ruhestand, erschossen, als man sein Auto stehlen wollte. Evans' Bruder Alan war ein bekannter Richter am Ort. Lily war zu dieser Zeit am Berufungsgericht in Los Angeles, hatte den Fall geprüft und war zu der Schlussfolgerung gekommen, dass Jameson möglicherweise Beweise gefälscht hatte, um eine Verurteilung zu erzielen. Dies zusammen mit ein paar Fehlern vom Vorsitzenden Richter während des Prozesses hatte letzten Endes dazu geführt, dass das Urteil aufgehoben wurde. Walter Evans war ein enger Freund von Jamesons Vater gewesen, ein Mann, den der Detective den größten Teil seines Lebens gekannt und bewundert hatte. Es tat ihm Leid, dass Forrester und ihre Tochter eine solche Tortur über sich hatten ergehen lassen müssen, aber zumindest waren sie mit dem Leben davongekommen. Vielleicht hatte er ein paar Fehler bei der Untersuchung des Falles gemacht, die auf seine Beziehung zum Opfer zurückzuführen waren, aber die Beschuldigung, er hätte absichtlich Beweise gefälscht, war verheerend gewesen. Anschuldigungen dieser Art gefährdeten, auch wenn sie unbegründet waren, ernsthaft die Aussichten eines Polizeibeamten auf Beförderung.

»Es ist mehr als nur die Tatsache, dass das Mädchen auf dem Foto eine Rothaarige ist«, erklärte Richard. »Curazon hat ihm erzählt, dass sie auf die UCLA geht, dieselbe Uni, die auch Shana Forrester besucht.«

»Was erwarten Sie jetzt von uns?«, sagte Jameson missgelaunt. »Curazons Bewährungshelfer hat das Recht, seinen persönlichen Besitz und seine Wohnung zu durchsuchen und ihn sogar zurück ins Gefängnis zu schicken.«

»Er ist verschwunden«, entgegnete Richard. »Ich habe mich schon mit seinem Bewährungshelfer in Verbindung gesetzt. Curazon ist seit einigen Monaten unauffindbar. Sein Bewährungshelfer hat für nächste Woche eine Anhörung anberaumt, um die Bewährung aufzuheben. Aber bevor man ihn ins Gefängnis zurückschicken kann, muss er erst einmal gefunden werden.«

»Jetzt weiß ich, was Sie mit der Sache zu tun haben«, sagte Jameson mit einem vielsagenden Lächeln auf dem Gesicht. »Sie und Lily Forrester hatten was miteinander, stimmt's?«

Richard wurde rot und lockerte seinen Kragen. »Wir haben zusammen gearbeitet. Wir sind nur befreundet, so wie Sie und die Beamten Ihres Departments.«

»Da habe ich was anderes gehört«, sagte Jameson. »Es gibt Gerüchte, dass Sie ein Verhältnis miteinander hatten.«

»Meine Beziehung zu Lily Forrester geht Sie nichts an«, blaffte Richard und wünschte, er hätte mit jemand anders aus dem Department gesprochen. »Ich bin hierhergekommen, weil ich weiß, wie das System funktioniert, klar? Ein Verbrecher, der gegen seine Bewährung verstößt, der jemanden entführt oder gar ermordet, ist nur eine weitere Nummer in der Statistik, es sei denn, die Straftat wurde gerade eben erst verübt oder die Medien interessieren sich dafür. Aber ich will, dass Ihre Männer diesen Typen finden.«

»Haben Sie Forrester erzählt, dass Curazon mit Fotos von ihrer Tochter herumspaziert?«

»Wie soll ich wissen, ob diese Schnappschüsse wirklich von Shana Forrester sind? Vielleicht war der Typ, mit dem mein Informant sprach, nicht einmal Marco Curazon. Der Mann hat ihm nicht seinen Pass gezeigt. Vielleicht klang sein Name nur ähnlich. Wir reden hier über Ex-Knackis, Jameson, nicht über Hirnchirurgen. Ich will Lily und ihrer Tochter nicht unnötig Angst machen, bis ich so etwas wie einen Beweis habe.«

»Ich dachte, Sie sagten, Curazon sei verschwunden.«

»Er ist noch in der Gegend. Er hat einfach nur beschlossen, sich nicht mehr bei seinem Bewährungshelfer zu melden. Und wissen Sie auch, warum, Jameson?«

Ohne es zu merken, hatte Richard sich so in Rage geredet, dass er nur noch wenige Zentimeter vom Gesicht des Detectives entfernt war. In den meisten Fällen hätte Jameson ein derartiges Eindringen in seine Sphäre nicht geduldet. Aber er wusste aus Erfahrung, dass die leise sprechenden, kontrollierten Typen wie Fowler manchmal ausrasten und etwas Verrücktes tun konnten. Also beschloss er, nicht aggressiv zu reagieren, und damit eine Schlägerei zu provozieren, sondern ging ein paar Schritte zurück.

»Ich will Ihnen sagen, warum«, schnaufte Richard und stieß mehrere Male mit dem Finger nach ihm. »Curazon wird ein weiteres Verbrechen verüben, darum. Er wird entweder Shana Forrester vergewaltigen oder ihre Mutter. Ich weiß nicht, wann, und ich weiß nicht, wie, aber ich will diesen Irren finden, bevor er die Möglichkeit hat, sein Vorhaben in die Tat umzusetzen.«

Kapitel 11

Richard verließ das Police Department und ging auf seinen Wagen auf dem Parkplatz zu. Kaum hatte er ihn gestartet, klingelte sein Handy. »Richard Fowler«, sagte er in das Mikrofon, das über der Sonnenblende angebracht war.

»Wo waren Sie?«, näselte June Overland.

Seine Sekretärin war entweder hyperaktiv oder zwanghaft. Ohne sie würde seine Anwaltskanzlei zusammenbrechen. »Wenn Sie anfangen, sich wie eine Ehefrau zu benehmen, werde ich mich scheiden lassen.«

»Dagegen habe ich nichts einzuwenden«, sagte sie. »Richter McKinley hat wegen Ihrer Verabredung zum Mittagessen am nächsten Donnerstag angerufen. Javal Thornton behauptet, er würde im Gefängnis misshandelt. Anscheinend hat er eine Allergie gegen Hackbraten oder zumindest gegen Tomatensauce entwickelt. Er verlangt, dass Sie eine Beschwerde einreichen. Ich habe ihm gesagt, für das Geld, das er uns bezahlt, könne er seine Beschwerde selbst einreichen. Kenny Piersons Mutter hat ebenfalls angerufen. Sie erkundigte sich nach dem Laborbericht zu der Waffe. Ich sagte ihr, wir würden erst Ende der Woche etwas erfahren.«

Richard fühlte sich, als würde gleich sein Kopf explodieren. Mit June zu sprechen war so, als hätte man eine Elektrode am Gehirn, die einem riesige Mengen an Informationen lieferte. Er steuerte den Lexus vom Parkplatz. Bis dahin hatte er nichts gehört, was nicht auch bis zu seiner Rückkehr ins Büro hätte warten können. Diese Frau arbeitete seit über zwanzig Jahren für Anwälte. Sie kanalisierte ihre übermäßige Energie normalerweise in Aufgaben, die die meisten Angestellten zu umgehen suchten wie eine schwere Grippe. Da Richard sie auf den neuesten Stand der Computertechnologie hatte bringen wollen, hatte er ihr Kurse an der Abendschule bezahlt. Sie schaffte nicht nur neunzig Wörter die Minute, sie tippte auch unglaublich schnell, und ihre Finger flogen mit der Präzision eines Konzertpianisten über die Tastatur. Nun, da die neunundfünfzig Jahre alte Frau den Computer beherrschte, fand man kaum noch einen Fetzen Papier im Büro. June hatte jede Akte eingescannt, war dann losgestürzt und hatte eine CD-ROM gekauft, die eine komplette juristische Fachbibliothek enthielt. Da sie den Schriftverkehr täglich bis zu seinem Eintreffen im Büro erledigt hatte, verbrachte sie den Rest des Tages damit, überfällige Rechnungen einzutreiben, Mandanten und ihre Familien zu beraten und sogar die Büromöbel umzuräumen.

»Ist das alles?«

»Nein«, fuhr June fort. »Eine fremde Frau hat in der letzten Stunde dreimal angerufen. Sie weigerte sich, ihren Namen zu nennen. Aber Sie müssen sie kennen, weil sie Sie beim Vornamen nannte.«

»Haben Sie nicht die Nummer überprüft?«

»Der Anruf kam aus der Verwaltungszentrale von Santa Barbara.«

Richard hatte nicht bemerkt, dass der Wagen vor ihm anhielt. Er trat mit voller Wucht auf die Bremse und entging damit nur knapp einem Zusammenstoß. Er wollte June schon nach der Nummer fragen, doch dann entschied er sich zu warten und vom Büro aus anzurufen. Auch wenn die Möglichkeit bestand, dass die Anruferin etwas mit Rob Whittier zu tun hatte, dem Mann, den er in dem Drogenfall vertrat, seinem Informanten im Fall Curazon, sagte ihm sein Instinkt, dass es Lily war. »Ich bin in zehn Minuten im Büro«, sagte er und drückte auf den Ausknopf seines Handys.

Er umfuhr den haltenden Wagen und dachte, es sei schwer hinzunehmen, dass ein Mann wie Curazon sich nach nur sechs Jahren im Gefängnis wieder auf freiem Fuß befand. Das Strafrecht hatte mehrere schmutzige Geheimnisse, die vor der breiten Öffentlichkeit verborgen wurden. Es kam zwar vor, dass Häftlinge vor Ablauf ihrer Strafe entlassen wurden, weil die Gefängnisse überfüllt waren, aber in den meisten Fällen folgten die Gefängnisbeamten nur dem Gesetz. Wenn ein Richter eine Strafe verhängte, verließen die Opfer und ihre Familien den Gerichtssaal in dem Glauben, dass der Täter so lange hinter Gittern bleiben würde, wie die Strafe vorschrieb. Traurigerweise war dies selten der Fall. Vor Gericht wurden niemals die Bonuspunkte für so genannte gute Führung erwähnt, die Gefängnisstrafen fast um die Hälfte verkürzten.

Richard parkte den Wagen auf seinem gekennzeichneten Parkplatz, stieg aus und ging zu seinem Büro. Als er das Police Department verlassen hatte, schien die Sonne. Jetzt hing eine dunkle Wolke drohend über seinem Kopf. Bevor er das Bürogebäude erreichte, begann es zu schütten. Er blieb stehen und reckte sein Gesicht dem Himmel entgegen. Der plötzliche Wetterumschwung erschien ihm bedeutsam, fast wie ein Omen. Sechs Jahre lang hatte er ein fast normales Leben geführt. Joyce mochte nicht die Liebe seines Lebens sein, aber die Probleme, die sie verursachte, waren geringfügig. Hatte er einen Fehler gemacht, als er mit Lily wieder in Verbindung trat? War sie die geheimnisvolle Frau, die dreimal in weniger als einer Stunde in seinem Büro angerufen hatte? Er stieß laut auf, weil es in seinem Magen brodelte wie in einem aktiven Vulkan. Seit er nicht mehr im Büro des Bezirksstaatsanwalts arbeitete, war sein Stresspegel beträchtlich abgefallen. Es hatte etwas für sich, Kriminelle zu vertreten. Er verbrachte nicht mehr schlaflose Nächte damit, sich Sorgen über den Ausgang seiner Fälle zu machen.

June Overland brach in lautes Gelächter aus, als sie aufblickte und ihn vor ihrem Empfangstisch stehen sah. Sie war eine kleine Frau mit ausladender Büste, ihr eigentlich graues Haar war goldblond gefärbt. »Sie sehen aus wie eine Ente, die vergessen hat, wie man schwimmt.«

Klatschnass, hungrig und sehr besorgt wegen Lily, war Richard nicht in der Stimmung für Scherze. »Sind die Nachrichten auf meinem Schreibtisch?«

»Wo sollten sie sonst sein?«, antwortete June widerborstig. »Wenn Sie komisch sein wollen, sollte ich wohl lachen. Nur weil Sie einen schlechten Tag haben, reißen Sie mir den Kopf ab. Und nicht nur das, Sie ruinieren auch unseren neuen Teppich. Haben Sie noch nie etwas von einem Regenschirm gehört?«

Richard ging in sein Büro und schmiss die Tür hinter sich zu. Er griff nach einem Stapel pinkfarbener Zettel auf seinem Schreibtisch und legte alle beiseite, außer die, auf denen June die Spalte mit dem Namen leer gelassen hatte. Er streifte sein Sakko ab, hängte es über die Lehne seines Stuhls und ging dann in sein privates WC, um sich zu erleichtern und sein nasses Haar zu kämmen.

Richard starrte auf sein Bild im Spiegel. Während er fleißig am Aufbau seiner Kanzlei gearbeitet und Lily ihre Tage damit zugebracht hatte, Berufungsfälle zu überprüfen, war Marco Curazon in einer engen Zelle eingesperrt gewesen und hatte seine Tage in quälender Langsamkeit herumgebracht. Was hatte er getan, um seinen Geist zu beschäftigen, seine Aggressionen in den Griff zu bekommen und sich von einem Tag zum nächsten zu schleppen? Hatte er Romane gelesen, auf dem zweiten Bildungsweg seinen High-School-Abschluss gemacht oder die Gottesdienste in der Gefängniskapelle besucht? »Sicher«, sagte er zu sich und rief June zu, sie solle ihm ein frisches Hemd bringen.

»Ich kann Sie besser hören, wenn Sie die Tür offen lassen«, sagte diese und gab ihm eines der in eine Plastikfolie verpackten Hemden, die sie jeden Mittwoch von der Reinigung abholte.

»Danke«, sagte er, knäulte sein nasses Hemd zusammen und gab es ihr.

»Armer Kleiner«, sagte sie und starrte ihn an, »Sie zittern ja.«

»Mir geht's gut, June.«

Sie stellte sich auf die Zehenspitzen und legte ihm die Hand auf die Stirn, um zu überprüfen, ob er Fieber hatte. »Ich werde Ihnen einen heißen Tee machen«, sagte sie und knöpfte ihm das Hemd zu. »Sie können nicht in ein klimatisiertes Büro, wenn Sie aussehen wie jemand, der gerade aus einem Swimmingpool gestiegen ist. Sie werden sich den Tod holen.«

Richard stopfte sich das Hemd in die Hose. Er schätzte ihre Fürsorge, aber er war nicht in der Stimmung, sich bemuttern zu lassen. »Vergessen Sie das mit dem Tee jetzt mal. Ich muss ein paar Anrufe machen, also schließen Sie bitte einfach die Tür hinter sich, wenn Sie rausgehen.«

Er wusste, womit Männer wie Curazon ihre Zeit im Gefängnis verbrachten. Sie knüpften Kontakte, stemmten Gewichte, um aus ihren Körpern bedrohliche Kampfmaschinen zu machen, und planten, wen sie schikanieren oder bestrafen würden, wenn sich die Gefängnistore endlich öffneten.

Er wählte die Nummer auf dem Notizzettel und hörte eine Ansage, die ihm beschied, dass er die Verwaltungszentrale von Santa Barbara gewählt hatte. Da er Lilys Durchwahl nicht kannte, musste er darauf warten, dass sich die Vermittlung meldete. »Lily Forrester, bitte.«

»Bleiben Sie dran«, sagte eine weibliche Stimme, und er hörte, wie die Tasten des Computers im Hintergrund klackten. »Mrs. Forrester im Büro des Bezirksstaatsanwalts, Durchwahl 210. Wollen Sie verbunden werden?«

Was sollte er wohl sonst wollen? »Bitte«, sagte er ungeduldig. Lilys Stimme ertönte, und er fing an zu sprechen, merkte dann aber, dass er mit einem Anrufbeantworter sprach. Er wartete auf den Piepton und hinterließ dann eine Nachricht, damit sie ihn zurückrief. Ein paar Augenblicke später drückte er auf Wiederwahl und erreichte erneut die Zentrale der Stadtverwaltung. Lily musste eine Assistentin haben, jemanden, der ihm die Nummer ihres Handys geben konnte oder ihr die Nachricht weiterleiten würde, dass sie ihn jetzt in seinem Büro erreichen konnte. Er hätte sich in den Hintern beißen können. Als er sie am Tag zuvor traf, hatte er nicht daran gedacht, sie um ihre Privatnummer zu bitten.

Nach einer Viertelstunde voller Ärger legte er seine Hände auf den Schreibtisch und starrte die gegenüberliegende Wand an. Er hatte die Telefonistin angeschrien, als sie behauptete, sie hätte keine Liste mit den Positionen der Angestellten, nur ihre Namen und die dazugehörige Durchwahl. Er nahm eine Akte vom Regal und versuchte, sich auf den Fall zu konzentrieren, aber er war zu nervös. Er wollte nicht, dass sein Magen vor lauter Säure gluckerte. Er war wütend auf sich, weil er unhöflich geworden war und eine Telefonistin angeschnauzt hatte, die nur versuchte, ihren Lebensunterhalt zu verdienen. Es war erst vierundzwanzig Stunden her, dass er Lily gesehen hatte, und schon litt er an den Folgen.

»Ich bin zu Tisch, June«, sagte er und ging durchs Vorzimmer. »Wenn die Frau noch einmal anruft, geben Sie ihr die Nummer meines Handys.«

June war entsetzt. »Aber Sie geben niemals Mandanten Ihre Handynummer. Die Frau könnte eine Verrückte sein. Wer weigert sich schon, seinen Namen zu nennen?«

»Jemand, der in Schwierigkeiten ist«, sagte Richard und nahm einen Schirm aus dem Ständer neben der Eingangstür, bevor er wieder hinaus in den Regen trat.

Kapitel 12

Bis drei Uhr nachmittags hatte Lily die zehntausend für Johns Kaution zusammengekratzt. Sie hatte ihr Girokonto geräumt und ihre Ersparnisse angegriffen, doch gereicht hatte es trotzdem nicht. Die fehlenden zweitausend hatte sie als Vorschuss von ihren Kreditkartenkonten genommen. Am nächsten Ersten würde sie nicht in der Lage sein, ihre Rechnungen zu bezahlen. Aber bis dahin waren es noch zwei Wochen, und sie hoffte, in der Zwischenzeit einen Kredit von der Bank bekommen zu haben. Sie lenkte ihren Wagen auf den Freeway 101 Richtung Los Angeles, wählte die Nummer von Richards Büro und erreichte ihn endlich auf seinem Handy. »Ich muss dich sofort sehen.«

Richard war beim Essen. »Stimmt was nicht? Warum hast du deinen Namen nicht genannt, als du heute Morgen im Büro angerufen hast?«

»Ich glaube, das wäre keine gute Idee gewesen«, sagte sie. »Wo bist du?«

»In Madelines Restaurant in Ventura.«

»Davon habe ich noch nie gehört«, sagte Lily, die Angst hatte, sich zu verfahren. »Wie wäre es mit der Elephant Bar? Die kennen wir doch beide.«

»In Ordnung«, sagte er, auch wenn er June würde anrufen und sie bitten müssen, die Nachmittagstermine zu verschieben. »Kannst du mir nicht sagen, worum es geht?«

»Nicht am Telefon.« Lily trat aufs Gas, versuchte aber,

die Geschwindigkeitsbegrenzung einzuhalten. Das Letzte, was sie jetzt wollte, war ein Unfall. »Ich bin im Augenblick am Stadtrand von Camarillo. Ich denke, ich kann in einer Viertelstunde da sein.«

Kaum hatte sie aufgelegt, rief Shana an. »Ich bin gerade hier auf dem Campus und weiß nicht, wie ich nach Hause kommen soll. Als ich heute Morgen aufstand, war mein Wagen weg. Jennifer hat mich mitgenommen.«

»Warum fragst du sie nicht, ob sie dich noch mal mitnehmen kann?«

»Ich finde sie nicht«, erwiderte ihre Tochter. »Weißt du, Dad und ich hatten letzte Nacht Streit. Ich habe ihm den Wagenschlüssel abgenommen. Er muss den Ersatzschlüssel gefunden und den Wagen doch genommen haben. Im Moment verhält er sich wie ein richtiger Idiot, Mom. Das kannst du dir nicht vorstellen.«

Die Untertreibung des Jahres, dachte Lily. »Kannst du nicht mit dem Bus fahren?« Sie wollte um keinen Preis am Telefon ihrer Tochter erzählen, dass ihr Vater wegen eines Unfalls mit Todesfolge im Gefängnis saß.

»Es regnet. Ich war krank, hast du das vergessen? Deshalb wollte ich heute auch das Seminar schwänzen und früher nach Hause gehen.« Shana verstummte und putzte sich die Nase. »Das letzte Mal, als Dad vergaß, mich abzuholen, musste ich den Bus nehmen und dann sieben Blocks weit laufen.«

»Was ist mit einem Taxi?«, schlug ihre Mutter vor. »Ich würde ja kommen und dich abholen, aber ich bin zu weit weg. Hast du Geld dabei?«

»Nur ein paar Dollar«, sagte Shana nachdenklich. »Ich habe nicht erwartet, dass du kommst und mich abholst, Mom. Ich habe nur angerufen, weil ich dachte, du hättest vielleicht heute schon mit Dad gesprochen. Es tut mir Leid, dass ich dir neulich so zugesetzt habe. Und es war dumm von mir, dich gestern Nacht anzurufen. Ich hätte selbst die Polizei rufen sollen.«

Lily suchte angestrengt nach einer glaubwürdigen Geschichte. »Wahrscheinlich steckt dein Vater gerade mitten in einer geschäftlichen Transaktion«, sagte sie. »Das Geschäft ging ziemlich schlecht in letzter Zeit. Ich bin sicher, du würdest nicht wollen, dass ihm eine Gelegenheit entgeht. Ich könnte in ein paar Stunden an der Uni sein. Dann könnten wir zusammen zu Abend essen. Willst du nicht in die Bibliothek gehen, bis ich komme?«

Sie verabredeten sich für sechs Uhr abends in der Cafeteria der UCLA. »Ich will auch nicht mehr, dass Dad mit meinem Wagen fährt.«

Die Tatsache, dass John zur Zeit des Unfalls Shanas Mustang gefahren hatte, konnte riesige Probleme verursachen. Über Nacht war ihr Leben zu einer Lüge geworden. John log sie an. Sie hatte ihn angelogen, als er sie mit dem Mord an Hernandez konfrontiert hatte. Und jetzt log sie ihre Tochter an.

»Wir sprechen heute Abend über den Wagen.«

Lily konnte John zwar aus dem Gefängnis holen, aber sie wusste, dass die Polizei den Wagen erst nach dem Prozess freigeben würde. Die Schwierigkeiten schienen wie ein Güterzug auf sie zuzurasen. Sie war geistig zu erschöpft, um alles zu erfassen oder gar Lösungen zu finden. Ein Wagen war kein toter Goldfisch, man konnte ihn nicht austauschen und dem Kind weismachen, dass alles in Ordnung war. Wie konnte sie verhindern, dass Shana die Wahrheit erfuhr? Die Lage war zu ernst, und wie üblich hatte John es geschafft, sie als Überbringer schlechter Nachrichten zu benutzen. Verbittert presste sie die Lippen zusammen. Sie nahm den Umschlag mit den zehntausend Dollar, drückte ihn zusammen und dachte daran, wie lange sie geknapst und geknausert hatte, um Shana eine sichere Zukunft zu ermöglichen. Sie beschloss, dass der Mistkerl von einem Ex-Mann noch einige Zeit im Gefängnis würde schmoren müssen.

Am Stadtrand von Ventura hatte sie das Gefühl, mitten

in einen Sturm zu fahren. Sie schaltete die Scheibenwischer auf höchste Stufe, doch deren Quietschen machte sie nur noch nervöser. In dem strömenden Regen konnte sie kaum sehen, wohin sie fuhr, doch glücklicherweise lag die Elephant Bar an der Zufahrtsstraße zum Freeway, und das Schild war groß und unverwechselbar. Lily entdeckte Richards Lexus und parkte auf dem Platz daneben. Sie winkte ihn zu sich, lehnte sich dann zur Beifahrertür und öffnete sie für ihn. Außer einem ramponierten Kleinlaster stand niemand sonst auf dem Parkplatz. Die Bar öffnete erst um vier. Das war einer der Gründe gewesen, warum sie den Parkplatz für ihr Treffen ausgesucht hatte.

»Was ist los?«

Lily erklärte ihm so ruhig wie möglich die Lage. Jetzt, da er bei ihr war, fühlte sie sich stärker und hatte weniger Angst. »Ich kann es nicht riskieren, mit jemand anders darüber zu sprechen«, sagte sie. »Ich wollte John schon rausholen, aber auf der Fahrt hierher habe ich meine Meinung geändert. Selbst wenn er die Wahrheit ahnt, hat er keinen Beweis.«

Angespannte Stille trat ein. »Vielleicht machst du einen Fehler«, sagte Richard schließlich. Er sah den Ausdruck auf ihrem Gesicht und fügte rasch hinzu: »Bitte, Lily, lass mich ausreden. Ich glaube, dass niemand wirklich daran interessiert ist, wer Hernandez umgebracht hat. Die Polizei wird nur wieder die Ermittlungen aufnehmen, wenn jemand von oben Druck ausübt, weil vielleicht die Familie des Opfers Beschwerde einreicht. Aber wenn du John in die Enge treibst, weißt du nicht, ob du nicht die Büchse der Pandora öffnest.«

Lily legte ihren Kopf auf das Lenkrad. Die Scheiben des Wagens waren beschlagen, der Regen trommelte aufs Dach, und Richards Gegenwart beruhigte sie nicht mehr. Ihre Kindheit war schwierig, wenn nicht katastrophal gewesen. Ihre Ehe mit John hatte nur ein Gutes gehabt – Shana. Sie hatte jahrelang gekämpft, um ihren Abschluss in Jura zu machen, hatte ihr Bestes gegeben, um eine liebevolle Mutter zu sein, und fleißig für ihre Karriere gearbeitet.

Richard berührte sacht ihren Arm. »Manny Hernandez hat dich gesehen, Lily. Er war der Hauptbelastungszeuge im Mordfall seines Bruders. Er hat dem Police Department von Oxnard geholfen, ein Phantombild zu erstellen.«

Anstatt wieder nervös zu werden, hatte Lily plötzlich das Gefühl, in eine neue Dimension einzutreten, so als hätte die Vergangenheit die Gegenwart überlappt. »Ist das Bild noch in Umlauf?«

»Ich habe keine Ahnung«, sagte er. »Manny erzählte Cunningham, an der Person, die seinen Bruder umgebracht hätte, sei etwas Seltsames gewesen, erinnerst du dich? Ich meine, er benutzte das Wort Geist, wenn ich mich nicht irre. Du weißt schon, er hielt dich für so was wie ein Gespenst. Deine Haut ist sehr hell, und ob du es wahrhaben willst oder nicht, du hast besonders ausgeprägte Charakteristika. Die hohen Wangenknochen, die Form deiner Augen, dein langer Hals, deine Größe. Selbst unter dem Schock, mit ansehen zu müssen, wie sein Bruder umgebracht wurde, wusste Manny doch, dass der Täter keiner aus der Gang war.«

Szenen aus jener Nacht zogen an Lilys innerem Auge vorüber. Sie hatte nicht nur ihr Nummernschild gefälscht, sie hatte auch versucht, ihr Äußeres zu verändern. Als sie Hernandez erschoss, steckte ihr Haar unter einer blauen Skimütze aus Wolle, und sie trug Jeans und Wanderstiefel. Niemand hätte sich vorstellen können, dass eine Bezirksstaatsanwältin in eine der gefährlichsten Gegenden von Oxnard fuhr, aus ihrem roten Honda Civic sprang, ein Gewehr auf das Wagendach knallte und damit einen Mann umpustete. Was die praktische Ausführung betraf, so hatte Lily nach Ansicht der meisten Experten ein so genanntes perfektes Verbrechen verübt. Zwar waren Shana und John über ein paar Teile des Puzzles gestolpert, aber nicht sie, sondern Detective Cunningham war der Zusammensetzung des Bildes am nächsten gekommen, bevor Lily zusammengebrochen war und ihm alles gestanden hatte. Er hatte sie gehen lassen, und sie hatte es als Gnadenakt angesehen, ahnte aber, dass sich der Detective in sie verliebt hatte.

»Kannst du mir folgen, Lily?«

»Ja«, sagte sie mit glasigem Blick. »Aber die Polizei hat Manny Hernandez getötet. Ein toter Zeuge ist nicht sehr überzeugend.«

»Ich weiß«, gab Richard angespannt zu. »Aber das ist nicht der Punkt. Das Phantombild war in allen Zeitungen. Wir müssen herausfinden, was Bruce Cunningham mit den Beweisen gemacht hat.«

Sie sah auf ihre Uhr. »Ich habe Shana versprochen, sie um sechs abzuholen. Wir haben keine Zeit mehr. Weißt du, wer Cunninghams Fälle übernommen hat?«

»Fred Jameson.«

Lily fuhr herum. Das Police Department von Oxnard, wo Detective Cunningham gearbeitet hatte, existierte nicht mehr. Es war vor ein paar Jahren mit dem von Ventura zusammengelegt worden. »Bist du sicher? Ich meine, nach dem Zusammenschluss ...«

»Ja«, sagte Richard. »Ich arbeite ständig mit den Jungs zusammen.«

»Dann ist es entschieden«, sagte Lily und erzählte ihm von dem Fall Evans und der Rolle, die sie bei der Aufhebung des Urteils gespielt hatte. »Jameson hasst mich. Ich muss Johns Forderungen nachgeben.«

»Zahl die Kaution für diesen Idioten«, sagte Richard mit zusammengebissenen Zähnen. »Wenn er dich weiterhin unter Druck setzt, damit du ihm Geld für einen Anwalt gibst, sorge ich dafür, dass ihn einer meiner Freunde vertritt. Dann brauchst du dich nicht um die finanziellen Folgen dieses Desasters zu kümmern, und wir bekommen etwas Kontrolle über die Situation.«

»Das kann ich nicht von dir verlangen«, sagte sie. »Du musst den Mann doch bezahlen.«

»Das Geld ist meine geringste Sorge«, sagte er. »Meine Sorge gilt dir.«

»Halt mich fest.« Als er sie umarmte, spürte sie seinen Herzschlag. Einen Augenblick später entzog sie sich ihm, weil sie Angst hatte, in Tränen auszubrechen. »Vielleicht solltest du lieber aufhören, dich um mich zu sorgen, Richard.«

Er langte nach dem Türgriff. »Das habe ich versucht, weißt du nicht mehr?«, sagte er und stieg hinaus in den Regen. »Du hast meine Handynummer. Ruf mich heute Abend an.«

KAPITEL 13

Mittwoch Nachmittag kurz nach siebzehn Uhr hinterlegte Lily im Untersuchungsgefängnis von Los Angeles die Kaution für John. Sie hatte nicht die Absicht zu warten, bis der Papierkram erledigt war, weil sie wusste, dass es noch Stunden dauern konnte, bis John freikam. Was sie betraf, hatte sie alles für seine Freilassung getan.

Nachdem sie ihren Wagen auf dem Besucherparkplatz der UCLA abgestellt hatte, suchte sie eine Toilette auf, wusch sich das Gesicht, zog ihren Lippenstift nach, wischte sich die Mascaraflecken unter ihren Augen weg und befestigte ihr Haar mit einer herzförmigen Spange im Nacken.

Die Cafeteria lag fast eine Meile vom Parkplatz entfernt. Lily trug ein senffarbenes Kostüm und hohe Schuhe. Obwohl es aufgehört hatte zu regnen, war die Luft noch feucht und drückend. Sie strich sich ihren Rock glatt, der vom stundenlangen Sitzen im Wagen verknittert war. Shana saß allein an einem Tisch und starrte auf den Bildschirm ihres Laptops. »Hallo, Schatz«, sagte Lily und setzte sich auf einen Stuhl ihr gegenüber.

Ihre Tochter klappte den Laptop zu und schob ihn in ihren Rucksack. »Danke, dass du gekommen bist, Mom«, sagte sie, stand auf und umarmte sie. »Ich habe keine Ahnung, was mit Dad los ist. Seit wir telefoniert haben, habe ich ständig versucht, ihn zu erreichen.«

»Darum kümmern wir uns später«, sagte Lily zu ihr. »Hast du Hunger?«

In der Cafeteria war es voll und laut. An der Theke, wo Espresso ausgegeben wurde, stand eine lange Schlange. An der Essensausgabe gab es in erster Linie Salate und Sandwichs. »Das Essen ist mies hier«, sagte Shana. »Sollen wir woanders hingehen?«

So müde sie auch war, so wenig hatte Lily Lust, in einem Restaurant mit ihrer Tochter zu sprechen. Sie hätten sich etwas holen und bei Shana zu Hause essen können, aber dann riskierte sie, John zu treffen. Außerdem war da noch das Problem mit dem Wagen. »Wann hast du morgen dein erstes Seminar?«

»Ich habe morgen nur eins.«

»Wann?«

»Abends, von sieben bis neun.«

»Großartig«, sagte Lily und stand auf. »Lass uns gehen.«

Shana streifte ihren Rucksack über und folgte Lily aus der Cafeteria. »Warum wolltest du wissen, wann ich mein nächstes Seminar habe? Wohin gehen wir?«

»Nach Santa Barbara.«

»Jetzt reicht's aber«, sagte Shana, die genauso müde und frustriert war wie ihre Mutter. »Ich wollte doch nächstes Wochenende kommen. Musst du morgen denn nicht arbeiten? Es ist doch vollkommen sinnlos, den ganzen langen Weg nur für eine Nacht zu machen!«

»Bitte, Shana«, sagte Lily und beschloss, ihre Schuhe auszuziehen und den Rest des Weges auf Strümpfen zu laufen. Entweder ruinierte sie ein billiges Paar Nylons oder endete mit Blasen an den Füßen. Außerhalb des Gerichtssaals trug sie lieber Turnschuhe oder Sandalen. »Ich erkläre dir alles im Wagen.«

»Wie soll ich denn zurückkommen?« Shana blieb stehen und starrte die Füße ihrer Mutter an. »Warum ziehst du die

Schuhe aus? Haben wir Vollmond oder was? Heute scheint jeder verrückt zu spielen.«

»Zum Parkplatz ist es noch ein Stück«, erklärte Lily. »Wie du vielleicht weißt, habe ich empfindliche Haut.« Sie legte ihren Arm um die Taille ihrer Tochter. Der Himmel wurde rasch dunkler, so als wäre die Sonne in einen unergründlichen schwarzen See getaucht. Aber selbst in einer klaren Nacht konnten sich die Einwohner von Los Angeles nicht von dem rasenden Tempo der Stadt lösen und lange genug innehalten, um die Schönheit eines Sonnenuntergangs zu genießen. Natürlich tat der Smog ein Übriges. Aber auch der Campus war wunderschön, mit einem riesigen Bestand alter Bäume und weitläufigen Grünflächen. »Es tut mir Leid, dass ich dich gestern genervt habe.«

»Ist schon in Ordnung«, sagte Shana und hielt mit ihrer Mutter Schritt. »Fahren wir wenigstens zu Hause vorbei, damit ich mir ein paar Klamotten für morgen holen kann?«

»Lieber nicht«, sagte Lily. »Wir haben doch dieselbe Größe. Ich hab unzählige Sachen, die du anziehen kannst.«

Eine Weile gingen sie schweigend nebeneinander her, beide tief in Gedanken versunken. Dann entdeckte Shana eine Bank. »Setzen wir uns«, sagte sie und ließ sich darauf fallen, als stünde sie kurz vor einem Zusammenbruch. »Ich merke doch, dass irgendetwas nicht stimmt. Hatte Dad einen Herzinfarkt? Bist du deshalb hier und willst mich nach Santa Barbara mitnehmen?«

»Natürlich nicht, Schatz«, sagte ihre Mutter und strich ihr zärtlich das Haar aus der Stirn.

»Was ist es dann?«

»Ich hätte dir nie von den finanziellen Problemen deines Vaters erzählen sollen«, sagte Lily. »Aber ich hatte den Verdacht, dass er wieder trinkt, deshalb war ich verärgert.«

»Du hattest Recht«, stieß Shana hervor. »Er trinkt wirklich wieder.«

Lily seufzte. »Trotzdem war es nicht richtig, dir etwas zu

erzählen, was er mir anvertraut hatte. Warum glaubst du, habe ich dich gedrängt, mit jemand anders zusammenzuziehen?«

»Du willst Dad nicht unterstützen.«

Lilys Stimme nahm einen sachlichen Tonfall an. »Vielleicht habe ich mir gestern über das Geld Sorgen gemacht, aber es ist etwas mit deinem Vater passiert. Ich wollte dich nicht mit hineinziehen, verstehst du?«

»Aber ich stecke doch schon mit drin.«

»Ich weiß, dass du ihn liebst«, sagte Lily und blickte auf ihre Hände. »Er wird immer dein Vater sein. Aber es gibt Situationen, in denen man sich auch von jemandem trennen muss, der einem so nahe steht wie die Eltern.«

»Ich liebe dich mehr als alles auf der Welt«, sagte Shana. »Du glaubst, dass ich wegen Dad nicht mehr Zeit mit dir verbringe.« Sie sah neidisch zu, wie mehrere Studenten plaudernd und lachend vorbeigingen, und wünschte, ihr eigenes Leben wäre ebenso sorgenfrei. »Es ist schwierig für mich, mit dir zusammen zu sein«, fuhr sie fort und holte tief Luft. »Bitte versteh das nicht falsch ... aber wir waren in dieser Nacht zusammen ... in deinem Haus in Ventura.«

Lily sagte: »Du musst es nicht erklären.«

»Doch«, widersprach Shana mit erhobener und dann versagender Stimme. »Ich hätte es dir schon vor langer Zeit erklären müssen. Als ich das erste Mal dein Haus in Santa Barbara sah, hätte ich schreien können. Es ist von Rosenbüschen umgeben, Mom!«

Lily öffnete den Mund, aber ihre Tochter schnitt ihr das Wort ab. »Unterbrich mich jetzt nicht«, sagte sie und warf ihren Rucksack auf den Boden. »Das ist auch so etwas, was mich stört. Wenn wir zusammen sind, sprichst du ununterbrochen. Du scheinst zu glauben, dass du mich unterhalten musst, als hättest du Angst, einfach nur mit mir zusammen zu sein.« Sie holte eine Flasche Wasser aus dem Rucksack, nahm einen Schluck und gab sie dann Lily. »Nicht Langeweile ist der Grund, warum ich dich nicht in Santa Barbara besuche. Ich kann in deinem Haus nicht schlafen. Ich habe Angst, dass jemand durchs Fenster klettert und uns vergewaltigt oder umbringt.«

Ähnlich wie Lily sich an Bobby Hernandez gekettet fühlte, verband ihre Tochter sie mit der furchtbarsten Erfahrung ihres Lebens. Warum erkannten die Männer, die solche Gräueltaten begingen, nicht, was sie einem damit antaten? Sie nahm einen Schluck aus Shanas Wasserflasche und gab sie ihr dann zurück. »Ich verstehe nicht, was die Rosenbüsche bedeuten sollen.«

Shana lehnte sich vor, stützte die Ellbogen auf ihre Knie und rieb sich mit den Händen über ihr Gesicht. »In jener Nacht standen die Fenster offen«, sagte sie. »Ich weiß noch, wie sein Körper stank, aber dann muss ich alles aus meinem Bewusstsein verdrängt haben.« Sie wandte sich zu ihrer Mutter. »Während er mir all die schrecklichen Dinge antat, nahm ich nur noch den Geruch der Rosen wahr.«

Als Lily in die Einfahrt vom Haus ihrer Tochter in North Hollywood einbog, war es halb neun Uhr abends. Nach Shanas erschütternder Enthüllung stand eine Rückkehr nach Santa Barbara außer Frage. Sie fuhren an einer Bar vorbei und aßen dort zu Abend, den größten Teil der Zeit schweigend. Als Lily genügend Mut zusammengenommen hatte, um Shana von der Verhaftung ihres Vaters zu erzählen, beschloss sie, ihr zunächst einen Wagen zu mieten.

»Warum ist Dad noch nicht zu Hause?«, fragte das Mädchen. »Jetzt mache ich mir aber wirklich Sorgen.«

Lily sah, dass im Wohnzimmer Licht brannte. »Hast du heute morgen das Licht angelassen?«

»Weiß ich nicht mehr.« Shana wollte aus dem Wagen steigen.

»Geh noch nicht hinein«, sagte ihre Mutter und packte sie bei der Hand.

Shanas Augen weiteten sich. »Glaubst du, der Typ von letzter Nacht ist bei uns eingebrochen?«

»Nein, nein«, sagte Lily und räusperte sich, um ihre Unsicherheit zu verbergen. »Wahrscheinlich ist es nur dein Vater.«

Shana starrte auf die leere Einfahrt. »Wenn Dad zu Hause ist, wo ist dann mein Wagen?«

»Die Polizei hat ihn beschlagnahmt«, antwortete Lily und glitt wieder auf ihren Sitz. »Dein Vater ist letzte Nacht verhaftet worden. Deshalb wollte ich dich mit zu mir nehmen. Mir ist klar, dass du ohne Wagen aufgeschmissen bist. Aber keine Sorge, ich miete dir einen.«

»Scheiße«, sagte Shana und schlug gegen die Verkleidung des Armaturenbretts. »Schon wieder Trunkenheit am Steuer. Ich wusste es, Mom. Ich habe ihm gestern Nacht sogar die Wagenschlüssel abgenommen. Aber er ist trotzdem gefahren, verdammt.«

So ruhig sie konnte, erklärte Lily ihr, was geschehen war. Als Shana erfuhr, dass ihr Vater nicht nur verhaftet worden war, sondern auch einen Fußgänger überfahren hatte, brach sie zusammen und fing an zu weinen. »Ich will ihn nicht mehr sehen«, stieß sie hervor. »Ich kratze diesem Vollidioten die Augen aus. Bring mich nach Santa Barbara. Bring mich nach China. Bring mich irgendwohin.«

»Beruhige dich«, sagte Lily. »Ich habe auch so reagiert. Aber wenn du dich aufregst, hilft das auch nicht weiter. Lass mich zuerst mal ins Haus gehen. Sehr wahrscheinlich ist dein Vater noch nicht aus dem Gefängnis entlassen worden, und du hast versehentlich das Licht angelassen. Wenn ich sicher bin, dass er nicht zu Hause ist, holen wir ein paar Sachen von dir und mieten ein Hotelzimmer. Morgen früh sehe ich dann als Erstes, ob ich dir nicht einen Platz im Wohnheim besorgen kann. Wenn nicht, dann schmeiß ich deinen Vater raus, und du kannst in der Zeitung wegen einer Mitbewohnerin inserieren.«

»Und was ist mit deinem wichtigen Fall?«, fragte Shana, holte ein Taschentuch heraus und putzte sich die Nase. »Du weißt schon, der mit dem kleinen Mädchen, das vergiftet wurde. Ich will nicht, dass der Mist mit Dad Einfluss auf deine Arbeit hat. Was du tust, ist zu wichtig.«

»Ich bleibe lieber hier und kümmere mich morgen früh um alles Notwendige. Wir beide brauchen jetzt Schlaf.« Lily stieg aus dem Wagen und nahm vorsichtshalber ihr Handy mit. Es war zwar unangenehm, mit John zusammenzutreffen, aber seit Marco Curazon aus dem Gefängnis entlassen war, konnte weit Schlimmeres passieren.

Als sie die Veranda erreichte, entdeckte sie, dass ihr Ersatzschlüssel, den sie vom Haus hatte, verschwunden war. Sie wollte schon zum Wagen zurückgehen, um Shana nach ihrem Schlüssel zu fragen, da griff sie vorsichtig nach der Klinke und entdeckte, dass die Tür unverschlossen war. John musste eine Möglichkeit gefunden haben, nach Hause zu kommen, dachte sie, und trat ein. Aber das Wohnzimmer war leer, und das Telefon in der Küche läutete. Dann verstummte es, aber sie hörte nicht die Stimme ihres Mannes.

»John«, rief sie. »Bist du da?«

In diesem Moment hörte Lily Geräusche aus dem hinteren Teil des Hauses. »Jetzt ist nicht die Zeit für alberne Spielchen, John. Sag mir, ob du zu Hause bist, sonst rufe ich die Polizei.«

Raus hier, flüsterte ihr eine innere Stimme zu. Sie drehte sich um und stolperte fast über die Stufen, die zur Einfahrt führten. Zurück im Wagen fummelte sie an ihrem Schlüsselbund herum und fand endlich den Zündschlüssel, mit dem sie den Wagen startete.

»Was ist los?«, fragte Shana. »Warum bleiben wir nicht und holen meine Sachen? War Dad zu Hause oder nicht?«

»Ich weiß es nicht«, sagte ihre Mutter und raste die Straße hinunter. »Die Tür war offen, und ich hörte seltsame Geräusche.«

»Vielleicht war Dad im Badezimmer und hat dich nicht bemerkt«, sagte Shana. »Ich glaube, er wird schwerhörig. In der letzten Zeit stellt er den Fernseher immer so laut, dass ich kaum lernen kann.«

»Vergiss nie, was ich dir jetzt sage, Shana«, sagte Lily, fuhr ein paar Blocks weiter an den Straßenrand und parkte. »Wenn du das Gefühl hast, es stimmt irgendetwas nicht, vertraue immer deinem Instinkt. Als ich entdeckte, dass die Tür offen war, hätte ich gehen sollen. Ich bin überzeugt, dass jemand im Haus war, aber es war bestimmt nicht dein Vater.«

Lily drückte auf den vorprogrammierten Knopf für den Polizeinotruf und forderte eine Streife zum Haus an. »Wir waren in der letzten Nacht zweimal am fraglichen Ort«, sagte die Frau in der Zentrale, in deren Computer die Adresse aufblitzte. Als sich Shana auf dem Campus der UCLA als unauffindbar erwies, war Hope Carruthers den Instruktionen von Detective Osborne gefolgt und hatte die Order ausgegeben, Shana aufzugreifen und aufs Revier zu bringen. Kaum wechselte die Frau in der Zentrale zu einer anderen Maske, wo sie die Fahndungsmeldung las, fragte sie: »Haben Sie etwas mit Shana Forrester zu tun?«

»Ja«, antwortete Lily, in der Annahme, die Polizei wolle keine weitere Streife entsenden. »Ich bin ihre Mutter. Als ich letzte Nacht anrief, war ich nicht in der Stadt. Vor ein paar Minuten habe ich meine Tochter nach Hause gefahren und entdeckt, dass die Haustür offen und die Lichter an waren. Außerdem hörte ich seltsame Geräusche im Haus.«

»Wo sind Sie jetzt?«

Lily blickte auf das Straßenschild. »Am 1300er Block der Cliff Road.«

Die Frau fragte weiter: »Was für einen Wagen fahren Sie?«

»Einen schwarzen Audi 1996.«

»Ist Ihre Tochter bei Ihnen?«

»Ja«, sagte Lily und umklammerte Shanas Hand.

»Warten Sie dort, wo Sie sind, auf die Polizeibeamten«, wies die Frau sie an. »Sie werden zuerst Ihr Haus überprüfen, bevor sie zu Ihnen fahren.«

»Legen Sie nicht auf«, sagte Lily. »Es besteht die Möglichkeit, dass sich mein Ex-Mann im Haus befindet. Ich möchte nicht, dass die Beamten ihn für einen Einbrecher halten und auf ihn schießen.«

Etwa zwanzig Minuten später hielt ein Streifenwagen hinter dem Audi und erleuchtete mit den Scheinwerfern das Innere des Wagens. Shana war mit dem Kopf am Beifahrerfenster eingedöst. Lily versuchte, ohne sie zu wecken, aus dem Auto zu steigen. Aber kaum öffnete sie die Wagentür, machte Shana die Augen auf und fragte: »Wo bin ich? Ich hatte einen schrecklichen Traum. Ein Haus stürzte ein und begrub mich unter den Trümmern.«

»Bleib hier«, befahl ihr Lily. »Ich spreche mit der Polizei.«

Die beiden Officers trennten sich und näherten sich jeder auf einer Seite dem Fahrzeug. »Sind Sie Lily Forrester?«, fragte Gary Stafford, ein kräftiger, blonder Mann Ende zwanzig.

»Ja«, sagte sie. »Haben Sie im Haus etwas gefunden?«

»Wir haben keine Anzeichen eines Einbruchs entdeckt«, sagte er. »Es besteht aber immer noch die Möglichkeit, dass Sie einen Einbrecher überrascht haben. Wenn Sie zurückfahren, sehen Sie bitte nach, ob etwas fehlt.«

»Meine Tochter wohnt in dem Haus«, sagte Lily und stellte einen Fuß in den Wagen. »Danke, Officer.«

»Äh … Mrs. Forrester«, sagte Stafford und hielt die Wagentür fest. »Es tut mir leid, aber wir müssen Ihre Tochter mit auf das Revier nehmen. Wenn Sie wollen, können Sie auch mitkommen, aber da sie erwachsen ist, ist Ihre Anwesenheit bei der Vernehmung nicht nötig.«

Lily war bestürzt. Das Wort *Vernehmung* hallte in ihr nach. »Was soll das, Officer? Meine Tochter hat nichts verbrochen.«

»Das sagt auch niemand, Ma'am.« Officer Stafford warf einen Blick über das Wagendach. Seine Partnerin fragte Shana gerade nach ihrem Führerschein, um sicherzustellen, dass sie die Richtige aufgegriffen hatten. Shana holte die Brieftasche aus ihrem Rucksack, entnahm den Führerschein und blickte dann ängstlich zu ihrer Mutter hinüber. »John Forrester ist letzte Nacht wegen eines Unfalls mit Fahrerflucht vor dem Haus festgenommen worden, das wir gerade überprüft haben«, fuhr der Officer fort. »Der Wagen, der in den Unfall verwickelt war, läuft auf den Namen Shana Forrester.«

»Die Frau sagt, dass ich mit ihnen gehen muss«, rief Shana und presste sich gegen den Wagen »Das verstehe ich nicht. Wollen sie mich verhaften? Mein Gott ... das ist doch nicht wahr! Warum sollte ich jemanden getötet haben?«

»Bleib ganz ruhig«, sagte Lily und eilte zu ihr. »Sie wollen dir nur ein paar Fragen stellen. Niemand will dich verhaften oder dir wehtun.«

Stafford trat zu ihnen. »Kann das nicht bis morgen früh warten?«, fragte Lily und hielt Shana an der Taille umfasst. »Ich habe ihr gerade von der Verhaftung ihres Vaters erzählt, vielleicht können Sie sich vorstellen, wie entsetzlich das für sie war. Ich verspreche Ihnen, dass ich sie als Erstes morgen früh zur Wache bringen werde. Sie müssen mir nur die Adresse geben.«

»Ich bin nicht der ermittelnde Beamte«, erklärte Stafford, der die tiefen Ringe unter Lilys Augen und den panischen Ausdruck auf dem Gesicht der Tochter wahrnahm. »Aber ich kann die Zentrale anrufen und nach den Detectives suchen lassen, die die Fahndungsmeldung herausgegeben haben. Dann hören wir mal, was sie dazu sagen.«

»Dafür wäre ich Ihnen wirklich dankbar«, sagte Lily. »Es ist schon fast zehn Uhr. Wir beide sind ziemlich erschöpft.«

Stafford ging zum Streifenwagen zurück und rief über Handy die Ermittlungsabteilung an, um die Zentrale zu umgehen. Nachdem ihm mitgeteilt worden war, dass die zuständigen Detectives bereits nach Hause gegangen waren, bat er darum, mit Hope Carruthers' Privatanschluss verbunden zu werden.

»Sie haben Lily und Shana Forrester?«, fragte Carruthers und schaltete den Fernseher in ihrem Apartment aus.

»Ja«, sagte Stafford und warf durch die Windschutzscheibe einen Blick auf die Frauen, die einen mitgenommenen Eindruck machten. »Um die Wahrheit zu sagen, sehen sie aus, als wären sie durch die Mangel gedreht worden. Sind Sie sicher, dass wir das Mädchen noch heute Abend mitnehmen sollen? Sie soll doch nur befragt werden. Ihre Mutter schwört, dass sie sie morgen vorbeibringen wird.«

»Das geht nicht«, sagte Carruthers, weil sie wusste, wie wild Osborne darauf war, Shana Forrester ein paar Fragen zu stellen. Dass Lily auch dabei war, hielt sie für einen unerwarteten Glücksfall. »Bringen Sie sie so schnell wie möglich zum Polizeirevier Burbank. Ich bin schon auf dem Weg.«

»Was ist mit dem Wagen?«

»Lassen Sie die Mutter fahren«, sagte die Ermittlerin und nahm Dienstwaffe und Plakette vom Couchtisch. »Aber bleiben Sie ihr auf den Fersen, Stafford. Hinter dem Fall steckt mehr, als Sie glauben.«

Kapitel 14

Henry Middleton ging in das Elternschlafzimmer seines zweitausend Quadratmeter großen Hauses in den Hügeln über Montecito. Seine Frau Laura lag vollständig angekleidet auf dem Himmelbett. »Du hast über fünfhundert Dollar für diesen Kaschmirpullover ausgegeben«, sagte er zu ihr. »Da ist es doch absurd, ihn als Schlafanzug zu benutzen, vor allem, da wir kurz davor stehen, alles zu verlieren.«

Ohne ihn anzusehen, rollte sie sich auf die Seite. »Ich bin erst gegen sechs vom Krankenhaus nach Hause gekommen. Maggie ist weg, also musste ich noch mal los und den Kindern was zu essen kaufen. Ich bin so erschöpft, dass ich mich nicht mehr bewegen, geschweige denn ausziehen kann.«

Middleton kickte seinen Schuh quer durch den Raum. »Ich habe die letzte Nacht in einer gottverdammten Gefängniszelle verbracht, und du willst, dass ich dich bedaure, weil du deine sterbende Tochter besucht hast? Hör bloß auf, Laura.«

»Halt den Mund, Henry«, zischte Laura. »Betsy hatte wieder einen Anfall. Und nicht nur das! Diese Bezirksstaatsanwältin tauchte im Krankenhaus auf und fing an, mich auszuhorchen.«

Henry fiel die Kinnlade herunter. »Im Krankenhaus? Lily Forrester war im Krankenhaus?«

»Das sagte ich doch gerade!« Laura blickte ihren Mann

finster an. »Bist du durch eine Nacht im Gefängnis taub geworden?«

Henry ließ sich mit vor Sorge verzerrtem Gesicht neben sie auf das Bett fallen. »Was hat die Forrester dich gefragt? Großer Gott, meine ganze Zukunft steht auf dem Spiel. Ich habe dir doch gesagt, dass du mit niemandem sprechen sollst, wenn mein Anwalt nicht dabei ist.«

Mit einem Fuß trat Laura ihm so lange in die Seite, bis ihm nichts anderes übrig blieb, als wieder aufzustehen. »Ich habe ihr gar nichts gesagt«, entgegnete sie. »Sei doch nicht so kindisch, Henry. Du weißt doch, dass sie dich niemals verurteilen werden. Sie haben einfach nicht genug Beweise.« Sie langte zum Nachttisch hinüber und griff nach einem Pillenfläschchen, dann schüttete sie sich ein paar Tabletten auf die Handfläche und spülte sie mit Wein hinunter.

Ihr Mann entwand ihr das Fläschchen und blinzelte ungläubig, als er das Etikett las. »Das ist Betsys Medizin für die Krämpfe. Warum in Gottes Namen nimmst du ihre Tabletten?«

»Warum nicht?«, gab Laura mit einem leerem Gesichtsausdruck zurück. »Die nehme ich schon seit Monaten. Solltest du es noch nicht bemerkt haben: Meine Nerven sind vollkommen zerrüttet, und mein Rücken bringt mich um, weil ich jeden Tag stundenlang in diesem furchtbaren Metallstuhl sitzen muss.«

»Warum bittest du nicht um einen anderen Stuhl?«, fragte er und fuhr sich mit den Fingern durchs Haar.

»Das Krankenhaus wird von Nonnen geführt, du Idiot!«, blaffte sie. »Im ganzen Gebäude gibt es keinen einzigen bequemen Stuhl. Selbst die Instrumente sehen aus, als wären sie schon tausend Jahre alt.«

»Das ist trotzdem kein Grund, Betsys Tabletten zu nehmen.«

»Es ist ein krampflösendes Mittel«, sagte sie, stürzte den

Rest Wein hinunter und knallte dann das Glas auf den Tisch. »Es hilft mir, mich zu entspannen. Der Alkohol allein schafft das nicht mehr, selbst Hochprozentiges nicht.«

Henry ging mit dem Fläschchen in der Hand vor dem Bett auf und ab. »So was Dummes!«, spie er aus. »Du könntest eine Überdosis nehmen. Ich bin zwar kein Arzt, aber ich weiß ziemlich sicher, dass du diese Art Medikamente nicht mit Alkohol mischen solltest. Wenn dir irgendetwas passiert, dann beschuldigt mich die Polizei, dass ich versucht habe, auch dich umzubringen.«

Laura verzog die Lippen zu einem Lächeln. »Vielleicht nehme ich ja eine Überdosis.«

»Warum sagst du so etwas?«, fragte Henry. »Habe ich nicht genug durchgemacht? Willst du, dass sie mich hinrichten?«

Laura setzte sich mit bockiger Miene im Bett auf. »Ich dachte, jetzt wäre endlich alles vorbei.«

»Das ist erst der Anfang«, erwiderte ihr Mann, der immer noch versuchte, das Ausmaß der Lage zu erfassen. »Erst kommt die Vorverhandlung, in der die Geschworenen ausgewählt werden, danach der eigentliche Prozess. Nach dem, was Fowler mir erzählt hat, müssen wir mit einem Jahr rechnen, vielleicht sogar mit mehr.«

»Ich meinte nicht den Prozess«, sagte Laura und starrte auf ihren rot lackierten Fingernagel, von dem ein Stück abgebrochen war. »Ich kann nicht jeden Tag meines Lebens im Krankenhaus verbringen. Du bestehst ja darauf, dass ich weiter hingehe, damit jeder sieht, was für eine hingebungsvolle Mutter ich bin. Aber warum sollte ich mich beweisen? Betsy vegetiert doch sowieso nur noch vor sich hin!«

Henry Middleton stürzte zu ihr und packte sie bei den Schultern. »Sie ist deine Tochter, Himmelherrgott!«

»Nimm deine Hände weg«, fauchte sie und löste sich gewaltsam aus seinem Griff. »Wir waren uns einig, das Beatmungsgerät abzuschalten. Ich habe mich schon auf einen

Urlaub gefreut. Und jetzt sitze ich hier fest. Ich kann noch nicht mal in den Country Club.«

Henry war sprachlos. War dies wirklich die Frau, die er geheiratet hatte, die Mutter seiner Kinder, der er ewige Liebe geschworen hatte? Lag es an den Tabletten und dem Alkohol, oder war sie schon immer so gewesen und er hatte es nur nicht bemerkt?

»Die Kinder haben Schwierigkeiten in der Schule«, fuhr sie fort und stopfte sich ein weiteres Kissen in den Rücken. »Cathy kam gestern weinend nach Hause. Und Jacob schließt sich den ganzen Tag in seinem Zimmer ein. Er lädt auch keine Freunde mehr ein.«

»Du bist wenigstens nicht wegen versuchten Mordes angeklagt«, entgegnete ihr Mann. Die Probleme, mit denen seine Kinder jetzt konfrontiert wurden, waren ihm mehr als bewusst. Es brach ihm das Herz, aber im Moment konnte er herzlich wenig tun, um die Sache wieder ins Lot zu bringen. »Du weißt doch, dass wir Betsy weiterhin künstlich am Leben erhalten müssen, Laura. Mir droht lebenslänglich oder die Todesstrafe.«

Laura Middleton kletterte aus dem Bett und zeigte mit dem Finger auf ihn. »Ich war eine Gefangene von dem Tag an, da dieses Kind geboren wurde. Vergiss das nicht, Henry! Und du warst die ganze Zeit im Geschäft, hast dein Imperium aufgebaut, um dir selbst zu beweisen, wie wichtig du bist.«

»Ich habe nur versucht, unseren Lebensunterhalt zu verdienen«, sagte Henry. »Ich tat es für dich, Laura. Und für die Kinder. Du wolltest doch, dass sie auf die besten Schulen gehen. Du wolltest doch dieses teure Haus. Wir haben immer Hilfe gehabt. Bei dir hört es sich aber so an, als hättest du dich ganz allein um Betsy gekümmert.«

»Jetzt haben wir aber keine Hilfe«, rief sie. »Niemand will in einem Haus arbeiten, in dem jemand wegen versuchten Mordes angeklagt wurde und in dem man jedes

Mal, wenn man durch die Tür geht, fürchten muss, von einem Reporter überfallen zu werden. Finde einen Weg, das zu beenden, Henry.«

Er ließ sich auf einen Stuhl fallen und vergrub das Gesicht in seinen Händen. Einen Augenblick später sah er sie forschend an. »Wie? Sag mir, wie ich das beenden soll! Es ist zu spät dazu, siehst du das nicht? Wir müssen das jetzt durchstehen und beten, dass du richtig liegst und sie nicht genügend Beweise haben, um mich zu verurteilen. Fowler meint, das Büro des Bezirksstaatsanwalts hätte nur Anklage erhoben, um vor der Gemeinde das Gesicht zu wahren.«

Laura warf ihm einen eisigen Blick zu. »Du bist doch sonst so gut darin, Probleme zu lösen, Henry. Hast du das nicht immer behauptet? Hast du nicht ständig damit geprahlt, dass du alles hinkriegst? Dann finde einen Weg! Sonst finde ich einen.«

Gegen halb zwölf am gleichen Abend war Dr. Christopher Logans Erscheinungsbild alles andere als makellos. Sein Tag hatte um vier Uhr morgens begonnen. Er hatte zwei Patienten an einem Tag verloren, und beide waren noch nicht mal sieben Jahre alt gewesen. Sein Gesicht war mit Stoppeln bedeckt, sein weißer Kittel fleckig und zerknittert, und sein dunkles Haar stand wüst in die Höhe. Wenn er zu müde wurde, konnte man ihn kaum noch verstehen. »Entschuldigung«, sagte Schwester Maria Lukas und lehnte sich über die Theke vom Saint-Francis-Krankenhaus. »Welches Krankenblatt wollten Sie?«

»Middleton«, nuschelte er. »Betsy Middleton.«

Schwester Maria Lukas durfte Anfang vierzig sein, arbeitete aber bereits so viele Jahre bei den Nonnen, dass der Doktor schon längst aufgehört hatte, über ihr Alter zu spekulieren. Sie hatte ein rundes Gesicht, faltenlose Haut und klare, durchscheinend graue Augen. »Ich habe vor einer halben Stunde, bei unserer Elf-Uhr-Runde, nach Betsy gesehen«, sagte sie zu ihm. »Warum gehen Sie nicht nach Hause, Dr. Logan? Sie hatten einen anstrengenden Tag.«

»Ich dachte, ich sehe noch mal nach ihr.«

»Ihre Zeit ist bald gekommen, nicht wahr?«

»Mit oder ohne künstliche Beatmung«, sagte der Arzt und überflog das Krankenblatt des Mädchens.

»Liegt es an den Anfällen?«

Logan schlug die metallene Krankenakte zu, dass das Geräusch im gefliesten Korridor nachhallte. »Anfälle sind ganz normal bei Patienten, die am Aicardi-Syndrom leiden«, erklärte er. »Aber durch das Strychnin sind sie schlimmer geworden. Ihr Körper ist nicht kräftig genug.«

Die Stimme der Schwester klang sanft und tröstend. »Vielleicht ruft Gott sie zu sich.«

»Wenn Gott jemanden zu sich rufen wollte«, sagte Logan verbittert, »warum dann nicht den Bastard, der Betsy vergiftet hat?«

Anstatt sich diese Gotteslästerung zu verbitten, sagte Schwester Maria Lukas noch sanfter: »Die Wege des Herrn sind unergründlich.«

Logan ging den Gang hinunter, schlüpfte in ein dunkles Krankenzimmer und trat leise an Betsy Middletons Gitterbett. Nach zwei Jahren Priesterseminar war er zur Medizin gewechselt, weil er glaubte, als Arzt Gott besser dienen zu können. Aber nach vier Jahren in diesem Beruf wusste er, dass sein Glaube wieder einmal auf eine harte Probe gestellt wurde. Den Totenschein für ein Kind auszustellen, das nur so wenig vom Leben gehabt hatte, verwundete ihn so tief, dass er Monate brauchte, um sich davon zu erholen. Seit kurzem war es fast unmöglich für ihn, einen Schöpfer zu preisen, der zuließ, dass ein unschuldiges Kind litt. Am Anfang hatte er seinen Schmerz noch vor den Altar gebracht. Eine Weile hatten die Gebete und sein Glaube an eine höhere Macht ihm die Kraft und Demut gegeben weiterzumachen. Aber jetzt war er immun gegen Standardantworten, wie Schwester Maria Lukas sie gerade gegeben hatte. So als hätte er zu viele Antibiotika genommen. Die Wege des Herrn mochten unergründlich sein, sagte er zu sich, aber die Wege des Menschen waren unsäglich böse. Aus seiner Sicht tat Gott nicht genug, um sie aufzuhalten. Es war schlimm genug, ein Kind an einer Krankheit sterben zu sehen, aber es ging über seinen Verstand, es dahinsiechen zu sehen, weil ein Elternteil versucht hatte, es umzubringen.

Er ging zum Beatmungsgerät, das Betsy Middleton am Leben hielt, und legte die Hand darauf. Dann blickte er auf ihr verhärmtes Gesicht, auf den weit aufgesperrten Mund und die blinden Augen. An einigen Stellen wies ihr Körper große Blutergüsse von dem letzten Anfall auf. Ein paar Monate zuvor war ein Anfall so stark gewesen, dass ihre brüchigen Knochen Haarrisse sowohl am linken Arm wie auch am Fußgelenk bekommen hatten. Er musste den Drang unterdrücken, sie aufzuheben und aus dem Krankenhaus zu tragen, sie nach Hause mitzunehmen und in seinen Armen zu wiegen, bis die Sonne aufging, ihr Körper still und friedlich werden und ihre Seele endlich aus dem dunklen Gefängnis befreit würde.

Er kannte Henry Middleton nicht besonders gut, sicher nicht gut genug, um ihn als Mörder einzustufen. Vor seiner Verhaftung hatte er Betsy mehrere Male pro Woche in den Abendstunden besucht. Wenn er mit ihm über ihren Zustand gesprochen hatte, hatte der Mann nur zugehört und genickt. Aber Laura war anders. Auch wenn sie jeden Tag ins Krankenhaus kam, störte ihn etwas an ihr. Sie tat so, als empfände sie etwas, aber er hatte nicht den Eindruck, dass sie wirklich mitfühlte. Er hatte schon andere Eltern gesehen, die so distanziert waren, auch andere Ärzte oder Pflegende. Wenn Menschen sich einem Problem stellen mussten, unterdrückten sie manchmal ihre Gefühle, um ihre Pflicht erfüllen zu können. Lauras Benehmen wirkte eher wie rastlose Gleichgültigkeit, fast als wäre sie eifrig darauf bedacht, sich von allem freizumachen, was ihre Tochter betraf.

Aber er war nicht hier, um zu richten, ermahnte er sich. Seine Aufgabe war es zu heilen. Nur fühlte er sich nicht länger als Heiler. Er konnte nicht sagen, ob Betsy in einer Welt schwebte, von der er nichts wusste, einer Welt, die sich jeder medizinischen Beschreibung entzog, oder ob sie an einem Ort unbeschreiblichen Grauens gefangen war. Ob nun Gehirnwellen vorhanden waren oder nicht, er fragte sich, ob sie sich danach sehnte, im Arm gehalten zu werden, die Sonne auf ihrem Gesicht zu spüren, etwas zu schmecken, an einem Strand entlang zu laufen und warmen Sand unter ihren Füßen zu spüren. Hatte sich ihr Geist bereits von ihrem Körper gelöst? Blickte er nur auf die sterblichen Überreste eines kurzen, tragischen Lebens?

Er wollte gerade gehen, da schoss ihm eine noch gewichtigere Frage durch den Kopf. Wusste Betsy, wer sie vergiftet hatte? Aber eine solche Frage war hinfällig, denn gleichgültig, was sie auch wusste, sie konnte sich nicht mitteilen.

Als er ihre Decke zurechtzog und den Tropf überprüfte, tauchte ein anderer Gedanke auf. Seines Wissens hatte Betsy nie einen Anfall gehabt, wenn ihr Vater da war, selbst ganz zu Anfang, als ihr Koma noch nicht so tief war. Er zog eine Ministablampe aus seiner Tasche, öffnete ihre Krankenakte und blätterte auf der Suche nach einem Muster durch den Stapel Unterlagen, das möglicherweise bedeutsam war. Im Verlauf des letzten Jahres hatte Betsy Middleton sich in sein Herz geschlichen. Er wusste, der Tag würde kommen, an dem er ihren Totenschein ausstellen musste, so wie für die beiden Kinder, die just an diesem Tag, einige Stunden zuvor, gestorben waren. Für Betsy wollte er den Schuldigen suchen, das würde sein Geschenk für sie sein, so bescheiden die Ergebnisse seiner Untersuchung auch sein würden. Natürlich gab es noch einen Grund, warum er mehr in den strafrechtlichen Prozess des Falles eingebunden werden wollte – dadurch konnte er Lily Forrester näher kennen lernen.

Chris Logan war allein stehend und einsam, und die Staatsanwältin war eine schöne und kluge Frau. Als junger Mann war er den Freuden einer Beziehung zum anderen Geschlecht aus dem Weg gegangen, weil er sich entschieden hatte, Priester zu werden. Nachdem er dann das Priesterseminar verlassen hatte, blieb ihm nur Zeit für eine gelegentliche Verabredung, da seine medizinische Ausbildung ihn vollends in Anspruch nahm. Seine Schüchternheit und sein jugendliches Aussehen trogen. Vor drei Monaten war er vierzig geworden. In letzter Zeit dachte er immer häufiger darüber nach, wie es wohl wäre zu heiraten. Nicht dass er unbedingt Kinder wollte – dieses Bedürfnis erfüllten seine Patienten mehr als ausreichend. Und was Frauen betraf, so war er nicht vollkommen unerfahren. Er hatte im Laufe der vergangenen Jahre einige Affären gehabt, doch blieben sie schwierig und unbefriedigend. Offensichtlich war er durch seine frühere Verbindung mit der Kirche nicht in der Lage, eine dauerhafte Beziehung zu einer Frau einzugehen. Lily aber war für ihn nicht nur körperlich begehrenswert, er fand sie in vielerlei Hinsicht attraktiv.

Endlich verließ Logan das Krankenzimmer und gab Betsys Krankenakte Schwester Maria Lukas. »Bitte lassen Sie mir die Akte kopieren. Ich möchte mir zu Hause einige Aspekte von Betsys Fall näher ansehen.«

»Haben Sie nicht schon hier genug Arbeit?«, fragte sie, während sie eine Notiz schrieb und diese den Anweisungen für die Morgenschicht hinzufügte.

»Vielleicht finde ich etwas«, sagte er und lächelte plötzlich. »Sie wissen schon, etwas in Verbindung mit der strafrechtlichen Seite des Falles, was ich vorher übersehen habe.«

»Aha«, sagte sie, und ihr verhaltenes Lachen erfüllte den

stillen Korridor. »Es hat nicht zufällig etwas mit der hübschen, rothaarigen Anwältin zu tun, oder?«

Dr. Logan wurde rot. »Sie verblüffen mich immer wieder. Kann man denn hier überhaupt keine Geheimnisse haben?« Er wollte schon gehen, dann blieb er stehen und blickte verwirrt zurück. »Hatten Sie denn gestern Dienst, als Lily Forrester im Krankenhaus war? Ich erinnere mich nicht, Sie gesehen zu haben.«

»Nein«, sagte sie und schüttelte den Kopf. »Das nennt man Einssein mit Gott. Sicher erinnern Sie sich an so etwas aus Ihren Tagen im Priesterseminar.«

Logan hob die Hand und lachte unterdrückt, als er ein paar Schritte den Gang hinunterlief. »Nennen Sie es, wie Sie wollen«, sagte er, »ich jedenfalls nenne es Klatsch.« Er drohte scherzhaft mit dem Zeigefinger. »Sie wissen doch, das ist eine Sünde, fast so schlimm wie die Zigaretten, die Sie manchmal rauchen.«

Sie legte rasch eine Hand auf ihre Brust. »Ich rauche nicht. Wie können Sie mir so etwas unterstellen?«

»Nun, irgendjemand raucht hier«, gab er, von sich selbst überzeugt, zurück. »Jedes Mal, wenn ich unten am Trakt vorbeigehe, rieche ich Zigarettenrauch. Wer ist der Übeltäter?«

»Meine Lippen sind versiegelt«, sagte Schwester Maria Lukas und senkte den Kopf wieder über ihre Unterlagen.

Kapitel 15

Shana Forrester saß bleich und mitgenommen in einem Vernehmungszimmer des Police Departments von Burbank. Das Polizeirevier weckte in ihr Erinnerungen an die Vergewaltigung, und der große Detective mit dem zerfurchten Gesicht und der stoischen Haltung flößte ihr Angst ein. »Kann ich ein Glas Wasser haben?«, fragte sie den weiblichen Detective, da ihre Kehle ausgedörrt war.

Hope legte dem Mädchen eine Hand auf die schmale Schulter. »Wie wär's mit einer Limo?«, fragte sie. »Wir haben auch einen Verkaufsautomaten im Haus. Hast du Hunger? Soll ich dir einen Schokoriegel oder etwas anderes holen?«

»Nur Wasser, danke«, sagte Shana und blickte ihre Mutter über den Tisch hinweg an. Mark Osborne hatte noch kein Wort gesagt, seit sie den Raum betreten hatten. Er lehnte an einer Wand und ließ seinen Blick zwischen Lily und Shana hin und her wandern. Er konnte nicht fassen, wie ähnlich sich die beiden Frauen waren.

»Können wir weitermachen?«, fragte Lily, die die Arme verschränkt hatte.

Osborne umkreiste den Tisch, als er anfing zu sprechen. »Nur damit es nicht zu Missverständnissen kommt: Haben Sie etwas dagegen, wenn ich Sie Shana nenne?«

»Nein«, antwortete sie.

»Kennen Sie einen jungen Mann namens Antonio Vasquez?«

»Kommt mir nicht bekannt vor«, sagte Shana. »Sollte ich ihn kennen? Was hat er mit dem Unfall zu tun?«

»Nun«, sagte Osborne und umfasste eine Stuhllehne, »Vasquez ging auch auf die UCLA.«

»Wie zigtausend andere Studenten«, entgegnete Shana und folgte ihm mit den Augen, während er den kleinen Raum durchquerte. »Meine Seminare sind so groß, dass ich noch nicht mal die Hälfte der Teilnehmer mit Namen kenne.«

»Wo waren Sie gestern Abend zwischen acht und zehn Uhr?«

»Zu Hause.« Sie kaute an ihrer Nagelhaut und fügte dann hinzu: »Wollen Sie mir nicht sagen, wer dieser Vasquez ist?«

»Antonio Vasquez ist der junge Mann, der umgekommen ist.«

Shana richtete sich auf ihrem Stuhl auf. »Es tut mir leid«, sagte sie. »Wenn Sie mir ein Bild von ihm zeigen, kann ich Ihnen vielleicht sagen, ob ich ihn schon einmal auf dem Campus gesehen habe. Er ist nicht einer meiner Freunde, wenn Sie das meinen.«

»Kommen wir noch einmal auf Ihren Verbleib zur Unfallzeit zurück«, entgegnete Osborne, weil er wusste, dass er in der Universität nachprüfen konnte, ob Shana Forrester und Antonio Vasquez gemeinsam ein Seminar besucht hatten. »Wenn Sie sagen, Sie seien zu Hause gewesen, meinen Sie doch das Haus am Maplewood Drive?«

»Genau«, sagte Shana mit einem Anflug des von ihrer Mutter ererbten Temperaments. »Jetzt behaupten Sie nicht, Sie wüssten nicht, wo ich wohne. In den letzten vierundzwanzig Stunden war die Polizei dreimal bei mir. Ich würde nicht hier sitzen, wenn meine Mutter Ihre Jungs nicht noch einmal angerufen hätte.«

Reizbares Mädchen, dachte Osborne und befühlte mit einem Finger die Stoppeln auf seinem Kinn. Er hatte es immer für ein Klischee gehalten, wenn Leute Rothaarige als temperamentvoll beschrieben. Doch ausgehend von dem, was John Forrester über Lily enthüllt hatte, und dem, dass ihre Tochter den Mut hatte, ihn hier zurechtzuweisen, war vielleicht doch etwas daran, dass die Haarfarbe etwas über den Charakter aussagte. Auch wenn sie nicht die Absicht hatten, Lily mit dem lang zurückliegenden Mord zu konfrontieren, war es doch gut gewesen, seinen Hintern aus dem Bett zu bewegen, um beide, Tochter und Mutter zu sehen und zu versuchen, sich ein Bild von der Gesamtsituation zu machen. Die Geschichte der beiden war verstörend: Beide waren vergewaltigt worden, der Ex-Mann beschuldigte seine ehemalige Frau, einen hartgesottenen Gangster umgebracht zu haben und damit davongekommen zu sein, und jetzt waren Vater und Tochter in den tödlichen Unfall eines jungen Mannes verwickelt. Alles in allem war es seiner Meinung nach Zeit, die ganze Familie unter die Lupe zu nehmen. »Wo war Ihr Mustang zu der eben erwähnten Zeit?«

»Mein Vater fuhr ihn«, erwiderte Shana und hielt ihre blauen Augen unbeirrt auf ihn gerichtet. »Er wollte zu einem Laden, um für uns Eiscreme zu kaufen. Er hat seit ein paar Monaten kein eigenes Auto mehr, deshalb ließ ich ihn meins benutzen.«

»Wann war das?«

»Vor neun.«

»Können Sie etwas präziser sein?«

Shana durchforstete ihr Gedächtnis. »Wir fürchteten, dass Baskin-Robbins schon geschlossen sein könnte«, erklärte sie. »Ich bin ziemlich sicher, dass Dad gegen zehn vor neun aufbrach. Es kann aber auch fünf Minuten früher gewesen sein. In unserem Haus geht jede Uhr anders. Nur meine Armbanduhr geht in etwa genau. Aber ich trug sie gestern Abend nicht, weil ich an einer Hausarbeit saß. Ich kann nichts am Handgelenk haben, wenn ich am Computer sitze.«

»Haben Sie eine Aufzeichnung von meinem gestrigen Anruf bei der Polizei?«, warf Lily ein, weil sie hoffte, damit könnte sie jede Möglichkeit ausschließen, dass Shana zur Unfallzeit am Steuer ihres Wagens saß. Wer konnte ihrer Tochter ein besseres Alibi geben als die Polizei selbst?

Detective Osborne nahm einen Ordner vom Tisch, öffnete ihn und überprüfte anhand eines Computerausdrucks, wann die Streife nach dem Notruf am Haus von Shana und John Forrester vorgefahren war. »Die Gerichtsmedizin hat die offizielle Todeszeit noch nicht festgelegt«, sagte er und sah auf, als Hope Carruthers zurückkehrte und ein Glas Wasser neben Shana abstellte. »Im Moment wird vermutet, dass sich das Opfer die Verletzungen zwischen neun und neun Uhr zwanzig zugezogen hat. Ihr Anruf aus Santa Barbara, Mrs. Forrester, kam laut Bericht um neun Uhr achtunddreißig. Damit hätte Shana genügend Zeit gehabt, vom Unfallort nach Hause zu fahren, Sie anzurufen und zu behaupten, dass jemand ums Haus herumschleicht.«

»Aber der Wagen war nicht da, als die Polizei kam«, protestierte Shana. »Beweist das nicht, dass ich nicht gefahren bin?«

»Nach Aussage der Streife«, führte Osborne weiter aus, »fuhr ein weißer Mustang genau in dem Moment in die Einfahrt, als sie wieder aufbrachen. Das war um zehn Uhr drei. Vielleicht haben Sie ja den Jungen überfahren, sind dann nach Hause zurückgekehrt und haben Ihren Vater losgeschickt, damit er sich um alles kümmert.«

»Auf keinen Fall«, rief Shana und sprang auf. »So etwas würde ich nie tun. Und es gefällt mir nicht, dass Sie mir unterstellen, ich würde lügen.«

»Entweder Sie haben den Jungen umgebracht, oder Ihr Vater war es«, sagte der Detective, weil er ausnutzen wollte, dass er sie so in Rage gebracht hatte. »Das Labor hat Spuren vom Opfer am Fahrwerk des Mustang gefunden.«

Shana wurde um den Mund herum weiß, und einen kurzen Moment lehnte sie sich vor, als wollte sie sich übergeben. Lily sprang auf. »Die Befragung ist vorbei«, sagte sie und schob ihren Stuhl an den Tisch zurück. »Ich habe meine Tochter hergebracht, damit sie befragt werden kann, nicht vernommen. Sie haben schon Anklage gegen ihren Vater eingereicht. Ich weiß es, weil ich die Kaution hinterlegt habe. Ich werde nicht zusehen, wie Sie eine junge Frau schikanieren, die sich nach Kräften bemüht, mit Ihnen zusammenzuarbeiten. Sie überschreiten Ihre Befugnisse, Osborne. Wenn Sie so weitermachen, hol ich mir Ihre Dienstmarke.«

»Ach wirklich?«, sagte er, und dann starrten sie sich einen Moment lang an.

»Beruhigen wir uns doch«, sagte Hope, die als Einzige noch am Tisch saß. »Wir versuchen nur, die Wahrheit herauszufinden, Mrs. Forrester. Sie sind Bezirksstaatsanwältin. Sie verstehen doch sicher den Ernst der Lage – schließlich ist ein schreckliches Verbrechen geschehen.«

Shana schüttelte trotzig den Kopf. »Wann bekomme ich mein Auto zurück?«

»Lass uns gehen«, sagte Lily und griff nach ihrer Handtasche und Shanas Rucksack. »Dein Auto ist im Augenblick unsere geringste Sorge.«

Anstatt wie versprochen früh nach Hause zu kommen, rief Richard Fowler Joyce vom Büro aus an und bat sie, sich mit ihm direkt im Anamaagh Indian Restaurant an der Ecke Collins Road in Ventura zu treffen. Aber dann kam einiges dazwischen, und Joyce musste fast eine Stunde lang warten. Sie saß allein in ihrer Nische mit den gepolsterten Bänken aus rotem Kunststoff, trank vier Bier auf leeren Magen und war eindeutig betrunken.

»Du legst doch sonst immer so viel Wert auf Pünktlichkeit«, nuschelte sie undeutlich. »Aber ich schätze, du darfst zu spät kommen. Du bist ja ein wichtiger Anwalt. Und wer bin ich? Nur ein Dummchen, das versucht, sein Geschäft vor dem Ruin zu retten.«

»Ich wollte nicht zu spät kommen«, sagte Richard und bat den Kellner, ihm ein Glas vom Hauswein zu bringen. »Warum hast du nicht schon mal eine Vorspeise oder so etwas bestellt?«

Wütend und streitlustig lehnte sich Joyce vor und presste ihren Busen gegen den Tisch. »Ich hätte gehen sollen. Das hätte ich tun sollen, klar? Weißt du, wie bescheuert ich mir hier vorgekommen bin? Ich habe dich siebenmal im Büro angerufen.«

»Du weißt doch, dass nach Büroschluss niemand ans Telefon geht.«

»Wo warst du«, sagte sie so laut, dass ihre Stimme durchs ganze Restaurant tönte. »Du warst doch bei einer anderen, oder etwa nicht? Warum sagst du mir nicht die Wahrheit? Du hast jetzt über eine Woche nicht mehr mit mir geschlafen. Du musst es doch irgendwo herkriegen!«

Richard nahm sich die Speisekarte und überhörte ihre Beschuldigungen. Kaum war der Kellner mit seinem Wein zurückgekehrt, da bestellte er ein paar von Joyces Lieblingsspeisen und breitete die Serviette auf seinem Schoß aus. So wie sie sich verhielt, war dieser Zeitpunkt wohl so gut wie jeder andere, um ihre Beziehung zu beenden. »Es ist offensichtlich, dass du nicht glücklich mit mir bist, Joyce«, sagte er sanft. »Du bist eine wunderbare Frau, aber vielleicht ist es Zeit, dass wir getrennte Wege gehen.«

»Willst du das sagen, was ich vermute?«, fragte sie und ließ sich schockiert gegen ihre Rückenlehne fallen. »Du hast die Frechheit, mich über eine Stunde warten zu lassen, nur um mir dann zu sagen, dass du nicht mehr mit mir zusammen sein willst?«

Richard spürte, wie seine Achselhöhlen feucht wurden. Er hatte das Gefühl, dass die Temperatur im Restaurant in den letzten fünf Minuten um mindestens zehn Grad gestiegen war. Er zog an seinem Kragen und fuhr dann fort: »Wir können uns ja noch treffen, wenn du möchtest. Aber ich denke, es ist besser, wenn wir nicht mehr zusammen leben. Ich habe im Büro eine Menge Stress.«

»Du nichtswürdiges Stück Scheiße!«, schrie Joyce rot vor Zorn. »Ich habe mein Haus verkauft. Wo soll ich denn hin? Du kannst nicht einfach angetanzt kommen und mir erzählen, dass ich ausziehen soll. Wir haben drei Jahre zusammen gelebt!«

»Du stehst ja nicht auf der Straße«, erwiderte Richard, dem klar wurde, dass der Bruch weitaus schwieriger werden würde als erwartet. »Du hast das Geld von deinem Haus doch an der Börse investiert. Vielleicht wirft dein Geschäft nicht mehr so viel ab wie in der Vergangenheit, aber deine Anlagen sind im vergangenen Jahr in schwindelerregende Höhen gestiegen. Wenn du dir nicht sofort ein anderes Haus kaufen willst, kannst du ja immer noch etwas mieten. Ich brauche jetzt meinen Freiraum, Joyce. Ich kann dir nicht die Zuwendung geben, die du dir wünschst. Sei doch vernünftig.«

»Vernünftig, gut, sicher«, sagte sie und zog die Nase hoch. »Ich dachte, du liebst mich und wir würden heiraten. Eine Familie gründen. Ich habe drei Jahre meines Lebens mit dir verschwendet. Bis ich jemand anders finde, bin ich vielleicht zu alt, um Kinder zu bekommen. Du behandelst mich nicht fair. Du hast mich benutzt, und jetzt wirfst du mich weg, als wäre ich ein Stück Dreck.«

Vor Richards geistigem Auge fiel ein weiterer schwerer Stein in seinen Schuldkorb. »Ich habe nie gesagt, dass ich heiraten will«, sagte er mürrisch. Der kleine, dunkle Kellner stellte unauffällig die bestellten Speisen auf den Tisch und verschwand rasch wieder. »Eines deiner größten Probleme ist, dass du nie zuhörst«, fuhr er fort und spielte mit dem Stiel seines Weinglases. »Ich will nicht noch ein Kind.

In ein paar Jahren wird Greg heiraten und selbst eine Familie gründen. Dann habe ich Enkel. Wenn du eine ernste Beziehung wolltest, hättest du schon vor langer Zeit gehen sollen. Du wusstest genau, wie ich zu diesem Thema stehe. Ich habe dir nie etwas vorgemacht.«

Mittlerweile schluchzte Joyce, die Wimperntusche lief ihr übers Gesicht, ihre Beine fielen unter dem Tisch schlaff auseinander. Die Leute im Restaurant drehten sich schon nach ihnen um. »Aber ich dachte ...«

»Es tut mir Leid«, sagte Richard und seufzte laut. Er blickte auf das Essen. Sein Magen knurrte, aber er wusste, dass er jetzt nicht essen konnte. Er suchte nach dem Kellner, weil er die Speisen einpacken lassen, dann die Rechnung bezahlen und gehen wollte, bevor die Dinge noch mehr außer Kontrolle gerieten. »Wir sind nicht mehr in der High School, Joyce«, sagte er zu ihr. »Du musst dich jetzt auf dein Geschäft konzentrieren. Ich sollte all meine Energie in die Kanzlei stecken. Müssen wir wirklich einen Alptraum daraus machen? Können wir dies nicht wie zwei zivilisierte Erwachsene beenden?«

Richard wollte gerade seine Brieftasche herausziehen, als Joyce plötzlich aufstand, den Teller mit dem Curryhuhn nahm, ihn auf ihn schleuderte und nur knapp seinen Kopf verfehlte. Der Teller zersprang auf dem Boden hinter ihm, aber die bräunlich-gelbe Sauce spritzte auf seinen Anzug, sein Haar, seine Krawatte und sogar sein Handy. Er stieß den Stuhl zurück und fing an, die klebrigen Hühnchenstücke von seinem Schoß zu sammeln. Joyce umrundete den Tisch, griff nach seinem Weinglas und schüttete ihm die dunkelrote Flüssigkeit über den Kopf und stapfte aus dem Restaurant.

Der Besitzer und mehrere Kellner kamen herbeigestürzt und schrien Richard in gebrochenem Englisch an. Das einzige Wort, das er verstand, war »Polizei«. Er hob die Hände. »Ich werde bezahlen«, sagte er. »Bitte keine Polizei.« Er holte zwei Hundertdollarnoten heraus und gab sie dem Besitzer. Dann zog er sein Jackett aus und hängte es über einen der Stühle. Er wusste, dass es ruiniert war. »Hier«, sagte er und wies auf das Jackett. »Ich lasse Ihnen sogar ein Geschenk da.«

Der Besitzer schüttelte seine Faust und entließ erneut eine Flut von Wörtern aus seinem Mund, wahrscheinlich Flüche. Richard ignorierte ihn, wickelte sein Handy in eine Serviette und flüchtete durch die Hintertür aus dem Restaurant. So viel zum Abendessen, dachte er, stieg in seinen Wagen und fuhr in Richtung Büro. Er hatte nicht umsonst eine Dusche und eine Schlafcouch in seinem Büro, genauso wenig wie er aus reiner Großzügigkeit die Rechnungen der Frau bezahlte, mit der er zusammen lebte. Mit solchen Sondervergünstigungen gab es am Ende weniger Klagen. Es war verrückt, dass er Angst hatte, in sein eigenes Haus zurückzukehren, aber wenn eine Beziehung vorbei war, wurde einiges unausweichlich unangenehm. Morgen würde er Joyce anrufen und ihr eine Woche Zeit geben, um auszuziehen. Wenn sie sich weigerte, würde er sich eine gerichtliche Verfügung besorgen.

Kapitel 16

Obwohl die Vorhänge zugezogen und die Fenster geschlossen waren, drang die Sonne am Donnerstag Morgen in Lilys Schlafzimmer. Sie waren direkt, nachdem sie das Polizeirevier in Burbank verlassen hatten, nach Santa Barbara gefahren. Lily hatte darauf bestanden, dass Shana sich mit einer Decke, die sie im Kofferraum gefunden hatten, auf der Rückbank zusammenrollte und während der langen Fahrt schlief. Unter den gegebenen Umständen stand es außer Frage, ihrem Vater zu begegnen, und im Vergleich zu den Schwierigkeiten, die ihnen bevorstanden, war es unerheblich, dass sie ein paar Tage lang nicht zur Uni ging.

Lily streifte sich ihren rosa Frotteebademantel über und warf einen kurzen Blick ins Gästezimmer, um nach Shana zu sehen, dann ging sie in die Küche, um Kaffee zu machen. Sie hatte vergessen, ihren Wecker zu stellen, und so war es schon nach neun. Normalerweise stand sie bei Sonnenaufgang auf, aber die Ereignisse des Vortages hatten sie erschöpft. Als der Kaffee fertig war, goss sie sich eine Tasse ein, ging hinaus auf die schmale Veranda und rief über ihr Handy Matt Kingsley an, um ihm mitzuteilen, dass sie den Tag frei nahm.

»Haben Sie die Grippe?«, fragte der junge Staatsanwalt. »Die grassiert nämlich gerade. Es heißt, jeder sollte sich impfen lassen.«

»Ich bin nicht krank«, sagte Lily. »Es ist mir etwas dazwischengekommen. Sagen Sie Brennan, dass ich einen Tag Urlaub nehme. Sie müssen meine Termine wahrnehmen.«

»Ist alles in Ordnung?«

»Meine Tochter ist unerwartet zu Besuch gekommen«, erzählte sie ihm. »Ich wäre Ihnen wirklich sehr dankbar, wenn Sie ein paar Dinge für mich erledigen könnten. Wie sieht Ihr Tag aus?«

»Nicht sehr voll«, sagte er nach einem Blick in seinen Computer. »Ich habe heute morgen zwei Gerichtstermine. Da es sich bei beiden um eine Anklageerhebung handelt, werde ich ziemlich schnell wieder raus sein. Ich wollte den Rest des Tages mit dem Middleton-Fall verbringen.«

»Gut«, sagte Lily. »Also Folgendes möchte ich von Ihnen. Hören Sie?«

»Schießen Sie los.«

»Rufen Sie Ron Spencer an und sprechen Sie mit ihm die Einzelheiten des Vergleichs durch, den wir seinem Mandanten, Mervin Hatteras, wegen der schweren Körperverletzung anbieten. Wie haben für nächste Woche ein Treffen anberaumt. Ich möchte sichergehen, dass die nicht irgendetwas Idiotisches aus dem Hut zaubern und mich zwingen, mit dem Fall vor Gericht zu gehen. Sie werden die Akte leicht finden. Sie liegt auf meinem Schreibtisch.«

»Ich habe noch nie von diesem Hatteras gehört«, jammerte Kingsley, weil er befürchtete, sie erwartete von ihm, einen Vergleich in einem Fall zu erzielen, von dem er rein gar nichts wusste.

»Es ist der Typ mit dem Spitznamen ›Wanze‹, erinnern Sie sich?«, sagte Lily. »Der vorbestrafte Drogendealer, der seine Konkurrenz ausschalten wollte. Sagen Sie Spencer, dass ich mit zwei Jahren Gefängnis einverstanden bin, wenn er wegen einfacher Körperverletzung auf schuldig plädiert. Stimmt sein Mandant zu, dann lassen wir die Anklage wegen schwerer Körperverletzung fallen und schließen den Fall ab. Der Mann, den Mervin niedergestochen hat, hatte ein ellenlanges Vorstrafenregister, hauptsächlich wegen unglaublich gewalttätiger Delikte.«

»Schön«, sagte Kingsley knapp. »Sonst noch was?«

»Lenora hat Deborah Saginaw befragt«, fuhr sie fort, »das Opfer in dem Bentley-Fall: Kindesmissbrauch. Ich habe bis jetzt nicht mit ihr darüber sprechen können. Finden Sie heraus, welche zusätzlichen Informationen sie vom Opfer bekommen hat, dann soll sie eine Kopie des Berichts zu mir nach Hause mailen. Ich bin sicher, dass dieser Fall vor Gericht kommt, also müssen wir so gut wie möglich vorbereitet sein.«

Kingsley machte sich, so schnell er konnte, Notizen, aber wenn Lily in einen höheren Gang schaltete, konnte man nur schwer mit ihr mithalten. »Kommen Sie morgen ins Büro?«

»Das weiß ich noch nicht«, sagte sie und warf einen Blick zur Eingangstür. »Was haben Sie im Labor über den Middleton-Fall herausbekommen? Irgendetwas Neues?«

»Ja«, sagte er und wähnte sich nun auf sicherem Terrain. »Ich habe versucht, alles über Strychnin herauszufinden. Wussten Sie, dass Dealer es benutzen, um damit Kokain, Heroin und Aufputschmittel zu strecken?«

»Nein«, sagte Lily und fragte sich, ob das für ihren Fall relevant war. »Meine Kenntnisse über Rauschmittel sind nicht besonders weit reichend. Ich habe nur gehört, dass Drogen mit Abführmitteln für Babys und solchen Dingen gestreckt werden.«

»Adams im Labor erzählte mir, dass unzählige Dealer Strychnin benutzen, weil es die Leute ähnlich aufputscht wie die normalen illegalen Drogen. Strychnin sensibilisiert die visuellen, auditiven und taktilen Reizrezeptoren, so dass der Konsument den Eindruck hat, er hätte LSD oder etwas Ähnliches bekommen.« Er schwieg einen Moment und blickte auf die Unterlagen vom Labor. »Vor Jahren benutzte man im Krankenhaus Strychnin auch als Gegenmittel bei einer Überdosis von Beruhigungsmitteln, bei einer Krankheit namens Schlafapnoesyndrom und einer Anzahl anderer medizinischer Probleme.«

»Antiquierte Behandlungsmethoden sind für uns nicht von Bedeutung, Matt.«

»Ich weiß«, sagte er. »Ich dachte nur, Sie sollten wissen, dass ein Dealer lediglich in ein Haushaltswarengeschäft gehen und behaupten muss, er hätte ein Problem mit Mäusen. Alle Produkte zur Schädlingsbekämpfung enthalten große Mengen von Strychnin.«

»Das haben wir doch schon geklärt«, sagte Lily, weil sie das Gefühl hatte, er verschwende nur ihre Zeit. »Aber die meisten Menschen benutzen solche Mittel gegen Schädlinge. Sie haben doch Jake Nash und die Leute von SOS ausgegraben, wo Middleton wahrscheinlich sein Strychnin her hat.«

»Bleiben Sie dran«, sagte Kingsley. »Ich muss einen Anruf entgegennehmen.«

Während Lily wartete, dachte sie über das nach, was er ihr erzählt hatte. Betsy Middleton hatte wahrscheinlich mit Strychnin versetzten Zucker zu sich genommen. Das Labor hatte Spuren beider Substanzen in dem Plastikstrohhalm gefunden, den Betsy laut Aussage der Middletons irgendwann zu Halloween bekommen hatte. Neben ihren normalen Medikamenten und dem Strychnin waren keine anderen Drogen oder Chemikalien im Verdauungssystem des Mädchens entdeckt worden. Aber als Betsy in die Notaufnahme gebracht wurde, hatten die Ärzte zunächst angenommen, dass die Anfälle und die anderen Symptome, die sie aufwies, etwas mit ihrer Krankheit zu tun hatten. Erst drei Tage später hatte ein Arzt etwas anderes vermutet und eine toxikologische Untersuchung angeordnet. Eine Droge wie Kokain aber war nach dieser Zeitspanne ebenso wenig nachzuweisen wie die meisten Amphetamine, da dieser Typus von Rauschmitteln schnell vom Körper aufgenommen und wieder ausgeschieden wurde.

»Tut mir Leid«, sagte Kingsley, als er wieder in der Leitung war. »Das war das Gericht, sonst hätte ich den Anruf nicht angenommen. Wo waren wir?«

Lilys Gedanken rasten. »Vielleicht ist doch was an dieser Sache mit dem Kokain dran«, sagte sie zu ihm. »Wir sind ja nur zu dem Schluss gekommen, dass der Träger für das Strychnin diese spezielle Süßigkeit war, weil die Middletons es behaupteten. Sie haben der Polizei ja sogar die leeren Plastikstrohhalme gegeben, damit sie im Labor untersucht werden konnten.«

»Ja, weil sie wollten, dass die Polizei glaubt, irgendein Irrer hätte das Strychnin einer Süßigkeit für Halloween zugesetzt«, entgegnete Kingsley eifrig. »Wir wissen, dass Henry es getan hat, Lily. Wir haben eine Zeugin, die gesehen hat, dass er genau solche Zuckerstrohhalme gekauft hat. Außerdem gab es in den letzten fünf bis zehn Jahren nur ein paar Einzelfälle, bei denen sich Leute zu Halloween an Süßigkeiten zu schaffen gemacht haben. Die meisten verantwortungsvollen Eltern untersuchen die Süßigkeiten ihrer Kinder sehr genau.«

»Sie behaupten, Betsy hätte es genommen, als sie gerade nicht hinsahen«, sagte Lily zu ihm. »Weil sie geistig und körperlich behindert ist, war Middleton vermutlich stolz darauf, dass ihm eine solch glaubwürdige Geschichte eingefallen ist. Ich bin sicher, er dachte dabei an die Leute, die zu Halloween Rasierklingen oder so etwas in Süßigkeiten verpacken. Denken Sie immer dran: Versetzen Sie sich in den Täter.«

»Das versuche ich ja, Lily«, sagte Kingsley und seufzte erschöpft. »Sie haben ja keine Ahnung, wie viele Stunden ich pro Tag diesem Fall widme.«

»Wenn Sie in der oberen Liga mitspielen wollen«, sagte sie, »dann werden Sie sich daran gewöhnen müssen. Wenn der Fall vor Gericht kommt, werden Sie froh sein, pro Tag zwei Stunden Schlaf einlegen zu können.«

»Ach du lieber Gott!«, wimmerte er und verfiel wieder in die Haltung eines verwöhnten Kindes, das sich überfordert fühlt.

»Trotzdem gut gemacht, Kingsley«, sagte Lily. »Ich schlage aber vor, Sie halten sich mehr an den Fall.«

Über der Veranda hingen Ampeln mit Pflanzen. Lily langte hinauf und zupfte ein abgestorbenes Blatt ab, dann lehnte sie sich an einen der hölzernen Stützpfosten. »Bevor wir Henry Middleton verurteilen können«, erklärte sie, »müssen wir genau wissen, was geschehen ist, und zwar nicht nur in der Nacht, in der das Verbrechen wahrscheinlich passierte, sondern auch in den Tagen zuvor. Was ist, wenn Henry oder jemand anders in diesem Haus Kokain oder andere Drogen nahm, die mit Strychnin versetzt werden? Ich erwähne Kokain, weil die Middletons wohlhabend sind und diese Droge meistens von Leuten genommen wird, die Geld haben. Was ist, wenn Betsy zufällig das Versteck entdeckt hat? Das hieße, das Ganze wäre nichts anderes als ein raffiniertes Vertuschungsmanöver.«

»Was ist mit Jake Nash?«, fragte Kingsley. »Unser Hauptmotiv lautet doch, dass Middleton Betsy vergiftet hat, um die Versicherung zu kassieren. Ihre Annahme geht aber in eine ganz andere Richtung.«

»Wenn Sie unbedingt jemanden verurteilen wollen«, erklärte Lily, »dann klammern Sie sich an alles, was irgendwie Sinn ergibt. Ich versuche nicht, Ihre Erkenntnisse in Bezug auf Nash zu unterhöhlen. Aber fragen Sie sich mal, was der Mann wirklich gesehen hat. Middleton ist zu den Schädlingsbekämpfern gegangen, hat mit den Mitarbeitern ein Schwätzchen gehalten und sich dann etwas seltsam benommen, als ihm eine Colaflasche aus der Jacke fiel. Das bedeutet einen riesigen Sprung, wenn wir die Geschworenen davon überzeugen wollen, dass Middleton von dieser Firma am helllichten Tage flüssiges Strychnin stahl und in einer Plastikflasche mit sich herumtrug, vor allem, weil Sie gerade betonten, wie leicht es für ihn gewesen wäre, es woanders zu bekommen.«

»Langsam, langsam«, sagte der Anwalt, noch aufgeregter als zuvor. »Ich habe nur erwähnt, dass Strychnin zum Strecken von Drogen benutzt wird, weil ich es für ein interessantes Faktum hielt. Und natürlich haben die meisten Leute, sogar Drogendealer, kein Problem, in einen Laden zu gehen und was immer sie wollen zu kaufen. Aber Middleton ist kein Drogendealer, und er hat kein Strychnin gekauft, um Ratten oder Mäuse los zu werden. Er plante ein schreckliches Verbrechen an seiner eigenen Tochter.«

»Verstehen Sie das nicht?«, sagte Lily, immer noch ganz begeistert angesichts der vielen Möglichkeiten, die der junge Anwalt ans Licht gebracht hatte. »Wir werden furchtbare Schwierigkeiten haben, kultivierte Geschworene aus Santa Barbara davon zu überzeugen, dass ein wohlhabender Kirchgänger aus ihrer fest zusammenhaltenden Gemeinde grausam genug war, aus Geldgier seine behinderte Tochter zu vergiften. Die Sache mit dem Strohhalm kann wichtiger sein, als Sie denken. Kokain wird schließlich geschnupft.«

»Und zwar mit aufgerollten Geldscheinen«, erwiderte Kingsley und erinnerte sich daran, dass einem Bericht zufolge die Hälfte des sich im Umlauf befindlichen Papiergelds Spuren von Kokain aufwies.

»Und mit Strohhalmen«, sagte Lily und sah Shana, die der Tür stand und sich die Augen rieb. »Wir sprechen später darüber. Lassen Sie sich das Ganze weiter im Kopf herumgehen und überprüfen Sie, wie alles ins Bild passt. Es reicht nicht, sich ein Motiv zurechtzulegen, das gut klingt. Wir müssen es auch hundertprozentig beweisen können. Vergessen Sie nicht, dass Betsy möglicherweise nicht mehr lebt, wenn es zu einem Prozess kommt. Wenn Sie von den Geschworenen verlangen, einen Mann zum Tode zu verurteilen, dann müssen Sie verdammt sicher sein, die Wahrheit auf Ihrer Seite zu haben.«

Kingsley schluckte, bevor er sagte: »Ich habe verstanden.«

Lily schaltete das Handy aus, legte es auf den runden Mammutbaumtisch, ging zu ihrer Tochter und umarmte sie. »Hast du gut geschlafen, Schatz?«

»Es ging«, sagte das Mädchen und sah in den Garten hinaus. »Ich habe die Rosen gar nicht gerochen. Was hast du gemacht? Hast du sie letzte Nacht alle heruntergeschnitten?«

Ihre Mutter lächelte und dachte daran, wie sie gefroren hatte, als sie in der Nacht zuvor mit einer Taschenlampe losgezogen war und alles gestutzt hatte. »Sehr gut beobachtet, Schatz«, sagte sie. »Ich glaube, du bist klüger als der Mann, den ich gerade am Telefon hatte, und er hat einen Harvard-Abschluss. Vielleicht sollten wir später einmal unsere eigene Anwaltskanzlei eröffnen.«

Shana machte ein langes Gesicht. »Klar«, sagte sie verbittert. »Sobald ich den Mord an dem armen Jungen abgesessen habe. Ich kann nicht glauben, dass er auch in der UCLA war, Mom. Was mache ich, wenn das die anderen erfahren?« Sie setzte sich auf einen der Stühle und legte den Kopf auf den Tisch. »Ich schätze, dein Wunsch geht in Erfüllung. Ich werde die Uni wechseln müssen, egal wie es ausgeht. Ich fliehe immer vor irgendetwas. Manchmal denke ich, das wird den Rest meines Lebens so gehen, so als würde ich diese schrecklichen Dinge anziehen. Du weißt schon, Karma oder so.«

Lily begann, die verkrampfte Schultermuskulatur ihrer Tochter zu massieren. »Soll ich uns Frühstück machen? Mit leerem Magen sieht alles viel düsterer aus. Ich verspreche, dass du nicht ins Gefängnis kommst, Shana. Dein Vater ist dafür verantwortlich, und er wird dafür büßen. Dafür sorge ich, und wenn es das Letzte ist, was ich tue.«

Shana hob langsam den Kopf. »Ich will nicht mit Dad reden. Ganz gleich, wie oft er noch anruft, verstanden? Für mich ist die Sache beendet, auch wenn er mein Vater ist. Ich habe seine Trägheit ertragen, seine ekelhafte Unordnung, sogar sein Trinken. Aber ich habe nie geglaubt, dass es so weit kommen würde und er jemanden tötet.«

»Du musst stark sein«, sagte ihre Mutter, aufgebracht, dass ihre Tochter in eine solche Lage geraten war. Irgendwie war es Ironie des Schicksals. Gerade noch hatte sie sich damit beschäftigt, wie ein anderer Vater das Leben seiner Tochter zerstört hatte. Gott sei Dank war Shana weder dem Tode nahe, noch lag sie im Koma, aber ihr Vater hatte sie in ernste Gefahr gebracht. Rührte das Problem daher, dass da jemand unfähig war, sich sein Scheitern einzugestehen? Sowohl Henry Middleton als auch John hatten finanzielle Probleme, und allem Anschein nach hatte sie das völlig aus der Bahn geworfen. »Wir überlegen uns etwas, wenn ich uns was zu essen gemacht habe.«

»Ich habe keinen Hunger.«

»Wenn du nichts isst, wirst du krank«, sagte Lily mit sorgenzerfurchter Stirn.

»Ich habe Magenkrämpfe«, entgegnete Shana. »Wenn ich etwas esse, kotze ich.«

Lily stellte sich vor sie. »Willst du nicht wenigstens ein Glas Milch?«

»Sicher«, zischte sie. »Füll sie in ein Fläschchen.«

»Was soll das heißen?«, sagte Lily getroffen.

»Du sollst mich nicht wie ein Baby behandeln«, sagte Shana. Aber als sie den verletzten Gesichtsausdruck ihrer Mutter sah, fügte sie hinzu: »Tut mir leid, Mom. Ich bin ekelhaft. Normalerweise besteht mein Frühstück aus Kaffee und einer Scheibe Toast. Aber da es schon so spät ist, könntest du mir eine Tasse Kaffee bringen. Wir können ja später was essen gehen.«

»Gut«, sagte Lily und öffnete die Tür mit dem Fliegengitter. »Und du brauchst dich nicht zu entschuldigen, Shana. Ich weiß, wie du dich fühlen musst. Wir müssen da einfach durch. Vertrau mir.«

Lily ließ sie auf der Veranda zurück, während sie den Kaffee holte. Aber als sie die Tasse hochhob, zitterten ihre Hände. Es war nicht fair, dass ihre Tochter wieder mit einem Riesenproblem konfrontiert wurde, wo sie so hart gekämpft hatte, um die Vergewaltigung zu überwinden. Ihr Gefühl von Sicherheit war erst vor kurzem erschüttert worden, als sie erfuhr, dass ihr Angreifer nicht länger hinter Gittern saß. Aber die Befragung auf dem Polizeirevier hatte Lily davon überzeugt, dass Shana einen Anwalt brauchte. Sie dachte an Richard Fowler. Shana kannte ihn, obwohl sie sich Jahre nicht gesehen hatten. Aber als Lily und Richard noch zusammengearbeitet hatten, hatte Shana sich sogar mit Richards Sohn angefreundet.

Als Lily mit dem Kaffee zurückkam, war Shana in Tränen aufgelöst. Lily setzte sich zu ihr und hielt ihr die Hand, während Shana am heißen Kaffee nippte. »Erinnerst du dich an Richard Fowler?«

»Natürlich«, sagte Shana und entzog Lily ihre Hand, sodass sie sich die Augen mit einem Zipfel ihres Sweatshirts trocknen konnte. »Ich habe vor etwa einem Jahr versucht, Greg ausfindig zu machen. Hat er schon seinen Abschluss?«

»Ja«, sagte Lily. »Ich habe neulich seinen Vater getroffen. Er vertritt hier in Santa Barbara einen Mandanten.«

»Ich dachte, er sei wie du Staatsanwalt.«

»Er hat jetzt eine Kanzlei in Ventura«, sagte Lily. »Wir könnten ihn anrufen und fragen, ob er heute Nachmittag vielleicht vorbeikommt.«

Lily sah, wie sich die Niedergeschlagenheit ihrer Tochter einmal mehr in Furcht verwandelte. Sie schlang sich die Arme um die Brust, als müsste sie sich zusammenhalten. »Gehst du mit ihm aus?«

»Wir sind Freunde, Shana«, antwortete ihre Mutter. »Wir haben viel miteinander erlebt. Er ist ein brillanter Anwalt. Wenn man ein Problem hat, ist es nicht das Schlechteste, gleich einen Fachmann anzurufen.«

»Aber sagtest du nicht gerade, die Polizei würde Dad für den Schuldigen halten? Warum brauche ich dann einen Anwalt?«

»Wie ich schon sagte«, erwiderte Lily. »Es ist immer klug, vorbereitet zu sein. Mir hat nicht gefallen, wie die Polizei dich gestern behandelt hat. Auf der anderen Seite müssen sie natürlich ihren Job machen, und das heißt, dass sie jede Möglichkeit ausschließen, dass du am Steuer deines Wagens gesessen hast. Du bist nicht angeklagt worden, sondern dein Vater, also haben sie das Verfahren bereits eröffnet.«

»Warum hast du ihn nicht einfach im Gefängnis gelassen?«

»Ich habe mir Sorgen um dich gemacht«, log Lily und blickte angestrengt auf einen Punkt über Shanas Kopf. Würde die Wahrheit irgendwann doch ans Licht kommen? Dass sie Johns Kaution nur bezahlt hatte, weil er gedroht hatte, sie wegen des Mordes an Bobby Hernandez zu verpfeifen. Ihr schauderte bei dem Gedanken, dass Shana nicht nur ihren Vater, sondern auch ihre Mutter unter Tatverdacht sähe.

Shana stand auf und zog sich eine Strähne ihres verstrubbelten Haars ins Gesicht. Selbst unter enormem Stress war sie noch bemerkenswert schön. Bei ihrer blassen Haut strahlten ihre blauen Augen wie kostbare Saphire. Die Sonne betonte die goldenen Reflexe ihres leuchtend roten Haares. Während ihre Mutter sie so ansah, hob sie anmutig ihr Kinn und blickte in den Himmel, als wünschte sie, sie könnte irgendwie fliehen und alle irdischen Probleme hinter sich lassen. »Ruf deinen Freund an«, flüsterte sie. »Du weißt schon, Richard.«

»Du könntest unter die Dusche gehen«, schlug Lily vor und schluckte vor Rührung. »Ich habe ein paar frische Handtücher ins Badezimmer gelegt. Und du findest in meinem Schrank sicher etwas zum Anziehen. Nimm dir, was du willst.«

»Ganz wie in alten Zeiten, nicht? Wie in Camarillo, als ich immer deinen Kleiderschrank plünderte.«

»Ja, genau«, sagte Lily. »Ich wünschte nur, die Umstände wären anders.«

»Es ist nicht wichtig, warum ich hier bin«, sagte Shana und wirkte plötzlich sehr erwachsen für ihr Alter. »Das Wichtigste ist, dass wir zusammen sind, Mom. Vielleicht muss etwas so Schreckliches geschehen, damit man merkt, was im Leben wirklich zählt. Wir waren immer stark, wenn wir zusammen waren. Marco Curazon mag uns verletzt haben, aber wir haben es überstanden. Und wir werden sicher auch dies überstehen.«

Kapitel 17

Energiegeladen und bereit, es mit der ganzen Welt aufzunehmen, platzte Fred Jameson durch die Tür zur Ermittlungsabteilung. Er blies in seine Hände. »Kann mal jemand die Klimaanlage hier runterstellen?«, rief er so laut, dass seine Stimme in alle Büronischen drang. »Ich komme mir vor wie in einem Kühlhaus. Hier drinnen ist es kälter als draußen. Merkt die Stadt nicht, dass sie das Geld des Steuerzahlers verschwendet?«

»Nun sei schon still, Jameson«, gab eine Männerstimme zurück. »Hier müssen ein paar für ihre Brötchen arbeiten.«

»Ach du Scheiße: Arbeiten?«, gab der Detective zurück. »Was genau machst du denn, Keith? Lädst du dir einen Porno aus dem Internet runter? Warum schickst du nicht den mit dem Mädchen und dem Hund an den Captain? Ich bin sicher, das macht ihn richtig an, obwohl ich gehört habe, er steht mehr auf Schafe.«

Keith Marconis Kopf tauchte über einer Trennwand auf. »Woher diese Energie heute morgen? Bist du gestern Nacht flachgelegt worden?«

Jameson zog sein Jackett aus und hängte es über die Rückenlehne seines Stuhls. »Du bist nah dran«, sagte er zu dem anderen, holte dann seinen Kamm hervor und fuhr damit durch sein frühzeitig ergrautes Haar. »Aber worauf ich gestoßen bin, könnte besser sein als Sex.«

Danach ließ er sich in seinen Stuhl fallen und wählte die

Nummer der Personalabteilung. »Detective Jameson hier«, sagte er. »Ich brauche die Nummer eines Angestellten, der bis vor sechs Jahren hier gearbeitet hat. Er war Detective der Mordkommission und heißt Bruce Cunningham. Das Letzte, was ich von ihm hörte, war, dass er jetzt in Omaha, Nebraska, lebt.«

Während er wartete, lehnte sich Jameson in seinem Stuhl zurück, legte seine Füße auf den Schreibtisch, nahm sich einen gelben Notizblock und starrte auf den Bildschirm seines Computers. Die Nachricht über Lily Forrester war schon am Vortag bei ihm eingegangen, aber er war wegen eines anderen Mordes nicht im Büro gewesen und hatte erst am Abend, zu Hause, die Anrufe überprüft.

»Tut mir Leid«, sagte Robbie Johnson. »Das Einzige, was ich hier über Bruce Cunningham habe, ist, dass er von Oxnard zum Police Department in Omaha versetzt wurde. Aber da er von der Gemeinde Ventura keine Pension bekommt, haben wir in seiner Akte weder die Adresse noch die Telefonnummer verzeichnet. Um ehrlich zu sein, wir haben eine ziemliche Menge an Daten verloren, als die beiden Departments zusammengelegt wurden. Oxnard muss immer noch alles in den Computer eingeben. Sie können sich nicht vorstellen, wie viele Kisten mit Unterlagen hier gelandet sind.«

»Danke«, sagte Jameson und fand, dass er mehr erfahren hatte, als er eigentlich wissen wollte. Sein Glück, wenn er eine Frau am anderen Ende der Leitung hatte, die seit zwanzig Jahren für das Department arbeitete.

Anstatt noch weiter Cunninghams Spur nachzugehen, rief er im Zentralarchiv an. »Hey, Wayne«, sagte er, als er die Stimme des Officers erkannte. »Könnt ihr Jungs mal rausfinden, was wir über einen ungelösten Mord haben? Geschah vor etwa sechs Jahren in Oxnard. Der Name des Opfers war Bobby Hernandez.«

»Wie lautet die Nummer des Falls?«, fragte eine mürrische Stimme zurück. »Weißt du, wie viele Behälter mit Beweismaterial wir hier mit dem Namen Hernandez haben?«

»Verdammt«, sagte der Detective, »muss ich jetzt wirklich die Fallnummer wissen? Komm schon, Wayne, mach mal 'ne Ausnahme! Ihr Jungs wisst doch, wie ihr so was in fünf Sekunden im Computer findet.«

»Nichts da«, gab der Sergeant zurück. »Meine Leute stecken bis zum Hals in Arbeit.«

Kaum hatte Jameson aufgelegt, schob er den Stuhl an seinen Schreibtisch heran und starrte auf den Computer. Er hatte sich immer noch nicht damit vertraut gemacht, obwohl er mittlerweile einsah, dass er keine Alternative hatte. Trotzdem hatte er immer noch das Bedürfnis, seine Waffe rauszuholen und aus bloßem Vergnügen daraufzuballern. Erst war da das Problem mit dem Jahr 2000 gewesen, wo alle dachten, der Weltuntergang sei nahe. Und jetzt waren die Leute so damit beschäftigt, im Internet herumzusurfen, dass niemand mehr zum Arbeiten kam. Bald würde man einen Computer brauchen, der einem sagte, dass es Zeit zum Pinkeln war.

Die Information, nach der er suchte, war vielleicht noch nicht einmal in der Hernandez-Akte, da der Fall schon seit einiger Zeit abgeschlossen war. Soweit er wusste, war es möglich, dass die Sachbearbeiter noch nicht sämtliche Einzelheiten in den Computer eingegeben hatten. Aber bevor er sich wilden Fantasien über seine Rache an Lily Forrester hingab, musste er sichergehen, dass genügend Beweise vorhanden waren, einen so alten Fall wieder aufzurollen. Allerdings war die Lage durch die Zusammenlegung der beiden Departments nicht gerade einfacher geworden, wie die gute alte Robbie Johnson ihm eben mitgeteilt hatte. Es waren sogar einige laufende und aussichtsreiche Fälle den Bach runtergegangen, weil wichtiges Beweismaterial auf dem Transport von Oxnard nach Ventura verloren gegangen oder beschädigt worden war. Er gab den Namen Bobby Hernandez als Suchbezeichnung ein und wartete, bis der Computer meldete, es gäbe dazu 4838 Einträge. Großartig, dachte er. Ihm blieb also nur noch, Cunningham aufzuspüren. Wenn sonst nichts mehr ging, erinnerte sich der ehemalige Detective vielleicht an genügend Einzelheiten, um die Parameter seiner Suche einzugrenzen.

»Wie war noch der Name der Firma?«, fragte er die Telefonistin im Police Department von Omaha.

»Jineco Equipment Corporation«, antwortete sie. »Ihr Geschäft ist an der Ecke Vierundachtzigste und »L«, das ist die größte Kreuzung in Omaha.«

»Hey, Lady«, sagte Jameson. »Ich bin in Kalifornien. Ich will nicht wissen, wo das Geschäft ist. Ich will nur die Telefonnummer.«

Er wählte die gebührenfreie Nummer, die sie ihm genannt hatte, und innerhalb von ein paar Minuten sprach er mit Bruce Cunningham. Er erklärte ihm, dass er seine Fälle übernommen hatte, und wusste, dass er höflich sein und sich nach seiner neuen Beschäftigung erkundigen musste. Obwohl Cunningham in Polizeikreisen ziemlich berüchtigt gewesen war, hatten sich die beiden Männer nie kennen gelernt. »Wir verkaufen und warten elektrische Reinigungsgeräte und verschiedene landwirtschaftliche Maschinen, die meisten von einer Firma namens Karcher. Kennen Sie sich mit Reinigungsgeräten aus?«

Jameson kritzelte Männchen auf seinen Notizblock. »Warum haben Sie nicht bei einem Sicherheitsdienst angefangen? Für jemanden mit Ihrer Erfahrung wird viel gezahlt. Sagen Sie nicht, Sie verkaufen lieber!«

»Darauf können Sie wetten«, antwortete Cunningham. »Mir macht meine Arbeit Spaß, Fred. Sie sagten doch, Ihr Name sei Fred, oder?«

»Ja«, sagte der andere und dachte, jetzt könnte er langsam zur Sache kommen. »Ich rufe wegen eines alten Mordes an, den Sie bearbeitet haben. Der Name des Opfers war Bobby

Hernandez. Wir haben ein paar neue Informationen bekommen, die ziemlich brisant sind. Das Problem ist nur, ich habe Schwierigkeiten ...«

Cunningham unterbrach ihn. »Was für Informationen sind das genau?«

Es wurde still in der Leitung. Jameson war auf Cunninghams Kooperation angewiesen. Trotzdem musste er berücksichtigen, dass der Mann nicht mehr bei der Polizei war. »Sie wissen doch, wie die Dinge laufen, *Bruce*«, sagte er. Wenn Cunningham ihn nach kurzem Wortwechsel mit Vornamen anredete, würde er das wohl auch können. Er ahnte, dass der Ruf des ehemaligen Detectives nicht ein Produkt von Gerüchten und Übertreibungen war, wie das normalerweise der Fall war. Es war clever, Förmlichkeiten zu überspringen, um das Gespräch sofort auf eine andere Ebene zu bringen. »Die meisten Anhaltspunkte, die sich so spät ergeben, stellen sich im Allgemeinen als Zeitverschwendung heraus. Aber ich dachte, ich könnte vielleicht Ihr Gehirn anzapfen, Sie wissen schon, sehen, an was Sie sich erinnern.«

»Haben Sie nicht eben von etwas Brisantem gesprochen?«

Jameson war baff. Er konnte sich nicht daran erinnern, so etwas erwähnt zu haben. Er wusste, er hatte daran *gedacht*, wie viel Aufsehen sie erregen würden, wenn sie Lily Forrester wegen Mordes anklagten, aber nun musste er annehmen, dass ihm dieses Wort einfach entschlüpft war. Es war schon unheimlich, wenn man sich dabei ertappte, dass man Dinge sagte, die man nicht hatte sagen wollen. Vor ein paar Jahren hatte er mit einem Cop zusammengearbeitet, der das seltene Talent besaß, aus den Leuten Geständnisse herauszuholen. Und ein paar alte Hasen hatten ihm erzählt, dass Cunningham berühmt dafür war, dass selbst die hartgesottensten Verbrecher bei ihm zusammenbrachen und sich die Seele aus dem Leib redeten. Wenn ein Mann diese

Fähigkeit besaß, musste man extrem vorsichtig sein. »Sie wissen doch sicher«, fuhr er fort und hielt vor jedem Wort inne, »dass die Vorschriften mir verbieten, Details über eine Untersuchung preiszugeben.«

»Ich muss mich um einen Kunden kümmern«, sagte Cunningham knapp. »Einen schönen Tag noch, Fred.«

Als Jameson das Freizeichen hörte, warf er den Hörer in die Luft und sah zu, wie er auf den Schreibtisch knallte. »Dieser hinterhältige Scheißkerl«, rief er. Dann stand er auf und lief in seinem winzigen Büro im Kreis.

»Hör um Gottes willen mit deinen Selbstgesprächen auf«, sagte eine Kollegin, die gerade vorbeiging.

»Warte mal, Sandy«, antwortete er und trat in den Gang hinaus. »Gehst du in die Küche? Dann bring mir doch einen Kaffee mit, ja?« Ein weiterer Schuss Koffein, dachte er, sorgte vielleicht für einen klaren Kopf und würde ihm helfen, eine Lösung zu finden, wie er Cunningham dazu brachte mitzuarbeiten, ohne dass er am Ende mehr über den Fall wusste als er selbst. Er hatte allerdings schon fünf Tassen intus, und jeder im Büro hielt ihn für einen Koffeinjunkie. Nun, jeder hatte seine Dämonen. Lieber den ganzen Tag Kaffee trinken als jeden Abend einen Kasten Bier.

Sandy Weinberg war eine stattliche Brünette und nicht gerade hübsch. Aber nach zehn Jahren bei der Truppe genoss sie höchsten Respekt. »Hol ihn dir selbst, Fred.«

»Danke«, brüllte er, damit jeder ihn hörte. »Was soll das? Ist heute Fred-Mobbing-Tag?«

Er riss sein Jackett vom Stuhl und beschloss, dass es Zeit war zu gehen. Er hatte eine frische Leiche in der Pathologie und zwei Morde, die in wenigen Wochen vor Gericht kamen. Also mussten Lily Forrester und ihre angebliche Verbindung zum Hernandez-Mord wohl warten.

Kapitel 18

Kurz nach drei ging Shana ins Gästezimmer, um sich ein bisschen hinzulegen. Gerade als Lily ihren Laptop auf die Veranda brachte, weil sie versuchen wollte, etwas zu arbeiten, rief John an. Sie ging in ihr Schlafzimmer und schloss die Tür hinter sich.

»Wo ist Shana?«, fragte John, außer sich vor Sorge. »Ich dachte, sie hätte letzte Nacht bei einer Freundin geschlafen und wäre dann zur Uni gegangen. Ich habe überall angerufen. Niemand hat sie gesehen. Diese Jennifer, mit der sie ständig herumhängt, sagt, dass Shana heute Morgen noch nicht mal in der Uni war.«

»Sie ist bei mir.«

»Du Miststück«, schrie er wütend. »Du hast sie nach Santa Barbara mitgenommen? Du hättest nicht mal anrufen können ...«

Lily wollte das Gespräch schon beenden, dachte aber dann, dass er sofort zurückrufen würde. »Du hast nicht nur diesen Jungen umgebracht, John, du hast es auch noch mit dem Wagen deiner Tochter getan.«

»Ich habe niemanden umgebracht.«

»Wann hörst du endlich auf zu lügen?«

»Lügst du etwa nicht?«, schoss er zurück. »Alles klar, Lily. Erzähl mir nicht, du hättest in Bezug auf die Schießerei mit diesem Hernandez nicht gelogen. Zumindest bringe ich nicht andere Leute für genau das hinter Gitter, was ich ebenfalls verbrochen habe. Du bist eine Heuchlerin, Lily, eine verdammte Heuchlerin.«

»Das Labor hat Spuren vom Opfer am Fahrwerk von Shanas Mustang gefunden«, teilte sie ihm mit. »Wir haben gestern Abend stundenlang auf dem Polizeirevier gesessen. Weil der Wagen auf Shana eingetragen ist und sie zum Zeitpunkt des Unfalls allein zu Haus war, halten sie sie für eine Verdächtige. Sie denken, dass sie den Jungen möglicherweise sogar gekannt hat, weil beide auf die UCLA gingen.«

»Spuren? Sagtest du Spuren?« John traute seinen Ohren nicht und war tief beschämt. Sie versuchte, ihn zu quälen, ihn zu bestrafen. »Warum sagst du so etwas? Weil du deinen kostbaren Job vernachlässigen musstest, um die Kaution für mich zu hinterlegen? Du hast ja noch nicht mal bis zu meiner Entlassung warten können, um mich nach Hause zu fahren. Ich musste mein letztes Geld für ein Taxi ausgeben. Hör also auf, deine miesen Spielchen mit mir zu spielen, Lily!« Er schwieg und holte tief Luft. »Die Polizei hat nicht genügend Beweise, um jemanden zu verurteilen, und schon gar nicht Shana. Mir haben sie nichts von Spuren gesagt.«

»Es braucht seine Zeit, bis das Labor einen Wagen untersucht hat«, gab Lily zurück. »Ich sage die Wahrheit. Die Polizei weiß jetzt, dass derjenige, der den Jungen umgebracht hat, den Mustang fuhr. Sie wissen nur noch nicht, ob du es warst oder Shana.«

»Du machst mich noch ganz verrückt«, sagte John. »Gott, sag mir, dass das nicht die Wahrheit ist.«

Lily stand jetzt im Badezimmer über dem Waschbecken und sah sich selbst im Spiegel. Rasender Zorn stieg in ihr hoch. Es war erschreckend, dies in ihrem Gesicht zu beobachten. Der Zorn funkelte in ihren Augen, ein Muskel zuckte auf ihrer Stirn, und ihre Lippen waren zu einem schmalen Strich zusammengepresst. »Du bist schon verrückt«, zischte sie. »Und nicht nur das, du hast auch deine Tochter verloren.«

»Hol sie ans Telefon!«

»Sie will nicht mit dir sprechen.«

»Das ist dein Werk«, knurrte John. »Das ist doch genau das, was du wolltest: uns auseinanderbringen.«

Lily versteifte sich und sagte nichts.

»Wir hatten doch alles«, fuhr er fort. »Wir hatten ein schönes Haus. Ich hatte einen guten Job bei der Regierung. Shana war Cheerleader und das beliebteste Mädchen der ganzen Schule. Und du hast unser Leben zerstört. Was meinst du, warum ich angefangen habe zu trinken? Was meinst du, warum Shana nicht bei dir wohnen wollte?«

»Du hast diesen Jungen umgebracht«, sagte Lily so ausgelaugt, dass sie kaum sprechen konnte. »Er studierte an der UCLA, John. Ich muss jetzt einen Anwalt für Shana bezahlen. Sie hat Angst, zur Uni zu gehen, weil die Leute erfahren werden, was los ist.«

»Du bist die kaltblütige Mörderin«, schrie John. »Wenn du einen Fehler machst, sollen alle wegsehen. Aber nicht, wenn der böse alte John einen macht, nicht? Nein, *ich* werde alles verlieren. *Ich* werde ausgemustert. *Ich* bin der Abschaum der Menschheit. Das erzählst du Shana doch, oder? Du hast doch auf so etwas gewartet, damit du mich gegen sie aufhetzen kannst.«

»Ich will, dass du aus dem Haus verschwindest«, zischte Lily. »Ich gebe dir keinen Penny mehr. Du hast drei Tage, um auszuziehen.«

»Ich habe kein Geld mehr«, jammerte er. »Ich habe noch nicht mal mehr ein Auto. Wie soll ich eine Wohnung finden? Du musst mir helfen!«

»Du bist auf dich gestellt, John«, sagte sie. »Der einzige Mensch, um den ich mich kümmern muss, ist Shana.«

»So lass ich dich nicht davonkommen«, schrie er wieder. »Du willst Krieg? Auch gut! Dann pass auf, wie du dich fühlst, wenn dein Arsch auf dem elektrischen Stuhl klebt. Es wird dir noch Leid tun!«

»Mir tut es schon Leid«, sagte Lily und schlug mit der Hand gegen die Badezimmerwand.

»War jemand hier?«, fragte Shana, als sie kurz nach Johns Anruf aus dem Gästezimmer kam. »Ich habe geschlafen, aber dann meinte ich, jemanden streiten zu hören.«

»Es war niemand hier.« Lily ging mit ihrer Tochter im Schlepptau ins Wohnzimmer und nahm alle Kraft zusammen, um ihre Fassung wiederzugewinnen. »Richard kommt heute Abend. Wir haben Glück, weil er morgen einen Gerichtstermin hier hat. Er sagt, er hätte schon ein Zimmer in einem Hotel reserviert. So braucht er nicht mehr nach Hause zu rasen.«

Shana trug ein Paar beige Hosen und einen braunen Pullover von ihrer Mutter und tat so, als hätte sie nichts von dem mitbekommen, was Lily sagte. »Das war Dad am Telefon, stimmt's?«

»Ich will dich nicht anlügen«, sagte ihre Mutter achselzuckend. »Du hast gesagt, du wolltest nicht mit ihm sprechen. Ich habe ihm das nur ausgerichtet und noch ein paar Worte dazu gesagt.«

Shana schüttelte den Kopf. »Hat die Polizei sich noch einmal bei ihm gemeldet?«

»Nein, Schatz«, sagte Lily und klopfte auf das mit Blumen bedruckte Sofa. »Komm, setz dich zu mir. Ich glaube nicht, dass in den nächsten Tagen etwas passiert. Die meisten Untersuchungen verlaufen so. Sie warten erst, bis der gerichtsmedizinische Bericht fertig ist, und versuchen, so viele Zeugen wie möglich zu finden. Im Grunde bauen sie ihren Fall auf wie ein Zimmermann ein Haus.« Sie fragte sich, wie viel Shana noch von den Monaten nach der Vergewaltigung in Erinnerung geblieben war, und blickte sie verstohlen an. Erinnerte sie sich noch an den Tag, an dem sie ins Polizeirevier von Ventura gegangen waren, um sich Fotos von Verdächtigen anzusehen?

Lily nahm sich ein Sofakissen, schlang ihre Arme darum und betete, dass ihre Tochter diesen Tag vergessen hatte. Nach dem Streit mit John war es noch wahrscheinlicher, dass er seine Drohungen wegen ihrer Verstrickung in den Mord an Hernandez wahr machen würde. Shana beschäftigte sich mit einem Artikel aus einer Fachzeitschrift der Amerikanischen Anwaltskammer, die sie sich vom Couchtisch genommen hatte. Als Lily das Profil ihrer Tochter betrachtete, verwandelten sich ihre Züge wieder in die des dreizehnjährigen Mädchens zum Zeitpunkt der Vergewaltigung. Ohne dass es ihr bewusst wurde, war sie plötzlich wieder in der Vergangenheit.

»Okay, Folgendes werden wir heute tun«, sagte Margie Thomas, eine Ermittlerin der Polizei von Ventura. »Ich habe ein paar Bilder von Männern vorbereitet, die dem Mann ähneln, den du und deine Mom beschrieben haben und die von ihrer Vorgeschichte her als Täter in Frage kommen. Du kannst dir an meinem Schreibtisch die eine Hälfte ansehen, Shana, während deine Mom in einem anderen Zimmer sitzt und sich den anderen Teil der Bilder ansieht. Wenn du einen siehst, der dem Mann ähnlich sieht, der euch überfallen hat, dann schreibst du dir die Nummer neben dem Namen auf. Vielleicht denkst du bei mehreren Bildern, dass er es sein könnte, aber das macht nichts. Du musst einfach nur alle Nummern notieren.« Sie hielt inne und konzentrierte sich auf Shana, da sie wusste, dass Lily sich mit der Prozedur nur zu gut auskannte. »Wenn du glaubst, jemanden zu erkennen, dann können wir ihn zu einer Gegenüberstellung auf die Wache holen, damit du dich überzeugen kannst.« Sie stand auf und fügte hinzu: »Wenn du Fragen hast – ich bin immer in der Nähe.«

Lily ging die Fotos durch und erkannte einige Männer,

die sie vor Jahren auf der Anklagebank gesehen hatte. Sie war erstaunt, dass sie wieder frei herumliefen, und versuchte, sich die Einzelheiten des jeweiligen Falles ins Gedächtnis zu rufen. Die Fotos und ihre Aufmachung erinnerten sie an die Muster für Porträtfotos, die Fotografen ihren Kunden vorlegten. Dabei fiel ihr ein, dass es über ein Jahr her war, dass sie ein Foto von Shana hatte machen lassen. Sie blickte durch die Scheibe und sah Shana, die an Margies Schreibtisch jedes Bild aufmerksam betrachtete. Wenn Hernandez Patricia Barnes ermordet hatte, um zu verhindern, dass sie gegen ihn aussagen konnte, was er nach Lilys Ansicht von Anfang an hatte tun wollen, dann hätte er bei ihr und ihrer Tochter ebenso handeln können. Vielleicht hatte Gott sich eingeschaltet und ihr die Hand in jener Nacht geführt.

Sie war so tief in Gedanken versunken, dass sie aufsprang, als sich die Tür öffnete und Margie mit Shana erschien. Shana war aschfahl, ihre Augen waren weit geöffnet, und sie war sichtlich erregt. Margie wollte gerade etwas sagen, aber Shana platzte heraus: »Ich hab ihn gefunden! Ich weiß, dass er es ist. Ich bin sicher. Zeigen Sie es ihr«, drängte sie Margie. »Sie erkennt ihn bestimmt auch.«

Lily spürte, wie ihr der Schweiß aus allen Poren ausbrach, und wusste, dass sie in wenigen Sekunden klitschnass sein würde. Sie erwartete den jähen Schmerz in der Brust, der einem Herzanfall vorausging, und fühlte, wie das Blut aus ihrem Gesicht wich.

Margie bemerkte sofort, wie schlecht es ihr ging. »Mein Gott, wie sehen Sie denn aus?«, sagte sie und drehte sich aufgeregt zu Shana um. »Bring deiner Mutter schnell ein Glas Wasser aus dem Kaltwasserbehälter, ganz hinten in dem Raum, in dem du gerade warst. Und nimm ein paar feuchte Papiertücher aus der Toilette mit. Beeil dich!«

»Soll ich einen Krankenwagen rufen?«, fragte Margie, als sie sah, wie Schweißflecken auf Lilys hellgrüner Bluse er-

schienen und ihr Gesicht plötzlich schweißüberströmt war. »Haben Sie Schmerzen in der Brust?«

Lily versuchte, kontrolliert zu atmen und sich zu beruhigen. Sie hatte das Gefühl, als ob sich ein enges Band um ihre Brust legte. Es war wahrscheinlich nur ein Anfall von Panik. Shana hatte ein Bild von einem Mann gesehen, der Hernandez ähnelte, und sie würde erkennen, dass dies der Falsche war, sobald sie ihn bei der Gegenüberstellung sah. »Es geht schon. Es ist einfach zu viel, denke ich.«

Shana kam zurück; ihre Lippen waren ganz schmal vor Sorge. Sie brachte feuchte Papiertücher und einen Becher mit eisgekühltem Wasser. Sie gab beides ihrer Mutter und trat einen Schritt zurück, während sie Lily beobachtete, die sich mit den Tüchern über das Gesicht fuhr, ihren Nacken betupfte und einen Schluck Wasser aus dem Styroporbecher nahm. Die nassen Papiertücher legte sie sich in den Nacken. »Es geht schon wieder«, beruhigte sie Shana. »Ich bin gleich bereit. Gleich sehe ich mir das Foto an.«

»Entspannen Sie sich«, sagte Margie. »Sie können auch nach Hause gehen und morgen wiederkommen. Ein Tag mehr oder weniger …«

»Nein«, sagte Shana, ihre Stimme lauter als sonst, insistierend, »zeigen Sie es ihr jetzt! Dann können Sie ihn ins Gefängnis stecken.«

Die Beamtin wandte sich zu Shana und nahm ihre Hand. »Warte noch einen Moment, Schätzchen. Für deine Mutter ist das auch eine schwierige Zeit. Wenn sie ebenfalls der Meinung ist, dass dieser Mann so aussieht wie der, der euch überfallen hat, können wir trotzdem nicht einfach hingehen und ihn festnehmen. Erst müsst ihr ihn bei einer richtigen Gegenüberstellung erkennen, und dann muss uns ein Richter einen Haftbefehl ausstellen, damit wir ihn festnehmen können.«

Shana blickte Lily ungeduldig an. Es war ihr egal, wie ihre Mutter sich fühlte, sie wollte nur, dass Lily ihre eigene

Aussage bestätigte. Lily bemerkte Shanas Erregung, ihr Atem ging hastig.

»Gut«, sagte Lily. »Wo sind die Fotos?«

Die Beamtin forderte Shana auf, wieder an den Schreibtisch in dem anderen Zimmer zu gehen, und reichte Lily einen neuen Stapel Fotos, der sich von dem ersten nicht unterschied.

»Sehen Sie sich die Aufnahmen genau an, und machen Sie nicht einfach eine Angabe, nur weil Shana gesagt hat, sie hätte jemanden erkannt. Ich hatte ihr gesagt, sie solle draußen bleiben, aber sie ist mir nachgelaufen. Wenn Sie auf jemanden tippen, muss das völlig unabhängig sein.« Sie überzeugte sich, dass Lily ihre Fassung wiedergewonnen hatte, und sagte: »Ich warte draußen. Kommen Sie heraus, wenn Sie fertig sind.«

Diesmal betrachtete Lily jedes Bild mit großer Aufmerksamkeit. Sie wollte den Mann sehen, den Shana erkannt hatte. Sie war sicher, dass er Hernandez ähnlich sah, denn schließlich sah die halbe Einwohnerschaft von Oxnard Hernandez ähnlich. Ab und zu schaute sie durch die Glasscheibe, aber Shana saß außerhalb ihres Blickfelds. Wahrscheinlich hatte Margie sie in den Ruheraum gebracht oder ihr den Getränkeautomaten gezeigt. Es war etwa das zwanzigste Foto, von dem er ihr plötzlich entgegenstarrte.

Mein Gott, dachte sie. Ein Doppelgänger. Kein Wunder, dass Shana so aufgeregt war. Auch wenn er nicht der Richtige war, so versetzte sie der Anblick des Gesichts wieder in jene Nacht zurück, ließ sie das Gefühl der Furcht und der Erniedrigung erneut erleben. Der Schmerz angesichts dessen, was ihre Tochter erlitten hatte, war überwältigend. Das Gesicht glich dem Täter aufs Genaueste: Seine Augen, seine Nase und sein Mund waren fast identisch, selbst der Haarschnitt war ähnlich. Allerdings sah er jünger aus, und Lily wusste, dass es nicht der Täter war. Er konnte es nicht sein: Der Täter war tot.

Sie ließ sich Zeit und studierte sein Gesicht genau. Fotos, das wusste sie, verfälschten die Wirklichkeit. Sie waren zweidimensional, und dieser Mann konnte in Wirklichkeit, wenn man ihn von der Seite oder wenn man seinen ganzen Körper sah, ganz anders aussehen. Sie nahm die Papiertücher von ihrem Nacken, die Krise war vorüber. Spiel das Spielchen einfach mit, sagte sie sich, sag, dass er dem Täter ähnlich sieht, denn es zu leugnen, wäre absurd. Nach einer Gegenüberstellung, bei der Lily ihn nicht als Täter identifizieren würde, konnte der Mann unbescholten von dannen ziehen. Sie nahm den Stapel Fotos und verließ den Raum. Margie und Shana kamen gerade durch die Tür zum Büro. Shana hatte eine Cola in der Hand und wirkte ruhiger, aber immer noch angespannt. Lily hatte einen Finger auf der Seite mit dem Foto, von dem sie annahm, dass Shana es ausgesucht hatte.

Sie trafen sich in der Mitte des Raums. »Ich muss zugeben, dass einer dabei ist, der es sein könnte, aber ich bin mir ziemlich sicher, dass er es nicht ist«, sagte Lily ohne Regung. Sie sah die Enttäuschung in Shanas Augen und fügte schnell hinzu: »Aber er könnte es sein. Vielleicht sollte man weiter nachforschen.«

Sie legte den Stapel auf Margies Tisch und zeigte mit dem Finger auf sein Gesicht. »Nummer sechsunddreißig.«

»Das ist er«, sagte Shana und wandte sich an die Beamtin. »Ich hab's Ihnen gesagt. Das ist er. Nummer sechsunddreißig.«

»Shana, ich bin mir nicht so sicher wie du, das muss ich dir gleich sagen. Außerdem habe ich ihn mir genau angesehen, als er weglief. Du warst ja völlig außer dir in diesem Moment.«

Sie sah ihn im Lichtstrahl vom Badezimmer stehen: das rote Sweatshirt, das Profil – seinen Kopf, als er sich vorbeugte, um den Reißverschluss seiner Hose zu schließen. Sie blickte wieder auf das Foto und dann auf die anderen

Bilder. Von sechs Männern trugen zwei rote T-Shirts oder Sweatshirts. Dann blätterte sie noch einmal die Seiten durch und sah noch mehr rote Hemden. Ein Mann trug eine goldene Kette mit einem Kreuz. Sie blätterte um und sah noch eine Kette mit Kreuz, nur kleiner. Wenn sie ihrer Fantasie freien Lauf ließ, würde sie wahrscheinlich in der Irrenanstalt landen. Der Mann, den sie erschossen hatte, war der Täter. Das war das Ende, fertig.

»Mom, du hattest doch deine Brille nicht auf, und jetzt trägst du sie auch nicht«, empörte sich Shana. »Er hat mich vergewaltigt, und ich kann sehr gut sehen.« Sie drehte sich zu Margie um und sagte schnippisch: »Sie soll die Brille auch beim Autofahren tragen, aber das tut sie nie.«

»Ich brauche sie eigentlich nur zum Lesen – ich bin ein bisschen weitsichtig«, stellte Lily die Sache richtig. »Ist ja auch egal, es bringt uns nicht weiter, wenn wir jetzt darüber streiten. Können Sie den Mann zu einer Gegenüberstellung vorladen?«

»Ich kümmere mich sofort darum und rufe Sie an, sobald es sich einrichten lässt. Am besten gehen Sie jetzt nach Hause und denken nicht mehr daran.« Als Shana zur Tür ging, warf Margie Lily aus ihren Liz-Taylor-Augen einen Blick zu und zuckte mit den Achseln. »Das Leben ist ganz schön grausam, wie?« sagte sie.

»Da haben Sie Recht«, erwiderte Lily und beeilte sich, Shana einzuholen.

Margies Stimme hallte in dem großen Raum wider, als sie ihr nachrief: »Ach, es ist sicher unnötig, das zu sagen, aber es wäre vielleicht nicht schlecht, wenn Sie Ihre Brille zu der Gegenüberstellung mitbringen könnten.«

Als Lily aus dem Gebäude trat, wartete Shana schon an der Beifahrertür des Honda. Lily ließ den Wagen an und erklärte betont sachlich: »Sie bringen ihn zu einer Gegenüberstellung her, und dann werden wir ja weitersehen, okay?«

»Er ist immer noch da, jetzt weiß ich es. Ich dachte, er würde weglaufen. Hat er aber nicht getan. Er ist immer noch da. Du hast mir gesagt, dass er weit weggehen und nie wieder zurückkommen würde, damit man ihn nicht fassen könnte.«

Lily zögerte; sie war unsicher und wusste nicht, was sie antworten sollte. Vielleicht sollte sie die Therapeutin anrufen und um einen Termin für Shana bitten, gleich morgen. Ihr Gefühl sagte ihr, dass es richtig war, Shanas aufsteigende Angst zu beschwichtigen, auch wenn sie wütend wurde. »Ich glaube wirklich, dass er schon lange weg ist, Schatz, und ich habe ja schon gesagt, dass ich nicht glaube, dass er es ist. Ich kann die Dinge, die weiter weg sind, viel besser sehen als die nah vor mir – das bedeutet ja, weitsichtig zu sein. Als er nah war, war es dunkel, und als er weglief, war er weiter entfernt und im Licht.« Sie griff nach Shanas Hand und drückte sie fest. »Ich glaube, dass der Mann auf dem Foto nicht der Täter ist. Er ist nicht mehr da. Du bist doch ein kluges Mädchen. Du weißt, dass viele Menschen sich ähnlich sehen. Wir sehen uns auch ähnlich, außer, dass ich natürlich viel älter bin. Wenn wir gleichaltrig wären, würden uns die Leute vielleicht auch verwechseln. Verstehst du?«

Shana drehte das Radio an und stellte einen Sender mit Rockmusik ein. Dann sagte sie über die Musik hinweg: »Er war es, Mom. Wenn du deine Brille aufsetzt, wirst du ihn erkennen.«

Kapitel 19

Gestärkt vom Mittagessen und einem doppelten Espresso ging Detective Jameson mit großen Schritten zurück ins Büro und nahm sich seine Nachrichten in der Hoffnung vor, dass Cunningham aus Neugier doch zurückgerufen hatte. Nein, Pech gehabt, dachte er, setzte sich hin und wählte ein zweites Mal die gebührenfreie Nummer. »Bruce Cunningham, bitte«, sagte er, als eine weibliche Stimme in der Leitung ertönte.

»Geht es um einen Auftrag?«

»Ja«, log er. »Ich brauche etwa fünfhundert von diesen Reinigungsgeräten und zwar heute noch.«

»Wie lautet der Name Ihrer Firma«, fragte die Frau klar und berufsmäßig.

»Oh, Bruce und ich sind alte Kumpels«, sagte Jameson und nahm seine alte Sitzposition mit den Beinen auf dem Schreibtisch wieder ein. »Ich bin ein alter Kunde von ihm. Da ihr jetzt einen so großen Auftrag von mir bekommt, wäre es vielleicht ganz lustig, ihn zu überraschen.«

Jameson erwartete, Cunningham sofort in der Leitung zu haben. Stattdessen musste er eine Aufnahme mit den verschiedenen Geräten und Dienstleistungen über sich ergehen lassen, die die Firma weltweit anbot. Als die Aufnahme verkündete, die Firma hätte die Christusstatue von Rio de Janeiro gereinigt, glaubte er, sich verhört zu haben. Wo in Gottes Namen arbeitete dieser Kerl? Von Omaha bis

Rio de Janeiro war es ein weiter Weg. Er war zwar nie in Brasilien gewesen, hatte aber Bilder von diesem Wahrzeichen gesehen. Er nahm an, dass eine unheimlich effiziente Ausrüstung zur Reinigung einer derart großen Statue notwendig war. Endlich kam der ehemalige Detective ans Telefon.

»Hier ist Bruce Cunningham«, sagte er. »Sagen Sie mir jetzt endlich, was los ist, oder soll ich Ihnen lieber eine Rechnung für Ihre so genannte Bestellung schicken?«

»Ich schätze, ihr habt da so was wie 'ne Anrufererkennung, oder?«

»So was Ähnliches, ja«, antwortete Cunningham und sprach schneller als bei ihrem ersten Telefongespräch. »Hernandez war ein Massenmörder, falls Sie das nicht wissen. Er und seine Gang haben zwei Schulkinder abgeschlachtet. Dann setzte sich Hernandez von der Gruppe ab, kidnappte eine Prostituierte, vergewaltigte sie und brachte sie danach um, damit sie nicht gegen ihn aussagen konnte. Ich war dort, als sie ihre Leiche exhumierten, und glauben Sie mir, das war kein schöner Anblick. Warum also sollte jemand, der auch nur das geringste Gespür für Gerechtigkeit hat, seine Zeit verschwenden und nach dem Mörder suchen?«

Jameson fuhr sich mit den Händen durch sein festes, silberfarbenes Haar. »Böse Jungs werden jeden Tag umgebracht, Bruce. Die Gesetze wären nicht mehr das Papier wert, auf dem sie geschrieben sind, wenn jeder einfach nur noch weggucken würde. Die Prostituierte, die Sie erwähnten, hat das Gesetz gebrochen. Sie wollten jemanden für ihren Tod bezahlen sehen, stimmt's?«

»Prostitution und Mord fallen wohl kaum in dieselbe Kategorie.«

»Das ist richtig«, sagte Jameson. »Sehen Sie, es gibt keinen Grund für uns, um den heißen Brei herumzureden. Ich bitte Sie nur um genügend Informationen, damit ich Zugang zum Fall bekomme und entscheiden kann, ob es eine weitere Untersuchung geben sollte. Die Aufzeichnungen des Departments, für das Sie gearbeitet haben, sind nicht vollständig hier gelandet. In dieser gewaltigen Datenmenge etwas zu suchen, kommt einem Alptraum nahe, wenn Sie verstehen, was ich meine.«

»Ich kann Ihnen nicht helfen«, beschied ihn Cunningham. »Außerdem wollte ich gerade gehen.« Er hielt inne und sagte dann: »Ich möchte Ihnen nur etwas empfehlen, Fred. Konzentrieren Sie sich auf die Gegenwart. Ich bin sicher, Sie haben eine Menge Morde zu bearbeiten. Diese Hernandez-Sache ist weder Ihre noch meine Zeit wert.«

Und dann hörte Jameson ein weiteres Mal das Freizeichen. Aber Cunninghams Reaktion auf den Hernandez-Fall weckte in ihm den Verdacht, dass das, was John Forrester den Behörden in Los Angeles über die Rache seiner Frau an dem Vergewaltiger erzählt hatte, der Wahrheit entsprach. Er rief Hope Carruthers an und fragte sie, ob sie ihm ein Gespräch mit John Forrester im Gefängnis ermöglichen könne.

»Er ist nicht mehr in Haft«, teilte sie ihm mit. »Seine Ex-Frau hat Kaution hinterlegt.«

»Verdammt – nein!«, rief Jameson. »Können Sie mir seine Privatnummer geben?«

»Kein Problem«, sagte sie, gab Johns Namen ein und rief sein Aufnahmeformular auf den Bildschirm.

»Danke«, sagte ihr Kollege. Er wollte schon auflegen, da kam ihm eine andere Frage in den Sinn. »Wie haben Sie so schnell herausgefunden, dass der Fall nie gelöst wurde? Ich bin heute den ganzen Morgen mit dem Kopf gegen die Wand gerannt, habe meinen verdammten Computer bearbeitet und doch nichts herausgefunden. Der Name ist zu weit verbreitet, und wir haben Probleme mit den Akten aus dieser Zeit.«

»Überprüfen Sie die Zeitungsarchive unter dem Datum der Vergewaltigung«, erklärte sie ihm. »So haben wir es herausgefunden. Mit Querverweisen müssten Sie dann Ihre Akte finden. Nicht alle sind verloren. Manchmal braucht es nur Zeit, sie zu finden.«

»Welche Vergewaltigung meinen Sie?«, fragte Jameson und dachte, sie spräche über die Vergewaltigung von Lily Forrester und ihrer Tochter. Er war sich nicht sicher, ob es Zeitungsartikel zu diesem Verbrechen geben würde, denn das Gesetz schloss damals noch eine Veröffentlichung der Namen von Vergewaltigungsopfern aus.

»Versuchen Sie es unter dem McDonald-Lopez-Mord«, riet Hope ihm. »Laut John Forresters Aussage waren sowohl Hernandez als auch sein Bruder an diesem Verbrechen beteiligt, obwohl Bobby allein noch weitere Morde verübte. Wenn ich mich richtig entsinne, wurde er von Beamten des Oxnard Police Departments erschossen, bevor die restlichen Angeklagten vor Gericht kamen.«

»Ich weiß, dass die aus Oxnard Manny Hernandez getötet haben«, sagte er und dachte, dass er nun genug gehört hatte, um etwas über Lily herauszufinden. »Ich habe zu der Zeit zwar nicht hier gearbeitet, aber ich hörte zumindest, wie ein paar es erwähnten. Übrigens, wie steht es in Ihrer Untersuchung zu dem tödlichen Unfall mit Fahrerflucht?«

»Wir versuchen, einen wasserdichten Fall aufzubauen«, sagte Detective Carruthers und hustete, weil sie immer noch erkältet war. »Ich bin überzeugt, dass der Vater unser Mann ist, aber mein Partner sieht das nicht ganz so. Er ist mir sowohl, was die Erfahrung als auch, was den Dienstgrad betrifft, überlegen. Also kann ich nur seinen Anweisungen folgen.« Sie erklärte kurz ihre Probleme in dem Fall, die vor allem darin bestanden, jede Möglichkeit auszuschließen, dass Shana zur Unfallzeit am Steuer gesessen hatte.

»Danke für die Hilfe«, sagte Jameson schließlich und legte langsam den Hörer auf. Er war überzeugt, dass seine Abneigung gegen Lily Forrester gerechtfertigt war. Er gab zu, dass er vielleicht etwas übereifrig gewesen war, für die

Verurteilung des Mannes zu sorgen, der seinen langjährigen Freund Walter Evans ermordet hatte. Aber in seiner ganzen Laufbahn hatte er kein einziges Mal einen Bericht oder Beweise gefälscht. Allerdings war niemand unfehlbar, und zweifellos hatte auch er dazu beigetragen, dass im Laufe seiner Dienstjahre unschuldige Menschen hinter Gittern landeten. Aus dieser Perspektive hatte Lily sich vielleicht einfach nur ein Fehlurteil zuschulden kommen lassen. Aber sein Instinkt sagte ihm, dass sie sehr wohl in der Lage gewesen sein könnte, den Mann niederzuschießen, den sie für ihren und den Vergewaltiger ihrer Tochter hielt. Cunningham hatte vielleicht Recht, und Hernandez verdiente es zu sterben, aber Lily Forrester stand es nicht zu, selbst den Scharfrichter zu spielen.

Allerdings musste Jameson einräumen, dass es ihm für mindestens ein Mitglied der Familie Forrester Leid tat. Er hatte Shana Forrester nie kennen gelernt, und es war auch nicht seine Aufgabe, darüber zu spekulieren, ob sie etwas mit dem Tod des jungen Mannes in Los Angeles zu tun hatte. Er wusste nur eines: Dieser jungen Frau waren Schwierigkeiten nicht fremd.

Kapitel 20

Shana rüttelte ihre Mutter an der Schulter. »Wach auf, Mom. Es ist schon spät.«

»Oh«, sagte Lily und blickte sich benommen im Zimmer um. »Der Schlaf hat mich wohl überwältigt. Wie viel Uhr ist es?«

»Fast fünf«, antwortete Shana. »Ich hab dich aufgeweckt, weil ich wissen wollte, was wir mit dem Abendessen machen.«

»Hast du Hunger?«

»Nein«, sagte Shana. »Aber ich kann auch die Fernbedienung nicht finden.«

Lily entdeckte sie zwischen zwei Sofakissen, gab sie ihrer Tochter und entschuldigte sich dann, weil sie ins Bad wollte. Sie musste immer wieder an die Ereignisse in den Tagen nach der Vergewaltigung denken. Im Bad spritzte sie sich Wasser ins Gesicht und starrte auf ihr Spiegelbild. Dann kehrte sie ins Wohnzimmer zurück und erklärte Shana, dass sie ein heißes Bad nehmen würde. »Wenn ich fertig bin, überlegen wir uns was mit dem Abendessen, okay?«

»Lass dir Zeit, Mom«, antwortete sie. »Das Mittagessen war üppig.«

Lily ließ Wasser ein, streifte sich dann ihre Kleider ab, stieg in die Badewanne und schloss erneut die Augen. Nachdem Shana Marco Curazon auf dem Foto erkannt hatte, hatte Lily sich das Bild von Hernandez vorgenommen und mit dem von Marco Curazon verglichen, das Margie Thomas ihr gegeben hatte. Mit Brille entdeckte sie einige Unterschiede in der Erscheinung der beiden Männer, doch weigerte sie sich immer noch zu glauben, dass sie den Falschen getötet hatte.

Als sie ihre Augenlider rieb, tauchte ein weiterer Vorfall in ihrer Erinnerung auf, dessen Bilder und Einzelheiten so real wirkten, als wären sie auf einen Bildschirm vor ihr projiziert. Marco Curazon war aufgespürt und zu einer Gegenüberstellung aufs Revier gebracht worden. Shana hatte die Männer als Erste gesehen.

»Mom, kannst du mir die Autoschlüssel geben? Dann kann ich schon mal mit den Hausaufgaben anfangen und im Auto auf dich warten.«

Lily wollte unbedingt wissen, was sich in dem Raum abgespielt hatte, aber sie wusste, dass sie nicht fragen durfte, bis alles vorbei war. Sie versuchte, in Shanas Miene zu lesen, aber Shana wirkte erstaunlich gelassen, viel ruhiger als zuvor. Wenn sie gerade den Mann vor sich gesehen hatte, der sie vergewaltigt hatte, würde sie doch nicht so gelassen dastehen? Es war sicherlich so, wie sie von Anfang an vermutet hatte – wenn Shana den Mann vor sich sehen würde, würde sie wissen, dass er es nicht war. Sie folgte Margie, die schon auf dem Weg zu dem Raum mit der einseitig verspiegelten Glasscheibe war, wo die Gegenüberstellungen stattfanden.

»Gibst du mir die Schlüssel, Mom?«, fragte Shana noch einmal.

»Hier«, sagte Lily und reichte ihr die Handtasche, »sie sind da irgendwo drin.«

Als sie die Reihe Männer vor sich sah, dauerte es nur wenige Sekunden, bevor sie ihn erkannte. Danach konnte sie ihren Blick nicht wieder abwenden. Das Licht im Raum war gedämpft. »Sagen Sie ihnen, dass ich sie im Profil se-

hen will«, bat Lily die Beamtin und hörte dann zu, während Margie die Aufforderung an die Männer über ein Mikrofon weitergab. Sie ging auf das Glas zu, legte ihre Handflächen auf die Scheibe und starrte auf sein Profil. Er sah älter aus als auf dem Foto. »Wurde das Bild von Nummer drei, das wir neulich gesehen haben, erst kürzlich aufgenommen?«

»Ich dachte, er sei im Gefängnis, weil er gegen seine Bewährung verstoßen hatte, und das Foto sei da gemacht worden. Aber ich hatte mich geirrt. Das Bild war fünf Jahre alt und stammte von einer früheren Anzeige. Man hatte vergessen, die Fotos auszutauschen.«

»Sie sollen sich bücken, so, als ob sie sich die Schuhe zubinden wollten«, sagte Lily, und Margie gab die Anweisung weiter.

Schließlich trat Lily von der Scheibe zurück und ließ sich auf einen Stuhl sinken, den Kopf in die Hände vergraben. Immer wenn die Szene der Vergewaltigung in ihrem Kopf abgelaufen war, hatte sie das Gesicht von Bobby Hernandez vor sich gesehen. Jetzt aber fühlte sie sich unsicher, sie konnte keinen klaren Gedanken fassen. Der Mann in dem Raum war mehr als ein Gesicht auf einem Verbrecherfoto; eine Wirkung ging von ihm aus, die sie durch das Glas hindurch spürte und die sie mit Furcht erfüllte. Konnte es tatsächlich sein, dass sie den falschen Mann ermordet hatte? Sie blickte ihn noch einmal an und konnte das verkrustete Messer in ihrem Mund schmecken. Er war es! Shana hatte Recht gehabt. Dann aber schob sich erneut das Gesicht von Hernandez vor ihre Augen. Wenn sie nur Hernandez hier stehen sehen könnte, dann wüsste sie es vielleicht endgültig. Sie bekam Sodbrennen. Hernandez würde nie wieder irgendwo stehen. Dafür hatte sie gesorgt.

Sie nahm die Brille ab und suchte nach ihrer Handtasche, um erneut einen Blick auf das Foto von Hernandez zu werfen, das sie aus dem Büro mitgebracht hatte. Ihre Fin-

ger berührten den Teppich, dann das Stuhlbein. Shana hatte ihre Handtasche. In der Handtasche war das Bild von Hernandez. Sie sprang auf und rannte zur Tür hinaus, dicht gefolgt von Margie.

»Kommen Sie zurück«, schrie die Polizistin, die annahm, Lily würde erneut in Panik verfallen. »Wir müssen das hier zu Ende bringen, und dann können Sie gehen.«

Aber Lily war schon zur Tür hinaus. Sie stürmte durch den Aufenthaltsraum, am Archiv vorbei, wo sich alle Köpfe nach ihr umdrehten, als sie die Schwingtüren mit Wucht aufstieß und in die Eingangshalle rannte. Sie rang nach Atem und hielt sich die Seite. Margie holte sie in dem Moment ein, als sie aus dem Gebäude stürzen wollte.

»Ich bitte Sie«, keuchte die Polizistin, die durch die Verfolgungsjagd ganz außer Atem geraten war, »Ich muss wissen, ob Sie ihn erkannt haben.« In ihren lavendelblauen Augen blitzte Ärger auf. »Mein Gott, Sie sind Staatsanwältin. Reißen Sie sich doch zusammen!« Im gleichen Moment bereute sie ihre Worte. »Es tut mir Leid, okay? Das war etwas hart, aber ich tue nur meine Pflicht.«

»Nummer drei ist es«, gab Lily scharf zurück. Sie nahm die Entschuldigung nicht an, obwohl ihr klar war, dass Margie sich dadurch unmöglich fühlte. »Ich hole Shana, dann kommen wir zurück und machen unsere Aussage.« Die Frau hatte ihre Hand auf Lilys Arm gelegt, und Lily riss sich los. »Ich tue auch nur, was ich tun muss. Es handelt sich um meine Tochter.« Damit drehte sie sich um und verließ die Wache.

Sie ging direkt zur Beifahrertür des Honda und versuchte, die Tür zu öffnen. Sie war verschlossen. Shana kurbelte das Fenster herunter. In der Hand hielt sie das Bild von Hernandez.

»Wer ist das?«, wollte sie wissen. Ihre Gelassenheit war verschwunden; Verwirrung stand ihr ins Gesicht geschrieben.

»Er war Angeklagter in einem Fall, der einige Zeit zurückliegt. Jemand hat mir das Foto gegeben, weil er meinte, der Mann sähe so aus wie der, den ich beschrieben habe. Das ist alles.« Lily steckte die Hand durch das Fenster und wollte das Bild nehmen, doch Shana zog es von ihr weg.

»Nein! Er sieht genauso aus. Er soll zu einer Gegenüberstellung kommen. Ich dachte, es wäre der Typ da drinnen – die Nummer drei –, ich war mir ganz sicher. Aber jetzt …«

»Shana gib mir bitte das Bild. Du hattest Recht. Ich habe auch Nummer drei gesagt. Dieser Typ hier ist es nicht.« Lily versuchte, ihren rasenden Puls unter Kontrolle zu bringen, indem sie ein paar Mal tief durchatmete. Sie weigerte sich, die Konsequenzen dessen, was gerade geschah, in ihr Bewusstsein eindringen zu lassen. Sie musste dem jetzt ein Ende bereiten. »Er ist tot. Es war ein Fehler. Das habe ich gerade erst herausgefunden.«

»Wie meinst du das, er ist tot? Weiß Margie von ihm?«

»Der Mann, der mir das Foto gegeben hat, wusste nicht, dass dieser Typ tot ist. Er ist bei irgendwelchen Bandenkämpfen erschossen worden, Monate vor der Vergewaltigung. Er ist für Margie und alle anderen völlig ohne Bedeutung. Ich habe ihr gesagt, dass wir gleich wieder reingehen und unsere Aussage machen würden. Sie wartet auf uns.«

»Sie sehen alle gleich aus. Vielleicht war es der Typ drinnen auch nicht.« Tränen standen in Shanas Augen.

Lily entriegelte die Tür und öffnete sie. Sie beugte sich zu Shana hinunter. »Liebes, wir sind weder der Richter noch die Geschworenen. Wir sagen einfach nur die Wahrheit – dass der Mann da drinnen der zu sein scheint, der uns angegriffen hat – nichts weiter. Nachdem ich erfahren habe, dass der Mann auf dem Foto tot ist, habe ich einfach nur vergessen, es wieder wegzulegen.« Shana überließ ihr das Foto. Sein Name stand unter der Abbildung.

»Nimm meine Handtasche, dann gehen wir wieder hinein. Dann können wir nach Hause gehen und das Ganze hier vergessen. Einverstanden?«

Nachdem sie das Bild wieder in ihrer Handtasche verstaut hatte und sie beide auf dem Weg ins Gebäude waren, sagte Lily: »Sag Margie nichts davon. Dann wären wir alle nur durcheinander, und es ist reine Zeitverschwendung. Ich hätte das Bild nicht aus dem Büro mitnehmen dürfen und würde nur Ärger bekommen.«

Shana sah ihre Mutter einen Moment ungläubig an. »Ich werde Margie nichts sagen«, erwiderte sie leise. »Er sieht ihm sowieso nicht besonders ähnlich. Sein Gesicht war schmaler, und er sah hässlicher und niederträchtiger aus. Außerdem hatte er Pickel wie der Mann da drinnen. Der ist es.«

Lily tauchte aus der Vergangenheit auf, stieg aus der Badewanne und trocknete sich ab. Als sie ins Wohnzimmer ging, starrte Shana sie so an, als hätte sie sich wie ihre Mutter an die vergangenen Ereignisse erinnert. Das Mädchen musste die Wahrheit erfahren. Würde sie sich gegen sie wenden, wenn John seine Drohungen wahrmachte und sie verriet? Lily konnte es nicht glauben, vor allem nachdem John in einen Unfall mit Fahrerflucht verwickelt war. Aber was würde geschehen, wenn sie als Zeugin vorgeladen wurde? Wie konnte sie sie unter Eid falsch aussagen lassen? Allein bei dem Gedanken daran drehte sich ihr der Magen um.

»War das Bad schön?«, fragte Shana und schaltete mit der Fernbedienung den Fernseher aus.

»Nicht so richtig«, sagte Lily und ließ sich neben ihr aufs Sofa fallen. »Ich verstehe jetzt besser, warum du nicht mehr Zeit mit mir verbracht hast. Du hast Recht, wenn du sagst, dass wir gemeinsam stark sind. Unglücklicherweise müssen wir aber gemeinsam auch immer an die Vergewaltigung denken.«

Shana schwieg eine ganze Weile mit einem düsteren Ausdruck auf ihrem Gesicht. »Du wirst doch nicht die Miete für Daddy zahlen, oder?«, sagte sie schließlich. »Wenn die Polizei mich nicht für das verantwortlich macht, was er getan hat, wird er im Gefängnis landen. Dann braucht er zumindest nicht mehr zu arbeiten oder sich Sorgen zu machen, wo er wohnen soll.«

»Es klingt, als meintest du wirklich, was du gesagt hast. Du hast also die Nase voll von deinem Vater«, tastete Lily sich vorsichtig vor. »Ich billige sein Verhalten zwar in keiner Weise, aber trotzdem hat er den Jungen nicht absichtlich getötet. Alkoholismus ist eine Krankheit. John mag ein paar große Schwächen haben, aber er ist weder kriminell noch irgendwie gewalttätig. Ich habe mit Leuten zu tun gehabt, die aus purem Vergnügen töten, Shana. Ich glaube nicht, dass er zu solch einer Kategorie Mensch gehört – du etwa?«

»Nein«, antwortete Shana, nahm ihren Kaugummi aus dem Mund und wickelte ihn in ein Taschentuch. »Aber sehen wir den Tatsachen doch ins Auge, Mom: Wenn er nicht nur an sich selbst gedacht hätte, hätte er sofort die Polizei verständigt. Vielleicht würde der Junge dann noch leben.«

»Du hast wirklich das Potential, mehr als nur Anwältin zu werden«, erwiderte Lily. Sie hatte um ihr nasses Haar ein Handtuch gewickelt. Jetzt streifte sie es ab, damit die Haare trocknen konnten. Die Sonne schien immer noch durch den Flur. Obwohl Lily in der Nacht zuvor alle Rosen zurückgeschnitten hatte, blühten noch einige der Gardenienbüsche, und ihr zarter Duft drang durch das Fliegengitter. »Was du gerade erwähntest, sind genau die Faktoren, die ein Richter berücksichtigen wird, wenn der Fall deines Vaters vor Gericht kommt. Er hat Glück, dass sie ihn nicht wegen Mordes angeklagt haben.«

»Wie lautet denn die Anklage?«, fragte Shana. »Ich dachte, du sagtest Unfall mit Todesfolge.«

»Der genaue Wortlaut der Klage ist *Herbeiführung eines Unfalls mit Todesfolge unter Drogeneinfluss* und fällt unter Paragraph 191.5 c des Strafgesetzbuches. Sie haben ihn zusätzlich wegen Unfalls mit Fahrerflucht angeklagt, können ihn aber nicht wegen beidem verurteilen. Die zusätzliche Klage wurde nur erhoben, falls der Fall irgendwie beigelegt wird.«

Shana fischte eine Bürste aus ihrem Rucksack. »Dreh dich um«, befahl sie ihrer Mutter und half nach, indem sie ihr die Hände auf die Schultern legte. »Ich will dein Haar bürsten, während wir weiterreden. Erinnerst du dich daran, wie du mir immer die Haare gebürstet hast?«

Rührung überkam Lily. Sie war froh, dass sie sich umgedreht hatte, weil sie nicht wollte, dass Shana die Tränen in ihren Augen sah.

»Erzähl weiter«, sagte Shana und zog sanft die Bürste durch Lilys lockiges Haar. »Du hast mir gerade die einzelnen Anklagepunkte erklärt. Es hat mir Spaß gemacht, heute Nachmittag die juristischen Fachzeitschriften zu lesen.«

»Tja«, sagte Lily und zog die Nase hoch, »so wie der Paragraph, den ich zuletzt erwähnte, lautet, könnte derjenige, der die Tat verübt hat, auch nach Paragraph 188 verurteilt werden, der sich auf Mord bezieht. Aber dafür muss gewährleistet sein, dass die Tat mutwillig und unter bewusster Missachtung des menschlichen Lebens geschah.«

»Wie lange müsste er ins Gefängnis?«

»Bei welcher Anklage?«, fragte Lily zurück. »Das Verbrechen, dessen er angeklagt wurde, fällt unter eine ganze Reihe von Vorgaben, während der andere Paragraph, den ich erwähnte, offen gehalten wird.«

»Ist das angenehm?«, fragte Shana, während sie das lange Haar ihrer Mutter bürstete.

»Wunderbar«, sagte Lily, deren Kopfhaut kribbelte. »Wo war ich gerade?«

»Du wolltest mir sagen, wie lange Dad ins Gefängnis muss.«

»Ich weiß nicht, ob wir darüber sprechen sollten«, sagte Lily und drehte sich um, um ihre Tochter anzublicken.

Shana sagte mit Nachdruck: »Ich will aber darüber sprechen.«

»Gut«, sagte Lily und holte tief Luft. »Im schlimmsten Fall zehn Jahre. Aber er wird die zehn Jahre nicht vollständig absitzen müssen. Wahrscheinlich sind es im Endeffekt nur fünf Jahre, vielleicht sechs.«

Shana schwieg und Lily fuhr fort: »Richard kann dir heute Abend beim Essen mehr dazu erklären. Warum machen wir jetzt nicht einen Spaziergang? Es gibt wunderschöne Wege hier, vor allem in den Hügeln. Ich wandere fast jedes Wochenende.«

»Ich will aber nicht wandern.« Shanas Gesicht hatte sich vor Sorge wieder verdüstert. »Was machen wir mit Dad und dem Haus?«

»Wir bestellen einen großen Wagen und bringen deine Sachen irgendwo unter«, sagte Lily. »Ich habe heute den Vermieter angerufen und ihm mitgeteilt, dass wir den Mietvertrag zum Ende des Monats kündigen. Er musste sowieso verlängert werden.« Als sie sah, dass das Mädchen ein Gesicht zog, fügte sie hinzu: »Ich dachte, du willst dort unter den gegebenen Umständen nicht mehr wohnen. Du wärst schließlich allein, Schatz, und ich möchte nicht, dass du dich fürchtest.«

»Du hast doch gesagt, ich könnte mir eine Mitbewohnerin suchen.«

»Ich bin nicht sicher, ob das im Moment die beste Lösung wäre«, sagte Lily und ließ ihren Kopf kreisen, um die Anspannung zu lösen. »Wenn dein Vater keine andere Wohnung findet, wird er am Ende vor deiner Haustür campieren. So wie es aussieht, kommt er wahrscheinlich ins Gefängnis, aber da er auf Kaution entlassen ist, kann das noch sechs, sieben Monate dauern. Und so überlastet, wie das System in Los Angeles ist, vielleicht sogar noch länger.«

»Was ist mit meiner Uni?«

»Diese Entscheidung musst du ganz allein treffen«, antwortete Lily. »Ich habe heute Morgen gleich nach dem Aufstehen die Campusverwaltung angerufen. Im Moment ist nichts im Wohnheim frei. Aber vielleicht kannst du ja nachrücken.«

Lily setzte sich auf den Schaukelstuhl aus Holz. Shana legte sich bäuchlings auf das Sofa und betrachtete die gerahmten Fotos von ihr auf dem Beistelltischchen. »Wo ist das Bild, das du letztes Jahr von mir hast machen lassen? Du weißt schon, das, was wir in diesem ausgefallenen Fotoladen im Einkaufszentrum von West Hills gemacht haben.«

Lily wusste genau, welches Foto sie meinte. Shana sah darauf so hinreißend aus, dass sie es immer wieder ansehen musste. Sie ging zum Beistelltischchen, weil sie dachte, das Porträt wäre entweder hinter einem anderen Bild versteckt oder auf den Boden gefallen. Als sie es nicht finden konnte, starrte sie auf den Tisch und bemerkte, dass noch etwas fehlte.

Shana bekam manchmal Post über das Postfach ihrer Mutter in Santa Barbara. Wenn es nicht gerade etwas Dringendes war, bewahrte Lily alles bis zum Ende des Monats in einem adressierten Umschlag auf, den sie unter eines ihrer Fotos gesteckt hatte. So vergaß sie nie, die Post mitzusenden, wenn sie Shanas monatlichen Scheck abschickte. Nicht nur, dass Lily sich genau daran erinnerte, dass sie vor zwei Wochen eine Karte von einer von Shanas früheren Freundinnen aus dem Ferienlager dorthin gestellt hatte, sie entdeckte auch, dass der ganze Umschlag fehlte.

Obwohl Lily die Angst befiel, dass jemand im Cottage gewesen sein könnte, versuchte sie, ruhig zu bleiben, und hoffte, die Sachen würden irgendwo auftauchen. Sie durchsuchten das Cottage auf allen vieren, gaben aber schließlich auf. »Das Haus ist ja nicht sehr groß«, sagte Lily. »Als ich von zu Hause ausgezogen bin, muss ich wohl das Bild, das du gemeint hast, mit meinen anderen Sachen eingelagert haben.«

»Ich habe es hier schon gesehen«, sagte Shana, die sichtlich beunruhigt war. »Es war hier, als ich dich das letzte Mal besuchte. Also kannst du es nicht mit deinen anderen Sachen eingelagert haben, als du hier eingezogen bist. Ich bin nicht blöd. Ich weiß, was ich gesehen habe. Also hör auf, mich zu beruhigen.«

Lily rieb sich die feuchten Hände an ihrer Jeans ab. »Es ist doch nur ein Bild, Schatz.«

»Aber es ist weg! Irgendjemand muss es gestohlen haben!« Sie ging zur Tür und schmiss sie geräuschvoll zu, dann schob sie die Riegel vor und lehnte sich dagegen. »Marco Curazon ist in Camarillo auf Bewährung freigekommen«, sagte sie. »Mit dem Auto ist man in zwanzig Minuten hier. Was ist, wenn der Mann vor meinem Haus wirklich er war? Und ich hab dir doch von dem Typen erzählt, der mir vor ein paar Tagen auf dem Campus gefolgt ist und genauso aussah wie er.«

Lily ging zu Shana und nahm sie in ihre Arme, weil sie wusste, dass sie noch mehr Angst bekäme, wenn sie von dem verschwundenen Umschlag mit ihrer Adresse erfahren würde. »Du hast jetzt Angst, weil du unter Stress stehst. Ich hätte nicht sagen sollen, dass du dich in deinem Haus fürchten würdest. Das war dumm von mir. Es ist mein Fehler, wenn du jetzt so aufgebracht bist.«

»Nein«, schrie Shana und entwand sich ihr. »Warum sagst du, dass es dein Fehler ist? Ich hasse es, wenn du dich für alles verantwortlich machst, was schiefgeht.« Sie fuchtelte wild mit den Händen. »Es ist sein Fehler! Warum musste er uns vergewaltigen? Und die blöden Gerichte hätten ihn nie freilassen dürfen! Mir ist egal, was das Gesetz sagt. Leute, die so etwas tun, dürfen nie mehr aus dem Gefängnis freikommen. Nie mehr! Hörst du? Nie mehr!«

»Bitte, beruhige dich«, sagte Lily beschwichtigend.

»Ich will mich nicht beruhigen«, schrie Shana, als könne sie nur so ihre angestaute Wut los werden. Sie ging zu ihrer Mutter und griff mit einem wilden, zügellosen Blick nach Lilys Bademantel. »Ich möchte jetzt jemandem wehtun, hörst du? Ich möchte jemandem etwas brechen, einem Typen in die Eier treten oder ihm was über den Schädel ziehen!« Plötzlich war der Wutausbruch vorbei, sie trat einen Schritt zurück und erbleichte, weil ihr solche furchtbaren Dinge herausgerutscht waren. »Es tut mir Leid«, sagte sie zu Lily. »Ich weiß nicht, warum ich das jetzt gesagt habe.«

»Aber ich«, entgegnete Lily und nahm ihre Hand.

»Wohin gehen wir?«

»Wir machen eine Spritztour«, sagte ihre Mutter. »Es gibt da einen Ort, ungefähr fünfzehn Minuten von hier. Wenn du siehst, wie der Tachometer über hundert Meilen klettert, fühlst du dich garantiert besser.«

Shana starrte sie an, als wäre sie verrückt. »Ich kann nicht glauben, dass du nach all dem, was mit Dad passiert ist, wirklich so etwas vorschlägst.«

»Dein Vater war betrunken.« Lily stieß die Fliegengittertür auf und trat hinaus in die frische Luft. »Vor ungefähr zehn Jahren schickte mich die Gemeinde auf einen Lehrgang für defensives Fahren. Ich hatte mehr Punkte als jeder Mann. Ich fahre jetzt mit dir zu einer ehemaligen Rennstrecke. Ein früherer Ermittler der Bezirksstaatsanwaltschaft von Santa Barbara, dessen Hobby Rennwagen sind, hat mir davon erzählt. Er hat mir den Geheimcode für die Schranke verraten. Wenn ich gelegentlich das Gefühl habe, dass ich explodieren könnte, lasse ich auf diese Weise etwas Dampf ab.«

Kapitel 21

Nicht lange nachdem Lily und Shana von ihrem Trip zurückgekehrt waren, rief Richard an und lud sie zum Abendessen ins Plow & Angel auf der San Ysidro Ranch in Montecito ein. Auch wenn das Etablissement unter Eingeweihten nur noch als »Ranch« bezeichnet wurde, war es schon altehrwürdig, bestand seit über hundert Jahren und galt als eines der exklusivsten Hotels im ganzen Land. Da es früher eine richtige Ranch gewesen war, übernachteten die Gäste in separaten, individuell gestalteten Bungalows. Sie unterschieden sich nicht nur in Größe und Ausstattung, etliche hatten auch eigene, umzäunte Gärten, Whirlpools und mehrere Schlafzimmer. Und ein paar der neueren Bungalows waren so aufwändig ausgestattet, dass die Gäste ihren eigenen Swimmingpool benutzen und sich so fühlen konnten, als befänden sie sich in einem luxuriösen Privathaus.

»Ich dachte, er könnte frühestens ab acht.«

»Sein letzter Mandant ist krank und hat den Termin abgesagt«, erklärte Lily, ganz aufgeregt von der Aussicht, Richard zu sehen. Sie hoffte, es würde ihre Stimmung heben. Sie musste einfach daran glauben, dass John die Konsequenzen seiner Tat selbst tragen würde und dass, egal was er auch sagte oder tat, die Polizei den Hernandez-Fall nicht wieder aufnehmen würde. Shana würde vielleicht auf die Uni von Santa Barbara wechseln, aber Lily war nicht der

Meinung, dass dies gravierende Auswirkungen auf ihre Zukunft haben würde. Sie konnten ja immer noch dafür sorgen, dass sie im darauf folgenden Jahr eine andere Universität besuchte. Auf lange Sicht zählte einzig und allein ihr Name auf einem Diplom. Schwerwiegender war hingegen die Tatsache, dass Shana mit einem Vater im Gefängnis zurechtkommen musste. Aber sie war stark, und Lily vertraute auf ihre Fähigkeit, ein weiteres Mal ein Unglück zu überwinden und ihr Leben weiterzuleben.

»Muss ich mich umziehen?«

»Es ist ein sehr schickes Restaurant«, erzählte ihre Mutter. »Ich war nur einmal dort, seit ich hierher gezogen bin, weil es ziemlich teuer ist. Aber seine Geschichte ist faszinierend, und ich bin sicher, dass du das Essen ganz köstlich finden wirst.«

»Was meinst du mit Geschichte?«, fragte Shana und suchte im Schrank ihrer Mutter nach etwas Passendem.

»Ich kann dir nicht all die Berühmtheiten aufzählen, die dort gewohnt haben«, antwortete Lily und warf den Bademantel aufs Bett. »Lass mal sehen – John und Jackie Kennedy haben einen Teil ihrer Flitterwochen auf der Ranch verbracht, dann waren da alle möglichen berühmten Schauspieler, Musiker, Schriftsteller und Künstler. Solltest du dich dafür interessieren, gibt es Fotos davon in einem der Gebäude.«

»Warum heißt es Plow & Angel?«, fragte Shana, zog ein schwarzes Strickkleid heraus und betrachtete sich damit im Spiegel. »Das ist doch ein ziemlich ausgefallener Name. Ich meine, *Plow* – Pflug – würde man doch nicht mit einem schicken Restaurant assoziieren.«

»Wenn ich mich recht entsinne«, sagte Lily, »dann wurde die Ranch nach einem spanischen Landarbeiter benannt, der jeden Tag erst sehr spät zur Arbeit kam, weil er den ganzen Morgen mit Beten verbrachte. Ich zeige dir eine Statue von ihm, wenn wir zum Restaurant fahren. Auf der Gedenktafel aber heißt es, dass er im Verlauf des Nachmittags genauso viele Felder umpflügen konnte wie die anderen Arbeiter an einem ganzen Tag. Er erklärte den Eigentümern der Ranch, dass er so viel schaffen könne, weil ein Engel auf seiner Schulter säße. Er wurde von der katholischen Kirche heilig gesprochen.«

»Heißt das, er wurde wirklich ein Heiliger?«

»Ja«, erwiderte Lily. »Wenn ich mich nicht irre, ist er der Schutzpatron der Landmänner.«

»Und was macht er?«, lachte Shana. »Sucht er für Männer vom Land eine Frau?«

»Nicht ganz«, antwortete Lily. »Landmann ist der veraltete Ausdruck für Farmer. Aber die Idee ist gar nicht so schlecht.«

»Was?«

»Du weißt schon«, sagte Lily, »ein Heiliger, der allein stehenden Frauen Männer vermittelt.«

»Heilige sind immer tot.« Shana sah aus, als hätte ihre Mutter etwas Falsches gesagt.

Lily wollte sie fragen, ob sie je zur Kirche ging. Aber sie beschloss, lieber ein anderes Mal darüber zu sprechen. Als es darum ging, ihre Tochter im katholischen Glauben aufzuziehen, war sie ziemlich lax gewesen. John und seine Familie waren Presbyterianer gewesen; deshalb hatten sie sich, wie viele gemischt-konfessionelle Paare, in einer Sackgasse befunden und den größten Teil ihrer Ehe ohne Einfluss einer Religion verbracht. Lily hatte John zwar überzeugen können, dass ihre Tochter katholisch getauft wurde, aber Shana war nicht zur Kommunion oder zur Firmung gegangen. »Wenn du möchtest«, sagte sie vorsichtig, »können wir mal einen Abstecher zur Kirche der Gemeinde, der ich beigetreten bin, machen.«

Shana war überrascht, denn ihre Mutter hatte nie etwas in dieser Richtung erwähnt. »Du bist wirklich Mitglied in einer Kirchengemeinde?«

Lily spürte, wie ihr aus Verlegenheit das Blut ins Gesicht schoss. »Ja«, sagte sie und stemmte die Hände in die Hüften. »Ich gehe zwar nicht jeden Sonntag hin, aber wenn ich Sorgen habe, dann schaue ich in der Kirche vorbei oder besuche eine Messe. Seit neuestem versuche ich, regelmäßig an hohen Feiertagen die Messe zu besuchen. Ich schätze, je älter man wird, desto ernster wird man. Entweder liegt es daran oder an dem Gefühl, dass ich eine Menge gutzumachen habe.«

»Wow«, sagte das Mädchen mit aufgerissenen Augen. »Ich bin beeindruckt.«

Lilys Garderobe bestand hauptsächlich aus Kostümen, da sie ihrer Meinung nach am besten zu ihrem Beruf passten. Von den wenigen Kleidern, die sie besaß, hatte Shana schon eins ihrer Lieblingsstücke in der Hand. Sie entschied sich also für einen schwarzen Blazer mit roten Samtaufsätzen auf den Schultern und einen ziemlich kurzen Rock, der ihre langen Beine betonte. Vor Jahren hatte Richard bei mehreren Gelegenheiten bemerkt, dass ihre langen Beine einer ihrer größten Vorzüge seien. »Brauchst du Nylonstrümpfe? Ich habe ein Paar neue.«

Shana war bereits im Badezimmer und untersuchte die Kosmetika ihrer Mutter. »Wir haben nicht dieselbe Schuhgröße«, sagte sie und blickte auf ihre schwarzen, flachen Schuhe. »Kann ich mit diesen gehen? Oder ist das Restaurant zu vornehm?«

»Eigentlich nicht«, sagte Lily und folgte ihr ins Badezimmer. »Wir essen nicht im Haupthaus. Im Plow & Angel geht es zwangloser zu. Die Schuhe sind in Ordnung, und Strümpfe brauchst du nicht dazu.«

Richard hatte gesagt, dass sie sich um sieben Uhr im Restaurant treffen sollten. Sie nahm an, dass er sie wegen Shana nicht abholen wollte. Vielleicht lag es aber auch daran, dass Lily ihn gebeten hatte, ihrer Tochter als Anwalt beizustehen, falls die Polizei sich entschied, sie noch einmal zu befragen.

Als sie beide fertig waren, fuhren sie die kurze Strecke zur San Ysidro Ranch in Lilys schwarzem Audi, der noch ein bisschen von ihrem Entspannungstrip auf der ehemaligen Rennstrecke stotterte. Sie hielten kurz vor dem alten Steinhaus. Lily zeigte Shana die Bronzestatue und die Gedenktafel, von der sie ihr erzählt hatte. Der Heilige war bei der Arbeit dargestellt worden: Er ging hinter einem Pflug, vor den ein Pferd gespannt war, und auf seiner rechten Schulter saß eine Figur mit Flügeln.

Durch die offene Eingangstür sah Lily an der Bar einen Mann, der Richards Gestalt und Haarfarbe hatte. Als hätte er Lilys Anwesenheit gespürt, drehte er sich genau in dem Moment um, als sie den Raum betrat. Er trug einen dunklen Anzug, ein weißes Hemd und eine rote Krawatte mit kleinen gelben Blumen und sah unglaublich gut aus. Lily gab ihm einen Kuss auf die Wange. »Ich weiß es wirklich zu schätzen, dass du heute Abend noch gekommen bist, Richard. Wie war der Verkehr?«

»Nicht so schlimm«, sagte er lächelnd. »Ich war froh, mal rauszukommen.«

»Schön, dich wiederzusehen«, sagte Shana und schüttelte ihm die Hand. »Wie geht es Greg?«

»Großartig«, sagte Richard. »Er hat erst vor kurzem nach dir gefragt. Deine Mutter hat mir erzählt, dass du auf die UCLA gehst.«

Shana blickte zu Boden, weil sie traurig war, die Uni wechseln zu müssen. »Ist Greg schon Meeresbiologe?«

»Fast«, antwortete Richard und sah kurz zu Lily. »Er arbeitet bei Sea World in San Diego und kümmert sich um die Delfine.«

Shana hatte Richards Sohn kurz nach der Vergewaltigung kennen gelernt. Greg hatte die Rolle des großen Bruders übernommen und viel Zeit mit ihr verbracht. Er hatte sie getröstet, versucht ihr zu helfen, nicht durchzudrehen, als für sie die Welt zusammengebrochen war. Sie erinnerte sich daran, dass er das Meer liebte und ein begeisterter Surfer war. Sein Vater hatte gewollt, dass auch er Anwalt wurde, und Shana spürte einen Rest Enttäuschung bei Richard. Sie konnte sich nicht erinnern, wann sie sich entschieden hatte, in die Fußstapfen ihrer Mutter zu treten. Aber ihre Vergewaltigung und die Tatsache, dass sie das Strafrechtssystem aus erster Hand mitbekam, hatten eine große Rolle bei ihrer Entscheidung gespielt.

Nicht viele von Shanas Kommilitonen hatten so klare Vorstellungen von ihrer Zukunft. Einige von ihnen hatten sich noch nicht mal für ein Hauptfach entschieden. Sie erinnerte sich daran, wie sehr sie früher hatte Model werden wollen, vor allem, weil auch ihre Mutter während ihrer Jugend gemodelt hatte. Aber Lily wollte um keinen Preis, dass Shana etwas mit der Modewelt zu tun hatte, obwohl jeder, der sie sah, ihr unglaubliches Potential bescheinigte. Mit ihrer Größe und ihrem gertenschlanken Körper hätte sie weit kommen können, ganz abgesehen von ihrem schönen Gesicht und der Geschmeidigkeit, mit der sie sich bewegte. Aber jeder Gedanke daran, Model zu werden, hatte sich nach der Vergewaltigung erledigt, war vom selben scharfen Wind hinweggefegt worden, der auch ihre Unschuld geraubt hatte.

Shana hatte es schon vor langer Zeit aufgegeben, sich ihrem Vater anzuvertrauen. John hatte sich in eine alkoholgeschwängerte Vorstellungswelt geflüchtet, in der er sie als berühmte Verteidigerin sah, die ihren alten Vater unterstützte. Jeder Versuch in der letzten Zeit, ein ernsthaftes Wort mit ihm zu reden, war ergebnislos gescheitert. Sie wusste auch, dass John niemals ihren Wunsch unterstützen würde, wie ihre Mutter Staatsanwältin zu werden, was der erste Schritt zu ihrem eigentlichen Ziel war. Wie Lily vor der Vergewaltigung wollte auch Shana ins Richteramt. Sie träumte sogar von einer Berufung an den Obersten Gerichtshof. Aber dieses Ziel erschien ihr so hoch gesteckt und unerreichbar, dass sie sich noch nicht mal traute, es gegenüber ihrer Mutter zu erwähnen. »Richte Greg bitte aus, dass ich mich für ihn freue«, sagte sie mit einem leichten Kratzen in der Stimme. »Nicht viele erreichen das, was sie sich wirklich wünschen.«

»Aber *noch* ist er nicht dort, wohin er will«, wandte Richard ein und ließ den Blick auf der Suche nach einem Kellner umherschweifen. »Er braucht noch zwei Jahre.«

»Das verstehe ich nicht«, sagte Shana. »Ich dachte, er hätte letztes Jahr seinen Abschluss gemacht.«

»Das hat er auch«, erwiderte Richard. »Aber er arbeitet noch an seiner Doktorarbeit.«

»Und was macht er dann bei Sea World? Ich dachte, du sagtest, er würde sich um die Delfine kümmern.«

In dem Moment sah Richard, wie ein Kellner sie zu ihrem Tisch in einer abgelegenen Ecke des Restaurants winkte, und legte Shana eine Hand auf den Rücken, um sie dorthin zu dirigieren. »Im Augenblick«, sagte er, »füttert Greg die Delfine und säubert ihr Becken. Aber dafür kann er seine Tauchausrüstung benutzen, deshalb gefällt ihm seine Arbeit. Die Bezahlung ist allerdings ein Problem. Ich erinnere ihn immer wieder daran, dass er eines Tages schon ein anständiges Einkommen beziehen sollte.«

»Jeder muss irgendwo anfangen«, warf Lily ein und ging vor ihnen her, um dann am Tisch Platz zu nehmen. Sie wusste, was Richard über Kinder dachte, die immer alles sofort haben wollten und dann enttäuscht waren, wenn sie erkannten, dass sie eine längere Strecke vor sich hatten als angenommen. Als sie Jura studiert hatte, musste sie nebenbei noch Mann und Kind versorgen und einen Teilzeitjob annehmen. Sonst hätten sie nichts zu essen gehabt, und selbst dann hatten sie von der Hand in den Mund gelebt. Shana hingegen war zwar intelligent und willensstark, aber Lily konnte sich nicht vorstellen, dass sie dem Druck einer solchen Verantwortung standhalten würde.

Richard bestellte ein Steak, Lily kornisches Huhn mit Wildreisfüllung. Shana sagte, sie wolle nur Salat, und stocherte dann den Rest des Abends darin herum. Sie behauptete, sie würde sich ihren Appetit für das Dessert aufsparen. Nachdem sie mit dem Hauptgang fertig waren, lehnte sich Shana zu ihrer Mutter hinüber und flüsterte ihr zu: »Wollten wir nicht mit ihm über Dad und den Unfall sprechen?«

Lily räusperte sich und blickte sich im Restaurant um. Aber zu diesem Zeitpunkt waren die meisten Gäste bereits wieder aufgebrochen, so dass sie sich sicher genug fühlte, davon zu sprechen. »Shana fragt sich, wie lange ihr Vater ins Gefängnis muss, wenn er verurteilt wird. Wir haben heute Nachmittag zwar schon über ein paar Einzelheiten gesprochen, Richard, aber ich habe vorgeschlagen, dass wir warten und mit dir darüber reden.«

Nachdem Lily Richard über die Einzelheiten ins Bild gesetzt hatte, tupfte er sich mit der Serviette den Mund ab. »Der Richter kann ihn entweder für vier, für sechs oder für zehn Jahre ins Gefängnis schicken.«

Shana sagte: »Aber er wird nicht die ganze Zeit im Gefängnis bleiben.«

»Wahrscheinlich nicht«, antwortete Lily. »Wenn er die niedrigste Strafe bekommt, könnte er in weniger als zwei Jahren wieder entlassen werden.«

»Warum gibt es so viele Möglichkeiten?«, fragte Shana. »Ich dachte, ein Richter könnte jemanden ins Gefängnis schicken, so lange er wollte, und dann würde das Berufungsgericht entscheiden, wann er wieder freikommt. Wurde Curazon nicht deshalb entlassen, weil das Berufungsgericht verrückt spielte?«

»So ist es nicht ganz«, sagte Richard. »Er hat seine Zeit abgesessen. Seine Tat fällt unter die Richtlinien zur Festlegung von Haftstrafen. In diesem Fall hat nicht das Berufungsgericht den Zeitpunkt seiner Entlassung bestimmt. Denn der ist vom Gesetz festgelegt.«

Shana fragte: »Was sind die Richtlinien zur Festlegung von Haftstrafen?«

»In jedem Staat gibt es andere Gesetze, Shana«, erklärte Richard. »Hier in Kalifornien haben wir die so genannten Richtlinien zur Festlegung von Haftstrafen. Nur für ganz wenige Verbrechen gibt es bei uns offen gehaltene Haftstrafen, zum Beispiel für vorsätzlichen Mord und Totschlag. Eine offen gehaltene Haftstrafe reicht von zwölf Jahren bis lebenslänglich. In diesem Fall kommt das Berufungsgericht dann ins Spiel, wenn entschieden werden soll, ob jemand seine Entlassung verdient hat. Aber ein Großteil der Verbrechen fällt unter die besagten Richtlinien.«

»Das verwirrt mich.«

Lily sagte: »Ich kann dir versichern, dass *einige* Leute verwirrt sind, wenn es an die Auslegung unserer Gesetze geht. Stimmt's, Richard?«

Er nickte und wartete, ob Lily fortfuhr. Dann winkte er nach dem Kellner, bat um die Dessertkarte und bestellte sich einen Kaffee. Shana und Lily wollten Tee, und dann suchten sie sich in aller Ruhe ein Dessert aus. Lily bemühte sich, die Dinge so deutlich wie möglich zu machen. Der Wunsch ihrer Tochter, Anwältin zu werden, hatte sicher etwas mit ihrem Interesse zu tun, aber ihre Mutter wusste, dass es traurigerweise auch auf ihr Bedürfnis zurückzuführen war, vorbereitet zu sein. Wenn es zum Äußersten kam und die Staatsanwaltschaft beschloss, sie der Tat anzuklagen, die höchstwahrscheinlich ihr Vater begangen hatte, dann hatte sie jedes Recht zu erfahren, mit welcher Strafe sie rechnen musste.

»Okay«, fuhr Lily fort, »eine festgelegte Haftstrafe bedeutet, dass der Richter sich zwischen drei verschiedenen Möglichkeiten entscheiden muss.«

»Und wie entscheidet er sich?«, fragte Shana. »Pickt er sich einfach eine Möglichkeit heraus?«

»Natürlich nicht«, erklärte Lily. »Der Justizausschuss in

San Francisco erstellt Richtlinien und Regeln, an die sich alle Richter und Gerichte halten müssen. Diese Regeln fallen unter den Begriff *mildernde oder erschwerende Umstände.*«

»Ich weiß, was das bedeutet«, sagte Shana, »aber kannst du sie am Beispiel eines Falls erklären?«

»Wenn ein Angeklagter für schuldig erklärt wurde«, führte Lily aus, »und zwar entweder von den Geschworenen oder vom Richter, oder wenn es in seinem Fall zu einer außergerichtlichen Einigung kommt, was ein weniger heikler Begriff ist als Vergleich …«

Der Kellner kam mit ihren Desserts, und Lily unterbrach sich, um ein Stück von ihrem Käsekuchen zu essen. »Um es so einfach wie möglich zu machen«, sagte sie dann, »können mildernde Umstände sein, dass der Angeklagte eine Flasche Milch oder etwas anderes zu essen gestohlen hat, weil sein Baby Hunger hatte. Außerdem ist er noch nie straffällig geworden, und seine Tat tut ihm Leid.«

»Reue, nicht wahr?«

»Genau«, sagte Lily und ermahnte sich im Stillen, nicht zu vergessen, dass Shana kein Kind mehr war, sondern Studentin einer Universität. Trotzdem fand sie es unheimlich, dass ihr Denken fast in den gleichen Bahnen verlief. Die meisten Leute staunten über ihre körperliche Ähnlichkeit. Weitaus verblüffender fand Lily aber die Tatsache, wie ähnlich sie sich in ihrem Denken und Auffassen bestimmter Sachverhalte waren. »Eine der Richtlinien des Gerichts dreht sich um die Frage, ob die Tat ein einmaliges Vorkommnis war, das sich wahrscheinlich nicht wiederholen wird. Auf unseren erfundenen Fall angewandt hieße das, dass unser Täter nach Abschluß des Falles höchstwahrscheinlich einen Job bekommt und in der Lage ist, seine Familie zu versorgen.«

»Warum glaubst du, dass das wahrscheinlich ist?«

»Wegen des staatlichen Eingreifens«, antwortete ihre

Mutter. »Das heißt, wenn dieser Mann einmal in die Mühlen der Justiz geraten ist, dann wird ihm hoffentlich jemand, auch wenn er selbst keinen Job hat finden können, dabei helfen, ein Formular auszufüllen, damit er staatliche Hilfe bekommt und nicht ein weiteres Verbrechen begehen muss.«

»Das ergibt Sinn«, sagte Shana und nickte nachdenklich.

»Und jetzt«, fuhr Lily fort, »lass uns noch mal einen Schritt zurückgehen. Wenn das Gericht entschieden hat, dass mildernde Umstände vorliegen, würde das Gesetz dem Richter auferlegen, dass er die niedrigere der für dieses Verbrechen vorgesehenen Strafen verhängt. Hast du das verstanden?«

Shana riss den Mund auf. »Man würde jemanden ins Gefängnis schicken, bloß weil er eine Flasche Milch gestohlen hat?«

»Wahrscheinlich nicht«, sagte ihre Mutter. »Vergiss nicht, dass ich dieses Beispiel nur genommen habe, damit du das Konzept dahinter begreifen kannst. Der Diebstahl einer Flasche Milch würde als minderes Vergehen eingestuft werden, und dafür kommt man nicht ins Gefängnis. In Untersuchungshaft vielleicht, aber nicht ins Gefängnis. Es sei denn, man hat eine Waffe dabei gehabt. Dann wäre das Ganze ein bewaffneter Raubüberfall.«

Shana war fassungslos. »Auch wenn man nur eine Flasche Milch genommen hat?«

»Absolut«, sagte Lily. »Ein Raubüberfall ist ein Raubüberfall. Ich sagte ja schon, dass es Leute gibt, die Jahre brauchen, um die Komplexität unserer Gesetze zu begreifen. Dann gibt es noch den schweren Raub. Das bedeutet, dass du entweder jemanden mit Gewalt ausgeraubt hast oder auch, dass du jemanden bedroht, deine Drohung aber nicht wahr gemacht hast.«

»Verstehe«, sagte Shana und schlug ihre Beine übereinander. »Erzähl weiter.«

Lily war schon ganz heiser vom Sprechen. Sie hielt inne und trank einen Schluck Tee. »Also«, fuhr sie dann fort, »bedeuten mildernde Umstände ganz einfach, dass die Person, die die Tat begangen hat, kein wirklich schlechter Mensch ist. Auf der anderen Seite könnte ein Beispiel für erschwerende Umstände sein, dass ein Täter ein langes Vorstrafenregister hat, keine Reue zeigt oder zum Zeitpunkt der Tat nachweislich unter Alkohol oder Drogen stand.«

»Und was ist mit der mittleren Strafe?«, fragte Shana. »Wann würde ein Richter die verhängen?«

Lily schob ihren Dessertteller beiseite und war glücklich, ihr Wissen mit ihrer Tochter zu teilen. »Stell dir die Waagschalen der Gerechtigkeit vor.«

Shanas Miene hellte sich auf. Sie ließ ihre Handflächen an beiden Seiten ihres Körpers ausgestreckt schweben. »Alles klar«, sagte sie. »Ein Richter würde sich für eine mittlere Strafe entscheiden, wenn alle Faktoren, die du gerade beschrieben hast, mehr oder weniger ausgeglichen sind, stimmt's?«

»Genau«, sagte ihre Mutter und strahlte Richard an. »Du wirst zweifellos den Eingangstest für das Jurastudium bestehen.«

»Glaubst du wirklich?«

»Sicher«, sagte Richard. »Da Lily deine Mutter ist, habe ich natürlich nichts anderes erwartet.«

»Können wir morgen zusammen frühstücken?«, fragte Lily, da sie das Gefühl hatte, das Thema habe jedes normale Gespräch ausgeschlossen. »Es gibt da ein großartiges Frühstückscafé in Summerland. Ich bin sicher, dass es schon da war, als du klein warst, Richard, aber ich erinnere mich nicht mehr an den Namen.« Summerland war ein kleiner Ort, der nur ein paar Meilen entfernt am Meer lag, aber wesentlich unspektakulärer war als Montecito. Trotzdem ließen die Reichen und Berühmten sich ab und zu dort sehen. Es hieß sogar, dass sich vor einigen Jahren Hillary und Bill Clinton in Summerland nach einem Haus umgesehen hätten.

»Wenn ich um zehn im Gericht sein kann«, sagte Richard. »Ist acht Uhr zu früh?«

»Acht Uhr ist wunderbar«, antwortete Lily, die noch nicht wusste, was sie wegen Shanas Uni und Wohnung unternehmen sollte. Sie musste am nächsten Tag unbedingt für ein paar Stunden im Büro vorbeischauen, auch wenn es nur darum ging, sich blicken zu lassen und Arbeit fürs Wochenende mit nach Hause zu nehmen.

Schließlich sprachen sie über die Verdienste verschiedener juristischer Fakultäten. Shana wollte auch Greg sehen, aber da nicht klar war, wo sie demnächst wohnen würde, bat sie seinen Vater um die Telefonnummer und schrieb ihm ihre E-Mail-Adresse auf. Wie die meisten Studenten heutzutage war sie fast immer mit ihrem Laptop unterwegs.

»Ich habe Greg wegen seines Jobs nicht niedergemacht«, sagte Richard mit leichtem Schuldbewusstsein. »Er arbeitet hart. Wahrscheinlich hat er dir erzählt, dass ich einen Anfall bekam, als er mir eröffnete, dass er nicht Anwalt werden will. Rückblickend denke ich, es wäre ein Fehler gewesen, wenn er Jurist geworden wäre.«

»Warum das?«, fragte Shana.

»Zum heutigen Zeitpunkt«, erklärte er, »denke ich, dass die Welt mehr Meeresbiologen als Anwälte braucht.«

Shana aß ein Stück von ihrem Schokoladenkuchen und legte dann wieder die Gabel auf den Tisch. »Also denkst du, dass ich auch einen Fehler mache?«

»Nein«, antwortete Richard. »Ich glaube, dass Menschen verschiedene Begabungen und Neigungen haben. Ich wollte nicht sagen, dass man als Anwalt nicht anständig seinen Lebensunterhalt verdienen kann.«

»Shana wird eine wunderbare Juristin sein«, sagte Lily und legte den Arm um ihre Tochter. Sie saßen nebeneinander, und Richard saß ihnen gegenüber. Von der Aufmachung her sah das Restaurant aus wie eine Höhle oder ein Weinkeller. Die Steinwände verliehen ihm eine feuchtkühle Atmosphäre, obwohl im Kamin einige Scheite brannten. Über dem Kamin hingen drei runde Bilder aus Glas, die jeweils eine andere Jahreszeit zeigten. Lily entdeckte Herbst, Frühling und Sommer. Aus irgendeinem Grund, vielleicht, weil über dem Kamin der nötige Platz fehlte, hing der Winter direkt über ihrem Tisch. »Wir haben uns heute Nachmittag schon darüber unterhalten, Rich«, fuhr sie fort. »Ich glaube, Shana hat wirklich das Zeug dazu, in die Legislative zu gehen. Es würde mir gefallen, eines Tages zu erleben, dass sie in der Gesetzgebung arbeitet oder zumindest mitbewirkt, dass ein Teil der komplizierten Formulierungen und überholten Statuten überarbeitet werden.«

»Das Problem ist, Lily«, sagte er, »wenn jemand versucht, etwas zu verbessern, kommen dabei normalerweise nur ein paar eingängige Slogans für Politiker heraus. Wir haben immer noch das *Nach-drei-Verfehlungen-ist-Schluss*-Gesetz. Sollte es nicht den ewigen Rückfällen ein Ende bereiten? Ich persönlich allerdings halte es für widersinnig. Wo sollen wir all die Häftlinge unterbringen? Wir brauchen mehr Rehabilitationsprogramme, nicht mehr unsinnige Gesetze.«

»Bis zu einem gewissen Grad stimme ich dir zu«, sagte Lily. »Ich vergaß zu erwähnen, Shana, dass es ein paar wirklich außergewöhnliche Fälle gibt, bei denen Täter lebenslängliche Freiheitsstrafen bekommen, selbst wenn sie nicht mehr als einen Schokoriegel gestohlen haben.«

Shana fragte: »Wie ist das möglich?«

»Wenn es ihr drittes Kapitalverbrechen ist. Das bedeutet ›Nach drei Verfehlungen ist Schluss‹.« Lily schwieg einen Moment. »Nur dass wir nicht über Baseball sprechen. Sondern über Menschenleben.«

»Wenn die Tat ein Kapitalverbrechen war«, hakte Shana nach, »dann müssen die Täter den Schokoriegel während eines Raubüberfalls gestohlen haben. So hast du doch das Beispiel mit dem Typen erklärt, der die Milch für sein Kind stahl, oder nicht? Was ist also, wenn der Beraubte nichts Wertvolles hat? Ich finde das Gesetz nicht unsinnig. Ein Raubüberfall ist ein schweres Verbrechen. Niemand weiß im Voraus, ob jemand etwas Wertvolles hat oder nicht, es sei denn, es handelt sich um eine Bank oder die Täter waren vorher schon einmal da.« Sie schwieg und ließ ihren Blick ziellos durchs Restaurant schweifen, weil sie in Gedanken wieder bei ihrem fehlenden Foto war.

»Du könntest bei mir einen Job haben«, sagte Richard plötzlich. »Im nächsten Sommer kannst du, wenn du magst, in meiner Kanzlei ein Praktikum machen. Es ist schwer, jemanden mit deinen logischen Fähigkeiten zu finden.«

»Wirklich?«, fragte Shana aufgeregt zurück. »Aber du weißt doch, dass ich erst im zweiten Jahr bin?«

»Vertrau mir«, sagte er und bat den Kellner um die Rechnung. »Ich könnte dich auch jetzt schon gebrauchen. Das war ein echtes Angebot. Und es hat nichts mit der Freundschaft zu deiner Mutter zu tun.«

Shana lehnte sich, geschmeichelt von seinem Angebot, in ihrem Stuhl zurück. Lily bedauerte, dass sich ihr gemeinsamer Abend schon dem Ende zuneigte. In den letzten anderthalb Stunden hatten sie viel Spaß miteinander gehabt. Richard war der sprichwörtliche Charmeur, und Shana hatte sich als kultivierte junge Dame erwiesen. Da Lily sie meist in Jeans und Sweatshirts sah, war ihr besonders aufgefallen, wie hinreißend sie mit dem schwarzen, eng anliegenden Kleid und ihrer Frisur aussah, bei der das Haar straff aus dem Gesicht gekämmt und am Hinterkopf eingerollt wurde, um dann auf dem Kopf in einer Flut von roten Locken zu explodieren. Sie trug kein Make-up, nur einen Hauch Mascara, aber sie liebte Lippenstift. Als sie ins Restaurant gekommen waren, hatten die Leute sie angestarrt, als wären sie irgendwelche Berühmtheiten. Lily zweifelte nicht daran, dass die ganze Aufmerksamkeit Shana galt. Es machte ihr nichts aus, von ihrer Tochter in den Schatten gestellt zu werden. Sie verspürte nur ein gewisses Bedauern, dass ihr einziges Kind so schnell erwachsen geworden war.

»Lass mich bezahlen«, sagte Lily und nahm die Rechnung. »Du bist schon den ganzen Weg hierher gefahren.«

»Bei mir«, sagte Richard mit einem spitzbübischen Lächeln, »bezahlen die Damen nicht. Übrigens wüsste ich mindestens ein Dutzend Männer, die ihren rechten Arm dafür hergeben würden, mit zwei derart hinreißenden und intelligenten Frauen zu Abend zu essen.«

»Nun trag nicht zu dick auf«, sagte Lily und warf ihrer Tochter einen Blick zu. »Und damit keine Missverständnisse aufkommen: Das Frühstück morgen bezahle ich. Ob du es glaubst oder nicht, Frauen haben die Neigung, einem Mann, der sie zu sehr mit Komplimenten überhäuft, nicht zu trauen.«

»In der Uni«, lachte Shana und strich sich eine Haarsträhne aus der Stirn, »sagen meine Freundinnen immer, dass Typen, die weiß Gott wie um uns herumtänzeln, nur so nett sind, weil sie uns an die Wäsche wollen.«

»Dann hör auf deine Freundinnen«, sagte Richard mit einem väterlichen Ausdruck im Gesicht.

Als er sie zum Wagen brachte, fiel ihm wieder das Abendessen mit Joyce in dem indischen Restaurant ein. Sie hatte zwar noch nicht das Haus geräumt, aber just am gleichen Morgen in der Kanzlei angerufen und sich für ihr Verhalten entschuldigt. Sie behauptete, es wäre doch schade, wenn sie ihre Beziehung als Feinde beendeten. Da er jedoch keinen erneuten Wutanfall ihrerseits riskieren wollte, beabsichtigte er, so lange nicht in sein Haus zurückzukehren, bis er sicher sein konnte, dass sie auch wirklich ausgezogen war. Als Joyce in ihrem Geschäft war, hatte er June mit dem Auftrag zu sich nach Hause geschickt, ihm ein paar seiner Sachen zu holen. Nach dem nervenaufreibenden Tempo der vergangenen Woche hatte er seinen Bungalow für das ganze Wochenende gebucht. Natürlich wollte er in Gegenwart von Shana nichts sagen, aber er hoffte, Lily dazu zu bringen, später zu ihm zurückzukommen. So hätte er auch die Möglichkeit, unter vier Augen mit ihr über die Neuigkeiten von Marco Curazon zu sprechen. Er war nicht gerade begeistert, dass Lily und ihre Tochter allein im Cottage waren. Das war einer der Gründe, warum er gleich einen ganzen Bungalow für das Wochenende gemietet hatte.

Shana bemerkte, dass sie ihre Tasche im Restaurant gelassen hatte, und rannte zurück, während Richard und Lily auf den Hotelangestellten warteten. Richard drückte Lily einen Schlüssel und eine Karte mit einer Wegbeschreibung zu seinem Bungalow in die Hand. »Komm später zu mir«, sagte er leise. »Dann können wir unter vier Augen miteinander reden.«

»Das geht nicht«, sagte Lily, weil sie spürte, dass er nicht nur reden wollte. »Nicht, solange Shana hier ist.«

»Hör zu«, sagte Richard und nahm ihren Arm. »Hast du mir nicht erzählt, dass einige ihrer Freunde hier in Santa Barbara zur Uni gehen?«

»Sie hat ein paar Freundinnen hier«, antwortete Lily. »Warum fragst du?«

»Sie ist ein junges Mädchen, Lily«, erklärte er in dem Wunsch, sein Ziel zu erreichen, ohne aufdringlich zu sein oder gar Shana noch nervöser zu machen. »Vielleicht wäre es gut für sie, mit ein paar Altersgenossen zusammen zu sein, du weißt schon. Sie könnte heute Nacht bei einer Freundin schlafen. So hätten wir ein bisschen Zeit füreinander.«

Lily warf einen Blick auf ihre Uhr. Es war halb zehn, und

sie fühlte sich nicht wohl dabei, Shana darum zu bitten, sich bei einer Freundin einzuladen. Da sie sah, dass sie auf sie zukam, flüsterte sie Richard zu: »Ich frage sie später im Wagen, dann rufe ich dich an.«

»Was habt ihr beiden da zu tuscheln?«, wollte Shana wissen.

»Nichts«, sagte ihre Mutter. »Nur über die Anlage hier.«

»Deine Mutter hat erzählt, du hättest Freunde hier?« Richard hatte beschlossen, die Sache selbst in die Hand zu nehmen. »Ich habe gehört, dass Donnerstag neuerdings der angesagte Tag ist, um tanzen zu gehen. Greg kommt ab und zu hierher, um zu surfen und ein paar Freunde zu besuchen. Und er sagt, dass die Discos freitags und samstags zu voll sind.«

»Meinst du das ernst?«, fragte Shana. »Du willst wirklich mit mir und meiner Mom tanzen gehen?«

Großartig, dachte Richard. Da hatte er ein Eigentor geschossen. »Na ja«, sagte er. »Ich würde wirklich gern mal mit euch tanzen gehen, aber das meinte ich eigentlich nicht. Ich wollte sagen, dass du vielleicht etwas mit Leuten in deinem Alter machen möchtest.«

Shana schwieg und ließ ihren Blick von Lily zu Richard wandern. »Ronnie hat mich vor ungefähr einem Monat besucht«, sagte sie und steckte sich ein Pfefferminzbonbon in den Mund. »Sonst habe ich nicht viel getan, außer herumzusitzen und mir Gedanken zu machen.«

»Dann könnte etwas Abwechslung doch gut tun.«

»Ja«, sagte Shana gedehnt und scharrte mit den Füßen im Kies der Auffahrt. »Ich habe Ronnies Telefonnummer in meiner Tasche und die von ein paar anderen Freunden auch. Ich schätze, ich könnte mal durchrufen und hören, ob irgendwas läuft.«

Genau im gleichen Moment hielten ihr Richard und Lily ihre Handys hin. Shana hatte eigentlich so tun wollen, als wüsste sie nicht, was zwischen ihnen vorging, aber jetzt konnte sie sich nicht mehr beherrschen und lachte los. »Leute in eurem Alter sind schon ziemlich komisch«, sagte sie. »Hallo, ich bin das Kind! Es ist okay! Ihr habt alles Recht der Welt, mich los werden zu wollen. Wo wohnst du, Richard?«

»Hier«, antwortete er und wunderte sich, wie schnell sie die Situation erfasst hatte – vielleicht nicht seine Sorge, dass sie allein im Cottage waren, aber sein zweites Ziel, nämlich mit Lily allein zu sein. »Es war nah beim Haus deiner Mutter –«

»Und du bist unter dem Namen Fowler hier, richtig?«, fragte Shana und zwinkerte ihnen zu, während sie in den Wagen ihrer Mutter stieg.

»Was machst du da?«, rief Lily und rannte hinter ihr her. »Ich möchte nicht, dass du allein nach Hause fährst. Richard hat doch nur einen Vorschlag gemacht!«

»Ich kenne wahrscheinlich mehr Leute hier als du, Mom«, antwortete Shana und hielt das Handy aus dem Fenster. »Ich ruf dich in einer Viertelstunde an. Wahrscheinlich übernachte ich bei Ronnie.« Und bevor Lily sie aufhalten konnte, hatte sie den Motor angelassen und raste davon.

Kapitel 22

Tief in Gedanken versunken wanderten Richard und Lily den ziemlich steilen Hügel zu Richards Bungalow hinauf. Der Hotelangestellte hatte ihnen angeboten, sie mit seinem Golfwagen dorthin zu bringen, aber sie wollten lieber laufen. Jeder der Bungalows auf der Ranch hatte einen Namen. »Magnolia?«, sagte Lily, als sie das kleine Holzschild in der Dunkelheit erblickte. »Ich liebe Magnolien.«

»Gut«, sagte Richard. »Dann habe ich ja das Richtige ausgesucht.«

An der Tür jedes Bungalows konnten die Gäste für die Dauer ihres Aufenthaltes ihren Namen anbringen lassen, falls sie das wünschten. Die meisten Besucher der Ranch waren jedoch so berühmt, dass sie sich ständig vor Publicity fürchteten, und erst vor kurzem hatte sich der Besitzer der Ranch veranlasst gesehen, von allen Angestellten ein verbindliches Schriftstück unterschreiben zu lassen, dass weder die Namen aktueller noch früherer Gäste preisgegeben werden durften. Ausgeschlossen waren nur längst verstorbene Persönlichkeiten, von denen Fotos in den Gebäuden stolz kündeten. Die Hauptattraktion der Anlage war jedoch der legendäre Bungalow, in dem John und Jackie Kennedy in ihren Flitterwochen gewohnt hatten. Er hieß »Kennedy Suite«, während die anderen Bungalows sämtlich nach Bäumen, Blumen oder anderen Pflanzen benannt worden waren.

Richard Fowler war zwar keine weltbekannte Persönlichkeit, doch zog er es ebenfalls vor, seinen Namen nicht an der Tür angebracht zu wissen. Das Letzte, was er jetzt gebrauchen konnte, war eine Teller schmeißende Ex-Freundin, die in den Bungalow gestürmt kam.

»Ich fühle mich nicht ganz wohl«, sagte Lily, als er die Tür aufschloss.

»Warum nicht?«, fragte er und warf einen Blick über seine Schulter. »Wegen Shana?«

»Natürlich«, antwortete sie und schlang die Arme um ihren Körper, weil die Nacht kühl war. »Ich möchte nicht, dass meine Tochter etwas über meine persönlichen Angelegenheiten erfährt.«

»Zumindest benutzt du das richtige Wort dafür.«

»Was soll das heißen?«

Richard trat ein, schaltete das Licht an, nahm Lily bei der Hand und zog sie in seine Arme. »Glaubst du nicht, dass Shana von unserer Affäre weiß?« Er küsste sie auf die Stirn. »Sie hat vor Jahren bei mir angerufen und behauptet, sie sei deine Sekretärin und wolle einen Termin zum Abendessen mit mir machen. Erinnerst du dich nicht? Sie wollte uns wieder zusammenbringen. Sie möchte nicht, dass du dich von der Welt abschottest, Lily.«

Da seine Worte der Wahrheit ziemlich nahe kamen, entwand sich Lily seinen Armen. »Verstehst du nicht? Ich möchte Shana das Gefühl geben, dass sie sich auf dich verlassen kann, wenn die Sache mit John außer Kontrolle gerät. Wie soll sich ein Mädchen in ihrem Alter bei der Erkenntnis fühlen, dass ihr Anwalt mit ihrer Mutter schläft?«

Richard machte eine ausgreifende Geste Richtung Wohn- und Schlafzimmer. »Wir sind hier nicht in einem Motel, Lily«, erklärte er. »Dieser Bungalow ist fast so groß wie dein Haus. Shana könnte morgen Abend hierher kommen, wenn du willst. Wir könnten uns Essen aus dem Restaurant bringen lassen.«

»Morgen Abend?«, fragte sie. »Du fährst morgen nach deinem Gerichtstermin nicht nach Ventura zurück?«

»Nein«, sagte er. »Ich habe das Haus bis Sonntag gebucht.«

Lily presste die Hand an ihre Stirn und drehte sich einmal um sich selbst. »So lang ist die Fahrt auch nicht, Richard. Jetzt sag nicht, dass du dies hier deinem Mandanten in Rechnung stellst.«

»Du solltest mich doch besser kennen«, sagte er. »Aber wo du es erwähnst, sollte ich es vielleicht doch tun. Er ist nicht gerade einer meiner Lieblingsmandanten.«

»Henry Middleton, stimmt's?«

»Gott, nein«, sagte er mit einer Grimasse. »Ich meine den Drogendealer. Das Letzte, was ich heute Abend will, ist mit dir über den Middleton-Fall reden.«

»Und wenn uns jemand im Restaurant gesehen hat?«, fragte Lily, besorgt, dass sie ihren Fall gefährdeten. »Nach allem, was geschehen ist, habe ich wirklich vergessen, dass du ihn vertrittst. Ich werde Shana anrufen und sagen, dass sie mich abholen soll.«

»Hör auf, Lily«, sagte Richard so frustriert, dass er sich die Haare hätte raufen können. »Ich hab doch schon gesagt, dass wir nicht über den Middleton-Fall reden werden. Wir machen nicht gemeinsame Sache. Können wir nicht einfach den Rest des Abends genießen?«

»Wie auch immer«, sagte Lily und wanderte durch den Bungalow. Es schien alles da zu sein, was man sich nur wünschen konnte, sogar die Kleinigkeiten, die ein echtes Zuhause ausmachten. Es gab einen Esszimmertisch, eine Küche und schöne, bequeme Möbel im abgetrennten Wohnzimmer, dazu Fernseher, Video und DVD-Gerät, außerdem eine ausgezeichnete Stereoanlage. Lily ging durch die Flügeltür ins Schlafzimmer. Ihr gefiel es, dass der Raum vom Rest des Bungalows abgetrennt werden konnte. Manche Menschen schliefen gern in einem offenen Raum und liebten ineinander übergehende Zimmer. Lily aber schlief lieber in einer überschaubaren Umgebung. Wenn sie nachts aufwachte, wollte sie auf der Suche nach dem Bad nicht umherstolpern, um es schließlich am anderen Ende des Hauses zu finden.

Das Bett war mit einem Überzug aus grünem Leinen bedeckt. Auf jeder Seite des übergroßen Bettes lag ein weißer Bademantel mit dem Logo der Anlage, daneben eine Karte mit dem Hinweis, dass sie als Souvenir zu erwerben und nicht im Zimmerpreis inbegriffen waren. Auf den Nachttischchen befanden sich Kerzenhalter in Puttenform mit nach Vanille duftenden Kerzen. Das Personal musste bereits die Abendrunde hinter sich gebracht haben, denn die Betten waren aufgeschlagen. Auf einer Ecke am Fußende des Bettes stand ein Korbtablett mit Badesalzen, exotischen Ölen, einer kleinen, goldenen Schachtel voller erlesener Pralinen und einer Orchidee in einer Porzellanvase.

Richard betrachtete Lily aus dem Augenwinkel, streifte sein Sakko ab und trat ins Schlafzimmer, um es in den Schrank zu hängen. Lily sah ihm dabei zu und wunderte sich, dass ein Mann seiner Größe sich so anmutig und gewandt bewegen konnte. Seine Schritte waren kaum zu hören, und seine Arme und Beine bewegten sich in vollkommenem Einklang.

»Ich habe einen fabelhaften Wein hier«, sagte er. Er hatte ihn im Voraus bestellt. »Ich wollte nicht, dass Shana sich unwohl fühlt, das ist einer der Gründe, warum ich zum Essen keinen bestellt habe. Sie darf ja noch nicht trinken.« Er blickte sie an und lächelte. »Ein anderer Grund ist dieser außergewöhnliche Bordeaux von 1984. Ich war verblüfft, dass sie ihn wirklich hatten, als ich anrief. Aber schließlich ist die Ranch berühmt für ihren Weinkeller.«

»Den Wein lasse ich aus, Richard«, sagte Lily. »Ich möchte im Moment wirklich nichts trinken.«

Er entkorkte den Wein und füllte zwei Gläser. »Wegen John verstehe ich deine Bedenken gegen Alkohol«, sagte er, »aber wir wollen doch nicht übertreiben. Meine Philosophie war es immer, dass alles in Ordnung ist, solange es in Maßen geschieht. Die Ärzte sagen, ein Glas Wein ab und an sei gesund und gut für den Kreislauf.«

Richard ahnte langsam, dass sein Plan, ihre Romanze wieder aufleben zu lassen, im Sande verlaufen würde, und fragte sich, wie lange es wohl noch dauerte, bis er sie nach Hause fahren sollte. Was für eine Pleite, dachte er und wandte sich ab, damit sie seine Enttäuschung nicht bemerkte.

»Gerade als ich anfing, mich in meiner neuen Situation wohl zu fühlen, musste John mich anrufen und mir erzählen, dass er jemanden getötet hat.« Lily warf ihm quer durch den Raum einen Blick zu. Seit ihrer Vergewaltigung war sie zu konservativ, zu rigide geworden. Als das Telefon klingelte, wollte sie schon hinstürzen, doch da fiel ihr ein, dass der Anruf ja auch für Richard sein konnte.

»Großartig«, sagte Richard und wandte ihr den Rücken zu, während er dem Anrufer zuhörte. »Willst du noch mit deiner Mutter sprechen?« Er schwieg, dann sagte er: »Wir haben die letzten sechs Jahre nicht viel Zeit für uns gehabt. Wir sprechen gerade über die alten Zeiten, als wir noch zusammen in Ventura arbeiteten. Du weißt schon, was Leute in unserem Alter so machen.«

Lily ging zu ihm, um den Hörer zu übernehmen, aber er hatte die Verbindung schon unterbrochen. »Sie übernachtet bei einer Freundin.«

»Ronnie?«, fragte Lily, weil sie diese Freundin kennen gelernt hatte, als Shana in Camarillo zur High School ging. Danach war Ronnies Familie nach Goleta gezogen, in eine Gegend in der Nähe der Universität. »Gehen sie in eine der Diskotheken, die du erwähnt hast? Ich glaube übrigens, dass das nicht eine so gute Idee war. Als du hier aufgewachsen bist, war das vielleicht eine sichere Stadt, Rich, aber Santa Barbara hat sich verändert. Es ist fast so wie diese sanierte Gegend in Miami. Wie heißt sie noch? South Beach, glaube ich. Ich habe gerade einen Fall auf dem Schreibtisch, der in der Nähe der State Street geschah, wo die meisten Diskotheken sind.«

»Tut mir Leid«, sagte Richard betroffen. »Sie sagte aber nicht, dass sie tanzen gehen würde, Lily. Sie erzählte nur, dass sie bei einer ihrer Freundinnen einfallen und morgen nach Hause fahren würde.«

Lily rieb sich die Stirn. »Hast du sie daran erinnert, wann sie zu Hause sein muss?«

»Ich hatte heute Abend den Eindruck, dass Shana alt genug ist, sich daran zu erinnern, wann wir uns morgen zum Frühstück treffen wollten.« Er zog eine Augenbraue hoch und warf ihr einen Blick zu, der ihr bedeutete, dass sie gluckenhaft und übertrieben besorgt war. »Sie weiß doch, dass wir uns überlegen, wie man sie aus diesem Unfall raushalten kann. Glaubst du nicht, dass dieses Treffen auch für sie wichtig ist?«

»Du hast ja Recht«, sagte Lily und ließ sich in einen Polstersessel mit passendem Schemel fallen. Sie lehnte ihren Kopf an ein Plüschkissen und schloss die Augen. Als sie sie wieder öffnete, stand Richard mit einem Weinglas vor ihr. Sie hob es kurz an ihre Lippen und setzte es dann auf dem Beistelltischchen ab. Dann zog sie ihren Blazer aus und warf ihn auf den anderen Sessel. Darunter trug sie einen weißen, schulterfreien Pullover. Sie streifte ihre Schuhe ab und legte die Beine auf den Schemel.

Richard lehnte sich gegen den Kamin, ließ das Weinglas mit Kennermiene unter der Nase kreisen und nahm dann einen Schluck. Die Flasche hatte ihn fast dreihundert Dollar gekostet, und sie hatte nur an ihrem Glas genippt und es dann weggestellt, als handelte es sich um Wasser. »Gleichgültig, wie viele Probleme wir auch haben«, sagte er zu ihr, »sollte ein Mensch doch auch Freude am Leben haben. Was wäre sonst der Sinn des Ganzen?«

»Bestrafung«, entgegnete Lily. »Ich arbeite, ich esse, ich schlafe, aber nur, um dann wieder aufzustehen und von vorne anzufangen. Ich komme mir vor wie eine Platte mit einem Sprung. Ich bin sicher, ich werde mich immer weiter im Kreis drehen, bis etwas in mir explodiert. Das ist mir ja schon mal passiert.«

»In dieser Hinsicht«, sagte Richard, »sehe ich dich eher als Orkan und nicht als Platte mit einem Sprung.« Er versuchte sein Bestes, um eine angenehme Atmosphäre zu erzeugen, weil er sich verzweifelt wünschte, sie im Arm zu halten, mit ihr zu schlafen und zu versuchen, den Zauber wieder aufleben zu lassen, der einst zwischen ihnen geherrscht hatte. Es ging nicht darum, seine körperlichen Bedürfnisse zu befriedigen. Joyce hätte mit Freuden mehrmals am Tag mit ihm geschlafen, wenn er sie dazu ermutigt hätte. Die Frau war eine begeisterte und erfahrene Partnerin in Sachen Sex, aber er liebte sie eben nicht.

Wenn Sex etwas Vollkommenes, etwas Erhabenes sein sollte, dann mussten die Beteiligten Richards Meinung nach nicht nur den alles verzehrenden Wunsch haben, ihren Partner zu beglücken, sondern auch genügend Vertrauen besitzen, sich beglücken zu lassen. Männer waren im Allgemeinen bereit zu nehmen, wohingegen Frauen, vor allem, wenn sie eine so streng religiöse Erziehung hatten wie Lily, in der Überzeugung aufgewachsen waren, dass Genuss eine Sünde war. Vor der Vergewaltigung hatten sie gerade etwas begonnen, was er für eine einmalige Beziehung gehalten hatte. Und dann war alles auf einen Schlag beendet worden.

Richard blickte Lily voller Verlangen an. Er wollte mit ihr an einen Punkt, der über bloßen Sex hinausging, er wollte mit ihr in einem Maße verschmelzen, dass er ihr nicht nur Genuss bereitete und das Gefühl gab, geliebt zu werden, sondern dass er ihr Innerstes erreichte und ihr die Verbitterung und den Schmerz nahm.

Er war sich nicht sicher, ob Lily mit ihrer Therapeutin darüber sprach, aber die Vergewaltigung hatte eine so tiefe Wunde in ihr wieder aufgerissen, dass er nicht überrascht war, dass sie jemanden umgebracht hatte. Als Kind war sie von ihrem Großvater sexuell missbraucht worden. In der Nacht, als sie die Waffe ihres Vaters aus ihrem staubigen Versteck in der Garage geholt hatte und dann nach Oxnard gefahren war, um Bobby Hernandez abzuknallen, hatte Lily versucht, zwei Dämonen aus ihrer Welt zu vertreiben – den Mann, der sie und ihre Tochter vergewaltigt hatte, und ihren vor langer Zeit gestorbenen Großvater.

Richard stellte den Dimmer so, dass das Zimmer in sanftes Licht getaucht wurde. Dann ging er zur Stereoanlage und suchte sich eine CD mit den größten Hits von Billie Holiday heraus, die er in der Sammlung des Bungalows entdeckt hatte. Die sinnliche Stimme der legendären Jazzsängerin ertönte aus den in die Wand eingelassenen Lautsprechern und war so nah und deutlich, als ob sich Billie Holiday persönlich ins Zimmer geschlichen hätte, um nur für sie zu singen.

»Komm, tanz mit mir«, sagte er, ging zu Lily und zog sie zu sich hoch.

Sie hielten einander und wiegten sich im Takt der Musik. »Haben wir je miteinander getanzt?«

»Nein«, sagte er und ließ seinen Atem über ihre Wange streichen. »Ich bin nicht sehr gut darin.«

»Ich auch nicht«, flüsterte Lily und zitterte vor Aufregung. »Große Mädchen werden nicht sehr oft zum Tanz gebeten, und schon gar nicht rothaarige große Mädchen. In der High School war ich ein Mauerblümchen.«

»Weißt du nicht, dass große Jungs unheimlich gern mit großen Mädchen tanzen?« Kaum hatte er diese Worte ausgesprochen, legte Richard seine Hand auf ihr Gesäß und zog sie näher an sich. »Wenn ein Mädchen zu klein ist, dann passt man nicht so gut zueinander.«

Sie verstand erst, als sie seine Erektion fühlte. Dann legte sie ihren Kopf in den Nacken – in ihr kribbelte alles. Richard küsste sie, streichelte mit seinen Händen zärtlich ihren Nacken und glitt dann zu ihren bloßen Schultern hinab. Er zerrte an ihrem Pullover, bis ihre Brüste freilagen und von seinen Händen umschlossen werden konnten. Sie öffnete seinen Hosenknopf, zog den Reißverschluss auf und schob seine Hose herunter.

»Schlafzimmer«, sagte Richard und wies dorthin. »Ich möchte lieber mit dir schlafen, als mit dir tanzen.«

»Nein.« Lily verging fast vor Verlangen. Der Wein, der Bungalow, die Musik – plötzlich waren all ihre Hemmungen verschwunden. »Hierher.«

Er begriff, dass sie den Sessel meinte, auf dem sie zuvor gesessen hatte. Er fing an, sich die restlichen Kleider so schnell er nur konnte vom Leib zu reißen. Lily verschwand im Nebenzimmer und holte das Korbtablett mit den Parfümölen, das sie mit ins Badezimmer nahm. Als sie wieder auftauchte, suchte sie Streichhölzer und zündete die Kerzen an beiden Seiten des Bettes an.

Richard wartete im Sessel auf sie, seine Kleider lagen in einem Häufchen neben ihm auf dem Boden. »Weißt du eigentlich, wie schön du bist?« Seine Augen weideten sich an den sinnlichen Kurven ihres Körpers, an ihrer zarten, hellen Haut, an ihrem roten Haar, das sich wild und exotisch wellte und lockte.

Sie strich ihm über den Bauch und fuhr ihm mit den Fingern durch sein Schamhaar. Auch wenn sein Bauch nicht mehr so fest war wie vor Jahren, so war er doch alles andere als schlaff. »Du bist auch schön«, sagte sie und umfasste kühn mit beiden Händen seinen Penis. Einen Augenblick später saß sie mit gespreizten Beinen auf ihm, warf ihr langes Haar auf eine Seite und stöhnte, als er eine ihrer Brüste in die Hand nahm und mit seinem Mund die Brustspitze umschloss. Mit ihrer freien Hand langte sie nach dem Lichtschalter und drehte das Licht ab, weil sie wollte, dass es dunkel war, wenn sie seinen Körper genoss und gleichzeitig seine Seele berührte. Zwischen ihren Beinen war es feucht, es pulsierte, brannte. Sie konnte spüren, wie er den Schritt ihres Schlüpfers zur Seite schob und sie dann mit den Fingern streichelte.

»Oh Gott«, rief sie und beugte sich nieder, um ihn zu küssen, das Innere seines Mundes mit ihrer Zunge zu erforschen. Sie schmeckte die gegorenen Weintrauben, roch sein Aftershave, küsste sein Gesicht, seine Brust, seinen Bauch, genoss den salzigen Geschmack seiner Haut auf ihrer Zunge.

Richard flüsterte: »Lass uns wechseln.«

Lily schwebte in einer anderen Sphäre, bereit, für ihn über den Rand der Welt zu treten. Sie stolperte in Richtung Schlafzimmer, als er sie bei der Hand nahm und sie dann sanft zurück in den Sessel drängte, ihre Beine spreizte und seinen Kopf zwischen ihnen vergrub.

»Nicht, hör auf, bitte.« Sie versuchte, sich wieder aufzusetzen. »Das geht mir zu schnell. Ich habe Angst.«

»Lass mich das für dich tun«, sagte Richard und drückte sie energisch zurück in ihre alte Position. »Als wir das erste Mal miteinander geschlafen haben, hattest du auch keine Angst. Erzähl mir nicht, dass du betrunken sein musst, um mit mir zu schlafen.«

Als sie die Leidenschaft überwältigte, bäumte sich ihr Körper auf und ihr Kopf fiel zurück in die weichen Kissen des Sessels. Sie fuhr mit ihren Fingern durch sein Haar und wünschte, immer so weitermachen zu können. Obwohl die Lust von ihren Genitalien ausging, durchfuhr es sie wie elektrischer Strom bis hoch zu ihrer Stirn und die Arme hinunter. Ihre Zehen verkrampften sich, und plötzlich entfuhr ihr ein Schrei solch großer Lust, dass sie das Gefühl hatte, sie wäre mit dem Sessel verschmolzen. Eine Weile war sie unfähig, sich zu bewegen, sie ruhte schlaff und zufrieden im Sessel. Dann setzte sie sich auf, umfasste mit ihren Händen sein Gesicht und küsste ihn.

»Wir kommen später auf diesen Sessel zurück«, erklärte sie und führte ihn mit einem verschmitzten Lächeln ins Schlafzimmer. »Da du mich in den siebten Himmel gebracht hast, muss ich doch mal sehen, ob ich nicht dasselbe für dich tun kann.«

»Ich liebe dich, Lily«, sagte er, ernst geworden. »Du kannst mich hinbringen, wohin du willst. Ich möchte, dass diese Nacht etwas ganz Besonderes ist.«

Lily stand mit Freudentränen in den Augen neben dem kerzenbeschienenen Bett. »Ich will, dass dies unser Neuanfang ist«, sagte sie zu ihm mit dünner, kindlicher Stimme. »Aber ich muss sicher sein, dass die Vergangenheit nicht zurückkommt und mich zerstört. Wie kann ich zulassen, dass ich mich in dich verliebe, nur um dich noch einmal zu verlieren?«

Richard barg sie in seinen Armen und drückte ihren Kopf an seine Schulter. »Ich werde dich dieses Mal nicht verlassen«, sagte er. »Das verspreche ich, Lily. Wir wären auch schon früher zusammen gewesen, wenn du mich nicht ausgesperrt hättest.«

»Ich hatte Angst«, sagte sie und ließ den Kopf hängen. »Und jetzt habe ich Angst um Shana.«

»Sieh mich an«, sagte er und hob ihr Kinn. »Ich werde für dich und Shana sorgen. Du musst mir nur vertrauen, mir eine Chance geben.«

Lily hob die Hand und zog den Umriss seiner Lippen mit den Fingern nach. Sie warf die Tagesdecke auf den Boden, legte sich auf das Bett und streckte die Arme nach ihm aus. Er sah sie lange an und wartete. Er wollte hören, dass sie ihn liebte, dass sie ihm vertraute und wusste, dass er alles Menschenmögliche tat, damit niemand ihr je wieder wehtat.

Aber dann dachte er an all das, was sie hatte durchmachen müssen, und er sagte zu sich, dass ihre Verletzlichkeit und ihre Bereitschaft, sich ihm hinzugeben, mehr waren, als er je hatte erwarten können.

»Komm zu mir«, flüsterte Lily und ließ ihre Arme aufs Bett fallen.

Kapitel 23

Am Freitag Morgen wachte John Forrester kurz nach neun mit hämmerndem Schädel und ausgedörrter Kehle auf. Er hatte sich seit zwei Tagen nicht rasiert. Leere Bierdosen und Fast-Food-Schachteln bedeckten den Couchtisch. Seit seiner Verhaftung hatte er keinen Whisky mehr angerührt. Aber wie viele Alkoholiker glaubte er fälschlicherweise, dass Bier harmloser war als harte Getränke.

Zwischen dem Abfall auf dem Couchtisch lagen auch einige Hundertdollarnoten, der Erlös seines Besuchs beim Pfandhaus, abzüglich der Summe, die er im Supermarkt ausgegeben hatte. Er hatte seine Uhr, seinen Ehering, seine Kamera und seinen Videorecorder versetzt. Aber wenigstens war ihm der Fernseher geblieben. Nach seiner Verhaftung hatte er bereits fünfmal bei dem Immobilienmakler, bei dem er arbeitete, telefonisch nachgefragt, ob der Scheck, auf den er wartete, schon eingetroffen war. Die Summe war unbedeutend, nur ein paar tausend Dollar. Beim letzten Abschluss hatte er mehr als die Hälfte seiner Provision abtreten müssen, sonst wäre das Geschäft geplatzt. Heute war er entweder zu Fuß oder mit dem Bus unterwegs gewesen. Die Managerin bei Prudential Immobilien, bei der er arbeitete, hatte noch nichts von seiner Verhaftung gehört, und trotzdem drohte sie, seinen Schreibtisch einem anderen zu überlassen. Wie sollte er ohne Wagen arbeiten? Ob er nun verurteilt wurde oder nicht, er musste sich doch während des

Prozesses mit Lebensmitteln und anderen notwendigen Dingen versorgen können.

John wünschte, er hätte den Mut, sich umzubringen. Aber wie konnte er, wenn er Angst vor dem hatte, was ihn auf der anderen Seite erwartete? Er warf einen Blick zum Kaminsims, wo ein Bild mit Shana und Lily stand, auf dem beide strahlten.

Lily hatte ihm seine Tochter weggenommen, den einzigen Grund für ihn, am Leben zu bleiben. Sie hatte ihn hereingelegt, hatte seine Kaution hinterlegt und sich dann Shana geschnappt. »Wie konntest du dich weigern, mir zu helfen?«, schrie er und drohte ihrem Bild mit der Faust. Voller Verzweiflung und Wut holte er das Foto vom Kaminsims, entfernte den Rahmen und schnitt mit seinem Schweizer Taschenmesser Lilys Gesicht heraus. Dann nahm er das Feuerzeug vom Couchtisch, zündete den Ausschnitt an und hielt ihn so lange über den Aschenbecher, bis nur noch ein schwelendes Häufchen Asche übrig war.

Dieses Mal, entschied er, würde Lily ihn nicht fertigmachen. Er griff nach dem Handy und gab die Nummer von Fred Jameson ein, die er von einem Fetzen Papier las. Nachdem er sich vorgestellt hatte, sagte er: »Sie haben eine Nachricht hinterlassen, weil Sie mich sprechen wollten.«

»Richtig«, sagte Jameson. »Wo sind Sie im Moment, Forrester?«

»Warum fragen Sie?«

»Nur aus Neugier«, antwortete der Detective, der merkte, dass er es mit einem Hitzkopf zu tun hatte. »Ich habe versucht, Kontakt mit Ihnen aufzunehmen. Eine Beamtin namens Hope Carruthers hat mir von dem Mord erzählt, den Sie Ihrer Ex-Frau anhängen wollen. Ich bin nicht sicher, ob Sie das wissen, aber dieses Verbrechen fällt in unsere Zuständigkeit, nicht in die von Los Angeles. Also ist das Ganze uns übergeben worden.«

John scherte sich einen Dreck um Zuständigkeiten. Aber

wenn es darum ging, Lily eins auszuwischen, war das etwas völlig anderes. Er zündete sich eine weitere Zigarette an. »Werden Sie den Fall wieder aufrollen?«

Jameson hatte in der Nacht zuvor nur ein paar Stunden geschlafen. Sie hatten die letzten Details eines Falles geklärt, der in zwei Wochen vor Gericht kommen sollte. Es ging um den Mord eines Mannes an seiner Frau. Harold Bachman hatte seine Frau während der ganzen fünfzehn Jahre ihrer Ehe geschlagen, manchmal so brutal, dass sie ins Krankenhaus musste. Als sich die arme Frau endlich entschloss, den Teufelskreis der Gewalt zu durchbrechen, und einen Scheidungsanwalt aufsuchte, hatte ihr Mann ihr auf einem Parkplatz drei Kugeln in den Kopf geschossen, als sie von ihrem Wagen zur Anwaltskanzlei gehen wollte.

»Wir würden gern eine Aussage von Ihnen zu Protokoll nehmen«, erklärte Jameson und nahm einen Schluck von seinem Kaffee. Es war sein sechster, seit er ins Revier gekommen war. »Ich schätze, wir werden uns erst in zwei bis drei Wochen darum kümmern können. Aber ich möchte trotzdem schon mal einen Termin machen, zu dem Sie aufs Revier kommen.«

»Zwei oder drei Wochen?«, rief John und schnippte die Asche von seiner Zigarette. »Ich weiß nicht, ob die Leute in L. A. Ihnen das erzählt haben, aber ich habe selbst ein paar Probleme.«

Fred Jameson legte die Beine auf den Schreibtisch. »Ihre Probleme sind Ihre Sache, Freundchen«, sagte er. »Ein Zeuge mit einem schwebenden Verfahren wegen Unfall mit Todesfolge hat vor Gericht nicht viel Gewicht. Außerdem haben wir Schwierigkeiten, Beweise zu finden und zu überprüfen. Einen sechs Jahre alten Fall wieder aufzurollen bringt eine Menge Scherereien mit sich.«

John zerquetschte eine leere Bierdose. »Sie werden also nichts unternehmen, oder? Sie werden sie einfach davonkommen lassen. Warum? Weil sie ein Mitglied eurer kleinen Copfamilie ist.«

»Wenn Sie wollen, dass wir Ihre Ex-Frau einkassieren«, sagte Jameson, »dann passen Sie auf, was Sie sagen, Forrester. Ich bin heute nicht in der besten Stimmung, aber eines kann ich Ihnen versichern, ich würde auch den verdammten Polizeichef verhaften, wenn er jemanden umgebracht hätte. Ihren Quatsch mit dem Ehrenkodex können Sie vergessen.«

»Schön«, sagte John und drückte seine Zigarette aus. »Aber ich fürchte, wenn Sie zu lange warten, sitze ich im Gefängnis.«

»Dann kommen wir zu Ihnen«, sagte der Detective. »Warum erzählen Sie mir in der Zwischenzeit nicht, was Sie wissen? Und verschwenden Sie meine Zeit nicht mit heißer Luft. Carruthers und Osborne haben mir die Kassette mit Ihrer Vernehmung geschickt, also gibt es keinen Grund, sich zu wiederholen.« Er unterbrach sich und schüttete den Rest seines Kaffees herunter. »Wir sind hier nicht in der Grundschule, wo Sie ein anderes Kind vom Unterricht ausschließen können, bloß weil Sie zum Rektor rennen und petzen. Welchen Beweis haben Sie, dass Lily Forrester Bobby Hernandez umgebracht hat?«

John lehnte sich auf dem Sofa zurück und schloss die Augen, weil er versuchen wollte, sich an die Einzelheiten zu erinnern, die er vielleicht an dem Morgen vergessen hatte, an dem die beiden Detectives in Los Angeles ihn verhört hatten. Während er nachdachte, hörte er ein Piepsen in der Leitung. Er wollte schon auf den blinkenden Knopf drücken, weil er dachte, dass ein zweiter Anrufer wartete, doch dann merkte er, dass das Geräusch anders war. »Nehmen Sie diesen Anruf etwa auf?«

»Natürlich«, sagte Jameson. »Wir nehmen jeden Anruf auf, zu Ihrer und unserer Sicherheit.«

»In der Nacht der Vergewaltigung«, setzte er langsam an,

»bat mich Lily, Shana mit in unser Haus in Camarillo zu nehmen. Ich wollte Lily nicht alleine lassen ...«

»Wo war die Polizei?«

»Lily weigerte sich, sie anzurufen«, erklärte John. »Es hätte nie einen Polizeibericht gegeben, wenn ich nicht am nächsten Morgen angerufen hätte.«

Jameson brachte seinen Stuhl in eine aufrechte Position zurück, aufgeregt von der Aussicht, dass es möglicherweise etwas Wichtiges bei diesem Verbrechen gab, das niemand beachtet hatte. Das Motiv war offensichtlich – Lily hatte den Mann umgebracht, den sie für den Vergewaltiger hielt. Und Forresters Aussage konnte so ausgelegt werden, dass man ihr Vorsätzlichkeit nachweisen konnte. Dadurch wurde die Tat schwerwiegender. »Warum hätte sich Ihre Ex-Frau weigern sollen, die Polizei direkt nach der Vergewaltigung anzurufen? Sie war doch Staatsanwältin. Sie musste doch am besten wissen, wie wichtig es ist, den Tatort zu sichern und die Beweise einzusammeln, bevor sie zerstört werden. Und außerdem muss ein Vergewaltigungsopfer sich unmittelbar nach dem Überfall einer gerichtsmedizinischen Untersuchung unterziehen. Am eindeutigsten kann man die Identität des Täters über die DNA-Reste feststellen, die man beim Opfer findet – Haare, Sperma, Speichel oder eine andere Körperflüssigkeit.«

»Bevor ich Shana mit nach Hause nahm«, fuhr John fort, »sagte Lily zu mir, sie wolle nicht, dass ihre Tochter durch die Mangel gedreht würde und dann auch noch die traumatische Erfahrung machen müsste, vor Gericht auszusagen. Im Grunde überzeugte sie mich, dass es das Beste für Shana wäre, die ganze Sache zu vergessen, damit sie ihr Leben wieder aufnehmen könne. Sie sagte, dass man den Vergewaltiger vielleicht niemals finden würde, und selbst wenn, dann würde er nicht mehr als ein paar Jahre Gefängnis bekommen. Außerdem sagte sie ...« John unterbrach sich, weil er nicht weitersprechen konnte, so sehr überwältigte ihn der Schmerz der Erinnerung an diese Nacht, an die widerwärtigen Grausamkeiten, die seiner geliebten Tochter angetan worden waren.

»Bitte fahren Sie fort«, sagte Jameson, der sich Notizen machte, obwohl er sich später auch eine Abschrift der Aufnahme anfertigen lassen wollte.

»Lily sagte, der Vergewaltiger hätte nicht ejakuliert, weil eine Sirene oder so ihn erschreckt hätte.«

Jameson ließ seine Fingerknöchel knacken und dachte über das nach, was er gerade gehört hatte. »Was änderte ihre Meinung, dass sie die Tat am nächsten Tag meldete?«

»Sie änderte ihre Meinung nicht«, sagte John. »Sie blieb die ganze Nacht weg. Ich war krank vor Sorge, hatte Angst, der Vergewaltiger würde zurückkommen und sie umbringen. Sie rief noch nicht mal an, um mir zu sagen, dass alles in Ordnung sei.« Er schlug sich mit der Faust gegen die Brust. »Ich rief die Polizei an.«

»Wo war da Ihre Frau?«

»Lily kam gegen sieben oder acht Uhr am nächsten Morgen mit dem Wagen zurück«, antwortete John. »Die Polizei war schon bei uns und sprach mit Shana. Als ich Lily fragte, wo sie die ganze Nacht war, sagte sie, sie wäre so aufgewühlt gewesen, dass sie den falschen Freeway genommen und sich irgendwo in Los Angeles City verfahren hätte. Als sie schließlich herausgefunden hätte, wo sie war, und zurückfahren wollte, wäre sie im Berufsverkehr stecken geblieben.«

Da Jameson sich einige Einzelheiten des Hernandez-Falles angesehen hatte, fragte er: »Hatte Lily eine Waffe?«

»Ja«, sagte John, »sie hatte eine halbautomatische Browning Kaliber 12. Ich meine, die Waffe gehörte nicht wirklich ihr. Sie gehörte ihrem Vater. Ich erinnere mich daran, weil ich alles zusammenpackte, als wir uns trennten und sie in das Haus zog, das sie in Ventura gemietet hatte. Da war auch eine Schachtel mit Munition. Lilys Vater hatte sie früher immer mit auf die Jagd genommen, als sie ein Kind war. Der Mann ist schon Jahre tot, aber sie erzählte mir öfter, wie stolz ihr Vater war, dass sie so gut schießen konnte, und dass sie immer ins Schwarze traf. Ich schätze, sie behielt die Waffe, weil sie ihrem Vater gehörte. Sie wissen schon, hatte Erinnerungswert für sie. Ich sage das, weil Lily strikt gegen Waffen ist.«

Jetzt spuckte der Mann endlich die Art von Informationen aus, die Jameson brauchte, um das Department dazu zu bringen, den Fall wieder aufzurollen. »Wo ist die Waffe jetzt?«

John seufzte. »Ich habe keine Ahnung.«

»Sie haben sie seit dem Tag, an dem Sie sie eingepackt haben, nicht mehr gesehen?«

»Nein«, sagte er. »Um die Wahrheit zu sagen, habe ich mich eben erst wieder daran erinnert, dass Lily die Waffe hat. In den Monaten nach der Vergewaltigung habe ich nur an meine Tochter gedacht.«

Da Jameson sah, dass es auf der anderen Leitung blinkte, wurde ihm klar, dass er seine Aufmerksamkeit dringenderen Angelegenheiten widmen musste, vor allem dem Papierkram im Bachmann-Mord. Soweit aber hatte Forrester ihm interessante Neuigkeiten geliefert. Er würde Lily mit großem Vergnügen die Daumenschrauben anlegen. Aber er hatte immer noch nicht genug gehört, um seine laufenden Fälle fallen zu lassen und zu versuchen, die hohen Tiere zu einer Revision des Falls zu überreden. »Hören Sie, Forrester«, sagte er zu ihm. »Ich überprüfe das, sobald ich Zeit dazu habe. Wir bleiben in Kontakt.«

Bevor John noch etwas sagen konnte, hatte der Detective schon die Verbindung unterbrochen. »Verdammt«, sagte John und warf die zerquetschte Bierdose an die Wand. Selbst wenn Osborne und Carruthers nicht gewillt gewesen waren, ihm für die Aussagen über Lily und den Hernandez-

Mord Vergünstigungen einzuräumen, gab es doch die Möglichkeit, dass Jameson es tat. Nach seiner Untersuchungshaft wegen Trunkenheit am Steuer war er der Meinung, dass mindestens ein Drittel aller Polizeibeamten nicht sehr weit davon entfernt war, kriminell zu werden, und einige von ihnen waren nichts anderes als rechtlich abgesicherte Schläger. Egal, was sie ihm erzählten – Lily war eine von ihnen. Es war nur eine Frage der Zeit, bis er verurteilt und ins Gefängnis gesteckt würde. In den letzten zwei Tagen hatte er sein Schicksal fast schon akzeptiert, aber er würde niemals den Verlust seiner Tochter hinnehmen. Sie benutzten ihn doch alle, behandelten ihn wie einen Dorftrottel, eine Art Pausenclown. Er würde im Gefängnis schmoren, und Lily würde immer noch im Gerichtssaal umherstolzieren, als hätte sie nie etwas Unrechtes getan. »Unfair«, sagte er laut und dachte, dass er einen Weg finden musste, Lily eine Lektion zu erteilen.

Natürlich war er wegen des Unfalls niedergeschmettert, und es tat ihm Leid, dass der junge Mann gestorben war. Aber nichts konnte ihn wieder lebendig machen. Er musste sich also auf sein eigenes Leben konzentrieren und einen Weg finden zu überleben.

Johns Erinnerungen drifteten weit in die Vergangenheit ab. Als Lily ihren Abschluss in Jura gemacht hatte, war es für sie beschlossene Sache, dass sie ihn nicht länger brauchte. In der Zeit ihres Kennenlernens hatte sie ihn an eine sanftes, waidwundes Reh erinnert. Er blickte auf das, was vom Foto übrig geblieben war, und überlagerte das junge Gesicht seiner Tochter mit dem ihrer Mutter. Sie hatte unschuldig zu ihm aufgeblickt, war immer eifrig bestrebt gewesen, ihm zu gefallen und auf das zu hören, was er sagte. Er hatte Lilys Kleider ausgesucht, ihr das Kochen beigebracht und für sie wie ein Vater gesorgt. Nach all dem, was er für sie getan hatte, ging sie hin und verließ ihn.

Wissen konnte etwas Schreckliches sein, dachte er, und

seine blutunterlaufenen Augen wanderten über das Durcheinander im Zimmer. Nie hätte er sich vorgestellt, dass Lily sich so verändern würde, wenn sie studierte, dass sie so stark und unabhängig werden würde, dass sie ihn nicht mehr brauchte. Die Frau, die ihn tags zuvor am Telefon wie einen Hund behandelt hatte, war nicht die Frau, die er geheiratet hatte. Die Lily, die er kannte, war verschwunden, war so tot wie der Junge, den er überfahren hatte. An ihrer Stelle war jetzt eine grausame und herzlose Frau.

Noch vor dem Unfall hatte Shana viele der Eigenschaften ihrer Mutter übernommen. Sie hatte ihn herumkommandiert und einfach nicht begriffen, dass ein Mann die Entscheidungen treffen, das Schiff steuern, die Regeln festlegen musste. Selbst in der Bibel war die Frau nur ein nachträglicher Einfall. Er presste seine Lippen zusammen und fragte sich, wie Frauen dazu kamen, sich selbst so wichtig zu nehmen.

John griff nach dem Telefon, schaltete es an und aus und versuchte, sich zu entscheiden, was er als Nächstes tun konnte. Plötzlich kam ihm eine Idee. Die Cops und die Bezirksstaatsanwälte mochten vielleicht unter einer Decke stecken und sich gegenseitig schützen, aber Politiker würden ihre eigene Mutter eines Verbrechens anklagen, wenn es dafür kostenlose Publicity gäbe. Er wählte die Nummer der Auskunft in Ventura.

»Ich hätte gerne die Telefonnummer vom Büro des Bürgermeisters.«

Kaum war Fred Jameson Freitag Nachmittag vom Mittagessen zurück, teilte Detective Keith O'Malley ihm mit, dass der Captain ihn sprechen wollte. »Warum?«, fragte er mürrisch. »Sag nicht, ich werde schon wieder beschuldigt, Beweise gefälscht zu haben.«

»Hey«, sagte O'Malley achselzuckend. »Ich sollte es dir nur ausrichten.«

Jameson ließ den Kopf hängen, schlurfte den Gang hinunter und blieb vor Captain Andrew Nelsons Büro stehen, um mit dessen Sekretärin zu sprechen. Monica Bell war eine hübsche Blondine Ende zwanzig, die ständig erschöpft schien. Sie hatte vier kleine Kinder aufzuziehen, und ein Jahr zuvor hatte ihr Mann sie verlassen. »Gute oder schlechte Neuigkeiten, Monica? Eines meiner Kinder hat die ganze Nacht gekotzt. Bei meinem Glück werde ich morgen auch haben, was er heute hat.«

»Der Grippevirus ist dieses Jahr wirklich schlimm«, sagte sie und nahm eine Akte aus ihrem Eingangskorb. »Trinken Sie viel heißes Wasser. Das habe ich von meiner Großmutter. So haben Sie die Chance, dass der Virus aus dem Körper gespült wird, bevor es zu schlimm wird. Ich weiß nicht, warum der Captain Sie sehen will«, fügte sie mit einem Anflug von Ärger hinzu. »Ihr seid doch alle gleich. Jedes Mal, wenn er jemanden rufen lässt, werde ich gefragt, was er denn will. Warum sollte ich das wissen? Ich bin nur seine Sekretärin.«

»Kann ich jetzt rein?«

»Aber bitte«, antwortete sie. »Er wartet schon.«

Andrew Nelson war ein ziemlich kleiner Mann Ende dreißig, mit dunklem Haar, einer schmalen Gestalt und einem Naturell, das so trocken und öde war wie die Wüste. Er war ein ausgezeichneter Verwaltungsbeamter und hatte sowohl einen Abschluss in Betriebswirtschaft als auch in Informatik. Als der Detective eintrat, blickte er durch seine metallumrandete Brille zu ihm auf, während sein Computerbildschirm im Hintergrund blinkte.

»Setzen Sie sich«, sagte Nelson und sah weiter ein paar Unterlagen auf seinem Schreibtisch durch.

Jameson zappelte unruhig in seinem Stuhl und dachte, dass der Captain ihn absichtlich warten ließ. Nelson sah gegen die Männer, die normalerweise auf dem Stuhl des Captains saßen, wie ein Schlappschwanz aus. Und nach dem, was er so hörte, wurden die Dinge eher schlechter als besser. Entweder man schwamm mit dem Strom oder man würde sich einen anderen Weg suchen müssen, seinen Lebensunterhalt zu verdienen.

Nelson hatte es fast über Nacht an die Spitze geschafft und dabei einige Kollegen ausgestochen, die weitaus verdienter und erfahrener waren. Niemand zweifelte daran, dass er Polizeichef werden würde, bevor er vierzig war, wenn nicht in Ventura, dann in einem größeren Department. Die Leute im Revier witzelten, dass er der Bill Gates der Verbrechensbekämpfung war. Die meisten Männer in Uniform, die, die immer noch an der Front arbeiteten, konnten ihn nicht ausstehen. Niemand hielt ihn für einen richtigen Cop, denn er war nur ein Jahr Streife gefahren, bevor er zum Sergeant befördert worden war. »Sie wollten mich sehen, Sir«, sagte Jameson, der sich fragte, wie lang Nelson ihn noch ignorieren wollte. »Ich habe im Moment ein paar ziemlich dringende Fälle. Sie wissen schon, Morde und so etwas.«

Nelson würdigte seinen Sarkasmus keines Kommentars, da er es für wenig konstruktiv hielt, ihn zurechtzuweisen. »Heute Morgen erreichte mich ein Anruf aus dem Büro des Bürgermeisters, in dem es um wichtige Informationen über einen sechs Jahre alten Mord ging.«

Der Detective lehnte sich vor. »Großartig, ich bin gerade dabei …«

»Kann ich ausreden?«, fragte Nelson und warf ihm einen strengen Blick zu, bevor er seine Augen zum Bildschirm und dann wieder zurückwandern ließ. »Ein gewisser John Forrester hat die Meldung erstattet, die ich heute Morgen aus dem Büro des Bürgermeisters bekam. Er behauptet, er wolle bezeugen, dass seine Frau, Lillian Forrester, früher Bezirksstaatsanwältin in unserem Zuständigkeitsbereich und jetzt in Santa Barbara, einen Mann namens Bobby Hernandez erschossen hat. Mr. Forrester behauptet außerdem, dass er die Polizei in Los Angeles darüber informierte und bis heute noch niemand darauf reagiert hat. Wissen Sie etwas darüber?«

Fred Jameson schaukelte auf seinem Stuhl vor und zurück. Da hatte er gedacht, dass wieder irgendein Knallkopf Beschwerde gegen ihn eingereicht hatte, und stattdessen hatte der größte Idiot aller Zeiten ihm genau das geliefert, was er wollte. »Ich kümmere mich schon darum«, sagte er rasch. »Zuerst hatte ich Schwierigkeiten, die Akten zu finden und die Beweise aufzuspüren. Aber gestern bin ich auf etwas gestoßen.«

»Und was haben Sie herausgefunden?«

»Okay«, sagte Jameson, »Ich bin ziemlich sicher, dass wir alles, was wir brauchen, um den Fall wieder aufzurollen, im Archiv haben. Letzte Nacht bin ich selbst hinuntergegangen und habe alle Aktenschränke durchgesehen. Natürlich liegt einiges auch im Labor auf Eis. Wir haben beeidigte Zeugenaussagen und Laborberichte, eigentlich den ganzen Kram.« Er unterbrach sich und holte tief Luft. »Und nicht nur das, ich habe sogar den Detective aus Oxnard ausfindig gemacht, der damals den Fall übernommen hatte. Sie haben vielleicht schon von ihm gehört: Bruce Cunningham.«

»Aha«, sagte Nelson und klopfte mit seinem Füller auf die Glasplatte seines Schreibtischs. Selbst wenn er jemals mit Cunningham zu tun gehabt hatte, versuchte er doch, seinen Kopf von so unwesentlichen Details wie den Namen früherer Mitarbeiter freizuhalten. »Welche Probleme sehen Sie bei der Weiterverfolgung des Falls, abgesehen von der Tatsache, dass wir mehr als genug aktuelle Morde haben?« Er hatte schon die Möglichkeiten Revue passieren lassen, die sich ihnen bieten würden, wenn John Forresters Geschichte wahr war. Wenn etwas Sensationelles dabei herauskam, war er der Verbindungsmann zur Presse. Diese Art von Publicity konnte für seine Karriere wertvoll sein.

Jameson ließ seine Fingerknöchel knacken. »Sie wissen

schon, dass John Forrester in Los Angeles wegen Unfall mit Todesfolge angeklagt wurde, oder?«

Der Captain behielt seinen stoischen Gesichtsausdruck bei. »Nein«, sagte er nur, weil ihm nicht gefiel, was er hörte. »Hat diese Sache in irgendeiner Weise etwas mit dem Mord an Hernandez zu tun?«

Jameson machte eine unbestimmte Handbewegung. »Ja und nein«, sagte er und wartete auf Nelsons Nicken, damit er fortfahren konnte. »Hope Carruthers, eine der Ermittlerinnen aus Los Angeles, die den Fall an uns weitergegeben hat, meint, dass Forrester einfach seine Ex-Frau dazu zwingen will, ihm die Anwaltskosten zu zahlen.«

»Wollen Sie damit sagen, dass der Mann die Geschichte erfunden hat?«

»Keineswegs«, sagte Jameson und schüttelte den Kopf. »Ich bin letzte Nacht über die Kopie eines Phantombilds gestolpert, bei dem Sie ausflippen würden. Die Zeichnung selbst habe ich nicht. Vielleicht hat sie jemand aus Versehen vernichtet oder verlegt, als Ventura und Oxnard zusammengelegt wurden.«

Der Captain runzelte die Stirn. »Das ist bedauerlich«, sagte er. »Es ist immer besser, wenn man dem Staatsanwalt die Originaldokumente liefern kann.«

»Ja«, sagte Jameson, der keine Lust hatte, sich einen langatmigen Vortrag über das Konservieren von Beweismaterial anzuhören. »Als der Fall noch heiß war«, fuhr er fort, »wurde die Kopie in der Lokalzeitung veröffentlicht. Ich habe sie mir aus dem Computerarchiv geholt. Wenn Sie das Bild neben ein Foto aus der Personalakte von Lily Forrester legen, wird Ihnen die verblüffende Ähnlichkeit auffallen. Die Lady ist schlau, Captain, da können Sie mir vertrauen, und nicht nur, weil sie Bezirksstaatsanwältin ist. Sie ist fast einen Meter achtzig groß, und auf dem Bild sieht es so aus, als hätte sie sich als Mann verkleidet, weil sie wusste, dass sie so ihre Spur verwischen würde. Die meisten würden nie darauf kommen, dass ein derart brutales Verbrechen von einer Frau verübt werden könnte. Die Fotos von der Autopsie sind ziemlich grausig. Nicht nur, dass Hernandez ein Loch in seiner Brust hat, das so groß ist wie ein Fußball, einer seiner Arme hing auch nur noch an ein paar Sehnen.«

»Ihrer Beurteilung nach ist die Sache mit dem Geschlecht also einer der wichtigsten Gründe, warum der Fall nie gelöst wurde?«

Jameson antwortete: »Genau.«

»Geben Sie mir das Erscheinungsdatum des Artikels«, sagte Andrew Nelson, »und wir können ihn sofort auf den Bildschirm holen. Ich habe eine direkte Verbindung zu jeder größeren Zeitung und zu jeder Nachrichtenagentur.«

Jameson rieb sich mit der Faust über sein Kinn. Ein Punkt für ihn, dachte er. Er hatte es satt, ständig die Leute über ihre Links, Channels, Websites und all die Informationen prahlen zu hören, die sie in wenigen Minuten von überall her bekommen konnten. Jetzt hatten sie schon Computer im Streifenwagen und waren direkt verbunden mit dem so genannten NCIC, der nationalen Datenbank für Verbrechensbekämpfung. Wenn sie nicht gerade ihrer Arbeit nachgingen, konnten sie unter einem Baum parken und auf ihren Dienstcomputern durchs Internet surfen oder sogar an der Börse handeln. Sie lebten schon in einer verrückten Welt, und manchmal fragte sich Jameson besorgt, wohin das noch führen sollte.

»Was sagten Sie gerade?«, fragte Nelson und riss ihn aus seinen Gedanken.

»Ich habe das Datum nicht auswendig parat«, antwortete der Detective. »Um die Wahrheit zu sagen, Captain, habe ich mich aus einigen Gründen nicht kopfüber in die Sache gestürzt.« Er berichtete seinem Vorgesetzten von den McDonald-Lopez-Morden, der Vergewaltigung von Lily und ihrer Tochter und darüber, wie alles zusammenzuhängen schien. Dann sah er sich gezwungen, Nelson darauf hinzuweisen, dass Lily seiner Karriere geschadet hatte, als sie behauptete, er hätte Beweise im Walter-Evans-Fall gefälscht. »Ich meine aber«, fügte er hinzu, »dass die Evans-Sache jetzt schon fast fünf Jahre her ist. Ich bezweifle, dass sich irgendjemand noch daran erinnert.«

Nelson stützte den Kopf in seine Hand und trank einen Schluck Wasser, während er versuchte, alle Konsequenzen zu durchdenken. »Übergeben Sie die Sache an O'Malley«, sagte er schließlich. »So müssen wir uns nicht mit jemandem herumschlagen, der behauptet, wir verfolgten den Fall nur, weil Sie Ihren persönlichen Rachefeldzug gegen diese Forrester führen wollten.«

»Das ist nicht fair«, sagte Jameson. »Ich hatte schon so viel Arbeit damit. Warum sollte O'Malley jetzt eine solche Chance bekommen?«

Captain Nelson warf ihm einen düsteren Blick zu. »Verbrechensbekämpfung ist kein Spiel, Jameson, in dem der eine oder andere um Punkte kämpft. Gleichgültig, wer der leitende Ermittler ist, Ihre Arbeit wird beachtet.«

Jameson war nicht begeistert, aber es war besser als gar nichts. »Also machen wir weiter, oder?«

»Ich wüsste nicht, was dagegen spräche«, antwortete Andrew Nelson selbstgefällig und lehnte sich in seinem Stuhl zurück. »Mord ist Mord, und dieser ist komplex und faszinierend genug, um nationale Aufmerksamkeit zu erlangen.« Er ließ seinen Stuhl wieder in die aufrechte Position zurückschnellen. »Ventura ist keine große Stadt, verstehen Sie?«

»Schon klar«, sagte Jameson und stand auf. »Sie wollen sagen, dass es Zeit ist, Ventura in die Nachrichten zu bringen.«

»Richtig«, sagte Captain Nelson mit einem besonderen Glanz in den Augen, als er wieder auf seinen Computer blickte. »In die Weltnachrichten. Und wissen Sie was? Ich denke, dazu haben wir das perfekte Vehikel.«

Kapitel 24

Lily erwachte Freitag Morgen in Richards Armen und konnte sich nicht erinnern, sich je so wohl und entspannt gefühlt zu haben. Ihr Kopf war an seine Schulter geschmiegt, ihr rechtes Bein lag über seinem Unterleib, und die Zehen ihres linkes Fußes hielten sich an seiner Achillessehne fest. Sie fragte sich, wie lange er schon wach war. Schweigend, ohne sich zu bewegen, betrachtete sie ihn, blickte liebevoll auf sein Profil – die majestätische Linie der Nase, seine Lippen, sein ausgeprägtes Kinn. Sie hatte ihn im Verdacht, dass er sich nur deshalb nicht rührte, um sie nicht zu stören, aber seine Augen waren geöffnet und starrten an die Decke.

»Guten Morgen, meine Schöne«, sagte Richard und lächelte, als er sich über sie lehnte, sie auf den Mund küsste und so Erinnerungen an ihre Liebesnacht in ihr wachrief. »Du bist vielleicht schwer zu überzeugen, aber danach bist du nicht mehr zu halten.«

Lily grinste, als sie zu ihm aufblickte. »Hab ich dich fertiggemacht?«

»Ich werd's überleben«, antwortete er und räkelte sich, nun, da sie wach war, genüsslich. »Aber wir sollten eine Gewohnheit daraus machen und keinen einmaligen Marathon.«

Sie knuffte ihn spielerisch in die Seite. »Du bringst mich in Verlegenheit.«

»Ich bringe dich in Verlegenheit?«, sagte Richard und zog sie auf sich. »Ich habe mich selbst in Verlegenheit gebracht. Und das ist nicht so einfach, zumindest nicht in meinem Alter. Als ich achtzehn war, war das vielleicht anders.«

Lily stützte sich auf. »Ach, wirklich?«

»Ich hasse es, das zuzugeben«, sagte er und suchte mit seinen dunklen Augen ihren Blick, »aber ich war nicht so enthaltsam wie du. Das ist die Veranlagung des Mannes, du weißt schon. Es steckt uns in den Genen.«

»Das hört sich für mich zu klinisch an«, sagte Lily und strich ihm das Haar aus der Stirn.

»Aber es stimmt.« Richard hob sie von seinem Körper. »Ich habe im College ein Seminar in Biochemie belegt, weil ich glaubte, ich könnte so ein paar Geheimnisse des Universums lüften. Aber ich habe nur eines gelernt. Der Zweck des Lebens ist die Fortpflanzung. Die Männer sind dazu geschaffen, Sex zu haben. Sonst wäre die menschliche Rasse längst ausgestorben.«

»Warum sprichst du über andere Frauen?«, fragte Lily. »Willst du mich eifersüchtig machen?«

»Nein«, sagte er, »ich versuche nur, ehrlich zu sein.«

»Ich bin gar nicht eifersüchtig«, sagte sie und fügte dann hinzu: »Das nehme ich zurück, okay? Was du in der Vergangenheit getrieben hast, ist unwichtig, außer du hast eine Krankheit.« Als er nicht antwortete, nahm sie an, dass er nicht verantwortungslos gewesen war und sich außerdem wie sie den Routine-Tests unterzogen hatte. Obwohl sie nur selten sexuelle Abenteuer gehabt hatte, war sie eine Verfechterin des Safer Sex. »Aber was du in Zukunft tust, könnte ein Problem werden, je nachdem, was wir aus unserer Beziehung machen.«

»Damit komm ich klar«, sagte er und streichelte ihr die Brust. »Aber nur unter einer Bedingung.«

»Und die wäre?«

»Du musst mir versprechen, mich nicht mit Gegenständen zu bewerfen.«

Lily war verwirrt. »Wie meinst du das?«

»Frag nicht.«

Sie küsste ihn auf den Mund, das Kinn, den Bauch und begann dann, sich langsam nach unten zu bewegen, bis er sie sanft beiseite schob.

»Ich hätte nie gedacht, dass ich das einmal sagen würde«, verkündete er und stopfte sich mehrere Kissen hinter den Kopf, »zumindest nicht zu dir. Aber ich kann jetzt nur mit dir schlafen, wenn du auf der Stelle eine Hauttransplantation an mir vornimmst.«

Die unteren Hälften ihrer Körper waren noch vom Laken bedeckt. Lily riss das Laken weg. Als sie seinen Penis sah, musste sie sich zusammennehmen, um nicht zu lachen. Die Haut war rot und entzündet. Das Ganze erinnerte sie an einen Hot Dog, der über offener Flamme geröstet worden war. »War ich das etwa?«

»Wenn nicht noch jemand mit uns im Bett war«, antwortete Richard, berührte seine Genitalien und zog eine Grimasse.

»Wie kann jemand mit deinem Teint so empfindliche Haut haben?«

»Aha«, sagte er und zog an einer ihrer Haarsträhnen, »jetzt ist es also meine empfindliche Haut, ja? Es könnte nicht etwas damit zu tun haben, dass wir bis vier Uhr morgens im Bett herumgetobt haben? Vielleicht irre ich mich, aber ich meine mich zu erinnern, dass du mich zuletzt dein ›kleines Pony‹ genannt hast. Und ich habe nichts dagegen, dass du mich Pony nennst«, fuhr er fort, »aber das Wort *klein* findet nicht gerade meine Zustimmung.«

Lilys anziehendes Gesicht war noch schöner geworden, weil sie sich geliebt fühlte, und ihr rotes Haar badete in einem Sonnenstrahl. Plötzlich erschienen ihr alle Probleme unbedeutend. »Ich glaube, ich weiß, woher die Bemerkung mit dem kleinen Pony kommt«, erklärte sie ihm. »Shana hatte ein Buch mit dem Titel, als sie im Kindergarten war. Ich habe es ihr jeden Abend vorgelesen. Zu dem Buch gab es sogar eine Halskette für das kleine Pony.« Als sie schließlich aufhörte zu lachen, setzte sie sich auf und zog sich das Laken über den Leib. »Irgendwelche Klagen?«

»Natürlich nicht«, antwortete Richard, stieg aus dem Bett und steuerte das Badezimmer an. »Ich kaufe mir Wundcreme in der Drogerie. Heute Abend bin ich dann fit für eine Zugabe.«

Einen Augenblick später steckte Richard den Kopf aus dem Badezimmer, um ihr mitzuteilen, dass es schon nach sieben war. Lily saß im Schneidersitz und mit einem entrückten, friedlichen Ausdruck in den Augen auf dem Bett, fast so, als meditierte sie.

»Ich will dich nicht stören«, sagte er. »Aber wir setzen uns jetzt besser in Bewegung. Du willst doch nicht, dass Shana vor dir zu Hause ist. Dann kannst du nicht mehr vor ihr verbergen, dass wir die Nacht zusammen verbracht haben.«

»Ach«, sagte Lily und warf ihm einen leeren Blick zu, »das macht mir nichts. Wahrscheinlich werde ich es ihr ohnehin sagen.«

»Hm«, sagte Richard, »irre ich mich, oder hast du jetzt eine Wendung von hundertachtzig Grad gemacht?«

»Ich bin eine Frau«, gab Lily zurück. »Frauen ändern ihre Meinung schon mal, hast du das vergessen?« Auch wenn ihre Antwort so leichthin gekommen war, fühlte sie sich nicht danach. Was sie miteinander erlebt hatten, war nicht nur angenehm, sondern auch auf einzigartige Weise tief berührend gewesen.

Das Gefühl erinnerte sie an ein Bild im Schlafzimmer ihres Cottages, die Reproduktion eines Gemäldes mit dem Titel *Die Umarmung* von Egon Schiele. Nicht nur die dort abgebildete Sinnlichkeit band sie an das Bild, sondern auch die Tatsache, dass sie in schlaflosen Nächten stundenlang darauf starrte. Zufälligerweise hatte der Künstler es 1917 gemalt, genau in dem Jahr, in dem ihre Mutter geboren wurde. Es zeigte einen Mann und eine Frau auf einem blauen Laken, dessen Stoff sich neben ihnen kräuselte, als wären es Wellen im Meer. Als Lily eines Tages ein paar Kunstbücher im Tecolote-Buchladen in Montecito durchgeblättert hatte, war sie in einem Buch, das von einer kunsthistorisch versierten Nonne namens Schwester Wendy Beckett herausgegeben worden war, auf das Bild gestoßen. Die Autorin hatte erklärt, dass der Betrachter des Bildes *Die Umarmung* Zeuge des mystischen Geheimnisses einer so genannten *wahren Umarmung* sein dürfe, womit gemeint war, dass das Paar auf dem Bild sich vereinigte und ineinander aufging.

»Ziehst du dich jetzt an?«

Lily ging ins Badezimmer und umarmte Richard von hinten, während er sich sein Gesicht mit Rasiercreme einschmierte. »Danke«, sagte sie mit Tränen in den Augen. »Ich glaube, die letzte Nacht hat mich verändert. Ich weiß noch nicht genau, wie. Ich hoffe nur, dass es von Dauer ist.«

Richard sagte scherzhaft: »Trag nicht zu dick auf, Lily. Ich habe nicht vergessen, was du und Shana über Typen gesagt habt, die zu viele Komplimente machen.«

»Wir treffen uns im Café«, sagte Richard, lehnte sich zu Lily und küsste sie, bevor sie vor ihrem Haus aus dem Wagen stieg. Gerade als er gefahren war, bemerkte sie, dass sie nicht ins Haus kam. Der Schlüssel zum Cottage war am selben Ring wie der Autoschlüssel. Jetzt musste sie warten, bis Shana kam, und dann würde ihre Tochter sofort wissen, dass sie die Nacht mit Richard verbracht hatte. Lily hatte zwar gesagt, dass es sie nicht störe, wenn Shana erfuhr, dass sie sich liebten, aber sie war nicht darauf vorbereitet, es ihr sofort zu erzählen.

Lily hatte einen Ersatzschlüssel auf dem Grundstück versteckt. Da sie ihn jedoch nie benutzte, hatte sie vergessen, wo er versteckt war. Plötzlich wurde sie von Panik ergriffen, war sich sicher, dass Curazon den Schlüssel gefunden hatte, dann damit ins Haus eingedrungen war und Shanas Bild gestohlen hatte. Ihre Angst wurde nur noch größer angesichts der Tatsache, dass der Schlüssel von Shanas und Johns Haus ebenfalls von ihrem Schlüsselring verschwunden war.

Wo hatte sie ihn hingesteckt? Sie konnte ihre Vermieter nicht bitten, sie ins Haus zu lassen, da sie nach Europa gereist waren. Schließlich rannte sie in den Garten, riss die braune Plane über dem Grill ab und holte eine kleine, mit einem Magneten versehene Dose in der Größe einer Streichholzschachtel von der Innenseite des Grilldeckels. Sie hatte die Dose einmal zu Weihnachten bekommen.

Kaum war sie im Cottage, wanderten ihre Augen zu dem Beistelltischchen, auf dem sich das Bild und der Umschlag befunden hatten. Jetzt, da sie den Schlüssel gefunden hatte, versuchte sie, ihr früheres Gefühl der Sicherheit wiederzugewinnen.

Warum sollte Curazon den Schlüssel zurücklegen, fragte sie sich, wenn er ihn gefunden hatte und damit ins Haus gekommen war? Sie konnte sich nicht vorstellen, dass er die Mühe auf sich genommen hatte, ihn nachzumachen und das Original dann in die kleine Dose im Grill zurückzulegen.

Wie sie nach seiner Verhaftung erfahren hatte, hatte Curazon eine stark gestörte Persönlichkeit. Er war als kleiner Junge von seiner Mutter schwer misshandelt worden. Die meisten Menschen wussten nicht, dass Vergewaltigung ein Gewaltverbrechen war und Sex nur die Waffe dazu, ähnlich wie ein Gewehr oder Messer. Männer vergewaltigten, um zu bestrafen, um Schmerzen zuzufügen, um Macht über ihr Opfer zu gewinnen. Curazon hatte sie vergewaltigt, um seinen eigenen inneren Schmerz zu lindern. Er war ein Sexualtäter, der impulsiv handelte: Und das war einer der Gründe, warum sie nicht glaubte, dass er den Schlüssel genommen und durch einen zweiten ersetzt hatte.

Da Lily sich umziehen wollte, eilte sie ins Schlafzimmer und entschied sich für eine schwarze Hose und einen violetten Pulli. Als sie ein Geräusch hörte, das von der Haustür zu kommen schien, fing ihr Herz wie rasend an zu klopfen, und sie umklammerte das Oberteil.

»Mom?«, rief Shana. »Bist du da?«

»Ich ziehe mich gerade an«, antwortete sie, zog sich den Pullover über den Kopf und ging ins Wohnzimmer. »Wie war dein Abend?«

Die Liebesnacht mit Richard schien für Lily jetzt schon Wochen zurückzuliegen, aber der Schlafmangel zeigte sich auf ihrem Gesicht. Unter den Augen hatte sie tiefe Ringe, und ihr lockiges Haar war noch ungebärdiger als sonst.

»Ganz okay, schätze ich«, sagte Shana, ließ sich aufs Sofa fallen und nahm sich dann ein Päckchen Kaugummi vom Tisch. »Du siehst erschöpft aus, Mom. Wie lang warst du denn noch bei Richard?«

»Wir müssen uns beeilen.« Lily warf einen Blick auf ihre Uhr, weil sie ihr gern die Wahrheit erzählt hätte, aber wusste, dass es nicht der richtige Zeitpunkt für ein persönliches Gespräch war. »Wir sollen Richard in weniger als zehn Minuten im Café treffen«, fügte sie hinzu. »Ich muss außerdem noch im Büro vorbei, aber da kannst du mitkommen. Ich muss mich nur mal zeigen und mir ein paar Sachen vom Computer runterladen. Heute Nachmittag können wir zur Universität fahren und uns erkundigen.«

»Ich will nicht nach Santa Barbara wechseln«, protestierte Shana und ließ ihren Kaugummi knallen. »Ronnie will jedenfalls hier weg, vielleicht sogar auf die UCLA. Die meisten Leute, die sie mir gestern Abend vorgestellt hat, sind komplette Idioten.«

»So schlimm kann es nicht sein.«

»Ach, nicht?«, gab Shana zurück. »Diejenigen, die nicht kiffen, machen diesen Retro-Trend mit Big-Band-Musik und altmodischem Standardtanz mit. Sie haben mich zu Tode gelangweilt mit ihrem Gelaber über ihre blödsinnigen Klamotten.«

Lily hatte nicht erwartet, dass Shana so schlecht gelaunt nach Hause kommen würde. Die Laune ihrer Tochter tat ihrer eigenen Hochstimmung einigen Abbruch. »Sind die Jugendlichen in L. A. nicht genauso drauf?«

»Und wenn schon!«, antwortete Shana und stand auf. »Das einzige, was mich interessiert, ist, das College zu beenden, damit ich Jura studieren kann. Ich hatte im letzten Jahr nur zwei Verabredungen, Mom. Die Kids von gestern Abend verschwenden nur das Geld ihrer Eltern.«

Lily ging zu ihr und umarmte sie. »Deshalb bin ich so stolz auf dich, mein Schatz.« Als sie sich löste, sagte sie: »Jetzt frühstücken wir erst schön und hören uns an, was Richard zu sagen hat. Und dann versuchen wir heute Nachmittag, ein paar deiner Probleme zu lösen.«

Als sie sich gerade auf den Weg machen wollten, kam Lily noch eine Idee. »Vielleicht finde ich eine Möglichkeit, dir ein Apartment zu mieten. Wir holen uns heute Nachmittag eine Zeitung von L. A. Vielleicht haben wir Glück und finden eine Studentin in deinem Alter, die eine Mitbewohnerin sucht.«

»Das können wir auch übers Internet«, antwortete Shana und klimperte mit dem Schlüsselring. »Aber was ist mit Dad? Ist er nicht der Grund, warum du mich nicht mehr in L. A. haben wolltest?«

»Ich war nur besorgt für den Fall, dass du in deinem Haus wohnen bleibst«, erklärte ihr Lily. »Wenn du aber eine Mitbewohnerin hast, kann er dich nicht unter Druck setzen, dass er bei dir einziehen will.«

Shana holte ihren Lippenstift aus dem Rucksack, trug ihn

ohne Spiegel auf und presste ihre Lippen dann auf ein Taschentuch. »Dad wird mich überhaupt nicht mehr unter Druck setzen«, sagte sie mit überzeugter Stimme. »Im Augenblick ist es mir sogar egal, ob er von der Brücke springt. Ich ertrage es noch nicht einmal, an ihn zu denken, so sehr hasse ich ihn.«

»Sag das nicht«, antwortete Lily düster. »Es ist eine Sache, wütend wegen seines Verhaltens zu sein, aber hassen solltest du niemanden.«

»Nicht einmal, wenn jemand einen Menschen getötet hat?«, rief Shana und trat gegen den Hinterreifen des Audi.

»Nein«, beschied Lily sie. »Hass frisst einen auf. Ich habe sechs Jahre meines Lebens wegen meines Hasses verloren.«

Shana weigerte sich, klein beizugeben. »Der Junge, den Dad überfahren hat, war so alt wie ich, Mom. Er ging sogar zur UCLA. Vielleicht finde ich einen anderen Studienplatz, aber die Leute werden es doch herausfinden. Wenn die Polizei mich in Ruhe lässt, werden die Leute immer noch wissen, dass mein Vater jemanden getötet hat.«

»Es ist eine große Universität«, sagte ihre Mutter und legte sich eine Hand in den Nacken. »Das hast du doch auch schon zu den Detectives gesagt. Ich denke, du machst dir jetzt unnötig Sorgen.«

»Okay, klar«, rief Shana mit blitzenden Augen, während sie mit großen Schritten in der Einfahrt im Kreis herumlief. »Warum steckst du mich dann nicht einfach in ein Irrenhaus? Das würde doch alle meine Probleme lösen. Dann brauchte ich mir keine Sorgen wegen Dad zu machen. Ich müsste keine neue Wohnung suchen, die Uni wechseln und die ganze Nacht wach bleiben, weil ich Angst habe, dass Curazon oder ein anderer mich vergewaltigt.« Sie ging zu ihrer Mutter und spie ihr die Worte ins Gesicht. »Du sagst, ich sollte nicht verbittert sein und nicht hassen. Dann sag mir, wie ich das machen soll, Mom! Komm schon, sag's mir!«

Lily schüttelte den Kopf, weil sie wusste, dass sie sie nicht trösten konnte. Auch wenn es ihr das Herz zerriss, ihre Tochter musste jetzt Dampf ablassen. Sie konnte nur zuhören und ihr zeigen, dass sie sie liebte. Sie fühlte sich schuldig, dass sie die Nacht mit Richard verbracht, dass sie Freude empfunden hatte, während ihr Kind so litt. Sie sah zu, wie Shana sich eine Sonnenbrille auf die Nase setzte, und bemerkte, wie ihre Hände zitterten. Das Mädchen versuchte verzweifelt, sich zusammenzureißen, die nötige Kraft zu finden, um weitermachen zu können.

»Es ist schon schlimm genug zu wissen, dass meine Mutter jemanden umgebracht hat«, sagte Shana und warf Lily einen Blick zu, während sie zur Beifahrerseite des Wagens ging. »Aber zumindest weiß ich, dass du einen Grund hattest.«

Lily sperrte den Mund auf. Schwarze Punkte tanzten ihr vor den Augen, alles Blut wich ihr aus dem Gesicht, und sie hatte das Gefühl, gleich umzukippen. Shana wusste es! Ohne jeden Zweifel wusste ihre Tochter die Wahrheit.

Shana warf ihren Rucksack auf den Rücksitz und sagte: »Glaubst du etwa, ich hätte es nicht gewusst? Ich weiß sogar, dass der, den du umgebracht hast, nicht der Vergewaltiger war. Das habe ich schon vor langer Zeit herausgefunden. Du hast den Typen von dem Zeitungsausschnitt umgebracht, der die Prostituierte ermordet und die beiden Teenager abgeschlachtet hat.«

Lily wirbelte herum und wollte zum Haus rennen.

Shana jagte hinter ihr her und packte sie am Arm. »Warte«, sagte sie. »Vielleicht hasse ich Dad, aber dich hasse ich nicht. Ich verstehe, warum du es getan hast. Du wolltest mich schützen, sicherstellen, dass niemand mir je wieder wehtut. Du hast alles für mich riskiert … deine Karriere, deine Freiheit, sogar dein Leben.«

»Es … es war falsch«, stammelte Lily mit tränenerstickter Stimme. »Niemand sollte das Gesetz in die eigenen

Hände nehmen. Als ich sagte, ich hätte all diese Jahre mit dem Hass gelebt, meinte ich nicht den Hass auf Marco Curazon, sondern den Hass auf mich, Shana. Das ist die schlimmste aller Strafen. Deshalb sagte ich, du solltest deinen Vater nicht hassen. Egal, wie viele Jahre er ins Gefängnis muss, er wird den Rest seines Lebens bedauern, was er getan hat. Er wird immer wieder diesen schrecklichen Moment durchleben und Gott um Verzeihung bitten.«

»Ich hoffe es«, sagte Shana und küsste Lily zärtlich auf die Wange.

Für die beiden Frauen schien die Zeit stillzustehen, sie waren eingeschlossen im Kokon des Augenblicks, verschmolzen wie die Figuren auf dem Bild in Lilys Schlafzimmer. Aus der Tochter wurde die Mutter, aus der Mutter wurde die Tochter; beide waren miteinander verbunden, und doch jede einzigartig.

»Ich möchte nur, dass du eines weißt«, fuhr Shana fort. »Ich hätte dasselbe getan. Vielleicht hast du Recht damit, dass ich Dad nicht hassen soll, aber manchmal tun Menschen so schreckliche Dinge, dass sie nicht mehr verdienen zu leben.«

Kapitel 25

»Danke«, sagte John und nahm den Umschlag mit dem Scheck von der Empfangsdame der Immobilienfirma, bei der er angestellt war. Es war Freitag Abend, halb sechs, und alle waren schon nach Hause gegangen. Nur noch die Empfangsdame war im Büro, und auch sie hatte er gerade noch dort erwischt. »Sagen Sie Martha, ich rufe sie nächste Woche an. Meine Mutter ist krank. Ich wusste nicht, dass es so ernst war, als ich gestern anrief und mit ihr sprach.«

»Die Grippe?«, fragte das Mädchen und schnäuzte sich.

»Nein«, log John. »Sie hat Krebs. Sie hat nicht mehr lange zu leben.«

»Das tut mir Leid.«

»Danke«, antwortete er und eilte hinaus, um den Scheck in der nahe gelegenen Bank einzulösen, bevor sie schloss.

Als er die Bank wieder verließ, schob er das Geld in seine braune Lederjacke und rief über Handy ein Taxi, dann wies er den Fahrer an, ihn in die Gegend hinter dem Pico Boulevard zu bringen, wo es einige Gebrauchtwagenhändler gab. Er wollte sich einen Wagen leasen. So würde er sein bisschen Geld nicht auf einmal ausgeben müssen. Auf der Fahrt beschlichen ihn jedoch Zweifel: Da sein Bankguthaben äußerst mager war, dürfte es Zeitverschwendung sein, auch nur zu versuchen, ein Auto zu leasen. Er hatte ungefähr zweitausendfünfhundert Dollar, und nach dem Anruf im

Büro des Bürgermeisters heute Morgen war es ausgeschlossen, noch mehr Geld von Lily zu bekommen.

»Drehen Sie um«, befahl er plötzlich dem Taxifahrer und legte eine Hand auf die Rückenlehne des Fahrersitzes. »Bringen Sie mich dorthin, wo sie mich aufgegabelt haben.«

»Hey, Kumpel«, sagte der Fahrer, ein langhaariger Mann Anfang vierzig. »Du willst dorthin zurück, wo du hergekommen bist, das geht in Ordnung. Du musst mich nur bezahlen.« Er trat auf die Bremse, wendete und taxierte seinen Fahrgast. »Zeig mir dein Geld. Ich habe Kinder, die ich ernähren muss.«

»Hier«, sagte John und zeigte sein Bündel Geldscheine. »Ich hab was im Büro vergessen, okay? Ich bezahl dich, wenn du wartest und ich kurz holen kann, was ich brauche.«

Als sie den gleichen Weg zurückfuhren, saß John mit im Schoß gefalteten Händen da und starrte aus dem Fenster auf die Farbenpracht von Mutter Natur – das dunkle Rosa und das strahlende Blau, das gedämpfte Grün und dazu die faszinierenden Wolkenformationen. Er schwärmte sonst nicht so für die Natur, aber bei dem Gedanken an eine drohende Gefängnisstrafe fragte er sich doch, wie viele Sonnenuntergänge er wohl noch zu sehen bekäme.

Mit seinem Schlüssel kam er ins Bürogebäude und steuerte geradewegs eines der hinteren Büros an, wo der Schreibtisch eines höchst erfolgreichen Maklers namens Bryant Montgomery stand. Er nahm auf seinem Stuhl Platz und schaltete den Computer an. John war zwar nicht auf dem neuesten Stand der Computertechnologie, aber Shana hatte ihm doch einiges beigebracht, als er Immobilienmakler wurde. Er wusste, dass Bryant süchtig danach war, Dinge übers Internet zu kaufen, vor allem bei Auktionen. Außerdem kannte er die Passwörter, die er für seine geschäftlichen und persönlichen Dateien benutzte. Eines Tages, als

Bryant gerade für einen antiken Spiegel bot, den er seiner Frau schenken wollte, hatte er John hereingerufen, damit er zuhören konnte. Ohne es zu wollen, hatte er die Passwörter von Montgomery mitbekommen, an die er sich ohne Mühe erinnern konnte. Bryant benutzte seinen Namen und die Hausnummer des Gebäudes: 1276. Er nahm an, dass er wie jeder andere auch ein Passwort ausgesucht hatte, das er nicht vergessen würde.

Die Leute kauften nicht nur per Computer ein, sie zahlten auch ihre Rechnungen und tauschten Informationen aus. In weniger als fünf Minuten hatte John auf einem Zettel die Sozialversicherungsnummer von Bryant, die Nummer seines Führerscheins und eine Liste mit den Nummern seiner verschiedenen Konten, ja, sogar die Nummer seines Reisepasses. Gerade als er das Büro wieder verlassen wollte, fiel ihm ein, dass der Autohändler irgendeinen Ausweis mit Foto verlangen würde. »Verdammt«, sagte er, weil er meinte, dann seinen Plan gleich abschreiben zu können. Er ging zum Kaltwasserbehälter, zog sich einen Pappbecher aus dem Halter, füllte ihn mit Wasser und stürzte es hinunter.

Durch die Fenster der Vorderfront sah John, dass das Taxi immer noch an der Ecke wartete. Wahrscheinlich war es Geldverschwendung, dass er den Fahrer mit laufendem Taxameter hatte warten lassen. Die meisten Autovermietungen hatten bis acht, neun Uhr geöffnet, aber selbst wenn er jemanden überredete, ihm ein Auto zu überlassen, ohne seinen Führerschein vorzulegen, würde er ihn doch nicht so weit kriegen, noch so spät einen Leasingvertrag auszufüllen. Er wollte den Wagen aber schon heute Abend haben. Die einzige Lösung war abzuhauen, vielleicht in Las Vegas unterzutauchen und zu sehen, wie lange er durchhalten konnte, bis die Polizei ihn schnappte. Was kümmerte es ihn, dass Lily die Kaution verlor, wenn er nicht vor Gericht erschien? Es konnte Shana sogar nutzen, wenn er die Stadt verließ. Flucht wurde von der Polizei meist als Schuldeingeständnis angesehen. Selbst wenn er seine Tochter nie wieder sah, hätte er doch zumindest das Gefühl, etwas wirklich Sinnvolles für sie getan zu haben.

Freitag Abend um halb acht saßen Lily und Richard in dem Innenhof des Bungalows auf der San Ysidro Ranch. Richard hatte seinen Sohn Greg in dessen Apartment in San Diego erreicht. Dann hatte er darauf bestanden, dass Shana vom Schlafzimmer aus mit Greg telefonierte, weil er den beiden die Möglichkeit geben wollte, ungestört miteinander zu sprechen. Deshalb hatte er auch die Glastüren hinter sich zugeschoben.

Lily sagte: »Ich kann später nicht noch mal kommen.«

»Das verstehe ich«, erwiderte er und schwenkte seinen Brandy im Glas. »Wir haben letzte Nacht ohnehin zu wenig Schlaf bekommen. Und du und Shana hattet einen schweren Tag. Also könnten wir alle etwas Ruhe gebrauchen.«

Richard hatte das Abendessen in den Bungalow bestellt, so wie er am Tag zuvor vorgeschlagen hatte. Lily hatte zwar absagen wollen, aber er hatte auf seiner Einladung bestanden und ihr nachdrücklich klargemacht, dass sie und Shana etwas essen mussten, so dass sie dann doch zu ihm gefahren waren. Da Lily allein lebte und die Küche im Cottage nicht besonders gut ausgestattet war, kochte sie selten und begnügte sich damit, Tütensuppen zu machen oder etwas in der Mikrowelle aufzuwärmen.

Shana war während des Essens sehr verschlossen gewesen und hatte nur wenig gesagt. Richard hatte sein Bestes gegeben, um den Abend zu retten. Er hatte Witze und Geschichten erzählt und war schließlich mit der Idee herausgerückt, Greg anzurufen. Trotz Richards Bemühungen war der Abend kein großer Erfolg. Alle drei schienen dasselbe unheimliche Gefühl zu haben – irgendwie in einer Warteschleife zu hängen.

Richard war wegen Lily besorgt, aber noch mehr Sorgen machte er sich um ihre Tochter, vor allem nach dem, was ihre Mutter ihm über das Gespräch am Morgen erzählt hatte. Wie tragisch, dachte er, dass ein so nettes, fröhliches Mädchen wie Shana eine solch enorme Last mit sich herumschleppen musste – das Wissen, dass sowohl ihre Mutter als auch ihr Vater einem Menschen das Leben genommen hatten.

»Wir sind heute Nachmittag ein Stück vorangekommen«, sagte Lily und setzte ihren Kaffee auf dem Tisch neben sich ab. »Shana hat ein paar Anzeigen im Internet gefunden. Du weißt schon, Mädchen in Los Angeles, die in Campusnähe mit jemandem eine Wohnung teilen möchten.«

»Sag ihr, sie soll vorsichtig sein«, warnte er mit düsterer Miene. »Sonst könnten sich ein paar der Mädchen als alte Männer mit schmutziger Fantasie entpuppen. Übrigens, hast du mir nicht erzählt, dass du ihren Wechsel hierher befürworten würdest, damit du mehr Zeit mit ihr verbringen könntest?«

»Mein Hauptziel ist es im Moment, ihr diese Probleme vom Hals zu schaffen.« Sie schwieg einen Augenblick und versuchte, sich die Einzelheiten des Nachmittags in Erinnerung zu rufen. »Zumindest etwas Schönes ist heute Nachmittag passiert.«

»Und das war?«

»Als wir in meinem Büro Halt machten«, erzählte Lily und brachte ein schwaches Lächeln zustande, »hat Matt Kingsley, der junge Anwalt, der mir im Middleton-Fall als Assistent zugeteilt wurde, Shana zu einer Tour in seinem Ferrari mitgenommen, während ich mir einige Dateien auf meinen Laptop herunterlud. Sie findet, er sieht besser aus als Brad Pitt.«

»Wie alt ist der Knabe? Ist er verheiratet?«

»Achtundzwanzig und Single«, sagte Lily und blickte ihn

an. »Ich weiß nicht, ob er eine feste Freundin hat. Über seine privaten Angelegenheiten haben wir nie gesprochen. Um ehrlich zu sein, ist mir das auch lieber. Aber er schien von Shana ziemlich angetan zu sein.«

»Ich weiß nicht, ob ich diese Situation fördern würde«, sagte Richard. »Nur weil der Typ mit dir zusammenarbeitet, heißt das noch lange nicht, dass du ihm deine Tochter anvertrauen kannst. So wie du ihn beschrieben hast, scheint er nicht ganz unproblematisch.«

»Matt ist ein guter Junge«, sagte sie und lachte über seine väterliche Art. »Außerdem habe ich ihr nicht vorgeschlagen, sich mit ihm zu treffen. Es war nur schön, ihr Lächeln zu sehen.«

»Hey«, sagte Richard und zuckte mit den Achseln. »Du bist ihre Mutter.«

Er blickte hinauf in den nächtlichen Himmel. Der Mond war nicht zu sehen, und es war frisch; ein Geruch von Feuerholz lag in der Luft. Der Abend erinnerte ihn an das Weihnachtsfest, das er wenige Wochen nach dem Tod seines Vaters bei seiner Familie verbracht hatte. Alles war vollkommen gewesen – das Essen, der Baum, die prächtig verpackten Geschenke. Und doch hatte sich angesichts des Todes seines Vaters kein festliches Gefühl einstellen können. »Da wir gerade von Middleton sprechen, warst du bei Betsy?«

»Ich habe heute Nachmittag im Krankenhaus vorbeigeschaut«, sagte Richard und nahm einen Schluck von seinem Brandy. »Es ist tragisch. Ich verstehe jetzt, was du vor ein paar Tagen meintest. Es scheint fast grausam zu sein, sie in diesem Zustand zu belassen.«

»Aber du glaubst immer noch, dass Henry unschuldig ist?«

»Ja, das tue ich«, sagte Richard. »Du solltest mich doch gut genug kennen, um zu wissen, dass ich nie einen Mann vertreten würde, den ich für den Mörder seines Kindes hielte.«

»Wenn Henry sie nicht vergiftet hat«, fragte Lily, »wer dann?«

»Ich wünschte, ich wüsste es«, antwortete Richard nachdenklich. »Entweder war es ein Irrer, oder es war ihre Mutter oder ein anderer aus der Familie. Wie können wir sicher sein, dass nicht jemand schon in der Fabrik das Strychnin in den Strohhalm gesteckt hat?«

»Meinst du, wir hätten nicht auch in dieser Richtung gesucht? Wir hätten fast eine Rückrufaktion verlangt, aber nachdem wir Hunderte von diesen Süßigkeiten getestet hatten, verweigerte uns die Regierung ihre Unterstützung.«

»Es gibt einfach zu viele Möglichkeiten«, sagte Richard. »Vielleicht finden wir nie heraus, wer es getan hat. Nur weil Henry nicht der moralischste aller Geschäftsleute ist, heißt das noch lange nicht, dass er skrupellos genug ist, durch den Mord an seiner Tochter sein Geschäft zu retten.«

»Wir haben eine Zeugin, die gesehen hat, wie er die Süßigkeiten kaufte.«

»Sie muss ihn mit jemandem verwechselt haben.«

»Sie hat Middleton identifiziert«, rief Lily. »Und nicht nur das, sie hat sich auch an den Wagen erinnert – einen roten Ford Explorer. Außerdem sagte sie aus, dass eine Frau, die aussieht wie Laura Middleton, und noch ein paar Kinder im Wagen blieben, während Henry in den Laden ging, um die Süßigkeiten zu kaufen.«

»Greg hat sich vor kurzem ein Auto gekauft.«

Lily brauchte einen Moment, bevor sie reagierte, weil sie zuerst meinte, Richard hätte absichtlich das Thema gewechselt, weil er Middletons Schuld nicht zugeben wollte. Doch dann erinnerte sie sich daran, dass er nicht der Typ war, der seine Energie mit Small Talk verschwendete. »Und jetzt wirst du mir gleich sagen, dass es ein Ford Explorer ist, richtig?«

»Ja«, sagte er und grinste. »Er ist zwar nicht rot und es ist auch ein älteres Modell als das der Middletons und Gott weiß wie vieler anderer Familien.« Bevor sie ihn unterbrechen konnte, hob er seinen Zeigefinger. »Aber das Schlüsselwort in diesem Satz war *Familien*, Lily. Deine Zeugin hat einen weit verbreiteten Familienwagen identifiziert und außerdem etwas bezeugt, das jeden Tag bei Leuten vorkommt, die Kinder haben. Wie oft pro Tag fahren ein Mann, eine Frau und ein paar Kinder in dieser Gegend in einem roten Ford Explorer zu einem Supermarkt? Und in wie vielen Fällen geht entweder der Mann oder die Frau hinein, während der Rest der Familie draußen im Wagen wartet?«

»Zugegeben«, sagte Lily, die fand, dass sie ihre Vorbesprechung unter ziemlich ungewöhnlichen Bedingungen abhielten. Da sie aber beide sehr von anderen Dingen in Anspruch genommen waren, schien es nur praktisch, privat über den Fall zu reden, solange keiner von ihnen die Seite wechselte. »Es gibt aber noch andere Faktoren, Richard. Unser Fall basiert nicht nur auf einer einzigen Zeugenaussage. Komm nicht mit dieser Überzeugung in den Gerichtssaal, sonst wirst du den Fall verlieren.«

»Hör mir einfach nur zu«, sagte Richard und zeigte unwillkürlich ein gebieterisches Auftreten, das er sonst nur vor Gericht an den Tag legte. »Die Frau hat sich nicht die Autonummer notiert. Wenn sie nicht ihre Kasse verlassen hat, kann sie die Insassen des Wagens auch nicht genau genug gesehen haben, um Laura Middleton oder eines der Kinder zweifelsfrei zu erkennen. Was Henry betrifft, was meinst du eigentlich, wie oft jemand in den letzten zwanzig Jahren fälschlicherweise für jemand anders gehalten wurde? Hundertmal? Tausendmal? Vielleicht zehntausendmal? Wir wissen es nicht, oder? Warum? Weil eine Menge Leute im Gefängnis sitzen für etwas, das sie nie getan haben. Und so traurig es auch für Leute in unserem Beruf ist, es werden auch Unschuldige zum Tode verurteilt. Gerade du solltest wissen, was ich damit sagen will.«

»Ich glaube nicht, dass du mich daran erinnern musst«, fauchte Lily, weil sie seine Bemerkung für einen Schlag unter die Gürtellinie hielt. »Ich muss mit meiner Schuld zurechtkommen, weil ich den Falschen erschossen habe und der Mann, den ich eigentlich hätte erwischen müssen, uns immer noch terrorisiert.«

»Die Polizei sucht Curazon«, teilte Richard ihr mit. Er dachte, dass er den falschen Zeitpunkt gewählt hatte, um seinen Standpunkt im Middleton-Fall darzulegen. »Und wenn es dich beruhigt, kann ich heute bei dir auf dem Sofa schlafen.«

»Nein«, sagte Lily und schüttelte den Kopf. »Ich habe im Police Department von Santa Barbara angerufen und um eine Einheit gebeten, die mein Haus beobachtet. Ich möchte nicht, dass Shana …« Sie unterbrach sich und holte tief Luft. »Du hättest mir sofort, nachdem du es erfahren hast, Bescheid geben müssen, dass Curazon mit einem Bild von Shana herumläuft.«

»Ich wollte dich nicht beunruhigen«, erklärte er. »Die Sache mit dem Bild könnte auch nur Zufall sein. Nach unseren Erkenntnissen könnte Curazon dem Typen auch ein Foto von der Frau gezeigt haben, mit der er gerade ausgeht. Du kennst doch das psychologische Profil solcher Straftäter. Es ist nichts Ungewöhnliches, dass sie eine Beziehung mit Frauen suchen, die ihren früheren Opfern ähneln.«

»Nichts im Zusammenhang mit Curazon ist Zufall«, sagte Lily stur. »Es passt alles zusammen, siehst du das denn nicht? Er muss im Gästehaus gewesen sein. Der Schlüssel zu Shanas Haus ist zusammen mit dem an Shana adressierten Umschlag verschwunden. Deshalb wollte ich nicht, dass sie dorthin zurückkehrt.«

Richard fuhr sich durchs Haar. »Hattest du nicht gesagt, es gäbe keine Anzeichen für einen Einbruch? Ich habe schon monatelang nach Dingen gesucht, die ich verlegt hatte. Eines Tages tauchen sie dann wieder auf. Je mehr du dich auf Curazon konzentrierst, desto weniger Kraft hast du, um Shana bei dem Problem mit ihrem Vater und dem Unfall zu helfen.«

Lily rückte mit ihrem Stuhl näher an ihn heran. »Gestern hatte ich einen furchtbaren Streit mit John«, sagte sie und kratzte sich nervös an der Schulter. »Er glaubt, ich wäre dafür verantwortlich, dass Shana nicht mehr mit ihm spricht. Als ich ihm erklärte, dass er bis Montag ausgezogen sein müsse, drohte er wieder, mich bei der Polizei anzuzeigen.«

»Das hast du mir schon erzählt«, entgegnete Richard. »Du hast meine Frage nicht beantwortet, Lily. Wie soll Curazon deiner Meinung nach in dein Haus gekommen sein? Hast du bei deinem Einzug die Schlösser ausgewechselt?«

»Nein«, erklärte sie. »Ich könnte die Haustür versehentlich einmal offen gelassen haben. Oder er könnte auch meinen Ersatzschlüssel gefunden haben.« Sie sah, wie er das Gesicht verzog, und rief impulsiv: »Ja, ja, es war dumm von mir, einen Ersatzschlüssel auf dem Grundstück zu verstecken.«

Er zeigte nur zum Fenster und erinnerte sie damit daran, dass ihre Tochter das Gespräch nicht mitanhören und sie deshalb ihre Stimme senken sollte.

»Natürlich wissen die meisten Kriminellen, dass die Leute irgendwo einen Ersatzschlüssel verstecken«, flüsterte Lily und rieb sich die Stirn. Warum war sie so dumm gewesen? Hatte sie nicht die schlimmste Lektion bekommen, die Frauen in Sachen persönlicher Sicherheit lernen konnten? Sie machte solche Fehler, weil sie mit ihren Gedanken ständig bei der Arbeit war. Als Richard und sie noch zusammenarbeiteten, hatte sie ihn oft im gleichen Zustand gesehen: Es gab Zeiten, da hatte er sich derart in eine Sache vertieft, dass sie ihn fast treten musste, um seine Aufmerksamkeit zu gewinnen. »Curazon könnte auch durch ein offenes Fenster geklettert sein«, fuhr sie fort. »Ich habe mich dort sicher gefühlt, verstehst du das denn nicht?

Ich habe meine Vorsicht abgelegt. Und jetzt muss ich auf der Stelle eine Alarmanlage installieren lassen. Das Problem ist nur, dass ich dazu die Erlaubnis der Vermieter brauche.«

»Warum sollten sie etwas dagegen haben?«, entgegnete er. »Du wertest doch ihren Besitz auf. Und die monatlichen Kosten übernimmst du.«

»Meine Vermieter sind bis nächsten Monat in Europa«, sagte Lily, und eine plötzliche Brise zerwühlte ihr Haar. »Wirklich beunruhigend wird das Ganze durch den Mann, den Shana in der Unfallnacht ums Haus schleichen sah. Es muss Curazon gewesen sein, Richard. Gott sei Dank habe ich in der Nacht die Polizei gerufen. Sie müssen gerade rechtzeitig gekommen sein, um ihn zu verscheuchen.«

»Na ja«, sagte er, »wenigstens ist sie jetzt bei dir.«

Lily ließ ihren Kopf kreisen, um die Anspannung im Nacken zu lösen. »Vielleicht hat er nur darauf gewartet.«

»Wie meinst du das?«, fragte er und trank die letzten Tropfen seines Brandys.

»Hast du das schon vergessen?« Lilys Blick verschleierte sich vor Furcht, Bilder der Vergangenheit stiegen wieder in ihr auf. »Wir waren doch zusammen, als er uns vergewaltigte.«

Lily warf einen Blick auf den Wecker auf dem Nachttisch. Es war fast elf Uhr. Eben wollte sie noch ihren Aktenkoffer aus dem Wohnzimmer holen, um ein paar Fälle durchzuarbeiten, aber sie spürte, dass sie dazu keine Energie mehr hatte. Sie zog sich aus und schlüpfte ins Bett. Vielleicht konnte sie gar nicht schlafen, dachte sie. Sie fühlte sich sehr wohl bei dem Gedanken, dass ihre Tochter im Himmelbett nebenan schlief und der Abend so gut verlaufen war. Gerade hatte sie das Licht ausgedreht, als ihr einfiel, dass sie nicht nachgesehen hatte, ob alle Türen in dem kleinen Haus verschlossen waren; bisher war das immer Johns Aufgabe gewesen.

Sie warf sich ihren Frotteebademantel über und ging barfuß im Dunkeln durch das Haus. Sie beschloss, zunächst in der Küche nachzusehen. Es war ein ruhiges Viertel: keine Autos, keine Hunde, nur angenehme Ruhe.

Die Gardinen in der Küche bauschten sich im Wind; die Schiebetür stand offen. Lily machte sich Vorwürfe, dass sie die Tür nicht verschlossen hatte, aber andererseits war die Gegend so sicher, dass es wahrscheinlich überflüssig war. Sie war gerade dabei, die Gardinen zur Seite zu ziehen und die Tür zu schließen, als sie plötzlich ein sonderbares Gefühl überfiel. Sie hielt den Atem an und vernahm ein Quietschen – das Geräusch, das die Schuhe eines Basketballspielers auf dem Spielfeld machen. Dann ging alles sehr schnell: das Geräusch hinter ihr, ihr Herz, das zum Zerbersten schlug, der Bademantel, der ihr blitzschnell von hinten über den Kopf geworfen wurde. Sie wollte um sich schlagen und um Hilfe rufen, aber ihre Füße rutschten weg, und etwas legte sich über ihren Mund, wahrscheinlich ein Arm. Als sie hineinbeißen wollte, spürte sie nur den Frotteestoff zwischen den Zähnen. Sie war von der Taille an nackt, die kühle Nachtluft strich über ihren Unterkörper, und ihre Blase entleerte sich spontan mit einem geräuschvollen Plätschern auf den gefliesten Boden.

Lily versuchte, ihre Arme zu bewegen, aber sie waren über ihrer Brust unter dem Bademantel gefangen. Sie trat mit den Füßen wild um sich und musste wohl einen Küchenstuhl getroffen haben, der über den Boden rutschte und mit einem lauten Krachen an der Wand landete. Ihre Waden und Fersen brannten, und sie wusste, dass sie den Flur entlanggezerrt wurde – zu dem Zimmer, wo ihre Tochter schlief. Shana, dachte sie, o Gott, nein, Shana! Das einzige Geräusch, das sie hervorbrachte, war ein ersticktes, unmenschliches Stöhnen, das sich aus ihrer Lunge herauspresste und sich über ihre Stimmbänder und durch die Nase nach draußen zwängte. Ihr Mund blieb verschlossen.

Ihre Füße stießen irgendwo an. War es die Wand? Sie trat nicht mehr und kämpfte auch nicht, sondern betete jetzt: »... und ich wanderte durch das finstere Tal des Todes ...«; die Worte fielen ihr nicht mehr ein. Bruchstücke der Vergangenheit vermischten sich mit der Gegenwart. Nicht Shana, nicht ihr Kind – sie musste ihr Kind beschützen.

»Mom?« Sie hörte ihre Stimme; zunächst fragend und kindlich, dann dröhnte ein durchdringender Aufschrei des Entsetzens in Lilys Kopf. Sie hörte, wie etwas Schweres an die Wand stieß, Körper gegen Körper, wie sie es vom Footballfeld her kannte, wenn die Spieler aufeinander prallten. Er hatte sie gepackt. Er hatte ihre Tochter.

Im nächsten Augenblick lagen sie auf dem Bett in Lilys Zimmer. Als er seinen Arm lockerte, fiel der Bademantel zur Seite, so dass sie sein Gesicht im Licht der Badezimmerlampe sehen konnte. Shana lag jetzt neben ihr, und er beugte sich über sie. Das Licht funkelte auf einer Messerklinge, die er nur Zentimeter von Lilys Kehle entfernt hielt. Seine andere Hand hielt Shanas Hals umklammert. Lily packte seinen Arm, und mit übermenschlicher, aus Angst erwachsender Kraft gelang es ihr fast, seinen Arm nach hinten zu drehen, so dass das Messer auf ihn gerichtet war. Vor ihrem geistigen Auge sah sie schon, wie sich das Messer in seinen Körper bohrte, da, wo sein Herz schlug. Aber er war zu stark, und mit vor Erregung glitzernden Augen, die wild umher blickten, und hervorgestreckter Zunge gelang es ihm, das Messer seitlich in ihren Mund zu bekommen, so dass die Klinge ihre Mundwinkel ritzte. Sie biss auf die Klinge und schmeckte etwas Verkrustetes und Ekliges. Sein Gesicht war nur wenige Zentimeter über ihrem, sein Atem roch sauer nach Bier. »Probier mal«, sagte er, und der Ausdruck von Lust stahl sich auf sein Gesicht. »Es ist ihr Blut.«

»Lily«, rief Richard und sprang aus seinem Stuhl auf. Sie hatte ganz ruhig dagesessen und ins Leere gestarrt, doch plötzlich hatte sie nach ihm geschlagen und das Weinglas in seiner Hand zerschmettert.

»Mein Gott«, rief sie, »du blutest ja. Was ist passiert?«

»Das weiß ich nicht«, sagte er und wickelte eine weiße Serviette um seine Hand, die fast sofort von frischem, hellrotem Blut durchtränkt war. »Du hast ganz ruhig dagesessen, aber auf einmal hast du um dich geschlagen.«

»Tut mir Leid«, sagte Lily und versuchte, die Erinnerungen zu verscheuchen. »Ist es schlimm?«

Richard überließ ihr seine Hand, so dass sie die Wunde begutachten konnte. Ein Glassplitter steckte noch in seiner Handfläche. »Ich fühle mich schrecklich«, sagte sie. »Hast du eine Pinzette?«

Mit seiner linken Hand entfernte Richard rasch den Splitter, dann presste er die Serviette auf die Wunde, damit sie aufhörte zu bluten. »Es ist nichts Ernstes, Lily«, sagte er. »In ein paar Minuten hört es auch auf zu bluten.«

»Ich will es noch einmal sehen«, forderte Lily, die immer noch mit den schrecklichen Bildern der Vergewaltigung kämpfte.

»Nein«, sagte er und warf selbst einen Blick darauf. »Die Wunde ist nicht besonders tief. Es wird schon werden. Du und Shana, ihr müsst jetzt nach Hause. Versucht, euch auszuruhen.«

Lily sah durchs Fenster – Shana telefonierte immer noch mit Greg. Beide freuten sich an dem angeregten Ausdruck auf ihrem Gesicht und hörten sie lachen. Lily betrat den Bungalow, ging auf Zehenspitzen zu der Flügeltür, öffnete sie, warf einen kurzen Blick ins Schlafzimmer und schloss sie wieder; ihre Tochter war so beschäftigt, dass sie es nicht merkte.

»Komm schon, Richard.« Lily nahm sich einen Bogen Briefpapier und schrieb rasch eine Nachricht für Shana darauf, damit sie wusste, dass sie kurz mit dem Wagen unterwegs waren, aber bald zurückkämen. Sie legte die Notiz auf den Esszimmertisch und sagte zu Richard: »Im Ort gibt es eine Apotheke. Das ist ein böser Schnitt, und ich möchte nicht, dass er sich entzündet. Wir nehmen meinen Wagen und kaufen Verbandmaterial und Desinfektionsmittel.«

Richard protestierte. »Du machst aus einer Mücke einen Elefanten, Lily.«

Sie stemmte die Arme in die Hüften. »Sollen wir lieber in die Notaufnahme?«

»Nein«, sagte er, schlurfte hinter ihr her und setzte sich widerwillig auf den Beifahrersitz des Audi.

»Bitte hier unterschreiben, Mr. Montgomery«, sagte Norm Reynolds und schob einen Leasingvertrag über einen metallic-blauen Buick Le Sabre über seinen Tisch. Reynolds war ein Afro-Amerikaner Mitte zwanzig und sah mit seinem braunen Stehbundpullover und der dazu passenden Hose ziemlich gut aus. Er war aufgeregt, weil er es geschafft hatte, gerade noch rechtzeitig ein Geschäft abzuschließen, um die wöchentliche Statistik anzuheben, auch wenn er dazu den Laden erst nach neun verlassen konnte. Trotzdem blieb ihm noch genügend Zeit, nach Hause zu gehen, zu duschen und dann aufzubrechen, um seine Freundin abzuholen. Er hatte sie bereits angerufen und geprahlt, dass er kommenden Montag als Verkäufer der Woche ans schwarze Brett käme. Sie war zu Hause und machte sich für die große Nacht in der Stadt zurecht.

John trug rasch den Namen von Bryant Montgomery in die Leerstellen, die Reynolds mit kleinen, roten Etiketten markiert hatte, dann gab er ihm den Packen Unterlagen zurück. »Und was kommt jetzt? Ich habe ein heißes Eisen im Feuer. Einer meiner wichtigsten Kunden kommt heute Abend am Flughafen von L. A. an. Ich kann es mir nicht leisten, ihn dort warten zu lassen. Er sucht nach Häusern im Wert von zwei Millionen Dollar.«

Reynolds beschloss, mal seine Fühler im Immobiliengeschäft auszustrecken. Laut eigenen Angaben scheffelte Mr. Montgomery eine Menge Kies. Er hatte sein monatliches Einkommen mit dreißigtausend angegeben. »Wie hoch wäre die Provision, wenn dieser Typ ein Haus in solch einer Preisklasse von Ihnen kaufen würde? Oder stört Sie die Frage?«

»Oh«, sagte John, »ich schätze, so um die vierzigtausend. Mein Kunde ist ein leitender Angestellter bei Microsoft. Muss ich noch ausführlicher werden?«

»Klingt, als wäre der Immobilienhandel genau mein Ding«, antwortete der junge Mann und legte rasch alle Formulare zusammen. »Wie lang würde es dauern, eine Lizenz zu bekommen?«

»Ich würde Ihnen ja gern alles darüber erzählen«, erklärte John. »Aber wie ich schon sagte, muss ich zum Flughafen. Es ist Freitag Abend, also könnte ich im Stau stecken bleiben. Dann könnte mein Kunde sauer werden und sich entscheiden, das Geschäft mit jemand anders abzuschließen.«

»Wir sind gleich fertig«, versicherte Reynolds ihm und wirbelte um den Schreibtisch herum. Aus irgendeinem Grund wollten die Leute ihren neuen Wagen immer sofort. Er verkaufte zwar keine millionenschweren Immobilien wie dieser Montgomery, aber es ging doch nicht an, dass jemand einfach in einen Laden spazierte und sofort mit einem neuen Wagen abfuhr, als hätte er sich gerade mal ein Paar Tennisschuhe gekauft. »Jetzt brauche ich nur noch eine Kopie von Ihrem Führerschein und einen Scheck für die Kaution«, erklärte er, »und dann können Sie los. Sie haben Ihren Versicherungsmakler schon angerufen, oder?« Kaum hatte John genickt, fuhr er fort: »Lassen Sie Ihren anderen Wagen hier auf dem Parkplatz und holen ihn morgen früh ab? Wenn ja, achten Sie darauf, dass er hinter der Schranke steht.«

»Meine Frau hat mich abgesetzt«, log John voller Erleichterung, dass der Mann ihn nicht mit dem Taxi hatte kommen sehen. »Dieser Wagen ist ein Überraschungsgeschenk zum Geburtstag meiner Frau.« Ihm fiel ein, wie eifersüchtig er gewesen war, als Lily Shana zum Schulabschluss den Mustang geschenkt hatte, und es wurde ihm klar, warum ihm gerade diese Lügengeschichte in den Sinn gekommen war. Er griff in seine Tasche, als wollte er seine Brieftasche hervorziehen und holte ein Bündel Banknoten heraus. »Was zum Teufel ...«, rief er und tat so, als würde er alle Taschen abklopfen. Dann drehte er sich im Kreis, als suchte er den Boden nach einer heruntergefallenen Brieftasche ab. »Jemand muss sie mir gestohlen haben, als ich vor ein paar Stunden im Einkaufscenter war. Es waren auch mehrere Schecks drin.«

Reynolds starrte auf den Packen Banknoten auf dem Tisch. »Warum sollte jemand Ihre Brieftasche stehlen und Ihnen das Bargeld lassen? Tragen Sie Geld und Brieftasche nicht in derselben Tasche?«

»Nein«, sagte John und strich sich mit der Hand über den Kopf. »Normalerweise habe ich meine Brieftasche in der Hosentasche.« Er nahm die Banknoten und steckte sie rasch wieder ein, damit keine verloren ging. »Ich gebe Ihnen die sechshundert für die Kaution in bar. Die Nummer meines Führerscheins haben Sie ja auf dem Leasingvertrag, also wissen Sie, dass ich einen gültigen Führerschein habe.«

Reynolds wurde unruhig, weil er befürchtete, dass seine Pläne für den Abend gefährdet waren. Aber er konnte nicht seinen Job riskieren. »Ich darf Ihnen den Wagen nicht ohne einen Ausweis mit Bild geben.«

»Hören Sie«, sagte John und wurde noch nervöser, als er ein leichtes Zittern seiner Hände bemerkte. »Es geht ja nicht nur um den Kunden. Die ganze Familie zählt darauf, dass ich den Wagen für den Geburtstag meiner Frau mitbringe. Sie haben meine Kontoauszüge gesehen«, sagte er dann schärfer, weil sein Bedürfnis nach einem Drink mit jeder Sekunde stärker wurde. »Sie wissen genug über mich, um ein Buch daraus zu machen. Wenn Sie ein Bild von mir wollen, dann machen Sie doch verdammt noch mal eins mit diesen neumodischen Computerkameras, die heutzutage jeder hat.«

»Okay, nehmen Sie den Wagen«, sagte Reynolds, der nicht wollte, dass ihm das Geschäft durch die Lappen ging. »Aber setzen Sie sich bitte mit unserem Leasingberater in Verbindung, wenn Sie einen neuen Führerschein haben.«

»Sie sind ein guter Mann«, sagte John und schüttelte ihm die Hand.

Kapitel 26

»So, nachdem ich dir jetzt ein Ohr abgeschwätzt habe«, sagte Shana und rückte die Kissen hinter ihrem Kopf zurecht, »erzähl du mir doch mal was über deinen Job bei Sea World!«

»Nicht das geringe Gehalt stört mich«, sagte Greg Fowler, »sondern dass die Delfine, mit denen ich arbeite, ihr ganzes Leben lang Kunststückchen vorführen müssen. Dabei gehören sie zu ihren Artgenossen ins Meer.«

»Nein, warte mal«, widersprach Shana, »wenn wir keine Zoos und Einrichtungen wie Sea World hätten, würden die Menschen das Interesse an bestimmten Lebensformen verlieren und auch kein Geld mehr für Institutionen spenden, die sie schützen. Sea World ist zwar eine Touristenattraktion, Greg, aber es ist auch ein Ort, an dem deine kostbaren Delfine und viele andere Meerestiere geschützt werden, die in unseren verschmutzten Gewässern sonst nicht überleben könnten.«

»Delfine sind etwas Besonderes«, sagte Greg. »Letzten Sommer habe ich in einer Einrichtung auf Hawaii hospitiert, zu der Menschen mit physischen und psychischen Problemen aus aller Welt kommen, um mit den Delfinen zu arbeiten.«

Shana wickelte einen Streifen Kaugummi aus und steckte ihn sich in den Mund. »Meinst du nicht eher, sie *schwimmen* mit den Delfinen? Ich habe noch nie gehört, dass man mit ihnen *arbeitet*, außer sie zu füttern oder ihr Becken zu reinigen, wie du es tust.« Sie unterbrach sich und lachte. »Delfine haben in dieser Einrichtung keinen Job, oder? Sonst müsste man sie ja bezahlen.«

»Du machst dich über mich lustig. Und ich versuche, dir etwas zu beschreiben.«

»Tut mir Leid«, sagte sie und wickelte sich eine Haarsträhne um den Finger. »Ich bin schrecklich in letzter Zeit. Frag nicht, warum, ich erzähle es dir sowieso nicht. Sprich einfach weiter.«

»Ich will es dir erklären«, fuhr er fort. »Manche Delfine können spüren, wo die körperlichen Schwächen eines Menschen liegen, fast als wären sie eine Art Unterwasserdoktor. Wenn jemand mit einer Behinderung oder Krankheit mit den Delfinen schwimmt, dann unterstützen sie genau den Körperteil, der geschwächt ist. Ich habe Kinder gesehen, die auf wundersame Weise geheilt wurden, selbst solche mit Verletzungen am Rückenmark.«

»Unglaublich«, sagte Shana. »So wie ich im Moment zu Menschen stehe, sollte ich vielleicht nach Hawaii und mit deinen Delfinen schwimmen.«

»Nur wenn ich mitkann.«

Shanas Ohr war schon ganz gefühllos vom langen Telefonieren, auch wenn sie mehrere Male zum anderen Ohr gewechselt hatte. »Ich höre jetzt besser auf«, erklärte sie. »Meine Mutter ist bestimmt schon ungeduldig. Und stell dir mal vor, wie viel dieser Anruf deinen Vater kostet.«

»Keine Sorge«, beruhigte Greg sie. »Dad hat genug Geld. Er weiß nicht, wie er es ausgeben soll, und er wird es mit Sicherheit nicht mir geben. Er ist knallhart, weißt du, meint, dass jeder selbst seinen Weg machen muss.«

»Hey«, gab sie zurück, weil sie daran dachte, wie hart ihre Mutter hatte kämpfen müssen, »zumindest kann er für deine Ausbildung aufkommen. Viele meiner Freunde mussten ihr Studium aufgeben. Im nächsten Semester suche ich mir einen Job und schau mal, ob ich mich nicht selbst finanzieren kann.«

Dann sagte sie zu Greg, sie freue sich darauf, ihn demnächst zu sehen, hängte ein und verließ das Zimmer, um ihre Mutter zu suchen. Als sie die Notiz auf dem Esszimmertisch entdeckte, war sie überzeugt, dass Richard und Lily sich ins Cottage verdrückt hatten, um miteinander zu schlafen. Sie warf die Arme in die Luft, ging zurück ins Schlafzimmer, rollte sich auf dem Bett zusammen und schlief rasch ein.

Auf der Fahrt zum Haus hielt John am Spirituosenladen und kaufte eine Dreiviertelliterflasche Jack Daniel's, dann ging er in den Zeitungsladen nebenan, um eine Zeitung von Las Vegas zu kaufen, weil er die Kleinanzeigen nach Jobangeboten durchsehen wollte. Er hatte die *L. A. Times* abonniert, war aber an diesem Morgen zu aufgelöst gewesen, um sie zu lesen. Jetzt zwang ihn etwas, die Zeitung vom Ständer zu nehmen, weil er das Gefühl hatte, es könnte etwas über den Unfall drinstehen. Als er fand, was er ängstlich gesucht hatte – einen Artikel über den Tod des jungen Mannes, den er verursacht hatte, dazu seinen Namen, den jetzt alle lesen konnten –, taumelte er rückwärts, senkte den Kopf und lief niedergeschmettert zurück zum Wagen.

Zumindest hatte die L. A. Times nicht auch noch ein Bild von ihm abgedruckt. Doch stand in dem Artikel, dass er wegen Unfall mit Todesfolge angeklagt worden war. Welche andere Wahl hatte er jetzt noch, als zu fliehen und zu versuchen, sich eine neue Identität zu verschaffen? Er war nicht länger John Forrester, der liebevolle Vater. Sein Familienname war öffentlich geschmäht worden. Er wusste, selbst wenn er nicht verurteilt wurde, war sein Leben nicht mehr so wie zuvor.

Als John den Bürgersteig entlang zu seinem Haus eilte,

erinnerte er sich an einen kürzlich gesendeten Beitrag von *Prime Time Live* oder einer der anderen neuen Sendungen dieser Art, in der gezeigt wurde, wie leicht es war, an falsche Ausweise und sogar an Kreditkarten zu kommen. Er beschloss, dass er auf dem Weg aus der Stadt an dem im Beitrag erwähnten Platz vorbeifahren würde – McArthur Park zwischen der Seventh Avenue und Alvarado. Er hoffte, genug Geld für das zu haben, was er benötigte.

Der Schock über den Artikel veranlasste ihn, die Flasche Jack Daniel's aufzuschrauben und einen Schluck zu nehmen, noch bevor er die Haustür erreicht hatte. Die Papiertüte knüllte er zusammen und warf sie in den Mülleimer. Als er im Haus war, wischte er sich mit dem Handrücken den Mund ab, stellte die Flasche auf den Couchtisch und ging in die Küche, um seinen Anrufbeantworter abzuhören. Er hoffte auf einen Anruf von Shana. Als er jedoch nur die nasale Stimme einer Frau vernahm, die sich nach einem seiner Objekte erkundigte, schlug er mit der Faust gegen die Wand. Er wollte sich doch nur von Shana verabschieden, ihr sagen, dass es ihm Leid tat und wie sehr er sie liebte. Wie hatte es mit seinem Leben derart abscheulich bergab gehen können? Es war, als hätte sich die Hölle geöffnet und ihn verschlungen.

Er hatte gehofft, den Buick mindestens dreißig Tage behalten zu können, bis der Immobilienmakler, dessen Identität er übernommen hatte, die erste Rate nicht zahlte. Aber er hatte dem Autohändler versprochen, am nächsten Tag schon einen Ausweis mit Foto beizubringen. Vielleicht fand er einen von diesen Typen auf der Straße, die ihm einen gefälschten Führerschein besorgten, dann konnte er eine Kopie davon verschicken. Mit dem neuen Stempel des Staates Kalifornien auf jedem Führerschein war es unmöglich geworden, sich einfach einen auf dem Computer zu fabrizieren. Wenn er das Problem nicht löste, würde er den Wagen in Vegas wohl oder übel sausen lassen müssen. Zumindest hatte ihm der Pflichtverteidiger schon gesagt, dass sein nächster Gerichtstermin frühestens in drei Wochen war.

John ging zur Haustür, weil er seine Koffer aus der Garage nebenan holen wollte, und nahm die Flasche Jack Daniel's vom Couchtisch. Das Zittern wurde immer stärker. Er musste das unterbinden, und das konnte er nur, wenn er dem Körper gab, wonach er sich verzehrte. Wenn er erst mal ein paar Klamotten und seine persönlichen Sachen in einen Koffer geworfen hätte, konnte er sich eine Kanne Kaffee machen, um vor der langen Fahrt die Wirkung des Alkohols abzudämpfen.

Als er vor der Garage stand, fuhr ein Wagen voller junger Leute vorbei, die laute Musik aus den offenen Fenstern dröhnen ließen. Er dachte an die Familien in den Häusern des Wohnblocks, stellte sich ihr Lachen, ihre Liebe und den Spaß vor, den sie miteinander hatten. Er würde nie wieder ein normales Leben führen und niemals sehen, wie seine Tochter ans Pult trat, um ihr Diplom entgegenzunehmen.

Er zögerte, das Garagentor hochzuziehen. In der Garage befanden sich auch die Überreste des gemeinsamen Lebens mit Lily. Tische, Stühle, Lampen und andere Dinge aus ihrem Haus in Camarillo. Als er erneut die Flasche zum Mund führte, nahm er so große Schlucke, als handelte es sich um Wasser.

Dann sah er eine seiner Nachbarinnen ihren Hund ausführen, riss das Tor ein Stück hoch, schlüpfte geduckt hinein und zog es wieder zu. Beverly Murdock war eine alte Wichtigtuerin, und er hatte keine Lust mit ihr zu reden. Im hinteren Teil befand sich ein kleines Fenster, das das Innere der Garage schwach erhellte. Er wollte gerade das Licht anschalten, da erstarrte er plötzlich, weil er ein Geräusch in der linken Ecke gehört hatte. Wahrscheinlich eine Katze aus der Nachbarschaft, die sich eingeschlichen hatte, als er vor ein paar Wochen seinen Werkzeugkasten geholt hatte.

Er tastete sich auf der Suche nach dem Lichtschalter an der Wand entlang, als er plötzlich ein anderes Geräusch hörte – ein seltsames Keuchen. Er zog rasch sein Messer hervor und ließ die Klinge aufspringen, weil er fürchtete, dass das Geräusch von einem tollwütigen Waschbär oder einem anderen wilden Tier herrührte. Er hatte die Garage nie abgeschlossen, fast als hoffte er, jemand würde einbrechen und ihm die Mühe ersparen, das Gerümpel selbst zu entsorgen. Abgesehen von ein paar billigen Koffern gab es nichts wirklich Brauchbares zu holen.

Er wartete und lauschte mit angehaltenem Atem. Mit dem Alkohol in seinen Adern beschloss er, lieber das Garagentor zu öffnen, als weiter im Dunkeln nach dem Lichtschalter zu tasten.

Kaum hatte John nach dem Griff gelangt, um das Tor anzuheben, da hörte er, wie etwas mit ungeheurer Geschwindigkeit auf ihn zugerannt kam. Es hörte sich an wie ein rasender Stier. Kisten und Möbel fielen durcheinander. Dann auf einmal klebte er mit dem Gesicht an der Wand und wurde von der wahnsinnigen Kraft seines Angreifers festgenagelt. »Stoff, was?«, zischte der Mann, entriss John die Flasche und zerschmetterte sie an der Wand.

Weißglühender Schmerz durchzuckte Johns Rücken, als er versuchte, sich gegen seinen Angreifer zur Wehr zu setzen. Als er blind mit seinem Messer herumfuchtelte, umfasste der Mann seinen Arm mit eisernem Griff, während ein heiserer, unmenschlicher Laut aus seiner Kehle drang.

John schrie gequält auf, als sein Handgelenk nach hinten gebogen wurde, bis die Knochen ein lautes, widerwärtiges Knacken von sich gaben.

»Hast wohl gedacht, du könntest mich mit diesem niedlichen kleinen Messerchen anritzen«, fauchte ihm der Angreifer ins Ohr, während er das Messer zuschnappen und in seine Hosentasche gleiten ließ.

»Aber das ist ein Witz, Mann. Mit so einem Messer macht man sich höchstens die Fingernägel sauber.«

John spürte, wie ihm etwas warm den Rücken hinunterlief, und wusste sofort, dass es Blut war. Der Mann hatte auf ihn eingestochen. Er rang sich mit Mühe ein paar Wörter ab: »Geld ... ich ... habe ... Geld.«

Der Mann wedelte mit einem großen Messer vor seinem Gesicht herum, das den Schimmer der Klinge reflektierte. »So sieht ein echtes Messer aus, du Arsch«, sagte er mit leichtem südamerikanischem Akzent. Er rupfte das Bündel Geldscheine heraus und stopfte es sich in den Bund seiner Jogginghose.

Der Mann hatte etwas von Stoff gesagt. John dachte an Antonio Vasquez. Hatte einer seiner Verwandten beschlossen, Rache zu üben?

Mit geschlossenen Augen ließ er sich mit dem ganzen Gewicht seines Körpers schlaff in die Arme des Mannes sinken. Die Stimme des Mannes und seine Worte rissen ihn jedoch aus seiner Apathie.

»Du bist ihr Daddy, oder?«, sagte der Mann. »Ist sie im Haus? Die will ich, alter Mann. Ich will deine hübsche kleine Tochter. Du interessierst mich nicht. Du bist nur zur falschen Zeit am falschen Ort.«

Bei jedem Stoß des Messers stöhnte John unwillkürlich auf. Er fühlte keinen Schmerz mehr, nur noch den Druck des Messers, das in sein Fleisch eindrang. Er hatte Shanas Wagen gefahren. Vasquez' Familie musste glauben, dass sie ihren Sohn überfahren hatte. Plötzlich sah er sich in einem sonnendurchfluteten Raum. Shana war wieder ein kleines Mädchen, das mit Augen voller Liebe und Unschuld zu ihm aufsah. »Geh mit mir in den Park, Daddy«, sagte das Phantom und zupfte ihn am Ärmel. »Du hast es versprochen.«

Shanas Bild verschwand im Licht und wurde ersetzt vom Gesicht des hübschen jungen Mannes, den er überfahren und liegen gelassen hatte. Er hatte das Gefühl, in den unermesslichen Strudel der Dunkelheit gezogen zu werden, in den er in der Unfallnacht geblickt hatte. Und dann sagte er genau die Worte, die Lily in jener Nacht zu Curazon gesagt hatte, als er sie den Flur hinunter zu Shanas Schlafzimmer schleppte: »Bitte, o Gott, nicht meine Tochter.«

Kapitel 27

Lily hatte sich geirrt. Die Apotheke war geschlossen gewesen. Da sie jedoch entschlossen war, Richards verletzte Hand zu behandeln, damit sie sich nicht entzündete, landeten sie schließlich in Goleta, eine kleinen Stadt nördlich von Santa Barbara. Als sie auf die San Ysidro Ranch zurückkehrten, war es fast Mitternacht, und Shana schlief schon.

»Nicht aufwecken«, flüsterte Richard nach einem Blick über Lilys Schulter. »Im Wohnzimmer stehen zwei Sofas. Du bleibst heute Nacht hier.«

»Das ist doch lächerlich, Richard«, entgegnete sie. »Ich kann dich doch nicht auf dem Sofa schlafen lassen, schon gar nicht mit dem Schnitt in der Hand. Die Wunde ist schlimmer, als ich dachte. Eigentlich hätten wir doch in die Notaufnahme fahren sollen, um sie nähen zu lassen.«

»Herrgott, Lily«, sagte er, »du bist wirklich eine Glucke.«

»Lass mich Shana aufwecken«, erwiderte sie. »Wir sollten dir jetzt ein bisschen Ruhe gönnen.«

»Bleib heute Nacht hier«, beharrte er. »Ich habe ein paar Decken und Kissen im Schrank gesehen.«

»Bist du sicher?«, fragte Lily und warf einen Blick auf die beiden Sofas. Das eine war groß genug, um darauf zu schlafen, das andere aber war nur ein Zweisitzer. »Das wird aber unbequem für dich, Richard. Ich kann mich auf dem Zweisitzer zusammenrollen, aber deine Beine sind zu lang.«

»Deine Tochter braucht jetzt Ruhe«, entgegnete Richard und schloss die Flügeltür zum Schlafzimmer. »Mir würde es auch nichts ausmachen, wenn ich auf dem Boden schlafen müsste. Mir reicht es vollkommen zu wissen, dass ihr beide in Sicherheit seid.«

Mit einem Ruck wachte Shana am Samstag Morgen auf. Einen Augenblick war sie desorientiert und dachte, sie sei in ihrem Zimmer zu Hause. Als sie merkte, dass sie die Nacht in Richards Bungalow auf der San Ysidro Ranch verbracht hatte, versuchte sie, sich aufzusetzen, ließ sich aber wieder zurückfallen, weil ihr Körper zitterte, als wäre er von einer Lage Eis bedeckt.

Die Flügeltür zum Wohnzimmer war geschlossen. Ihre Mutter und Richard mussten zum Cottage gefahren sein, um ungestört zu sein, dachte sie und glaubte, sie würden heimlich zurückkommen, bevor sie aufstand. Als sie sich unter die Decke kuschelte, um sich aufzuwärmen, begann ihr Magen vor Hunger zu knurren. Bis auf das Telefongespräch mit Greg lag der vergangene Abend in dichtem Nebel, und sie konnte sich nicht daran erinnern, was sie gegessen hatte. Da sie in ihren Kleidern geschlafen hatte, stand sie auf und ging in den Wohnbereich, um sich nach etwas zu essen umzusehen.

»Guten Morgen«, sagte Lily, überrascht, dass sie so lange geschlafen hatten. Die Uhr an der Wand zeigte Viertel nach neun. »Wie lang bist du schon auf?«

»Weiß ich nicht«, fauchte Shana. »Warum hast du mich nicht geweckt, damit wir nach Hause fahren konnten?«

»Richard hat sich an der Hand geschnitten«, erklärte ihre Mutter. »Wir sind Verbandmaterial und Desinfektionsmittel kaufen gegangen. Als wir zurückkamen, hast du schon fest geschlafen.«

Richard hörte die beiden Frauen miteinander sprechen und hob den Kopf. Seine verletzte Hand hatte während der

Nacht zwischen zwei Kissen gelegen. Als er sie herauszog, verzog er vor Schmerz das Gesicht. Ein paar Tropfen Blut waren durch den Gazeverband gesickert.

»Gott … deine Hand!«, rief Shana. »Wie hast du dich verletzt?«

»Ich habe ein Glas zerbrochen«, antwortete Richard und gähnte. »Es tut nur ein bisschen weh, das ist alles. Deine Mutter hat es mit allem möglichen Zeug verbunden.« Er folgte ihrem Blick zu dem kleinen Blutfleck auf dem Stoff. »Sie hat ganze Arbeit geleistet. Mach dir keine Sorgen. Der Fleck geht mit etwas kaltem Wasser weg.«

»Warst du nicht beim Arzt?«

»Nein«, sagte er und schüttelte den Kopf. »Es ist nichts, wirklich.«

»Es war mein Fehler«, erklärte Lily. »Ich habe gegen seine Hand geschlagen, als er ein Weinglas hielt.«

Shana war sich nicht sicher, ob sie die Wahrheit sagten. Sie hatte ein seltsames Gefühl in der Magengrube, aber diesmal war es nicht Hunger. »Ich verstehe das nicht, Mom«, sagte sie und schüttelte den Kopf. »Dein Haus liegt nur fünf Minuten von hier. Warum habe ich in dem Bett geschlafen? Dabei hat Richard sich die Hand verletzt. Das ist doch einfach widersinnig.«

»Richard wollte nicht, dass ich dich wecke.«

»Ich will jetzt hier weg!«, explodierte das Mädchen plötzlich. »Und ich meine nicht dieses Hotel … die Ranch … oder wie auch immer ihr das nennt. Ich will weg aus dieser verdammten Stadt. Ich habe es satt, herumzusitzen und zu warten, dass jemand sich überlegt, was ich tun soll. Gebt mir einfach ein Auto und hört auf, mich wie ein Kind zu behandeln.«

Lily runzelte die Stirn, faltete ihre Decke und zog sich die Schuhe an. »Gut«, sagte sie und nahm ihre Handtasche. Sie wollte sich bei Richard für das unhöfliche Benehmen ihrer Tochter entschuldigen, aber er zeigte ihr mit einem Blick, dass das nicht nötig war.

Als Lily gerade ihren Schlüssel in die Haustür steckte, hörte sie drinnen das Telefon klingeln. Sie rannte durch die Küche, um den Hörer abzunehmen, und stieß dabei einen Stuhl um. Shana hatte während der kurzen Fahrt nach Hause keinen Ton gesagt. Sie folgte ihrer Mutter ins Haus, ging dann ins Badezimmer und schmiss die Tür hinter sich zu.

»Entschuldigung«, sagte Lily und presste sich den Hörer an ihr linkes Ohr, um besser zu hören, »wie war Ihr Name? Die Verbindung ist schlecht.«

»Detective Keith O'Malley«, tönte es durch den Hörer. »Police Department von Ventura, Mordkommission.«

»Wie sind Sie an meine Telefonnummer gekommen?« Kaum hatte Lily das ausgesprochen, merkte sie, wie lächerlich die Frage war. Die Polizei kam an jede gewünschte Nummer, selbst wenn sie nicht eingetragen war. »Wenn Sie wegen eines Falls von mir anrufen, dann müssen Sie sich mit meinem Assistenten Matt Kingsley in Verbindung setzen. Sie erreichen ihn Montag Morgen im Büro des Bezirksstaatsanwalts.«

»Das, worüber wir mit Ihnen sprechen wollen, hat nichts mit Ihrem Job zu tun«, teilte O'Malley ihr mit. »Wir möchten Sie heute Nachmittag auf unserem Revier sehen.«

»Heute ist Samstag«, antwortete sie. »Worum geht es?«

»Darüber möchte ich lieber nicht am Telefon sprechen, Mrs. Forrester.«

Lily ließ sich gegen die Wand sinken, während ihr Herz vor Angst bis zum Hals schlug. John hatte die Polizei angerufen und erzählt, dass sie Hernandez umgebracht hatte. Alles andere ergab keinen Sinn.

»Kann das nicht bis Montag warten?«, fragte sie und schwieg, als Shana aus dem Badezimmer kam, ihren Laptop nahm und ihn hinaus auf die Veranda brachte.

»Entweder Sie kommen zu uns«, antwortete O'Malley schroff, »oder wir geben dem Sheriff in Santa Barbara Bescheid, dass er Sie abholt und hierher bringt. Es liegt ganz bei Ihnen.«

»Ich komme«, sagte Lily und griff sich mit der Hand an die Kehle. »Um wie viel Uhr?«

»Ein Uhr.«

Nach all den Jahren war der Himmel schließlich doch über ihr eingestürzt. Lily glitt halb an der Wand hinunter, lief dann aber zum Arzneischränkchen im Bad und sah die Fläschchen durch. Nachdem sie Bobby Hernandez umgebracht hatte, hatte sie sich mit Beruhigungsmitteln betäubt. Sonst hätte sie nicht weitermachen können. Jeden Tag war sie mit der Angst ins Gericht gefahren, dass die Polizei entdeckte, was sie getan hatte, und sie in Handschellen abführte.

Da Lily nichts Stärkeres fand als Tylenol, starrte sie auf ihr Spiegelbild. Valium war auch keine Lösung. Sie musste Shana sofort nach Los Angeles schicken. Das Gefühl der Dringlichkeit, das ihre Tochter am Morgen in Richards Bungalow empfunden hatte, überfiel auch sie. Sie nahm ihre Brieftasche vom Küchentisch und zog eine Hand voll Banknoten heraus, den Rest des Geldes, das sie für Johns Kaution zusammengekratzt hatte.

Shana starrte auf den Bildschirm ihres Computers, der auf dem runden Verandatisch stand. Lily setzte sich neben sie. »Du hattest Recht«, sagte sie. »Du musst wieder zur Uni. Gibt es jemanden, bei dem du wohnen kannst, während du dir eine Mitbewohnerin suchst?«

»Ich könnte wahrscheinlich bei Jennifer unterkommen«, antwortete ihre Tochter und nahm die Lesebrille ab. »Aber dann müssen wir im selben Bett schlafen. Es ist eine große Familie, Mutter. Sie hat fünf Brüder.«

»Sag ihr, dass du Miete zahlst, bis du etwas Neues gefunden hast.« Lily gab ihr die drei Hundertdollarscheine.

Shana starrte auf das Geld in ihrer Hand. »Ich habe aber kein Auto, schon vergessen?«

»Du kannst den Audi nehmen«, antwortete Lily. »Ruf deine Freundin an, frag sie, ob du bei ihr wohnen kannst, und fahr dann nach Los Angeles. Wenn du jemanden wegen der Anzeigen anrufst, kannst du vielleicht gleich etwas wegen einer Wohnung klarmachen. Zumindest verpasst du dann nicht mehr deine Seminare.«

»Bist du sicher?« Shana wich ihrem Blick aus, weil sie sich wegen ihres Verhaltens schämte. »Ich muss doch nicht deinen Wagen nehmen. Warum fahre ich nicht einfach mit dem Honda, bis ich mein Auto zurückbekomme? Er fährt doch noch, oder nicht?«

»Nein!«, rief Lily und erhob sich ein paar Zentimeter von ihrem Stuhl. Sie verfluchte sich, dass sie den Honda nicht schon vor Jahren weggeschafft hatte. Er stand unter einer Plane neben dem Gästehaus. Manny Hernandez' Beschreibung des Wagens war einer der Gründe, die Cunningham dazu gebracht hatten, sie des Mordes am Bruder des Zeugen zu verdächtigen. Gleichgültig wie viele Jahre seit dem Verbrechen vergangen waren, die Polizei konnte den Wagen immer noch über die Fahrgestellnummer identifizieren. Wegen der Infrarotscanner und anderer technischer Neuentwicklungen in der Spurensicherung konnten Straftäter nie gewiss sein, alle Beweise für die Tat entfernt zu haben. Lily hatte überlegt, den Wagen zu einem Schrottplatz zu bringen, doch da der Honda in ziemlich gutem Zustand war, war klar, dass sie ihn dort einfach weiterverkaufen würden. Und hätte sie darauf bestanden, dass er verschrottet wurde, hätte sie Verdacht erregt. »Ich möchte nicht, dass du mit dem Honda fährst«, sagte sie. »Du könntest auf dem Freeway liegen bleiben. Nächste Woche gebe ich ihn mal zur Inspektion.«

»Es tut mir leid, dass ich mich heute Morgen so furchtbar benommen habe«, erklärte Shana. »Ich finde es nicht richtig, deinen Wagen zu nehmen. Dad hat dir schon genug Probleme gemacht.«

»Bitte«, sagte Lily und berührte sie am Arm. »Tu, was ich dir sage. Wir beide werden sonst noch verrückt. Ich bin nur froh, dass du ein bisschen Zeit mit Richard verbracht hast. Zumindest weißt du jetzt, dass er für dich da ist, falls du jemals einen Anwalt brauchen solltest.«

»Wie geht es weiter, Mom?«

Lily nahm ihre Tochter in die Arme. »Alles wird gut«, sagte sie und strich ihr über das Haar.

Shana stand auf und legte sich dann eine Hand auf den Kopf. »Ich habe ein seltsames Gefühl«, sagte sie. »Du verhältst dich wie Dad in der Unfallnacht. Er erzählte, dass er wegziehen wollte. Aber ich dachte, er sei betrunken, also achtete ich nicht auf seine Worte. Als ich schlafen ging, hatte ich Alpträume. Ich dachte, er würde sich umbringen oder so.«

Lily sah zu ihr auf. »Dein Vater würde sich niemals umbringen«, sagte sie, während ihr Gesicht sich verhärtete. »Er ist nicht der Typ dazu.«

»Was meinst du damit?«

»Vergiss es«, antwortete sie. »Wenn du gefahren bist, gehe ich ins Büro und seh mal, ob ich was von meiner Arbeit aufholen kann. Ich möchte, dass du mein Handy mitnimmst. Lass es die ganze Zeit angeschaltet. Sobald ich mir ein neues gekauft habe, rufe ich dich an. So können wir uns immer erreichen. Denk aber dran, es über Nacht aufzuladen.«

»Was ist mit unserem Haus?«, fragte Shana und seufzte tief. »Wenn wir es aufgeben, muss ich all meine Sachen rausholen.«

»Dein Vater wird wohl bis Montag ausgezogen sein. Mach dir keine Sorgen wegen der Möbel. Ich rufe eine Umzugsfirma an, dann werden sie abgeholt und eingelagert. Wenn du ein paarmal hin und her fährst, kannst du wahrscheinlich den größten Teil deiner Kleider und persönlichen Sachen im Haus mit dem Audi transportieren. Und bitte Jennifers Brüder, dir zu helfen.«

Lily und Shana standen nebeneinander und blickten über den Rasen. »Vielleicht war es falsch von mir, nicht mit Dad zu sprechen«, sagte das Mädchen und legte den Kopf auf die Schulter ihrer Mutter. »Sollte ich ihn anrufen, wenn ich zurückfahre?«

»Das musst du selbst entscheiden«, sagte Lily. »In den ersten Jahren unserer Ehe habe ich deinen Vater sehr geliebt. Ich weiß wirklich nicht genau, warum wir uns so auseinandergelebt haben.«

Damit ging Lily ins Haus und ließ die Tür mit dem Fliegengittertür hinter sich offen stehen. In Anbetracht der Umstände hatte sie die großmütigste Bemerkung ihres Lebens gemacht.

»Check sofort aus«, sagte Lily übers Telefon zu Richard.

»Was soll das heißen?«

»Ich habe Shana zurück nach Los Angeles geschickt«, erklärte sie. Sie hatte es sich auf einem Küchenstuhl bequem gemacht. Auf der Arbeitsfläche stand ein grauer, feuerfester Behälter. Mit seinem soliden Schloss ähnelte er einem kleinen Safe. Da ihn aber ein Dieb einfach mitnehmen konnte, war seine Hauptfunktion, wichtige Dokumente im Falle eines Brandes zu schützen. »Sie zahlt einer ihrer Freundinnen Miete, um bei ihr wohnen zu können, bis sie etwas anderes findet. So kann sie am Montag wieder zur Uni gehen.«

»So etwas wollte ich auch schon vorschlagen«, sagte Richard. »Es scheint alles nur noch schlimmer zu werden, wenn jemand zu viel Zeit zum Nachdenken hat. Aber was meintest du damit, dass ich auschecken soll?«

»Jetzt, da Shana weg ist«, sagte Lily und spielte mit dem rosa Fahrzeugschein des Honda, »kannst du bei mir wohnen. Warum Geld verschwenden? Außerdem brauche ich dich. Ein Detective der Mordkommission in Ventura hat mich angerufen. Sie wollen, dass ich mich heute um ein Uhr auf dem Revier melde. Sie haben sogar gedroht, einen

Sheriff hierher zu schicken, wenn ich nicht freiwillig komme. John muss nach dem Streit vor ein paar Tagen angerufen und sie irgendwie beschwatzt haben, den Hernandez-Fall wieder aufzurollen.«

»Ich bin gleich da«, sagte Richard. »Du fährst nicht allein nach Ventura.«

»Du kannst nicht mitkommen.« Lily hatte das Gefühl, sie würde ins Auge des Orkans geraten, ohne auch nur das Geringste zu haben, an dem sie sich festhalten konnte. Ihre Impulsivität hatte schon genug Schaden verursacht. Richard musste seinen Traum, Richter zu werden, aufgeben; Cunningham hatte seinen Job gekündigt, an dem er so hing. John war Alkoholiker geworden. Es war gleichgültig, wie viele Menschen Bobby Hernandez umgebracht hatte. Selbst die Tatsache, dass sie glaubte, er sei derjenige, der sie und ihre Tochter vergewaltigt hatte, konnte ihre Handlungen nicht rechtfertigen. Lily wusste, dass sie dieses Mal ganz allein war. Sechs Jahre hatte sie Gott um Vergebung angefleht. Vielleicht hatte sie endlich den Wendepunkt erreicht. Entweder sie half sich selbst oder beförderte sich in einen weiteren Abgrund bodenloser Qual.

»Ich gehe nicht mit, weil ich mir Sorgen mache«, sagte Richard. »Ich begleite dich als dein Anwalt. Wenn die Polizei dich anklagt, kann ich dich immer noch von Marty Schwartz vertreten lassen.«

»Deinem Partner?«

»Meinem Kompagnon«, sagte er. »Er ist ein guter Anwalt.«

Nachdem Shana gefahren war, hatte sich Lily aufs Bett geworfen und geweint. Jetzt nahm sie ein Fläschchen Augentropfen, legte den Kopf zurück und träufelte sie sich in die Augen. »Verstehst du denn nicht?«, sagte sie. »Es ist genau das eingetroffen, wovor wir uns immer gefürchtet haben. Du könntest vorgeladen werden, um gegen mich auszusagen. Ich möchte nicht, dass du einen Meineid leistest,

Richard. Und ich kann es nicht so weit kommen lassen, dass die Polizei herausfindet, dass du von meinem Mord an Hernandez wusstest und es nicht gemeldet hast. Wozu soll das gut sein, wenn wir am Ende beide ins Gefängnis gehen? Wie könnte ich zulassen, dass dein Leben und Gregs dazu zerstört wird?«

»Leg auf«, schrie Richard. »Sofort, Lily!«

»Warum?«

»Ich bin in fünf Minuten bei dir.«

»Aber Richard …«

»Verdammt!«, brüllte er. »Tu, was ich sage!«

Lily unterbrach die Verbindung und legte den Kopf auf den Tisch. Sie brauchte keine Angst davor zu haben, ins Auge des Orkans zu geraten. So wie es aussah, war sie schon darin.

Kapitel 28

Richard fuhr in die Einfahrt, ruckte den Schalthebel auf Parken und schwang die Fahrertür seines Lexus auf. Lily wartete hinter der Fliegengittertür. Sie hatte Jeans und einen rosa Pullover an. In seiner Eile, zu Lily zu kommen, riss er die Tür fast aus den Angeln, dann presste er sie an sich. Nach einem Augenblick gab er sie frei und hastete an ihr vorbei ins Cottage. Lily blieb mit hängenden Armen neben der Tür stehen. Irgendwie schien er ihr die Panik und Verzweiflung, die sie eben noch empfunden hatte, genommen zu haben. Sie trat ein paar Schritte vor und blieb dann stehen.

»Sag nichts«, befahl er, während er die Kissen vom Sofa und den Sesseln schleuderte, die Lampen überprüfte und dann ihr Telefon vom Küchentisch nahm und es zerlegte. »Hast du noch ein Telefon?«

»Ja, im Schlafzimmer«, sagte Lily und wies in die Richtung.

Richard eilte ins Schlafzimmer und kam einen Moment später zurück. »Lass uns draußen reden.«

Lily folgte ihm auf die Veranda. Aber er lief einfach weiter, wollte, dass sie ihre Unterhaltung so weit wie möglich vom Cottage entfernt fortsetzten. Sie war barfuß; der Kies in der Auffahrt schnitt ihr in die Fußsohlen. Richard ging bis zum Garten links vom Haupthaus, und blieb stehen, weil er eine Gruppe Gartenmöbel entdeckt hatte. Er sah auch einen Swimmingpool, an dessen vier Ecken Statuen römischer Götter und Göttinnen standen. Lily blieb auf dem Rasen. Sie hatte die Privatsphäre ihrer Vermieter immer respektiert.

Richard warf einen Blick über seine Schulter. »Die Besitzer sind verreist, nicht wahr?«

»Ja«, sagte sie mit fragender Miene. »Kannst du mir jetzt sagen, was los ist?«

Richard setzte sich auf einen der gepolsterten Gartenstühle und bedeutete Lily, es ihm nachzutun. Widerstrebend ging sie zu ihm und setzte sich. »Vielleicht hat die Polizei dein Haus verwanzt«, erklärte er. »An so etwas habe ich erst gedacht, als sie dich heute anriefen.«

»Dein Verfolgungswahn ist ja noch größer als meiner«, antwortete Lily und schnippte nervös mit den Fingernägeln. »Die Annahme, dass die Polizei von Ventura einen Richter überzeugt hat, eine gerichtliche Anordnung zu erlassen, um mein Haus zu verwanzen, ist einfach lächerlich, Rich. Die einzig legale Möglichkeit, einen Fuß in mein Cottage zu setzen, wäre, wenn sie beweisen könnten, dass eine Leiche oder eine Bombe darin ist.«

Wegen des grellen Lichts kniff Richard die Augen zusammen. Dann holte er seine Sonnenbrille aus der Tasche und setzte sie auf. Zwar war es morgens noch bedeckt gewesen, jetzt aber kam die Sonne hervor, und die Temperatur stieg sprunghaft an. Sein Hemd war schon schweißnass. »Wahrscheinlich hast du Recht«, sagte er. »Aber du musst dir darüber im Klaren sein, dass dich dein Beruf in eine andere Position versetzt. Du bist kein gewöhnlicher Straftäter, Lily. Und vergiss nicht, Fred Jameson ist nicht gerade ein Fan von dir. Ich habe gehört, dass er dich für seinen Karriereknick verantwortlich macht. Hast du ihn nicht beschuldigt, Beweise im Walter-Evans-Mord gefälscht zu haben?«

»Ich habe lediglich den Fall für das Berufungsgericht geprüft«, verteidigte sich Lily. »Vielleicht hat er einen Eintrag in seine Personalakte bekommen. Aber offiziell ist ihm nichts vorgeworfen worden. Ich habe die Dinge beim Namen genannt. Dafür muss ich jetzt eben bezahlen.«

»Ist das Urteil nicht aufgehoben worden?«

»Ja«, sagte Lily, »aber ich habe nichts über Jameson herumerzählt. In dem Fall wurden unzählige Fehler gemacht, von den Streifenpolizisten ebenso wie vom Richter.« Sie warf einen Blick auf den Swimmingpool, bevor sie fortfuhr: »Jedenfalls war es nicht Jameson, der mich anrief. Der Mann, mit dem ich sprach, stellte sich als Keith O'Malley vor. Wie viel Uhr ist es?«

Er blickte auf seine Uhr. »Viertel nach elf.«

»Hast du auf der Ranch ausgecheckt?«

»Nein«, sagte er, stand auf und ging mit ihr durch den Garten zurück. »Ich bin sofort hergerast. Ich muss noch zurück und meine Sachen holen, wenn du mich heute Nacht bei dir haben willst.«

»Ich gebe dir meinen Schlüssel«, sagte Lily. Sie sah, dass er etwas sagen wollte, und wusste genau, was es war. »Du wirst mich nicht begleiten, Richard. Das steht einfach nicht zur Debatte.« Sie warf ihm einen entschlossenen Blick zu und fuhr dann fort: »Wenn du mir wirklich helfen willst, dann leih mir dein Auto. Ich habe Shana mit dem Audi nach Los Angeles geschickt. Ich halte es nicht für ratsam, mit dem Auto zum Revier zu fahren, das ich benutzte, als ich Hernandez erschoss.«

»Mein Gott, warum hast du das Auto behalten?«, rief Richard. »Vielleicht sind noch Beweise drin!«

Richard und Lily hatten einiges gemeinsam, aber wie die meisten Menschen reagierten sie höchst unterschiedlich auf Stress. Sie wollte zwar ebenso wie er alles unter Kontrolle haben, schaltete aber eher auf stur, während er allzu leicht in die Luft ging. Sie konnte es ihm jedoch nicht verdenken, dass er sich schützen wollte. »Ich habe den Honda genau aus dem Grund behalten, den du gerade angeführt hast«, erklärte sie ihm. »Ich glaube nicht, dass selbst die beste Spurensicherung der Welt noch nach dieser langen Zeit etwas im Wagen finden würde. Aber die Technologie entwickelt sich in derartiger Geschwindigkeit, dass wir einfach nicht sicher sein können.« Sie warf die Arme in die Luft. »In drei Monaten kann sich die ganze Methodik wieder verfeinert haben. Es ist Zeit, dass der Honda verschwindet, findest du nicht?«

»Absolut«, sagte er düster. »Und bitte sag nicht, dass du ihn verkaufen willst. Das wäre vollkommen schwachsinnig.«

Lily brachte ein gequältes Lächeln zustande. »Was glaubst du, warum ich das verdammte Ding noch habe? Wenn du einen Vorschlag hast, höre ich dir mit Freuden zu.«

Richard schüttelte den Kopf. »Ich möchte nicht, dass du dich darum kümmerst«, sagte er. »Wenn du in Ventura bist, suche ich einen Schrottplatz und fahre den Wagen dorthin.«

»Keine gute Idee«, antwortete sie, während ihr ein Windstoß das Haar aus dem Gesicht wehte. »Die Polizei wird vielleicht den Wagen beschlagnahmen wollen, wenn der Fall wieder aufgerollt wird. Wie könnte ich von dir verlangen, die Beweise für mich zu beseitigen?«

»Du hast es nicht verlangt, schon vergessen?« Richard lächelte. »Ich habe es dir angeboten.«

»Nein«, protestierte sie und erklärte ihm, warum der Schrottplatz als Möglichkeit nicht in Betracht kam. »Vielleicht wäre es doch sicherer, wenn ich ihn behielte. Wenn sie nach dem Wagen fragen, kann ich ja einfach behaupten, ich hätte ihn nicht mehr.«

»Lily«, sagte er und hielt sie am Arm fest, »hör mal.«

»Okay, okay«, sagte sie und riss sich los. »Ich höre.«

»Folgendes werde ich tun«, erklärte Richard, dessen Aufregung sich nun, da er einen Plan hatte, gelegt hatte. »Wenn du nach Ventura fährst, gehe ich in ein Eisenwarengeschäft und kaufe ein paar Werkzeuge. Dann komme ich hierher zurück und entferne die Fahrgestellnummer vom Wagen. Nur das Nummernschild bleibt, wie es ist, dann hält mich die Polizei nicht an. Wenn es dunkel geworden ist, fahre ich in die Berge hinter der Ranch, suche eine abgelegene Stelle und schiebe den Wagen einen Abhang hinunter. Nach meinem Besuch im Eisenwarengeschäft mache ich erst einmal einen Erkundungsgang in der Gegend dort. Wenn ich die richtige Stelle aussuche, werden sie den Wagen niemals finden. Und wenn doch, können sie ihn nicht identifizieren und zu dir zurückverfolgen.«

Der Staatsanwalt, wie er leibt und lebt, ging es Lily durch den Sinn, und sie dachte an die Tafel, die er in seinem Büro in Ventura gehabt hatte. Er hatte jedes Detail gesondert aufgeführt und so die Tat Stück für Stück zusammengetragen, bis er schließlich ein Gesamtbild erstellt hatte, das die Geschworenen sicher dazu bringen würde, auf schuldig zu plädieren.

»Wie willst du hierher zurückkommen?«

»Ich habe zwei Beine«, antwortete Richard und tätschelte die kleinen Pölsterchen in der Hüftgegend. »Und ein bisschen Sport wird mich schon nicht umbringen. Ich muss nur den Hügel hinunter, dann kehre ich im Plow & Angel ein, genehmige mir ein paar Drinks und fahre mit einem Taxi wieder hierher.«

Lily wollte schon protestieren, hielt sich dann aber zurück. Er wollte das für sie tun; sie konnte es an seinem Gesicht ablesen. Dies war seine Art, ihr zu zeigen, dass – was auch immer noch geschehen mochte – er zu tief drinsteckte, um sich davonzumachen.

Richard hatte Lily sein Handy geliehen, und auf der fünfundvierzig Minuten langen Fahrt nach Ventura kam ihr Bruce Cunningham in den Sinn. Sie rief die Auskunft an und fragte nach der Jineco Equipment Corporation, wo der ehemalige Detective jetzt arbeitete. Ein paar Monate zuvor hatte sie die Webseite der Firma entdeckt und mit dem Gedanken gespielt, Cunningham eine E-Mail zu schicken. Sie wollte ihm mitteilen, dass es ihr gut ging und sie wieder eine Stelle als Staatsanwältin angenommen hatte. »Es ist eine gebührenfreie Nummer«, sagte die Telefonistin. »Soll ich sie Ihnen geben?«

»Ja«, antwortete sie und wiederholte sie mehrmals, um sie nicht zu vergessen. Dann wählte sie sie rasch. Kaum ertönte in der Leitung eine weibliche Stimme, nannte sie ihren Namen und verlangte Bruce Cunningham.

»Ich habe mich schon gefragt, wann Sie mich anrufen würden«, sagte Cunningham mit seiner sonoren Stimme, die in ihrem Ohr nachklang.

Lily lächelte, weil sie ein Gefühl hatte, als wäre sie an eine mächtige Kraftquelle angeschlossen. »Wie geht es Ihrer Familie? Sie wissen schon, Ihrer Frau und den Kindern?«

»Gut«, sagte er. »Das Jüngste macht dieses Jahr den College-Abschluss.«

»Und was macht der Job?«

»Alles bestens«, antwortete er und schwieg einen Augenblick. »Was ist los? Sie haben doch nicht nur zum Plaudern angerufen, oder? Vor ein paar Tagen rief jemand an, der vorgab ein Detective zu sein, und stellte mir Fragen über den Mord an Hernandez. Er sagte, sein Name sei Fred Jameson. Kennen Sie ihn?«

Lily fiel das Telefon aus der Hand. Richard hatte versucht, sie zu warnen, dass Jameson sich vielleicht in die Sache reinhängen würde, aber dass er sich bereits die Mühe gemacht hatte, Bruce Cunningham aufzuspüren, bedeutete, dass die Polizei nicht mehr nur darüber diskutierte, ob sie den Fall wieder aufrollen sollte, wie sie gehofft hatte.

Sie brachte den Wagen auf der Seitenspur des Freeway zum Stehen und beugte sich nach unten, um das Handy wieder aufzuheben. Sie nahm an, dass die Verbindung mit

Cunningham unterbrochen worden war, aber als sie die Wiederwahltaste drücken wollte, sah sie die Anzeige auf dem Display und hielt das Handy wieder an ihr Ohr. Dabei steuerte sie den Wagen zurück auf den Freeway.

»Ich warte schon lange darauf, dass das Fahren mit diesen verdammten Handys verboten wird«, sagte Cunningham, bevor Lily überhaupt etwas sagen konnte. »Was meinen Sie, wie viele Leute schon umgekommen sind, weil irgendein Idiot mit diesem Ding am Ohr herumgefahren ist und nicht aufgepasst hat? Zumindest sollte es Vorschrift sein, dass die Leute Kopfhörer dazu tragen oder einen fest installierten Apparat im Wagen haben. Was meinen Sie, Forrester?«

»Sie haben sich nicht verändert, Bruce«, antwortete sie und schluckte, bevor sie weitersprach. »Was haben Sie Jameson erzählt, als er anrief?«

»Von Ihnen oder dem Fall?«

»Überhaupt«, sagte Lily und sah das Schild, welches die Ausfahrt zum Victoria Boulevard anzeigte.

»Ich habe ihm nichts erzählt, was Ihnen schaden könnte«, sagte der ehemalige Detective nach sorgfältiger Wahl seiner Worte. »Ich sagte nur, dass Hernandez ein übler Bursche gewesen sei und meiner Meinung nach nicht verdiente, dass das Geld des Steuerzahlers dafür verschwendet würde, um seinen Mörder hinter Gittern zu bringen.«

»Ein Detective namens O'Malley rief mich heute an und bestand darauf, mich im Revier zu sehen«, erzählte Lily und spürte, wie sich ihre Nackenmuskeln anspannten. »Ich fahre gerade auf den Parkplatz des Police Departments.«

»Wenn Sie genau darüber nachdenken«, sagte Cunningham weise, »werden Sie vielleicht zu dem Schluss kommen, dass es besser ist, das Ganze ans Licht zu bringen, als den Rest des Lebens darauf zu warten, dass es Sie irgendwann einholt und zu Fall bringt.«

Lily fragte sich, ob Cunningham ihr angesichts des Drucks, unter dem sie stand, wirklich vorschlug, ihr Gewissen zu erleichtern und zu gestehen. Wenn sie die Strafe auf sich nähme, wäre sie dann nicht endlich frei? Und nicht nur sie, sondern auch all die anderen, die in diesen Fall verwickelt waren? Sie hatte Cunningham bereits vor sechs Jahren gestanden. Aber er hatte es auf seine Kappe genommen, ihr Geständnis für sich zu behalten. Nicht dass sie ihn darum gebeten oder ihn in irgendeiner Weise dazu gezwungen hätte. Im Gegensatz zu der impulsiven Lily hatte Cunningham sorgsam die Begleitumstände abgewägt und entschieden, dass es kein Akt der Gerechtigkeit wäre, Lily ins Gefängnis zu schicken.

Bruce Cunningham hatte sowohl seine Moral als auch seine Berufsehre geopfert, damit eine Tochter ihre Mutter nicht zu dem Zeitpunkt verlor, da sie sie am meisten brauchte; damit der Staat nicht eine brillante und hingebungsvolle Anwältin verlor; auch wenn damit der Tod eines Mannes nicht gerächt wurde, der brutal und ohne Anlass zweimal gemordet hatte.

Als Lily auf den Haupteingang des Polizeireviers zuging, bekam sie durch die Mittagshitze und ihre starke Erregung ein Gefühl, als hätte sie Zement an den Füßen. Wenn der Bezirksstaatsanwalt von Ventura sich bereit erklärte, den Fall weiterzuverfolgen, würde man nicht nur Cunningham vorladen, sondern auch die zwei Menschen, die ihr am nächsten standen – ihre Tochter und Richard Fowler. Wie würde sie sich fühlen, wenn Shana, Richard und Cunningham gezwungen wären, in den Zeugenstand zu treten, die Hand auf die Bibel zu legen und vom Gerichtsdiener die uralte Frage zu hören, die ihr jetzt im Kopf hallte: »Schwören Sie, die Wahrheit zu sagen, die ganze Wahrheit und nichts als die Wahrheit, so wahr Ihnen Gott helfe?«

Kapitel 29

Samstag Nachmittag um Viertel nach eins wurde Lily von Detective Keith O'Malley in einen Vernehmungsraum des Police Departments von Ventura geführt. Er war ein gut aussehender Mann Ende dreißig und hatte blondes Haar und einen rosigen Teint. Fred Jameson hatte bereits am Tisch Platz genommen.

»Hatte Sie eine angenehme Fahrt?«, fragte Jameson grinsend. »Ich liebe diese Strecke, die am Meer entlangführt. Früher träumte ich davon, ein Haus am Strand zu besitzen. Da gibt es diese eine bestimmte Gegend. Wie heißt sie noch? Sie wissen doch, welche ich meine, Lily. Viele Bäume und einige Landzungen, die ins Meer hineinragen.«

Aha, da geht's lang, dachte Lily und ließ sich langsam auf ihrem Stuhl nieder. »Es gibt mehrere Gegenden, wie Sie sie beschrieben haben«, sagte sie und knallte ihre Handtasche auf den Tisch. »Haben Sie mich hierher zitiert, um über Grundstücke zu reden?«

O'Malley stand hinter Lily. Er machte mit seinen Händen das Zeichen für Auszeit, um Jameson daran zu erinnern, dass Captain Nelson ihm die Leitung der Untersuchung übertragen hatte.

Jameson ignorierte ihn. »Tja, die Gegend, die ich meine«, fuhr er fort, »erinnert mich an eine billigere Ausgabe dieser schicken Gegend in Malibu, wo all die Filmstars ihre Häuser haben. Natürlich, wenn ich mir mit meinem Gehalt ein Grundstück mit Meerblick leisten wollte, käme dafür nur eins direkt neben der Kläranlage auf Channel Islands in Frage. Wenn jemand fälschlicherweise beschuldigt wurde ...«

»Hör auf damit, Fred«, bellte O'Malley und stellte einen Kassettenrekorder mitten auf den Tisch. Dann las er Lily ihre Rechte vor. Als er damit fertig war, zog er sich einen Stuhl heran und setzte sich an das Kopfende des Tisches.

»Die bewusste Gegend in Malibu heißt *The Colony*«, sagte Lily und bedachte Jameson mit einem stählernen Blick. »Wenn Leute in meiner Kindheit diese Gegend erwähnten, dachte ich immer, sie meinten eine Ameisenkolonie. Vielleicht sollten Sie sich dort mal umsehen, Fred. Sie würden ausgezeichnet dorthin passen.«

Keith O'Malley legte seine großen Hände auf den Tisch. »Wir sind hier, um über den Mord an Bobby Hernandez zu reden.« Er nannte Datum und Uhrzeit und fragte Lily sicherheitshalber noch einmal, ob sie auf ihr Recht verzichtete, während der Befragung einen Anwalt beigestellt zu bekommen.

»Ich bin Anwältin«, antwortete Lily, während sich einer ihrer Mundwinkel zu einem Lächeln verzog.

»Damit beantworten Sie nicht meine Frage«, sagte O'Malley und zog an seinem Kragen.

»Ja«, sagte sie und lehnte sich vor. »Ich verzichte auf einen Anwalt.«

Der Detective holte daraufhin ein Blatt mit Fragen hervor, die er und Jameson in den vergangenen zwei Tagen vorbereitet hatten. »Kannten Sie Bobby Hernandez?«

»Nein.«

»Sie wissen, von wem ich spreche?«

»Nicht unbedingt«, antwortete Lily und verschränkte ihre Arme vor der Brust. »Bobby Hernandez ist ein weit verbreiteter Name.«

»Hören Sie auf mit dem Mist!«, rief Jameson dazwischen.

»Sie kennen den Typen, über den wir sprechen, verdammt noch mal. Sie stehen doch nicht im Zeugenstand!«

»Haben Sie mir nicht eben meine Rechte vorgelesen?«, fragte Lily zurück und wies auf den Kassettenrekorder. »Sie nehmen dieses Gespräch doch auf. Und Sie haben mich darüber informiert, dass alles, was ich sage, vor Gericht gegen mich verwendet werden kann.«

»Kann ich mal ran, Fred?«, fragte O'Malley. Ihm standen Schweißperlen auf der Stirn.

»Nehmen Sie Ihren Partner an die Kandare, O'Malley«, sagte Lily, mit der ihr Temperament durchging. »Er hat heute schon genug von meiner Zeit verschwendet. Ich habe mich bereit erklärt, ohne einen Anwalt mit Ihnen zu sprechen. Jetzt revanchieren Sie sich mal, und gehen Sie professionell vor.«

Jameson verließ den Raum, um sich zu beruhigen. Er hatte nicht nur eine persönliche Rechnung mit Lily zu begleichen, er hatte auch noch nie etwas gegen einen Bezirksstaatsanwalt unternehmen müssen, und schon gar nicht gegen einen derart schlauen und willensstarken wie Lily Forrester.

O'Malley wartete, bis sich die Tür hinter Jameson geschlossen hatte, dann wandte er sich wieder Lily zu. »Bobby Hernandez wurde als derjenige der fünfköpfigen Gang ermittelt, der Carmen Lopez und Peter McDonald umgebracht hat. Da Sie den Fall übernommen hatten, Mrs. Forrester, bin ich sicher, dass Sie sich an Mr. Hernandez erinnern.«

»Da Sie nun deutlicher geworden sind«, erklärte Lily, »lautet die Antwort auf Ihre Frage ja.«

»Schön«, sagte er. »Wie kam heraus, dass Hernandez am McDonald-Lopez-Mord beteiligt war?«

»Wärmen wir hier alte Geschichten auf, Detective?«

»In gewisser Weise«, sagte O'Malley und überflog kurz seine Notizen. Sie hatten ein ernsthaftes Problem. Die Aufzeichnungen im McDonald-Lopez-Fall waren vollständig und zum größten Teil über den Computer des Departments zugänglich. Aber die Morde an Patricia Barnes und Bobby Hernandez waren vom vor Jahren aufgelösten Police Department in Oxnard untersucht worden. Die beiden Beamten wollten Lily nicht den Hinweis liefern, dass sie immer noch nicht wussten, wie viele Beweise und Akten zu diesen beiden, miteinander zusammenhängenden Verbrechen entweder verloren gegangen oder versehentlich zerstört worden waren, als die beiden Police Departments zusammengelegt worden waren. Trotzdem brauchten sie Informationen, und sie brauchten sie schnell. Für die nächste Woche war eine Konferenz im Büro des Bezirksstaatsanwalts anberaumt worden. Und Lily war eine der drei Personen, die die Lücken füllen konnten. Es galt also, sie anzuzapfen, ohne preiszugeben, dass sie sie als Informationsquelle benutzten.

Richard Fowler hatte zwar auch mit den Untersuchungen zu tun, aber Jameson war strikt dagegen gewesen, sich an ihn zu wenden. Fowler war ein höchst geachteter Verteidiger, und laut Jameson ging seine Freundschaft zu Lily über das rein Berufliche hinaus. Als Lily um ein Uhr allein zu ihrem Treffen erschienen war, hatten die zwei Beamten einen Seufzer der Erleichterung ausgestoßen. Beide hatten erwartet, dass Fowler sich bereits als ihr Anwalt verpflichtet hatte. Und auch wenn Lily einen anderen Anwalt mitgebracht hätte, so stand doch Richard Fowler, betrachtete man seine Bemerkungen über Marco Curazon, uneingeschränkt auf Lilys Seite.

Ingesamt gesehen hatte Bruce Cunningham die meisten Informationen. Der frühere Detective aus Oxnard hatte sowohl den Mord an Hernandez als auch den an Barnes untersucht. Seine mangelnde Kooperationsbereitschaft mochte frustrierend sein, war aber nach O'Malleys Ansicht kaum böse Absicht. Cunningham war nach Nebraska gezogen und hatte nichts mehr mit der Verbrechensbekämpfung zu tun. Da lag ein Schluss nahe: Der Mann wollte ganz einfach nicht belästigt werden.

»Der Barnes-Mord wurde nicht von unserem Department untersucht«, fuhr O'Malley fort und räusperte sich. »Können Sie mir erklären, wie Sie Mr. Hernandez als den Mörder entlarvt haben?«

Lily starrte ihn eine ganze Weile an. »Warum stellen Sie mir diese Frage? Wollen Sie mir unterstellen, ich hätte irgendetwas mit dem Mord an Patricia Barnes zu tun?«

»Natürlich nicht«, antwortete O'Malley und schüttelte den Kopf. »Wir versuchen nur, uns ein umfassendes Bild zu machen. Mr. Hernandez wurde doch im McDonald-Lopez-Fall nie festgenommen, richtig?«

»Richtig«, antwortete Lily.

»Und zwar wurde er nicht festgenommen, weil seine Beteiligung an dem Mord erst herauskam«, fuhr O'Malley fort, »als er schon tot war. Ist das korrekt?«

»Ja.«

»Dann brachte Mr. Hernandez erst Peter McDonald und Carmen Lopez um und danach Patricia Barnes, richtig?«

»Ja.«

»Wie wurde festgestellt, dass Hernandez Barnes umbrachte?«

»Sie haben doch die Unterlagen«, fauchte Lily. »Warum fragen Sie mich etwas, das Sie schon wissen?«

»Statt um den heißen Brei herumzureden«, sagte O'Malley sanft, »sollte ich lieber erklären, worum es hier geht. Ihr früherer Ehemann behauptet, Sie hätten Bobby Hernandez umgebracht, weil Sie ihn mit dem Mann verwechselten, der Sie und Ihre Tochter vergewaltigt hat. Es gibt auch Beweise ...«

»Sie sind sich aber schon bewusst, dass John wegen Unfall mit Todesfolge in Los Angeles verhaftet wurde?«, fragte Lily. »Ich schätze, die Geschworenen würden ihn nicht gerade für einen glaubwürdigen Zeugen halten.«

»Ich bin mir der Umstände bewusst«, entgegnete O'Malley. »Aber seine Aussage stimmt mit den Beweisen überein, sonst würden Sie nicht hier sitzen.«

»Welche Beweise meinen Sie genau, Detective?«

»Sie wissen, dass ich Ihnen das nicht sagen kann.«

Lily rieb sich einen Nasenflügel. »Ich dachte, wir wollten die Karten auf den Tisch legen.«

»Kann ich bitte fortfahren?«, sagte O'Malley, der die Kontrolle über das Gespräch behalten wollte. »Bobby Hernandez ist vielleicht nicht wegen Mordes an Peter McDonald und Carmen Lopez angeklagt worden, aber er wurde wegen der Entführung und Vergewaltigung von Patricia Barnes verhaftet. Sie leiteten zu dieser Zeit die Abteilung für Sexualdelikte. Warum wurde Hernandez freigelassen?«

»Wir hatten keine andere Wahl«, sagte Lily und rieb mit ihren feuchten Händen über ihre Hose. »Barnes war eine Prostituierte. Prostituierte behaupten ganz gern einmal, sie seien vergewaltigt worden, wenn der Freier nicht zahlen will. Wir mussten den Fall gegen Hernandez fallen lassen, weil Barnes nicht vor Gericht erschien. Wir haben den Fall dreimal vertagt. Schließlich mussten wir Hernandez freilassen.«

Jameson kehrte mit einem Tablett in den Vernehmungsraum zurück, auf dem sich ein Krug mit Eiswasser, ein paar Gläser und sein überdimensionaler Kaffeebecher befanden. Er bemerkte, dass O'Malley während seiner Abwesenheit Fortschritte gemacht hatte, da Lily sofort nach einem Glas griff und es mit Wasser füllte. Als sie es zum Mund führte, sah er, dass ihre Hand leicht zitterte. Er nahm leise Platz, weil er seinen Partner nicht unterbrechen wollte.

»Patricia Barnes erschien nicht vor Gericht, weil sie ermordet worden war«, fuhr O'Malley fort. »Stimmt das?«

»Ja«, antwortete Lily und konzentrierte sich auf eine Stelle über seinem Kopf. »Hernandez brachte sie um, nachdem sie die Vergewaltigung gemeldet hatte. Da sie eine Prostituierte war, ließ sich das Police Department Zeit, und es wurde eine ganze Weile kein Haftbefehl ausgestellt. Als der Fall auf meinem Schreibtisch landete, bestand ich darauf, ihn weiterzuverfolgen. Da muss sich Hernandez Barnes auf der Straße geschnappt, sie ermordet und dann an einem entlegenen Ort am Stadtrand vergraben haben.« Sie unterbrach sich, um noch einen Schluck Wasser zu trinken. »Das Police Department von Oxnard hat ihre Handtasche in der Nähe des Grabs gefunden. Das Labor hat Hernandez' Fingerabdrücke auf der Tasche gefunden. An diesem Punkt liefen die beiden Fälle zusammen.«

»Sie meinen den McDonald-Lopez-Fall und den Barnes-Fall, richtig?«

»Ja«, sagte Lily und holte tief Luft.

O'Malley wartete noch ein paar Sekunden und fuhr dann fort: »Wir wissen, dass Bobby Hernandez und Marco Curazon sich ziemlich ähnlich sahen. Wir wissen auch, dass Sie an dem Abend, an dem Sie und Ihre Tochter vergewaltigt wurden, das Büro mit der Akte von Hernandez verließen, weil wir das bereits bei Clinton Silverstein überprüft haben.«

Lilys Kopf zuckte zurück, als wäre sie geschlagen worden. Was geschehen war, war geschehen, sagte sie zu sich und blickte auf ihre Hände. Sie konnte es Clinton nicht verdenken, dass er die Wahrheit gesagt hatte. Soviel sie wusste, war dem Anwalt einfach nicht klar gewesen, dass er sie mit seiner Aussage belasten würde.

O'Malley stand auf, weil er beschlossen hatte, die Daumenschrauben anzuziehen, solange Lily angeschlagen war. »Sie hatten ein Verbrecherfoto von Bobby Hernandez bei sich«, sagte er eindringlich. »Sie hatten seine Adresse. Sie waren überzeugt, dass er Sie und Ihre Tochter vergewaltigt hatte. Ihr Ex-Mann erzählte uns, Sie hätten darauf bestanden, dass er das Mädchen zu sich nach Hause nähme, und gesagt, sie würden nachkommen, sobald sie ein paar persönliche Sachen zusammengepackt hätten.«

Der Detective ging zur gegenüberliegenden Seite des Raumes, drehte sich plötzlich um und fixierte sie. »Da haben Sie schon das Verbrechen geplant, nicht wahr? Das ist doch der Grund dafür, dass Sie Ihren Ex-Mann überredeten, die Vergewaltigung nicht zu melden! Warum sollte eine Bezirksstaatsanwältin ein Verbrechen nicht anzeigen, vor allem, wenn es an ihrem Kind begangen wurde? Sie waren bereits entschlossen, Bobby Hernandez zu töten. Sie haben Ihre Tochter nur mit ihrem Vater nach Hause geschickt, um selbst in den Wagen zu steigen, nach Oxnard zu fahren und dem Mann eine Ladung Blei zu verpassen.«

Lily schwieg und krallte sich an den Lehnen ihres Stuhls fest.

O'Malley umkreiste sie wie ein Hai, gestikulierte wild, zeigte mit dem Finger auf sie und sprach mit lauter, anklagender Stimme. »Das war keine Notwehr. Sie und Ihre Tochter wurden vor Mitternacht vergewaltigt. Hernandez aber wurde erst in den Morgenstunden umgebracht. Sicher, Sie standen unter Schock. Wenn jemand meine Tochter oder ein anderes Mitglied meiner Familie vergewaltigt hätte, hätte ich ihm vielleicht auch das Hirn aus dem Schädel blasen wollen.« Er schwieg einen Moment, packte sich seinen Stuhl, drehte ihn um und setzte sich nur wenige Zentimeter von Lily entfernt rittlings darauf. »Aber der Unterschied zwischen mir und Ihnen, Lily, ist, dass ich niemals, egal wie aufgebracht ich gewesen wäre, aus einem Impuls heraus gehandelt hätte. Aber Sie taten es, nicht wahr?«

Lily legte sich unwillkürlich eine Hand auf ihr Ohr. Sie war wieder in dem Alptraum des Morgens in Oxnard gefangen. O'Malleys Stimme hallte in ihrem Kopf wie der Schuss aus der Waffe ihres Vaters. Sie sah das klaffende Loch in Hernandez' Brust und das Blut, das förmlich herausgepumpt wurde. Sie spürte, wie bittere Galle in ihre Kehle stieg. Sie hustete und konnte sie dann herunterschlucken. Dann dachte sie daran, dass sie sich erst übergeben hatte, bevor sie wieder in den Honda gesprungen und davongefahren war.

»Sie wissen, was zu einem vorsätzlichen Mord gehört, oder?« O'Malley war wieder aufgestanden und setzte erbarmungslos nach, weil er Lilys Angst spürte und überzeugt war, dass sie zusammenbrechen und gestehen würde, wenn er sie nur noch ein bisschen weiter in die Enge trieb. »Ich bin sicher, Sie wissen, was die Bezeichnung ›im Hinterhalt liegen‹ bedeutet, Lily. Sowohl Vorsatz als auch Hinterhalt sind Elemente, die als Beweis angesehen werden, dass besondere Umstände beim Begehen eines Verbrechens herrschten. Es bedeutet, dass Sie eine Straftat verübt haben, auf die die Todesstrafe steht.«

»Sie haben dafür gesorgt, dass Hernandez die Todesstrafe bekam«, sagte Jameson. »Das Problem ist nur, Lily, dass der Mann nie vor Gericht stand.«

Lilys Augen verengten sich zu Schlitzen. Ihr angeborener Selbsterhaltungstrieb erwachte. »Sie haben keinen Haftbefehl, oder?«

Schweigen trat ein.

»Noch nicht«, antwortete O'Malley schließlich und wurde rot. Nach all seinen Bemühungen hatte Lily sich wieder aufgerichtet und ihm, was konkrete Ergebnisse betraf, ein Schnippchen geschlagen. Es war eine Sache, herumzuspekulieren und einen Verdächtigen einzuschüchtern, aber es war eine andere, das Gericht dazu zu bringen, einen Haftbefehl auszustellen. In einem Fall diesen Ausmaßes brauchte man dazu gesicherte Beweise.

»Wir können ein Treffen mit dem Bezirksstaatsanwalt arrangieren«, sagte Jameson, »und mal sehen, ob er einen Vergleich wegen eines weniger schweren Verbrechens akzeptiert. Dazu müssen wir aber zunächst die Fakten klären. Sie haben sechs Jahre den Mund gehalten, Lily. Das wird einem Richter nicht gefallen. Sie verstehen mich?«

»Ich verstehe vollkommen«, sagte Lily, stand auf und

starrte die beiden Beamten an. »Das nächste Mal laden Sie mich nicht ohne Haftbefehl vor, sonst lasse ich Sie wegen Belästigung verklagen.«

Shana saß im Schneidersitz auf dem Bett in Jennifer Abernathys Zimmer und hatte ihr Handy im Schoß. Die Musik dröhnte. »Kannst du die Musik leiser stellen?«, fragte sie. »Ich möchte noch mal meinen Dad anrufen.«

»Ja, kein Problem«, sagte Jennifer, ein kleines, schlankes Mädchen mit dunklem Haar und haselnussbraunen Augen. Sie saß an ihrem Schreibtisch und blätterte fasziniert in einem Modemagazin. »Sollte ich mir meine Haare so färben?«, fragte sie und hielt die Zeitschrift so, dass Shana das Bild sehen konnte. »Was meinst du?« Sie blickte quer durch das Zimmer in einen Spiegel. »Aber blondes Haar würde mich zu dick wirken lassen, oder?«

Obwohl Jennifer nicht im klinischen Sinne magersüchtig war, meinte sie doch, hungern zu müssen, um attraktiv zu sein. Bei einer Größe von einem Meter achtundsechzig wog sie hundertzwanzig Pfund und hielt sich für dick. Shana ging zur Stereoanlage, drehte die Musik selbst leiser und versuchte dann, ihren Vater zu Hause zu erreichen. Als der Anrufbeantworter sich meldete, beschloss sie, nicht noch eine weitere Nachricht zu hinterlassen. Sie hatte bereits fünfmal angerufen, seit sie bei Jennifer angekommen war, und jedes Mal hatte sie die Nummer ihrer Freundin hinterlassen. Die Bemerkung ihrer Mutter vor ihrer Abfahrt nach Los Angeles hatte sie verwirrt, und seitdem fühlte sie sich unwohl, weil sie sich geweigert hatte, mit ihrem Vater zu sprechen. »Ich will noch ein paar von meinen Sachen holen«, sagte Shana zu Jennifer. »Du musst aber nicht mitkommen.«

»Ich habe doch gesagt, dass ich dir helfen würde«, sagte das Mädchen. »Warum warten wir nicht bis morgen, wenn mein Bruder nicht arbeiten muss? Dann können wir seinen Pickup nehmen.«

Da die beiden Mädchen seit der Schulzeit befreundet waren, hatte Shana sich dazu durchgerungen, ihr alles über ihren Vater und den Unfall zu erzählen. »Ich möchte nur ein paar Klamotten holen. Außerdem mache ich mir Sorgen um meinen Vater, Jen.«

»Warum?«, fragte das Mädchen. »Als wir das letzte Mal darüber gesprochen haben, wolltest du ihn doch nicht sehen.«

»Ich habe meine Meinung geändert«, antwortete Shana, nahm ein Taschentuch aus der Packung auf dem Beistelltisch und putzte sich die Nase. Sie wechselte das Thema, weil sie nicht über ihre Befürchtung sprechen wollte, dass ihr Vater sich vielleicht umgebracht hatte. »Ich dachte, diese blöde Erkältung sei vorbei. Und jetzt habe ich sie schon wieder.«

»Vielleicht ist es eine Allergie«, sagte Jennifer, die nun den Nagellack auf ihren Fußnägeln auffrischte. »Das liegt an der Hitze heute. Wenn der Wind von Santa Ana kommt, könnte ich literweise Wasser trinken. Ich wette, in Santa Barbara ist es schön frisch, weil es so nah am Meer liegt.«

»Kommst du?«, fragte Shana, die nicht in der Stimmung war, über das Wetter zu sprechen. »Ich habe schon seit zwei Tagen dieselben Klamotten an.«

»Klar«, sagte Jennifer. »Ich will nur rechtzeitig zum Film zurück sein.«

Kapitel 30

Samstag Abend um Viertel nach sieben bog der schwarze Audi in die Einfahrt zum Haus am Maplewood Drive ein. Als die beiden Mädchen die Haustür öffneten und eintraten, war Shana entsetzt, wie unordentlich und schmutzig es war. »Mein Vater ist nicht nur ein Trinker«, sagte sie und trat wütend gegen eine leere Bierdose, sodass sie über den Boden schoss, »er ist auch ein Schwein. Wahrscheinlich ist es ihm egal, ob er das Haus sauber zurücklässt. Schließlich hat ja meine Mutter die verdammte Kaution dafür bezahlt.«

»Ist schon in Ordnung«, sagte Jennifer und klopfte ihrer Freundin beruhigend auf die Schulter. Sie sah auf den Couchtisch und entdeckte das Foto von Shana, das an den Rändern angesengt war. »Sieh mal«, sagte sie und hielt in die Höhe, was von dem Schnappschuss übrig geblieben war. »Jemand hat deine Mutter aus dem Foto eliminiert, das ich zu deinem Abschluss gemacht habe. Glaubst du, dein Vater ist verrückt geworden und hat es angezündet?«

Shana war schon auf dem Weg in ihr Zimmer. Als sie am Schlafzimmer ihres Vaters vorbeikam, stellten sich ihr die Nackenhaare auf. Die Schubladen waren herausgezogen, die Kleider lagen überall verstreut herum, und eine Lampe war umgekippt. Rasch sah sie in ihrem Zimmer nach und fand dasselbe Chaos vor. »Jen«, rief sie. »Schnell, komm her!«

»Meine Güte!«, sagte Jennifer, als sie zu ihr trat. »Vielleicht sollten wir die Polizei rufen.«

»Das wäre jetzt das Letzte«, sagte Shana. »Als meine Mutter das letzte Mal die Cops rief, war ich sicher, sie würden mich verhaften.« Gedrückter denn je beugte sie sich hinunter und hob ein Unterhemd auf. »Wahrscheinlich hat Dad getrunken. Und Mom hat ihn unter Druck gesetzt. Sie hat ihm befohlen, bis Montag auszuziehen, sonst würde ihm der Vermieter seine Sachen auf die Straße werfen.«

»Deine Mutter hätte zugelassen, dass sie euer Zeug auf die Straße werfen?«

»Natürlich nicht«, entgegnete Shana. »Aber du weißt nicht, was der Alkohol mit dem Hirn eines Menschen anstellt. Mein Vater dachte nur noch an Geld. Vielleicht hat er die Kleider aus den Schubladen gezogen, weil er die Möbel verkaufen wollte. Es ist mir so peinlich. Versprich mir, dass du niemandem davon erzählst. Nicht nur hierüber, sondern auch über all das, was ich dir von Dad und dem Unfall erzählt habe.«

»Du weißt doch, dass ich das nie tun würde«, entgegnete Jennifer. »Hör mal, es ist mir hier nicht geheuer. Wenn wir nicht die Cops rufen, dann lass uns deinen Kram zusammenpacken und verschwinden.«

Shana fand in einer Ecke einen Wäschesack und fing an, Jeans, T-Shirts, Blusen, Unterwäsche und ein paar Schuhe hineinzustopfen. Nachdem sie den Sack ins Wohnzimmer geschleift hatte, erklärte sie Jennifer, dass in der Garage vielleicht ein paar leere Kartons seien. »Ich möchte so viel wie möglich mitnehmen«, sagte sie. »Ich will morgen nicht noch mal herkommen müssen.«

Bevor sie die Kartons suchen gingen, nahm Shana das Handy und wählte die Nummer vom Anrufbeantworter ihres Vaters, weil sie wissen wollte, ob er ihre Nachrichten bekommen hatte. Sie hörte zwei Anrufe von Leuten ab, die an verschiedenen Immobilien interessiert waren, und dann von einem Mann, der sich als Detective Mark Osborne vorstellte und darum bat, dass ihr Vater sich sofort bei ihm meldete. Laut Aufnahme war der Anruf von Freitag Abend. Als Shana rasch ihren eigenen Anrufbeantworter abhörte, entdeckte sie, dass Hope Carruthers ihr an diesem Morgen ebenfalls eine Nachricht hinterlassen hatte. Sie rannte zu Jennifer, die einige ihrer Lehrbücher neben der Haustür aufstapelte. »Dddieser Junge«, stammelte sie, »den mein Vater überfahren hat … Antonio Vasquez …, war in einem unserer Seminare.«

Weil die beiden Mädchen befreundet waren, hatten sie auch einige Seminare gemeinsam belegt. »In welchem?«

»Philosophie 265.«

»Ich kann mich nicht erinnern«, sagte Jennifer. »Aber das Seminar ist ja auch riesig.«

Shana merkte gar nicht, dass sie einen Tennisschuh in der Hand hielt. »Die Polizei hat mich gefragt, ob er in einem meiner Seminare war. Sie denken, dass ich mit ihm ausgegangen bin und es dann zu einem Streit kam. Sie denken, ich hätte in der Nacht den Wagen gefahren und nicht mein Vater.«

»So wie es aussieht«, sagte Jennifer, ging zu ihr und nahm sie in die Arme, »hat die Polizei deinen Vater schon abgeholt. Du musst jetzt die Nerven behalten. Davon geht die Welt nicht unter. Du warst doch immer so zäh. Ich bin die Heulsuse, schon vergessen?« Sie nahm ihr den Tennisschuh aus der Hand und legte ihn neben das Telefon auf den Couchtisch.

»Nein!«, sagte Shana jetzt und fing an zu weinen. »Verstehst du denn nicht? Mein Dad ist abgehauen, damit ich dafür verantwortlich gemacht werde. Wahrscheinlich hat er die Stadt verlassen. Er hat mir fast schon wieder Leid getan. Ich wollte ihn anrufen, ihn sehen, ihm sagen, dass ich ihn immer lieben würde. Aber ich bin ihm egal. Es ist ihm auch egal, wenn sie mich verhaften. Das Einzige, was ihm nicht egal ist, ist er selbst.«

Hope Carruthers hatte so eine Ahnung, dass es eine zähe Nachtschicht werden würde, auch wenn der Abend gerade erst angefangen hatte. Da Osborne von allen Beamten ihrer Abteilung der ranghöchste war, endete seine Schicht jeden Samstag um acht, sodass er ab und zu mit seiner Frau essen oder ins Kino gehen konnte.

Weder Shana noch John Forrester hatten auf ihre Anrufe reagiert. Da Hope fürchtete, dass Forrester der Typ dafür war, sich aus dem Staub zu machen, entschloss sie sich, bei ihm zu Hause vorbeizufahren und nachzusehen, ob jemand da war. Sie entdeckte eine junge Frau, die einen Karton aus dem Haus zu einem schwarzen Audi trug, und erwischte Osborne über sein Handy, als er gerade nach Hause fahren wollte.

»Ich glaube, du solltest deinen Hintern mal zum Haus der Forresters bewegen.«

»Was ist los?«

Hope saß in einem Zivilfahrzeug, das ein Stück entfernt vom Haus der Forresters geparkt war. Sie war einmal kurz vorbeigefahren, hatte dann den Block umrundet und war zurückgekehrt. Jetzt nahm sie ein Fernglas und schaute hindurch, während sie weitersprach. »Da ist ein kleines, dunkelhaariges Mädchen, das ein paar Kartons in einen Wagen stellt, der so aussieht wie der schwarze Audi von Lily Forrester. Du weißt schon, der Wagen, den sie fuhr, als die Streife sie das letzte Mal anhielt, um ihre Tochter aufs Revier mitzunehmen.« Sie schwieg und stellte das Fernglas schärfer. »Jetzt sehe ich Shana. Sie trägt einen grünen Sack … Sieht aus wie ein Seesack oder so. Die Garagentür ist offen.«

»Ich bin in fünf Minuten da«, bellte Osborne. »Beobachte das Haus, während ich eine Streife zur Verstärkung rufe. Kannst du den Vater sehen?«

»Nein«, sagte Hope. »Aber er könnte im Haus sein.«

»Warte auf die Streife.«

»Ich gehe rein«, entgegnete sie. »Möglicherweise versuchen Forrester und seine Tochter zu fliehen. Im Augenblick sehe ich nur zwei junge Mädchen. Selbst wenn Forrester im Haus ist, scheint er mir nicht der Typ zu sein, der mit einer Waffe auf mich zielen würde.«

»Irre ich mich«, fragte Osborne mit beißendem Unterton, »oder wurdest du nicht vor ein paar Jahren angeschossen? Es scheint, ein normaler Mensch würde daraufhin mehr Vorsicht walten lassen. Aber klar, du bist ja eine Frau, und Frauen sind einfach nicht so schlau.«

»Jedenfalls rede ich nicht einen Haufen Scheiße«, sagte Hope und unterbrach die Verbindung, während sie den Motor aufheulen ließ und vor dem Haus scharf bremste. Nur zur Sicherheit griff sie über ihre Brust und holte den Dienstrevolver aus dem Schulterhalfter, löste den Sicherungshebel und hielt die Waffe mit der Mündung zum Boden.

»Ich kann einfach nicht fassen, dass ihr keinen elektrischen Garagenöffner habt«, sagte Jennifer keuchend, während sie versuchte, das schwere Tor anzuheben.

»Es ist eben ein altes Haus«, entgegnete Shana und kam herüber, um ihr zu helfen. Sie hatten einen Karton auf der hinteren Veranda gefunden. Aber er war nicht sehr groß, und Shana war entschlossen, so viel wie möglich mitzunehmen.

Jennifer sagte: »Irgendwas stinkt hier. Riechst du das nicht?«

Shana roch einen Hauch von etwas Unangenehmem. »Wahrscheinlich ist das Dünger«, sagte sie und blickte auf den angrenzenden Garten. »Unsere Nachbarin ist jeden Tag draußen und pflanzt und schnippelt.«

Beide Mädchen sprangen zurück, als Hope hinter ihnen auftauchte. Bis die Beamtin herausgefunden hatte, dass John Forrester sich nicht im Haus befand, waren Osborne und die Streife eingetroffen. Hope wurde von ihren Kollegen im Bezirk auch »Die Nase« genannt, nicht, weil sie den sechsten Sinn hatte, der vielen in ihrem Beruf eigen war und sie befähigte, schon im Voraus zu sagen, dass etwas passieren würde. In Hopes Fall war der Spitzname vielmehr wörtlich zu verstehen. Eine Französin hatte einmal zu ihr gesagt, dass ihr höchst ausgeprägter Geruchssinn ihr in der Parfümindustrie ihres Heimatlandes viel Geld einbringen könnte. Aber was Hope jetzt in der Garage roch, war alles andere als angenehm. Es war der unverwechselbare Geruch des Todes.

»Sprechen wir lieber drüben miteinander«, sagte sie und führte Shana und ihre Freundin besorgt zur Straße.

»Wollt ihr Mädels verreisen?«, fragte Osborne, während die beiden Streifenpolizisten sich neben den jungen Frauen aufstellten.

»Ich wollte nur ein paar von meinen Sachen holen«, erklärte Shana. »Ich habe Ihre Nachricht, dass Sie mich sprechen wollen, erst vor etwa einer Stunde bekommen, als ich hierher kam. Vorher war ich bei meiner Mutter in Santa Barbara. Ich habe keine Ahnung, wo mein Vater ist.«

Die beiden Detectives befahlen den Streifenpolizisten, die Mädchen vor dem Haus festzuhalten, und gingen zur Garage zurück. Osborne riss seinen Dienstrevolver aus dem Halfter, für den Fall, dass jemand sich im Innern der Garage versteckt hielt. Hope schaltete ihre Taschenlampe an, da sie mehrere Blutflecken am Eingang gesehen hatte. »Fordern Sie die Spurensicherung und weitere Verstärkung an«, sagte sie und suchte die Wände ab. Sie entdeckte neben dem Lichtschalter etwas, das aussah wie blutige Handabdrücke. »Hier irgendwo ist eine Leiche.«

Osborne fragte: »Was ist mit den Mädchen?«

Anstatt den Lichtschalter zu berühren, benutzte Hope ihre Augen wie eine Kamera, die in rasender Geschwindigkeit Bilder und Daten zu ihrem Hirn sandte. Sie wollte sichergehen, dass diese Bilder fest in ihrem Gedächtnis verankert waren. Der erste Eindruck von einem Tatort war entscheidend. Die Spurensicherung würde Fotos machen und die Beweise einsammeln, aber die Spuren konnten versehentlich bewegt oder beschädigt werden. In Vorbereitung auf ihre künftige Zeugenaussage wollte sie sicher sein, dass sie sich so an den Tatort erinnerte, wie sie ihn vorgefunden hatte. »Ich habe kein Blut auf den Kleidern der Mädchen gesehen«, sagte sie und suchte weiter mit der Taschenlampe die Garage ab. »Überpüfe sie noch einmal. Wenn sie sauber aussehen, bring sie hier weg. Wir müssen die Leiche finden.«

Osborne stand mit dem Revolver im Anschlag in der Garage, bis er überzeugt war, dass, was auch immer sich darin befand, nicht mehr lebte. »Ich lasse die kleine Forrester von einer Streife aufs Revier bringen. Dort kann sie warten. Sollen wir die andere auch festnehmen?«

»Das ist deine Entscheidung«, antwortete Hope. »Ich glaube, sie wollte Shana nur mit ihren Sachen helfen.«

Kurze Zeit später hatte Officer Joe Sisely Jennifer Abernathys Namen, Adresse und Führerscheinnummer notiert und sie nach Hause geschickt. Er wartete, bis das Mädchen abfuhr, und erklärte Shana dann, dass Detective Osborne ihn angewiesen hatte, sie aufs Revier zu bringen. Shana war entsetzt. Sie wehrte sich, als der Beamte versuchte, sie auf den Rücksitz des Streifenwagens zu setzen.

»Ich muss Ihnen Handschellen anlegen, wenn Sie sich weiter wehren«, sagte Sisely, legte ihr eine Hand auf den Kopf und brachte sie dazu, sich auf den Rücksitz zu setzen.

Shana starrte auf die Plexiglasscheibe, die sie von dem Beamten trennte. Sie fühlte sich wie ein streunender Hund auf dem Weg ins Tierasyl: eingesperrt und verängstigt. Als sie aus dem hinteren Seitenfenster blickte, sah sie, dass mehrere Streifenwagen und ein weißer Lieferwagen vor dem Haus hielten. Sie begann, nach Luft zu schnappen, weil sie nun wusste, dass der schreckliche Geruch, den ihre Freundin wahrgenommen hatte, kein Dünger war. Nicht in der Lage, zu akzeptieren, was die Vernunft ihr sagte, verlor sie das Bewusstsein und schlug mit ihrem Kopf dumpf auf die Rückenlehne des Vordersitzes.

Kapitel 31

Mark Osborne und Hope Carruthers entdeckten John Foresters verstümmelte Leiche unter einem Stück Kunststoff im hinteren Teil der Garage. Er lag in der Nähe des Fensters, und da es an diesem Tag besonders warm gewesen war, hatte die Glasscheibe die Temperatur in der Garage ansteigen lassen. Bei niedrigeren Temperaturen hätte es länger gedauert, bis die Leiche angefangen hätte zu stinken.

Johns Bauch war entsetzlich aufgedunsen. Was Jennifer Abernathy neben dem Garageneingang gerochen hatte, war nicht verwesendes Fleisch, sondern waren menschliche Ausscheidungen gewesen. Im Augenblick des Todes hatten sich Darm und Blase spontan entleert.

Das Blut in der Nähe des Eingangs war auseinandergeflossen und zum Teil im Beton versickert, sodass nur ein paar ziemlich große Lachen übrig geblieben waren, die bereits zu gerinnen anfingen.

Während Osborne den Tatort sichtete, darauf bedacht, nicht noch mehr Beweise zu vernichten, als bereits von den beiden Mädchen zerstört worden waren, rannte Hope zu ihrem Wagen und gab die notwendigen Meldungen durch. Der Gerichtsmediziner sollte erst erscheinen, wenn sie den Tatort gesichert und die Spezialisten der Spurensicherung mit dem langwierigen Prozess begonnen hätten, die Beweise einzusammeln und zu katalogisieren.

Viele Ermittlungen scheiterten an den Fehlern, die am

Tatort gemacht wurden, da der Staatsanwalt am anderen Ende des Untersuchungsprozesses nicht die nötigen Beweise hatte, den Straftäter verurteilen zu lassen. Osborne und Hope waren entschlossen, keine Fehler zu machen. Sie wiesen ein Team von Beamten an, die Gegend abzusperren, dann gaben sie ihnen den Auftrag, bei jedem Neuankömmling zu überprüfen, ob er zur Verbrechensbekämpfung gehörte und durchgelassen werden konnte.

Es gab Leute, die irrtümlicherweise meinten, der Gerichtsmediziner sei für alles am Tatort zuständig. In Wahrheit hatte er nur die Leiche des Opfers zu untersuchen und zu analysieren, um seine Entdeckungen danach mit denen der Spurensicherung in Beziehung zu setzen. Auch wenn die Presse fragte, warum der Gerichtsmediziner nicht zum Tatort zugelassen wurde, sobald die Polizei von einem Mord ausging, so hatte das einen einfachen Grund. Die Leiche des Opfers war lediglich ein Objekt, das geschützt werden musste, damit es später seziert und untersucht werden konnte. Und abgesehen davon, dass sie fotografiert und in ihrer Lage nachgezeichnet wurde, wurde sie in Ruhe gelassen, bis der Gerichtsmediziner und die Polizeibeamten sich einig waren, dass sie ins Leichenschauhaus gebracht werden konnte. War die Leiche einmal identifiziert und untergebracht, würde der leitende Pathologe einen Termin für die Autopsie ansetzen.

In weniger als einer Stunde war John Forrester mit all seinen Stärken und Schwächen nichts mehr als ein Name, eine Nummer, eine Erinnerung, ein Rätsel – und eine weitere Leiche im Leichenschauhaus.

Hope massierte sich inmitten der Gerüche und Bilder des Todes des Stirn und kniete sich hin, um die zahlreichen Stichwunden in Forresters Rücken und Unterleib zu betrachten. »Was ist hier passiert, Mark?«

»Hast du schon das Neueste von Shana Forrester gehört?«

»Nein«, sagte sie und blickte auf. »Du willst mir doch nicht sagen, dass sie es war? Der Unfall – ja, ich kann mir vorstellen, wie so etwas passiert sein könnte, auch wenn ich persönlich der Meinung bin, dass der Vater betrunken war und den Jungen überfahren hat. Aber das hier …« Sie wies auf die Leiche und schüttelte energisch den Kopf. »Das nicht, Mark. Du wirst mich nie im Leben davon überzeugen, dass das Mädchen seinen Vater derart abgeschlachtet hat. Sieh dir doch mal die Größe und die Anzahl der Stichwunden an. Das hier ist das Werk eines Psychopathen. Wer auch immer dies getan hat, war entweder vollkommen außer Kontrolle, oder er genoss es.«

»Alles ist möglich«, sagte Osborne und nahm einen Schluck von dem Kaffee, den einer der Polizisten ihm gebracht hatte. »Ich dachte nur, du solltest wissen, dass das Mädchen auf dem Weg zum Revier umgekippt ist.«

»Ist alles in Ordnung mit ihr?«

»Man hat sie zur Untersuchung ins Krankenhaus gebracht«, teilte er ihr mit. »Sie ist nur ohnmächtig geworden.«

Hope trat beiseite, um einen anderen Beamten vorbeizulassen. »Ich würde auch ohnmächtig, wenn man mir erzählte, dass mein Vater ermordet wurde. Mein Gott, Mark, sie war kurz davor, die Leiche zu entdecken.«

Osborne presste die Lippen zusammen und blickte hinauf in den Nachthimmel, bevor er sich wieder an seine Partnerin wandte. »Shana Forrester wurde ohnmächtig, kaum dass die Streife angefahren war«, sagte er. »Zuerst dachte der Beamte, sie hätte das Bewusstsein verloren, als er auf die Bremse trat und sie mit dem Kopf an die Rückenlehne seines Sitzes stieß. Aber der Arzt, der sie untersuchte, sagte, dass sie sich die Beule auf ihrer Stirn erst holte, als sie schon ohnmächtig war.«

Hope zog eine Grimasse angesichts des wachsenden Stroms von Beamten und Ausrüstungsgegenständen. Sie mussten sich auf das konzentrieren, was um sie herum vorging. »Warum sprechen wir hier über eine Beule an Shana Forresters Stirn?«

»Sie wusste nicht, dass ihr Vater tot ist.«

»Jetzt verstehe ich gar nichts mehr«, sagte sie und hörte auf, den Bereich anzuzeigen, den zwei Beamte absperren sollten. »Du hast mir immer noch nicht gesagt, worauf du eigentlich hinauswillst, Mark.«

»Warum sollte sie ohnmächtig werden?«, sagte Osborne und schwieg bedeutungsvoll. »Sie ist doch schon einmal vorgeladen worden, und sie ist auch kein fünfjähriges Kind, das Todesängste aussteht, weil es in einem Streifenwagen mitgenommen wird. Aber wenn sie gerade ihren Vater umgebracht hätte und du zufällig vorbeigekommen wärst, wäre ihr kleiner Ohnmachtsanfall doch weitaus bedeutsamer. Was meinst du?«

Hope seufzte und wünschte, sie hätte nie zur Mordkommission gewechselt. »Ich schätze, ich schicke besser eine Streife zu ihrer Freundin«, erwiderte sie. »Wir könnten es hier mit mehr als einem Täter zu tun haben, das willst du doch sagen, oder? Das könnte auch erklären, warum es so viele Stichwunden sind.«

»Genau.«

Richard und Lily saßen am Küchentisch und starrten einander an. Beide waren erschöpft. Lily vom zermürbenden Verhör am Mittag, Richard von der Entsorgung des Honda. Er war ungefähr eine Stunde nach ihrer Rückkehr von Ventura durch die Tür gehumpelt, weil seine Beine von dem Siebenmeilenmarsch zur San Ysidro Ranch schmerzten. Er war schlau genug gewesen, ein paar Blocks von Lilys Cottage entfernt aus dem Taxi zu steigen, falls jemand Verdacht schöpfen sollte.

»Morgen früh um zehn muss ich in Ventura vor Gericht erscheinen«, sagte er. »Wenn du noch schläfst, schleiche ich mich einfach raus und ziehe die Tür hinter mir zu. Was willst du jetzt wegen eines Wagens unternehmen?«

»Kingsley holt mich ab«, sagte Lily und versuchte, die Ereignisse des Tages vergessen. »Bis mich Ventura offiziell wegen Mordes an Hernandez anklagt, werde ich alles tun, um meine Fälle unter Dach und Fach zu bekommen. Brennan beschließt vielleicht, einem anderen Staatsanwalt den Middleton-Fall zu übertragen. Kingsley ist zwar ziemlich gut, aber ich denke nicht, dass er genug Prozesserfahrung dafür hat.«

Dann hörte sie das Telefon im anderen Zimmer läuten und sagte: »Das ist wahrscheinlich Shana. Ich habe ihr mein Handy gegeben.«

Als Lily einen Augenblick später zurückkam, war ihr Gesicht aschgrau. Sie öffnete den Mund, um zu sprechen, schloss ihn dann aber wieder und stützte sich auf die Küchentheke. Richard sprang auf, weil er ihr ansah, dass etwas nicht stimmte.

»John ist tot«, sagte sie. »Er wurde ermordet … erstochen … die Polizei hat ihn in der Garage seines Hauses gefunden.«

»Nein«, rief Richard. »Jetzt sag nicht, dass Shana ihn entdeckt hat.«

»Das haben sie nicht gesagt«, antwortete Lily und eilte in ihr Zimmer, um sich umzuziehen. Richard folgte ihr und lehnte sich an den Türrahmen, während sie den Bademantel auf den Boden gleiten ließ und anfing, sich die Sachen überzuwerfen, die sie auch mittags im Police Department getragen hatte. »Ich nehme an, sie haben seine Leiche erst vor wenigen Stunden gefunden. Der Detective, der Shana wegen des Unfalls befragte, rief an. Ich hätte mich nach den Einzelheiten erkundigen sollen. Als er sagte, dass sie Shana auf dem Revier hätten, hängte ich ein. Ich muss zu ihr, Richard! Der Einzige, der das getan haben könnte, ist Curazon. John muss ihn überrascht haben, als er im Haus auf Shana wartete.«

Richard nahm sie bei den Schultern. »Ganz ruhig«, sagte er eindringlich. »Hat Osborne wörtlich gesagt, dass sie Shana festhalten? Das heißt, sie ist verhaftet, Lily, und sie denken, sie könnte John getötet haben.«

»Lass mich los«, sagte Lily und entwand sich ihm. »Wie kannst du nur so etwas sagen? Shana würde niemals ihren Vater umbringen. Curazon ist der Wahnsinnige, der unser Leben zerstört. Warum habe ich nicht ihn statt Hernandez erschossen? Gib mir deine Wagenschlüssel.«

»Ich komme mit«, sagte er. »Du kannst in diesem Zustand nicht Auto fahren. Und ich lasse es nicht zu, dass ihr, du oder Shana, ohne Anwalt mit der Polizei sprecht.«

Lily nahm ihre Handtasche und hastete zur Tür. Sie war derartig in Panik, dass Richard hinter ihr herrennen musste, sonst wäre sie einfach davongefahren und hätte ihn in einer wirbelnden Staubwolke zurückgelassen.

Lily und Richard saßen auf dem Gang vor einem Vernehmungsraum im Burbank-Revier des Police Departments von Los Angeles. Mark Osborne und Hope Carruthers hatten sie fünfundzwanzig Minuten im Empfangsbereich warten lassen. »Ich verlange, unverzüglich meine Tochter zu sehen«, rief Lily in dem Moment, als die beiden Beamten auftauchten. »Wie können Sie mich hier die ganze Zeit warten lassen?«

»Wir verstehen, dass Sie aufgebracht sind«, sagte Hope und fasste Lily leicht am Arm. »Aber versuchen Sie doch, die Dinge auch aus unserer Perspektive zu sehen. Wir haben es vermutlich mit einem Mord zu tun. Vor kurzem waren wir noch am Tatort. Ihrer Tochter geht es gut. Sie weiß noch nichts von ihrem Vater. Wir dachten, wir warten lieber damit, bis Sie kommen.«

Mark Osborne beobachtete schweigend Lilys Reaktion. Er hatte schon einen Eindruck von ihrem Temperament bekommen, als er Shana wegen des Unfalls mit Fahrerflucht befragt hatte. Aber jetzt konnte er sich vorstellen, dass Lily in der Lage war, das Verbrechen zu begehen, dessen ihr Ex-Mann sie bezichtigt hatte. Die wichtigere Frage war jedoch, ob sie ihren Ex-Mann auch umgebracht hatte. Auf der Fahrt vom Tatort zum Revier hatte sich Hope mit dem Police Department in Ventura in Verbindung gesetzt und Fred Jameson zu Hause erreicht. Der Detective erwartete, dass in der folgenden Woche ein Haftbefehl gegen Lily Forrester ausgestellt werden würde. Osborne zog Richard beiseite, weil er herausbekommen wollte, wie er ins Bild passte, bevor sie dem Mädchen die Neuigkeit mitteilten.

»Sind Sie ein Verwandter?«

»Nein«, sagte Richard und stellte sich vor. »Ich bin Anwalt. Aber wenn Shana Forrester nicht verhaftet ist, betrachten Sie mich einfach als Freund der Familie.«

Osbornes Schulter zuckte nervös. Jameson hatte ihn vor Fowler gewarnt. Er konnte verstehen, dass Lily angesichts der Nachricht, dass ihr Ex-Mann ermordet worden war, aufgebracht war. Aber ganz so aufgelöst konnte sie nicht sein, wenn sie sich die Zeit genommen hatte, einen berühmten Verteidiger mitzubringen.

Als Mark Osborne langsam einen Zahnstocher aus seiner Tasche zog, ihn sorgfältig auspackte und dann in den Mund steckte, merkte Richard, dass der griesgrämig aussehende Detective ein Spielchen mit ihm trieb. »Reden wir doch nicht um den heißen Brei herum«, sagte er. »Warum lassen Sie Lily nach einer Tragödie wie dieser nicht mit ihrer Tochter sprechen? Wird das Mädchen verdächtigt?«

Osbornes Gesicht war undurchdringlich wie ein Stein. »In welchem Fall?«

Hope räusperte sich, weil sie Osbornes Aufmerksamkeit auf sich lenken wollte. Shana saß jetzt bereits drei Stunden in dem gläsernen Vernehmungsraum. Sie hielt die Tatsache, dass das Mädchen im Streifenwagen ohnmächtig geworden war, für ebenso bedeutungslos wie den Zufall, dass sie mit Antonio Vasquez ein Seminar besucht hatte. Die Einzige, die sie für verdächtig hielt, war Lily Forrester.

»Ich möchte Sie etwas fragen«, sagte Richard. »Haben Sie je den Ausspruch gehört, dass es für alles einen Zeitpunkt und einen Ort gibt?«

»Ja«, sagte Osborne und ließ den Zahnstocher von einem Mundwinkel in den anderen wandern. »Ich habe aber noch eine Leiche, Fowler. Das ist ein kleines Problem, da dieses letzte Opfer wegen eines Unfalls mit Fahrerflucht angeklagt war. Das Police Department von Ventura informierte uns erst vor kurzem, dass Ihre Freundin da drüben wegen eines Mannes verhaftet werden soll, den sie vor sechs Jahren umgebracht hat. John Forrester, der Typ auf dem Weg ins Leichenschauhaus, ist zufällig derselbe, der den Hernandez-Fall wieder ans Licht brachte. Können Sie mir folgen?«

Richard hielt sich an seinen eigenen Rat und wusste, dass jetzt der Zeitpunkt war zuzuhören.

Osborne fuhr fort: »Wir müssen jetzt wissen, Fowler, ob wir mit dem Freund von Lily und Shana Forrester sprechen, als den Sie sich bezeichnet haben, oder mit ihrem Anwalt. Dann können wir weitermachen.«

Richard ertrug es nur schwer, so behandelt zu werden. »Lily ist ein anständiger Mensch, Osborne«, erwiderte er und hatte große Lust, den Mann zu schlagen. »Mir ist es scheißegal, wie viele Leichen Sie rumliegen haben. Lassen Sie die Frau doch um Himmels willen mit ihrer Tochter sprechen. Sonst müssen Sie mich ins Gefängnis stecken.«

Kapitel 32

Bis sie das Revier in Burbank verlassen und wieder auf dem Freeway 101 waren, war es null Uhr fünfzehn am Sonntag Morgen. Richard hatte sich mit mehreren Tassen Kaffee gestärkt, und Shana und Lily ruhten sich auf dem Rücksitz seines Lexus aus.

»Ich wollte nicht, dass Dad stirbt«, schluchzte Shana und nestelte an einem Taschentuch in ihrem Schoß. »Ich hätte ihn früher anrufen sollen. Ich habe gesagt, dass ich ihn hasse … dass ich ihn nie wieder sehen will.«

»Bitte, Schatz«, sagte Lily, »du bist nicht schuld an dem, was passiert ist.«

»Ich habe ihn geliebt«, sagte Shana. »Er hat den Jungen nicht mit Absicht überfahren.«

Als Richard sich der Ausfahrt näherte, die zu ihm nach Hause führte, warf er einen Blick in den Rückspiegel und sah, dass Lily ihren Kopf auf Shanas Schulter gelegt hatte und eingeschlafen war. Nach der Befragung, die Lily am Vortag im Police Department von Ventura über sich hatte ergehen lassen müssen, nach den Stunden auf der Autobahn und den Stunden, in denen sie all ihre Energie aufgebracht hatte, Shana zu trösten, hatte ihr Bedürfnis nach Schlaf sie endlich überwältigt.

Er hatte daran gedacht, für Lily und Shana ein Hotelzimmer zu mieten, weil er nicht sicher war, ob er noch fahren konnte. Bis Santa Barbara würde es eine weitere Stunde dauern. Und so hielt er es für das Beste, die Nacht bei ihm zu Hause zu verbringen, und war erleichtert, Joyces Wagen nicht in der Auffahrt zu sehen, als er in seine Straße einbog.

Shana schreckte auf. »Wo sind wir? Warum hältst du hier?«

»Das ist mein Haus«, flüsterte Richard. »Ihr bleibt heute Nacht bei mir. Warte, bis ich die Tür aufgeschlossen und Licht gemacht habe, dann hole ich euch.«

Einen Augenblick später kehrte Richard zum Wagen zurück, hob Lily in seine Arme und trug sie in das Zimmer, das eigentlich für die Hausangestellte gedacht war, anstatt sie in das Gästezimmer im ersten Stock zu bringen. Er wollte sie nicht wecken.

Er fand Shana in der Küche. »Ich kann nicht schlafen«, sagte sie und fuhr mit den Fingern über die Granitoberfläche der Küchentheke. »Marco Curazon muss meinen Vater umgebracht haben. Was ist, wenn er herkommt, um mich auch zu töten?«

»Möchtest du einen Kakao?«, fragte Richard. »Warme Milch wird dich beruhigen, damit du einschlafen kannst.«

»Meinetwegen«, sagte Shana und zuckte mit den Schultern.

Nachdem Richard den Kakao in der Mikrowelle erwärmt und sich selbst eine Cola Light genommen hatte, schlug er vor, in die Bibliothek zu gehen, weil es dort bequemer wäre. Der Raum war hoch und hatte Bücherregale, die vom Boden bis zur Decke reichten. Zwei braune Ledersessel standen in einer Ecke des großzügigen Raumes. Ein wunderschöner Schreibtisch aus Kirschbaumholz stand vor einem bleigefassten, bogenförmigen Fenster. »Hier sieht's aus wie im Oval Office«, sagte Shana und ließ sich in einen der Ledersessel fallen.

»Aber ich bin noch lange nicht der Präsident«, entgegnete Richard und nahm in dem Sessel ihr gegenüber Platz.

»Bevor ich dir zeige, wo du heute Nacht schlafen kannst«, fuhr er fort, »würde ich dir gerne noch eine Geschichte erzählen. Vielleicht geht es dir dann ein bisschen besser. Wenn du ins Bett willst, sag einfach, ich soll den Mund halten.«

»Nein«, entgegnete Shana und nahm einen Schluck Kakao. »Ich sagte doch, dass ich nicht schlafen kann.«

»Ich habe zufällig mitangehört, was du im Wagen zu deiner Mutter gesagt hast«, fuhr er fort. »Ob du es glaubst oder nicht, Greg und ich haben fast zwei Jahre lang nicht miteinander gesprochen.«

»Wann war das?«, fragte sie. »Als ich letztens mit ihm telefonierte, hat er nicht erzählt, dass ihr Schwierigkeiten miteinander habt.«

»Tja«, erklärte Richard. »Ich schätze, wir beide würden es lieber vergessen. Ich erzähle es dir auch nur, weil es dir vielleicht helfen könnte, mit den Gefühlen zu deinem Vater fertig zu werden. In den zwei Jahren hätte mir auch etwas zustoßen können. Ich weiß nicht, wer sich dann schlechter gefühlt hätte, Greg oder ich.«

»Lag es daran, dass Greg nicht Anwalt werden will?«

»Nein«, sagte Richard und lehnte seinen Kopf an die Sessellehne. »Im Sommer nach seinem High-School-Abschluss trieb er sich mit der falschen Clique herum. Er surfte nicht mehr und hing die ganze Nacht in diesen Diskotheken in Los Angeles herum. Zu dieser Zeit arbeitete er für mich, und ich gestehe, dass das nicht immer das Günstigste ist.«

»Was ist passiert?«

»Er wurde wegen Besitzes von Marihuana verhaftet«, sagte Richard. »Später erzählte er mir, das Rauschgift hätte seinem Freund gehört. Ich weiß nicht, ob das stimmt, und es ist mir jetzt auch egal. Aber er kam mit seinen Problemen nicht zu mir, sondern sorgte dafür, dass ihn irgendein mieses Kautionsbüro aus dem Gefängnis holte. Einer seiner

Freunde drang mit Gregs Schlüssel in mein Haus ein, während ich zur Arbeit war, und füllte alle Unterlagen hier in der Bibliothek aus. Er setzte mich als Bürgen ein und fälschte meine Unterschrift. Als Greg ein paar Wochen später nicht vor Gericht auftauchte, sollte mein Haus zwangsversteigert werden.« Er schwieg. »Wegen ein paar tausend Dollar hätte ich fast mein Zuhause verloren. Ich schmiss Greg raus und sagte zu ihm, dass ich ihn nie wiedersehen wollte. Ich war wütend und verletzt. Natürlich meinte ich nicht, was ich sagte. Deshalb ist Greg so mit seinem Studium im Rückstand. Er hat zwei Jahre am Strand von Hawaii gelebt.«

»Ich gehe jetzt ins Bett«, sagte Shana, der schon wieder die Tränen übers Gesicht liefen. »Mein Vater ist tot. Greg aber lebt noch.«

Richard ging zu ihr und umarmte sie. »Versuche, dich an die guten Zeiten zu erinnern, und denke nicht an die schlechten. Dein Vater wusste, dass du ihn liebst. Wie viele Mädchen in deinem Alter würden denn noch bei ihrem Vater wohnen? Deine Mutter sagte, du wärest sogar selten ausgegangen.«

»Ich brauchte ihn«, sagte Shana mit brechender Stimme. »Meine Mutter hatte zu viel zu tun. Ich hatte Angst, allein zu sein.«

»Du hättest auch im Wohnheim leben können.« Richard zeigte ihr das Gästezimmer, wollte dann gehen, wandte sich aber noch einmal um. »Niemandem sollte zustoßen, was deinem Vater zugestoßen ist, Shana. Und doch hat er dich auch benutzt. Er hat sich an dich geklammert, dich als Ersatzfrau missbraucht, dich gezwungen, mit seiner Trunksucht, seinen Schwächen und Niederlagen zu leben. Du bist nicht schwach. Er hat seine Schwäche auf dich übertragen. Er hat dich ausgesaugt und dich subtil, aber wirksam manipuliert.«

»Ich habe Angst«, sagte Shana und lehnte sich gegen den

Türrahmen. »Ich weiß, dass es Curazon war. Er hatte keinen Grund, meinen Vater zu töten, siehst du das nicht? Er hat nach mir gesucht. Was ist, wenn sie ihn nicht schnappen? Dann werde ich nirgendwo sicher sein.«

»Hoffen wir, dass er es war«, sagte Richard. »Wenn die Polizei herausfindet, dass er der Schuldige ist, werden sie alles unternehmen, um ihn zu verhaften.«

»Hoffentlich.«

»Bestimmt, Shana«, sagte Richard überzeugt. »Und wenn sie ihn haben, ist er dieses Mal endgültig erledigt.«

Montag Morgen gegen elf Uhr stand Bruce Cunningham im Ermittlungsbüro des Police Departments von Ventura vor Fred Jameson und Keith O'Malley. Beide waren verblüfft, dass ein Mann, der in der Lokalgeschichte der Verbrechensbekämpfung schon als Legende galt, praktisch vom Himmel gefallen und genau vor ihrer Bürotür gelandet war. Cunningham hatte den Detectives erzählt, dass er von seiner Firma zu einem Meeting von Karcher nach Los Angeles geschickt worden war. Da er jedoch ein paar Tage früher angekommen war, um sich mit einem wichtigen Kunden aus dieser Gegend zu treffen, hatte er beschlossen, vorbeizuschauen und zu fragen, wie er den beiden Ermittlern helfen konnte, den Hernandez-Fall zu lösen – einen der wenigen Fälle seiner Laufbahn, die nie aufgeklärt worden waren.

Bruce Cunningham war ein großer Mann – nicht nur, was seinen Ruf betraf. Er hatte braune Haare, die bereits von weißen Strähnen durchzogen waren, doch seine Augen waren so wach und gewitzt wie eh und je. Er trug ein weißes Hemd, dessen Ärmel bis zu den Ellbogen aufgekrempelt waren. Sein Schlips war leicht verrutscht, und sein leichtes, braunes Sakko hatte er lässig über den Arm geworfen.

»Das nenne ich zur rechten Zeit am rechten Ort sein«, sagte Jameson zu ihm und klopfte ihm auf die Schulter.

»Wir wollten gerade zum Büro des Bezirksstaatsanwalts. Da Sie den Fall untersucht haben, können Sie uns dabei helfen, die Beweise zu sichten und alles zu ordnen.« Er wies auf einen Stapel Kartons in einer Ecke des Ermittlungsbüros. »Wir haben im Moment noch ein paar andere Tötungsdelikte. Daher können wir jede Hilfe brauchen.« Er schwieg einen Augenblick. »Ich weiß nicht, ob uns die Stadt ein Beraterhonorar für Sie gewährt. Ich meine, wir können versuchen, den Captain dazu zu bringen, dass Ihre Kosten fürs Hotel, Benzin und Essen übernommen werden. Wie klingt das?«

»Klingt gut«, entgegnete Cunningham, riss sich den Schlips ab und stopfte ihn in die Jackentasche. Zumindest würde sich Sharon jetzt keine Sorgen mehr um den schicken Urlaub machen müssen, den er ihr versprochen hatte. In finanzieller Hinsicht lief es bei seinem neuen Job in Omaha gut. Das Geschäft blühte; er hatte genug sparen können, um seine ganze Brut aufs College zu schicken. Es fehlte ihm nur manchmal die Aufregung der Polizeiarbeit. Dafür war er jetzt froh, ein, zwei Wochen wieder in seiner Heimatstadt zu sein.

»Ich sag Ihnen was«, meinte O'Malley und warf einen Blick auf die Uhr, um sicherzugehen, dass sie zu ihrem Termin nicht zu spät kamen, »warum fangen Sie nicht schon mal mit den Beweiskisten an, während wir zum Bezirksstaatsanwalt gehen? Ich lasse Ihnen am Empfang einen Besucherausweis ausstellen, dann sind Sie startklar. Damit können Sie kommen und gehen, solange Sie in der Stadt sind.«

Cunninghams markantes Gesicht leuchtete in kindlicher Freude auf, als er zu den Kisten mit den Beweisen ging. Manchmal lief alles noch besser als erwartet. In diesem Fall war alles verdammt perfekt.

Montag Mittag um ein Uhr fünfzehn öffnete Laura Middleton ihre große Tasche von Louis Vuitton. Sie hatte die Form einer Einkaufstasche, und Laura verstaute sorgfältig ein aufgerolltes Tuch darin, bevor sie zu ihrem täglichen, obligatorischen Krankenbesuch bei ihrer Tochter aufbrach. Normalerweise kam sie nach dem Mittagessen dort an und blieb bis drei, um dann ihre anderen Kinder von der Schule abzuholen. Da sie die nächsten zwei Stunden nichts anderes zu tun haben würde, als auf ihrem Metallstuhl zu sitzen, warf sie mehrere Tabletten ein, ging auf dem Weg nach draußen an der Hausbar im Wohnzimmer vorbei und spülte sie mit Rum hinunter. Vor ihrem Wagen holte sie ein Fläschchen Atemspray aus der Tasche ihres weißen Kaschmirpullovers und sprühte sich etwas davon in den Mund. Die Fahrt zum Saint-Francis-Krankenhaus dauerte etwa zehn Minuten. Die Tabletten würden in dreißig Minuten anfangen zu wirken.

Henry verstand es einfach nicht. Niemand verstand es. Vielleicht hätte es ihre Mutter verstanden, aber die war seit acht Jahren tot. Ihre Gedanken schweiften ab in ihre Kindheit, zu ihrer elfjährigen Kusine Naomi, die mit der seltsamen Krankheit. Noch bevor bei Betsy das Aicardi-Syndrom festgestellt worden war, hatte Laura schon den Verdacht gehabt, dass ihre Tochter dieselbe Krankheit hatte, die für den Tod ihrer Kusine verantwortlich war.

Sie hatte es irgendwie geschafft, die Strecke zum Krankenhaus ohne bewusste Erinnerung zurückzulegen. Das kam in letzter Zeit häufig vor. Sie wusste nicht genau, ob das mit den krampflösenden Mitteln zu tun hatte, die sie nahm, oder ob sie ebenfalls an dieser Erbkrankheit litt, wenn auch in abgeschwächter Form. Aus Angst hatte sie sich nie untersuchen lassen.

Laura erreichte die Pflegestation und wechselte ein paar Worte mit einer der Nonnen. Als sie kurze Zeit später in Betsys Zimmer kam, schob sie nicht wie üblich den Stuhl ans Krankenbett, sondern sie stellte ihn so, dass sie aus dem Fenster auf die Küste blicken konnte. Sie hatte genug Zeit damit verbracht, auf das verzerrte Gesicht und den gebrechlichen Körper ihrer Tochter zu starren.

Nachdem der Mann ihrer Tante Agatha gestorben war, zogen diese und ihre Tochter Naomi zu Lauras Familie auf die Farm im Osten von Texas. Von diesem Tag an konnte Laura tun, was sie wollte, die Familie schenkte ihr keinerlei Aufmerksamkeit mehr. Naomi hatte derart umfangreiche Bedürfnisse, dass Laura innerhalb ihrer zusammengewürfelten Familie unsichtbar geworden war.

Sie erinnerte sich noch an den Tag, an dem ihre Muter sie ausgeschimpft hatte. Sie hatte gesagt, sie sei ein schreckliches Mädchen und würde niemals erwachsen und glücklich werden, weil sie sich nicht um Menschen kümmerte, die weniger Glück hätten als sie selbst. Dabei hatte Laura Naomi eines Tages nur allein gelassen. Ihre elfjährige Kusine war ihr in ein Wäldchen am See gefolgt, wo sie und ihre Freundinnen sich jeden Tag nach der Schule trafen, um Zigaretten zu rauchen, über Jungen zu reden und Geheimnisse auszutauschen. Damals war Laura dreizehn, und ihre Eltern waren strenggläubige Baptisten. Sie verboten ihr, die von der Schule veranstalteten Tanzabende zu besuchen. Jedes Mal, wenn sie das Haus verließ, sorgte ihre Mutter dafür, dass sie Naomi mitnahm, obwohl sie wusste, dass die anderen Mädchen sie nicht dabei haben wollten. Sie sagten, Naomi sei zurückgeblieben, weil sie auf eine Sonderschule ging. Außerdem bekamen sie es mit der Angst zu tun, wenn Naomi einen ihrer Anfälle hatte.

Da Laura Naomi davon abbringen wollte, ihr ständig hinterherzulaufen, hatte sie ihr gesagt, sie würden Verstecken spielen. Als die Freundinnen dann nach Hause gegangen waren, hatte sie ihre Kusine in ihrem Versteck zurückgelassen. Sie erzählte ihren Eltern davon nichts, bis diese vor dem Abendessen anfingen, nach ihr zu suchen. Die Polizei suchte dann die ganze Nacht und fand sie schließlich bei Tagesanbruch. Das arme Mädchen hatte die ganze Nacht vor Kälte und Angst gezittert.

Laura Middleton tauchte aus ihren Erinnerungen auf, ging den Gang hinunter und fragte Schwester Maria Lukas, ob Dr. Logan auf dem Krankenhausgelände sei. »Nein«, antwortete die Nonne. »Ich weiß auch nicht, wann er heute kommt. Soll ich ihn anpiepsen?«

»Nein«, sagte Laura und ging rasch über den Gang zurück.

Kapitel 33

Da Richard zwei Wagen hatte, lieh sich Lily den Lexus von ihm und fuhr am Montag Mittag nach Santa Barbara, weil sie unbedingt mit dem Leitenden Bezirksstaatsanwalt, Allan Brennan, sprechen musste. Ihr blieb einfach keine andere Wahl, als ihn darüber in Kenntnis zu setzen, dass ihr früherer Ehemann ermordet worden war und sie zudem verhaftet und des Mordes an Hernandez angeklagt werden könnte. Es war sinnlos, etwas bei Vorgängen diesen Ausmaßes geheim zu halten, vor allem jetzt, da John getötet worden war.

Die Polizeibeamten, der Bezirksstaatsanwalt, die Richter, der Bürgermeister – im Grunde jeder von offizieller Seite, der sich bereit erklärte, einen solch alten Fall wieder aufzurollen, suchte nicht nach Gerechtigkeit für Bobby Hernandez. Zumindest sah Lily es so. Der Mann war ein mehrfacher Mörder, und dies war eine Tatsache, keine Vermutung. Sein Komplize beim Mord an McDonald und Lopez war unter den raffinierten und erbarmungslosen Verhörmethoden, die aus Bruce Cunningham in Polizeikreisen eine Legende gemacht hatten, zusammengebrochen und hatte ihm detailliert beschrieben, was während des verabscheuungswürdigen und sinnlosen Verbrechens geschehen war. Hernandez' Schuld war durch seine Fingerabdrücke auf der Mordwaffe bewiesen worden. Diese Waffe hatte sein Bruder Manny versucht ins Meer zu werfen, als er bei einem Schusswechsel mit der Polizei von Oxnard erschossen wurde.

Zusätzlich zu seiner Beteiligung an der Ermordung von Peter McDonald und Carmen Lopez hatte die Polizei auch Hernandez' Fingerabdrücke an einer Kunststoffhandtasche gefunden, die einem anderen seiner Opfer gehörte – Patricia Barnes –, einer Frau, die er in einem flachen Graben verbuddelt hatte.

Soweit Lily erkennen konnte, war der einzige Zweck, sie wegen des Mordes an Hernandez zu verfolgen, die Aufmerksamkeit der Medien zu erzeugen. Die Behörden benutzten sie als Mittel zum Zweck, da sie wussten, die sensationelle Nachricht von einer Bezirksstaatsanwältin, die des Mordes angeklagt war, würde ihnen die Art von Anerkennung und Ruhm sichern, die so vielen anderen Anwälten, Richtern, Polizeibeamten und Zeugen zuteil geworden war – und zwar bis zurück in die Zeit der Lindbergh-Entführung. Irrtümlicherweise hielt man die Faszination der Öffentlichkeit für Verbrechen und das Justizsystem für eine neue Entwicklung, die aufgrund von live übertragenen Gerichtsprozessen entstanden sei. Aber der einzige Unterschied zwischen heute und früher war der Weg, wie die Menschen an ihre Informationen kamen. Damals waren Neuigkeiten über interessante und faszinierende Verbrechen durch die Filter von Radio, Fernsehen und Printmedien an die Öffentlichkeit gedrungen. Heutzutage konnte man live dabei sein und sich sein eigenes Urteil bilden. Nachrichten übers Internet hatten die Welt in eine neue Ära katapultiert. Jeder konnte nun seinen Computer so programmieren, dass ständig neue Informationen über das Geschehen angezeigt wurden, so wie bei einer Fernsehstation, die das normale Programm unterbrach. Der Hunger nach Unterhaltung, Neuigkeiten und Spannung hatte einen neuen Höhepunkt in der Geschichte der Menschheit erreicht.

Matt Kingsley sah Lily an ihrem Schreibtisch, als er an der Tür zu ihrem Büro vorbeiging. »Ich wusste nicht, dass Sie heute kommen würden. Ist Ihre Tochter noch in der Stadt? Sie ist hinreißend, Lily.« Statt auf eine Antwort zu warten, sprach er einfach weiter. »Sie wirkt älter als neunzehn. Verstehen Sie mich nicht falsch, nicht, dass sie älter aussieht. Sie erscheint mir nur reifer. Ich bin mit Frauen Ende zwanzig ausgegangen, die sich benahmen, als wären sie achtzehn.«

Lilys Brille war auf ihre Nasenspitze gerutscht, ihr Haar war in einem Knoten zusammengefasst, und sie trug unter ihrem Blazer eines von Richards weißen Smokinghemden. Am Morgen hatte Richard weitere Einzelheiten über den Mord an John erfahren und sie davor gewarnt, in die Nähe ihres Cottages zu kommen. »Ich gehe höchstens für eine Stunde ins Büro«, hatte sie entgegnet. »Du kannst mich anrufen, aber bitte nur, wenn es dringend ist. Sobald ich hier fertig bin, bitte ich Brennan um eine Beurlaubung.«

»Er wird an die Decke gehen, Lily«, sagte Kingsley und schlug mit einer Akte gegen sein Bein. »Der Mann nimmt mich jeden Tag unter die Lupe. Sie wissen ja, dass ich nicht die nötige Routine habe, um sowohl Ihre als auch meine Fälle zu bearbeiten. Die Dinge sind ziemlich …«

Lily unterbrach ihn. »Mein Ex-Mann wurde letzte Nacht ermordet.«

Kingsley trat schockiert ein paar Schritte zurück. »Mein Gott, ich weiß gar nicht, was ich sagen soll.«

»Ich bezweifle, dass Gott etwas damit zu tun hat«, antwortete Lily und blickte wieder auf ihre Papiere, als sie ihren Namen unter mehrere Schriftstücke setzte. »John wurde mit fünf Messerstichen in der Garage des Hauses getötet, das er in North Hollywood mit meiner Tochter teilte. Ich bin nur froh, dass Shana zu dem Zeitpunkt nicht da war.«

»Hat man denn eine Vermutung, wer ihn getötet haben könnte?«

Lily hob langsam ihren Blick und legte den Stapel Unterlagen ordentlich auf eine Seite des Schreibtischs. »Bei meinem Glück werde ich wahrscheinlich angeklagt. Ich glaube langsam, dass ich nur zwei Rollen im Leben habe: Opfer oder Verdächtige.«

»Das ist doch nicht Ihr Ernst, oder?«

»Meine Tochter wartet im Augenblick in Ventura auf mich«, erklärte sie und wich damit seiner Frage aus. »Erzählen Sie mir die Neuigkeiten im Middleton-Fall.«

»Seit unserem letzten Gespräch ist nicht viel passiert«, sagte Kingsley. »Ich hatte regelmäßig Kontakt mit dem Krankenhaus. Heute Morgen noch habe ich angerufen, und sie sagten, Betsys Zustand sei unverändert.« Er schwieg und suchte nach etwas Nennenswertem, das er ihr mitteilen sollte. Lily hatte dunkle Ringe unter den Augen, aber sie wirkte eigentlich immer etwas ausgelaugt, so als bekäme sie nie genug Schlaf. »Ron Spencer hat am Freitag angerufen. Er war einverstanden, den Hatteras-Fall beizulegen.«

»Also einer weniger«, sagte Lily und atmete erleichtert auf. »Unter den gegebenen Umständen werde ich trotzdem nicht in der Lage sein, den Middleton-Prozess zu übernehmen. Brennan wird ihn wahrscheinlich neu zuweisen.« Sie sah, wie sein Gesicht lang wurde, und fügte hinzu: »Ich sage nicht, dass er Sie von dem Fall abzieht, Matt, nur, dass Sie mit jemand anders zusammenarbeiten müssen. Sagten Sie nicht eben, dass Sie nicht genügend Routine hätten, um die komplexeren Fälle zu bearbeiten?«

»Damit meinte ich nicht den Middleton-Fall«, entgegnete er. »Sie wissen, wie hart ich dafür gearbeitet habe. Wahrscheinlich nimmt Brennan irgendeinen spießigen alten Scheißer wie Charles Dayton dafür, und ehe ich mich's versehe, trage ich seine Aktentasche und diene ihm als Laufbursche.« Er sah, dass Lily aufstand und ihn strafend anblickte. »Entschuldigung… Sie müssen denken, dass ich der selbstsüchtigste Mensch auf Erden bin, weil ich nur über mich rede, wo doch Ihr Mann gerade ermordet wurde.«

»Ex-Mann«, korrigierte ihn Lily, ging an ihm vorbei und verschwand auf dem Flur.

Dr. Christopher Logan hatte das ganze Wochenende mit der Durchsicht von Betsy Middletons Krankenakte verbracht. Außerdem hatte er im Internet recherchiert und mehrere Forschungszentren angerufen, um an Informationen zu kommen, die er in Verbindung mit dem Aicardi-Syndrom vielleicht übersehen hatte. Das Einzige, was er feststellen und belegen konnte, war, dass Betsys Anfälle häufiger stattfanden, wenn ihre Mutter anwesend war.

Als Logan während seiner Mittagspause Betsys Laborberichte in seinem Büro durchsah, bemerkte er, dass es bereits mehrere Monate her war, dass die Untersuchungen auf Strychnin durchgeführt worden waren. Einige der Tests an den Organen des Mädchens waren schmerzhaft, und obwohl es viele Ärzte gab, die Betsys Koma als günstige Gelegenheit ansahen, weitere Tests durchzuführen, um mehr über diese seltene Krankheit zu erfahren, weigerte sich Logan, seine Patienten als Versuchskaninchen zu missbrauchen.

Die Behandlung von Komapatienten fiel in dieselbe Kategorie wie die Abtreibungsfrage: An welchem Punkt wurde aus einem Ungeborenen ein menschliches Wesen, und wann musste die Gesetzgebung die Verantwortung für ihren Schutz übernehmen? Dr. Logan stand von seinem Schreibtisch auf, schlüpfte in seinen weißen Kittel und beschloss angesichts des rasch näher rückenden Prozesses, ein paar weitere Untersuchungen anzuordnen.

Tief in Gedanken versunken ging Logan den Weg hinter dem Krankenhaus zur Pflegestation entlang. Auf Betsys Gang befand sich keine der Nonnen im Schwesternzimmer. Da die Spezialstation des Krankenhauses zu diesem Zeitpunkt nur schwach belegt und es Mittagszeit war, nahm er an, dass das verbliebene Personal wahrscheinlich in den Krankenzimmern war. Er wollte selbst nach dem Mädchen sehen und öffnete schwungvoll die Tür zu ihrem Zimmer.

Laura Middleton stand mit dem Rücken zu ihm. Als sie etwas hinter sich hörte, wirbelte sie herum, als hätte man sie bei etwas überrascht.

Sie hielt eine Spritze in ihrer rechten Hand.

»Dr. Logan«, sagte sie mit weit aufgerissenen Augen. »Ich hatte ...«

Sie ließ ihren Arm zur Seite fallen und versuchte, die Spritze zu verbergen. Logan stürzte zu ihr, packte ihren Arm und zwang sie, ihre Finger zu öffnen und die Nadel freizugeben. Obwohl er sonst eher bedächtig war, überkam ihn jetzt eine Welle des Zorns. Er merkte nicht, dass er ihr wehtat, bis sie vor Schmerz aufschrie. Dann wandte er rasch seine Aufmerksamkeit Betsy zu und riss ihr die Kanüle aus dem Arm, weil er sicher war, dass ihre Mutter ihr eine weitere Dosis Strychnin verabreicht hatte, indem sie es direkt durch den Schlauch in ihre Vene geleitet hatte.

»Es ... war ... Henry«, stammelte Laura und ging rückwärts, bis sie in einer Ecke landete und nicht mehr weiterkonnte.

Dr. Logan schlug auf den Notrufknopf und rief über das Mikrofon nach einer Schwester. Dann bemerkte er nur noch, dass Betsy in einem schweren Anfall steckte. Er griff nach den Halteriemen, damit sie sich nicht selbst verletzte, aber plötzlich hob sich ihr zarter Körper mehrere Zentimeter und fiel dann schlaff und leblos auf die Matratze zurück. Er wollte schon nach einem Defibrillator rufen, wusste aber, dass es zu spät war. Die Monitore für Herz- und Hirntätigkeit zeigten nur noch Linien an.

»Sind Sie jetzt zufrieden?«, knurrte Christopher Logan und bückte sich, um die Spritze vom Boden aufzuheben.

»Ist sie ...«

»Ja«, sagte Logan, während sich seine Faust um die Spritze ballte. »Sie haben sie letzten Endes doch umgebracht. Und diesmal werden Sie die Schuld nicht auf Ihren Mann schieben. Denn ich habe den Beweis hier in meiner Hand.«

Da Richard an diesem Morgen einen unaufschiebbaren Termin vor Gericht hatte, schickte er seine Chefsekretärin June Overland zu sich nach Hause, damit sie bei Shana blieb, bis ihre Mutter aus Santa Barbara zurückkam. Das Mädchen hatte fast bis zum Mittag geschlafen, und Lily hatte, bevor sie aufbrach, nur einen Blick ins Gästezimmer geworfen, um nach ihr zu sehen.

Lily, die ihr Handy aus Shanas Rucksack genommen hatte, rief bei Richard zu Hause an, während sie nach Ventura zurückfuhr. »Ist sie schon wach?«

»Ja«, sagte June, »wollen Sie mit ihr sprechen? Sie sieht im Wohnzimmer fern.«

»Wie geht es ihr?«

»Sie ist still, Sie wissen schon«, flüsterte June. »Ich wollte ihr etwas zu essen machen. Aber sie sagt, sie hat keinen Hunger.«

Shana saß in Richards Wohnzimmer auf dem braunen Ledersofa vor dem Fernsehgerät. Aber an ihrem abwesenden Blick war zu erkennen, dass sie nicht fernsah. June ging ins Zimmer und teilte ihr mit, dass ihre Mutter sie zu sprechen wünschte.

Kaum kam Shana ans Telefon, fragte Lily sie, ob sie sie abholen und zum Essen ausführen sollte.

»Ich habe keinen Hunger«, antwortete Shana. »Wann können wir Dad beerdigen?«

Auf diese Frage war Lily nicht vorbereitet. »Ich bin nicht sicher, Schatz«, sagte sie mit zitternder Stimme. »Das hängt davon ab, wann die Polizei seine Leiche freigibt.«

»Sie werden ihn aufschneiden, nicht wahr? Du weißt schon, die Autopsie.«

»Bitte, warte, bis ich da bin, dann können wir über alles reden«, antwortete Lily und wünschte, sie hätte sie erst gar nicht allein gelassen. »Ich bin schon auf dem Weg.«

Shana schaltete mit der Fernbedienung den Fernseher aus und wünschte, sie hätte einen Knopf, mit dem man die Welt ebenso leicht ausschalten könnte. »Ich habe Jennifer angerufen. Die Polizei war bei ihr und hat ihre Aussage aufgenommen. Sie haben ihr die gleichen Fragen wie mir gestellt. Sie wollten wissen, wo wir das Wochenende über waren und warum ich nicht bei meinem Dad zu Hause war. Im Grunde war es ein regelrechtes Verhör. Sie haben mich sogar gefragt, ob Jennifer und ich ihn umgebracht haben. Sie sind der Meinung, ich wäre durchgedreht, weil er den Jungen überfahren und ich befürchtet hätte, dass er die Schuld auf mich schieben wollte.«

Lily versuchte, ruhig zu bleiben. Sie sagte sich im Stillen, dass sie herausfinden musste, ob der Gerichtsmediziner schon die Todeszeit festgesetzt hatte. Sie hatte angenommen, dass John an dem Tag umgebracht worden war, an dem man seine Leiche fand, aber vielleicht hatte sie sich geirrt.

»Jennifers Mutter hat verrückt gespielt«, fuhr Shana fort. »Sie will nicht, dass Jennifer mich sieht oder auch nur mit mir spricht. Jemand hat meinen Dad umgebracht. Ich kann nicht zur Uni. Ich bin in einem fremden Haus, und jetzt darf noch nicht mal mehr meine beste Freundin mit mir reden. Vielleicht sollte ich einfach abhauen und mich erschießen.«

»Ich bin in zehn Minuten bei dir«, sagte Lily mit einem scharfen Unterton in der Stimme. »Auch wenn die ganze Welt untergeht, möchte ich nicht noch einmal eine solche Bemerkung von dir hören.«

Kaum war die Verbindung unterbrochen, gab Lily die Nummer ihres Anrufbeantworters ein. Sie hörte eine Nachricht von Keith O'Malley, gefolgt von Kingsley, der sie über die Umstände von Betsys Tod unterrichtete. O'Malleys Anruf war ein harter Schlag. Aber wegen der Neuigkeiten über Betsys Tod wäre Lily fast mit einem anderen Fahrzeug frontal zusammengestoßen. Sie lenkte den Audi an den Straßenrand und schaltete den Motor aus.

Sie wählte schon Richards Nummer, überlegte es sich dann aber anders. In einer Anwandlung wollte sie das idiotische Telefon aus dem Fenster werfen. Es ging nicht an, solche Nachrichten beim Autofahren zu hören. Kein Wunder, dass Cunningham Volksreden dagegen hielt.

Während die Autos auf dem Freeway an ihr vorüberzischten, erinnerte sich Lily an einen Besuch in einer Zoohandlung. Vor ein paar Monaten wollte sie einen Hund kaufen. In dem Geschäft hatte sie ein Hamsterrad in der Größe eines Basketballs gesehen, das von einem Hamster wie eine Mühle im Kreis gedreht wurde. Damals hatte sie gelacht, jetzt aber fühlte sie sich, als befände sie sich in genau solch einem Rad. Es war, als würde Gott seine Spielchen treiben und zwischen Hamstern und Menschen bestünde keinerlei Unterschied. Die Umgebung veränderte sich, die Uhr tickte, aber gleichgültig wie schnell sie auch lief, sie kam einfach nicht von der Stelle.

Kapitel 34

Montag Nachmittag um drei saßen Lily, Shana und Richard am runden Küchentisch. Die Polizei von Ventura hatte sich mittlerweile einen Haftbefehl gegen Lily wegen Mordes an Bobby Hernandez besorgt.

Lily hatte diese Neuigkeit so lange wie möglich vor Shana geheim halten wollen. Richard aber war dagegen. Er erklärte, dass sie nun einen Punkt erreicht hätten, an dem keine Geheimnisse mehr zwischen ihnen herrschen sollten. Zu sehr überlappten sich die verschiedenen Verbrechen. Wenn sie nicht aufpassten, würden sie sich in ihren eigenen Lügen verheddern.

Drei der vier Menschen, die die Wahrheit wussten, saßen an diesem Tisch. John war jetzt tot. Richard erklärte, dass er von nun an Lily offiziell als Anwalt vertreten würde. Sollte Shana juristischen Beistand benötigen, würde er ihr seinen Partner, Marty Schwartz, zur Verfügung stellen. Er bläute Shana ein, sorgfältig auf ihre Worte zu achten, und zwar nicht nur gegenüber der Polizei, sondern gegenüber jedem, mit dem sie sprach.

»Wie kann Richard dich denn vertreten, Mom?«, fragte Shana und trommelte mit den Fingernägeln auf den Tisch. »Wird das kein Problem werden? Du hast doch zugegeben, dass du ihm die Wahrheit gesagt hast, bevor du gegenüber diesem Polizisten, der nach Omaha gegangen ist, ein Geständnis abgelegt hast.«

»Das eine hat nichts mit dem anderen zu tun«, sagte Richard. »Ganz gleich, was ich weiß, Shana, ich werde alles in meiner Macht Stehende tun, um dich und deine Mutter zu schützen. Niemand wird jemals deinen Vater ersetzen, aber ich möchte, dass du weißt, ich bin für euch da.«

»Danke«, sagte das Mädchen und berührte seine Hand. »Es ist schön zu wissen, dass sich jemand um uns sorgt.«

»Der Vorteil, dass deine Mutter mich als Anwalt hat«, fuhr Richard fort und versuchte, seine Gefühle unter Kontrolle zu halten, »ist, dass sie sich um das Honorar keine Gedanken machen muss.«

Ein schwaches Lächeln erschien auf Shanas Gesicht. »Klingt gut.«

»Es gibt nur eine Situation, in der es brenzlig werden könnte: wenn mich die Staatsanwaltschaft als Zeugen vorlädt«, fügte Richard hinzu. »Im Augenblick gibt es keine Anhaltspunkte dafür, dass sie mich für einen Mitwisser halten. Nur weil deine Mutter und ich befreundet waren und im selben Büro arbeiteten, heißt das noch lange nicht, dass ich sie nicht vertreten kann.«

Shana ging zum Spülbecken, um sich ein Glas Wasser zu holen. »Aber es gibt nicht viele, die im Haus ihres Anwalts wohnen, oder?«

Richard war erleichtert, dass das Mädchen mitdachte. Kummer war ein verheerendes Gefühl. Manchmal war selbst eine Ablenkung, die so beunruhigend war wie die ihre, besser, als in einem Abgrund der Verzweiflung zu versinken. »Ich habe ein Schlafsofa im Büro«, sagte er. »Ihr beide könnt hier so lange bleiben, wie ihr wollt. Ich schicke jemanden nach Santa Barbara, um deine Sachen zu holen, Lily. Ich will nicht, dass einer von euch ins Cottage muss. Dieses Haus hier hat ein gutes Sicherheitssystem, und ich bin nie weiter als einen Anruf entfernt.«

Shana fragte: »Und was ist mit *meinen* Sachen?«

»Da musst du warten, bis die Polizei den Tatort freigibt.«

»Ich packe das alles nicht«, brach es plötzlich aus Lily hervor. Sie stand auf und schob ihren Stuhl an den Tisch zurück. »Ich bekenne mich schuldig. Auch Cunningham sagte, dass es Zeit sei, das Ganze hinter mich zu bringen.«

»Du willst dich schuldig bekennen?«, schrie Shana außer sich. »Dann kommst du ins Gefängnis! Und ich habe niemanden mehr!«

»Es ist sinnlos, dich schuldig zu bekennen, Lily«, sagte auch Richard. »Nur weil die Polizei sich einen Haftbefehl besorgt hat, heißt das noch nicht, dass du auch verurteilt wirst. Sie könnten den Geschworenen sogar einen Film von dir während der Tat zeigen, und ich würde immer noch auf einen Freispruch setzen. Du und Shana, ihr seid vergewaltigt worden, verdammt noch mal. Du bist eine Mutter, eine Akademikerin, die ihr Leben der Gemeinschaft gewidmet hat. Hernandez aber war ein Ungeheuer.«

»Verstehst du denn nicht?«, sagte Lily und schlug mit der Faust auf den Tisch. »Ich habe über sechs Jahre mit einer Lüge gelebt! Ich will einen Schlussstrich ziehen. Ich will nicht davonkommen, weil ich aus Rache für die Vergewaltigung meiner Tochter jemanden umgebracht habe oder weil ich zufällig einen Mann tötete, der sich als Mörder herausstellte. Was ist, wenn Hernandez unschuldig gewesen wäre und nur das Pech gehabt hätte, unserem Vergewaltiger zu ähneln? Wäre das in Ordnung? Sollte ich dann auch davonkommen? Jeder Straftäter hat eine Entschuldigung, eine Möglichkeit, sein Verhalten zu rechtfertigen. Ich jedenfalls bin bereit, meine Schuld zu büßen.«

»Nein!«, schrie Shana. »Du hast es nicht verdient, ins Gefängnis zu gehen. Der Typ, den du getötet hast, ist schlimmer als Curazon. Richard hat doch gerade gesagt, dass dich kein Geschworener verurteilen würde. Hör auf ihn, Mutter. Und rede nicht mehr so dummes Zeug. Du hast den Mann erschossen, um mich zu schützen. Wie soll ich mich denn fühlen, wenn du solche Sachen sagst?«

»Richard wird eine Einigung mit dem Bezirksstaatsanwalt herbeiführen«, erklärte Lily, ging zu ihrer Tochter und nahm sie in die Arme. »Der Fall wird bei einem Treffen und nicht vor Gericht verhandelt werden. Das heißt, es kommt auch nicht zu einem Medienspektakel, bei dem wir nur noch mehr verletzt werden.«

»Mir ist egal, wenn wir ins Fernsehen kommen«, sagte Shana und wischte sich zitternd eine Träne aus dem Gesicht. »Bitte, versprich mir, dass du das nicht tust ... nicht hingehst und ihnen sagst, dass du ihn getötet hast.«

»Erinnerst du dich, mein Schatz«, sagte Lily sanft, »an unser Gespräch vor ein paar Tagen? Als es über Verbrecher ging, die nicht lange genug im Gefängnis sitzen?« Ein Gefühl des Friedens hatte Lily ergriffen, nun, da sie ihre Entscheidung getroffen hatte. »Weil die Tat schon so lange zurückliegt und es mildernde Umstände gibt, hat Richard eben gesagt, dass der Bezirksstaatsanwalt wahrscheinlich auf Totschlag erkennen wird. Vielleicht bekomme ich eine Strafe mit Bewährung, sodass ich überhaupt nicht ins Gefängnis muss. Es gibt ja sogar Rehabilitationsprogramme.«

»Wann hast du mit Cunningham gesprochen?«, fragte Richard und blickte Shana nach, die aus dem Zimmer stürmte.

»Ich weiß nicht genau«, sagte Lily. »Ich hatte in letzter Zeit nicht genug Schlaf. Deshalb will ich die Sache auch zu Ende bringen. Shana mag jetzt aufgebracht sein, aber ich glaube, wenn alles vorbei ist, wird jeder von uns erleichtert sein.«

Richard und Lily spitzten die Ohren, als plötzlich ein Motor aufheulte und dann Reifen auf dem Asphalt quietschten. »Was zum Teufel ...«

Beide stürzten zum Fenster, weil sie dachten, es sei die Polizei, jemand hätte ihnen gesagt, wo Lily sei, und sie kämen nun, um sie abzuholen.

Stattdessen fehlte einer von Richards heißgeliebten Wagen in der Auffahrt. Shana hatte sich die Autoschlüssel vom Tisch im Flur genommen und war mit seinem schwarzen Corvette-Cabrio Jahrgang 1965 davongebraust.

Nun, da Fred Jameson und Keith O'Malley einen Richter dazu gebracht hatten, einen Haftbefehl für Lily Forrester auszustellen, waren sie ziemlich sicher, dass die Verdächtige aufgeben würde. Als sie vom Büro des Bezirksstaatsanwalts zurückkehrten, trafen sie Bruce Cunningham, der alle Kartons mit Beweismaterial in den Konferenzraum geschafft hatte.

»Es ist großartig, Sie dabei zu haben«, sagte Jameson und ließ seine Fingerknöchel knacken. Cunningham hatte damit begonnen, die verschiedenen Akten und Beweismittel in kleinen Haufen auf dem Konferenztisch anzuordnen. »Der Bezirksstaatsanwalt will, dass wir ihm alles geben, damit er die Anklage bis Mittwoch vorbereiten kann. Also haben wir nur zwei Tage.«

Keith O'Malley brachte einen Stapel mit gelben Notizblöcken und warf davon einige auf den Konferenztisch, so dass die drei damit anfangen konnten, sich Notizen zu machen. Dann sollte Jameson die Auflistung der Fakten, Beweise, Zeugenaussagen und chronologischen Abläufe besorgen, die das Fundament des Falls bildeten. Dieses Schriftstück sollte dem Bezirksstaatsanwalt vorgelegt werden, damit er die Straftat beurteilen und entscheiden konnte, nach welchen Gesetzen die Anklage gegen Lily erhoben werden sollte.

»Folgendes möchte ich zuerst betrachten«, sagte Jameson und zählte zur Verdeutlichung mit seinen Fingern. »Erstens das Phantombild des Verdächtigen, das aussieht wie Lily Forrester als Mann verkleidet. Zweitens die Aufzeichnung von Cunninghams Verhör mit Manny Hernandez, bevor unsere Jungs ihn umbrachten, als er versuchte, die Waffe aus dem McDonald-Lopez-Fall verschwinden zu lassen. Drittens den Namen und die aktuelle Adresse der Nachbarin, die alles vom Fenster aus beobachtet hat.«

»Ich habe weder Kassetten noch Protokolle von den Aussagen gefunden«, sagte Cunningham und bückte sich, um etwas aus einem Karton mit Beweismitteln zu nehmen.

»Was soll das heißen?«, rief Jameson und sah die Notizen durch, die er sich ein paar Tage zuvor gemacht hatte, als er selbst die Kartons gesichtet hatte. »Ich habe sie in den gleichen Karton gelegt, in dem sie auch vorher waren. Haben Sie den Karton mit der Nummer dreiundzwanzig überprüft?«

»Ich habe sie alle überprüft«, antwortete der ehemalige Detective mit einem enttäuschten Ausdruck auf dem Gesicht. »Herrgott, Sie wollen mir doch nicht sagen, dass so etwas Wichtiges bei der Zusammenlegung verloren gegangen ist!«

»Nein, ich habe sie ja vor ein paar Tagen gesehen«, sagte Jameson und durchforstete sein Gedächtnis. »Das Orginal vom Phantombild ist verschwunden. Wir haben nur eine Kopie aus der Zeitung. Deshalb ist Mannys Aussage ja so wichtig. Er ist derjenige, der die Beschreibung des Mörders lieferte, nach der wir das Phantombild erstellen konnten. Außerdem hat Manny den Wagen und die Wollmütze des Täters beschrieben. Und ich habe ein Telefongespräch mit John Forrester aufgezeichnet.« Er schlug sich mit der Hand an die Stirn. »Die Kassette kann unmöglich weg sein.«

»Vielleicht liegt sie auf Ihrem Schreibtisch«, schlug Cunningham vor und knetete seine Nasenwurzel. »In diesen Kartons jedenfalls sind keine Kassetten. Sind Sie sicher, dass Sie alles hierher gebracht haben?«

Jameson stand auf, als er die Liste mit Beweismitteln durchsah. Er war zu aufgebracht, um sitzen zu bleiben. »Es sollten zweiunddreißig Kartons sein.«

Cunningham zählte zur Sicherheit nach. »Alle da und dokumentiert.«

»Das ist doch Wahnsinn«, sagte Jameson und blickte den ehemaligen Detective an. »Ich weiß, dass ich Ihr Verhör mit Manny in diesen Karton gelegt habe. Allerdings ist das Gespräch mit John Forrester noch wichtiger als die Aufnahme mit Manny Hernandez. Zumindest war Forrester kein Verbrecher.«

»So ist das Leben«, sagte Cunningham und nahm am Konferenztisch Platz. »Welche Informationen hat Forrester Ihnen denn auf diesem fehlenden Band gegeben?«

»Er sagte, er könne sich genau daran erinnern, dass Lily eine Waffe hatte«, erzählte Fred Jameson. »Er sagte, Typ und Kaliber hätten mit der Tatwaffe übereingestimmt. Und er sagte, Lily sei am Morgen nach dem Mord erst gegen sieben oder acht Uhr nach Hause gekommen, obwohl sie nach der Vergewaltigung gesagt hatte, sie würde sofort nachkommen.«

»So wie es für mich aussieht«, sagte Cunningham und kratzte sich an der Wange, »habt ihr Jungs vielleicht etwas überstürzt gehandelt. John Forrester ist tot, genau wie Manny Hernandez. Die Aufzeichnungen der Aussagen sind vielleicht von Wert, aber für eine Verurteilung braucht ihr einen Zeugen aus Fleisch und Blut.« Er schwieg einen Moment. »Die Nachbarin, die Sie erwähnten, werden Sie wohl kaum noch aufspüren. Und selbst wenn Sie neue Zeugen auftreiben könnten, würden sie wahrscheinlich nicht aussagen wollen. Zumindest war das eines der Probleme, als ich versuchte, den Fall zu lösen. Die Leute haben Angst. Im Moment sind die drei Typen, die den Hernandez-Brüdern beim Mord an McDonald und Lopez geholfen haben, noch im Gefängnis, aber letzten Endes kommen sie doch frei. Einer von ihnen war Hauptbelastungszeuge. Er könnte bereits wieder draußen sein.«

»Ich glaube, dass Lily ihren Mann umgebracht hat«, erklärte O'Malley. »Sie hat ihn getötet, damit er nicht aussagen konnte.«

»Das ist nicht unser Fall, du Idiot«, fauchte Jameson. »Wir versuchen, den Hernandez-Fall zu lösen.«

»Es gab ein paar Neuigkeiten im Forrester-Mord, als ihr Jungs unterwegs wart«, teilte Cunningham ihnen mit und dachte, dass jeder, dem es egal war, einen Mörder zu verhaften, unabhängig von der Rechtslage, einfach kein richtiger Cop war. Und diese Typen, die seiner Meinung nach nur Cop spielten, waren einer der Gründe gewesen, warum er aus der Verbrechensbekämpfung ausgeschieden war. »Anscheinend hat das Labor herausgefunden, dass die Fingerabdrücke von einem Mann namens Marco Curazon mit denen übereinstimmen, die am Tatort in John Forresters Garage gefunden wurden.« Er warf beiden Beamten einen durchdringenden Blick zu. »Sie wissen doch, wer Curazon ist, oder?«

Jameson ging unruhig hin und her. »Curazon ist der Vergewaltiger, richtig? Derjenige, der Lily Forrester und ihre Tochter überfallen hat. Dieser Anwalt, Richard Fowler, erwähnte, dass er vor kurzem auf Bewährung freigekommen ist. Er wollte, dass wir ihn aufspüren ... glaubte, er könnte hinter dem Mädchen her sein.«

»Na bitte«, sagte Cunningham, stand auf und dehnte seinen schmerzenden Rücken. »Ich schätze, es könnte Curazon gewesen sein, der in John Forresters Garage gewartet hat. John ist aus irgendeinem Grund hineingegangen, und der Typ drehte durch und erstach ihn. Dieser Osborne aus Los Angeles sagte, es sei ein Schweizer Taschenmesser auf dem Boden der Garage gefunden worden. Aber die Wunden an der Leiche können nicht von einem so kleinen Messer stammen. Das heißt, Forrester hat vielleicht versucht, sich zu verteidigen. Und das könnte erklären, warum Curazon verrückt spielte und fünfmal auf ihn einstach.« Er gähnte, weil er müde vom langen Flug war. »Aber was weiß ich? Ich bin ja nur hergekommen, um euch Jungs zu helfen.«

»Verdammt«, sagte Fred Jameson. »Aber das heißt noch

lange nicht, dass wir nicht trotzdem weitermachen können. Der Mord an Hernandez hat nichts mit dem Tod von John Forrester zu tun.«

»Haben Sie Lily Forrester auf dem Kieker, Jameson?«, fragte Cunningham. »Als Sie mich anriefen, sagte ich Ihnen doch, dass dieser Hernandez Abschaum war.«

»Captain Nelson bestand darauf, der Sache nachzugehen«, verteidigte sich Jameson. »Forrester hat im Büro des Bürgermeisters angerufen und Stunk gemacht. Er behauptete, wir würden eine Mörderin frei herumlaufen lassen. Als wir uns des Falles annahmen, Bruce, rechneten wir mit John Forresters Zeugenaussage.«

»Für mich war es das«, sagte Cunningham und nahm sein Sakko von der Stuhllehne.

»Sie bleiben nicht hier?«, fragte Jameson. »Verlassen Sie die Stadt?«

»Nicht unbedingt«, antwortete Bruce Cunningham und ging mit schweren Schritten zur Tür des Konferenzraums. »Da ihr Jungs ja so scharf darauf seid, jemanden festzunageln, dachte ich, ich bleibe noch ein paar Tage in der Gegend und sehe mal, ob ich diesen Curazon zu fassen kriege.« Gerade als er durch die Tür gehen wollte, blieb er noch einmal stehen und drehte sich um: »Die Guten gegen die Bösen, was? Zuerst muss sich ein Mann entscheiden, in welchem Team er spielt, und dann sollte er wissen, was er in seiner Überraschungstüte finden will. Wenn ein Cop berühmt werden will, muss er nur dafür sorgen, dass er im Dienst stirbt. Dann kommt sein Name auf eine der Gedenktafeln in der Eingangshalle. Große Sache, oder? Das Problem bei der Polizei ist nur, dass in der Tüte sonst nichts ist.«

»Kein Mensch hat davon gesprochen, berühmt zu werden«, sagte Jameson und warf ein Papierbällchen in den Mülleimer. »Wissen Sie was? Ich glaube, die Hälfte aller Geschichten über Sie ist gelogen, Cunningham. Wie wollen

Sie denn Curazon innerhalb von wenigen Tagen aufspüren?«

»Er ist weg«, sagte O'Malley und starrte auf die Stelle, wo Cunningham einen Augenblick vorher noch gestanden hatte.

Shana machte an einem Imbiss Halt, kaufte sich ein Sandwich und eine Cola und eilte damit zu Richards Corvette zurück. Sie verschlang das Sandwich in dem Bewusstsein, dass sie all ihre Kraft brauchen würde, um ihren Plan durchzuführen. Als sie einen Blick auf ihre Uhr warf, wurde sie nervös, denn es war bereits Viertel nach vier. Sie trank die Cola mit einem Strohhalm und versuchte ein Stückchen Brot hinunterzuspülen, das ihr in der Kehle stecken geblieben war. Dann öffnete sie die Wagentür, hustete ein paar Mal, und das Stückchen Brot fiel zu Boden.

Nachdem sie gegessen hatte, ließ Shana den Motor aufheulen und raste zu einem Kaufhaus ein paar Blocks vom Justizgebäude entfernt. Bevor sie hineinging, sah sie in ihre Brieftasche, weil sie befürchtete, nicht genug Geld zu haben. Aber dann entdeckte sie die Hundertdollarnoten, die ihre Mutter ihr gegeben hatte. Sie stieg aus dem Wagen, schloss ihn ab und ging über den Parkplatz.

Ein junger Mann von knapp zwanzig tauchte neben ihr auf. »Blumen? Ich habe hier ein Dutzend Rosen für zwanzig Dollar.«

Shana senkte den Kopf und ging weiter.

»Komm schon«, sagte er und hielt ihr einen mit Papier umwickelten Strauß weißer Rosen vors Gesicht. »Du kannst ihn ja deiner Mutter schenken. Fünfzehn, okay? Ich geb sie dir für fünfzehn.«

»Lass mich in Ruhe«, fauchte Shana, weil der Rosenduft ihr Übelkeit verursachte. Plötzlich blieb sie stehen, weil sie eine grauenhafte Vision hatte. Curazon schob ihre Beine auseinander. Sie hörte seine kehligen Laute, als er in sie eindrang, und ihren eigenen spitzen Schrei. Sie bedeckte ihre Augen mit den Händen, weil sie die Bilder verdrängen wollte.

Aber sie liefen vor ihrem inneren Auge weiter.

Curazon bewegte sich mit gefletschten Zähnen auf ihr und spuckte eine Obszönität nach der anderen aus. Seine Augen zeugten von seiner Wut und Macht. Seit der Vergewaltigung konnte Shana nur noch mit einem Beruhigungsmittel zum Zahnarzt gehen. In dem Augenblick, da die Sprechstundenhilfe den Stuhl nach hinten kippte und der Zahnarzt sich dicht über sie beugte, erschien unweigerlich Curazons grauenerregendes Gesicht.

Aber es war in erster Linie der Duft von Rosen, der das Grauen in vollem Ausmaß zurückbrachte. Während der vielen Jahre, die sie zur Therapie gegangen war, hatte sie immer und immer wieder über diese Nacht gesprochen und so eine bestimmte Reihenfolge der Ereignisse erstellt. Sie musste zum ersten Mal aufgewacht sein, als sie Geräusche am anderen Ende des Hauses hörte, dann aber wieder eingeschlafen sein, während der Duft der Rosen durch das offene Fenster an ihr Bett drang. Als sie dann wieder aufwachte, hörte sie ein lautes, dumpfes Geräusch und die unterdrückten Hilfeschreie ihrer Mutter, während Curazon sie den Flur hinunterschleifte. Shana zwang sich, weiterzugehen und erreichte schließlich den Eingang zum Geschäft.

»Zehn Dollar, okay?«

Shana streckte die Hand aus und entriss dem Straßenhändler die Rosen. Sie schlug sie ihm ins Gesicht und schleuderte sie dann auf den Parkplatz. »Ich will deine verdammten Rosen nicht«, sagte sie, während die automatische Tür fast ihr Gesicht streifte. »Das nächste Mal, wenn jemand nein sagt, hörst du vielleicht besser darauf.«

Kapitel 35

Paul Butler, der Stellvertreter des Leitenden Bezirksstaatsanwalts der Gemeinde von Ventura, saß in dem großen Eckbüro auf der dritten Etage der Justizverwaltung hinter seinem Schreibtisch und starrte mit blutunterlaufenen Augen auf Zahlenreihen. Julia Bender, seine Assistentin, ließ ihn über die Sprechanlage wissen, dass im Empfangsbereich jemand auf ihn wartete. »Ich sitze am Etat, Julia«, rief er verärgert. »Ich wollte doch nicht gestört werden.«

»Es ist Lily Forresters Tochter.«

Butler war ein einundsechzig Jahre alter, kleiner Mann mit beginnender Glatze. In drei Monaten würde er in den Ruhestand gehen, und er zählte schon die Tage. Er wollte seine Frau dazu überreden, das Haus zu verkaufen, in dem sie in den siebenundzwanzig Jahren ihrer Ehe gewohnt hatten, um es gegen eine Eigentumswohnung in einer Gemeinde mit Golfplatz einzutauschen. Im Jahr davor hatte er sich einer Hüftoperation unterzogen. In diesem Jahr hatte er Probleme mit seinem rechten Knie und konnte nur unter Schmerzen achtzehn Löcher abgehen. Alles, wovon er träumte, war, mit einem eigenen Golfwagen herumzufahren, aufs Grün zu springen, wann er wollte, und einen allerletzten Versuch zu machen, sein Golfspiel zu verbessern. Das war doch wohl nicht zu viel verlangt. Während ihrer Ehe hatte seine Frau nie gearbeitet, und er war immer ein ausgezeichneter Ernährer gewesen. Im Moment jedoch war er nicht gerade glücklich. Seine älteste Tochter hatte in seine Ruhestandspläne gefunkt.

»Paul«, sagte Julia noch einmal, »haben Sie gehört, was ich sagte?«

»Ja, habe ich«, knurrte Butler und drehte die Lautstärke auf der Sprechanlage höher. »Warum will mich Lily Forresters Tochter sprechen?«

»Das sagt sie nicht.«

»Dann soll das jemand anders übernehmen.« Butler drehte seinen Stuhl herum und blickte durch das Fenster auf den Sonnenuntergang über den Hügeln von Ventura. Er hatte davon gehört, dass Lilys Mann ermordet worden war, aber erst nachdem er dem Staatsanwalt Frank Pearlman erlaubt hatte, im Fall Hernandez gegen sie Anklage zu erheben. Er hatte sich nur auf Druck des Bürgermeisters dazu entschlossen. Seiner Meinung nach war ein so alter Fall die Mühe nicht wert. Eigentlich war es ihm völlig egal. Und da sein Nachfolger sich mit dem Problem befassen musste, warum sollte er sich auf eine Konfrontation mit der Tochter der Frau einlassen?

»Das Mädchen ist hartnäckig«, erklärte Julia. »Sie behauptet, es ginge um eine Sache auf Leben und Tod.«

»Herrgott«, rief Butler, »hat man denn sichergestellt, dass sie nicht mit einer Waffe hergekommen ist?« Während er bis zum Hals in Arbeit steckte und versuchte, alles für seine bevorstehende Pensionierung fertig zu machen, war heute plötzlich seine älteste Tochter mit ihren drei Kindern bei ihm aufgetaucht. Er liebte seine Enkel, aber seine Tochter hatte sie vollkommen verzogen. Sie dachte, sie könnte mit ihnen von der Tatsache ablenken, dass sie deren Vater verlassen hatte, und zwar ganz einfach, weil sie sich langweilte. Das Letzte, was Butler so kurz vor Dienstschluss wollte, war eine weitere Unterhaltung mit einer hysterischen Frau.

»Jeder muss unten durch den Metalldetektor«, sagte Julia

mit ihrem abgehackten New-England-Akzent. »Das Mädchen trägt eine Plastiktüte, und eine dieser Taschen für Laptops. Die Sicherheitsbeamten haben beides überprüft. Ich glaube nicht, dass Grund für eine Leibesvisitation besteht.« Ein Hauch von Sarkasmus schlich sich in ihren Tonfall. »Sie mögen wichtig sein, Paul, aber Sie sind nicht der Präsident.«

Butler hatte nichts gegen Frauen, aber in letzter Zeit schienen sie alle zu meinen, dass sie ihn fertigmachen konnten. »Ich bin müde«, sagte er und legte sich eine Hand auf die Stirn. »Habe ich nicht mehr das Recht, eigene Entscheidungen zu treffen?«

»Ich habe mit ihr in der Halle gesprochen«, erklärte Julia Bender. »Lily und ich waren befreundet, Paul. Diese junge Frau wurde vergewaltigt, und jetzt hat ein Wahnsinniger ihren Vater ermordet. Ich erwähne erst gar nicht diese so genannten Strafen für Mörder, weil mir das Ganze zu hoch ist. Schenken Sie dem Mädchen nur fünf Minuten Ihrer Zeit, und ich verspreche, ich halte Ihnen alles vom Hals, bis Sie mit dem Etat fertig sind.«

»Gut«, sagte Butler widerwillig. »Rein mit ihr!«

Um Viertel nach fünf wurde Shana durch die Sicherheitsschranken gelassen. Julia war dreiundvierzig, hatte kurzes braunes Haar und hellgrüne Augen. Sie trug eine weiße Seidenbluse und einen schwarzen Rock. »Es tut mir leid wegen Ihres Vaters«, sagte sie, als sie das Mädchen über den mit Teppich ausgelegten Gang begleitete. »Dies muss eine schreckliche Zeit für Sie sein. Bitte drücken Sie Ihrer Mutter gegenüber mein Mitgefühl aus. Und sagen Sie ihr, sie soll mich anrufen, wenn ich irgendetwas für sie tun kann.«

»Danke«, sagte Shana und nahm die Karte, die sie ihr in die Hand drückte.

Julia öffnete die Tür zum Büro des Stellvertreters und zog sich schweigend zurück.

»Also Sie sind hier der große Boss«, sagte Shana und

setzte sich auf einen der Stühle vor dem Schreibtisch. Sie hatte kein Make-up aufgelegt und trug Jeans und ein Sweatshirt. Sie schlug die Beine übereinander und wippte mit einem Fuß, um Butlers Aufmerksamkeit auf die klobigen Wanderstiefel zu lenken, die sie sich im Kaufhaus besorgt hatte. Sie ähnelten denen, die ihre Mutter am Morgen nach dem Überfall getragen hatte.

»Was kann ich für Sie tun?«, fragte Butler und verschränkte die Hände im Nacken, während er sich in seinem Stuhl zurücklehnte. »Shana, nicht wahr?«

»Ja«, sagte sie. »Kennen Sie meine Mutter?«

»Ja«, antwortete Butler. »Ich kenne Ihre Mutter ziemlich gut.«

»So gut nun auch wieder nicht«, erklärte Shana, griff in ihre Computertasche und zog eine Kopie des Phantombildes heraus, das sie in einem Zeitungsarchiv gefunden hatte. »Sonst würden Sie sie nicht für etwas ins Gefängnis stecken, das sie nicht getan hat.«

Butler richtete sich in seinem Stuhl auf. Seine Brille rutschte ihm auf die Nasenspitze, als er sie ansah. »Wir tun nur unsere Pflicht«, sagte er. »Ich weiß …«

Shana hob abwehrend die Hände. »Wenn Sie jetzt sagen, was Sie meiner Meinung nach sagen wollen, werde ich schreien. Alle beteuern mir ständig, dass sie wissen, was für eine schreckliche Zeit das für mich sein muss. Aber das ist Unsinn, klar? Mein Vater ist ermordet worden. Der Mann, der mich vergewaltigt hat, ist schon wieder aus dem Gefängnis. Vielleicht versucht er mich im Augenblick zu finden, um mich zu töten oder noch einmal zu vergewaltigen.«

Butler langte nach dem Knopf auf der Sprechanlage, weil er den Sicherheitsdienst rufen und das Mädchen entfernen lassen wollte. Sie sah ziemlich jung aus, aber sie war mindestens einen Meter fünfundsiebzig groß, wenn nicht größer, und sie schien in ausgezeichneter körperlicher Verfassung zu sein. Er war älter und kleiner, und deshalb bestand die Möglichkeit, dass sie ihn überwältigte. Er verfluchte Julia, weil sie ihn überredet hatte, sie hereinzulassen. Obwohl er nicht das Gefühl hatte, dass die Lage nach so drastischen Maßnahmen verlangte, wie den Notruf unter seinem Schreibtisch zu betätigen, war die Atmosphäre im Raum doch ernst und bedrohlich geworden. Von Lilys Tochter schien eine Art ungeheurer Energie auszugehen, und ihr Blick war drohend.

Genau in diesem Augenblick sprang Shana auf, griff in ihre Tasche und zog eine blaue Strickmütze heraus. Während Butler sie ansah und nicht wusste, was als Nächstes kommen würde, stopfte sie ihr langes, rotes Haar unter die Mütze und stürzte dann zu seinem Schreibtisch.

»Den Sicherheitsdienst!« Butler schlug mit einer Hand auf die Sprechanlage und mit der anderen auf den Notruf, dann schob er den Stuhl von seinem Schreibtisch weg, um so viel Abstand wie möglich zwischen sich und das Mädchen zu bringen.

»Ich tue Ihnen nichts«, sagte Shana und knallte das Phantombild auf seinen Schreibtisch. »Dies ist eine Zeichnung von der Person, die Bobby Hernandez umgebracht haben soll. Sehen Sie sie sich genau an. Und sagen Sie mir, was Sie sehen.«

Zwei Beamte in Uniform stürmten durch die Tür. Julia Bender stand mit vor der Brust verschränkten Armen im Vorzimmer. Ein blonder Officer packte Shanas rechten Arm und riss ihn nach hinten, dann griff er nach ihrem linken Arm. Ein größerer Afroamerikaner gab ihm ein Paar Handschellen.

»Das können Sie nicht mit mir machen«, schrie Shana und wehrte sich, bis sie spürte, wie die Handschellen in ihre Handgelenke schnitten. »Ich habe keine Waffe. Ich wollte ihn nicht erschießen oder angreifen.«

»Ihre Handlungen wirkten bedrohlich«, sagte Butler und versuchte, wieder zu Atem zu kommen. Er holte ein Taschentuch aus seiner Tasche, wischte sich den Schweiß von der Stirn und fragte sich, ob er die drei Monate bis zu seiner Entlassungsfeier überleben würde.

»Werfen Sie noch nicht mal einen Blick auf das Phantombild?«

»Bringen Sie ihren Computer aus dem Büro«, befahl Butler den Beamten. »Jemand soll ihn überprüfen und sicherstellen, dass keine Bombe drin ist ... oder Sprengstoff.«

»Kein Problem«, sagte der farbige Officer, nahm Shanas Computertasche und verließ den Raum.

Nun, da die Lage unter Kontrolle war, nahm Butler endlich die Zeichnung, die ihm Shana auf den Schreibtisch gelegt hatte, und betrachtete sie. Er brauchte nicht lange, um die Ähnlichkeit zu entdecken – den langen Hals, die Nase, die mandelförmigen Augen, die hervorstehenden Wangenknochen.

Der Beamte, der Shana festhielt, fragte: »Was sollen wir mit ihr machen, Sir?«

»Einen Moment«, bellte Butler und rückte mit seinem Zeigefinger die Brille zurecht. Er studierte weiterhin die Zeichnung und blickte vom Bild zum Mädchen und wieder zurück. »Wollen Sie etwa behaupten, das seien Sie?«

»Ja«, sagte Shana, der die Handgelenke von den Handschellen schmerzten. »Was glauben Sie, warum ich hier bin? Meine Mutter hat diesen Mann nicht umgebracht. Ich war es.«

»Immer mit der Ruhe«, sagte der Bezirksstaatsanwalt. »Sie müssen sich nicht bemühen, meine Aufmerksamkeit zu gewinnen. Glauben Sie mir, Sie haben die volle Aufmerksamkeit aller hier drin.«

»Können Sie mir nicht diese Dinger abnehmen?«, fragte Shana mit zusammengebissenen Zähnen. »Sie sind zu eng.«

Der Officer wartete, bis Butler nickte, dann holte er einen Schlüssel von seinem Gürtel und schloss die Handschellen auf. Julia Bender schlich auf Zehenspitzen herein und blieb im hinteren Teil des Büros stehen. Anwälte und Sicherheitsbeamte hatten den Lärm gehört und sich im Vorzimmer versammelt. Sie beobachteten die Szene durch die geöffnete Tür.

»Meine Mutter hatte das Foto von Hernandez«, sagte Shana und rieb sich die Handgelenke. »Sie hatte genau in der Nacht, in der wir überfallen wurden, seine Entlassung angeordnet. Mein Vater hat gelogen, als er sagte, dass meine Mutter erst am nächsten Morgen zurückkam. Ich habe ihren Wagen genommen und bin zu der Adresse gefahren, die auf den Unterlagen des Mannes stand. Er sah genau aus wie der Mann, der uns vergewaltigt hatte. Ich habe die Waffe von meinem Großvater in der Garage gefunden. Damit wartete ich, bis der Mann am nächsten Morgen aus seinem Haus kam, und erschoss ihn.«

»Wo ist die Waffe?«

»Im Meer«, log Shana und fixierte eine Stelle über dem Kopf des Bezirksstaatsanwalts. »Ich war dreizehn. Er hielt mir ein Messer an die Kehle, während er meine Mutter zwang, ihm einen zu blasen.«

Butler saß mit gespannter Aufmerksamkeit da. Shanas drohende Haltung, die sie kurz zuvor noch eingenommen hatte, war kindlicher Verletzlichkeit gewichen. Die Veränderung war erstaunlich. Shana stand mit dem Rücken zur Menge, die sich an der Tür versammelt hatte, und Stille herrschte im Raum. Die Stimme des Mädchens wurde tief und leise, doch sie sprach so langsam und akzentuiert, dass ihre Worte noch erschreckender wirkten. Nur das Geräusch klingelnder Telefone im Hintergrund störte, und nach einer Weile war offensichtlich, dass niemand darangehen würde. Julia stürzte aus dem Büro, benachrichtigte die Zentrale und kam zurück.

»Meine Mutter versuchte, mich zu schützen«, sagte Shana. »Sie sagte, sie würde alles tun, wenn er mir nicht wehtäte. Aber er sagte, er wollte sie nicht, weil sie alt wäre. Er stank furchtbar … sein Atem, seine Schweiß, seine Kleider. Ich betete, weil ich dachte, er würde uns umbringen.« Sie schwieg, und die verbitterte junge Frau kam wieder zum Vorschein. »Er ist noch nicht mal mehr eingesperrt«, schrie sie. »So wie es aussieht, hat er meinen Vater erstochen. Mir ist egal, wenn ich ins Gefängnis komme. Zumindest ist es dort sicherer als da draußen.« Sie wies zum Fenster, zum Parkplatz, weil sie wusste, dass Curazon vom Gefängnisfenster aus ihre Mutter beobachtet und angefangen hatte, seine widerwärtigen Pläne zu schmieden.

In seiner Zeit als Bezirksstaatsanwalt hatte Paul Butler sich noch nie in einer derart emotionsgeladenen Situation befunden. Auch wenn er in unzähligen Gerichtssälen gesessen und Hunderten von Opfern zugehört hatte, hatte erst Shana es geschafft, ihn in seinem Innersten zu berühren. Butlers Hände zitterten, während er das Phantombild hielt und Shana langsam die Strickmütze vom Kopf zog, so dass ihr rotes Haar sich über ihre Schultern ergoss.

»Lassen Sie uns allein«, befahl Butler. »Schließen Sie die Tür, Julia. Sagen Sie den Leuten, sie sollen sich wieder an die Arbeit machen.«

Kaum hatte sich das Zimmer geleert und sie waren allein, bat Butler Shana, sich hinzusetzen. Sie folgte seiner Bitte und faltete ihre Hände im Schoß. »Sie stecken mich jetzt ins Gefängnis, nicht wahr?«

Butler hatte sein Leben der Aufgabe gewidmet, Verbrecher, die Unschuldige bedrohten, hinter Gitter zu bringen. Als er den Schmerz dieser jungen Frau spürte, fragte er sich, was er wirklich erreicht hatte. »Wie alt sind Sie?«

»Neunzehn.«

»Ihre Mutter war eine brillante Staatsanwältin«, erzählte er ihr, »und eine ebenso gute Supervisorin.« Ungefähr zu der Zeit der Vergewaltigung hatte der Gouverneur Lily ein

Richteramt an einem höheren Gericht angeboten. Lily aber hatte sich entschieden, nach Los Angeles zu ziehen, und Butler hatte sie für die Stelle am Berufungsgericht empfohlen, die sie später auch angenommen hatte. Der McDonald-Lopez-Fall kam ihm wieder in den Sinn. Die grausigen Bilder der beiden ermordeten Teenager würden ihn für immer verfolgen. Bobby Hernandez war der Anführer gewesen, und wenn ihn sein Gedächtnis nicht trog, so hatte dieser Mann noch eine Frau getötet.

»Arbeiten Sie?«, fragte er. »Oder gehen Sie zum College?«

»Ich war im zweiten Jahr an der UCLA, aber dann wurde mein Vater getötet. Eigentlich wollte ich wie meine Mutter Jura studieren.« Shana merkte, dass ihr Traum in weite Ferne rückte, aber für eine Umkehr war es zu spät. »Ich schätze, die meisten Mädchen in meinem Alter haben ziemlich alberne Träume. Ich wollte werden wie Sandra Day O'Connor und vielleicht eines Tages an den Obersten Gerichtshof kommen.«

»Es ist doch nicht albern, sich hohe Ziele zu stecken«, sagte Butler, der dieselben Pläne gehabt hatte. »Allerdings bin ich nicht sicher, ob das Oberste Gericht wirklich so toll ist, wie es dargestellt wird. Ich habe mit ein paar Richtern dort gesprochen, und die sagen, dass die Arbeit dort ziemlich langweilig ist, ähnlich wie die Ihrer Mutter am Berufungsgericht, auch wenn sie keine Richterin war. Sie wissen schon, viel Papierkram und wenig Action.«

Der explosiven Stimmung, die noch kurz zuvor geherrscht hatte, folgte jetzt ein langes Schweigen. Keiner der beiden hatte das Bedürfnis zu sprechen.

»Was machen wir nun?«, unterbrach Shana schließlich die Stille. »Ich mache keinen Ärger, wenn Sie gleich wieder die Beamten rufen müssen. Ich weiß, was ich tat, war falsch.«

»Da bin ich mir sicher«, sagte Butler und überdachte das komplexe moralische Problem, das sie ihm beschert hatte.

»Die Sache ist nur die, Shana: Ich bin nicht überzeugt, dass Sie diesen Mann getötet haben. Ich bin sicher, Ihre Mutter hat Ihnen einige der Dinge erzählt, von denen Sie eben gesprochen haben. Oder Sie haben sie in der Zeitung gelesen.«

»Sie meinen also, ich lüge?«

»Ich weiß es nicht«, sagte Butler ehrlich. »Vielleicht haben Sie sich vorgestellt, diesen Mann umzubringen, und zweifellos wünschten Sie Vergeltung für das, was Sie durchmachen mussten. Aber solche Gefühle sind ganz normal. Wir haben es hier mit einem Mangel an Glaubwürdigkeit zu tun.«

»Warum?«, fragte Shana und sackte in ihrem Stuhl zusammen.

»Weil Sie erst dreizehn waren«, sagte Butler und warf erneut einen Blick auf das Phantombild. »Sie ähneln zwar der Person auf diesem Bild. Aber heute, nicht vor sechs Jahren. Sogar mit der Strickmütze ist das hier einfach nicht das Gesicht eines dreizehnjährigen Mädchens.« Er las etwas von dem beigefügten Zeitungsartikel. »Diese Person hier wurde als männlich beschrieben, und ihre Größe wird mit fast ein Meter achtzig angegeben.«

»Ich war einen Meter vierundsiebzig groß, als ich dreizehn war«, rief Shana. »Ich kann Ihnen Fotos zeigen. Meine Mom darf nicht ins Gefängnis kommen« Das meiste, was sie ihm erzählt hatte, war wahr. Lily hatte zwar den Abzug betätigt, aber Shana hatte in Gedanken neben ihr gestanden. Sie wollte schon zu bitten anfangen, doch dann bremste sie sich. Sie hatte Marco Curazon angebettelt. Jetzt wollte sie stark sein, mit den Mitteln des Verstandes kämpfen. »Vielleicht glauben Sie mir nicht. Aber das heißt noch lange nicht, dass Sie keine Schwierigkeiten bekommen werden. Ich weiß, wie die Dinge laufen. Ich habe all diese Fernsehprozesse gesehen und genau zugehört, wenn meine Mom über ihre Fälle sprach. Ich werde gestehen, und dann wird meine Mutter gestehen, um mich zu schützen. Die

Geschworenen werden daraufhin so verwirrt sein, dass sie nicht wissen, was sie glauben sollen.« Sie schwieg, dann kam ihr ein neuer Gedanke. »Die Geschworenen werden mit mir und meiner Mutter sympathisieren. Es wird ihnen egal sein, was mit Hernandez geschah. Schließlich hat er drei Menschen umgebracht.«

»Sie könnten sich irren, Shana«, erklärte Butler, dem es Leid tat, der Überbringer schlechter Nachrichten zu sein. »Mr. Hernandez, ganz gleich wie übel er vielleicht war, steht nicht vor Gericht. Es steht nicht zur Debatte, was er getan hat. Für Ihren Fall wäre es nur relevant, wenn er wirklich der Mann gewesen wäre, der Sie und Ihre Mutter vergewaltigt hat. Aber Sie sagten ja bereits, dass er nicht der Vergewaltiger war, sondern nur aussah wie Marco Curazon. Oder stimmt das nicht?«

Shana hatte das Gefühl, ihr würde gleich der Kopf platzen. Ihr Brustkorb hob und senkte sich. Sie fühlte sich schwindelig und benommen und befürchtete, wieder ohnmächtig zu werden, so wie im Streifenwagen. Sie kaute an einem Fingernagel und dachte an ihren Vater, an die furchtbaren Dinge, die sie vor seinem Tod gesagt hatte. Ihre Mutter hatte einen nicht wieder gutzumachenden Fehler begangen, als sie Hernandez erschoss; dann war ihr Vater betrunken Auto gefahren und hatte einem jungen Menschen das Leben genommen. War es möglich, dass auch sie jetzt einen schweren Fehler begangen und Dinge enthüllt hatte, die später dazu benutzt werden würden, ihre Mutter ins Gefängnis zu werfen? Sie stand auf und drehte sich einmal im Kreis.

Dann fiel ihr das Begräbnis ihres Onkels vor ein paar Jahren ein, das einzige Begräbnis, bei dem sie je gewesen war. Eine ältere Frau von der Kirche hatte ihr erklärt, dass man sich nicht vor dem Tod fürchten müsse, denn wenn man ins Grab käme, würde man nur die alte Wohnstätte gegen eine neue eintauschen. Dann hatte die Frau aus der Bibel zitiert: »In meines Vaters Haus sind viele Wohnungen.«

»Ich will, dass mich die Polizei meinen Vater beerdigen lässt!«, brach es aus Shana hervor. »Bei all dem, was geschieht, muss ich die Beerdigung meines Vaters planen!«

»Julia«, sprach Paul Butler in die Sprechanlage, »schauen Sie mal, ob Sie Chief Easterly vom LAPD ans Telefon bekommen können. Ich brauche so schnell wie möglich den neuesten Stand im Forrester-Mord. Fangen Sie oben an und fragen Sie sich nach unten durch.« Danach sagte er zu Shana: »Wir werden versuchen, zumindest eines Ihrer Probleme zu lösen. Sie und Ihre Mutter können sofort anfangen, die nötigen Vorkehrungen für die Beerdigung Ihres Vaters zu treffen. Ich werde alles in meiner Macht Stehende tun, um die Freigabe der Leiche zu beschleunigen. Hilft Ihnen das ein bisschen?«

»Ja«, sagte sie, »aber …«

»Sie haben eben eine Menge gesagt«, unterbrach Butler sie und hob eine Augenbraue. »Ich denke, jetzt ist es Zeit zuzuhören, was ich zu sagen habe. Ich bin sicher, die Polizei in L. A. tut ihr Bestes, um den Mann zu finden, der Ihren Vater umgebracht hat. Ich werde auch dafür sorgen, dass unser hiesiges Police Department alle Möglichkeiten nutzt, um den Mann aufzuspüren, der Sie vergewaltigt hat. Aber was den Mord an Hernandez betrifft, empfehle ich Ihnen, darüber von nun an nur noch in Gegenwart eines Anwalts zu sprechen.«

Kapitel 36

Lily und Richard waren außer sich vor Angst. Sie waren herumgefahren, seit Shana das Haus verlassen hatte, weil sie glaubten, sie sei irgendwo in der Gegend von Ventura. Richard steuerte den Lexus auf den Parkplatz vor seiner Kanzlei, weil er die Neun-Millimeter-Luger holen wollte, die er in der untersten Schublade seines Schreibtischs eingeschlossen hatte. Er brauchte auch die Telefonnummer von Curazons Bewährungshelfer. Als Richard erfuhr, dass der Vergewaltiger anscheinend ein Foto von Shana Forrester mit sich herumtrug, hatte Curazons Bewährungshelfer ihm erzählt, dass sie bereits die Freunde, Verwandten und Lokalitäten überprüft hatten, die der Mann häufig besuchte. Nun, da John ermordet worden war, war es Zeit, mehr zu tun, als nur an Türen zu klopfen und Fragen zu stellen.

Als Richard zum Wagen zurückkehrte, steckte er die Luger unter seinen Sitz.

»Was soll das?«, fragte Lily, die die Waffe in seiner Hand gesehen hatte.

»Ich will, dass wir am Leben bleiben«, erklärte er. »Curazon benutzt Messer, wahrscheinlich weil einer seiner Kumpel ihm erzählt hat, dass die Gefahr, mit einer unauffälligen Waffe geschnappt zu werden, geringer ist als mit einer Schusswaffe. Oder es verschafft ihm seinen Kick, wenn er Leute aufschlitzt.«

»Danke«, sagte Lily grimmig. »Wir haben keine Ahnung, wo Shana ist, und du hältst es für notwendig, mich daran zu erinnern, dass Curazon auf Messer steht. Meinst du nicht, ich wüsste das inzwischen? Verdammt, Richard, schließlich hat er uns bei dem Überfall mit einem Messer bedroht.«

Richard streckte die Hand aus und zog sie in seine Arme. »Ich liebe dich«, sagte er. »Und wenn das vorbei ist, möchte ich dich heiraten.«

»Weißt du, was du da gerade gesagt hast?«, fragte Lily und riss ihren Kopf zurück. »Und ich meine nicht deine Bemerkungen zu Curazon.«

Richard kehrte auf seinen Sitz zurück und legte die Hände auf das Lenkrad. »Ich weiß nicht, warum ich das gesagt habe«, sagte er und kam sich vor wie ein Idiot. »Ich habe kaum einen Gedanken daran verschwendet, wieder zu heiraten. Nicht, dass ich dich nicht liebte …«

»Ist schon in Ordnung«, sagte Lily und senkte den Blick. »Wenn Menschen unter Stress stehen, sagen sie Dinge, die ihnen nachher Leid tun. Du hast nur versucht, mich ein bisschen aufzumuntern.«

»Nein«, sagte Richard. »Es ist mir ernst, Lily. Wir werden das Ganze irgendwie überstehen. Und dann tun wir, was wir schon vor sechs Jahren hätten tun sollen. Shana braucht einen Vater. Greg hat sie gern. Ja«, sagte er, fast als führte er ein Selbstgespräch, »ich sehe es deutlich vor mir. Du weißt schon, die Hochzeit und all das. Ich habe schon die Kanzlei. Du könntest bei mir einsteigen. Und wenn Shana ihren Abschluss in Jura hat, könnte sie …«

»Bitte, hör auf«, sagte Lily und hielt ihre Tränen zurück, »du machst alles nur noch schwieriger für mich. Ich weigere mich, meinen Entschluss zurückzunehmen, egal, wie sehr du und Shana mich auch unter Druck setzt. Wenn du nicht einverstanden bist, morgen zum Bezirksstaatsanwalt zu gehen und einen Vergleich für mich auszuhandeln, dann mache ich es eben selbst.«

»Verdammt«, sagte er. »Ich lasse nicht zu, dass du dich schuldig bekennst. Das ganze Zeug, was du Shana erzählt hast, war blanker Unsinn. Das Gericht wird dich nicht in ein Rehabilitationsprogramm stecken. Sie werden dich wegen Mordes anklagen, Lily. Seit wann werden Mörder rehabilitiert? Du hast dem Kerl schließlich kein Auto gestohlen oder ihm eins über den Schädel gegeben. Du hast ihn getötet.«

»Deshalb kann ich es auch nicht einfach so laufen lassen«, sagte Lily und erzitterte angesichts des Weges, der vor ihr lag. »Ich muss das alles los werden. Es hat mich so lange Zeit verfolgt. Selbst wenn wir wirklich heirateten, würde ich dein Leben ruinieren. Warum glaubst du, habe ich dich all die Jahre nicht angerufen? Ich fühle mich sogar schuldig, dass wir diese eine Nacht zusammen hatten. Ich verdiene es einfach nicht, glücklich zu sein.«

»Du hast jedes Recht der Welt, glücklich zu sein«, widersprach Richard. »Und ich verdiene es, mein Leben mit der Frau zu verbringen, die ich liebe, mit der Frau, die ich vom ersten Tag an wollte. Shana hat ein Recht auf eine Familie, auf Menschen, die sie lieben. Hernandez aber hat nicht das geringste Recht, hörst du? Auf nichts. Null. Reinweg gar nichts. Er verwirkte seine Rechte, als er anfing zu morden.«

Lily schüttelte den Kopf. »Wir haben das alles schon besprochen …«

Richard ließ den Motor an. Dann öffnete und schloss er mehrere Male seine Fäuste, um sich zu entspannen, genau wie ein Boxer, der seine Handschuhe anzieht, bevor er in den Ring steigt. »Sollte es so etwas wie eine Hölle geben«, sagte er schließlich, »dann hat Hernandez auch da keine Rechte.«

Als Richard und Lily schließlich aufgaben und zu seinem Haus zurückkehrten, parkte die Corvette in der Einfahrt. »Gott sei Dank!«, rief Lily und wollte aus dem Wagen springen.

»Warte«, sagte Richard und schaltete die Frontscheinwerfer ein, um das Innere des Wagens auszuleuchten. Kaum hatten sie sichergestellt, dass Shana darin saß, stieg Lily aus, und Mutter und Tochter fielen einander in die Arme.

»Es tut mir leid, Mom«, schluchzte Shana. »Ich wollte dir helfen.«

»Es hat mir nicht geholfen, dass du mit Richards Wagen abgehauen bist«, sagte Lily und warf einen Blick auf Richard. »Wir waren krank vor Sorge um dich. Aber das Wichtigste ist, dass dir nichts passiert ist.«

Eine Stunde später warf Richard eine leere Pizzaschachtel in den Mülleimer und goss sich einen weiteren Gin Tonic ein. Obwohl er vollkommen ausgehungert war, als sie zu Hause ankamen, war ihm fast der Appetit vergangen, als Shana berichtete, was sich im Büro des Bezirksstaatsanwalts abgespielt hatte. Er wusste, das Mädchen hatte es nur gut gemeint, aber er fürchtete, die Auswirkungen würden katastrophal sein. Shana war ins Gästezimmer hinaufgegangen, und Lily wartete in der Bibliothek auf ihn. Er wollte schon die Flasche Gin mitnehmen, änderte dann aber seine Meinung und stellte sie zurück in die Hausbar. Er hatte schon seit Jahren nicht mehr das Bedürfnis verspürt, sich mit Alkohol zu betäuben. Am deutlichsten stand ihm noch die Nacht in der Elephant Bar vor sechs Jahren vor Augen, in der er zum ersten Mal mit Lily geschlafen hatte. Obwohl sie beide schon wieder ziemlich nüchtern waren, als er sie mit zu sich nach Hause nahm, hatte er vorher doch einiges getrunken, um die Tatsache zu verdauen, dass Butler ihn zurückgestuft hatte.

»Ausgerechnet bei Butler«, sagte Richard und schritt energisch in die Bibliothek, »muss Shana auftauchen. Vergiss nicht, Lily. Du hast meinen Job für die Leitung der Abteilung für Sexualdelikte bekommen, weil Butler nicht für mich eintreten wollte, als ich Richter Fisher ertappte, wie er Kokain schnupfte.« Er schwieg und nahm einen Schluck von seinem Drink. »Jetzt kannst du es vergessen, die Sache außergerichtlich beizulegen. Schließlich hat deine Tochter ihnen deinen Kopf auf dem Silbertablett serviert.«

»Du übertreibst«, sagte Lily, die vor dem Kamin auf dem Boden saß.

»Die Presse wird sich auf die Geschichte stürzen«, fuhr er fort und trat den Teppich vor ihr platt. »Deine Tochter hat das Verbrechen ja praktisch nachgestellt. Sie hat sich nicht nur so wie auf dem Phantombild angezogen, sie hat sogar erzählt, dass sie den falschen Mann erschossen hat. Wie zum Teufel hat sie auf die Idee kommen können, sie würde mit so etwas durchkommen?«

Lily strich mit der Hand über den Teppich. »Die Wahrheit wäre letzten Endes doch ans Licht gekommen. Das Ganze ist mein Problem. Ich habe dir schon zigmal gesagt, wie ich es lösen werde. Shana hat es nur etwas schwieriger gemacht, einen Vergleich für mich auszuhandeln. Was auch immer der Bezirksstaatsanwalt mir anbietet, ich werde es akzeptieren.«

Richard ging zur Tür der Bibliothek und warf sie zu. »Ich habe den Wagen über den Abhang geschoben, schon vergessen? Sechs Jahre habe ich vorsätzlich Beweise in einem Mordfall unterdrückt. Ist ja prima, dass du dein Gewissen erleichtern und deine Schuld wieder gutmachen willst. Aber was ist mit mir? Ich könnte meine Zulassung verlieren, und das wäre nur die Spitze des Eisbergs. Was ist, wenn sie mich ebenfalls gerichtlich verfolgen? Was ist mit Greg? Mit genau dieser Unbesonnenheit bist du erst in diesen Schlamassel geraten!«

»Ich dachte, du wolltest mich heiraten«, entgegnete Lily. »Warum solltest du eine derart unbesonnene, rücksichtslose Idiotin heiraten, wie du sie gerade beschrieben hast?«

»Verzeih mir«, sagte er und hockte sich neben sie auf den

Boden. »Ich bin wütend und enttäuscht, das ist alles. Ich hätte es nicht an dir auslassen sollen. Unter den damaligen Umständen wäre ich wahrscheinlich auch losgezogen und hätte Hernandez erschossen.«

»Mach dir keine Sorgen«, sagte sie. »Ich werde ihnen erzählen, dass ich den Honda selbst weggeschafft habe. Wahrscheinlich kommt der Wagen gar nicht zur Sprache, wenn ich auf schuldig plädiere. Und Shana weiß als Einzige, dass ich dir alles erzählt habe. Selbst Cunningham hat keine Ahnung davon.«

Er nahm ihr Gesicht in seine Hände und zwang sie, ihn anzublicken. »Wer kümmert sich um deine Tochter, wenn du ins Gefängnis kommst? Warum bringen wir das Ganze nicht vor ein Geschworenengericht und sehen, ob ich einen Freispruch erzielen kann?«

»Shana ist erwachsen«, sagte Lily und befreite sich von seinen Händen. »Sie wird es schon schaffen. Ich werde nur nicht zulassen, dass sie einen Meineid leistet.«

Richard stand auf, weil er Licht am Ende des Tunnels sah. »Nun«, sagte er und lächelte kurz. »Ich schätze, dann hat dieses Fiasko doch sein Gutes.«

»Und das wäre?«

»Du brauchst dir keine Sorgen zu machen, dass Shana einen Meineid leisten könnte«, sagte er. »Nach dem heutigen Auftritt ist sie wohl die Letzte, die in den Zeugenstand gerufen wird.«

Lilys Miene hellte sich auf. »Sie werden denken, dass sie sich wieder für schuldig erklärt, richtig? Sie werden befürchten, dass sie genug Zweifel bei den Geschworenen weckt, dass die Verhandlung entweder abgebrochen wird oder es zu einem Freispruch kommt.«

»Genau«, sagte er und streckte die Hand aus, um ihr aufzuhelfen. »Dieses Mal werden wir es richtig machen. Der Bezirksstaatsanwalt kann Anklage erheben, so viel er will. Das Gericht wird keinerlei Möglichkeit haben, die Freilassung gegen Kaution zu verweigern, und ich habe eine Menge Geld. Du wirst wie jeder andere Angeklagte, der vor Gericht kommt, auf *nicht schuldig* plädieren.«

Lily blieb auf dem Boden sitzen, ordnete ihre Gedanken und wägte alle Möglichkeiten ab. Sie arbeitete jetzt seit Jahren im Strafrecht. Ihr Aufenthalt auf der Seite jenseits des Gesetzes hatte nur Bruchteile von Sekunden gedauert, genau so lange, wie sie gebraucht hatte, den Abzug an der Waffe ihres Vaters zu betätigen. Angesichts von Johns Tod fing sie an zu glauben, dass Richard Recht haben könnte. Konnte sie sich letzten Endes doch von der Vergangenheit befreien, wenn sie ihr Schicksal in die Hände der Geschworenen legte? Als Angeklagte schützte der Fünfte Zusatz der Verfassung sie davor, selbst als Zeugin aufzutreten und sich zu belasten. Also würde sie keine weitere Straftat verüben und im Zeugenstand lügen müssen. »Könnten wir gewinnen?«

»Natürlich«, sagte Richard und küsste sie auf die Stirn. »Du hast schließlich einen großartigen Anwalt.«

Am Dienstag morgen gegen zehn Uhr erreichte Lily Matt Kingsleys Anruf mit näheren Einzelheiten über Betsy Middletons Tod. Sie hatte kurz zuvor mit einem Bestattungsinstitut telefoniert, um die Vorbereitungen für Johns Beerdigung zu treffen, auch wenn sie Datum und Zeitpunkt der Zeremonie erst festlegen konnten, wenn die Behörden von L. A. die Leiche freigaben. Nachdem sie Richard in seinem Büro von der Nachricht in Kenntnis gesetzt hatte, rief sie Dr. Christopher Logan im Saint-Francis-Krankenhaus an, weil sie die Einzelheiten lieber noch einmal aus erster Hand hören wollte. Schließlich war er es gewesen, der Laura ertappt hatte, als sie Betsy das Strychnin spritzte.

Shana schlief oben im Gästezimmer, und Richards großes Haus schien von einem Dutzend verlorener Seelen bevölkert, die ihre eingeschlossen. Zum Zeitpunkt von Johns Tod mochte sie sich von ihrem Ex-Mann entfremdet gehabt haben, aber in der Nacht hatte sie in Richards Gästezimmer wach gelegen und den Mann betrauert, den sie einst geheiratet hatte. Jetzt musste sie mit einem weiteren Todesfall zurechtkommen. Zumindest lag etwas Tröstliches in dem Bewusstsein, dass Betsy nun nicht mehr leiden musste.

»Ich verstehe das nicht«, sagte Lily, als Logan an den Apparat kam. »Handelt es sich hier um ein Münchhausen-by-proxy-Syndrom? Glauben Sie, Laura Middleton hat gelogen und ihr all die Jahre Gift zugeführt?«

»Nein«, erklärte Dr. Logan. »Ich habe von Henry und anderen Familienmitgliedern erfahren, dass Laura wohl eine Kusine hatte, die am Aicardi-Syndrom litt. Die Krankheit wurde erst Mitte der 60er Jahre entdeckt, so dass ihre Kusine wahrscheinlich auf eine von Anfällen begleitete Funktionsstörung hin behandelt wurde.«

»Aber Sie glauben, dass Laura ihr einige Zeit lang Gift verabreicht hat?«

»Erst seit dem Zwischenfall an Halloween«, antwortete er. »Als das Gift sie dann nicht tötete, spritzte Laura ihr hinter unserem Rücken weitere Dosen. Ich mache mich teilweise dafür verantwortlich, weil ich ihr Blut und Gewebe nicht weiterhin auf Strychnin hin untersuchte, vor allem gegen Ende, als sie ständig Anfälle hatte.«

»Es ist nicht Ihre Schuld«, widersprach Lily. »Ich war schließlich davon überzeugt, dass es Henry war.«

»Nun«, fuhr Logan fort, »ich bin kein Polizeibeamter oder Staatsanwalt. Ich kann nur wohl begründete Einschätzungen abgeben, und es scheint mir wahrscheinlich, dass Henry wusste, wer seine Tochter vergiftete. Ich glaube nicht, dass er Laura in irgendeiner Weise geholfen hat oder dass ihm klar war, welchem Zweck die Süßigkeiten dienten, die er kaufte. Ich bin mir auch ziemlich sicher, er wusste nicht, dass Laura ihrer Tochter weiterhin Strychnin verabreichte. Diese Annahme wird durch die Tatsache gestützt, dass Betsy so gut wie nie Anfälle hatte, wenn ihr Vater im Raum war.«

»Das haben Sie mir nie erzählt«, sagte Lily, die immer noch nicht akzeptieren konnte, dass Henry unschuldig war. »Wo also hat Laura das Strychnin her? Wir haben einen Zeugen, der sah, wie Henry mit einer Colaflasche mit einer seltsamen Flüssigkeit herumlief, nachdem er einem Schädlingsbekämpfer neben einem seiner Lagerhäuser einen Besuch abgestattet hatte. Und das war nur wenige Tage vor dem Verbrechen. Außerdem dürfen Sie nicht die Frau vergessen, die sah, wie Henry die Süßigkeiten kaufte.«

»Was Ihren Zeugen und die Colaflasche betrifft, war es wahrscheinlich genau das, was es zu sein schien. Und Laura hat vielleicht noch nicht mal das Strychnin besorgt. Soviel wir wissen, fand sie es im Geräteschuppen. Ihr Gärtner könnte durchaus einen gewissen Vorrat gehabt haben, um Ratten, Mäuse und andere Schädlinge zu vernichten. Ich bin sicher, alle Chemikalien auf dem Grundstück wurden sorgfältig eingeschlossen, aber Laura hatte bestimmt einen Schlüssel.«

»Aber Henry hat sich trotzdem seltsam benommen«, protestierte Lily. »Und vergessen Sie nicht, dass er geschäftlich in Schwierigkeiten war.«

»Sie sagten, dass dieser Mann ihn kurz vor Halloween gesehen hat«, entgegnete Logan. »Vielleicht war er zu dieser Zeit etwas durcheinander.«

»Aber getan hat er es nicht? Noch nicht einmal Beihilfe geleistet?«

»Ich glaube nicht«, sagte Logan. »Ich glaube, Laura bat ihn, die Süßigkeiten zu kaufen, um etwas gegen ihn in der Hand zu haben. Nachdem Betsy den mit Strychnin vergifteten Brausestrohhalm zu sich genommen hatte, muss Henry geahnt haben, was Laura tat. Aber dann entschied er, dass es zu spät war, um seiner Tochter noch zu helfen. Vielleicht drohte Laura, der Polizei weiszumachen, dass er der Schuldige war. Vielleicht überzeugte sie ihn, dass seine geschäftlichen Probleme als Motiv angesehen würden, da auf das Mädchen ja eine hohe Lebensversicherung abgeschlossen worden war.«

»Nichts davon haben Sie mir früher erzählt.«

»Ich weiß«, sagte Logan und seufzte. »Ich habe ihre Krankenakte viel zu spät studiert, erst ein paar Tage bevor ich Laura mit der Spritze in der Hand ertappte. Ich wollte, ich wäre aufmerksamer gewesen. Der Umstand, dass die Symptome ihrer Krankheit denen einer Strychninvergiftung so ähnlich sind, hat mich verwirrt.« Er schwieg und holte tief Luft. »Ich habe eine Lektion gelernt, die ich nie wieder vergessen werde. Wie viele im Krankenhaus habe ich Betsy sehr lieb gewonnen.«

»Ich schätze, wir alle haben etwas gelernt«, sagte Lily, die sich bewusst war, dass sie durch ihre Fixierung auf Henry möglicherweise Hinweise auf die Mutter des Kindes übersehen hatte. Sie war froh, dass die Strafverfolgung nicht schon weiter fortgeschritten war, sonst wäre Henry verurteilt worden. »Aber wenn er es wusste, warum hat er es nicht gesagt? Ich kann kaum glauben, dass er bereit war, für etwas ins Gefängnis zu gehen, das er nicht getan hatte.«

»Sie war seine Frau«, entgegnete Logan. »Er muss sie geliebt haben. Es ist nicht leicht, ein behindertes Kind zu haben. Oft fühlen sich beide Elternteile verantwortlich, so als wären sie, weil sie das Kind auf die Welt brachten, auch selbst schuld an ihrem entbehrungsreichen Leben. Die anderen Kinder der Middletons sind wohl behütet und scheinen in jeder Hinsicht normal. Das sollten Sie von Ihrer Ermittlung her wissen. Freunde und Verwandte haben nur Gutes über Laura gesagt, weil sie sich so hingebungsvoll um Betsy kümmerte. Ich denke, Henry wurde auch deswegen ein so erfolgreicher Geschäftsmann, weil er das Bedürfnis verspürte, sie dafür zu belohnen.«

»Aber all der Luxus war nicht genug«, sagte Lily. »Das wollen Sie doch sagen, oder?«

»Ich glaube, solche Situationen berühren tiefere Schichten in einem Menschen«, erklärte Logan mit seiner sanften, beruhigenden Stimme. »Jemand kann alles Geld der Welt haben und wird doch nicht entschädigt für die Hilflosigkeit und Verzweiflung, die man bei der Sorge um ein unheilbar krankes Kind empfindet. Ich denke, dass Laura kaum etwas wirklich genießen konnte, und schon gar nicht ihren Reichtum.«

»Aber Sie sagten doch, Betsy hätte ein relativ normales Leben führen können.«

»Ich bin Arzt«, sagte er. »Was ich für normal halte, ist für den Durchschnittsmenschen alles andere als normal. Betsy brauchte ständig Hilfe, Medizin, Training und Überwachung. Sie waren doch bei einem ihrer Anfälle dabei. Sie waren erschreckend. Wenn sie heftig genug sind oder das Kind unbeaufsichtigt ist, können diese Anfälle tödlich sein.«

»Ich bin sicher, Betsy ist dankbar für das, was Sie getan haben«, erklärte Lily und legte langsam den Hörer auf. Sie fragte sich, warum sie von dem Kind in der Gegenwartsform gesprochen hatte. Aber was wusste sie schon, was wusste irgendjemand wirklich, bis er die Schwelle überschritt und in das Totenreich trat? Vielleicht war das kleine Mädchen Dr. Logan wirklich dankbar für das, was er getan hatte – dafür, dass die Wahrheit ans Licht gekommen war. Betsys zarter Körper hatte sich gegen die wiederholten Versuche ihrer Mutter gewehrt, ihr Leben zu beenden. Wanderte ihr Geist noch auf der Erde, um ihre Geschichte erzählen zu können?

Lilys Augen füllten sich mit Tränen. Johns Leben erschien ihr wie das ledergebundene Buch auf Richards

Schreibtisch: eine Sammlung von Seiten, die nun Erinnerung geworden waren. Ihr früherer Ehemann war kein schlechter, wertloser Mensch gewesen, sondern nur ein schwacher Mann. Im Vergleich zu ihm war Betsy Middleton eine tapfere und mutige Kämpferin gewesen. Sie hatte zwar nur acht kurze Jahre gelebt. Und doch war Lily sicher, dass ihr Buch weitaus dicker sein würde und der Einband nicht aus Leder, sondern aus Gold.

Kapitel 37

In höchster Erregung holte er keuchend Luft und sah die Bilder durch. Seine Brust hob und senkte sich. Er hatte schon über eine Woche nicht geduscht, aber der Gestank, der von seinem Körper ausging, störte ihn nicht. Nach all den Jahren im Knast war er fast allem gegenüber unempfindlich. Er berührte die Ecke des Fotoalbums, während sein Blick sich auf ein ganz bestimmtes Bild konzentrierte. Dann fiel sein Kopf in den Nacken, sein Mund öffnete sich, und ein genüsslicher Ausdruck breitete sich auf seinem Gesicht aus. »Das ist mein Mädchen«, sagte er. »An die erinnere ich mich, nicht an die andere rothaarige Schlampe.«

Er riss das Foto aus seiner Plastikhülle und legte es zu den anderen Souvenirs, die er gesammelt hatte, in den Seesack. Dann durchwühlte er eine weitere Schublade und zog einen weißen Schlüpfer heraus, den er zu seiner immer größer werdenden Sammlung legte. Schließlich holte er eine Porzellanpuppe hervor, deren rüschenbesetztes Kleid an mehreren Stellen zerrissen war. Die Puppe hatte ein rotes Band mit einem herzförmigen Anhänger um den Hals. Er konnte sich vorstellen, wie sie mit einem Lächeln auf dem Gesicht ihre winzigen Finger nach dem Anhänger ausgestreckt hatte, wie glücklich sie gewesen sein musste, als ihre Mutter sie ihr schenkte. Sie war ein hübsches Mädchen gewesen, ein kluges Mädchen, ein Mädchen, das von seinen Eltern alles bekommen hatte, was es wollte.

Sie hätte so aufwachsen sollen wie er, dachte er verbittert. Gezwungen zu stehlen, um den Geschwistern etwas zu essen zu besorgen. Unablässig geschlagen von der Mutter, bis der ganze Rücken vernarbt war.

Gerten – seine Mutter schlug ihn mit Gerten – langen, dünnen Zweigen von dem Baum im Garten. Zuerst kam er ins Klo, das dunkle, stinkende Klo. Dort saß er stundenlang und schrie, hämmerte gegen die Tür, bis seine Hände wund und blutig waren. Aber wenn sie die Tür endlich aufmachte, wurde es noch schlimmer, denn dann kamen die Gerten. Über dem Klo … sie befahl ihm, sich mit hochgezogenem Hemd über das offene, stinkende Klo zu legen. Und dann peitschte und peitschte sie ihn und schrie, sie würde erst aufhören, wenn er nicht mehr weinte. Aber das war gelogen. Selbst wenn er nicht mehr weinte, hörte sie nicht auf. Sie hörte erst auf, wenn das Blut von seinem Rücken auf den schmutzigen, rissigen Linoleumboden tropfte. Dann musste er es aufwischen, scheuern und schrubben, bis alles sauber war.

Er konnte sich noch an den schrecklichen Gestank von dem Zeug erinnern, das sie sich in die Haare schmierte. Das Zeug, das sie rot färbte. Es stank so schrecklich, dass ihm die Augen brannten. Er hatte ihr langes schwarzes Haar geliebt, das ihr bis zu den Hüften reichte – vor der Zeit der Gerten und Schläge. Er hatte es immer für sie geflochten. Er hatte hinter ihr auf einem Hocker gestanden und es sanft in seine Hände genommen.

Nachdem sie ihr Haar rot gefärbt hatte, fing sie an, die ganze Nacht wegzubleiben und tagsüber zu schlafen. Sie machte ihnen kein Essen mehr. Manchmal kam sie mit einer Tüte heim, und sie dachten, es sei Essen darin, aber es war kein Essen. Sie warf ein paar Dollar auf den Tisch und verschwand jede Nacht. Und er ging allein in den Laden und versuchte, genug Essen für alle zu kaufen, aber das Geld reichte nie.

Mark Osborne hatte sich den Dienstag freigenommen, weil seine Mutter in San Diego krank war. Hope Carruthers wollte im Forrester-Fall unbedingt Fortschritte machen, bis der Detective am nächsten Tag wieder zur Arbeit erschien. Dies war ihr erster wichtiger Mordfall, und sie wollte beweisen, dass sie einer solch schwierigen Aufgabe gewachsen war.

Auf den Druck übergeordneter Stellen hin hatte das kriminaltechnische Labor in Los Angeles den Forrester-Mord auf Platz eins der Prioritätenliste gesetzt. Dem Gerichtsmediziner aber war es egal, wessen Leiche sie auf Eis hatten. Sie konnten nur eine bestimmte Anzahl von Autopsien pro Tag durchführen. Wenn in der forensischen Pathologie auf jemand anders gehört wurde als den eigenen Leiter, würden die Resultate in einer so großen Stadt wie Los Angeles vor Gericht wertlos sein.

»Die Fingerabdrücke«, sagte Hope, die gerade mit einem Laborangestellten sprach. »Sicher haben Sie sie schon überprüft. Der Mörder hat zumindest einen kompletten Satz Abdrücke hinterlassen, die man mit dem bloßen Augen sehen konnte. Ich schätze, dass er in der ganzen Garage welche hinterlassen hat.«

»Bleiben Sie dran«, sagte Chan Lee. »Ich glaube, ich habe was für Sie.«

Hope trommelte mit den Fingern auf den Tisch, während sie wartete. Wenigstens der Unfall mit Fahrerflucht war erledigt. Wer auch immer Forrester umgebracht haben mochte, hatte den Fall beendet. John Forrester hatte in der Nacht seines Todes getrunken, und schon allein deshalb hatte sie Shana Forrester als Verdächtige ausgeschlossen. Am Abend zuvor war außerdem ein junges Pärchen auf dem Revier erschienen, das Forresters Bild in der Zeitung gesehen hatte. Die beiden gaben an, Forrester in der Unfallnacht bei Ralph's Supermarkt gesehen zu haben, nur ein paar Blocks von Baskin-Robbins entfernt, wo der Unfall passiert war.

»Detective Carruthers«, sagte Lee, als er zum Telefon zurückkehrte, »wir haben das Gegenstück zu den Fingerabdrücken gefunden. Es handelt sich um einen Mann namens Marco Curazon. In der Datei ist vermerkt, dass er kürzlich auf Bewährung freigekommen ist. Wollen Sie seine Aktennummer?«

»Ja«, sagte sie und schrieb sie auf einen gelben Notizblock. »Lassen Sie uns so schnell wie möglich wissen, wenn sich etwas Neues ergibt.«

Hope rief sofort bei Lily Forrester an, aber sie erreichte nur den Anrufbeantworter. Sie versuchte es im Büro des Bezirksstaatsanwalts, aber dort teilte man ihr mit, dass Lily um eine Beurlaubung gebeten hatte. Der Verdacht von Lily und ihrer Tochter, dass Marco Curazon ihnen auflauerte, war kein Hirngespinst gewesen. Unglücklicherweise konnten sie nichts gegen Curazon unternehmen, bis er ein weiteres Verbrechen beging. Eine Situation, die allzu häufig eintrat.

Hope nahm an, dass John Curazon überrascht hatte, als der sich in der Garage versteckte. Sie zweifelte nicht daran, dass Curazon es eigentlich auf Shana abgesehen hatte. Dem Mädchen war zwar nicht das Trauma der Vergewaltigung erspart geblieben, aber es war einem erneuten Zusammentreffen mit ihrem Angreifer knapp entkommen. Ausgehend von der Anzahl und Tiefe der Stichwunden, die ihrem Vater zugefügt worden waren, schien sich Curazons Lust auf Gewalt seit der Vergewaltigung noch gesteigert zu haben.

Sie rief die Zentrale an und befahl, Curazon in die nationale Fahndungsdatei einzugeben. Sie betonte, dass er bewaffnet und gefährlich war. Außerdem wies sie die Zentrale an, auch die Bewährungsstelle zu benachrichtigen, obwohl diese in einem solchen Stadium höchstens Hinweise von anderen Straftätern auf Bewährung liefern konnten.

Hope legte den Kopf in ihre Hände. Sie fürchtete, dass Lily und ihre Tochter nicht mehr ans Telefon gingen, weil sie dem Medienrummel ausweichen wollten. Sie gab Lilys Adresse in den Computer ein, druckte die Wegbeschreibung dorthin aus, nahm ihr Handy und machte sich auf den Weg nach Santa Barbara.

Als sie aus dem Gebäude trat, hinkte sie noch stärker als sonst. Bei Wetterumschwüngen dehnte sich die Metallplatte aus, die die Ärzte ihr implantiert hatten, um den Schaden von der Schusswunde zu reparieren, und machte selbst kürzeste Strecken zu einem schmerzhaften Unterfangen. Sie weigerte sich, etwas Stärkeres als Aspirin dagegen zu nehmen. Sie hatte zu viele verletzte Beamte gesehen, die von Schmerzmitteln oder Alkohol abhängig wurden, wenn sie nicht gar zu illegalen Drogen griffen. Ihre eigene Erfahrung als Opfer machte es ihr leicht, sich in Shana Forrester hineinzuversetzen. Sie wusste, wenn Osborne im Dienst gewesen wäre, hätte er darauf bestanden, nur die Behörden in Santa Barbara zu benachrichtigen. In dieser Hinsicht war Hope froh, dass er nicht da war. Die Polizei von Santa Barbara bekäme dann von der Zentrale zwar die Anweisung, nach Curazon zu suchen, aber sie wollte Shana persönlich sagen, dass sie den Mörder ihres Vaters identifiziert hatten.

Kaum war Hope mit ihrem Dienstwagen auf dem Freeway, musste sie wieder an die Nacht des Verbrechens denken, daran, dass Osborne ein neunzehnjähriges Mädchen drei Stunden allein in einem Vernehmungsraum gelassen hatte und nur zu ihr gegangen war, um sie über den Mord an ihrem Vater zu informieren. Sie bewunderte seine ermittlerischen Fähigkeiten, und sie hatte in der kurzen Zeit ihrer Zusammenarbeit viel von ihm gelernt, aber in gewissen Bereichen grenzte sein Verhalten an Grausamkeit. Vielleicht, sagte sie zu sich, war er in den langen Jahren in der Mordkommission so gefühllos geworden. Sie jedoch war entschlossen, sich nicht so zu verhärten, bloß weil sie in der Verbrechensbekämpfung arbeitete.

Sie geriet in den Berufsverkehr und sagte sich: Was soll's! Sie knallte das Blaulicht aufs Dach ihres Zivilfahrzeugs und sah, wie der Tachometer erst auf achtzig, dann auf neunzig Meilen kletterte. Sie wurde erst wieder langsamer, als sie den Stadtrand von Santa Barbara erreichte. Gerade als sie Ventura hinter sich ließ, öffneten sich die Wolken, und es fing an zu regnen. Sie hörte in den Nachrichten, dass noch am Abend ein größerer Sturm erwartet wurde. Es sah aus, als käme er früher als vorhergesehen.

Blitze zuckten über den Himmel, gefolgt von lauten Donnerschlägen. Ihr Vater war ein einfacher, weiser Mann gewesen. Er hatte eine Gärtnerei besessen. Sie war in El Paso in einem großen Haus aufgewachsen, und ihr Vater hatte es geschafft, alle seine fünf Kinder aufs College zu schicken. Das war eine wahre Meisterleistung, die noch nie jemand in der Familie Cortez vollbracht hatte. Sie erinnerte sich daran, wie sehr sie sich als Kind vor dem Donner gefürchtet hatte. Ihr Vater hatte sie dann liebevoll auf seinen Schoß gesetzt und ihr erklärt, dass das Donnern nur davon herrührte, dass die Götter im Himmel Bowling spielten.

Hope schaltete ihren Suchscheinwerfer ein und suchte nach der Einfahrt zu Lilys Haus. Die Wohngegend war voller Bäume und hatte ziemlich wenige Straßenlaternen. Sie fuhr mindestens eine Viertelstunde herum, bremste dann plötzlich und setzte zurück, weil sie erkannte, dass sie zweimal an der Adresse vorbeigefahren war, ohne es zu bemerken. Jetzt regnete es in Strömen. Als sie die Einfahrt hinauffuhr, bemerkte sie Licht hinter einem großen Haus im Tudorstil. Aber eine Garage schien das Haus nicht zu haben. Hope nahm an, dass sie in ein Gästehaus umgewandelt worden war. Zwei Wagen parkten abgedeckt in der Auffahrt. Gegenüber vom Haus, näher am Gästehaus, sah sie ein anderes Auto, doch wegen des Regens konnte sie die Marke nicht erkennen. Es sah neu aus, also nahm sie an, es gehörte Lily und nicht einem Hausangestellten.

Hope parkte ihren Wagen und fragte sich, ob sie einen Regenschirm im Kofferraum hatte. Frierend rieb sie sich die Hände und blickte zum Haus. Sie dachte, dass es mindestens eine Million Dollar wert sein musste, wenn nicht mehr. Sie wusste, dass Lily geschieden war, und selbst wenn das Gehalt eines Staatsanwalts ein bisschen höher lag als das eines Detectives, fragte sie sich doch, wie Lily sich ein derart teures Haus leisten konnte. Sie griff nach der Zeitung, die sie am Morgen auf den Rücksitz geworfen hatte, stieg aus dem Wagen und benutzte die Zeitung als Regenschutz.

Der Regen war jetzt so heftig, dass selbst der Pfad zum Eingang des Hauses sich in einen glitschigen Schlammpfuhl verwandelt hatte. Mehrere Male rutschte sie fast aus und fragte sich, warum dort nicht mehr Lichter angebracht waren. Ein seltsames Gefühl überkam sie. Sie blieb stehen und wandte sich um, sah, dass sich in der Nähe des Gästehauses etwas bewegte. Sie erinnerte sich daran, dass sie nicht in Los Angeles war. Santa Barbara war nicht so dicht bevölkert, zumindest nicht in dieser Gegend. Vielleicht hatte sie einen Kojoten gesehen oder ein Opossum oder ein anderes wildes Tier. Jemand hatte ihr erzählt, dass Füchse in dieser Gegend nichts Ungewöhnliches waren.

Als sie sich wieder der Vorderseite des Hauses zuwandte, hörte sie ein anderes Geräusch. Sie öffnete ihre Tasche, zog die Waffe heraus und entsicherte sie, während der Wind die Zeitung davontrieb.

Was folgte, geschah im Bruchteil einer Sekunde. Curazon griff sie wie ein Footballspieler an und warf sie zu Boden. Die Waffe flog ihr aus der Hand. Er setzte sich auf ihre Brust und hielt ihre Hände über dem Kopf fest. Sie schrie und hatte dasselbe furchterregende Bild vor sich wie Shana Forrester in der Nacht, in der sie vergewaltigt wurde.

Kapitel 38

Dienstag Nachmittag gegen vier verließen Jameson und O'Malley mit einem Haftbefehl, ausgestellt auf den Namen Lily Forrester, das Justizgebäude von Ventura. »Bist du sicher, dass du bei dem Regen heute noch nach Santa Barbara fahren willst?«, fragte O'Malley und blieb unter dem Vordach des Gebäudes stehen. »Vielleicht ist die Forrester ja gar nicht zu Hause. Warum sollten wir einem Phantom nachjagen, Fred, wenn sie nicht ans Telefon geht? Letztes Jahr ist ein Stück von dem Freeway 101 direkt vor Santa Barbara unterspült worden.«

»Du wirst wirklich zu alt für den Job«, sagte Jameson schroff, während er, mit O'Malley unter einen Schirm gedrängt, zum Wagen eilte. »Weißt du, wie lang ich gewartet habe, dieses Weibsstück auffliegen zu lassen, O'Malley? Ich würde auch fünfhundert Meilen fahren, um den Ausdruck auf ihrem Gesicht zu sehen, wenn wir ihr die Handschellen anlegen.«

»Was hältst du von der Geschichte mit ihrer Tochter, die in Butlers Büro spaziert ist und ihn zu überzeugen versuchte, dass sie Hernandez umgebracht hat?«

Jameson schnaubte verächtlich. »Beweist doch nur meine Theorie, oder nicht? Wenn du mich fragst, hat es Lily nicht nur getan, sondern sie und ihre Tochter sind komplett verrückt geworden. Butler musste wegen des Mädchens den Sicherheitsdienst rufen. Sie war drauf und dran, auf ihn loszugehen.«

Als sie ihren Chrysler auf dem Parkplatz erreicht hatten, stiegen sie beide ein, ohne ihre Unterhaltung zu unterbrechen. »Frank Pearlman glaubt, wir könnten ein Problem kriegen«, sagte O'Malley. »Wir müssen ihm ein paar von den Zeugen ranschaffen, die du ihm versprochen hast. Außerdem braucht er die Kassette, auf der dein Gespräch mit John Forrester aufgezeichnet ist. Pearlman will das Mädchen nicht in den Zeugenstand rufen.«

»Die finden wir schon«, sagte Jameson. »Nur weil Cunningham ein paar der Beweise übersehen hat, heißt das noch nicht, dass es sie nicht gibt. Ich weiß, dass die Kassette da ist, weil ich sie schon in der Hand hatte. Außerdem habe ich vom Dienstapparat aus angerufen. Und diese Gespräche werden alle aufgezeichnet. Es braucht nur ziemlich lange, bis man findet, was man sucht. Sobald wir Lily haben, können wir anfangen, noch einmal die Kartons mit dem Beweismaterial durchzusehen.«

Als sie schließlich Santa Barbara erreichten, war das Unwetter nicht nur schlimmer geworden, sondern Jameson fuhr so schnell, dass sie, nur einen Block von Lilys Haus entfernt, in einem Graben landeten.

»Du bist der größte Esel, den ich je kennen gelernt habe«, sagte O'Malley und stieg aus, um den Wagen anzuschieben. »Ich hab doch gesagt, wir hätten bis morgen früh warten sollen.«

»Schieb einfach«, brummte Jameson. »Ich dachte, dies hier sei eine schicke Wohngegend. Aber hier sind Schlaglöcher auf der Straße, keine Laternen, und ich fühle mich wie in einem Irrgarten.«

O'Malley hörte zu schieben auf, öffnete den Kofferraum und holte einen Lappen heraus, um sich die Hände abzuwischen. Er lüftete sein Sakko, weil seine Kleider vollkommen durchnässt waren. »Der Wagen rührt sich nicht von der Stelle«, erklärte er seinem Partner. »Wir brauchen einen Abschleppwagen.«

»Ruf das hiesige Police Department an«, sagte Jameson. »Sag ihnen, sie sollen einen Wagen von ihrem Hof nehmen und den Wagen hier rausziehen. Nach meiner Wegbeschreibung ist das Haus nur einen Block entfernt. Bis wir Lily haben, ist der Wagen fahrbereit, und wir können zurück nach Ventura, um sie einzubuchten.«

Keith O'Malley richtete seine Taschenlampe auf Jamesons Gesicht. »Du Arschloch«, schrie er durch den Regen. »Du hast alles genau geplant, dass sie die Nacht im Gefängnis verbringen muss.«

Jameson lächelte. »Bin ich Gott? Habe ich den Sturm und all das geplant?«

»Nein, du Schwachkopf«, antwortete O'Malley und beschloss, nicht mehr freiwillig mit Jameson zu arbeiten. »Deshalb hast du mich gezwungen, noch so spät hierher zu fahren.«

Ein Windstoß wehte von den Canyons herüber, und Jamesons Schirm flog davon. Er zog seine Jacke fest um seinen Körper und ging einfach weiter.

Das Unwetter hatte Hope eine kurze Gnadenfrist gewährt.

Sie war sicher, dass Curazon sie umbringen wollte, als er sie angriff, aber bei dem sintflutartigen Regen war ihm das Messer aus dem Hosenbund gerutscht. Er gab eine ihrer Hände frei, um auf dem Boden herumzutasten, weil er dachte, er fände entweder das Messer oder ihre Waffe. Da er einige Zentimeter nach vorn gerückt war, riss Hope ihr rechtes Knie in die Höhe und rammte es ihm in die Leistengegend. Vor Schmerz zogen sich Curazons Unterleibsmuskeln zusammen. Er packte ein Büschel ihrer Haare. Hope gelang es, ihn wegzudrücken und auf die Füße zu kommen. Während Curazon sich fluchend auf dem durchnässten Gras hin und her rollte, erleuchtete ein Blitz den

Himmel, und plötzlich entdeckte sie ein paar Meter von ihr entfernt auf dem Steinweg ihre Waffe.

Sie hob den Revolver auf und richtete ihn auf Curazon. Ihre Arme schmerzten noch von dem Kampf. »Keine Bewegung!«, schrie sie mit dem Finger am Abzug. »Ich hätte sonst große Lust, dich abzuknallen.«

Ein Lichtstrahl traf sie von hinten. Hope hielt ihre Augen auf ihren Gefangenen gerichtet, weil sie glaubte, es sei nur ein weiterer Blitz.

»Wer zum Teufel sind Sie?«, sagte Jameson und leuchtete ihr mit der Taschenlampe ins Gesicht.

Hope fuhr mit dem Kopf herum. »LAPD Mordkommission«, sagte sie, weil sie dachte, er sei ein Nachbar, der ihre Hilfeschreie gehört habe. »Rufen Sie die Polizei von Santa Barbara an. Sie sollen sofort einen Streifenwagen schicken. Dieser Mann ist wegen Mordes und Angriffs auf einen Polizeibeamten verhaftet.«

»Na, wenn das nicht alles schlägt«, sagte Keith O'Malley, schob Jameson beiseite und löste seine Handschellen vom Gürtel. Als er auf Hope zuging, hielt er ihr zur Sicherheit seine Dienstplakette hin. »Police Department von Ventura, Mordkommission«, erklärte er. »Wie ist Ihr Name, Officer?«

»Detective …«, Hope senkte ihre Arme und fühlte sich plötzlich zu schwach, den Satz zu beenden. Ihr Oberteil war zerrissen, beide Schuhe waren verschwunden, das Haar hing ihr in nassen Strähnen ins Gesicht, und der Schmerz in ihrem Bein war so stark, dass sie sicher war, jeden Moment zusammenzubrechen. Aber als O'Malley Curazon die Handschellen angelegt und ihn auf den Bauch gerollt hatte, kam ihr plötzlich ihr Vater in den Sinn und gab ihr wieder Kraft. »Detective Esperanza Cortez Carruthers«, erklärte sie stolz.

»Na, das muss man sich merken«, antwortete er. »Ich bin Detective O'Malley. Ich glaube, wir haben am Telefon schon ein paar Mal miteinander gesprochen.« Er wies hinüber und gab Curazon einen kleinen Tritt mit dem Fuß. »Und wer ist dieses Stück Scheiße?«

»Marco Curazon«, sagte sie und setzte sich auf die Verandastufe. »Seine Fingerabdrücke stimmen mit denen überein, die man in John Forresters Garage gefunden hat. Er ist auch der Mann, der vor sechs Jahren Shana und Lily Forrester vergewaltigt hat.«

»Wo ist Lily?«, fragte Jameson und griff nach dem durchweichten Haftbefehl in seiner Tasche.

O'Malley blickte Carruthers an und schüttelte den Kopf. »Du bist nicht nur ein Wichser, Fred, du hast auch noch nicht mal das Hirn einer Fliege. Wäre Lily heute Abend hier gewesen, wäre sie tot.«

Kapitel 39

Der Gerichtssaal war brechend voll und jeder Sitzplatz besetzt. Reporter und andere Schaulustige durften an der Rückwand stehen, solange sie nicht störten. Lily saß mit Richard am Tisch der Verteidigung und wartete auf die Entscheidung des Gemeindegerichts über die Vorverhandlung.

Bei einem Kapitalverbrechen konnte man die Vorverhandlung als Miniprozess betrachten, bei dem beide Seiten ihre Beweise präsentierten und die Zeugen aufriefen, die ihnen von Nutzen waren. Aber es gab keine Geschworenen, und die Beweislast wog weitaus weniger als beim eigentlichen Prozess. Der Staat musste vor dieser ersten Instanz lediglich feststellen, dass eine Straftat stattgefunden hatte und es genügend Beweise gab, um die Angeklagte, in diesem Fall Lily Forrester, festzuhalten, damit sie sich auf die Anklagen hin äußerte, die dann ein Gericht höherer Instanz gegen sie erhob.

Lily trug ein marineblaues Kostüm und hatte ihr Haar in einem Nackenknoten zusammengebunden. Sie hatte ihre Lesebrille auf und nur einen Hauch Lippenstift aufgelegt. Ihr Gesicht war bleich und verhärmt, aber als Richard ihr einen Blick zuwarf, hatte er das Gefühl, sie hätte nie schöner ausgesehen. Er berührte unter dem Tisch ihre Hand und flüsterte ihr ins Ohr: »In einer Minute ist alles vorbei. Bleib stark.«

Shana saß ebenso wie Greg, Richards Sohn, in der Besucherreihe direkt hinter dem Tisch der Verteidigung. Shana legte eine Hand auf die Schulter ihrer Mutter. Lily schenkte ihr ein schwaches Lächeln und wandte ihre Augen wieder zum vorderen Teil des Gerichtssaals. Was heute geschah, war bedeutungslos, hatte Lily gesagt, bevor sie am Morgen das Haus verlassen hatten, um zum Gericht zu fahren. Wichtig war nur, dass sie nicht länger in Angst leben mussten. Marco Curazon würde entweder die Todesstrafe bekommen oder den Rest seines Lebens ohne die Möglichkeit auf Bewährung im Gefängnis verbringen. Das Büro des Bezirksstaatsanwalts in Los Angeles hatte Shana und Lily versichert, dass sie mehr als genug Beweise hatten, um eine hieb- und stichfeste Anklage gegen Curazon zu erheben. Er würde nie wieder den Geschmack der Freiheit kosten.

Auf der linken Seite des Saals berieten sich Fred Jameson und Keith O'Malley mit Frank Pearlman. Der Staatsanwalt war zweiundvierzig, klein und drahtig und hatte buschiges Haar, einen Bart und kleine, dunkle Augen. Ein Ausdruck der Empörung lag auf seinem Gesicht, als er aufhörte, mit den beiden Detectives zu sprechen. Sie hatten ihm Beweise versprochen und dann nicht geliefert. Mit seinem Hintergrundwissen über das Opfer in dem Fall, Bobby Hernandez, hatte er in Bezug auf den Ausgang der Verhandlung gemischte Gefühle.

»Ich weiß immer noch nicht, was mit den Beweisen passiert ist«, murmelte Jameson. »Wie ist es möglich, dass die Zentrale die Aufnahmen eines ganzen Tages gelöscht hat? So etwas ist noch nie vorgekommen. Es ist Wahnsinn.«

»Es ist ein bisschen zu spät, um sich darüber den Kopf zu zerbrechen, findest du nicht?«, sagte O'Malley zu ihm.

»Bitte erheben Sie sich«, sagte der Gerichtsdiener. »Die Sitzung der Abteilung elf des Gemeindegerichts von Ventura ist eröffnet. Vorsitzende ist Richterin Francine Parks.«

Richterin Parks nahm auf ihrem Stuhl Platz. Sie war eine attraktive Frau Ende vierzig mit braunen Haaren, die ihr knapp bis über die Ohren reichten, einem olivfarbenen

Teint und hübschen Augen. Sie warf einen Blick in den Gerichtssaal und rückte dann das Mikrofon näher an ihren Mund. »Im Fall Nummer A 4873468, der Staat gegen Lilian Forrester, befindet das Gericht, dass die Beweise nicht ausreichen, um die Angeklagte zur Befragung durch ein Gericht höherer Instanz festzuhalten.« Sie schwieg einen Moment und blickte Lily an, dann schlug sie leicht mit ihrem Hammer. »Hiermit vertagt sich das Gericht.«

Richard und Lily hielt es nicht mehr auf ihren Plätzen. Shana und ihre Mutter umarmten sich, während beiden die Tränen übers Gesicht strömten. Greg schüttelte seinem Vater die Hand. »Gute Arbeit«, sagte er und grinste breit.

Lily schlang ihre Arme um Richard. »Du hattest Recht«, sagte sie. »Ich hatte einen großartigen Anwalt.«

Nun, da die Sitzung beendet war, rannten die Reporter herbei und machten Schnappschüsse von Lily. Die beiden Gerichtsdiener sahen das Gedränge im Gang, eilten zu Lily und führten sie, Shana, Richard und Greg Fowler aus dem Gerichtssaal, wo schon eine weitere Menschentraube wartete. »Das ist ein Irrenhaus«, sagte Lily und hakte sich bei Richard ein. Als die Gerichtsdiener ihnen schließlich einen Weg zur Eingangstreppe des Gerichtsgebäudes gebahnt hatten, blieb Lily plötzlich stehen, weil sie ihren Augen nicht traute.

Bruce Cunningham stand auf dem Parkplatz. Wenn er nicht ein so großer Mann mit so markanten Zügen gewesen wäre, hätte Lily ihn nicht erkannt. Einen Moment glaubte sie, sie hätte stressbedingte Halluzinationen. Sie hatten mehrere Male versucht, ihn in Omaha zu erreichen, aber seine Firma hatte ihnen stets ausgerichtet, dass er keine Zeit hatte, ihre Anrufe entgegenzunehmen. Lily war überzeugt gewesen, dass der Detective ihr aus dem Weg gehen wollte, deshalb hatte sie Richard gebeten, seine Anrufe einzustellen.

Lily zeigte auf den Parkplatz. »Das ist Bruce Cunningham.«

»Wo?«, fragte Richard und folgte ihrer Richtungsangabe.

Über Cunninghams grimmiges Gesicht hatte sich ein Lächeln ausgebreitet; dann hob er seine Hand und winkte. Lily löste sich von Richard, Shana und Greg und schob die Menschenmenge beiseite, um zu ihm zu gelangen. Als sie schließlich dort ankam, wo er gestanden hatte, war der Detective verschwunden.

Lily stand auf dem leeren Parkplatz und reckte ihr Gesicht den Sonnenstrahlen entgegen. Einen Augenblick später war sie schon von einem Kreis der Liebe eingeschlossen, als Shana, Richard und Greg sie einholten.

Danksagung

Viele Menschen haben dazu beigetragen, dass dieser Roman realisiert wurde: mein Agent, Peter Miller bei PMA Literary and Film Management; Delin Cormeny, der auch bei PMA arbeitet; meine neue Lektorin bei Hyperion, Maureen O'Brien; meine Freundin, der gute Engel Michaela Hamilton; meine himmlischen Musen, die zu zahlreich sind, als dass ich sie hier alle nennen könnte. Ihr wisst, wen ich meine und wie dankbar ich euch bin.

Besondere Dankbarkeit schulde ich auch meiner Mutter, Ethel LaVerne Taylor, einer Frau, die so mystisch veranlagt ist, dass sie meine Bücher schon in einer Auslage sah, bevor noch mein erster Roman 1993 veröffentlicht wurde; ebenso meinen Brüdern und Schwestern: Sharon, Linda und Bill; meinen vielen Kindern und deren Ehegatten: Forrest Blake und Jeannie; Chessly und James Nesci; Hoyt und Barbara Skyrme, Nancy Beth und Amy Rosenberg; meiner heldenhaften Adoptivtochter Janelle Garcia. Ihr sollt wissen, dass ich euch alle liebe.

Außerdem danke ich meinen lieben Enkelkindern: Rachel, Jimmy und dem anbetungswürdigen kleinen Mädchen, das fast genau an dem Tag geboren wurde, an dem ich diesen Roman beendete: Remy Camille Skyrme.